NATURALEZA MUERTA

NATURALEZA MUERTA

SARAH WINMAN

Traducción de José Óscar Sendín

♀ Plata

Argentina • Chile • Colombia • España
Estados Unidos • México • Perú • Uruguay

Título original: *Still life*
Editor original: 4th Estate, un sello de HarperCollins*Publishers*
Traducción: José Óscar Sendín

1.ª edición: marzo 2023

ISBN: 978-84-92919-18-5
E-ISBN: 978-84-19413-60-4
Depósito legal: B-1.146-2023

Fotocomposición: Ediciones Urano, S.A.U.
Impreso por: Rodesa, S.A. – Polígono Industrial San Miguel
Parcelas E7-E8 – 31132 Villatuerta (Navarra)

Impreso en España – *Printed in Spain*

A mi madre.

A Patsy.

A Stelle Rudolph (1942 – 2020).

El único tema que considero digno de mención es el de dos personas que se salvan mutuamente.

E.M. Forster, *Commonplace Book.*

Uno de los propósitos primordiales del viajante ilustrado en Italia consiste en entablar cierta relación con los tesoros artísticos del país. Incluso aquellos cuyas aficiones habituales son de naturaleza más prosaica se convierten en admiradores inconscientes de la poesía y el arte. El viajero los descubre aquí tan enraizados en las escenas de la vida cotidiana que tropieza a cada paso con su influencia y se vuelve sin pretenderlo vulnerable a su poder.

Karl Baedeker, *ITALIA: Guía para viajeros,* 1899.

El hombre como medida de todas las cosas

1944

En un rincón de las colinas de la Toscana, dos solteronas inglesas, Evelyn Skinner y una Margaret nosecuánto, comían un almuerzo tardío en la terraza de un modesto *albergo*. Era dos de agosto. Un día espléndido de verano, aunque ojalá consiguieran olvidarse de que estaban en guerra. Una se hallaba sentada a la sombra, la otra al sol, a causa del ángulo de la luz y las parras que tapizaban la pérgola. Les habían servido un menú reducido, pero celebraban el avance de las tropas aliadas bebiendo generosas copas de chianti. En el cielo, un bombardero que volaba a baja altura proyectó una sombra fugaz sobre ellas. Se llevaron los prismáticos a los ojos y examinaron las escarapelas. ¡Es de los nuestros!, exclamaron al unísono, y agitaron la mano.

El conejo está delicioso, comentó Evelyn, y con un gesto llamó la atención del propietario, que estaba fumando en la entrada. *Coniglio buonissimo, signore!*

El *signore* se colocó el cigarrillo en la boca y alzó un brazo: un saludo quizá militar, quizá normal; era imposible estar segura.

¿Crees que es un fascista?, preguntó Margaret con voz queda.

No, no lo creo, dijo Evelyn. Aunque los italianos son bastante indecisos en temas políticos. Desde siempre.

He oído que ahora disparan contra ellos, los fascistas.

Todos disparan contra todos, sentenció Evelyn.

Aulló un obús a su derecha, explotó en una colina lejana y arrancó de raíz una arboleda de cipreses bajos.

Uno de los suyos, señaló Margaret, que aferró la mesa para proteger la cámara y la copa de vino frente a la onda expansiva.

He oído que han encontrado el Botticelli, dijo Evelyn.

¿Cuál?, preguntó Margaret.

La primavera.

Ay, gracias a Dios.

Y la *Madonna* de Giotto que robaron de los Uffizi. *Ninfas y sátiros* de Rubens, también, y otro más —Evelyn se devanó los sesos—. Ah, sí, dijo al cabo de un momento. *Cena en Emaús.*

¡El Pontormo! ¿Se sabe algo nuevo de *El descendimiento*?

No, todavía no, dijo Evelyn, sacándose un huesecillo de la boca.

A lo lejos, el cielo se encendió de repente con fuego de artillería. Evelyn levantó la vista y manifestó: Jamás imaginé que volvería a presenciar esto a mis años.

¿No tenemos la misma edad?

No, yo soy más vieja.

¿Eres mayor que yo?

Sí. Por ocho años. Estoy cerca de los sesenta y cuatro.

¿De veras?

Sí, dijo Evelyn, y se rellenó la copa. Aunque las golondrinas me dan pena.

Son vencejos.

¿Estás segura?

Claro, afirmó Margaret. Los chillidos son de vencejo; y se reclinó en la silla y profirió un sonido horrible que no se asemejaba ni remotamente al canto que trataba de imitar.

Un vencejo, recalcó, como para reforzar su argumento. La golondrina es el pájaro florentino por excelencia, por supuesto. Son paseriformes, aves de percha, pero los vencejos no. Por sus patas, que son muy débiles. Además, tienen una gran envergadura. Pertenecen al orden de los apodiformes, que en griego significa «sin pies». Los aviones comunes, sin embargo, sí que son paseriformes.

Por el amor de Dios, pensó Evelyn. *¿Esto no acabará nunca?*

Las golondrinas, prosiguió la otra, tienen la cola bifurcada y la cabeza roja. Y una esperanza de vida de ocho años.

Qué deprimente. No llegan ni a cumplir dos dígitos. ¿Crees que un año de golondrina es como un año de perro?, preguntó Evelyn.

No, no lo creo. No me suena haberlo oído nunca. Los vencejos son marrón oscuro, pero parecen negros en el aire. ¡Ahí vuelven!, gritó Margaret. ¡Por allí!

¿Dónde?

Allí. No les quites ojo, que son rapidísimos. ¡Lo hacen todo en vuelo!

De pronto, surgidos de las nubes, dos halcones se abatieron sobre el vencejo y lo partieron violentamente por la mitad.

Margaret dio un respingo.

Ese ya no lo hará más, dijo Evelyn, observando a los halcones desaparecer tras los árboles mientras daba un sorbo de *chianti classico*. Qué rico es este caldo. ¿Lo he mencionado ya?

Pues sí, la verdad, contestó Margaret en tono seco y lacónico.

Ah. Bueno, entonces lo repito. Un año de ocupación no ha mermado su calidad; y miró al propietario para llamar su atención y apuntó a la copa. *Buonissimo, signore!*

El *signore* se sacó el cigarrillo de la boca, sonrió y volvió a alzar el brazo.

Se recostó Evelyn en la silla y depositó la servilleta en la mesa. Las dos mujeres se conocían desde hacía siete años. Habían sido amantes al principio, durante un breve período, después del cual el deseo había cedido ante el interés que compartían por el protorrenacimiento toscano, un giro de los acontecimientos que satisfizo a Evelyn, pero no tanto a Margaret nosecuánto, que se había volcado en la ornitología. Por suerte para Evelyn, el advenimiento de la guerra evitó que la mujer la siguiera acosando. Al menos hasta Roma. Dos semanas después de que los aliados entraran en la ciudad, abrió la puerta principal de la villa de su tía en Via Magento y se encontró cara a cara con lo inesperado. ¡Sorpresa!, exclamó Margaret. ¡No te librarás de mí tan fácilmente!

«Sorpresa» no era la primera palabra que había acudido a la mente de Evelyn.

Se levantó y estiró las piernas. Llevo sentada demasiado tiempo, dijo, sacudiéndose las migas de los pantalones de lino. Erguida en toda su estatura, era una presencia impactante, con ojos inteligentes, un lince tanto para los acertijos como para las bromas. Diez años antes, se había teñido de rubio los cabellos ya encanecidos y nunca había mirado atrás. Se acercó al *signore* y, en un perfecto italiano, le pidió un cigarrillo. Se lo encajó entre los labios y le sujetó la muñeca mientras se inclinaba hacia la llama. *Grazie*, susurró, y el hombre le puso la cajetilla de tabaco en la palma de la mano y le indicó con un gesto que se la guardara. Ella volvió a darle las gracias y regresó a la mesa.

Quieta, le dijo Margaret.

¿Qué?

La luz que te ilumina la cara. ¡Qué ojos tan verdes tienes! Gírate un poco hacia mí y quédate así.

¡Por el amor de Dios, Margaret!

Calla y no te muevas; y Margaret agarró la cámara y ajustó la apertura del diafragma.

Evelyn le dio una teatral calada al cigarrillo (clic) y exhaló el humo hacia el cielo vespertino (clic), apreciando el cambio de color, el descenso del sol, el vuelo nervioso de un vencejo solitario. Se apartó un rizo de la frente (clic).

¿Qué te corroe, querida?

Los mosquitos, probablemente.

Percibo un cierto matiz de vieja sensiblera, dijo Margaret. ¿En qué estás pensando?

¿Qué crees tú que define lo viejo?

Es la fiebre de las cabañas la que habla. No podemos avanzar, solo podemos retroceder.

Volver a lo viejo, replicó Evelyn.

Pero, tonta, y las minas alemanas, ¿qué?

Solo quiero llegar a Florencia. Hacer algo. Ser útil.

El propietario se acercó a la mesa y recogió los platos. Les preguntó en italiano si les apetecería un café y una *grappa*, que aceptaron encantadas, y él les aconsejó que no salieran a andar y les dijo que más tarde su mujer subiría a las habitaciones a cerrar las contraventanas. Ah, ¿y les gustaría probar unos higos?

Oh, *sì, sì. Grazie.*

Evelyn lo observó mientas se alejaba.

Llevo tiempo con ganas de preguntarte una cosa, dijo Margaret. Robin Metcalfe me ha contado que conociste a Forster.

¿Quién?

El de las vistas.

Sonrió Evelyn. Ah, vale.

Por la forma en que Robin Metcalfe lo cuenta, Forster y tú erais íntimos.

¡Eso es ridículo! Por si lo quieres saber, lo conocí porque compartíamos mesa durante la cena, a base de ternera cocida, en aquella espantosa Pensione Simi. Éramos una tripulación venida a menos a orillas del Arno, buscando desesperados la verdadera Italia. Y gobernaba el timón una patrona *cockney*,* bendita sea.

¿*Cockney*?

Sí.

¿Por qué una *cockney*?

No lo sé.

O sea, ¿por qué estaba en Florencia?

Nunca se lo pregunté.

Ahora lo habrías hecho.

Ahora ni lo habría dudado, afirmó Evelyn, que extrajo un cigarrillo y se lo encajó entre los labios.

Vendría para trabajar como niñera, conjeturó la otra.

Sí, seguramente, dijo Evelyn, y abrió la caja de cerillas.

O como institutriz. Asunto zanjado.

Evelyn raspó el fósforo y aspiró una calada.

¿Sabías que él estaba escribiendo un libro?, preguntó Margaret.

Dios santo, no. Acababa de graduarse, si no me falla la memoria. Aún envuelto en la placenta de la universidad: tímido, torpe, ya conoces el tipo. Salía al mundo sin experiencia de ninguna clase.

¿Acaso no éramos todos así?

Sí, supongo que sí, admitió ella, y agarró un higo y apretó la piel suave y flexible con los pulgares. Supongo que sí, repitió en voz baja.

---

* Habitante del este de Londres con un acento muy característico. (N. del T.).

Partió el fruto en dos y contempló la erótica visión de su pulpa de color vivo. Se ruborizó, y lo habría achacado al cambio en la luz vespertina, al efecto del vino, de la *grappa* y de los cigarrillos, pero en su corazón, en la parte invisible y mejor custodiada de su ser, un recuerdo la desgarró, abriéndose lenta —muy lentamente— como una cremallera.

Aunque, por raro que parezca, tenía carisma, añadió al emerger de nuevo en el presente.

¿Foster?, preguntó Margaret.

Cuando estaba solo, sí. Pero la presencia de su madre lo asfixiaba. Cada reprimenda aumentaba la presión ejercida sobre la almohada. Extraña relación. Es de lo que mejor me acuerdo. Ella, con un parasol y sales aromáticas, y él, con una guía Baedeker sobada y un traje mal entallado.

Margaret alargó la mano hacia el cigarrillo de Evelyn.

Recuerdo que aparecía cuando todo estaba tranquilo. No lo oías, pero lo veías en un rincón, alto y desgarbado. O en el salón, garabateando en una libreta. Simplemente observando.

¿No es así como se empieza?, dijo Margaret al tiempo que le devolvía el cigarrillo.

¿El qué?

Un libro.

Me imagino.

Esos pequeños momentos en los que nadie repara. Pequeños momentos sagrados de la rutina diaria. Levantó la cámara (clic). Como aquel instante (clic). O aquel otro.

Margaret, por Dios, ¿quieres parar de una vez? ¿Qué mosca te ha picado?

La otra bajó la cámara. Tú no ves lo que yo veo, dijo seductoramente.

Tienes algo en los dientes.

¿Y por qué no me has avisado?

Acabo de hacerlo.

Margaret se giró, se tapó la boca con la mano y deslizó la lengua por los incisivos de un lado a otro.

¿Mejor?, preguntó, desnudando los dientes.

Sí, confirmó Evelyn.

En un impulso, Margaret intercambió las posiciones del cenicero, los higos y la copa de vino. Modificó la apertura del diafragma (clic). Movió una copa de vino, el paquete de cigarrillos (clic) (clic) (clic) (clic).

La primera vez que vine a Florencia tenía veintiún años, dijo Evelyn. ¿Lo he mencionado ya?

Sí, creo que eso ya lo sabíamos todos, contestó Margaret.

Ah.

Evelyn continuó al cabo de un instante: La patrona del Simi tenía una doncella que hacía un poco de todo. A la hora de la cena, siempre se colocaba en un rincón del comedor. Siempre vigilante. Esperando a servir, esperando a limpiar. Ocupándose de nosotros.

(Clic).

Era una mujer llamativa, añadió Evelyn. Astuta. Guapa.

(Clic).

Margaret se recostó en la silla. ¿Cuán guapa?, preguntó.

Era una Leonardo.

¿Cuál?

La dama del armiño.

Ah, dijo Margaret, enarcando una ceja.

No en atuendo, claro. Se vestía de negro y blanco por las noches, de blanco durante el servicio de desayuno. Abotonada hasta arriba, pero era lo propio de aquella época. Todos éramos así, supongo… Pero tenía una piel y unos ojos… El flequillo que le cruzaba la frente… Y el tono rosáceo de sus mejillas…

Parece que quedaste prendada de ella, ¿no?

Todo el mundo quedaba prendado de ella, repuso Evelyn.

¿Forster también?

No, querida, él es marica.

Evelyn hizo una pausa en la historia. Sacudió la ceniza del cigarrillo mientras Margaret la observaba de hito en hito.

No estaba él allí la noche que estoy recordando, prosiguió Evelyn. La noche de mi cumpleaños. Aún no había llegado.

¿Cómo se llamaba ella?, la interrumpió Margaret.

No me acuerdo...

Ah, pues vamos a ponerle nombre...

No...

¡Algo como Beatrice!

¡Por el amor de Dios, Margaret! No es una cuestión de nombres. Se trata nada más que del momento. Su nombre no importa.

Perdone usted, enfatizó Margaret, y se reclinó de forma histriónica en la silla, replegándose con el resto de su *grappa*. Continúe, por favor.

Evelyn continuó: Ella sabía que se acercaba mi cumpleaños, porque había sido el tema de conversación de nuestro grupo durante días y, aunque no hablaba mucho en otro idioma que no fuera italiano, entendía lo que decíamos. Una curiosa sofisticación. No decía nada, pero lo entendía todo. Y preguntó a la patrona *cockney* si podría encargarse de la cocina esa noche en concreto, para darnos a todos, a mí en realidad, un banquete como ningún otro. La patrona accedió entusiasmada, cómo no, y se retiró temprano.

No sería una gran pérdida.

No. Nadie le echó en falta, matizó Evelyn. Recuerdo lo emocionada que me sentí al bajar las escaleras y...

¿No viajabas acompañada?, la interrumpió Margaret.

No. Hice todo el viaje hasta Roma sin carabina.

¿Sin carabina? ¿Cómo diantres...?

Margaret. Por favor. Nuestra familia no tenía nada de convencional. Los escándalos constituían un rito de iniciación. ¿Puedo continuar?

La otra gesticuló como dándole permiso.

Debería haberme dado cuenta de que estaba cociéndose algo especial. Entré en el salón y se hizo el silencio. Constance Everly me sonrió y me tomó de la mano, y...

¿Constance Everly?

Sí.

¿La poetisa?

Sí, Margaret. Constance Everly, la poetisa.

Evelyn se recostó en la silla, exhausta. Nunca conseguía acabar una historia sin interrupciones.

¿Y luego?, inquirió Margaret.

¿Y luego qué?

Constance Everly te tomó de la mano…, ¿y luego?

Luego. La. Apretó, dijo Evelyn.

¿Por qué hablas tan raro?

Por si quieres volver a interrumpirme. Estoy dejando huecos. Entre. Palabras. Para que puedas intervenir sin alterar…

Oh, vamos, cuenta ya la condenada historia.

Evelyn se rio. Constance me guio al comedor. Había velas en todas las superficies, y dispuestas en el centro de las mesas, a lo largo, había macetitas de violetas de Parma, muy raras a esa altura de la temporada, y ramitas de romero, y el olor era embriagador. Era una decoración muy meditada, a sabiendas del efecto que tendría en quienes entraran. Y había vino en jarras de barro, y *fiaschi*, botellas forradas con cestas de paja, y la muchacha me llenó la copa y me invitó a sentarme. Y los demás huéspedes, que venían detrás, se quedaron pasmados ante ese hermoso momento, ante toda esa *bellezza*. Por fin, una auténtica velada italiana. Nos sirvió un simple *pappardelle al ragù*…

Probablemente usó ternera cocida, dijo Margaret.

Y conejo con judías blancas, y una verdura amarga que debía de haber recogido al borde de un camino en Fiesole o Settignano, cocinada al estilo *ripassati* con ajo y aceite. Y cuando todos estuvimos servidos, salió de la cocina y permaneció de pie en un rincón, en las sombras, contemplándonos comer. Nuestro disfrute era su disfrute. Yo no podía apartar los ojos de ella. Tenía veintiún años cuando me agraciaron con este momento, un regalo que entonces escapó a mi comprensión. Solo más tarde llegué a entender lo que ella me ofrecía.

¿Sí? ¿Y qué te ofrecía?

Una puerta a su mundo. Un regalo impagable.

Margaret se sirvió otro vaso de *grappa* y le dio un sorbo. Fruncía la boca. Nunca me habías contado esta historia, le reprochó.

¿Ah, no?

Creo que me acordaría. ¿Por qué ahora?

Sí, ¿por qué ahora?, pensó Evelyn. Y luego dijo: El conejo.

¿El conejo?

Sí.

¿No has vuelto a comer conejo desde entonces?

Y la música.

¿Qué música?

La obertura de *La vestal*, de Spontini. El *signore* la tocó esta mañana. Me trajo recuerdos del Teatro Verdi.

¿Y ahí acabó todo?

Casi, matizó Evelyn. Después de la cena, los huéspedes se retiraron, como de costumbre. Al fondo se oía el sonido débil de un piano. Le dije a Constance que quería esperar para darle las gracias a la muchacha, y ella pasó al salón de fumadores. Y allí me quedé, entre el cementerio de copas y los tallos marchitos de las velas. La doncella vino poco después. Creo que al principio no se fijó en mí. Parecía acalorada y bastante distraída. Pero entonces me vio. Cortó una violeta y me la tendió. *Per voi*, me dijo. Para mí. La velada había sido para mí. Eso lo sabía. Le di las gracias. Tomé la violeta de su mano y salí del comedor. Más tarde, la prensé entre las páginas de mi Baedeker.

¿Aún la conservas?

¿La guía?

La violeta.

Lo dudo. Han pasado ya muchos años, Margaret. ¿Por qué iba a guardarla? Evelyn encendió un cigarrillo y las dos permanecieron sentadas en silencio. Notaba la mirada de la otra mujer acosándola. El filo mellado de sus celos.

Cuántas aventuras has tenido, dijo Margaret con frialdad.

El sol descendía y las sombras se alargaban. La temperatura se rendía someramente a la brisa. Se oía el ruido de una máquina de coser que procedía de puertas adentro: la *signora* remendando sábanas. Y una radio a bajo volumen: un canal clandestino que mantenía el contacto entre el ejército aliado y la resistencia.

Creo que me voy adentro a leer un poco, dijo Margaret. ¿Y tú?

Seguiré aquí un rato. Para terminar el pitillo. Y tomar un poco más de *grappa*.

No te alejes.

Descuida. Solo iré hasta aquella carretera y me plantaré en el borde. Obediente. Con la esperanza de que un caballo tirando de un carro me arrolle.

Se quedó observando a Margaret hasta que desapareció por la puerta y notó que se le aliviaba la tensión de los hombros. Se puso en pie, vació de un trago el vaso de *grappa* y caminó hasta el borde de la carretera. El repentino zumbido del tráfico aliado que se oyó a lo lejos la obligó a mirar hacia los confines de la tierra. Se llevó los prismáticos a la cara. Las colinas de cipreses ya estaban sumidas en sombras. No hacía frío, pero la inclinación de la luz y los tonos malvas del paisaje le provocaron un escalofrío. Casi cuarenta y cinco años atrás se había enamorado de una joven sirvienta llamada Livia. El distante estruendo de las armas retumbaba cual truenos. Los destellos fugaces del fuego de artillería fragmentaban el cielo. Y, naturalmente, había conservado la puñetera violeta.

En un bosque, en alguna parte entre Staggia Senese y Poggibonsi, las tropas aliadas aguardaban el momento de entrar en Florencia. Se cernía el ocaso y de entre los árboles brotaba el sonido de un acordeón que alguien había robado en una fábrica cerca de Trieste.

De pie junto a un jeep, un hombre joven con la mitad inferior de la cara cubierta de jabón escudriñaba un espejo roto mientras deslizaba la navaja de afeitar con cuidado por encima del labio superior, sorteando la cicatriz que allí tenía desde hacía dos años.

Los cabellos rubios despedían reflejos cobrizos bajo el sol del atardecer. Nadie sabía de dónde provenía ese matiz rojizo, siendo las dos ramas de la familia morenas, aunque su padre lo justificaba, a modo de broma, con que el invierno en que su hijo fue concebido se había hartado de comer remolacha. Quedaste manchado, le gustaba decir.

Poseía las facciones de su madre: nariz recta y estrecha, un tanto alargada, desproporcionada con respecto a la distancia entre el nacimiento del pelo y el puente, o entre la barbilla y la punta, lo que privaba a su rostro de una simetría perfecta. Las cejas, en ángulo ascendente, denotaban que sabía escuchar, y las orejas, sin ser exageradamente prominentes, estaban sin duda en alerta. Cuando sonreía, cosa que hacía a menudo, se le esculpían en las mejillas sendos hoyuelos que desarmaban en el acto a cualquiera.

Su esposa, Peg, decía que tendría que haber salido mejor parecido, viendo que había heredado los rasgos de su madre. Pretendía ser un cumplido, si bien sus palabras bailaban de un extremo al opuesto, entre cálidas y frías, entre amables y crueles, pero así era ella. Lo que todos ignoraban era que alcanzaría su apogeo con el devenir de los años. Sería un hombre de mediana edad razonablemente guapo. Y un anciano apuesto.

Le deleitaba oír el chillido de los pájaros sobre su cabeza. Tanto él como ellos habían recorrido cientos de kilómetros hacia el norte para llegar, contra todo pronóstico, a ese lugar a su debido tiempo —los vencejos, a finales de marzo; él, en junio— y el catálogo de incidentes casi fatales a los que había sobrevivido, las escapadas por los pelos que habían jalonado su viaje por África, Sicilia y el Adriático, habría asombrado a sacerdotes y astrólogos por igual. Algo había cuidado de él. ¿Por qué no un vencejo?

Echó un vistazo al reloj y se enjuagó la cara. Arrojó el macuto y el rifle al interior del jeep justo cuando el sargento Lidlow salía de la tienda comedor.

¿A dónde va, Temps?

A recoger al capitán, sargento.

Tráigase un par de botellas, ¿quiere?

Ulises giró la llave de contacto y el viejo jeep arrancó a la primera. Se internó en las colinas, dejando atrás las siluetas de tanques y hombres. Cruzó entre varias divisiones aliadas, soldados jóvenes como él, desgastados, envejecidos. La luz tenue del atardecer lo acompañó a través de arboledas y prados hasta que el cielo, surcado por olas de tonos rosáceos, abrazó la noche que lo perseguía desde el oeste. Había querido adoptar una actitud ambivalente hacia esa nación, pero fue en vano. Italia lo dejaba estupefacto. Y de ello se había asegurado el capitán Darnley. Habían explorado el país juntos, casi siempre en misiones de reconocimiento, aunque a veces por mero placer. Deambulando por aldeas remotas, buscando frescos y capillas erigidas en cumbres.

Hacía poco más de un mes habían recalado en Orvieto, una ciudad construida sobre una enorme formación rocosa que dominaba el valle de Paglia. Se habían sentado en el capó del jeep y habían bebido vino tinto de la cantimplora mientras los bombarderos los sobrevolaban rugiendo en dirección al monte Cetona, que marcaba el límite de la Toscana. Habían entrado dando traspiés en la catedral, en la capilla de San Brizio, donde encontraron esa obra maestra de Luca Signorelli que era *El Juicio Final*. Ninguno de los dos era creyente y, aun así, se sintieron llamados por el cuadro a rendir cuentas ante Dios.

Darnley le contó que Sigmund Freud había visitado el lugar en 1899 y que de algún modo había olvidado el nombre de Signorelli. A esto lo había denominado «mecanismo de represión» y sería un elemento esencial de *La interpretación de los sueños*. Caray, pero seguramente ya lo sabrá, ¿verdad, Temps? Y, sin esperar respuesta, Darnley marchó hacia el sol límpido de junio y dejó a Ulises aturdido por el remolino de información y la inquebrantable confianza que el capitán depositaba en él.

La carretera enfilaba en línea recta y, desde una arboleda a lo lejos, un destello de luz le cruzó el rostro. Aminoró la velocidad y se detuvo, con el motor en marcha. Echó mano a sus prismáticos y avistó a una mujer que, parada en el margen del camino, lo enfocaba a su vez a él.

Ella agitó la mano, con un cigarrillo sin encender entre los dedos, y cuando el jeep llegó a su lado, la mujer exclamó: ¡Gracias a Dios! ¿El octavo ejército?

Tan solo una pequeñísima fracción, me temo, dijo Ulises, y ella le tendió la mano. Soy Evelyn Skinner.

Soldado Temper. ¿De dónde viene, señorita Skinner, si no le importa que le pregunte?

De Roma.

¿Qué? ¿Ahora?

¡Dios santo, no! Del *albergo* que está ahí detrás de los árboles. Llegué hace una semana con una amiga. De camino paramos en Cortona para evaluar los daños a la iglesia construida por Francesco di Giorgio. Milagrosamente, está intacta. Y llevamos esperando desde entonces.

¿Esperando a qué?

Intento contactar con el Gobierno Militar Aliado.

¿Con qué propósito, señorita Skinner?

Actuar de enlace con los oficiales de archivos, bellas artes y monumentos. Saben que estoy aquí, pero parece que me han abandonado. Soy historiadora de arte y pensé que podría ser de utilidad una vez que hayan localizado todas las piezas confiscadas de las iglesias y museos. Las tienen escondidas en estas colinas, ¿sabe? Todas las obras maestras. La banda al completo, incluido el bueno de Cimabue. Pero imagino que ya estará enterado.

Ulises sonrió. He oído rumores, señorita Skinner.

¿Tiene fuego?, preguntó ella.

No se lo recomiendo. Mire lo que me pasó a mí; y se señaló la cicatriz en la comisura del labio. Un francotirador, puntualizó. Falló por poco.

Evelyn se quedó observándolo fijamente.

Pero sí le alcanzó, dijo al fin.

Pero no la parte importante, repuso el hombre, llevándose la mano a la cabeza. De todas formas, casi me arranca los labios. ¿Qué haría usted si le pasara lo mismo?

Pelearme con mis oclusivas, soldado Temper. No se preocupe y deme fuego, por favor.

Ulises se inclinó hacia un lado y encendió una cerilla.

Gracias, dijo ella, que exhaló el humo formando un círculo perfecto. Levantó el brazo y miró alrededor. ¿Ve? No hay francotiradores. Bien, entonces ¿cree que podrá ayudarme? No le causaré problemas. Y mis labios, que siguen perfectamente intactos, estarán sellados para siempre. ¿Qué me dice?

Me está poniendo en un aprieto, señorita.

Bueno, estoy segura de que no le son desconocidos.

¿Cree usted en el destino, señorita Skinner?

El destino… es un regalo. Al menos, según Dante.

¿Un regalo? Me gusta. Adelante, señorita. Suba.

Ah, y deje de llamarme «señorita», por el amor de Dios, dijo ella al sentarse junto al soldado. Mi nombre es Evelyn. ¿Y el suyo?

Ulises.

¡Ulises! ¡Qué maravilla! ¿Y hay una Penélope aguardando su regreso?

No. Una Peggy, pero dudo que esté esperando; y sin decir más, giró la llave de contacto y arrancó el jeep.

El bombardeo indiscriminado que había acompañado la tarde había cesado y una paz frágil, casi verosímil, se extendía a través de las colinas arboladas y los refugios en las cimas, a través de la oscura simetría de las vides en los bancales que escalonaban las laderas.

Ulises encendió un cigarrillo.

Bien, dijo Evelyn, cuéntame un poco…

Londres. Veinticuatro. Casado. Sin hijos.

Ella se rio. Ya ha hecho esto.

Hay que ser rápido, ¿no? Mañana podría estar muerto. ¿Y usted?

Kent. Sesenta y cuatro. Soltera. Sin hijos. ¿A qué se dedicaba antes?

A los globos terráqueos. Mi padre los fabricaba y yo los vendía. Y cuando murió, empecé a fabricarlos yo.

¡Hacía girar el mundo!

Si busca un globo de Temper e Hijo, encontrará el nombre de mi madre oculto en algún sitio de la superficie.

¿Y cómo se llamaría esa ciudad?, preguntó ella.

Nora.

Qué romántico.

Un bonito detalle, ¿verdad?

¿Peggy y usted también son así?

No, todo lo contrario. Si por mi fuera, les pondría su nombre a las estrellas. Nos casamos después de corrernos una juerga, no habría sido posible de otro modo. Cuando se despertó y vio el anillo, me pegó un puñetazo en la cara. Pero fue el día más feliz de mi vida. Luego me alisté en el ejército y ahora volvimos a ser unos extraños.

¿No se escriben?

Él negó con la cabeza. Los dos sabemos en qué andamos metidos. La cosa es que siempre hemos sido nosotros cuando todos los demás se han ido. Siempre ha habido esa chispa que salta cuando se apagan las luces. ¿Eso es amor?

A mí no me mire. Ese tren en concreto no paraba en mi estación.

¿Nunca?

Bueno, puede que una o dos veces.

Con una basta. Solo necesitamos saber de qué es capaz el corazón, Evelyn.

¿Y ya ha averiguado de qué es capaz?

Sí. Gracia y furia.

Evelyn sonrió y dio una profunda calada al cigarrillo.

Conque eso —y le señaló el labio— se lo hizo Peg y no un francotirador.

No, lo hizo un francotirador, no le quepa duda. Mire, indicó él, que levantó el brazo derecho para mostrarle la cicatriz que tenía en la muñeca. Metralla, dijo.

Se inclinó hacia ella y se separó el cabello. Francotirador, dijo. Se remangó la pernera del pantalón y Evelyn se estremeció. Fuego de artillería, esa herida se me infectó. Y luego tengo esta otra; y se desabotonó la camisa.

Madre de Dios. ¿Otro que falló por poco?

Más bien, me libré por los pelos. Hay una diferencia.

¿Cuál?

Es una cuestión mental, de cómo vea la vida en ese momento. Esta última fue en Trieste y desde entonces no ha habido ningún otro incidente. Ahora estoy convencido de que no voy a morir. Y soy mucho más feliz.

Disculpe, ¿qué?

Quiero decir que no moriré aquí.

¿Aquí en Italia?

Aquí en la guerra. Es como tener una deuda pendiente. Sabes que en algún momento la reclamarán, pero lo importante es cómo vas a saldarla. Lo que quiero decir es que, con todas las oportunidades que ha habido para matarme, sigo aquí. Habrá una razón.

La mala puntería, por ejemplo.

Qué chistosa es usted, Evelyn.

Y usted qué joven tan optimista.

Es cierto, admitió él. Me alegro de que se haya dado cuenta. Y continuó explicando que el optimismo le venía de su padre, Wilbur, que le había inculcado desde temprana edad una sabia enseñanza: «La vida es la que uno se forja, hijo». El hombre era un soñador, dijo Ulises. Tenía la suerte del perdedor y una sonrisa irresistible, y no era feliz a menos que sintiera ese nudo en el estómago que significaba que había dinero en juego. Una sensación que a menudo equiparaba al amor.

Pero entonces un día ocurrió de verdad. Entró en la taberna, se subió a una mesa y declaró que se había enamorado hasta la médula, y todo el mundo creyó que ella sería una jovencita decorosa, pero no. Era casi tan mayor como él, rozando ya la cincuentena. Tenía un rostro cansado pero amable, con unos ojos azules agudísimos que lo miraban cual si fuera un prado de flores silvestres. Y dos meses después, contra todo pronóstico, ella le comunicó que iban a tener un hijo, un primogénito de ambos.

Las palabras más bonitas del mundo, dijo Ulises.

¿Tener un hijo?, preguntó Evelyn.

Contra. Todo. Pronóstico.

Wilbur Temper agradeció ese doble golpe de suerte —una esposa y un hijo en ciernes—, que le dejaba un regusto familiar, como si hubiera lamido una moneda.

Y le hormiguean las palmas de las manos, dijo Ulises, y las plantas de los pies, y conoce esa sensación porque es un pálpito ganador y uno no puede desoír un pálpito ganador porque iría contra natura.

Conque va a donde mi madre y le explica por qué necesita hacerlo. La última vez, le dice ella. La última vez, le promete él.

Pues bien, su amigo Cressy le ha hablado de una competición ilegal de galgos en Essex, todo muy secreto y con un montón de dinero de por medio, y allí van los dos juntos a estudiar el panorama, y mi padre garabatea en su libreta una constelación preciosa de números, sumas, restas, una fórmula algebraica de la suerte. Última carrera. Todo al negro, es lo que solía decir. Doble o nada. Y se juega la vida y los ahorros a un perro habano y blanco llamado Ulises' Boy, que se paga cien a uno.

El resto es leyenda. El perro cruzó la línea de meta el primero y con ello le garantizó dos cosas: dinero suficiente para montar un modesto taller artesanal de globos terráqueos y un nombre memorable para su único hijo y heredero.

¿Le pusieron el nombre en honor a un galgo?, preguntó Evelyn.

Un galgo ganador, Evelyn. Ganador.

La fuerte presencia de los cañones de artillería y la infantería apareció a la vista mucho antes que la villa. En el puesto de control les concedieron permiso para continuar con un simple gesto de la mano. A lo largo de la vía de acceso, vieron guardias militares y civiles italianos colocando señales de «Prohibido el paso» en cada una de las entradas al ornamentado edificio. El capitán Darnley los estaba esperando fuera. Se limpiaba las gafas con los faldones de la camisa. Levantó la mirada al oír el jeep, entornando los párpados. Tenía el cabello oscuro, espolvoreado de canas prematuras en las sienes que le hacían aparentar más años de los treinta años que contaba, y unos ojos oscuros que asomaban desde unas cuencas también oscuras le conferían una perpetua expresión de tristeza. Como el último oso panda afrontando la extinción. Se puso las gafas y se acercó al vehículo.

¡Temps!, llamó. ¡Temps!

Ulises estacionó el jeep y se bajó al punto.

¿Qué ocurre, señor?

Hemos encontrado una bodega que los alemanes debieron de pasar por alto. Llevamos bebiendo todo el santo día. Creo que el alcohol ya ni me afecta.

No, señor, no parece afectado. Señor, le presento a la señorita Evelyn Skinner. Señorita Skinner, el capitán Darnley.

Se estrecharon la mano. Un placer, señorita Skinner, saludó Darnley.

Lo mismo digo, capitán.

La señorita Skinner es historiadora de arte, dijo Ulises. Está intentando contactar con los oficiales de Monumentos a través del Gobierno Militar Aliado. Pensé que había muchas opciones de que estuvieran aquí, señor.

No, Temps, todavía no han llegado, dijo Darnley. No tema, señorita Skinner, le conseguiremos su contacto. Pero sígame, por favor. Venga usted también, Temps.

Los condujo hacia la villa y añadió: Es un verdadero botín. Solo hace veinticuatro horas que lo descubrimos.

Y en tanto cruzaban el patio y pasaban ante los guardias, Evelyn insinuó: ¿Está diciendo lo que creo que está diciendo, capitán Darnley?

Por aquí, indicó él. Abrió las grandes puertas barrocas de madera que daban al *salone* y los agredió un olor nauseabundo.

¡Uf, qué horror!, exclamó Evelyn, que se tapó la nariz.

Lo siento, señorita Skinner, se disculpó Darnley. Tendría que haberles avisado. A los alemanes les gusta cagarse en todas partes antes de retirarse. Miren bien dónde pisan. Es una verdadera cloaca.

Costaba distinguir nada aparte de las formas oscuras de los muebles. Los postigos estaban cerrados, el aire no se movía y las moscas volaban aturdidas. Entre ruido de cristales y baldosas rotas, se arremolinaba polvo de ladrillo bajo sus pies. Esperen aquí, dijo Darnley mientras se encaminaba hacia el otro lado de la estancia. Se agachó, encendió una cerilla y levantó una lámpara con una floritura teatral. La luz se difundió por el salón y, en el centro, erigiéndose entre el hedor y la penumbra, apareció un retablo de grandes dimensiones, incólume.

Dios mío, musitó Evelyn.

Ulises Temper, señorita Evelyn Skinner, les presento *El descendimiento de la cruz*, de Pontormo.

¿Cree usted, capitán Darnley, que permitirán que nos lo llevemos ahora? Así les ahorraremos la molestia, dijo la mujer.

Darnley se rio. ¿Preguntamos?

¿Qué es exactamente, señor?

Uno de los retablos más grandiosos que representan la vida de Cristo, Temps. ¿Me equivoco, señorita Skinner?

Está usted en lo cierto, capitán. Fue pintado para que colgara sobre el altar de la capilla Capponi de la iglesia de Santa Felicità. Terminado en 1528. Año arriba, año abajo. El estilo es lo que denominaríamos «manierista temprano», Ulises, una ruptura con la tradición, nada más, alejado del clasicismo del Alto Renacimiento y todo lo relacionado con él. Observará que se trata de una negación deliberada del estilo realista, calculada y artificial. La luz es teatral, ¿se da cuenta?

Y continuó explicando la diferencia entre el descendimiento y la sepultura. El uso onírico del color, la falta de ciertos elementos en la escena, la danza.

No plasma nada más que sentimientos, Ulises, concluyó ella. Personas que intentan darle sentido a lo que no lo tiene.

(El sonido casi inaudible de una risa se coló en la estancia).

Representa simplemente el cadáver de un hombre joven siendo entregado a su madre, resumió Darnley.

La historia más antigua del mundo, dijo Evelyn.

¿Y cuál es?

El duelo, Temps. Un montón de dolor y puta tristeza.

Se aventuraron en lo más recóndito de la villa. Guardias militares y conservadores italianos desfilaban transportando reliquias y estatuas religiosas. Se apartaron mientras se afanaban con *La anunciación* de Filippo Lippi, a la que manipulaban cual si fuera una tumbona de playa.

Darnley se detuvo ante una pequeña puerta de madera. Aquí está, anunció. El secreto peor guardado de la Toscana. ¿Vamos?

Las velas arrojaban luz en el hueco de una escalera. Se percibía un fuerte olor a piedra húmeda y a sebo, y el oxígeno se enrarecía a medida que descendían los peldaños, que desembocaban finalmente en una amplia bodega iluminada por lámparas de aceite. El suelo parecía ensangrentado allí donde decenas de barriles de roble habían hallado la muerte. Había documentos y libros esparcidos por el suelo y el techo estaba apuntalado con maderas. Habían despejado un camino entre los escombros que llegaba hasta una pared con estanterías, que en realidad era un trampantojo magnífico. Al acercarse, Ulises advirtió la juntura de una puerta, que parecía desentonar con el conjunto.

Abracadabra, dijo Darnley.

¿Cuántos conejos más guarda en la chistera, capitán?

La chistera ya está vacía, señorita Skinner. Después de usted, por favor.

Darnley abrió la puerta y por ella se derramó un torrente de conversaciones y música. La pieza era un pasillo largo y estrecho, con sombras caravaggescas en los rincones donde no penetraba la luz debilitada de las velas. El suelo estaba cubierto de cristales rotos y dos paredes desvalijadas de vino desaparecían en el extremo más alejado. El humo flotaba sobre las mesas ocupadas por oficiales aliados y superintendentes italianos, y la única corriente provenía de una rejilla en el techo, que succionaba el aire viciado con resuellos esporádicos.

¿Qué va a ser, señorita Skinner? ¿Tinto?

Sorpréndame, dijo Evelyn.

Darnley se acercó al botellero, flexionó los dedos y alcanzó una botella. Miró la etiqueta y levantó el pulgar en señal de aprobación.

Un Carruades de Lafite de 1902. ¡Pauillac!, exclamó. ¡Celestial! (Una palabra que empleaba mucho, lo cual se antojaba raro para un hombre cuya idea de la otra vida era el olvido).

Se sentaron a una mesa que estaba libre y un soldado raso salió de las sombras con tres copas de cristal, un sacacorchos y un platito de queso *pecorino* cortado en lonchas finas.

Ya ve, señorita Skinner. En realidad no es muy distinto del Garrick.

Se echó Evelyn a reír en tanto que Darnley hacía los honores. Un taponazo nítido, el olor del corcho y el gorgoteo reconfortante del vino escanciado.

¿Por qué brindamos?, preguntó el capitán. ¿Qué opina, Temps?

Por este momento, señor.

Ah, excelente, dijo Evelyn.

Por este momento.

La conversación viró hacia el amor que Evelyn y Darnley sentían por Florencia. El capitán explicó que su padre había sido —durante un breve período, al menos— vicario de la Iglesia Anglicana de San Marcos. Tiempos idílicos, dijo. Me eduqué en los Uffizi, allí pasaba los veranos. Para cuando terminé la escuela, no me interesaba nada que no fuera el arte. Luego estuve una breve temporada en Chelsea. Una breve temporada en la Royal Academy. Y aquí estamos. Soy un estereotipo privilegiado, señorita Skinner…

Ah, bueno, creo que no es el único, capitán…

Sin cualificación para nada, salvo para la enología o alguna que otra atribución de obras.

Entonces Darnley metió la mano en el bolsillo de la chaqueta y sacó una libreta manchada y un trozo de lápiz. ¿Le importa?, preguntó. Son notas sobre vinos. Para refrescar la memoria, ya sabe. Pensamientos. Cosas así.

No, no, en absoluto, dijo Evelyn. Adelante.

Dedos largos y delgados. El cabello cayéndole sobre la frente. Aspecto infantil. Le recordaba a Forster y se inclinó sobre Ulises para comentárselo.

¿Quién es Forster, Evelyn?

¿Qué ocurre?, inquirió Darnley, levantando la vista.

Le comentaba a Ulises que usted me recordaba a Morgan Forster.

¿Lo conoce, señorita Skinner?

Le compré su primer *bombolone* y le presté mi Baedeker.

¡Cielos! ¡La gente se promete por menos!; y el capitán extrajo un cigarrillo y les ofreció. ¿Cómo era?, preguntó.

Un encanto. No le gustaba Rubens y sentía devoción por su madre.

Podría ser mi hermano gemelo, dijo Darnley, que prendió el cigarrillo y se bebió de un trago el contenido de su copa.

¿Dispone de tiempo para otra, señorita Skinner?

Dispongo de todo el tiempo del mundo, respondió ella.

Temps, ¿se encarga de la música? Algo suave, que combine con el vino, por favor.

Marchando, señor. Ulises se dirigió hacia el gramófono y aprovechó para pedir otra tabla de quesos.

La segunda botella era un Château Margaux de 1900, a la que acompañó Joan Merrill cantando «There will never be another you». Un dúo singular, convinieron los tres. Darnley sirvió el vino. En nariz olía a tabaco, a trufas, a cedro, a fresas. Se alzaron las copas. *¡Por este momento!*

Tenía veintiún años, dijo Evelyn. No era mucho más joven que usted, Ulises. Aquella fue mi primera experiencia con Florencia. Viajaba sin carabina y dispuesta a enamorarme.

¿Y se enamoró, Evelyn?

La mujer hizo una pausa y saboreó el vino. Pues resulta que sí, dijo al fin. Una vez, de una persona, y otra, de la propia ciudad. Todo eso le aguarda, Ulises. Abra su corazón. Allí ocurren cosas si uno lo permite. Cosas maravillosas.

De repente tembló la bodega, sacudida por el fuego de artillería que barrió la tierra que había por encima. Evelyn dio un respingo. Se desplomaron fragmentos de techo que apagaron las velas, y los hombres estiraron los brazos para sujetar las mesas, en tanto que algunos se zambullían debajo de ellas. Copas y botellas fueron arrojadas al suelo.

¡Maldita sea, ya nos han fastidiado!, profirió Darnley, acunando contra el pecho la botella de Margaux.

Ulises alargó los brazos por encima de la mesa buscando las manos de Evelyn. Empezó a hablarle, a cantarle incluso. Seguía cantando cuando la descarga de artillería cesó. El chasquido apenas audible de un disco en el gramófono, girando hacia su inevitable final. El polvo blanco cayendo suavemente en el silencioso interludio. Darnley rompiendo a reír.

Fuera, en la noche, respiraron un aire fresco que recibieron con alivio. Darnley se acomodó atrás; Evelyn, delante, y se alejaron entre saludos y soldados que corrían a su lado vociferando que los verían en Florencia.

Hileras de árboles flanqueaban la carretera y, en ausencia de faros, una luna gibosa iluminaba su camino con un brillo intermitente. La oscuridad los engulló. El techo frondoso de las ramas, junto con la curva en pendiente de la carretera, les hacía sentir que habían abandonado la superficie de la tierra y se internaban en sus boscosas y embarradas profundidades. La atmósfera olía intensamente a verde. Pronto el capitán se sumió en un sueño ebrio, sus ronquidos temblorosos perforando el aire. Ulises levantó el pie del acelerador y se deslizaron despacio por el arcén de la noche.

Evelyn se reclinó y contempló el rostro de Darnley. Se las da de bravucón, ¿eh?, comentó ella. Pero mírelo. No es más que un muchacho. Son todos ustedes unos muchachos. Cuida de él, ¿no?

Lo hago, Evelyn. Le aprecio de veras, dijo él, que estacionó el vehículo a un lado del camino para permitir el paso de un convoy aliado. El ruido sonó como una embestida y permanecieron sentados observando la columna de camiones, los rostros pálidos y pétreos de soldados que les devolvían la mirada. La sensación era de fatalidad.

Llegarán pronto a la ciudad, ¿verdad?, preguntó ella.

Dentro de un par de días a lo sumo. Irán primero los kiwis. Luego los sudafricanos. Después nosotros.

¿Será malo?, preguntó ella.

Me imagino. Siempre es malo.

En tanto que la última de las polvaredas levantada por el último de los camiones se asentaba, Ulises encendió dos cigarrillos.

Esa pintura, el Pont…

El Pontormo, dijo ella. *El descendimiento*, de Pontormo.

Sí; y le pasó un cigarrillo. El capitán me contó que lo había estudiado antes de todo esto y yo le contesté que qué había que estudiar. No es más que un cuadro, ¿no?

Es solo un cuadro, sí. Y tiene razón, dijo Evelyn. Los historiadores de arte han convertido a hombres en dioses.

¿Y entonces?

Entonces…

¿A qué viene tanto alboroto?

Evelyn se rio. Es cierto que el alboroto, como usted lo llama, quizá sea exagerado. Pero, para mí, siempre se ha tratado de la respuesta. Es una pintura que exige una respuesta por nuestra parte. Las mejores obras lo hacen.

¿Qué respuesta?

Dígamelo usted.

No sé qué significa eso.

Allá atrás, se quedó usted encandilado con la nube. Captó su atención. Despertó su interés.

Parecía separada del resto de la pintura, dijo Ulises.

Como observando el drama que se desarrollaba debajo, tal vez. ¿Es un símbolo del Paraíso? ¿El Espíritu Santo? O quizá un simple recordatorio de que la acción tiene lugar fuera. Todo ello constituye una respuesta, Ulises. No tiene mayor complicación. Podemos hablar, naturalmente, de la ejecución del oficio, o sea, de cuán bien pinta un artista, y de la historia de la obra, de su procedencia, y podemos asignarle un valor. Pero, para mí, el valor siempre se medirá por la respuesta. La reacción emocional que provoque.

¿Y eso hace que merezca la pena salvarlo?

Eso creo yo, sí. Lo creo de verdad. Para procurar que siga por aquí al menos una generación más. Porque es importante, Ulises.

¿Más importante que las personas?

Evelyn exhaló un largo penacho de humo. Van de la mano, dijo al fin. Es lo que siempre hemos hecho: dejar una marca en una cueva, o en una página. Mostrar quiénes somos, compartir nuestra visión del mundo, la vida que estamos obligados a soportar. Nuestra confusión se manifiesta en esos rostros pintados, a veces con ternura, a veces de forma grotesca, pero el arte es un espejo. Todo el simbolismo y las paradojas, eso nos toca a nosotros interpretarlo. Así es como se convierte en parte de nuestro ser. Y como contrapunto al sufrimiento, tenemos belleza. Nos gustan las cosas bonitas, ¿o no? Algo bonito a la vista nos alegra el ánimo. Actúa en nosotros a nivel celular, nos hace sentir vivos y nos enriquece. El arte bello nos abre los ojos a la belleza del mundo, Ulises. Reubica nuestra perspectiva y nuestro juicio. Captura para siempre aquello que es efímero. Una triste mancha en los corredores de la historia, eso es todo cuanto somos. Apenas un rasguño. Hace ciento cincuenta años, Napoleón respiró el mismo aire que nosotros ahora. El batallón del tiempo prosigue su marcha. No se trata de enfrentar al arte con la humanidad, Ulises. Esa no es la cuestión. Lo uno no existiría sin lo otro. El arte constituye el antídoto. ¿Basta para hacerlo importante? Bueno, pues sí, creo que sí.

Entre los olivos se vislumbraba ya el *albergo*. Aquí estamos, dijo Evelyn con voz queda, y el jeep redujo la velocidad y se detuvo. El tictac de un motor enfriándose. El ulular lejano de un búho. La respiración pesada de Darnley.

Mire, señaló Ulises cuando una luz tenue apareció en la ventana de una de las habitaciones superiores. ¿Una fiesta de bienvenida?

Oh, lo dudo, replicó Evelyn mientras se apeaba del jeep. Acercó la cara al oído de Darnley y posó la mano en su hombro. Capitán Darnley, susurró.

El hombre se despertó, aturdido.

Es hora de despedirnos, anunció ella.

Señorita Skinner.

No, no. Quédese donde está, le rogó ella, y le tendió la mano. Gracias por esta velada. Mantenga la cabeza gacha y no se vaya de este mundo, hágame el favor.

Darnley sonrió. Cuídese, señorita Skinner. Ha sido un placer.

Lo mismo digo.

Y presionaré un poco al gobierno militar, se lo prometo.

Gracias; y Evelyn se volvió hacia Ulises. No estoy segura de poder decirle adiós, jovencito.

Pues dejémoslo así, Evelyn.

Se bajó Ulises del jeep y le tendió la mano. Ella la estrechó entre las suyas.

Un regalo, ¿verdad?, dijo él.

Un regalo, en efecto, dijo ella. Dante Alighieri. Lo encontrará en Florencia, en el exterior de la basílica de la Santa Cruz. Tiene pinta de gruñón, pero dele recuerdos de mi parte.

Lo haré.

Y siga invencible.

El soldado le rindió un saludo militar y se quedó observando a la mujer mientras cruzaba con paso firme la hierba agostada en dirección a la terraza.

La oscuridad le impidió distinguir si ella se giraba a mirarlo. Y sí, ella se volvió y lo vio montarse en el jeep, lo vio doblar la curva y desaparecer. Musitó unas palabras, no una plegaria exactamente, apenas un pequeño conjuro de protección.

En el este de Londres, Peggy Temper despertó con la cabeza palpitando de dolor. Llevaba una hora de retraso, buena parte de la cual la había pasado inclinada sobre el lavabo buscando un recuerdo de la noche anterior. Oyó el parloteo de los carreteros al otro lado de la ventana y, al descorrer la cortina, la deslumbró la luz del sol. Vio a Col descargando barriles de cerveza. El hombre dirigió una mirada hacia la ventana y ella se retiró como una flecha, pero la había visto, lo sabía.

Se aproximó al espejo y soltó un gemido. Se mojó los dedos y trató de estimular un rizo aquí, un rizo allá, antes de bañarlos en una neblina de laca. Tras un lavado rápido con una toallita y una rociada de perfume, se vistió y se fumó medio pitillo para despejarse la cabeza.

Bajó las escaleras tambaleándose y el lugar pareció permanecer en vilo. Entró en el bar avisando: No digas ni una puta palabra, Col; y el hombre calló y le puso delante una copa de ginebra a palo seco. Gracias, dijo ella, y se la bebió de un trago. Ay, joder, farfulló, y Col le mandó de un puntapié el cubo del agua sucia.

La mujer suponía un lastre, pero al menos era un lastre guapo. Tenía una cara y un pico que atraían a los soldados, e incluso cuando vomitó hasta las entrañas, lo hizo con estilo. Empinaba el culo con cada espasmo y ofrecía una grata visión de las ligas de sus medias. Col notó el pinchazo de una erección presionándole los calzoncillos. Bajó al sótano a buscar una botella de ron. Cuando regresó, la encontró vaso en mano frente a las botellas y los dispensadores de licor.

¿Curándote la resaca?

Curarme la resaca, ya, pensó ella; esa mañana le iba a costar una barbaridad ponerse en marcha. ¿En qué cojones estaba pensando?

Descuéntamelo de las propinas, dijo, y se sentó y encendió un cigarrillo.

Col, acercándose a ella, hizo lo propio. ¿Una buena noche?, preguntó. La mujer lo miró y se echó a reír.

No hay nadie como tú, Peggy; y ella sonrió con esa sonrisa suya, y gorjearon los zorzales.

¿Col? (Dios, ¿y ahora qué? Esa cara que pone…).

¿Qué quieres, Peg?

Este sábado…

Ni hablar.

Ya, ya lo sé, pero este es importante.

Para ti todos son importantes; y Col apuró su vaso y se puso en pie. Te recuperas rápido, lo reconozco.

Pero eso es bueno, ¿no?

Y Peggy se levantó y empezó a bailar delante de él. Eso es bueno, ¿verdad, Col?

Venga, Peg, que ya es hora de abrir. Y procura no pisar la porquería que arrastras contigo.

Peggy se detuvo y miró detrás de ella. ¿Qué porquería?, preguntó.

Tu hígado. Abre de una vez la puñetera puerta.

El aire cálido de la mañana se coló dentro despreocupadamente, trayendo consigo el olor a polvo de ladrillo y alquitrán. Ginny Formiloe, la hija de Col, volvía de la panadería estrechando contra el pecho una hogaza de pan cual si fuera un bebé. Ginny saludó con la mano a Peg, que le devolvió el gesto. Ginny la quería, se lo decía cada mañana con su graciosa voz nasal. Tenía el cuerpo de una mujer y la mente de una niña. En la taberna, recogía los vasos y servía una pinta de vez en cuando, pero en su mayor parte se ocupaba de la cristalería y de contar las monedas al final de la noche. Todo un encanto de chica, con un cerebro extraño, las piernas de su madre y un bonito vestido de flores. Se parecía mucho a la mujer de Col, a quien por ello mismo se le partía el corazón cada vez que la miraba, sobre todo al principio. Ginny no había nacido con el reloj retrasado, pero había ocurrido algo, probablemente aquella fiebre de cuando estuvo a punto de morir. La mujer de Col lo había abandonado por culpa de la bebida, aunque en realidad debió de haber algún motivo más, y se había marchado mucho antes de que estallara la guerra. Se trasladó a Escocia, a las Hébridas Occidentales, a vivir en la granja de su hermana. Ninguno expresó lo que de verdad pensaba, porque ¿cuán malo tendría que ser para terminar en una roca de granito en el Atlántico Norte?

Col en ningún momento renunció a beber después de su marcha, pero redujo el consumo. Además, delante de Ginny se le ablandaba la ira. Se volvió un alcohólico sensiblero, todo canciones patrióticas y ojos lacrimosos, porque tal era su estilo.

Ginny se detuvo en el bordillo. Miró a la izquierda, a la derecha, otra vez a la izquierda y a la derecha antes de cruzar. ¡Peggy!, voceó. La mujer abrió los brazos y Ginny corrió a fundirse en ellos. Te quiero, Peggy, expresó la chica. Despedía un fuerte olor a menstruación y Peg le dijo: Venga, Ginny, vamos a que te cambies.

A última hora de la tarde, Peg estaba muerta de cansancio. La taberna se había convertido en una morgue y salió a tomarse un respiro. Miró la calle arriba y abajo, con sus escaleras blanqueadas y suficientes chismorreos como para atascar una cloaca. Se desplomó en una silla y volvió la cara al sol. Unos niños que montaban en bicicleta, algunos no mayores de ocho años, le silbaron al pasar: ¡Qué buena estás, Peg! Ella levantó el brazo, imitándolos. Sí, nada mal, chico. Apenas había cerrado los ojos cuando apareció el viejo Cress. Supo que era él quien le tapaba el sol, tratando de llamar su atención.

Cress era la roca de Peg. Siempre lo había sido, siempre lo sería. La consideraba la mujer viva más hermosa del mundo y haría cualquier cosa por ella. Le daría hasta la luna, si pudiera. (¿Y para qué quiero yo la luna, Cress? Para cambiarla por el sol. Piensa a lo grande, chica).

¿Llegaste bien a casa?, le preguntó él.

Me trajiste tú, idiota. Puede que no me acuerde de mucho, pero de eso sí.

¿Entras y me pones una pinta?

Yo he acabado; y señaló el cartel de Cerrado. Col está con los grifos y yo estoy tomando el sol, dijo.

En cuanto se fue el viejo, Peg se subió el vestido por encima de las rodillas. Notó la calidez del sol en la entrepierna, que la hizo sentir timorata y fácil, la misma sensación que cuando había puesto los ojos en el Chico Americano.

Era buen bailarín. Se dio cuenta desde el primer momento. Mejor que su pareja, aunque al verlos podría pensarse que eran hermanos. Su pareja se despegó de él, se dirigió a la barra y los ojos de Eddie se trabaron en los suyos. Como estrellas colisionando, lo describió él. Y luego bailaron como los ángeles hasta que sus ropas acabaron empapadas y sus apetitos descarnados, y más tarde, en una cafetería de Old Compton Street, comieron un triste plato de carne inidentificable con patatas.

Eddy tenía un pelo precioso (espeso, brillante, oscuro), y Peg se lo acarició y dijo que parecía seda, y él se sonrojó porque seguía siendo un niño a pesar de su edad. Le contó que después de la guerra iría a la universidad y tomaría las riendas del negocio de su padre, y Peg inquirió: ¿Qué negocio?, y Eddie respondió: Naranjas. Ella le confesó que no había probado una naranja desde hacía dos años y él declaró que eso habría que remediarlo. Le preguntó si podría verla el sábado y Peg lo desafió: Tú intenta impedírmelo; y Eddie se rio. También lucía unos bonitos dientes. De un blanco americano. Con una leve sobremordida al besarla, nada que no pudiera solucionarse con la práctica. Eddie pagó la cuenta y propuso ir a casa de ella. Esta noche no, cielín; y él insistió: Me encanta tu acento;

pero ella se mantuve firme: Sigue siendo no. Fue entonces cuando Eddie mencionó una habitación de hotel para el sábado por la noche y las rodillas de Peg podrían haber cedido en ese preciso momento y lugar. Voy a tratarte como a una princesa, le prometió.

Dentro, música sonando en la gramola. «Someday my prince will come».

¡Pero qué condenado payaso eres, Col!, gritó, y se levantó y entró en el bar sintiendo que un humor sombrío se abatía sobre ella.

Durante toda la semana se levantó temprano para limpiar las mesas y revisar las botellas y los dispensadores de licor. Se mantenía sobria y se mostraba encantadora, pero aun así tenía a todo el mundo sobre ascuas. ¿Qué le pasa a Peg? Quién coño sabe, decía Col, que la evitaba cual si fuera un volcán a punto de entrar en erupción. Pero no estalló. Se limitaba a fumar. Cuadraba la caja, se ocupaba de los pedidos, llevaba a Ginny al canal a buscar los gatitos que Cress aseguraba que habían nacido esa semana. El jueves por la noche, Peg abrillantó la barra con otra capa de Brasso y Col comentó que resplandecía como una bola de cristal. Veo el sábado por la noche, dijo. Os veo a ti y al chico maravilla saliendo por la ciudad.

Peg, sorprendida al principio, tardó en reaccionar. ¿Qué has dicho?, preguntó.

Lo que oyes, recalcó Col, y Peg saltó a sus brazos y lo envolvió con sus piernas fuertes y bonitas alrededor de la cintura, y él volvió a notar que se le endurecía la entrepierna. Vale, ya vale, dijo, sintiendo la urgencia de bajar al sótano a aliviarse.

Cuando se presentó la noche del sábado, era cálida y amarilla, y un millón de estrellas titilaban en el canal furiosas, incitando a los perros a ladrar.

Clac, clac, clac. Los tacones de Peg bajando las escaleras. Col la olió antes de verla, un perfume francés, con olor a flores, todo seducción. Entró en el bar: ojos azules, labios rojos, cabellos rubios, falda ajustada.

Col dijo: Espero que merezca la pena. Y ella replicó: Es americano, Col. Merece la pena.

Le sirvió un gin tonic. Ten cuidado, Peg. No te vayas a caer.

Y ella, alzando la copa: Brindo por caerme y tener quién me agarre.

Ah, toma, añadió él. Ha venido Kathleen a traerte esto.

Le entregó un sobre, deslizándolo por encima de la barra. Peg lo abrió y se guardó el dinero en el bolsillo.

¿Se cuenta algo?, preguntó él.

No nos escribimos cartas, Col, ya lo sabes. El dinero indica que sigue vivo y es lo único que quiero saber. Arreglaremos lo demás cuando vuelva.

Es un buen chico.

Lo sé, asintió ella.

Y añadió: No me esperes levantado.

¿Peg?

La mujer se volvió. ¿Qué?

Tú vales más que todos ellos.

Era un restaurante elegante. Había música de violines y un camarero le desdobló la servilleta y se la colocó en el regazo. Incluso la llamó «madame», el condenado, lo cual le pareció desmesurado. Eddie la encandiló con una sonrisa de dientes lustrosos y aliento de menta. Su apostura era un proyectil directo a sus bragas.

Eddie deslizó sobre la mesa dos cajas.

Ábrelas, le pidió. Para que sepas que voy en serio.

Peg notaba las miradas que provenían de las demás mesas. Abrió la caja de mayor tamaño y sacó una naranja. La naranja más perfecta que había visto nunca. Cerró los ojos y la olió. Podría haberle dado un mordisco allí mismo y casi le arruinó el momento una persona a la que oyó reír.

La siguiente, dijo él, y ella se preparó para simular alegría al levantar la tapa, pero no tuvo que fingir, porque el broche que contenía la cajita era precioso. Eddie se lo quitó de la mano y lo sostuvo a contraluz.

El camafeo es una caracola. ¿Lo sabías?

Claro, afirmó Peg (aunque mentía).

Yo no, dijo él, y al punto se lo llevó a la oreja.

¿Se oye el mar?, preguntó ella.

Eddie sacudió la cabeza. No. Solo una vocecita, manifestó él, arrugando el rostro.

¿Y qué dice?

Que vayamos a tu casa; y se echó a reír. Pero no así Peg.

No podemos, Eddie. Ya te lo he dicho. Creía que íbamos a ir a un hotel.

Tuve que elegir entre el broche y la habitación, alegó él. Y pensé que te gustaría el broche.

Peg bebió hasta rebasar los límites de lo romántico, y terminó contra una pared bajo un arco ferroviario. Era una noche monocromática y la luna se reflejaba en los adoquines negros, esparciendo esquirlas de luz que arrancaban destellos de la carne blanca de Peg. Su soldado americano, que la besaba apasionadamente, le había prometido ir a un hotel, pero en su lugar le había comprado un broche y allí estaban, apoyados contra una pared, con un ramo barato de flores a sus pies.

La manoseaba con torpeza, buscando a tientas el Frente Occidental, y ella le indicó que tendría que bajar más al sur para encontrarlo.

Ahí, dijo ella, y él dejó escapar un gemido.

Le gustaba cómo decía: Nena. Le gustaba cómo decía: Nunca he conocido a una chica como tú, Peg. Le gustaba cómo la follaba. Pero lo único en lo que podía pensar era en que le había prometido ir a un hotel y, aunque trataba de olvidarse de ello, cuánto más la empotraba él contra la pared, más le volvía esa habitación a la cabeza para mofarse de ella.

Me prometiste una habitación, le reprochó.

Lo sé, lo sé, dijo él, todo afanoso. La próxima vez.

No habrá próxima vez, soltó ella de pronto, y bajó la pierna. Basta ya. Se acabó; y le tiró de ese pelo suyo de niño rico.

¡Caray, Peg! ¿Qué estás haciendo?

¡He dicho que basta!

Pasó un tren por encima y las piedras vibraron. Peg se estiró la falda y cruzó corriendo la calle.

¡Peggy! El eco de su nombre retumbó en los ladrillos. Sus pasos resonaban tras ella.

¿Por qué no podemos ir a tu casa?, preguntó él. ¿Estás casada o algo?

No. No estoy «casada o algo». Vivo encima de la taberna donde trabajo. Te lo he repetido cien veces. Me prometiste un hotel y de repente te vuelves un tacaño.

Ese broche me costó…

Llámame cuando hayas reservado la cama, Eddie. Pero no volveremos a hacerlo así, como si fuera una puta. Se parece demasiado.

Echó a andar canal abajo con una expresión dura como el acero surcándole el rostro, y hasta las ratas se retiraban a su paso. Se sentó en un banco vacío y encendió un cigarrillo. Un borracho se acercó dando tumbos por el camino de sirga, dispuesto a darle palique, pero ella le espetó: ¡Ni te atrevas, joder! Y su voz voló como un puñal, por lo que el hombre pasó de largo sin decirle nada. Sabía apañárselas sola, así había sido siempre, y la ciudad nunca la había atemorizado, menos aún de noche. El canal atraía a personas solitarias y a personas soñadoras, y en ese momento ella era ambas cosas.

Quería escapar de allí y el Chico Americano era su vía de escape. California. Un nuevo mundo. Una nueva vida. Un sueño que retenía en las manos ahuecadas, procurando no derramar ni una sola gota.

Se frotó el pie. Temía que se le estuviera formando un juanete, como a su madre. A la mujer le habían salido unos condenados bultos como castañas en la base del dedo gordo de los dos pies; ojalá Dios no quiera que llegue a parecerse a ella en eso. Encendió una cerilla y miró el reloj. La una y diez. Emergiendo de la oscuridad, ese rostro familiar.

¿Vienes mucho por aquí?, preguntó Cress.

Esto ya empieza a ser una costumbre, dijo ella.

¿Quieres irte a casa?

Vamos entonces; y la ayudó a levantarse, y ella se irguió, y era mucho más alta que él. En cierta ocasión, Cressy le contó que siempre había soñado con ser jockey, en virtud de su estatura, pero había terminado trabajando en los muelles. Y aunque solo hubiera sido una sola vez —había añadido él—, una sola vez, le habría gustado viajar en uno de esos barcos.

No hace falta viajar para tener mundo, le había contestado ella.

¿Crees que tengo mundo?

Nadie tiene más. Lo que cuenta es lo que hay aquí dentro; y le había apuntado con el dedo al estómago. El amor sale de las entrañas, había sentenciado.

Subieron las escaleras que llevaban a la calle.

¿Quieres a ese yanqui?, preguntó él, pero Peg no respondió.

Venga, mujer, que ya no eres una cría.

Peg se detuvo y se calzó los zapatos. Sí, lo amo. Tanto que me moriría sin él.

Sí que te ha pegado fuerte, caramba.

Pues no preguntes.

¿Le cuentas cosas?

No le cuento nada.

Cuéntale algo. Palabras, Peg. Quizá no esté aquí para siempre.

¿Y a ti te cuentan cosas?

No muchas. Pero las palabras son oro molido para un vejestorio decrépito como yo.

No estás decrépito, objetó ella, y abrió el bolso. Toma, te regalo una naranja.

Vaya, fíjate, dijo él, y la sostuvo en alto, recortándola contra el cielo negro. ¿Sabes cómo llegó esto al mundo, Peg?

¿Porque dos naranjas se lo hicieron después de un fin de semana de juerga?

43

El viejo se echó a reír.

Esto de aquí es el descendiente natural de una mandarina y una pamplemusa.

¿Qué coño es una pamplemusa?

Citrus maxima.

¿Has visto alguna?

No, pero lo he leído. Es como un pomelo grande con la piel gruesa y un montón de pellejo blanco debajo.

Un poco como Col entonces, comentó ella en el mismo instante en que la silueta oscura de la taberna aparecía a la vista.

¿Cuándo volverás a verlo?

Pasado mañana.

Bueno, cuéntale cosas, Peg. Dale esperanza.

Una semana después de la liberación del distrito florentino de Oltrarno, Ulises y Darnley se encontraban en los jardines Boboli, detrás del Palacio Pitti, donde habían pasado la mañana dirigiendo un convoy de suministros. Darnley estaba plantado encima de un muro desde el que se dominaba la ciudad. El ruido de los disparos rebotaba de un lado a otro del Arno y en las calles se elevaban columnas de humo. Ulises se había ocultado en un arbusto, con la mira puesta en el Fuerte Belvedere, donde un francotirador fascista había estado toda la mañana sembrando el caos.

¿No ha cambiado de idea, señor?

No, no, dijo Darnley. Si muero aquí, moriré feliz. ¿Le importa si fumo?

Como quiera. No es más que el señuelo.

Soy un señuelo. Un señuelo para mí mismo; y se rio y encendió una cerilla. Esta vista, añadió. El milagro de estar en el lugar correcto en el momento adecuado. *Luce intelectual, piena d'amore.*

¿Qué significa, señor?

Luz intelectual, llena de amor.

Es bonito.

¿Verdad?

¿Es suyo, señor?

¡No! De Dante. La creencia de que la combinación de intelecto y belleza puede hacer del mundo un lugar mejor. ¿Divisa ya a nuestro francotirador?

Todavía no, señor, dijo Ulises, enjugándose el sudor de los ojos. Estará comiendo.

Seguramente, coincidió Darnley, que exhaló un largo penacho de humo y continuó: Y allí en el centro, representando la ciudad en toda su gloria...

¿Qué está señalando, señor?

La catedral. La cúpula de Brunelleschi, que marca el comienzo del gran período del humanismo renacentista. Erigida con majestuoso esplendor para que quienes se sentaran debajo de ella pudieran recibir a Dios. Y, sin embargo, ante todo es un testimonio del orden y la belleza del universo. Un universo receptivo, que no juzga, Temps, y en el cual la humanidad tiene cabida: el hombre como medida de todas las cosas. Y los poetas y los artistas ahondaron en esa convicción. La composición en perspectiva se adaptó en torno a la figura humana. El cuadrado y el círculo sentaron los cimientos de la arquitectura del siglo xv y, con espíritu vitruviano, Leonardo situó al hombre dentro de ambos. Ciencia y teología conviviendo, Temps. El don del intelecto y el logro artístico como dádivas divinas, a la altura de la fe. Qué momento para que estas mentes inconformistas se unieran. Sí, no duró mucho, pero ¿y qué? La explosión de energía de aquella época destruyó mitos y supersticiones y reveló la naturaleza del firmamento, sujeto a la descomposición y la mutabilidad. Igual que nosotros.

Darnley arrojó lejos el cigarrillo. Estaba pensando que, después de la guerra, podríamos...

No hablamos de después, ¿se acuerda, señor?

Hostias. No, claro que no, joder. Lo siento. Es por esta vista. Me invita a soñar.

Póngase rabioso, señor, por favor.

¿Rabioso?

Sí, por favor. Haga ruido. Y aspavientos con los brazos.

¿Así?

Perfecto, asintió Ulises. Ah, ahí lo tenemos. Ya lo veo…

Mi vida está en sus manos, Temps…

Siempre, señor; y contuvo el aliento. Encuadró al hombre en la mira y apretó el gatillo, que retrocedió con suavidad. Sonó el estampido estridente de un disparo y, a lo lejos, un cuerpo cayó de la torre, seguido un instante después de un *panino*. Darnley dio vítores y bajó del muro de un salto. Ulises salió a rastras del arbusto y se sacudió el uniforme.

Darnley dijo: ¿Nota ese olor, Temps?

Sí, señor. Diría que huele a muerte y a cuerpos sucios.

Exacto, dijo el capitán mientras se encaminaban hacia la fuente de Neptuno.

Y una pizca a lo de siempre, añadió Ulises.

Cuando llegaron a la fuente, un grupo de mujeres refregaban a sus hijos y la ropa en la misma agua fétida.

Darnley meneó la cabeza. ¡Por Dios!, exclamó. Niccolò di Raffaello di Niccolò dei Pericoli se revolvería en su tumba.

Dudo de que fuera capaz de moverse, señor, una vez que inscribieran su nombre.

Me duele físicamente, Ulises, se lamentó el capitán. Ver estos jardines así.

Lo sé, señor.

¿Ve eso?

Lo veo.

¿Es que no les importa?

Resulta difícil si no tienes pan, señor. Ni agua.

Darnley lanzó un suspiro.

Venga, Alexander St John Darnley. Vamos a buscar un jeep para volver.

El hedor de la miseria los azotó mientras descendían hacia el patio. El lugar bullía como una barriada de Nápoles: miles de personas traumatizadas, con una única fuente de agua, como huyendo de un asedio. Ulises y Darnley se abrieron paso entre las tinieblas hacia el convoy de suministros. A su izquierda estalló una discusión sobre el reparto de harina. Sábanas y prendas varias de ropa colgaban de los balcones superiores del palacio y, bajo el pórtico, lejos del sol, gente tumbada en colchones se aferraba a sus magras pertenencias. Se habían encendido estufas improvisadas de carbón y el aire estaba impregnado de un olor acre, extraño. Eran personas que habían vivido en las inmediaciones del río Arno; que se habían visto obligadas a abandonar sus hogares antes de que el ejército alemán, batiéndose en retirada, volara los puentes. Todos menos uno, claro.

El Ponte Vecchio se había salvado gracias a un sentimental Führer, que había visitado la ciudad en el 38 y se había encariñado del famoso monumento. Darnley comentó que eso demostraba el mal gusto que tenía el cabrón. Igual que invadir Polonia, añadió Ulises.

¡Vámonos, señor!, gritó seguidamente. Darnley se montó en el jeep y se adentraron en el calor mientras dejaban atrás la espléndida fachada de la antigua sede ducal. A los pies de la ladera, a lo largo de la Via Guicciardini, escombros que alcanzaban una altura de casi diez metros bloqueaban el acceso al Ponte Vecchio. Ulises dio la vuelta al jeep y se dirigió al oeste. Las emanaciones de las cloacas rotas y las tuberías de gas picadas fermentaban bajo el sol augusto. El aire rielaba cual si fuera líquido.

Apenas habían llegado a la Piazza del Carmine cuando de pronto Darnley gritó: ¡Pare el coche!

¿Señor?

Pare el coche, repitió el capitán.

Una multitud de florentinos que retornaba a sus hogares desfiló ante ellos, arrastrando carretillas.

¿Qué ocurre, señor?

Tiene que pasar tiempo en esta ciudad, Temps. Se lo prometí a la señorita Skinner, ¿se acuerda? Venga, abajo. Pero vuelva antes de que caiga la noche.

No había nada que discutir. Ulises agarró el rifle y bajó del vehículo; Darnley se situó detrás del volante.

Ulises lo vio alejarse, no muy seguro de qué acababa de suceder. Desenroscó el tapón de la cantimplora y bebió un sorbo de agua. Un sol implacable resplandecía en lo alto. La amplia extensión de la plaza no ofrecía ninguna sombra y las piedras, cocidas al sol, se habían vuelto blancas. Se apartó de la iglesia y siguió a un ciclista que avanzaba con lentitud hacia una calle completamente en sombra.

Se sintió vigorizado por el frescor y por las horas de libertad que tenía por delante. Los hombres no cesaban de estrecharle la mano como si él hubiera sido el único libertador de su ciudad, y las mujeres lo besaban y le dejaban en las mejillas la marca brillante de sus labios, pero no le importaba. Allá en casa nadie podría entender lo que una ocupación le hacía un pueblo. Las privaciones del cuerpo y del alma. La elección diaria de sobrevivir, pero a qué precio para uno mismo y, a veces, a qué precio para otros. Dio un paso atrás e hizo el saludo mientras desfilaban los tanques aliados. Un soldado le dirigió un gesto, tachándolo de gilipollas. Se echó a reír. Ese era el menor de sus problemas.

La calle desembocaba en la esquina de una plaza arbolada, presidida en el lado opuesto por una iglesia. Se movió entre una multitud que se había congregado a las puertas de un café y repicaron las campanas. Se aposentó en un banco a la sombra, cerca de una fuente, medio esperando oír un borboteo familiar, pero el suministro de agua de la ciudad llevaba cortado hacía largo tiempo. Encendió un cigarrillo y observó el vuelo de los vencejos a través del campanario, de un lado a otro de la cúpula de terracota, aquel complemento perfecto del cielo zarco. Aulló un perro. Pasó un ciclista. Una sensación abrumadora de que algo terrible había acontecido allí, y era ese algo lo que acrecentaba la tensión.

Se fijó en un grupo de personas que gesticulaban como desaforadas. Se levantó y se unió a ellas; siguió la trayectoria ascendente de sus miradas hasta un postigo que batía sus hojas. Más arriba, una solitaria figura oscura. Podría haberse confundido con una estatua de haber sido porque el hombre balanceaba un brazo para mantener el equilibrio. Avanzaba por el tejado con pasos cortos hasta que, llegando casi al borde, alcanzó a ver el vacío más allá y se quedó petrificado. La brisa le arrancó el sombrero, que descendió trazando una espiral. Para Ulises no supuso ningún esfuerzo alargar la mano y atrapar el borsalino de color gris oscuro.

Se precipitó hacia el edificio y se sorprendió al encontrarlo cerrado. Tanteó uno por uno los inmuebles contiguos hasta que por fin cedió una puerta que lo condujo a un antiguo vestíbulo de piedra. Subió las escaleras de dos en dos, a la carrera, y puso en marcha una secuencia de acontecimientos que los lugareños recapitularían con agrado en los días venideros.

Se contarían más tarde en el café un sinfín de versiones del asalto a la escalera, pero fueron el *signor* y la *signora* Mimmi, una lujuriosa pareja sexagenaria que había retornado recientemente a su apartamento en el último piso, quienes habían abierto la puerta al *soldato* y, por lo tanto, gozaron de una dispensa especial para relatar la historia tal como aconteció, sin interrupciones ni adornos por parte de los muchos narradores poco fiables que frecuentaban la plaza.

Estaba aporreando nuestra puerta, dijeron al unísono. Pero no como cuando llegaron los alemanes, añadió la *signora*. ¿Puede hacernos una demostración?, sugirió el sacerdote, y ella cerró el puño y empezó a golpear la barra. Todo el mundo coincidió en que el tono no denotaba enfado, sino que más bien encerraba cierta consideración. Ah, sí, dijo la *signora* Mimmi, era muy educado. Se limpió las botas en el felpudo. Saludó con un *buongiorno*, pero su italiano no daba para más. Era un soldado de cara simpática, con unas cejas bonitas y unos hoyuelos encantadores. No dejaba de apuntar al techo, tratando de hacerse entender. Estaba sudando y no teníamos agua, conque le ofrecimos una copa de vino que se echó al gaznate de un trago. Lo llevamos hasta la cocina y, cuando vio la escalerilla, empezó a subir a la azotea, donde mi marido tiene dos higueras plantadas y recoge el agua de lluvia. Pero hace semanas que no llueve y las higueras se han muerto.

Las mías también, intervino el carnicero.

Fue entonces, confesaron a la concurrencia el *signor* y la *signora* Mimmi, cuando perdieron de vista al soldado. ¿Es que no tenían curiosidad?, preguntó el verdulero. No, dijeron ellos. Queríamos hacer el amor.

Así, pues, allí se encontraba Ulises. En el tejado, un poquito achispado por el vino, a treinta metros de altura, con un hombre al que no conocía, precariamente cerca del borde y ofreciendo un blanco fácil hasta para el francotirador más inepto.

Signore, dijo Ulises, me parece que tengo yo su sombrero. Y le tendió el borsalino, con ademán casual, procurando que no se sintiera amenazado. Creía que, con ese primer envite, establecería si el hombre podía (a) hablar y (b) entender su idioma. El silencio resultante demostró que ninguna de las dos cosas. Ulises dejó el sombrero en la azotea y empezó a descender, centímetro a centímetro, la somera pendiente del tejado. Desde abajo llegaban sofocos audibles. Al aproximarse, pudo apreciar que el hombre tendría poco más de cincuenta años y, qué cosas, llevaba traje y corbata, como si se hubiera vestido para su funeral. *Qué lo habrá empujado a subir aquí*, pensó, y sonrió porque todo el mundo insistía en que tenía una sonrisa de lo más cautivadora.

Abajo, Michele, el propietario del café, había conseguido milagrosamente un par de prismáticos y daba parte de la situación a una multitud ansiosa que crecía por momentos.

Está sonriendo, informó.

¿Arturo?

No, el soldado. Y ahora se ha encendido un pitillo.

¿Arturo?

¡*Madonna mia*, el soldado! Michele, gesticulando como un poseso, bajó los prismáticos.

En el tejado, Ulises se llevó el cigarrillo a la boca y evaluó la situación. Era una preciosa tarde de verano.

El sol caía a su espalda, tejiendo una telaraña de fulgor sobre los tejados, y la luz cubría de rosa la torre de Bellosguardo y el Duomo, y las colinas resplandecían en la bruma. Ulises desbordaba de gratitud. Si su vida iba a terminar allí, que así fuera. Sentía la presencia de su padre junto a él. Y la del padre de su padre. Estaba conectado a un largo linaje de Tempers, todos ellos hombres decentes, de temperamento afable, que nunca habían pedido demasiado, tan solo algún golpe de suerte de vez en cuando. Se preguntó si el apellido derivaría de «templario», el sacerdote guerrero. Combatiendo en nombre de la fe y del amor, por equivocado que estuviera. Mas todos los actos tenían consecuencias, naturalmente...

Por tales derroteros discurrían sus pensamientos momentos antes de pisar una teja que se desprendió y lo lanzó volando hacia el vacío.

La multitud de abajo contuvo la respiración. *O mio Dio!*, exclamó Giulia, la mujer de Michele. *O mio Dio!* El sacerdote se santiguó repetidas veces y un extraño en la zona, de tendencias fascistas, cruzó los dedos y deseó lo peor.

El problema, hasta donde advertía Ulises, no radicaba en que medio cuerpo pendiera fuera del tejado, sino en que el cañón del arma se había trabado en el canalón. Él se encontraba encajonado en una posición harto incómoda, pues los testículos no eran precisamente conocidos por su capacidad para soportar peso. Ulises se volvió hacia el hombre y, confiando en que aún fuera posible la conversación sin que existiera una comunión de lenguaje, dijo: Escúcheme, *signore*...; y a continuación le explicó que ya se había visto una vez en un percance similar y que, aparte de la incomodidad física, que era fuerte, aún abrigaba esperanzas de que todo se resolviera positivamente; si tan solo —en ese punto templó la voz, que sonaba tranquila, sin rastro de súplica—, si tan solo pudiera agacharse y liberar el cañón del arma.

El *signore* frunció el ceño.

La pistola. Los ojos de Ulises señalaron el arma. Pum, pum. Lo único que tenía que hacer, indicó, era un pequeño movimiento. Inclinarse hacia delante, agacharse un poco y alargar la mano. Una acción que no exigía nada más que hacer contrapeso con el cuerpo. Nada distinto a lo que haría, por ejemplo, para sacar a un niño de un estanque. Nada más.

Abajo, Michele explicó a la multitud: La pistola del soldado se ha quedado atascada en el canalón.

Se elevó un murmullo de incredulidad.

Parece que están hablando, añadió.

¿Cómo van a estar hablando?, dijo la señora condesa. Arturo no habla inglés, el soldado no habla italiano. Esto es un desastre. Haga algo, idiota.

Michele se adelantó un paso y, con su fuerte acento, gritó: ¡Oye, Arturo! ¡El cañón de la pistola se ha quedado atascado! ¡Tienes que soltar la pistola del canalón!

La multitud empezó a gritar: ¡Suelta la pistola! ¡Suelta la pistola! ¡Suelta la pistola!

Arturo se agachó.

No, no cierre los ojos, dijo Ulises.

Arturo lo miró.

Eso es. *Sì, sì.* Eso es. Ya casi. Ya casi…

¡Ha soltado la pistola!, exclamó Michele desde abajo. La multitud dio vítores y aplaudió. ¡Bien hecho, Arturo!, gritaron, y empezaron a corear su nombre. Arturo los contempló, confundido. Era la muerte lo que había ido a buscar, no la aclamación.

Ulises estiró el pulgar antes de evaluar con presteza su próxima acción. Descubrió que el peso de su cuerpo jugaba considerablemente a su favor, que se inclinaba más por el tejado que por la caída, y se dispuso a escuchar al edificio. A su curtida solidez. A las centenarias tejas de terracota. Al canalón. A las vidas que en otro tiempo habitaron entre sus paredes. Y ese acto de escucha encerraba una pregunta sencilla: ¿puedo fiarme de ti? Era una pregunta que se formulaba en silencio acerca de cualquier persona al cabo de unos minutos de conocerla. Peggy: cruel, pero digna de confianza. Evelyn Skinner: digna de confianza. Capitán Darnley: lo seguiría hasta el infierno.

Observó cómo un insecto le trepaba por el brazo y concluyó que esa era una respuesta tan buena como cualquier otra, de modo que empezó a balancear la pierna, y el canalón tembló. Hacia delante y hacia atrás hasta que el impulso hubo generado la suficiente energía para auparse —suspendido por un instante entre el tejado y el cielo— y, cuando aterrizó, se bamboleó ligeramente hacia atrás, lo que arrancó un grito al sacerdote de abajo. Pero lo que percibía bajo la bota era principalmente tracción: una maravillosa resistencia. Se alisó la ropa, se reajustó las pelotas y un *crescendo* de aplausos se elevó desde la plaza.

En ese momento, tres edificios más allá, los Mimmi se asomaron a la ventana, ajenos por completo al drama que se había vivido por encima de ellos, pues habían estado retozando en el sofá como adolescentes.

Vamos, Arturo, dijo Ulises. Se acabó; y le ofreció el brazo, y Arturo se aferró a él y juntos abandonaron el tejado, hasta el sombrero, hasta la pequeña azotea, hasta el hogar silencioso que aguardaba más abajo.

La euforia por engañar a la muerte dio paso a una calma cansada y Ulises dejó a Arturo en la mesa de la cocina y fue a buscar un cuarto de baño. El retrete desprendía un fuerte olor a amoniaco que lamentó haber intensificado.

En el pasillo, la primera pieza que había a la izquierda era un dormitorio. Ulises se tumbó en la cama; el edredón de plumas profusamente bordado se le antojó confortable y tentador. En el techo había un fresco. Algo clásico, no religioso, en el que reconoció las hojas de acanto que Darnley le había señalado a lo largo de los meses. El efecto trampantojo de las cornisas, un cielo abierto y pájaros en vuelo. La brisa hacía crujir los postigos. Oía al hombre en la cocina: el sonido triste de la soledad.

Tres dormitorios más se abrían desde el pasillo: dos daban a la iglesia y a la plaza; el tercero, a un *cortile* trasero. Todos compartían la misma simplicidad en la decoración, una paz lujosa de gusto y estilo, frescos en el techo, pero solo de líneas curvas y racimos de hojas, azules y blancas, o blancas y rosas, desteñidas por el tiempo o por un pincel diestro.

En el cuarto de estar, dos paredes de libros aislaban la pieza, y el suelo, de terracota, estaba cubierto de alfombras. Un par de voluminosos sofás, anaranjados a la luz agonizante del día, reforzaban la calidez del ambiente; sin los antimacasares ni las pesadas butacas de madera que acostumbraban a encontrarse en las casas florentinas. Una miríada de cuadros abarrotaba las paredes, imágenes de fruta y mesas de cocina, ingredientes dispersos en distintos estados de descomposición, escenas domésticas cotidianas en las que bien podría haber situado a su madre.

Se sentó ante una máquina de escribir y tecleó su nombre una y otra vez, y en el silencio las teclas percutían con estruendo. Asió el libro que descansaba junto a la máquina y vio un texto denso y viejas fotografías de pinturas. En la portada, en grande, *Il Restauro dei Dipinti*. Hojeó las páginas y se detuvo en una de las ilustraciones.

En la puerta de la cocina, sostuvo el libro abierto por la página en cuestión y dijo: Lo he visto.

Arturo se giró. *La Deposizione del Pontormo?*

Sí, asintió Ulises. Lo he visto… Y apuntó con el dedo a su ojo, a la imagen y a la ventana.

Dove l'ha visto?, preguntó Arturo.

Al sur de aquí, diijo Ulises. Acercó una silla y soltó su mochila en el suelo. Colocó el libro entre ellos y explicó: Trata del duelo. La historia más vieja del mundo. Y posó la mano sobre el brazo de Arturo.

Intentan darle sentido a lo que no lo tiene. Personas capturadas en el momento exacto en el que desprenden a Jesús de la cruz. Y en ese momento hay energía y emoción. Es un poco como interrumpir un baile. Y lo único que queda es el silencio. Y la pena. Y se acelera el pulso.

Arturo lo miraba de hito en hito. Al cabo, se levantó, apartó la silla y se agachó bajo la mesa. Retiró un par de baldosas del suelo para exponer las fauces oscuras de un escondrijo, una despensa secreta que, durante un año, había sustentado una vida. Extrajo una botella de vino, una vela y una cuña de queso.

Menudo festín, dijo Ulises, y echó mano a su mochila y sacó una lata de jamón que depositó encima de la mesa.

Fue entonces cuando Arturo rompió a llorar.

Solo es jamón, dijo Ulises.

Y, por espacio de dos horas, el vino fue escanciado; el queso, cortado, y los dos hombres hablaron. ¿De qué? Del amor, de la guerra, del pasado. Y escucharon con el corazón en vez de con los oídos y, a la luz de una vela, en una cocina del tercer piso de un antiguo *palazzo*, la muerte quedó en suspenso. Por otra noche, o día, o semana, o año.

Ulises se marchó cuando el ocaso empezaba a instalarse en la plaza. A su espalda, el golpetazo sordo de la puerta hizo aullar a un perro. La notable fachada de la iglesia resplandecía y los últimos vencejos se lanzaban desesperados por jugar. Algunos rezagados vagaban sin rumbo fijo, pero en su mayor parte la plaza estaba vaciándose antes de que cayera la noche. Tendría que andar con prisa para regresar al campamento antes del toque de queda, de modo que, en lugar de girar a la izquierda, cruzó la plaza a la carrera y se encontró junto al río. El agua estaba baja y un escuadrón de mosquitos se cernía sobre ella, a la caza de sangre. Los viejos edificios que antaño colgaban sobre el Arno habían desaparecido. Balcones, arcos y torres eran ahora un gigantesco montón de mampostería hecha pedazos que se desparramaba sobre el muro de contención o había hallado asentamiento en el lecho del río. Un puente Bailey, en construcción, cruzaba los devastados muñones del Ponte Santa Trìnita y en el norte de la ciudad se oían los disparos esporádicos de los francotiradores, que lo empujaron a pegarse a la pared, buscando las sombras más oscuras. En la otra orilla, los tanques alemanes circulaban por el *lungarno*. Su mole, en el crepúsculo, como elefantes en un abrevadero. Y las brasas de cigarrillos alemanes en bocas alemanas; no debería haber sido bonito, pero lo era, de una manera osada. Se internó en calles oscuras y se dirigió al oeste hasta que desembocó de nuevo en la amplia extensión de la Piazza del Carmine; luego prosiguió hacia el oeste hasta que reaparecieron los jardines Boboli. Mientras los mantuviera a su izquierda, sabía que tarde o temprano llegaría a la Porta Romana, y a una unidad aliada, y hallaría el lento camino a casa.

Distinguió el sonido de vocales inglesas por delante de él y aligeró el paso. Eran rezagados de un batallón que venían de un burdel y, con la seguridad que les brindaba su número, superaron el puesto de control y la amenaza de un consejo de guerra y se encaminaron haciendo eses a la villa donde estaban alojados. La noche se tornó fragancia y las flores de los tilos se derramaban sobre los muros. Su aroma los arropó y llenó el espacio entre ellos, los dejó mareados cual abejas.

El capitán esperaba en el huerto junto a la tienda de Ulises. La familiar silueta encorvada, el movimiento furtivo del cigarrillo hasta la boca, el ceño fruncido iluminado por la fría luz azul de la luna. Darnley se giró al oír sus pasos. Bonito sombrero, Temps, le dijo.

Gracias, señor; y Ulises se lo quitó para enseñárselo. El otro le indicó con un gesto que lo siguiera y caminaron hasta el límite de la arboleda, a la parte más recóndita del jardín, lejos de oídos indiscretos.

Nos vamos, anunció el capitán.

¿Qué?

Mañana. Volvemos al Adriático. El Quinto Ejército permanecerá aquí.

Joder.

Ya.

Y así tan de repente. ¿Se encuentra bien, señor?

No. La verdad es que no. Y Darnley recorrió con la mano la cinta del sombrero. No sé. Algo no me cuadra. ¿Soy yo o esta noche hace más frío?

Un poco, señor, mintió Ulises.

Eso me parecía, dijo Darnley, y volvió a calarle el borsalino en la cabeza.

Esta tarde le he salvado la vida a un hombre, señor.

Usted me ha salvado la mía todos y cada uno de los días, Temps. ¿Entra?

Dentro de un momento, señor.

Buenas noches, entonces, Temps; y Darnley —sin pensar— se despidió al estilo italiano. Hubo una pausa, no obstante, antes del segundo beso, y en ese íntimo intervalo flotó en el aire un Brunello di Montalcino de 1937. Decantado. Y en ese íntimo intervalo flotó en el aire algo no expresado. Se acabó, señor. Y la guerra ha terminado.

Está muy guapo, dijo Darnley antes de desaparecer entre los árboles, de regreso a la villa.

El día siguiente, 11 de agosto, *la Campana del Popolo* del Palazzo Vecchio repicó sin descanso, animando a todas las demás campanas de Florencia a imitarla. El sonido persiguió a los alemanes hasta Fiesole y las colinas circundantes.

En el modesto *albergo*, Evelyn Skinner, Margaret nosecuánto y el *signore* salieron a la terraza a escuchar.

Gloria. Gloriosus. Glorious, pronunció Evelyn.

Margaret guardaba silencio, porque aún seguía resentida a cuenta de *El descendimiento* de Pontormo y la noche anterior se había trasladado al anexo, a una habitación algo más pequeña y fría.

Liberazione!, exclamó el propietario.

En más de un sentido, pensó Evelyn.

Lo acompañó a buscar botellas de *frizzantino* y el hombre, abrumado por la emoción de la mañana, intentó besar a Evelyn en el viejo establo de las vacas (no es un eufemismo, diría un día). *Bah, qué diablos*, pensó, y le ofreció la boca. Él se condujo con sorprendente ternura, pero el beso reafirmó su opinión de que los hombres no eran para ella, y luego le dio las gracias en un italiano perfecto, confirmando que sería la primera y la última vez, se dio media vuelta y descubrió a Margaret nosecuánto de pie en la puerta veteada de luz, con la boca pellizcada como si se hubiera tragado una avispa sin querer.

¿Cómo has podido?, murmuró Margaret.

Contrólate, replicó Evelyn al pasar a su lado, caminando a rápidas zancadas hacia la terraza.

El propietario abrió una botella y el corcho no alcanzó de milagro a una golondrina que volaba desprevenida.

Evelyn propuso un brindis a voz en cuello: ¡Por la libertad y por quienes navegan en ella!

Al salir de la ciudad, las campanas guiaron a Darnley y a Ulises cual si fueran reyes.

El capitán le pidió que estacionara a un lado de la carretera en un tramo que ofrecía una panorámica espectacular, y luego se puso en pie y nombró cada una de las iglesias y monumentos que pudo avistar.

Ulises vio cómo hacía el saludo a la ciudad: la relación más larga y comprometida que había mantenido con nada.

Darnley dijo: Vamos, Temps, ¡en marcha!; y el jeep se reincorporó al convoy que se dirigía al este. El sol estaba alto y las sombras abundaban. Olía a polvo y a flores de tilo y a hombres. El capitán parloteaba sobre un escultor poco conocido cuya obra había sido atribuida a otra persona.

Ulises dijo: Creo que es usted uno de los mejores hombres que conozco, señor. El mejor de todos, señor.

El otro se volvió hacia él y sonrió. (Clic). Capturado para la eternidad.

El capitán Darnley murió en combate el 9 de septiembre de 1944 en Coriano Ridge. Faltaban tres días para su trigésimo primer cumpleaños.

Ese día, Ulises enmudeció. No hablaría de él hasta transcurridos muchos años.

A medio camino entre un átomo y una estrella

1946 – 1953

Era un día de principios de noviembre y el viejo Cressy pasaba el rato admirando un pequeño árbol ornamental. Un *prunus serrulata*, un cerezo japonés. Nadie sabía quién lo había plantado, porque era una zona en la que predominaban los plátanos, pero en algún momento una mente brillante había alumbrado una brillante idea y le había proporcionado un hogar allí, como una especie de acto de rebeldía. O quizás un pájaro hubiera cagado tiempo atrás una semilla que había germinado y dado lugar a esa maravilla deslumbrante. Fuera quien fuere el responsable, el árbol se había convertido, para Cressy, en un símbolo de todas las cosas buenas.

Lo que más le asombraba era que el árbol no solo había sobrevivido al *Blitz*, también a la explosión de una bomba V2 que se había llevado por delante la fábrica de gas Imperial, que a su vez se había llevado por delante las ventanas de las calles de alrededor, esparciendo por doquier carbón para dar y tomar. En medio del aullar de las sirenas y de una muralla de llamas, Cressy había posado la mano sobre el tronco y le había asegurado que lo peor ya había pasado. A fin de cuentas, apenas quedaba nada de interés que bombardear en la zona. Incluso la iglesia había desaparecido.

Fue después de este último acto de destrucción cuando Cress se encargó personalmente de cuidar del árbol. Procedía, según había leído, de los bosques de Asia central, y se imaginaba emprendiendo tan tremendo viaje. Un tipo enigmático era Cress. De modo que lo regaba y hablaba con él siempre que iba por allí. No le importaba que el fruto que daba fuera incomible, porque las cerezas le descomponían el estómago, así era desde siempre; algo relacionado con una irritación leve del colon. Con las manzanas sabía que pisaba terreno firme.

Cada mes de abril, cuando los gruesos racimos de flores blancas y rosas colgaban a baja altura, las ramas combadas, y se convertían en la comidilla de la calle, Cressy caminaba metódicamente, con aire zen, un vaso de cerveza negra de casa Col en la mano, y se sentaba bajo el árbol en flor, realizando a sabiendas el ritual japonés del *hanami*, del cual había leído algo en la biblioteca. La gente que pasaba por allí se reía, pero Cress cerraba los ojos y escuchaba el canto de la brisa entre las flores. Era ajeno a todo menos a ese momento. Un cerezo en flor y un vaso de cerveza negra. Difícil de batir.

El viejo Cress no había sido nunca el joven Cress. Su nombre real era Alfred Cresswell, aunque, por culpa de su calvicie prematura, pronto empezaron a llamarlo Carahuevo. Después, en una suerte de matrimonio culinario, se convertiría en Cressehuevo, aunque al final el nombre que cuajó fue simplemente Cress. Podía arreglar cualquier cosa, encontrar cualquier cosa, y era el hombre al que todo el mundo recurría en caso de necesidad. Cress no aprendió a leer hasta después de cumplir los treinta. Hasta entonces, solo hubo un período vacío marcado por la vergüenza.

Peg odiaba el invierno.

Odiaba el olor a lana húmeda y humo de carbón. Odiaba las noches que empezaban a las tres y los días que apenas despegaban la cabeza de la almohada. Odiaba la sota, caballo y rey que el invierno traía consigo. Odiaba las zonas devastadas por las bombas, y las penurias, y los espejos que nunca mentían. Odiaba las revistas que mostraban la vida en Estados Unidos, con sus llanuras extensas y sus coches lujosos y el cartel de Hollywood que invitaba a soñar con algo más. Odiaba a las mujeres bronceadas con gafas de sol enormes que posaban delante de casas enormes rodeadas de vallas blancas, y los anuncios de cigarrillos con vaqueros ceñudos y bellezas de labios carmesíes. Odiaba que Eddie Clayton se hubiera esfumado dos años antes. Odiaba el viento que silbaba entre sus dientes y odiaba que el verano quedara tan lejos y que la Navidad se interpusiera entre ella y un nuevo año.

Al bajar las escaleras, se le enganchó la media y se sentó en el último escalón. Peggy nunca lloraba porque se le habían secado las lágrimas, pero ello no significaba que fuera incapaz de sentir. A veces le entraban ganas de morir, pero ¿quién querría oír una cosa así?

Clac, clac, clac a lo largo la calle. La melodía de Peggy.

¿Estás bien, Peg?, preguntó el viejo Cress, debajo de su árbol.

Peg asintió con la cabeza y continuó andando.

Nunca es tan malo como…

Hoy tengo un día jodido, Cress, conque guárdate tus monsergas.

Col, apostado en la puerta de la taberna, fumaba. Dios, esa soledad en su alma. Se manifestaba en forma de acidez estomacal y el invierno traía consigo un ardor prolongado en el esófago, junto con oscuros días de niebla y un anhelo neblinoso de la mujer que había sido su esposa. Agnes Agnew, un salto de calidad para Col, con su nombre y sus genes hugonotes. ¿Quién era él entonces y quién era ahora? No alcanzaba a llegar más lejos por los senderos y vericuetos de sus cavilaciones existenciales. Sabía que algo se había torcido, pero no sabía cómo enderezarlo por mucho que se esforzara.

Agnes seguía ahí fuera, en alguna parte. En una roca, criando ovejas, o tal vez cabras. La gente lo habría compadecido en mayor medida si ella hubiera muerto, y eso le habría gustado: que le hubieran tenido un poco más de lástima. Gracias a Dios que tenía a Ginny para no perder el rumbo. Ay, Ginny. En aquellos días parecía la viva estampa de Agnes. Cressy la describía como fascinante, y era fascinante, hasta que abría la boca y salía una niña. Ginny siempre desaparecía a toda prisa de su vista (el ácido empieza a fluir cuando piensa en sus ausencias). Hubo algún altercado durante el *Blitz*,

61

como cuando la sorprendió besuqueándose con un marinero, que no entendía que Col no parara de pegarle y decir: Solo tiene diez años, cabrón. El marinero pasó su permiso en tierra en el hospital.

Col desenvolvió un caramelo de menta. Un proyectil de gases retumbó en su intestino delgado como un tren subterráneo.

Este era el Londres al que Ulises regresó. Invierno de 1946, dos meses antes de que sobrevinieran las grandes nevadas. Una ciudad gris, pugnando por salir adelante, como un anciano a las puertas de la Misión, todo gracia, y una sombra de lo que fue.

Ulises tomó el autobús hacia el este, se bajó en Kingsland Road y continuó a pie, entre el frenesí del tráfico, hasta el lugar devastado por las bombas donde en otro tiempo había estado el taller de su padre. Cressy lo había avisado de la explosión, haciéndole llegar una carta al norte de África, escrita al estilo de un telegrama:

Ulises. STOP. Taller de tu padre atacado. STOP. Salvé un globo y las planchas de cobre. STOP. Ningún muerto. STOP. Espero que África sea interesante. STOP. Cress.

Era cierto que su padre no había muerto en los bombardeos; había muerto unos años antes, diagnosticado de un raro cáncer de la sangre.

Al menos no son los pulmones, había dicho mientras caminaban juntos al salir del Hospital de Londres.

Dos semanas más tarde, volvió a la consulta.

Son los pulmones, le comunicaron entonces.

Su padre Wilbur confiaba en que derrotaría al «cáncer», como seguía llamándolo, con el mismo convencimiento erróneo que le había hecho perder miles de libras, además de unos cuantos amigos de confianza, a lo largo de su vida. Presiento que voy a tener suerte, hijo, fueron sus palabras. Un presagio del desastre como jamás ha habido otro.

Era septiembre, y acudieron juntos al local de Tubby Folgate para hacer una última apuesta, una que significaría que su padre llegaría con vida al año nuevo. Tubby se rio y aseguró que habría tenido más opciones apostando por unas Navidades blancas.

Esa noche, salieron a sentarse en el pequeño patio de ladrillos. Ninguno de los dos sabía qué decirle al otro. La voz de soprano de la señora Ashley se elevó desde el retrete contiguo, y ella interpretó su papel y añadió un toque exquisito de dulzura a esa escena entre padre e hijo enfrentándose al abismo de la despedida. Todo muy tierno.

Wilbur sacó su libreta y, en voz queda, empezó a hablar: He hecho mis cálculos, hijo, y los números cuadran; y con un dedo escuálido recorrió la página, delineando el ilegible misterio del azar. ¿Ves?, le indicó. Y entonces estiró el brazo hacia un cielo de medianoche, lo que dejó al descubierto la impactante translucidez de su piel.

Mira, le dijo.

Y allí, un claro repentino en medio de la niebla, como si alguien hubiera retirado la felpilla del firmamento solo para él. El mismo dedo escuálido que recorría la arquitectura celeste. Que recorría las constelaciones, la contención de las esperanzas de todo cuanto eran. Y luego, más como filósofo que como jugador, proclamó: He vivido bajo el veleidoso movimiento de una aventura planetaria. Me he tropezado con largas noches oscuras cuando suenan las sirenas. Pero en el instante en que las estrellas se alinean y el viento fresco te saluda de mañana, ahí es cuando el misterio se convierte en conocimiento y la fortuna se convierte en amor…

Nora asomó la cabeza por la puerta.

Cariño, ¿de qué está hablando?

No lo sé, mamá. Creo que es la morfina.

… y la trayectoria de vuelo de un pajarillo, que se desplaza a mil kilómetros de su hogar, y al final termina posándose, con calor en las alas y un sereno regocijo por su dominio de la navegación.

Wilbur se marchitó en espacio de un mes; sus pulmones resoplaban como una caldera sobrecargada, y se volvió todo dientes y huesos y esencia. Todo al negro, fueron las últimas palabras que pronunció. Murió en mitad de la noche en el sofá de la planta baja.

Ulises velaba en una butaca a su lado y, cuando echó una mirada, el viejo brillaba encima de su lecho. El resplandor de una farola se filtraba a través de las cortinas e iluminaba a su padre cual si fuera algún tipo de santo medieval.

El velatorio se celebró en la taberna de Col. Cerveza negra, whisky y té. Peg untó mantequilla en los sándwiches, pero se olvidó de rellenarlos, y Ginny lloró, porque siempre había sido una niña y siempre lo sería. Fue un bonito adiós. Tubby Folgate envió una corona de flores, pagada con la última apuesta de su padre, y una nota que rezaba: *Eras uno entre un millón.*

El fin de una era, le dijo Cressy a Ulises. Ahora es tu turno, muchacho.

Ulises tenía diecisiete años. Pesadas palabras para unos hombros tan menudos.

Dobló la esquina y la taberna de Col apareció ante sus ojos. El Armiño y el Loro, era una destartalada taberna georgiana que nunca había visto tiempos mejores. De los canalones colgaban banderines harapientos que estaban allí desde el Día de la Victoria en Europa y había suficientes excrementos de paloma en los ladrillos como para rivalizar con la Columna de Nelson. Durante años se la había conocido simplemente como El Armiño, hasta que el ave epónima se coló por la chimenea y se negó a marcharse, instigando así su adición apresurada al nombre de la taberna.

El rótulo se mecía adelante y atrás en la brisa, con un fatigado chirrido de indolencia. Entre o váyase a tomar por culo, entre o váyase a tomar por culo.

Ulises abrió la puerta y la lumbre a su derecha lo recibió con una vaharada que olía a rancio, a cuerpos agrios y puntiagudos. Los más viejos del lugar se apiñaban en torno al hogar, exactamente donde los había dejado: mismos rostros, menos dientes. Y encima de la chimenea, en un estante estrecho, el armiño disecado tenía exactamente el mismo aspecto que el día que murió: rabioso e incrédulo.

Sobre la barra, el loro amazónico de frente azul vigilaba la caja registradora con cansada apatía. Ulises dejó caer el petate junto al reposapiés y acarició el pecho del pájaro. Hola, Claude, saludó. ¿Te acuerdas de mí, socio? Pero Claude se limitó a mirarlo, mudo, los ojos vidriosos por el estrés postraumático. De pronto, el loro bajó la cabeza y golpeó varias veces una campana. Col salió de la trastienda.

Bueno, bueno, ¡mira a quién tenemos aquí! Me alegro de verte, Tempy. Creíamos que te habías olvidado de nosotros.

Se estrecharon la mano.

¿Está Peg por aquí?, preguntó Ulises mientras se quitaba el sombrero y se alisaba el pelo, mirándose al espejo tras la barra.

No, ya no trabaja aquí, hijo.

¿Ah, no?

No, hace ya un tiempo que no. Está prosperando en la vida. Ahora es mecanógrafa. Sesenta palabras por minuto, no calla la boca con eso. ¿Has estado donde Kathleen?

¿Por qué tendría que ir?

Por nada.

(A esas alturas ya todos los parroquianos lo miraban).

Col le sirvió una pinta. Aquí tienes, amigo.

Salud, Col; y Ulises bebió. Miró al loro y dijo: Me sorprende que siga vivo.

A mí también, muchacho, a mí también. Cuanto más grande es el pájaro, más tiempo viven. O eso dicen. Y ya ves lo gordo que está el cabrón. Calculo que tendrá sesenta años justos. Me enterrará.

¿Ya no habla?

No desde que volaron la fábrica de gas. Perdió las plumas y la voz, así de golpe. El estrés de la explosión. Se puso feo. Como un faisán listo para meterlo en el horno. Ginny lo salvó del abismo. Manos de santo, tiene esa niña. Claro que yo lo quería muerto. Siempre he pensado que tuvo algo que ver con que Agnes se marchara.

¿En serio?

Se alió con ella, Temps. Y eso no se lo perdono.

Col abrió la espita del whisky, se sirvió un chupito y alzó el vaso.

Por ti, amigo, brindó. Me alegro de tenerte de vuelta.

Gracias, Col.

¿Sabes qué es lo más raro?

No, dime.

Lo último que soltó el pájaro antes de mudar las plumas: la cualidad de la misericordia no es forzada. ¿No te parece una frase rara para un loro? ¿De dónde la sacaría?

De Shakespeare.

¿Tú crees?

Lo sé.

Ah.

Bebieron en silencio, con la mirada fija en el pájaro.

Al cabo de un rato, Ulises echó un vistazo alrededor. Conque te has deshecho del serrín.

Sí, ya iba siendo hora. Atraía a una clientela poco recomendable.

El empapelado es el mismo.

Sí, bueno, ya sabes lo que dicen: si no está roto...

Pero estaba hecho una ruina, pensó Ulises. El lugar entero era una puta ruina. El papel se rizaba en las juntas y las luces parpadeaban como si se avecinara una tormenta; un efecto acentuado por las vidrieras verdes de la parte superior, que dotaban de un brillo acuoso a la luz de la tarde. Y, naturalmente, un loro que no hablaba.

En realidad, sí que ha habido un cambio, matizó Col. Me he diversificado. Ahora también vendo aspirinas y sellos. Todo en la barra.

Magistral, Col.

Es lo que pensé. ¿Qué planes tienes?

Tomarme otra pinta después de esta, por favor.

Marchando, dijo Col, mirándolo por encima de las gafas. Pareces estar de una pieza. ¿Has salido intacto?

Asintió Ulises con la cabeza.

Aquí siempre habrá un trabajo para ti, ya lo sabes; y empujó la pinta hacia él. Invita la casa, añadió.

Ulises alzó el vaso en gesto de agradecimiento.

Joder, esto me está desquiciando. Tienes que ir a casa de Kathleen. Lo siento, muchacho, pero…

Ulises dejó la pinta en la barra y se enjugó los labios. Que nadie me toque la cerveza, advirtió.

Descuida, amigo, dijo Col, y Ulises dio media vuelta y salió en tromba del local.

Echó a andar calle abajo. Giró a la izquierda en la plaza de las villas góticas, luego a la derecha, y se plantó ante una casa que se erguía orgullosa en medio de una hilera de viviendas agónicas.

¡Kathleen!, voceó, al tiempo que aporreaba con los nudillos. ¡Kathleen!

Una pelirroja corpulenta de mediana edad abrió la puerta. Vaya, mira a quién tenemos aquí.

Col me ha dicho que viniera a verte.

Ella se rio. ¡Cómo no!

¿Dónde está Peg?

No está aquí.

¿Qué significa eso?

¿Quieres entrar, solete?

Quiero saber qué es lo que pasa.

Seis años es lo que ha pasado. Ella no te ha esperado, Tempy.

Tampoco confiaba en ello. ¿Todavía tenemos la casa en la Medialuna?

¡Qué porras vais a tener! Se la quedaron los Mason, porque las bombas destruyeron la de ellos. Hay listas de espera.

Dios santo, musitó él.

Entonces una niña se asomó al lado de Kath. ¿Ya eres abuela?

Todavía no, listillo.

¿Cómo se llama?

¿No lo sabes?

Sí, también leo la mente. Dile a Peg que he vuelto; y él empezó a alejarse. Dile…

Es la hija de Peg, Temps, le informó la mujer.

Ulises se detuvo y Kath señaló con la cabeza a la pequeña. La niña. Es hija de Peg, repitió.

Ya te he oído.

¿No ves el parecido? El padre es yanqui.

¿Peg está bien?

Kathleen se encogió de hombros. La niña se llama Alys, dijo.

Vale.

Cinco minutos después, se abrieron las puertas de la taberna y reapareció Ulises.

¿Has ido a casa de Kathleen?

Sí.

Buen chico. Así que necesitarás un trabajo y un sitio para vivir, ¿no?

Col le deslizó la cerveza por la barra.

No la habrá tocado nadie, ¿no?

Absolutamente nadie, aseguró el otro.

Ulises bebió un trago. Se enjugó los labios y se ajustó el sombrero mirándose al espejo.

Bonito sombrero, dijo Col.

Ulises se lo quitó para enseñárselo. Es italiano, ¿ves? Si alguien de por aquí lleva este sombrero, sabrás que me lo han birlado. Así de simple. Este sombrero es mío. Que nadie lo toque.

¿Como tu cerveza?, preguntó Col.

Exacto.

Deberías ponerle tu nombre, le sugirió.

Puede que lo haga.

Cuando quieras hablar, hijo, ya sabes, dijo Col; le arrojó las llaves y desapareció en la trastienda.

Fue Ulises caminando hasta el canal. El tufillo del lugar que reconoció al instante, las vaharadas gélidas de niebla en el aire, los gasómetros orgullosos y monumentales. Se sentó en un banco. Pasaba lenta una barcaza, arrastrada por la corriente, y luego silencio. Contempló el mundo, que apenas se movía. *Conque tiene una niña*, pensó, y antes de que pudiera proseguir con sus cavilaciones, levantó la mirada y vio al viejo Cressy bajando los escalones a la carrera, voceando su nombre. Ulises se puso en pie. La cabeza de Cressy olía a polvo y a jarabe contra la tos. ¿De verdad estás aquí, muchacho?, preguntó el viejo, apresándole la cara entre las manos. Casi todo, respondió Ulises. Gracias a Dios, dijo Cress mientras le daba puñetazos suaves en los brazos, una combinación juguetona, uno-dos, uno-dos, porque el viejo compadre se había quedado mudo de la emoción.

Se sentaron y Cressy levantó la bolsa que traía. Aquí está, el único que sobrevivió, dijo, y extrajo con cuidado un globo terráqueo del tamaño de un balón de fútbol. Menuda noche, Temps. Oí que, cuando cayó la bomba, todos los globos salieron volando y se quedaron suspendidos y girando en la corriente ascendente de aire. Un miniuniverso iluminado por las llamas. ¿No habría sido un espectáculo digno de ver? Por cierto, ella está en Nicaragua.

¿Quién?

Tu madre. La busqué. Tardé más de un mes, pero la encontré. En Nicaragua, cerca de Managua.

Peg tiene una hija, Cress.

No era yo quien debía contártelo, muchacho.

Lo sé, Cress, lo sé.

Ulises sacó el tabaco.

¿Conoces al tipo?

Un americano. Estuvo un tiempo y luego se esfumó.

¿Llegaste a verlo?, preguntó Ulises, que prendió una cerilla.

No lo vio nadie. No venía por aquí, ella se encargó de todo. Se portó decente.

Cressy encendió también un cigarrillo.

Ella sentía algo por él, hijo. No fue solo una aventura de una noche.

Ulises asintió con la cabeza. ¿Peggy se quedó mal?

Se arrancaría la lengua antes que admitirlo; y Cress exhaló una bocanada de humo y se quitó una hebra de tabaco de los labios.

¿Debería ir a buscarla?

Déjala tranquila. Le ha tocado una mano de mierda y lleva todo este tiempo echándose un farol. Si te presentas, la obligarás a descubrir sus cartas. Se hará según sus condiciones. Como siempre. ¿Has olvidado cómo funciona ella?

Siguieron con la mirada a un cisne que pasaba nadando hasta que desapareció bajo el puente.

Escucha, dijo Cress, propinando un débil codazo a Ulises. Te daré algo en lo que pensar. Una cosa que he leído.

A ver, dime.

La dimensión de un hombre, en términos espaciales, se encuentra a medio camino entre un átomo y una estrella.

Ulises lo miró y frunció el ceño. ¿Un átomo y una estrella?

Cress asintió con la cabeza. En términos espaciales, recalcó.

Es difícil de asimilar.

¿A que sí? No he dormido bien ni una sola noche desde entonces.

Bueno, no me extraña.

Aunque probablemente el hipopótamo sería un candidato más idóneo para ocupar esa posición intermedia.

¿Qué crees que significa?

El viejo reflexionó unos instantes.

Que todo está conectado, supongo.

Y esa vez los dos asintieron con la cabeza.

Volvieron su atención hacia el canal en el momento en que reaparecía el cisne.

Al fin, Cress manifestó: Ahora que has vuelto, creo que esta noche podré dormir.

¿Te has enterado de quién ha vuelto?, le dijeron a Peg cuando acabó su jornada en la sala de mecanógrafas. La señora Lundy, la panadera, se lo había contado al carnicero, que se lo había contado a los Crane, que eran los dueños del café. Gloria Gosford, la que vendía artículos de mercería, estaba allí tomando el té y oyó al carnicero contárselo a los Crane. Corrió directa a largárselo al señor Bellingham, que vendía muebles. Y, claro, el señor Bellingham me lo contó a mí, explicó Linda, que tenía una aventura con el hombre que era de dominio público.

Caminaban por la calle junto a Peg, de cháchara. Sí, vale, ya me aburre el tema, les espetó a todas y cada una de ellas. Se alegró cuando metió la llave en la cerradura y cerró la puerta tras ella.

Más tarde, con una ginebra de por medio, Kath comentó que Ulises parecía atender a razones, a lo que Peg replicó que, joder, que él siempre atendía a razones, y Kath siguió con que parecía más guapo y ella manifestó que eso no era difícil, y Kath le soltó: ¡Qué mala eres!, y ella detestaba ser tan víbora, porque ¿qué le había hecho él? Solo se había casado con ella por si moría. Te quedaría dinero, Peg, era lo que había dicho. Siempre cuidando de ella.

Subió a su habitación y se quitó los zapatos de un puntapié. Veinte minutos ante la máquina de escribir flexionando los dedos. Estaba mejorando, y también en taquigrafía. Ganaría su propio dinero en Estados Unidos cuando Eddie volviera a buscarla. Ya no va a venir, le porfiaba Kath. Pero ¿qué cojones sabía ella? Él le había pagado el curso de Pitman; le había prometido que le compraría cualquier cosa que deseara, suponiendo que le pediría un abrigo de pieles o una joya, pero ella se decantó por un curso de mecanografía y notó que desde aquel día empezó a mirarla de un modo diferente, como si ella también tuviera sueños. Como si ella valiera algo. Vendrá porque me quiere, alegó ella, y Kath replicó: Nunca he dicho que no te quisiera.

Te diste cuenta, ¿verdad?

Me di cuenta, dijo Kath.

La niña se agitó a su lado. La niña que tanto le recordaba a él. El mismo pelo negro, espeso y lustroso, y los mismos ojos brillantes. Algunas noches el parecido le desgarraba las entrañas. Ella nunca había querido tener hijos, igual que su madre nunca había querido tenerla a ella. Qué puñeteras imbéciles, qué descuidadas. Y ahora Tempy ha vuelto.

Se vislumbró en el espejo con una pinta desastrosa. Su madre habría disfrutado viéndola así. Ahora sabes cómo me siento, le habría dicho. Te creías que lo tenías todo calculado, ¿eh? Te crees que eres mejor que yo, ¿eh?

Esto es lo que los hombres nos hacéis a las mujeres, pensó Peg. Nos hacéis odiarnos. Por vuestra ausencia. Por vuestras mentiras. Por vuestra violencia.

Se levantó y se acercó a la ventana. Sigo aquí, Eddie. Y sé que tú estás ahí fuera, en alguna parte.

Durante una semana entera, la taberna permaneció en ascuas, aguardando a que Peggy la pistolera entrara en la ciudad y rompiera la paz a balazos. Ulises se encargaba de abrir y los asiduos irrumpían con abrigos oliendo a naftalina y protestando por la espera. Entonces paraban y miraban alrededor. ¿Ya ha venido?

No, todavía no, decía Col.

¿Dónde tendrá la cabeza esa chica?

¿Dónde la ha tenido siempre?, decía Col.

La tensión se cocía a fuego a lento. La taberna nunca había estado tan tranquila. El señor Mason sufrió un ataque al corazón en el ínterin y sucumbió a las garras de la muerte antes de tocar el suelo, pero al menos algo había ocurrido.

Todos sabían que Peg se presentaría tarde o temprano, pero no cómo actuaría, esa era la cuestión. Cuatro noches después, ella no defraudó. Faltaba una hora y diez minutos para el cierre, con Piano Pete ya entrado en calor, cuando las puertas se abrieron y ella apareció en el umbral, iluminada de espaldas por una farola particularmente brillante. Todo muy a lo Metro Goldwyn Mayer, hasta se oía rugir al león. Dejó caer el cigarrillo y lo apagó bajo el zapato.

Eh, arriba, dijo Col.

Y Ulises levantó la cabeza de la barra.

Calma, muchacho, le susurró. Con calma.

El contoneo de sus caderas; el repicar de los tacones en el suelo; el gracioso de Pete tocando al compás de sus pasos hasta que ella enfiló en su dirección y el do bemol se desinfló. Echó una ojeada a la partitura, pero sabía qué iba a cantar. Esta, indicó en voz baja, y dio instrucciones a Pete. Lento, susurró. Muy lento. Y Pete obedeció, acariciando con dedos diestros las teclas, la ceniza cayendo de sus labios húmedos, el humo irritándole los ojos enrojecidos.

Ulises seguía cada uno de sus movimientos. Se había acostado con otras mujeres en Italia, pero ninguna como ella. A algunas incluso las había amado, pero no como a ella. En Nápoles, observaba de vez en cuando a las mujeres que se dirigían al campamento americano. Los yanquis tenían dinero a raudales, encanto a raudales, y las mujeres lucían un aspecto triste y hermoso. *Menuda combinación*, pensaba entonces. Nunca había tenido la menor oportunidad.

Sintió la mano de Col en la espalda. Col sabía que no tenía la menor oportunidad.

Pero Peg... Bastaba con mirarla para comprender que había nacido para hacer cosas grandes. Ella era consciente de ello y él se daba cuenta. Era una nadadora que remontaba un río, bregando contra una corriente rastrera, pero por Dios que lo intentaba. No le cantaba a nadie. No cruzaba la mirada con nadie. Mantenía los ojos fijos en un rincón desierto del local, que cobijaba a un fantasma que la atormentaría hasta el final de sus días. Las bebidas permanecían intactas y las mejillas se vidriaban de lágrimas. Ella los mesmerizaba, porque tal era el hechizo de Peggy. Tenía clase. Robada, quizá, pero la tenía. Y era lo que expresaba cuando cantaba, porque cantaba por su vida, y también por la vida de los demás, porque el mundo nunca resultaba ser como uno querría que fuera. Se limitaba a girar. Y cada uno aguantaba el tipo como podía.

Resonaron las últimas notas. A Peg se le quebró la voz. Piano Pete lloraba. Una ovación cerrada, silbidos, vítores y, chico, vaya si no mostraba un aire recatado, una pose que tenía bien ensayada. El viejo Cressy le pidió una ginebra y ella alzó la copa hacia él, y él alzó a su vez la suya, y al punto ella se la bebió de un trago. Enfiló entonces hacia la barra y el sonido de treinta cabezas siguió sus pasos. Crac, crac, crac, crujieron los cuellos. Contoneando las caderas, balanceando los brazos, y por Dios que las cartas estaban ya sobre la mesa. Cressy decía que jugaba con una mano de mierda, pero todo el mundo veía que era ella quien llevaba los ases.

Sujeta bien a ese caballo, dijo Col antes de desaparecer en el salón.

Ulises y Peg cruzaron la mirada, y fue íntima, y en ella había historia y también tregua.

Ella se acercó a la barra. Se habría oído caer un alfiler.

Eh, soldado, saludó ella, y le acarició la mejilla.

Eh, Peggy, respondió él, y le acarició la mano.

Yo…, empezaron los dos al unísono.

Tú primero, dijo ella. No, tú, replicó él. Vale, asintió ella.

Quiero el divorcio, Tempy.

Caramba.

El sonido de treinta bocas exhalando. El sonido de Claude picoteando la campana como un poseso.

A la mañana siguiente Peg despertó en la cama de él, porque así era como se las gastaban. Gimió a voz en cuello y apretó fuerte los muslos contra él antes de que se pusiera flácido. Se quitó de encima y dijo: Me alegro de que no estés muerto.

(Tan romántica como de costumbre).

Ella salió de entre las sábanas, y él se incorporó y se quedó mirándola. Su culo a la luz temprana de la mañana, la luna y el sol fundidos en uno. El brazo sobre el estómago, ocultando las marcas que habían aparecido desde su marcha.

Dime algo que no me haya dicho nadie antes, le pidió ella.

Eres perfecta, respondió él.

Ella se rio y se enfundó la ropa mientras él la observaba.

Podría ayudarte con la niña…

No es responsabilidad tuya, Temps. (Ella, frente al espejo ahora, arreglándose el pelo).

Pero aún podemos cuidar el uno del otro. Ocuparnos el uno del…

Eres un buenazo. (Ella pintándose los labios).

Sonrió él y ella aclaró: No, Temps. Eres un buenazo. Demasiado. No lo digo como un cumplido. Y, con una mano en el pomo de la puerta, lista para marcharse, se volvió y dijo: Ya nos veremos.

¿Mañana a la misma hora?

Esto no se repetirá.

Ya veremos, dijo él, y le tiró un beso.

Oyó los pasos enérgicos de ella bajando la escalera; el sonido de la puerta principal abriéndose y cerrándose; Ginny llamándola. Se levantó y encendió la estufa eléctrica. Se envolvió con una sábana y, desde la ventana, la vio cruzar la calle. Se preguntó qué otro motivo, si no ella, habría tenido para regresar.

Ginny saliendo ahora a todo correr, sin abrigo, y Peg frotándole los brazos, con dulce preocupación. Cressy doblando la esquina y arrastrando tras él un pino formidable. El rótulo oxidado de la taberna meciéndose en el resuello ronco de diciembre y un pájaro traumatizado demasiado lejos de casa. Ese era el mundo en el que ahora vivía. A medio camino entre un átomo y una estrella.

Entrado febrero de 1947, llegaron las nevadas.

La nieve, acumulada en montículos enormes, congestionó la ciudad y el canal se congeló. Ulises dedicaba sus días a despejar las zonas de paso y a mantener encendidas las estufas en la medida de lo posible. Era difícil encontrar carbón y en las ventanas crecía el hielo. Las calles se sumían en el silencio y las noches se cubrían de blanco.

Los esquimales tienen cincuenta palabras para referirse a la nieve, comentó Cressy, mirando por la ventana de la cocina.

Y yo tengo una para referirme a los idiotas, dijo Col. Y está ante mis ojos. ¿No ibas a hacer un estofado? Tengo nueve conejos en la nevera impacientes por saltar a la olla para el almuerzo de mañana.

Ulises olió la leche y se la echó al té.

¿Y tú de qué te ríes?, le preguntó Col.

De nada, respondió Ulises.

Eres como uno de esos monos.

Un macaco, puntualizó Cressy.

¿Un qué?

Un macaco. Es como un macaco.

Joder, para ya de repetir la palabra «macaco». ¡Jesús! Miles de personas que necesitan trabajo y yo aquí aguantándoos a vosotros dos.

Hoy nos hemos levantado con el pie izquierdo, ¿eh, Col?

Nada de eso, Temper. Todo lo contrario.

Tiene una nueva amiguita, susurró Cress.

Ulises hizo una mueca.

Este es el primer día del resto de mi vida, dijo Col.

¿Y mañana, Col? ¿Será el primer día otra vez o el segundo?

Col lo meditó un instante. Soltó un eructo. Buena pregunta, reconoció.

Por Dios, Col. Huele que apesta.

Paté de hígado, dijo, con un sándwich en la mano. Lo conseguí barato.

Vuelve locos a los perros, ¿eh?

¿Habéis visto a Ginny?, inquirió Col.

¿No está arriba?, dijo Ulises.

¿Habría preguntado entonces?, replicó el otro, y se apretó el estómago con una mano cuando se vio azotado por una marejada de ácido.

Iré yo, se ofreció Ulises; se bebió de un trago el té, se enfundó el abrigo y las botas y partió.

Se dirigió primero a donde la señora Lundy, que le confirmó que Ginny había estado allí y había comprado una barra de pan, como de costumbre. Dio un rodeo para pasar por el árbol de Cressy, pero tampoco la encontró allí. Bajó después hasta el canal, aunque en teoría no debería andar por aquellos lares ella sola.

Se estaba tranquilo allí abajo. Un par de barcazas escupiendo humo; patos reposando en el hielo. Se sopló las manos y se las embutió en los bolsillos.

¡Ginny!, llamó.

Echó a andar por el camino de sirga, siguiendo unas huellas frescas en un manto reciente de nieve. El lento desplazamiento de una barcaza que transportaba carbón quebró el hielo. Kilo por kilo, costaba ahora más que el oro. Según Col, al menos.

¡Ginny!

Allí estaba, más adelante, en un banco.

Ginny, dijo Ulises. Se sentó a su lado y la rodeó con el brazo. Qué frío, ¿eh? ¿No quieres calentarte?

El pan está caliente, Uli, dijo ella con aquella graciosa voz nasal suya en tanto que estrechaba la barra contra el pecho.

¿Qué haces aquí?

Dar de comer a los patos, respondió la chica, que había desmenuzado la punta de la barra.

Eres un sol, dijo él y le dio un beso en la cabeza. ¿Has hablado con alguien?

Tengo prohibido hablar con extraños.

Buena chica, dijo Ulises, y encendió un cigarrillo. Echó una bocanada de humo y se percató de que ella lo imitaba.

Me gusta estar aquí.

A mí también.

Ella le apretó con el dedo la cicatriz del labio.

¿Te duele?

No mucho.

Mentira.

Le agarró el dedo y sonrió. Lo sabes todo, ¿eh?

Me enseñó Peg.

Peor maestra imposible, pensó él, y de un capirotazo arrojó lejos el cigarrillo.

Dijo Ginny: ¿Quieres a Peg?

Claro que sí.

¿Eres su novio?

Es complicado, Ginny.

¿Porque te fuiste?

No es solo eso.

Pareces triste, dijo ella.

Sí.

Tengo los pies fríos, Uli…

No me extraña. Venga, Gin Gin, arriba. Vamos a que entres en calor.

Llévame el pan.

Faltaría más. Y oye…

Ginny se volvió.

Gracias por la charla.

Cuando gustes, Uli. Siempre soy todo oídos.

Riendo, la atrajo hacia sí.

Era una semana antes de que llegara el deshielo. Una noche para los parroquianos habituales, con los mismos rostros arrugados invadiendo los mejores sitios en torno a la lumbre. Cada vez se volvían más osados y ya se llevaban sus propios bocadillos; la señora Lovell incluso coló un asado de carne envuelto en papel de aluminio. Absorbían el calor como lagartos y dejaban a los demás tiritando, arrebujados en el abrigo. Col ardía en deseos de que se murieran de una vez.

Un par de agentes de policía se enseñoreaban en el salón de la taberna, manteniendo a raya el lenguaje soez. Col usaba el dosificador largo y servía copas generosas para fomentar la pernoctada, un ardid para deshacerse del montón de sándwiches de paté de hígado que apestaban la barra.

Piano Pete calentaba con una pieza de Beethoven. Había pasado toda la tarde tocando para una clase de claqué llena de principiantes que parecían tener dos pies izquierdos. Aquellas clases eran el forúnculo infectado de una vida desperdiciada. Pete podría haber ingresado en la Royal Academy, todo el mundo lo sabía. Ejecutó una transición perfecta a Wagner, señal inequívoca de que la velada se tornaba amarga.

Anima un poco el cotarro, Pete, dijo Col al reconocer el cambio de humor. Pete atacó con un swing, y la taberna, que estaba quedándose mustia, volvió a estar sedienta.

La alegre selección del repertorio afectó a todo el mundo, pero de forma notable a Claude. Se lanzó a una exhibición aeronáutica con una destreza inusual, y su maniobra final, un planeo asimétrico complejo, arrancó una salva estruendosa de aplausos de una cliente-la dada a la bebida que no solía ser fácil de impresionar.

Ese pájaro está pavoneándose, dijo el viejo Cress. Se ha enamo-rado.

Vaya gilipollez, replicó Col.

Pero Cressy sabía de lo que hablaba. Y Claude terminó delante del espejo, restregándose enérgicamente contra una botella de ron.

Qué guarrada, rezongó Col.

¿Qué hace?, preguntó Ginny.

Aliviarse la hinchazón de la cloaca, explicó Cress.

Eso es algo que no se oye todos los días, comentó Ulises.

¿Acaso es necesario?, dijo Col.

Hacia las once, la pernoctada se había hecho oficial y los agentes habían ahuecado el ala con un par de libras más en el bolsillo. La noche era una suerte de batalla del hombre contra los elementos y Ulises bajó al sótano a buscar una caja de velas.

Piano Pete estaba sentado en un rincón, trasegándose una bote-lla de whisky.

¿Cómo andas, Pete?

Tirando, Temps. ¿Y tú?

Tirando. ¿Quieres que diga que no sé dónde estás?

Te lo agradecería, Temps. De repente he perdido la confianza.

Ulises sonrió. Pete le caía bien. Desde siempre. Pete era una persona esquiva donde las hubiera. Podría haber sido rico o podría haber sido pobre. Podría haberse criado en un castillo o bajo un puente. Se había declarado objetor de conciencia y había cumpli-do condena en prisión. Pete estaba magullado, pero era un buen hombre.

Aquí tienes, Pete, dijo Ulises, y le echó por encima una manta reglamentaria del ejército. Dejó una vela encendida a su lado.

Subiré dentro de un momento, dijo Pete.

Quédate donde estás.

Dios te lo pague.

Arriba, Ulises repartió velas por las mesas. Apagó las lámparas y los carcamales protestaron por la falta de luz, pero Ulises hizo caso omiso. Después colocó en el gramófono el disco que Cress le había dado. Creo que podría estar bien, había dicho. Algo especial, ya sabes; y acertaba. La mujer cantaba en italiano y su voz lo transportó de vuelta a un cuadro, a otro país y a otra versión de sí mismo. Col salió del salón y se metió en la barra, haciendo mofa de la mujer. Aquella noche le había dado por las imitaciones y en esta ocasión imprimió a su voz un tono agudo y trémulo. Era lo que Col hacía cuando no entendía algo: lo convertía en ridículo y lo rebajaba a un nivel aceptable; a la altura de la entrepierna, normalmente, para poder mear encima. Peg actuaba de modo un tanto similar, y él debería haberlo visto venir, pero se había quedado un poco atontado y distraído a causa de la música, y de la luz de las velas, y del azote suave de la nieve contra las ventanas.

Peg había estado bebiendo a pico de jarro y en ella se adivinaba algo incisivo, cierta crueldad en sus ojos. En noches como aquella, la belleza la incomodaba, como si solo hubiera espacio para la suya. Le indicó con un gesto que se acercara y, cuando él se sentó, enseguida empezó a hablar de Eddie. Le contó lo que planeaba hacer cuando Eddie volviera a buscarla. Yo lo era todo para ese hombre y él lo era todo para mí. Había sacado el aguijón y lo estaba pinchando. Ulises bebía una cerveza sin prestarle demasiada atención. Y entonces ella le propinó un codazo y preguntó: ¿Tú no has conocido a nadie? Meditó él la pregunta, los dos caminos que derivaban de ella, el «sí» o el «no» que suscitarían lástima o menosprecio. Al final respondió que en realidad sí. Y habló despreocupadamente de Evelyn. Y ahí está ahora Peggy riéndose de él, dándole con el codo, que si las mujeres mayores esto y aquello, y él replicó que no era nada de eso, que se trataba de quién era ella y de lo que había dicho y de lo que sabía. Y Ulises comprendía que debería haberse callado, pero habló de todas formas, porque la música ofrecía una claraboya a otro amanecer. Habló sobre arte, y sobre cuadros, y sobre Italia, sobre cosas que

Evelyn le había contado, cosas sobre las que pensaba a menudo entre los sonidos conflictivos de la noche.

Fue entonces cuando Peg arremetió con todo.

Dijo: Tommy Bruskin no volvió. Mick Dodds tampoco. John Baines perdió una pierna. Gary Castle está mal de la chaveta. ¿Y tú hablas de arte? ¿En qué clase de guerra luchaste? Lo pasaste bien, ¿eh, Tempy? ¿Pasaste una guerra de puta madre?

Todos mirándolos ahora. Todos pensando: esto está mejor, más fuegos artificiales y menos sonatas.

Ulises, muy despacio, dejó el vaso en la mesa. Levantó la vista y dijo: He pasado seis años esquivando balas, Peg. Las tuyas no me hacen ni cosquillas.

Pum, pum, pum. En estampida, rompió el cristal de la puerta al salir.

Y Col, riendo: Tendrás que pagar eso, socio.

Lo pagaré, dijo Ulises, y la música continuó sonando.

La mañana siguiente, Ulises espalaba nieve mientras Col y Cress inspeccionaban la reparación de la puerta. De pronto, desde el interior de la taberna, una sombra alta se proyectó sobre la vidriera.

¿Quién cojones anda ahí?, profirió Col, que empuñó el martillo y lo blandió en alto.

Fue Pete quien salió por la puerta, representando su mejor encarnación de Lázaro. Tengo la sensación de haberlo perdido todo, Temps. Días, semanas…

Me estás asustando, Pete, dijo Col. Mírame.

El otro lo miró, con una costra de saliva en los ojos y la boca.

Estarás mejor después de una buena noche de sueño, dijo Ulises.

Y recuerda, apuntó Col, que hoy es el primer día del resto de tu vida.

Pete no logró entender por completo a qué se refería y se echó a llorar.

Eso es el whisky, que necesita salir, añadió Col. Dentro de una hora te sentirás mejor. Déjalo que fluya.

Vamos, Pete. Te ayudaré a llegar a casa, dijo Cress. Apóyate en mí, hijo.

Col los observó marchar. El ciego guiando al ciego, señaló, y después, tras exhalar un denso penacho de humo: Ay, ay, ay. Ahí viene.

Vete a cagar, Col, le espetó Peg al acercarse.

A mandar, dijo el hombre, y desapareció en el calor de la taberna.

Peg parecía avergonzada y temblaba, un poco por el frío y un mucho por la resaca. Le dijo a Ulises: ¿Estás bien?

Sabía que esa era su manera de disculparse. Respondió: Tirando, ¿y tú?

Bueno, ya sabes. (Hombros encorvados, manos en los bolsillos, un surco profundo entre las cejas).

Él continuó espalando y ella lo sorprendió al dibujar con los labios la palabra que empezaba por pe.

¿Qué has dicho?, preguntó él.

Ya lo has oído.

No, de eso nada. Adelante, repítelo.

Perdona, musitó ella.

Otra vez.

Perdona.

Peg se rio y le dio un puñetazo, y él arrojó la pala a un lado y se abrazó a ella. Te echaba la hostia de menos, le confesó, y luego tú empezaste a tratarme mal —lo sé, ya lo sé, dijo ella—. Yo tuve suerte de volver, pero otros muchos no —lo sé, ya lo sé, dijo ella— y hubo cosas que me ayudaron. Y aprendí un montón, conocí a gente y estoy orgulloso de todo lo que llegué a conocer —lo sé, ya lo sé, dijo ella—. Y entonces se puso a bailar con ella, que se echó a reír otra vez, y él había olvidado que eso era lo más bonito del mundo, hacerla reír. Dejaron de bailar y recuperaron el aliento. Peg parecía acalorada; le había subido el color a las mejillas.

¿Aún quieres el divorcio?, preguntó él.

¿Te importa?

No.

Y no hubo más que hablar. Se divorciaron y su amistad salió reforzada. Incluso compartían los cuidados de la niña llamada Alys. Peg conservó el apellido Temps, porque ni loca recuperaría el suyo, que era Potts. Y las semanas y los meses transcurrieron ante ellos y la vida retornó a la normalidad. La nieve desapareció y el sol volvió a brillar, y todo el mundo se quejaba del calor que hacía, que el invierno era muchísimo mejor. La niña llamada Alys creció; la nueva amiga de Col se llamaba Denise. Peg consiguió un trabajo de secretaria en una correduría de seguros de Tottenham Court Road y Ulises se acostumbró a la vida civil.

En el verano de 1948, todo estaba dispuesto en Londres para la celebración de los Juegos Olímpicos. Col se alegraba de que no hubieran invitado a participar a Japón ni a Alemania, y Denise se mostró de acuerdo, afirmando que así Inglaterra tendría más opciones en la competición de tiro.

Col quería aumentar la clientela durante esa quincena y Cressy fue quien sugirió la idea del televisor. Dijo que conocía a alguien que conocía a alguien que andaba metido en trapicheos y pronto hubo instalado en el salón un pequeño aparato, camuflado para que pareciera una jaula de pájaros. En su interior se alojaba el sonido melodioso de un televisor Pye de nueve pulgadas. El estadio de Wembley nunca se había visto tan diminuto.

Una semana antes de la ceremonia de apertura, Cress entró en la taberna, como sonámbulo, con la mirada ausente, y Col dijo: Pareces un poco perjudicado, socio.

Estoy perjudicado, admitió Cress.

Ven, siéntate aquí, dijo Ulises, que sacó una silla y le tendió un vasito de cerveza.

Entonces, ¿qué ha pasado?

He tenido una visión.

¡Jesús!, exclamó Col.

No, de Él no. De Fanny Blankers-Koen.

¿Quién?

Una atleta holandesa, aclaró Ulises, que estaba dándole a Claude una nuez de Brasil.

Ella estaba haciendo la casa, continuó Cress.

¿Y se te apareció a ti? ¿A Alfred Cresswell? ¿Qué pasa, que no había más personas en el mundo?

Me miró y me dijo: «Cuatro».

¿Cuatro?

Bueno, en realidad dijo *vier*, que es como se dice cuatro en holandés. *Vier*, cuatro. Y luego me enseñó una alianza. Por lo que fui a donde Tubby y aposté.

¿A que se casaría cuatro veces?, se burló Col.

A que ganaría cuatro medallas de oro.

¿Cuánto te has jugado?, preguntó Ulises.

Todo.

Caray, Cress.

Entonces no habrá sido mucho, dijo Col, y desapareció en la trastienda.

Es una apuesta segura, Tempy. Y tu padre estaba conmigo. Podía sentirlo. Podía hasta olerlo…

¿Las monedas sueltas en los bolsillos?

Ese es el espíritu. Apuesta lo que puedas permitirte, hijo. No puede fallar, confía en mí. Todo al negro, otra vez.

Ulises se convenció. Aprovechó su hora de descanso para acercarse a donde Tubby y apostar lo que llevaba en la cartera y los ahorros que guardaba en una lata.

Y, en los días que siguieron, a medida que se corría la voz sobre la apuesta de Cressy, la taberna se llenaba cada vez más. La gente lo paraba por la calle y le deseaba suerte. Pero la suerte no pintaba nada, eso él lo sabía. Era el destino.

El 2 de agosto, a las 4:45 de la tarde y 12 segundos, Fanny cruzó la línea de meta en la carrera de los 100 metros lisos y logró la medalla de oro. Ginny y la niña brincaron de alegría, y Pete profirió un grito y creyó que había expectorado una amígdala. ¿Eso es posible, Temps? Lo dudo, Pete.

En la pizarra, Ulises escribió: «Una menos, faltan tres».

Col dijo: Estás soñando, compañero. No va a pasar nunca. Por encima de mi cadáver.

No me tientes, dijo Peg.

El 4 de agosto a las 4 de la tarde y 11,2 segundos, Fanny cruzó la línea de meta en primera posición en los 80 metros vallas. Había menos parroquianos que en la carrera anterior debido a la hora de la salida, más temprana, y Col dijo: Sí, pero ¿a quién le interesan las vallas femeninas? A mí, replicó Denise, que se remangó la falda y se dio un porrazo contra un taburete de la barra. Ulises agarró la tiza.

En la pizarra apareció: «Dos menos, faltan dos».

Estás muy callado, Col, comentó Ulises.

Vete a cagar, memo.

El viernes 6 de agosto a las 4:30 de la tarde y 24,4 segundos, Fanny venció en los 200 metros lisos, y Cress pidió silencio e instó a todos los presentes a alzar sus vasos y brindar por ella. Por su zancada fluida y su resolución. Por sus treinta años. Por su belleza humilde. Por su tenacidad. Por su…

¿Qué le pasa con esa mujer?, preguntó Col.

A mí que me registren, dijo Ulises.

… valor, terminó Cress.

Se alzaron los vasos.

¡Por Fanny!, exclamaron todos.

En la pizarra apareció: «Tres menos, falta una».

Esa noche, la gente se acercaba a estrecharle la mano a Cressy. Le deseaban suerte para la gran carrera del día siguiente, como si él fuera a correr uno de los relevos. Acudió un reportero de la *Hackney Gazette* para escribir un artículo sobre él, que empezó con buen pie. Ulises llevó un par de pintas a su mesa y oyó a Cressy decir: Ya se perdió dos juegos olímpicos por culpa de la guerra. Y casi todo el mundo le aconsejaba que se quedara en casa a cuidar de los niños. Ya me contará usted qué clase de mentalidad es esa.

Ulises se plantó en la puerta. La noche era lóbrega, la promesa del verano se había desinflado. Pensaba que, si ganaba algún dinero, tal vez podría irse a algún lugar o, mejor, ayudar a Peg. Hacer algo por la niña, regalarles una semana de sol. En ese momento Cress y el reportero salieron a la calle, enzarzados en una discusión.

¡Por supuesto que no hay nada antipatriótico en mi apoyo a la señora Blankers-Koen!, gritó Cressy. El talento es el talento. ¡Y usted es un cenutrio!

El artículo nunca se publicaría. Ulises volvió adentro a cambiar un barril.

El día siguiente era sábado. Las nubes se habían marchado con viento fresco a Hammersmith y ellos se quedaron con un cielo azul y un sol intenso, todo fachada, pues no hacía calor. La gente se congregó en la taberna como si estuviera a punto de celebrarse una boda. La tele parecía echar chispas y Col se creyó un genio por estar cobrando entrada. Sin embargo, nadie se quejó y, cuando apareció el viejo Cressy, todos los presentes lo recibieron entre vítores y lo condujeron hasta una silla que le habían reservado en primera fila.

Ulises buscó con la mirada a Peg. Le preguntó a Col si la había visto y este meneó la cabeza y lo llamó «pánfilo», porque a esas alturas ya debería haber captado el mensaje. Entonces la puerta principal se abrió estrepitosamente y Peg, Ginny y la niña entraron a la carrera, hechas un manojo de nervios y disculpándose, justo cuando los equipos de relevos ocupaban sus marcas. En la taberna se hizo el silencio. Y, a las 4:40 de la tarde, lo único que se oía era el sonido de la historia a punto de escribirse.

¡Pum!

En el momento en que Fanny Blankers-Koen asió el testigo, estaba cuatro metros por detrás de la australiana. Col no cesaba de repetir que no lo conseguiría, que no lo conseguiría, y Ulises apenas podía mirar. Peg y Pete se desgañitaban, la niña brincaba de un lado a otro y Claude parecía estar sufriendo un episodio de diarrea. Pero Cressy, bueno…, Cressy se mantenía sereno, sin el menor rastro de sudor perlándole el rostro. Fanny Blankers-Koen cruzó la línea de meta en primera posición 47,5 segundos después del pistoletazo de salida. Era el cuarto oro de la holandesa. A Cressy lo auparon en el aire como a un rey y, a cinco calles de distancia, Tubby se deshizo en maldiciones y propinó un puñetazo en la cara a su hijo por haber aceptado la apuesta.

Col se acercó furtivamente a Ulises y le susurró: ¿Cuánto crees que habrá ganado entonces?

Una puta fortuna, dijo Ulises, solo para cabrearlo.

Cuánto dinero ganó el viejo Cress se convirtió en material de leyenda y se hablaría de ello mucho tiempo después de que la taberna hubiera desaparecido. Nadie lo sabía, no con certeza, aunque abundaban los especuladores. En el mercado, Cress le compró a un veterano de guerra unos pantalones cortos de explorador, un atavío holgado de color arena que complementaba con chaqueta y corbata, y a veces con un jersey sin mangas. Que se supiera, fue lo único que adquirió tras el Gran Pelotazo. Todo el mundo se preguntaba qué habría pasado con el resto. Quienes unos meses antes lo ovacionaban pronto sucumbieron al placer del escarnio. La naturaleza humana, ¿cierto?

Tubby conocía la suma, desde luego. Tubby sentía el dolor de aquella pérdida cada hora que pasaba despierto y un día alguien tendría que pagar. Tubs mandó a un hombre con un juego de ganzúas a fisgar en casa de Cressy, pero el viejo siempre lo descubría porque percibía cuando un extraño perturbaba el ambiente.

Cress ignoraba por qué razón le había llovido todo ese dinero en ese momento de su vida. Siendo sincero, pensaba que ya era demasiado tarde para hacer los cambios que un hombre más joven podría haber hecho. Pero se sentaba bajo su árbol y escuchaba. Admiraba las piernas que asomaban de sus pantalones cortos y sabía que eran la parte más bonita de su cuerpo porque tenía las piernas de su madre. Pensar en ella le arrancó lágrimas.

El año 1950 y el cambio de década fueron recibidos con alegría. A tomar por culo los cuarenta, ¿qué habían hecho por nosotros? Col lanzó el último cohete de los fuegos artificiales que marcaban el inicio de una década de esperanza. O sea, tan mala no podrá ser, ¿verdad?, dijo a la vez que elevaba una súplica a los cielos en llamas. Sí, vosotros esperad y veréis.

Pronto se enviaron reclutas del Servicio Nacional Británico a Corea y las ausencias y congojas volvieron a ser el pan de cada día. Ulises asistió junto con Piano Pete a una manifestación contra la guerra y después, en una muestra muda de dolor, acabó borracho en un bar del Soho. La niña se había convertido en una criaturita parlanchina, con una boca repleta de dientes americanos, y a Ulises lo llamaba Ulises, y a ella él la llamaba «niña». Peg consiguió un ascenso y actuaba como si nada, pero Ulises advertía que no cabía en sí de gozo. Incluso desde solo un peldaño más arriba el aire olía más limpio y se abarcaba más con la vista. Cressy ayudó a Ginny a cultivar zanahorias y patatas en el patio de atrás de la taberna y ella le regaló la primera cosecha a la señora Kaur, que era dueña del colmado, simplemente porque le caía bien y le gustaba el color de su piel. Piano Pete tuvo un golpe de suerte y consiguió un papel en una función del West End. Un papel muy secundario, pero notable: interpretaba a un pianista del Lejano Oeste con problemas de alcoholismo. El hecho de que solo apareciera en el primer acto le permitía cumplir con sus obligaciones para con la taberna. Sin embargo, la clase de claqué para principiantes la mandó a hacer puñetas. Col cambió a Denise por Elaine, pero, a la postre, no duró mucho. Le había echado el ojo a una ambulancia de los años 30, porque siempre había querido tener un coche de ese estilo. Desde el mismo día en que vio cómo se llevaban a su madre en una similar. Caray, protestó Peg. Solo preguntaba.

Aquel primer verano de la década arreció el calor. Los ancianos sentían flaquear las fuerzas, los perros enloquecían. Las colas para acceder a la piscina se extendían por toda Whiston Street, pero abajo en el canal la chiquillería se tiraba en bomba al agua, lo típico a su edad, y si tragaban pis de rata, bueno, valía la pena aunque solo fuera por sentir un atisbo de brisa en la piel mojada.

Allí estaba Ulises un día cuando oyó a Peg llamándolo. Levantó la vista y la saludó con la mano. Ella bajó las escaleras taconeando y se sentó en el banco junto a Ulises. Observaron a la chiquillería que, en paños menores, agitaban las piernas y los brazos huesudos en el aire, chillaban y se retaban mutuamente; cascadas de agua rociaban el camino de sirga y les salpicaban las piernas y los zapatos, pero a ellos no les importaba y ni se inmutaban.

Nosotros éramos iguales, recordó él mientras se ajustaba el sombrero. Y no hace tanto de eso.

Peg suspiró.

Era otro mundo, añadió él.

De adolescentes, habían hecho el amor en los arbustos a su izquierda, ajenos a la peste a mierda de perro y a los preservativos desechados. Ella había sido la primera para él; no así al contrario, pero todos ellos se inspiraban unos en otros para dar lo mejor de sí y sentirse satisfechos. Una piel pálida a la luz de la luna. Peg era la guardiana de su historia. Sabía los nombres de quienes habían muerto largo tiempo atrás, quién había hecho qué y quién había amado a quién.

Sin una sola preocupación en la vida, continuó Ulises.

Qué raro es eso, pensó Peg. Ella nunca había vivido libre de preocupaciones. Ni a la edad de entonces ni a la edad de ahora. Una dinamo bulliciosa de tensión era ella, siempre lo había sido, impulsando sangre y lípidos por un circuito interminable dejado de la mano de Dios. Recordaba a Ulises de chico. Bajo y fornido, un retaco con unos ojos radiantes, constantemente sacando el lado positivo de las cosas. Le gustaba mamársela solo para ver su expresión de gratitud. Con el tiempo, ganó cuerpo y sus brazos volvían locas a las chicas. Y sus ojos se tornaron más azules, y murieron sus padres, y él empezó a fabricar globos terráqueos que hacía girar en el dedo corazón. Y decía: Algún día quiero llegar a ser alguien, Peg. ¿Tú qué piensas?

Pero ¿qué podía contestar ella? «Algún día» quedaba muy lejos.

Ella se agachó, se acomodó los zapatos y anunció: He conocido a alguien.

Ulises se giró hacia ella. ¿Ah, sí? Y volvió a mirar a la chiquillería.

Creo que va en serio.

Él se limitó a asentir con la cabeza.

Me lo estoy tomando con calma. Pero quería que te enteraras por mí.

Gracias, Peg.

Ella se levantó. Se quedó estudiándolo. Siempre él. Tenían que dejar de acostarse y así se lo hizo saber. No sería justo para Ted. ¿Ese Ted es tu novio? Y ella hizo un gesto afirmativo. Vale, convino él, aunque sabía que aún no habían terminado.

¿Puedo llevar a Alys a la galería mañana?, preguntó él.

Claro que sí.

Por la mañana, ¿vale?

Todo el día, si quieres.

Ulises se echó a reír, pero sabía que ella hablaba en serio.

Eres una buena madre, Peg.

No, no lo soy, pero te lo agradezco. La tuya sí que era una buena madre, Temps. Así es como deberían ser. La mía era la competencia.

En el interior de la galería Whitechapel, fuera del sol, se estaba fresco. Alys se adelantó y examinó de un vistazo rápido los cuadros, porque sabía qué buscaba. Finalmente, se sentó en un área del suelo donde no la molestarían. Abrió su cuaderno de dibujo y echó mano al sacapuntas que llevaba en un calcetín. Ulises se arrodilló, recogió las virutas en la mano y se las guardó en el bolsillo, porque esa era su misión. Y, durante una hora y media, por el rabillo del ojo, observó como la niña creaba su propia versión de una pintura de Joan Eardley: niños sentados en una acera leyendo un tebeo. Un mundo que ella entendía.

Tenía cinco años. ¿Recordaría ella ese momento tan plenamente como lo contemplaba él ahora?

Probablemente no. Pero no olvidaría aquel día, porque años más tarde le hablaría a la gente de él. El frío del suelo en sus piernas desnudas, las líneas que trazaba en la página. Recordaría una mañana que se convirtió en tarde, a personas que contemplaban las pinturas colgadas en la pared y las comentaban en tono serio. El murmullo suave convertido en ruido blanco que la tranquilizaba. La mirada de Ulises que la inducía a creer que ella tenía algo especial, algo al menos. La alegría de estar lejos de su madre. La mujer que vio vestida de hombre y la idea de que la vida podría ser interesante, que quizá lo fuera. El tipo de día que le enseñó dónde terminaba ella y empezaba el mundo.

Ulises dejó a la niña dibujando. Paseó por la sala admirando los cuadros. Sheila Fell, Eva Frankfurter. Dorothy Cunningham.

Desde su conversación con Evelyn durante aquel trayecto largo y oscuro de vuelta al *albergo*, había pensado mucho en la galería. En cómo Evelyn se había reído del esnobismo del arte y había manifestado que las clases privilegiadas debían tener siempre la responsabilidad de elevar a los demás. Ahora, allí de pie, asoció aquella conversación con el entorno a su alrededor. En la pared de enfrente se exponían los cuadros de escolares de la zona y pensó que tal vez era eso a lo que se refería ella. Cerca de donde estaba, una artista se puso a hablar de su obra.

Vista de espaldas, la mujer podría haber pasado por un hombre; llevaba el pelo corto, la camisa remangada y unos pantalones de cintura alta, pero su voz era inconfundiblemente femenina. Se dirigían a ella como señorita Cunningham; Dorothy Cunningham, supuso él. Se sintió seducido por la forma tan equilibrada con que explicaba su oficio, su ceño inteligente y abierto a las preguntas que le disparaban desde el frente. De una aguda espontaneidad, en parte calculada, así definió su nueva obra. Ulises dejó que esas palabras le retozaran en la lengua.

Echó a un ojo a la niña. Seguía en su tranquilo mundo, chupando un lápiz.

La conversación de una pareja que pasaba y una breve referencia a España lo transportó a 1938, un año después de la muerte de sus padres y el año en que el *Guernica* de Picasso había llegado a la galería. Para entonces ya había dado la vuelta al mundo, recaudando fondos para los rebeldes que luchaban contra Franco. Por eso Ulises había ido a verlo —la primera exposición de su vida—, engatusado por una idea romántica y falaz de la guerra. La galería había sido una suerte de cuartel de campaña y el precio de la entrada, para quienes no podían pagarla, se había fijado en un par de botas. Regresó al día siguiente y donó en la puerta unas de su padre. En la lengüeta de cuero había escrito: «Buena suerte».

La voz de Dorothy Cunningham lo arrastró hacia el punto donde confluyeron sus pensamientos al mismo tiempo. Sí, decía ella, he visto el *Guernica*.

Una descarga de electricidad le recorrió crepitando la espina dorsal.

Estoy de acuerdo, asentía ella. Hemos aprendido por las malas que siempre debe haber un argumento moral contra el avance del fascismo.

Ulises se preguntó cómo reaccionaría él al cuadro si pudiera verlo ahora.

En absoluto, continuaba Dorothy Cunningham. No había heroísmo en el retrato que hizo Picasso de la guerra. Ni victoria, solo horror.

El bombardeo deliberado de civiles en día de mercado, intervino Ulises.

Dorothy Cunningham se giró.

Nosotros no éramos inmunes, añadió él. No solo ellos cometieron atrocidades. Nosotros también hacíamos lo que fuera necesario.

Todo el mundo mirándolo. La niña mirándolo.

Y era esto lo que recordaría: su voz resonando en el silencio. Personas escuchándolo sin reírse. Ella se puso en pie, avanzó hacia él y le agarró la mano. El momento exquisito en que ella reclamó su propiedad. El día en que él se convirtió en suyo.

Abandonaron la paz de la exposición y de inmediato se vieron consumidos por el ruido de la calle principal. Ulises le compró una limonada antes de tomar el autobús. Este es el mejor día de mi vida, dijo ella.

Habrá más, le aseguró él.

Lo sé. Solo tengo cinco años.

Esa noche, Peg contempló cómo dormía la niña. Su rostro aún encendido por el día de excursión. Temps tenía un don, pero ella ni se le acercaba. Se sentó en la cama y hojeó el cuaderno de dibujo. Se sentía culpable, como si estuviera leyendo su diario, pero no tanto como para dejarlo. Un retrato de Temps, la cicatriz del labio como un número. La niña tenía talento y no lo había heredado de Peg. De Eddie, por supuesto. Cuántas cosas ignoraba. Como si estaba muerto o vivo, o si alguna vez pensaba en ella y en las noches que habían pasado juntos. Cress le había aconsejado una vez que le contara cosas a Eddie. Las palabras son oro molido, eso había dicho. Conque le contó cosas a Eddie, cosas que ahora le darían tanta vergüenza que desearía que se la tragara la tierra. Había colocado su corazón sobre la cama y lo había diseccionado, una autopsia completa de amor. Eso era lo que estar en una habitación de hotel llevaba a hacer a una chica. Sexo en sábanas suaves y servicio de habitaciones. Planes. Y todo el tiempo, la guerra escuchando en secreto…

Peg se levantó y derramó la ginebra sobre las sábanas. A veces se le hacía insoportable mirar a la niña. El recordatorio perenne de la vida que había perdido.

Abril de 1952 volvió a encontrar al viejo Cressy bajo su *prunnus serrulata*, su cerezo japonés. Caía la tarde y racimos frondosos de flores blancas y rosas colgaban vencidos por el peso a baja altura y reflejaban las llamas doradas del sol que se ponía sobre el East End. Cressy estaba sentado con un vaso de cerveza negra de la taberna de Col y escuchaba los secretos de la Madre Gaia.

La voz de Ginny le arrancó una sonrisa.

Cressy, ¿qué haces?

Estoy realizando el ritual japonés del *hanami*, cariño mío.

¿Eso es lo que se hace doblando papel?

No exactamente, cielo. Ven a sentarte aquí conmigo; se levantó y le cedió la silla.

Pero está lloviendo, dijo ella.

Solo llovizna, repuso Cressy, observando el cielo. No durará mucho. Podremos soportarlo, ¿no te parece?

Ginny asintió con la cabeza. ¿Qué es ese olor?, preguntó.

Petricor.

La chica repitió la palabra una y otra vez.

El olor de la lluvia sobre la tierra seca, explicó Cress, y le dio un sorbo a su cerveza.

No se va a ir, dijo ella.

Pasará pronto, cariño mío.

Esto, digo.

¿Qué? Y Cress se volvió hacia ella. Se había estirado el cuello de la blusa para dejar al descubierto un chupetón, pequeño como la huella de un pulgar, flotando entre la clavícula y el pecho.

No se va a ir, Cressy.

El viejo sonrió. Desaparecerá, cariño mío, si te lo tapas bien y no se lo enseñas a nadie. ¿Ya se lo has enseñado a tu padre?

Ginny negó con la cabeza.

Pues no lo hagas. Es mejor que no lo vea. Así se irá más rápido.

Gracias, Cressy, expresó ella. Ya no estoy asustada.

El viejo se inclinó y le sostuvo la mejilla. Bien, dijo él. No tienes por qué asustarte.

Pero Cress sintió miedo. Cerró los ojos y notó las raíces de sus zapatos extenderse y adentrarse en la tierra oscura y húmeda. Más allá de los muertos y de las vasijas romanas, hacia los susurros.

Ha dejado de llover, anunció Ginny.

Cuando entraron en la taberna, Ulises alzó la vista y dijo: Alys está arriba, Gin; y la chica se agachó bajo la trampilla de la barra y desapareció.

No te esperaba tan pronto, comentó Ulises. ¿Te encuentras bien?

Cress asintió con la cabeza y dejó el vaso vacío encima de la barra. Reúnete conmigo en el árbol mañana por la mañana, muchacho. A la hora de siempre. Y trae a Peg.

Al día siguiente, Ulises estaba plantado a la puerta de la taberna, disfrutando del sol y esperando a Peg. Levantó la mano cuando la vio doblar la esquina, las entrañas reaccionando al contoneo de su paso con una familiar punzada.

¿Para qué querías verme, Tempy?, preguntó ella, pero antes de que él pudiera responder, una ambulancia verde, con su cruz roja y todo, venía resoplando calle abajo.

Virgen santísima, dijo ella.

La ha traído de Swindon.

¿Es que ya no hay desguaces allí?

Col aparcó la ambulancia delante de la taberna y estaba a punto de bajarse cuando la sirena se puso de repente a aullar.

¡Me cago en tu puta estampa, so cabrona!, espetó Col al tiempo que aporreaba el salpicadero.

Este es el Col de siempre, pensó Ulises.

La sirena se calló. Col cerró con suavidad la puerta tras de sí y se arrastró hasta ellos.

¿Qué os parece?, preguntó.

Estoy sin palabras, dijo Ulises.

¿Peg?

No me montaría en eso ni muerta, Col. No te ofendas, pero ese cacharro que tienes es como una lobotomía para el carisma.

Col parecía dolido, pero fingió como si no. Dijo: Mañana voy a llevar a Fionnula al bosque de Epping a pasar la noche. Y Peg: Como te presentes en su casa con eso, pensará que la llevas allí para enterrarla.

Vale, vale, repuso él. Ya me he enterado. La invitaré a venir esta tarde para enseñársela. Manda huevos, refunfuñó mientras entraba cual estampida en la taberna.

Peg se enganchó al brazo de Ulises y siguieron caminando.

¿Te has fijado en que los nombres de las mujeres con las que sale Col van en orden alfabético?, preguntó él.

¿Es por eso por lo que querías verme?, replicó Peg, y entonces se detuvo. Ostras, es verdad, dijo. Denise, Elaine, Fionnula…

La siguiente es la ge, dijo él.

Hallaron a Cress bajo el dosel de flores y una repentina intimidad los envolvió. Cress tenía un aire preocupado. Mantuvo baja la voz y dijo: Ginny se ha echado un novio; y les habló de la marca en el cuello, y Peg dijo: Dios, otra vez no. Y Ulises: Cress, ¿estás seguro de que no son cosas de críos?; y Cress se encogió de hombros. No lo sé, muchacho. Lo único es que creo que necesita a una madre. Y los dos hombres miraron a Peg, que soltó un reniego, porque la maternidad no era lo suyo.

La noticia sobre Ginny hundió los ánimos de Peg y durante toda la tarde se portó como una víbora con la niña, que si esto no, que si aquello tampoco, y la niña evitaba toparse con ella; bueno, como era lógico, ¿verdad? Por la noche, la niña quiso que le leyera un cuento y le tendió *El principito*, el libro que Ulises le había regalado la semana anterior.

¿Y cómo se supone que voy a hacerlo?, le había preguntado Peg en su momento. Y él había respondido: Es fácil, Peg. Tú solo te sientas en la cama y lees en voz alta.

De modo que se sentó en la cama, y su voz le sonó trabada y poco convincente, pero la niña escuchó embelesada hasta que finalmente la venció el sueño. Peg continuó leyendo. La infancia. Le rompe a uno el corazón, joder.

A última hora de la tarde del día siguiente, la ambulancia partió hacia el bosque de Epping, con el penacho de la loción para el afeitado de Col a la zaga. Había preparado una cama en la parte de atrás y cargado una estufa de gas pequeña, dos latas de sopa —de tomate— y, para el desayuno, té y leche. Su meta era llegar a la mañana y tenía las pelotas hinchadas como sacos de carbón. Hacía mucho tiempo que no estaba con una mujer de verdad, una que no sintiera lástima de él.

La ambulancia consiguió llegar a la altura del árbol de Cressy antes de que la sirena se pusiera a aullar. Cressy, sentado bajo las flores, dirigió la mirada al vehículo y vio a Col teñirse de un tono amoratado. Fionnula miraba fijo por la ventanilla, el rostro inexpresivo cual rehén.

La luz vespertina atrapaba la estela en el canal de una embarcación y las gaviotas coronaban los gasómetros. Peg y Ginny paseaban de la mano por el camino de sirga y, para los foráneos, para quienes no las conocieran, podrían haber sido amigas del trabajo, colegas sin duda a la par. Mas entonces un pato rompió la ilusión y Ginny se adelantó a la carrera, agitando los brazos cual aspas de molino, hasta que el pato saltó al agua. Peggy se rio. Ven aquí, Ginny, siéntate conmigo.

Ginny se sentó.

¿Cómo andas, Gin?

Muy contenta. ¿Y tú, Peg?

Peggy asintió con la cabeza. También. Muy contenta.

Sacó una bolsa de patatas fritas del bolso y Ginny las abrió y ahuyentó a una paloma curiosa.

¿Con quién te ves aquí abajo, Ginny?

No me dejan venir aquí.

Ya lo sé, pero me consta que vienes; y Peg se inclinó hacia ella y le dio un codazo cómplice. Nosotros también solíamos bajar aquí. Yo tenía un novio que no le caía bien a nadie. Me reunía con él aquí y nos íbamos andando hasta Islington. Estaba muy oscuro bajo los puentes. Solos él y yo. A veces quedaba con él por la noche, Ginny, y esa era la mejor sensación de todas, porque significaba saltarse todas las normas. Ese tipo, mi novio, él era mayor que yo, y que fuera mayor hacía que yo también me sintiera mayor. Como si por fin tuviera un lugar en el mundo. Y por cómo me miraba.

Ginny escuchaba atenta.

Podía obligarle a hacer lo que quisiera, Gin. Babeaba por una colegiala, pero nunca me contó que estuviera casado.

Peg agarró una patata. También me consta que tienes novio, Ginny.

La chica negó con la cabeza.

Sí que lo tienes. Siempre nos dicen que no lo contemos, pero todas hemos pasado por eso. ¿Se porta bien contigo, Gin? ¿Es bueno?

Ginny asintió.

¿Se llama Travis? (¿Travis? ¿Por qué le acudía ese nombre a la mente?)

No, tonta, dijo Ginny, y se levantó del banco y saludó con la mano a una barcaza que pasaba. Murmuró algo y Peg, que no había llegado a captarlo bien, preguntó: ¿Davy? ¿Es eso lo que has dicho? ¿Davy está allí?; y señaló hacia la barcaza.

La cara de Ginny reflejaba confusión. No.

¿Cómo es Davy, Ginny? ¿Se parece a tu padre o a Ulises?

No.

¿No se parece a ellos en nada?

La chica sacudió la cabeza.

Es diferente.

¿Cómo de diferente?

Para, Peggy, estoy cansada.

Ginny se recostó de lado y apoyó la cabeza en el regazo de Peggy, que le acarició el cabello.

Ya no tengo sangre, Peg, dijo la chica.

¿Desde hace cuánto, Gin?

Mucho tiempo.

Peg alargó la mano y la posó sobre el estómago de Ginny. Bajo la curva del vestido, el bulto, aún pequeño, se notaba prieto.

Esa noche, Peg se quedó a dormir en la taberna. Se encontraba allí la mañana siguiente con el viejo Cressy y Ulises cuando la ambulancia dobló la esquina, con la sirena aullando. Col iba solo en la parte delantera.

Aparcó y cerró de un portazo. La sirena agonizó a la par que el motor.

¿Cómo ha ido?, preguntó Ulises.

Vete a cagar, le soltó Col mientras entraba en la taberna.

Los otros tres lo siguieron al interior del local. Col se dirigió directamente al dispensador. Se atizó dos lingotazos de ginebra de golpe.

¿Tan mal fue?, preguntó Peg.

No quiero hablar del tema, dijo Col.

Pues vas a hablar, insistió ella.

Se me olvidó el abrelatas. Y luego el soporte intravenoso se cayó encima de ella cuando estábamos metiéndonos en la cama…

¿Qué soporte intravenoso?, preguntó Peg.

Le pegó justo aquí, continuó Col, señalándose la comisura del ojo. Y en mitad de la noche, lo que ella pensaba que era el dedo gordo de mi pie era en realidad una rata.

Ay, Dios.

Pero fue la manera que tuvo de mirarme, Peg. Eso fue lo peor. Como si yo fuera la forma de vida más baja.

Una *phylum porifera*, intervino Cress.

¿Qué?

Una *phylum*. Una *phylum pori*…

¡Para de repetir la palabra *phylum*, joder!

Esa es la forma de vida más baja, comentó Cress. Una esponja.

No creo que pudiera sentirme peor.

Te equivocas, dijo Peg. Ginny está embarazada.

CERRADO POR
CIRCUNSTANCIAS
IMPREVISTAS

Ulises se abrió paso entre los destrozos: bajo sus pies, el crujido de los cristales rotos; a su izquierda, un montón de sillas astilladas junto a la chimenea.

El arrebato había sido rápido y furioso, a Dios gracias reducido por el pésimo estado físico de Col y su elevada presión arterial. Se había dejado caer de rodillas, resollando y eructando mientras una ola tras otra de ácido batía en las orillas gástricas. En la entrada, Ginny, con la mirada fija, vislumbraba un destello del motivo por el que acaso su madre se había marchado.

Ulises recogió una mesa del suelo y la colocó derecha. Una ráfaga de aire levantó remolinos de polvo y plumas de color azul. Claude había sufrido otra muda repentina que le había dejado solo las plumas de las alas y la cola. El pájaro era una de las víctimas inocentes. También lo era el armiño disecado; el golpe certero de un cenicero había resultado en que la mandíbula quedara colgando, literalmente, de un hilo marrón.

Ulises encendió un cigarrillo.

En el exterior, un murmullo creciente de voces. Sobre todo de los viejos, invadidos por una sed agresiva. Miró el reloj. La taberna ya debería estar abierta y era sabido que habían causado disturbios por menos.

Oyó a la señora Lovell decir: «Imprevista» significa «inesperada». Y luego oyó: ¿Inesperada qué? ¿Una defunción? Col no cerraría por defunción. A no ser que hubiera muerto él. ¿Qué? ¿Col está muerto?

Tal era la deriva de los rumores.

De repente, llamaron a la puerta. Eran golpes de pianista: un ritmo impecable, un toque suave.

Ulises abrió la puerta e hizo pasar a Pete. A través de una rendija, repelió a la señora Lovell y su carne asada. Abriremos esta noche, señora Lovell, aseguró él. Se lo prometo.

¿Ha muerto Col?, preguntó ella, saboreando el papel de portavoz.

La última vez que miré, no; y con esto Ulises cerró la puerta y echó el cerrojo. Pete observaba patidifuso. Pasaba por aquí y vi el gentío, explicó. ¿Le ha dado a Col uno de sus ataques?

Ya sabes cómo se pone. ¿Cómo estás, Pete?

Tirando, Temps. ¿Y tú?

Tirando, Pete; y el pianista lo siguió de puntillas al interior. No quiero tocar nada por si empeoro las cosas, susurró.

Ulises llevó el taburete tapizado de terciopelo de vuelta al piano.

Me da miedo preguntar, dijo Pete.

Milagrosamente salió intacto, le tranquilizó Ulises. Peg se interpuso en medio cuando él ya tenía el atizador levantado por encima de la cabeza. «¡Ni te atrevas, Col!», gritó ella. «¡Ni te atrevas!». Y se arrojó sobre las teclas.

Toda una Juana de Arco. ¿Qué pasó después?

Era como si estuviera hipnotizado. Soltó el atizador, empezó a parpadear y se agarró el estómago.

¿Y luego qué?

Cayó al suelo, exhausto.

¿Peg le dio alguna patada?

No, Pete, no hizo nada. Ahora está arriba con él.

¿Está sedado?

Como un caballo.

¿Dónde está Cress?

En el sótano, buscando provisiones. Casi todas las botellas de licor se llevaron lo suyo.

Pete asintió con la cabeza mientras trataba de digerirlo todo. Se sentó en el taburete y levantó la tapa del piano. Sus dedos bailaron por las doce escalas mayores.

¿Y bien?, dijo, crujiendo los nudillos. ¿Qué te gustaría oír, Temps?

Algo relajante, Pete.

Faltaría más. Conozco la pieza perfecta; y encendió el primero de una veintena larga de cigarrillos.

Ulises se disponía a volver a sus quehaceres cuando dijo: Por cierto, Pete, me gusta tu chaqueta.

¿Este trapo viejo? Lo tengo desde hace años.

Durante toda la tarde el bar público de El Armiño y el Loro estuvo bien atendido y jamás hubo un paciente más agradecido. Los *Nocturnos* de Chopin guiaron la transformación y Pete tocó con la misma pasión de la que había hecho gala en su audición en el West End. Las mesas recuperaron su utilidad a golpe de martillo y los cuadros se reunieron con las paredes. El fuego se atiborraba de madera astillada y pronto un resplandor cálido llenó la estancia y la apartó de las puertas de la muerte. Ulises salió en busca de más sillas e hizo cuatro viajes, cargado con cuatro en cada uno. Llevó también el globo terráqueo de su padre, y lo colocó sobre la barra para que Claude lo usara de percha. Cress preparó un guiso de carne y patatas en cantidad suficiente para que también lo degustaran los clientes de la noche. Pete comentó que Cress habría sido un compañero de vida espléndido y todo el mundo se mostró de acuerdo. El viejo se llevó fuera a Peg, Ginny y la niña, y volvieron con brazadas de flores de cerezo. Aquello debió de dolerle, pero se lo guardaba para sí. Quizás hubiera llegado a un pacto con el árbol. Ginny y la niña decoraron los estantes con jarrones de flores blancas y rosas; Peg vendó la mandíbula del armiño y, hacia las seis y media de la tarde, todos dedicaron un momento a contemplar sobrecogidos el resultado. Lo habían conseguido. La taberna estaba lista para abrir. Parecía a punto de desmoronarse, pero se notaba el cariño, y cariño era algo que nunca le habían profesado.

Con Claude al hombro y el armiño acunado en sus brazos, Ulises Temper dio un paso adelante y abrió la taberna, con cinco minutos de retraso sobre la hora de apertura vespertina. La señora Lovell se plantó la primera en la entrada. Lo miró de arriba abajo y evaluó la situación.

Nos han derribado, pero no noqueado, señora Lovell, dijo Ulises.

Poco les falta, replicó ella y enfiló hacia el interior.

A través de las puertas, Ulises vislumbró de pasada el Jaguar Mark V negro de Tubby Folgate, que había olido problemas y estaba sopesando sus opciones. *Las noticias vuelan*, pensó Ulises.

Peg estaba sentada en la habitación de Col, vigilándolo, y con sus sentimientos atorados en algún punto entre la ira y la compasión, pero la mayoría de las mujeres se sentían así con respecto a Col. Gracias a Dios, en todos los años que hacía que se conocían, nunca había acabado en la cama con él. Un pequeño triunfo.

¿Peg? Col se removió en la cama y apartó la manta.

Col.

¿Cuánto tiempo llevo aquí?

Varios días, respondió ella.

Él se incorporó en un santiamén.

Es broma, aclaró ella, y encendió un cigarrillo. La taberna está abierta, aunque no gracias a ti.

Debería bajar.

No, todavía no.

(Ruido en el piso de abajo).

No sé qué ha pasado, dijo él, y Peg se lo contó.

¿Ginny está bien?

No lo sé, Col. Dímelo tú.

Peg...

¿Está encinta o es tan horrible que querrías tenerla encerrada? ¿O abochornada...?

Peg.

¿O temblando? ¿Te acuerdas de eso? ¿De los trembleques?

No sigas, le rogó Col, que se tapó la cara con las manos.

Te ha venido un *déjà vu*, ¿eh, Col? Creía que ya habíamos superado todo eso.

Solo quería saberlo. Y todavía quiero, dijo él.

No te lo dirá.

Le tiene miedo, dijo él.

Te tiene miedo *a ti*. La misma historia que con Agnes.

(Agnes le decía que destruía todo lo que amaba. Agnes le decía que sería el causante de su propia perdición. Agnes le decía, Agnes le decía…).

Así que dime si le pasará algo, exigió Peg.

Col volvió a tumbarse, exhausto. No le pasará nada, aseguró.

Pues quiérela. Eres lo único que tiene.

¿Qué voy a hacer, Peg?

Lo primero, bajas y se lo dices. Tú solo díselo. De eso no puedes esconderte. Y luego, con tranquilidad, le preguntas si alguien sabe algo.

¿Y si no lo sabe nadie?

Lo dejas correr y no haces ninguna estupidez.

Me matas, Peg.

Sí, puede ser. Pero soy lo único que tienes.

Peg no entró directamente en el bar, sino que permaneció observando desde la puerta. Necesitaba un respiro, más o menos; que le bajara el nivel de cortisol. Él, tirando una pinta, era el bálsamo. Él y su loro. Siempre había considerado a los Temper un poco bobos, con esos hoyuelos, esas cejas y esas orejas suyas, y con esa creencia en que la vida te afloja la soga cuando menos te lo esperas. Sin embargo, habría dado cualquier cosa por haber tenido una madre como Nora, que era todo ternura y amabilidad. Peg también sabía ser amable, pero en realidad no era un rasgo que definiera su carácter, por lo que no duraba mucho. Era como su paga semanal: los jueves ya estaba a dos velas.

Se acercó a Ulises por la espalda y le asió los brazos; él no se giró porque sabía quién era. Era como si estuviesen pegados con cola; sencillamente encajaban. Ella aspiró su aroma y él ni siquiera sintió la ligereza con que lo besó en la espalda. Mas Claude lo vio; abrió el pico como para decir algo. Peg se llevó el dedo a los labios. Es nuestro secreto, pareció indicarle con un guiño.

A las ocho en punto, sucedió lo que todos habían estado esperando. Apareció Col, en parte cual inválido, en parte cual personaje del Antiguo Testamento, con los pies a rastras, una manta echada sobre los hombros y una polilla alrededor de la cabeza. Partió en dos el silencio, como un mar ancestral. Se trasegó un vaso de ginebra y se estrujó la frente. Después caminó hasta el centro de la sala, todos los ojos clavados en él. Col, cíñete al guion, le recordó Peg, y él asintió con la cabeza. Se aclaró la garganta y dijo: La vida nos pone a prueba de muchas formas. (PAUSA). Ginny está embarazada.

Los parroquianos se miraron unos a otros. Hubo el amago solitario de un grito, ceños fruncidos aquí y allá, pero principalmente fue la quietud propia de quien digiere una información nueva lo que invadió el salón. Nada más, nada menos.

Solo quiero saber quién ha estado con ella, dijo Col.

Silencio.

Podéis confesar ahora o más tarde. Cara a cara o de manera anónima.

Silencio.

¿Nadie?, preguntó, elevando la voz.

Siéntate ya, Col, le exhortó Peg.

Y luego, con severidad: ¡Col! Que. Te. Sientes.

Col se sentó. Esto parece un puñetero velatorio, comentó.

¿Y quién tiene la culpa?

¿Dónde está Pete?, preguntó él.

En el baño.

Peg, ¿y si cantas una canción?

Ya me perdonarás, Col, pero no me apetece.

Temps… ¿Y aquel truco de magia? El del huevo.

Ese no era yo, Col.

Pete volvía en ese momento, secándose las manos.

Toca algo, Pete, me cago en la puta, dijo Col. Que nos morimos de aburrimiento.

Lo que Pete desconocía de un público no merecía la pena conocerlo. Cerró los ojos y tomó aire, invocando a su musa. Y esta le concedió la palabra «unidad». Con acento norirlandés, por extraño que pareciera.

Chisporroteó el micrófono. Rodeaba el piano una neblina espesa de humo azulado.

Me gustaría dedicar esta canción al amor, dijo Pete. La escribí cuando estaba en Yugoslavia.

¿Cuándo estuvo Pete en Yugoslavia?, preguntó Ulises, inclinándose hacia Peg.

Trata sobre el arrepentimiento, continuó Pete. Se titula «If I'd Known What I Know Now».

En retrospectiva, susurró Cress.

¿Qué?, preguntó Col, retorciéndose.

En retrospectiva, repitió Cress. Si hubiera sabido entonces lo que sé ahora. Eso es en retrospectiva.

Joder, cállate la boca, le espetó Col, y Pete empezó a cantar.

De la forma más inesperada, una tintura de perdón se desprendió de la noche oscura y empapó la taberna. Desde los rincones polvorientos y vigilantes, los fantasmas de las oportunidades perdidas, los rencores acumulados y las palabras no pronunciadas quedaron enterrados. Se enderezaron las espaldas, las articulaciones se relajaron y se aligeraron los corazones. El viejo Cress se sumergió dentro de sí mismo, en algún lugar privado, algún lugar exuberante. Ulises miró a Peg y esta, desde el otro lado de la barra, se volvió para mirarlo a él, y sus ojos se entrelazaron en un abrazo serendípico, a cámara lenta. Col vislumbró un destello de la vida en la carretera y se le apaciguó el estómago. De repente, Peg dirigió la vista hacia la puerta y allí se encontraba Ted. El señor Agente de Seguros, el señor Averso al Riesgo, que tal vez estuviera casado o tal vez no.

Peg y Ted ahora bailando. Claude en el hombro de Ulises, el pico rozándole la oreja. Cress en la barra haciendo girar el globo terráqueo como si de una ruleta se tratara. La puerta principal abriéndose como apresada por el viento. Tubby Folgate de pie en el umbral como una mancha de Rorschach, fumando un *cheroot*, contemplando la escena, meciéndose al ritmo de la tonada melodiosa de Pete.

La canción llegó a su fin y ¿cómo no iba a recibir una ovación atronadora? Pete se había vaciado por completo. Peg estaba vitoreándolo; Ted aplaudiendo moderadamente; Col silbando. Mas entonces, como fichas de dominó derrumbándose de improviso una tras otra, se percataron de la presencia de Tubby y los aplausos remitieron, y el recién llegado dijo: No se preocupen por mí, como si no estuviera. Pero la atención estaba fija en él y la sala se sumió en el silencio.

Grandioso, dijo Tubby. Su oclusión glotal afilada como una cuchilla. Entró cojeando. Había mucho de villano en sus andares. La gruesa bota reforzada del pie izquierdo se la había fabricado a medida un primo; la rama zapatera de la familia, que se remontaba a varias generaciones, una gente bastante agradable en comparación. Tubby se plantó ante la mesa de Col y se introdujo sin esfuerzo en el dolor de Col, su misma presencia era como echar un puñado de sal en la herida. Exhaló una bocanada de humo y miró a Col con su ojo bueno, el que tantos años atrás no se había llevado el gancho de carga.

He oído que tiene algún problemilla, señor Formiloe, dijo. ¿Necesita hablar, amigo mío?

No contigo, hijo de puta.

Col, Peg y Tubby dirigieron la vista hacia la barra. Nunca había existido un momento más desafortunado para que un loro recuperara la voz.

El otoño trajo consigo el regreso de los días cortos, el acostarse temprano y la quema interminable de carbón, cuyo resoplido ensuciaba el aire. A Ginny la enviaron con la hermana de Col, que vivía en Bristol, para que diera a luz, y la taberna no volvió a ser lo mismo. Alys se quedó con Ulises cuando Peg se instaló en casa de Ted. Todas las semanas, Tubby acudía para intercambiar unas palabras sosegadas con Col. ¿Qué haces mezclándote con él?, le inquiría Peg. Estará tramando algo, advertía Ulises. Esto no acabará bien, vaticinaba Cress.

Sin embargo, Col no los escuchaba. Col, sigilosamente al acecho de Davy.

Y entonces aconteció.

Un viernes. Principios de diciembre. Meteorológicamente hablando, un poco rarito. No soplaba el viento y una capa de aire frío permanecía atrapada bajo otra de aire caliente; conforme el día progresaba, descendía un denso velo de niebla de un color pardo amarillento que no se movía un ápice. Por la tarde, Londres hedía a huevos podridos; la ciudad había quedado paralizada y las calles estaban vacías.

No había tráfico fluvial en el Támesis y Peg informó que los conductores caminaban delante de los autobuses portando antorchas. Solo tres vejetes consiguieron llegar a la taberna, y estaban resollando por la corta caminata, los rostros ennegrecidos como si trabajaran en una mina de carbón. Se marcharon antes de las ocho y el local pareció el *Mary Celeste*.

Cressy y Ulises estaban a la entrada de la taberna. Las aceras se notaban grasientas bajo los pies.

Preguntó Cress: ¿Me ves ahora?

Sigo viéndote, respondió Ulises.

¿Y ahora?

Más o menos.

¿Ahora?

No.

Dos metros, indicó Cress cuando volvió a hacerse visible. Un fenómeno notable, comentó.

El haz de luz de unos faros dobló la esquina. Cress y Ulises observaron la silueta oscura del vehículo que se acercaba y luego se perdía de vista. El coche se detuvo en la lobreguez de la calle. Se oyó el sonido de un motor al ralentí. Una puerta que se abría y se cerraba. Otra puerta. Dos pares de pasos y el murmullo de una conversación. Una cojera distinguible. Otra puerta que se abría y cerraba y lo que pareció el ruido de una bolsa de patatas cayendo al suelo.

Ulises susurró: Anda, márchate, Cress. Iré a buscarte si te necesito.

No voy a dejarte solo, hijo.

No te queda otra. Vete.

Cress dio media vuelta; a los tres pasos era un fantasma.

Ulises estaba tendido en la cama con la radio puesta. Música de *big band* a bajo volumen y un vasito de whisky en la mano. Soplos de calor de la estufa eléctrica y murmullo de voces apenas perceptibles en el piso de abajo. Cuando Col había visto a Tubby en la puerta, le sugirió a Ulises que se tomara el resto de la noche libre y dio por finalizada la jornada.

Apagó la radio y se dirigió a la puerta. Avivando los oídos y con el corazón acelerado ante las intrigas de abajo.

De repente, el encendido de un coche que prendía. Ulises se abalanzó hacia la ventana y la levantó. Las farolas de la calle casi inútiles contra el fango, las luces rojas traseras desapareciendo. Cerró rápido la ventana, pero eso no impidió que el hedor a azufre siguiera colándose.

¡Temps! (Era Col). ¡Temps! ¡Aquí abajo, socio!

Ulises se calzó los zapatos, se metió un jersey por la cabeza y bajó las escaleras hacia un bar en sombras.

¿Col?

La luz del fuego parpadeando, y un cigarrillo palpitando en la boca de Col.

¿Col, amigo?

Se acabó, Temps. En esta noche de noches impías se ha hecho justicia. Y Col señaló con el cigarrillo el hogar y la forma oscura de un cuerpo.

¡Maldita sea, Col! ¿Qué cojones has hecho?

Nada. Soy puro como la nieve. Nada más me deshago de la basura. Y ese es Davy.

O lo era, mejor dicho, porque no cabía duda de que Davy estaba muerto; la cabeza asomaba por un extremo de una lona mugrienta.

Ulises caminó alrededor del cuerpo. ¿Cómo te enteraste de que fue él?

Porque si Tubby lo dice, es que fue el condenado Davy; y Col se sirvió otra copa.

¿Dónde está Claude?

109

Por ahí andará.

Ulises entró en la cocina. Aquí no está, gritó. Se acercó a la puerta principal y recogió del suelo una solitaria pluma azul. La sostuvo en alto. ¿Dónde está, Col?

Ha debido de salir detrás de Tubby.

¿Qué le has hecho?

Nada.

¿Qué has hecho?

Lo justo es sucio y lo sucio es justo.

¿Qué?

Es lo que me dijo. Y luego dice: Vuela a través del aire impuro. El aire impuro. ¿Cómo lo sabe? Ese pájaro me da grima.

De repente, en la puerta, se recortó la silueta amenazadora de un rostro y los dos hombres soltaron un grito.

Soy yo, anunció Cressy al otro lado de la vidriera.

No entres, dijo Ulises.

Déjale pasar, ordenó Col.

Déjame pasar, insistió Cress, y Cress entró. Se plantó al lado de Ulises y de Col y bajó la vista al cadáver.

¿Cómo ha acabado aquí?, inquirió.

Tubby, dijo Ulises. Por lo visto, es Davy.

¿Cómo que «por lo visto»?, replicó Col. Míralo tú mismo.

No tiene pinta de Davy, comentó Cress.

¡Válgame Dios!, exclamó Col.

El fuego se apagó de repente.

Lo justo es sucio y lo sucio es justo, recitó Ulises.

Jesús, dijo Col. Saquémoslo de aquí.

Col, Ulises y Cress ocuparon los asientos delanteros de la ambulancia, con el motor en marcha y los faros taladrando apenas la espesa oscuridad.

Iré yo, se ofreció Ulises; se ató un pañuelo alrededor de nariz y de la boca y encendió la linterna. Caminando delante del vehículo, lo guio a través de Nichols Square hasta alcanzar Hackney Road, donde volvió a subirse. Pasó algún que otro coche, también un camión. Col aguardó hasta que logró situarse detrás de un trolebús con destino Leyton. Los tres hombres empezaron a relajarse.

Cress rompió el silencio y proclamó: La muerte, la última frontera.

¡No jodas, Einstein!, exclamó Col.

Temps, se te permite una última comida, planteó Cress. ¿Cuál sería?

Vaya pregunta, Cress; y Ulises lo meditó durante unos instantes. Falda de ternera, dijo al fin. Sin duda. Aunque cuando estuve en Italia, una mujer me hizo unos espaguetis como nunca los había probado. Un poco picantes. Con una salsa de tomate muy cremosa. En ese momento significó mucho para mí. Tal vez porque pensaba que iba a ser mi última comida. Me creí el hombre con más suerte del mundo.

Col y Cress asintieron con la cabeza. Se preguntaban qué se sentiría al ser el hombre con más suerte del mundo. Y su mirada, fija hacia delante, se perdió en lo desconocido, cabalgando a lomos de dos haces de luz tenues que no conducían a ninguna parte.

Dijo Col: Pues yo tendría mi última comida entre las piernas de una mujer.

Creo que te has pasado el desvío, le indicó Ulises.

Col soltó un reniego. Frenó bruscamente y dio marcha atrás.

Llegaron a los límites del bosque de Epping poco después de las dos de la madrugada y la Madre Naturaleza corrió a cobijarse. Los árboles habían filtrado una buena cantidad de mugre y la niebla parecía más blanca, más etérea, y engalanaba los troncos con un grácil velo. Col apagó el contacto y los sumergió en la noche: el ruido de un búho; el ruido de un motor enfriándose; el ruido del estómago de Col.

Vine aquí con Fionnula, dijo. A este mismo sitio. Parece como si hubiera pasado toda una vida.

¿Trajiste aquí a Fionnula?, preguntó Ulises.

Sí. A este mismo sitio. No hay un alma en kilómetros a la redonda. Hasta llegué a pensar que era el lugar perfecto para enterrar un cadáver.

Que nadie diga que no eres un romántico, comentó Cress.

Ulises volvió a atarse el pañuelo alrededor de la cara y dijo: Bien, habrá que empezar. Col, enséñame el lugar exacto.

Y aquello dio el pie para que tanto Col como Cress se ataran un pañuelo a la boca y para que los tres salieran y encendieran las linternas. Col fue hasta la parte de atrás y abrió la portezuela.

¿Sigue muerto?, preguntó Cress.

Idiota, contestó Col, y sacó el fardo de la ambulancia, que cayó al suelo del bosque. Col se paseó como un prospector, palpaba la textura de la tierra, daba puntapiés al suelo.

Aquí, le indicó a Ulises. Este es el sitio. Y Ulises empezó a cavar.

El suelo estaba húmedo, recubierto por siglos de un mantillo de hojas y gusanos, un mundo orgánico de movimiento lento y constante.

A mi madre le daba miedo la falda de ternera, comentó Col.

Lo siento, dijo Ulises.

Le causaba ansiedad casi todo. Las bibliotecas. Las tormentas. La ternera. El mundo la asfixiaba. Se quitó la vida...

¿Col?, lo interrumpió Ulises, de pronto levantando la vista. ¿Te acuerdas de que dijiste que este era el lugar perfecto para enterrar un cadáver?

Sí, eso dije.

Bueno, pues alguien se nos ha adelantado. Ya hay uno aquí.

Col alumbró la fosa con su linterna y miró el fondo.

Pero ¿qué...?, empezó Col, y después: A la mierda. Tíralo encima.

Y así lo hicieron.

Cress echó un puñado de tierra y musitó unas palabras.

No me jodas, dijo Col.

Era el hijo de alguien.

Más bien trapicheaba con el hijo de alguien; y Col emprendió el camino de vuelta a la ambulancia.

Al despuntar el alba se encontraban de regreso en la taberna. Tampoco era como si pudieran apreciar que hubiera salido el sol, porque la niebla era aún más espesa, marrón y pegajosa que antes.

No se toparon con nadie, ni mientras aparcaban ni mientras se encaminaban hacia la puerta y entraban.

Col sirvió cantidades generosas de whisky para todos. Después alzó su bebida y proclamó: Lo que pasa en el bosque de Epping se queda en el bosque de Epping.

Chocaron los vasos y repitieron el brindis.

Ulises permaneció los días siguientes encerrado en su habitación. No quería ver a nadie; se había recluido un poco en sí mismo, así fue como Cress se lo describió a Peg. No le explicó mucho, pero Peg no tenía nada de tonta, sabía cómo eran las cosas. ¿No habréis hecho ninguna estu...? No, no, tenemos las manos limpias, Peg. Te lo prometo, le aseguró Cress. Es un muchacho muy sensible, nada más. Pensaba que ya había dejado atrás todas esas bobadas.

Retornó Ginny en febrero de 1953. Volvió sin bebé, porque lo había entregado a una pareja, a la que había hecho muy feliz. Tal era la versión que salió de boca de Ginny y, puesto que nadie supo qué responder, la mayoría se limitó a abrazarla y a decir: Qué alegría que hayas vuelto, cariño.

Col tenía una muñeca lista para regalársela, pero Peg le soltó: Ni te atrevas, joder; de modo que no se la dio. Ella lo miraba como si él fuera la forma de vida más baja y, para su tortura, la palabra «esponja» no dejaba de rondarle la cabeza. Tubby continuaba con sus negocios en el salón de la taberna y Col empezaba incluso a preguntarse cómo podría librarse de él.

Claude no regresó a la taberna y Ulises se subió a la escalera y cambió de nuevo el nombre a El Armiño. Pinta un árbol sobre el pájaro, le sugirió Col, y así lo hizo Ulises. Un roble frondoso.

Con la llegada de los primeros vientos de levante del año, el rótulo de la taberna se mecía adelante y atrás, entonando la familiar cantinela de siempre.

Para el uno de marzo, podría asegurarse, sin temor a equivocación, que la normalidad había retornado a la taberna.

El día cinco, no obstante, Claude reapareció. Entró volando por la ventana de Ulises y se le posó en el pecho. El flechazo volvió a ser instantáneo. Ulises no cabía en sí de gozo. Llevó a Claude abajo y Col soltó: ¡La madre que lo parió!

Por la tarde, Ulises estaba de nuevo subido en la escalera pintando un gran loro azul amazónico sobre un roble inglés. Fue al bajar cuando un policía dobló la esquina.

Aquí tiene, alguacil, dijo Ulises a la par que le ponía delante un vaso de cerveza con limón.

El policía sacó una fotografía del bolsillo. ¿Ha visto por aquí a este hombre? Lleva ya tres meses desaparecido.

Ulises vio la cara y sintió que le daba un vuelco el corazón.

La verdad, me importa un bledo si está a dos metros bajo tierra, continuó el policía. Es un mal bicho.

No lo he visto en mi vida, contestó Ulises. ¿Quién es?

El hermano de un amigo de Reggie y Ronnie. Por eso está causando un poco de revuelo. Se hace llamar Eric Davy.

Entró Cress en la taberna. ¿Problemas?, preguntó el viejo, y Ulises le pasó la fotografía. ¿Has visto a este tipo?

Cress estudió la fotografía. No lo he visto en mi vida, contestó.

Entró Col en la taberna.

¿Has visto a este tipo, Col? Ulises le tendió la fotografía. Se llama Eric Davy. Lleva tres meses desaparecido, le explicó. Es hermano de un amigo de Reggie y Ronnie.

Col miró la foto. Su rostro palideció un poco; se le crispó ligeramente el labio; se llevó la mano al estómago.

No lo he visto en mi vida, contestó mientras desenvolvía un caramelo de menta y, antes de que terminara la frase, salió Tubby del salón. Col le tendió la foto y dijo: Se llama Eric Davy. ¿Lo has visto, Tubby? Eric Davy.

Tubby miró la fotografía y sonrió. Sí, lo conozco. Hermano de un amigo de Reggie y Ronnie. Es un imbécil. Y un embustero de mierda. Me debía cien libras.

¿En serio?, preguntó Col.

Sí. Está muerto, ¿no?

Lo ignoramos, dijo el alguacil, que apuró su cerveza con limón.

El mundo no llorará su pérdida, terció Tubby.

Bueno, si se enteran de algo, háganmelo saber, rogó el policía. Recogió la fotografía y se marchó, cruzándose en la entrada con Peg, que llegaba en ese momento.

Vaya, vaya, dijo Tubby. He aquí a una mujer con una misión.

Peg hizo caso omiso y se acercó a Col. Hay algo que deberías saber, le dijo.

Adelante.

¿Es que quieres que hablemos aquí?

¿Por qué no? Estamos entre amigos.

¿Estás seguro?

Col se rio.

Davy ha vuelto, anunció ella entonces.

(Imagen congelada): Col a medio grito, arremetiendo contra Tubby, las manos alargadas hacia su cuello. La sonrisa socarrona de Tubby, ahora un mohín. Tubby cayendo hacia atrás, desequilibrado, una bota reforzada a la altura de la cintura en un intento de repeler el ataque de Col. La rodilla de este entre las piernas de aquel, pegada al fajo de billetes. Un chorro de agua brotando desde la izquierda. El viejo Cress esgrimiendo el sifón de gaseosa como si de un cañón de mortero se tratara. Claude en el aire, con una envergadura imponente, sin mudar de plumas, pero descargando una andanada de excrementos. Ulises en la espalda de Col, esforzándose por apartarlo. Peg vaciando un cenicero en la boca de Tubby.

De pronto, se abrió la puerta principal y apareció un caballero en la entrada.

¡Busco al señor Ulises Temper!, pregonó a voz en cuello. Levantó una silla y la bajó dando un golpetazo. ¿Es alguno de los presentes el señor Ulises Temper?

Cesó la refriega. Gemidos y jadeos se elevaron de la pila de cuerpos y cinco cabezas se giraron hacia el recién llegado. El hombre se presentó: Roland Burgess, a su servicio; y se desencasquetó el sombrero.

Ulises se incorporó y extendió la mano. Yo soy Ulises Temper.

115

El señor Burgess sonrió y se sacudió una pluma azul del hombro. Señor Temper, dijo. No sabe cuánto me alegra conocerle.

Ulises guio al señor Burgess por dos tramos deslucidos de escaleras hasta su habitación. Cerró la puerta tras de sí y con un gesto le indicó al señor Burgess que se sentara a la mesa.

Disculpe por la escena, señor Burgess, dijo Ulises.

¿Algún problema?

No. Es una larga historia. Ulises se sentó enfrente. Bueno, ¿qué puedo hacer por usted, señor?

El señor Burgess abrió su maletín. Tenga, mi tarjeta.

¿Un abogado?

Usted forma parte de un largo camino que finaliza en la iglesia italiana de Clerkenwell, señor Temper.

¿Ah, sí?

Sí. He trabajado allí a menudo para la comunidad. Sobre todo después de la guerra. Una época complicada, como se podrá imaginar. Por eso me contrataron para esta pequeña empresa. Y le he localizado.

¿Me ha localizado, señor Burgess?

Sí. Arturo Bernadini. ¿Le suena?

Ulises negó con la cabeza. No lo conozco, señor. No asisto a la iglesia italiana. Bueno, sí he ido a la procesión, pero no…

No, no, me he explicado mal. El señor Arturo Bernadini, de Santo Spirito, Florencia. No la iglesia de San Pedro en Clerkenwell. ¿El nombre le…?

Espere un momento, lo interrumpió Ulises. ¿Arturo Arturo?

Me figuro que será el mismo. Arturo Bernadini murió hace un año —y el señor Burgess extrajo del maletín un fajo de papeles—. Sí, aquí lo tenemos. Esto, señor Temper, es una copia de la última voluntad y testamento de Arturo Bernadini; dio la vuelta al documento y se lo enseñó a Ulises.

¿Qué tiene esto que ver conmigo, señor Burgess?

Ah, pues todo, señor Temper. Todo. Levantó el documento y leyó en voz alta: Lego todas mis posesiones terrenales al señor Ulises Temper, del ejército británico.

Ulises lo miró de hito en hito.

Usted es el único beneficiario de su patrimonio, señor Temper. Conque ya ve. Era una cuestión vital que le encontrara.

Silencio.

No sé ni qué decir, confesó Ulises.

Dudo de que nadie sepa cómo reaccionar en una situación así.

Ulises se puso en pie y acudió a buscar una botella de whisky. ¿Sus posesiones terrenales?, preguntó.

Una casa y el mobiliario que contiene. También cierta suma de dinero que radica en una cuenta bancaria.

Ulises le ofreció al señor Burgess un vaso de whisky.

¿Cree en el destino, señor Temper?

Es un regalo, ¿verdad? Eso dice una amiga mía.

¿Un regalo? Me gusta. Entonces, brindemos por el destino. Pero antes de que se me olvide, añadió el señor Burgess, le dejó también una carta; y rebuscó en su maletín y se la entregó.

Ulises la abrió. Está en italiano, dijo.

¿Quiere que se la traduzca?

¿Le importaría? Y el señor Burgess tomó la carta y empezó a leer en voz alta.

Mi estimado Ulises:

Si estás leyendo esta carta, significará que estoy muerto.

Han pasado nueve años desde nuestro breve encuentro. Y tu recuerdo sentado a la mesa frente a mí me ha servido de faro a lo largo de todos ellos.

¿He cambiado mi vida lo suficiente como para reflejar la bondad que me mostraste aquella extraña tarde de agosto? No lo sé. Espero que sí. A mi humilde manera, creo que quizá lo haya conseguido. Ningún acto excepcional de generosidad permanece aislado. Las ondas que genera son incontables.

¿Y qué te han deparado estos años? Felicidad, espero.

Al legarte mi casa, te ofrezco por igual una oportunidad y un dilema, soy consciente. Pero en otro tiempo estas habitaciones fueron un buen hogar para mi madre y para mí, y aquí ocurrieron cosas buenas. Tú entre ellas.

Te habrán informado de que dispones de dinero suficiente para cubrir los gastos del viaje, sea cual fuere el medio que elijas para regresar. Las opciones son muchas. Hay dinero suficiente para traer también a tu esposa, y a tus hijos, por supuesto, porque imagino que gozas de una vida plena.

Cualquier cosa que decidas, te honro.

Y, de esta manera, concluyo.

Te deseo una vida larga y fructífera, Ulises Temper. Y doy gracias a tus padres por haberte puesto ese nombre. De no haber sido así, jamás te habría encontrado.

[En efecto, corroboró el señor Burgess.]

Tu amigo,

Arturo

Santo Spirito, Florencia

Ya caía el sol, que encendía el canal con una llama intensa de rosa y oro. Las fochas y los patos hendían la superficie y dos hombres estaban sentados en un banco, sumidos en sus pensamientos.

¿Todos sus bienes materiales?, preguntó Cress.

Sí. Todo.

Vivir para ver.

Ulises se puso en pie y simuló lanzar un guijarro sobre la superficie del agua, como jugando a las cabrillas. ¿Qué voy a hacer, Cress?

¿Qué quieres hacer?

No lo sé, no lo sé. Volvió a sentarse y se llevó las manos a la nuca. Podría autorizar al señor Burgess para que lo vendiera todo.

¿Eso es lo que quieres? ¿El dinero?

¿No lo quiere todo el mundo? Estaría bien.

Cress encendió un cigarrillo. El dinero viene y va.

¿En qué piensas?, preguntó Ulises.

El viejo se remangó y extendió los brazos. Una oportunidad y un dilema por igual; eso dijo, ¿no? Tienes que verlo como lo que es.

¿Y qué es?

Como un salmo responsorial. Tú invocaste algo. Puede que sin saberlo, pero lo hiciste. Pediste algo y obtuviste respuesta. Solo tú sabes qué pediste.

Ulises se levantó y le dio un puntapié a una mata de hierba.

Es por Peg y la niña, ¿no?

Y por ti.

Nada dura para siempre, dijo Cress, y exhaló un penacho de humo. Bueno, ¿y cómo es Florencia?

Y respondió Ulises: Como eso; y señaló los colores que iluminaban el canal, la paz relumbrante, la luz iridiscente.

¿Y la propiedad legada?

Tiene varias piezas, mucho espacio y una terraza.

Los dos hombres guardaron silencio.

¿Qué haría mi padre, Cress?

Eso es fácil, muchacho. Todo al negro; y tiró el cigarrillo de un papirotazo. Pero bien sabe Dios que te echaré de menos, añadió.

Vente conmigo, Cress.

Soy demasiado viejo. Todo al negro, muchacho.

Durante los días siguientes, las habladurías sobre la herencia se extendieron y eclipsaron cualquier chismorreo residual sobre Davy y el embarazo.

En la taberna, la señora Lovell le dijo: Dos medias de cerveza negra, ¿y qué vas a hacer?

No lo sé, señora Lovell. ¿Qué haría usted?

Trincar el dinero y mandar a esos italianos a freír espárragos.

Bueno, esa es sin duda una opción, señora Lovell. Ahí tiene; y Ulises le puso en la barra los dos vasos de cerveza.

Peg y la niña cruzaron la puerta a la carrera. Una vena de tristeza se le hinchó en el pecho.

Dichosos los ojos que te ven, dijo él.

La niña sonrió. ¿Dónde está Ginny?

Arriba, indicó Ulises, y ella se zambulló bajo la trampilla de la barra y desapareció.

¿Has tomado ya una decisión?, preguntó Peg.

Él negó con la cabeza. ¿Podemos hablar?

Ahora no puedo, Temps…

No, no. En cualquier otro momento. Pero a solas.

¿Te encuentras bien?

Ulises se encogió de hombros.

Gracias por cuidarla.

La quiero.

Lo sé, dijo Peg. ¿Qué tal el viernes?

¿El viernes? ¿No vas a salir?

Volveré temprano; y Peg apuró su bebida. Hablamos el viernes, prometió. Solos tú y yo.

Transcurrió despacio la semana, buena parte de la cual con las tuberías obstruidas por culpa de Col.

Tienes que entender que no son como nosotros. (Col sin dejar de meter baza después del trabajo). Comen toda esa comida extranjera.

Cress permanecía de pie en la barra junto a Pete, sobre quien pesaba un aire taciturno, la cara más larga de lo que había sido habitual en meses.

Creo que estás siendo un poco duro, le recriminó el pianista. Yo le compro partituras a un polaco encantador.

Vivimos en planetas diferentes, Pete. Estamos nosotros. Y están ellos.

Col usaba el globo terráqueo como accesorio.

Europa continental. Y Gran Bretaña. Y entremedias, el Canal. Está ahí por un motivo. Un foso que nos regaló Dios. Levantamos el puente levadizo, por así decirlo, y a tomar por culo. Que cada uno se ocupe de sus cosas. Mira el puñetero desastre que causaron.

Tú deberías saberlo, Temps, que estuviste allí. ¿Qué nos han dado aparte de quebraderos de cabeza?

Col disfrutó del silencio que siguió; podría habérselo follado dos veces y haberle preparado el desayuno.

Los relojes, intervino Cress.

¿Qué?, preguntó Col.

Tú preguntas qué nos han dado y yo digo que los relojes mecánicos.

Ya ves, menudo invento de los cojones.

Pues sí, bastante, replicó Pete. Mide el tiempo.

El coñac, dijo Ulises. El violonchelo.

Las gafas, continuó Cress.

Vale, vale. Pero estáis captando el meollo de la cuestión.

Pues mira, también la fotografía, dijo Pete, sintiéndose de pronto envalentonado por su contribución.

No empieces, Pete.

El cine, dijo Cress.

Los submarinos, añadió Ulises.

Los clarinetes.

La televisión.

Me voy a la cama; y Col se marchó echando pestes.

Paracaídas, soltó entonces Claude.

Col volvió a entrar y miró al loro. ¿Qué me has dicho?

Para-caídas, repitió Claude, pico con nariz.

Y un telescopio, dijo Cress.

De modo que, cuando llegó la noche del viernes, Ulises respiró aliviado y se despidió a las nueve.

¿Quién te ha dado permiso para irte?, preguntó Col.

Tú, contestó Ulises.

Estaba dando los últimos retoques a su habitación cuando se presentó Peg. Desde la puerta vio lo mismo que veía ella: que se había esforzado. Velas en la mesa, una botella de champán perlada de gotas de condensación, un cuenco con patatas fritas, narcisos en un jarrón de leche. El aire olía a dulce y transportaba la fragancia de sus mejillas. Las sábanas, a ropa recién lavada y planchada.

Aun así, no era sino una habitación situada encima de una taberna. Donde un traje de desmovilizado, viejo y triste, colgaba a la vista. Donde, día sí, día no, las ventanas se ennegrecían a causa del hollín. Donde alcanzaba a oír las discusiones de dentro y también las de fuera. Las historias de penuria. Las andanzas de Ginny a medianoche. Los gemidos ácidos de Col.

Te ha quedado muy acogedor, comentó Peg al cerrar la puerta.

Caminó directamente hasta el espejo y se apartó un rizo de la frente. Treinta y tres, dijo. ¿Quién lo hubiera imaginado?

Ulises se encargó del corcho. Un estampido amortiguado.

¿Es champán de verdad?, preguntó ella.

Él asintió con la cabeza. Se alegraba de haber gastado el dinero. Le tendió una copa y propuso un brindis. Por otros treinta y tres años más. Feliz cumpleaños, Peg.

¿Este es mi regalo?

Ulises volvió a asentir.

Sintiéndose un tanto cohibida, Peg sacudió el sobre y preguntó: ¿Qué hay aquí, entonces? Y Ulises dijo: Ábrelo.

Peg extrajo un mapa. En un lado había una fotografía de un río, un puente con edificios construidos en él. Un remero desapareciendo por debajo. Una luz dorada. La palabra *FIRENZE* escrita en el cielo.

Vente conmigo, le pidió Ulises.

Peg colocó el mapa con cuidado encima de la mesa.

Vente conmigo, repitió él.

Ella echó mano a su copa y bebió.

Vente conmigo, Peg.

Y ella, con voz queda: No puedo. Estoy con Ted.

Tú no lo amas.

No hace falta.

Vámonos los tres: Alys, tú y yo. Allí podríamos tener una vida. Es precioso, Peg. Podríamos empezar de cero.

¿Y aprender italiano?

¿Por qué no? La gente aprende nuevos idiomas. La señora Kaur tuvo que aprender el nuestro; el señor Wassily, también. Si ellos fueron capaces, nosotros también. No somos distintos.

Estás soñando.

No es ningún sueño. Es una verdadera oportunidad para nosotros.

Y Ulises se sentó y desplegó el mapa. Peg —le alargó la mano; él era tierno y ella estaba ablandándose—, mira esta puerta de aquí, le indicó. Este es el flanco sur, por ahí es por donde entramos durante la guerra. Avanzamos hasta este palacio y estos jardines. Qué grandes eran. Había fuentes y...

Ella, que contempla su capacidad de asombro, el asombro que aún persiste desde su niñez; ojos brillantes, mangas enrolladas, manos diestras que atraparían cualquier cosa —una pelota, una estrella fugaz—, y ella desea poder decirle que sí, pero su imaginación no llega tan lejos, no da más de sí, no desde que Eddie...

... estaban acampadas allí, dice, todas aquellas personas. Y por aquí, ¿ves? Esta plaza. Hay una iglesia y aquí es donde viviríamos. En el piso de arriba. Tiene una terraza y podríamos cultivar cosas. Y saldríamos por la mañana, veríamos las montañas, ¡imagínate...! Y el aire, Peg. El aire está limpio y...

Llévate a Alys.

¿Qué?

Llévate a Alys, repitió ella.

No.

Dale la vida que quieres darme a mí.

Ella necesita a su madre.

Ella necesita a una persona que la quiera. Una persona a la que quiera.

Peg. (Pronunció su nombre con desolación).

Yo era ella antes, continuó. Veo lo bien que está contigo. Si es una vida tan buena, dásela. Aquí no hay nada para ella.

Y Peg buscó las manos de él y se las besó. Te lo ruego, si...

Basta, Peggy.

Por favor, llévatela. Enséñale cosas, que vea mundo. Que ese sea tu regalo de cumpleaños. Dime que sí.

Peg yacía despierta, en algún punto entre la áspera costura de la noche y la mañana; la curva de su cuerpo apretada contra él. Lo había dejado extenuado, ella lo sabía. No se sentía orgullosa, tan solo vacía. Se despegó de él y rodó hasta el borde de la cama. En cuatro horas, su vida había cambiado. Como en el 44. Y todos los chismorreos que tendría que soportar. Se alisó las arrugas de la blusa y la falda. Recogió los zapatos y el abrigo; él no se movió un ápice y ella no quiso despertarlo. Había prometido llevarse a la niña. Se sentía aturdida y un poco hastiada; necesitaba aire. Cerró la puerta y se escabulló escaleras abajo.

En el pasillo, brotando de la oscuridad, una vocecilla nasal.

Ginny, ¿qué haces levantada, cariño?

Tienes cara triste.

Peg nunca está triste. Ven conmigo; y agarró a Ginny de la mano y entró con ella en el bar. Claude abrió los ojos y Peg le ordenó: Vuélvete a dormir, Claude. Se sirvió una copa y echó mano al tabaco que Col había dejado en la caja registradora. Se sentó en un banco y Ginny se acurrucó junto a ella. Hacía frío en el local, pero el cuerpo de la chica desprendía calor. Amar a Ginny era fácil. Amar a Ginny resultaba más fácil que amar a su propia hija. Al otro lado de la ventana, el cielo se iluminaba a través de un desgarrón en las nubes. Aparte del canto de un mirlo y el ruido de una carreta tirada por un caballo, apenas perceptibles, esas horas tempranas arrastraban consigo un silencio que invitaba tanto a la reflexión como a la confrontación. ¿Por qué no puedes querer a tu propia hija, eh, Peg? Sacó un cigarrillo del paquete y se lo encajó entre los labios. Porque tiene demasiado de mí.

Ginny encendió una cerilla y se la acercó a Peg. ¿Qué estás bebiendo?, le preguntó.

La ruina de la madre.

¿Por qué se llama la ruina de la madre?

No te conviene saberlo; y le dio un beso en la coronilla.

Peg llora, dijo Ginny.

Solo es por el humo, Gin Gin.

Una ligera llovizna saludó a Peg cuando salió a la calle. Ya no siente frío, sino un efecto balsámico; la luz de la luna atrapando las gotas en su cabello. Ahora puede respirar. Echa la cabeza hacia atrás y abre los brazos en cruz. Canturrea suavemente, al compás, con un temblor ahumado en la voz.

Peggy Temper, caminando erguida y orgullosa por las calles de sus dominios. Desechando el dolor con un latigazo de muñeca y arrojándolo a la alcantarilla para que se uniera a otras mil historias descorazonadoras. Derecha, izquierda, derecha, izquierda, contonea las caderas como un sueño obsceno y unas ascuas anaranjadas le arden en los labios sin pintar. Uno podría colgarse de cada palabra suya, y una miríada de hombres lo había intentado. El eco de sus pasos en las calles; la forma oscura de los gasómetros, el olor perenne a cisco y el vaivén de un canal fétido. Estos son los elementos de su hogar. Y sabe que nunca se irá. Por si acaso, bueno… *Eddie*.

Por carretera, sugirió el viejo Cress.

Era mediados de abril y, sentados bajo el cerezo, Ulises y Cress trazaban un plan de viaje. El señor Burgess estaba encargándose de tramitar los pasaportes y la tutela legal de Alys y ahora dependía de Ulises decidir cómo llegarían a Italia.

Por carretera, sugirió el viejo Cress por segunda vez.

Toc, toc, dijo Piano Pete a la vera de aquel dosel milagroso.

Pasa, Pete, invitó Cress, y el hombre se internó bajo las ramas con tres vasitos de cerveza. Aquí tenéis, muchachos.

Bonita corbata, Pete.

Gracias, Temps. Es de seda francesa.

Le he dicho que fuera a Italia en coche, le explicó el viejo Cress.

Buen consejo. Así, tu estado emocional podrá cambiar en sintonía con el paisaje. De Dover a Calais, Dijon, Poligny, Saint-Cergue, Lyon, Ginebra, bordeando tal vez el lago, Milán, Bolonia. ¡Y listo!

Ulises y el viejo Cress lo miraron, atónitos.

Son unas indicaciones bastante precisas, Pete, dijo Ulises.

Una vieja amiga hizo una excursión similar en el 48. Una ruta muy pintoresca. ¿Necesitas un coche?

Podría venirme bien.

Veré si le interesa vender su vieja Betsy. Últimamente se ha vuelto una entusiasta de las motocicletas. Se siente más libre.

Dos semanas después, Pete se detuvo frente a la taberna con Betsy: una furgoneta Jowett Bradford de una atractiva tonalidad de azul.

Ulises levantó el capó. Es una preciosidad. ¿Cuánto cuesta, Pete?

No te preocupes, dijo Cress. Ya está todo arreglado gracias a Fanny. Le he dado un repaso y la he retocado aquí y allá. Más de diez kilómetros por litro y una velocidad máxima de ochenta. Tiene cinco años, pero sigue siendo fiable. Os llevará hasta allí.

Y, naturalmente, ya conoce el camino, añadió Pete.

Antes de que Ulises pudiera mentar nada, Col se arrimó con la ambulancia a un costado mientras reclamaba su plaza de aparcamiento a golpe de claxon y gritando: ¡Muévete de ahí, traidor!

A mediados de mayo, la mayoría de la gente había desviado su atención de la inminente partida de Ulises para centrarla en un acontecimiento más alegre: la próxima coronación de la reina Isabel II. El exterior de la taberna fue decorado con parafernalia patriótica, cortesía de la nueva amiguita de Col, Gwyneth. Ella era florista y dada a los alardes. Ginny aprendió a manejar la caja registradora con la señora Kaur, que la definió como una empleada indispensable para su tienda ahora que estaba expandiéndose. Peg, que sufría en silencio la pronta pérdida de su mejor amigo y de su hija, le atizaba a la botella y también guardó silencio la noche en que Ted la atizó a ella. Ulises estaba de los nervios y le confesó a Cress que no sabía cómo cuidar a una niña ni cómo empezar de cero. Después de la guerra no había sido capaz de ello ni siquiera allí, en Londres; en cambio, había recaído en una especie de parálisis que le había impedido alejarse, porque era eso lo que necesitaba. El sol salía, el sol se ponía y había que cambiar los barriles de cerveza. Cress lo convenció, por supuesto. Ojalá vinieras tú también, Cress, pero el viejo, ahogado por un nudo en la garganta, no pudo articular palabra. Y finalmente, una semana antes de partir, el señor Burgess se presentó con los papeles de la tutela y un fajo enorme de liras.

Domingo por la noche. La niña comiendo un plato de espaguetis en el cuarto de Ulises.

¿Significa esto que ahora soy tuya?, preguntó ella.

No. Es como si nos prestáramos uno al otro, contestó él.

La niña caviló sobre la respuesta.

Nos cuidaremos mutuamente, añadió Ulises. Solo por una temporada. Para ver si funciona. Podremos volver en cualquier momento, si echas de menos a tu madre.

No la echaré de menos.

(*Fría como el acero*, pensó él).

¿Ni vivir aquí?

No echaré de menos nada.

¿Ni siquiera a Ginny o a Cress?, insistió él.

Pueden ir de visita. Pete irá en Navidad.

¿Ah, sí? Ulises riendo. Pero por el momento estaremos solos tú y yo. ¿Crees que nos bastaremos?

De sobra, sentenció la niña.

La mañana de la salida era gris y fría, y una pequeña multitud se había congregado a las puertas de la taberna para despedirlos.

Ulises, vestido con su traje de desmovilizado, colocó cuidadosamente en el maletero los fardos en los que iban envueltas las planchas de cobre grabadas al aguafuerte de su padre. Echó los sacos de dormir al asiento de atrás.

Col, ¿has visto a Cressy?

No querrá mirarte cara a cara. Se siente abandonado por ti…

Por todos los diablos, Col, corta ya.

Metieron el resto del equipaje en la furgoneta. Pete salió de la taberna con el globo terráqueo de Ulises y lo encajó en el maletero.

Gracias, Pete.

No se me dan bien las despedidas, Temps. Nunca… Abrazó a Ulises y rompió a llorar. Iré en Navidad, Temps, si no consigo el concierto del Palladium.

Rosemary Clooney. ¿He oído bien?

Sí, directo al estrellato. Tendré que controlar los nervios.

La cagará como siempre, comentó Col.

¿Qué has hecho con Claude?, le preguntó Ulises.

A mí no me mires, respondió aquel.

Pues sí, te miro a ti. Quería decirle adiós.

¿A un puñetero pájaro?, replicó Col, que sacudió la cabeza, soltó un improperio y regresó a la taberna.

Ulises se dio la vuelta y exclamó: ¡Eh, mira quién está aquí! Ginny y la niña iban corriendo hacia él. Detrás de ellas, Peg (clac, clac, clac), mordiéndose el labio.

Le quitó la maleta a Peg y la cargó en la furgoneta.

¿Todo listo?, preguntó ella.

Sí, respondió él. ¿Has visto a Cress?

¿No está aquí?

Ulises miró el reloj. Deberíamos ponernos en marcha.

Dale unos minutos más, sugirió ella.

Suponía que ya os habríais ido, dijo Col, de nuevo en la calle. Me viene una entrega de mercancía y necesitarán espacio.

Col.

¿Qué?

Para ya.

¿Qué?

Para ya. Dame esa mano. Dámela, maldita sea.

Col le estrechó la mano.

Cuídate, amigo, dijo Ulises. Y Col respondió: Gracias, Temps; y quiso añadir algo sobre la amistad y la distancia, pero la emoción y el reflujo se interpusieron, y el ruido que se le escapó de la nariz tenía algo de flemático y terrible. Regresó a la taberna a trompicones, agarrándose el estómago, una cáscara arrugada, vacía de palabras, de un creciente pesar.

Ulises buscó a Cress con la mirada. Peg, tengo que irme. Dile a Cress...

Se lo diré.

Se abrazaron. Susurró él: ¿Nos lo hemos dicho todo ya? Y respondió ella: Claro que sí.

Cuidaré de ella.

Lo sé.

Los dedos de Peg en los labios de él. Chsss. No digas nada.

¡Vamos, Ulises! La niña tirándole de la chaqueta. Vámonos.

Venga, le alentó Peg. Ahora o nunca, ¿eh?

¡Adiós, Ginny!

¡Adiós, Uli!

Las portezuelas cerrándose de un golpe. La respiración honda y el silencio. Ulises se volvió hacia la niña. ¿Lista?

Lista, respondió ella, y levantó el pulgar. Asintió él con la cabeza y giró la llave en el contacto. El motor prendió en el acto. Incluso la furgoneta parecía impaciente por largarse de una puta vez.

Dobló la esquina al final de la manzana, estirando el tiempo hasta el límite de su elasticidad, incrédulo por que su viejo compadre no se hubiera presentado a desearles suerte. Peg no parecía preocupada, había supuesto que quizá no pudiera afrontarlo, que ya sabía cómo era. Peg iría a verlo más tarde, pero aun así. Ulises pasó de nuevo por delante del cerezo, el testigo escueto y silencioso de las idas y venidas en aquel rinconcito de tierra. En los años venideros, se acobardaría ante la bola de demolición, encararía su propia destrucción como tantos otros árboles habían hecho antes, con elegancia y humildad frente a la invariable desconsideración humana, siempre la misma.

Ulises ponía distancia entre ellos y la taberna, el chirrido oxidado del rótulo, los banderines por la coronación ya sueltos y colgando como el encaje de un dobladillo. Cambió de marcha, dejó atrás la

hilera de adosados donde había estado la casa de sus padres y se dirigió hacia el canal. Buscó a Cressy con la mirada una última vez antes
de cruzar el puente y enfilar hacia el sur.

Hay instantes en la vida, tan monumentales y serenos que resul-
tan imposibles de recordar sin que se forme un nudo en la garganta
o el corazón dé un vuelco. Imposibles de recordar sin ese desasosiego que susurra lo cerca que aquel suceso estuvo de no haber acontecido jamás.

El momento en el que Cressy apareció en el espejo retrovisor
supuso para Ulises uno de esos instantes. Pisó el freno y abrió de
golpe la puerta.

¡Cressy!, gritó él.

¡Cressy!, gritó la niña.

El viejo corría hacia ellos, maletas en mano, con las cortas perneras de sus pantalones caqui aleteando. ¡Esperadme!, vociferaba.
¡Esperadme! ¡He cambiado de opinión!

La materia de los sueños

1953 – 1954

Mientras Betsy enfilaba a toda velocidad hacia la costa, Cress sorteó los cómos y los porqués con una versión de los hechos que invitó a reír a Ulises y a la niña, que de vez en cuando sofocaban exclamaciones de asombro. La verdad, sin embargo, era más aburrida. Encerraba una mayor carga de sensiblería, como bien podría haber expresado el viejo compadre.

Y esta versión tuvo su origen tres meses antes, un día en que el viejo Cress estaba sentado con Ulises en un banco, con vistas al canal. Caía el atardecer y el sol prendía en el agua intensas llamas de rosa y oro. Ulises acababa de confesar su temor a dejar Londres y Cress había dicho: «Es por Peg y la niña, ¿no?». Y aquel había añadido: «Y por ti».

Y por *ti*.

Esas tres palabras habían desconcertado a Cress, porque pocas veces le dedicaban muestras de afecto. La profunda satisfacción de oír esas palabras, mezclada con la pena de nunca haberlas oído antes, forjaron una alianza incómoda que le impulsó a decir: «Nada dura para siempre», una respuesta trillada y tópica a la declaración de cariño de un hombre joven.

«Bueno, ¿y cómo es Florencia?», había dicho.

«Como eso», había respondido Ulises, señalando los colores que iluminaban el canal, la paz relumbrante, la luz iridiscente. Y había preguntado: «¿Qué haría mi padre, Cress?».

Y él había dicho: «Eso es fácil, hijo. Todo al negro»; y había tirado el cigarrillo de un papirotazo.

Y entonces Ulises lo dijo.

«Vente conmigo, Cress».

«Soy demasiado viejo».

Demasiado amor en un solo día. Soy demasiado viejo. Y sanseacabó.

Esa conversación le había costado a Cress muchas horas de sueño en las noches que siguieron. Demasiados «y si…» residían en la almohada; conjeturas fastidiosas y crueles que incitaban al viejo compadre a buscar respuestas.

¿Demasiado viejo?, se burló el cerezo. Me parece un poco excesivo. Uno de mis antepasados cuenta más de mil años y aún tiene ganas de marcha. Tu noción del tiempo es obtusa.

¿Tú crees?, preguntó Cress.

Solo era un comentario.

Una brisa se coló entre las ramas y el *prunus serrulata* se estremeció. Me encanta cuando hace eso, dijo el árbol. Y otra cosa: siempre pensé que querías un pasaporte. Llevas años dando la tabarra.

Y era cierto, Cressy no había parado de hablar de ello.

De modo que rellenó la solicitud y un par de meses después —a principios de mayo fue eso— le remitieron por correo el pasaporte, cuyo lomo emitió su crujido distintivo al abrirlo.

Sin embargo, rezongando, la decisión se resistía.

Argumentó el árbol: Tienes tiempo y todavía tienes el dinero. Cress asintió: era cierto, tenía las dos cosas.

Y llevas años anhelando un cambio.

Así es.

Es por esa Peg, ¿no?, dijo finalmente el árbol.

Y Cressy hundió los hombros. Sí, le contestó. Es por ella.

Se encontró con ella junto al canal un par de días más tarde. Clac, clac, clac, escaleras abajo trotaba.

¿Ya te has decidido?, le preguntó ella, y él negó con la cabeza. ¿Quieres que yo decida por ti?, le propuso ella, y él asintió.

Vete, le aconsejó. Siempre has querido ver el mundo. Ve y cuida de ellos por mí. Protégelos.

Y Cress le tomó la mano y dijo: Me hago mayor. No soportaría la idea de no volver a verte nunca más.

Es Italia, Cress, no la puñetera Luna. Y se levantó, le plantó un beso en la cabeza y no miró atrás.

Al día siguiente, Cress acudió a la agencia de Thomas Cook, en el West End, y compró un billete. Había anotado el horario del ferry de Ulises en un trozo de papel que deslizó sobre el mostrador hacia la joven que atendía al otro lado. Dover a Calais. Solo ida, pidió. ¿Solo ida? La joven sonrió y Cress hizo una inclinación de cabeza. Había algo regio en la forma en que se desarrollaba la vida.

¿Cuándo te vas?, le preguntó el árbol.

Pasado mañana, dijo Cress.

Caray, qué pronto.

Cress asintió con la cabeza y bebió un sorbo de cerveza.

¿Tienes mucho que hacer?

Una o dos cosas.

Dijo el árbol: Gracias por todo. Ha sido un placer conocerte.

Igualmente, contestó Cress. ¿Estarás bien?

Soy un árbol. He hecho esto un millar de veces antes.

¿Hacer qué?

Despedirme.

¿En serio?

Piénsalo un momento. De las hojas.

Dover apareció ante su vista a la hora del almuerzo y la Jowett Bradford se internó en los muelles del este, donde el aire olía a gasóleo y a sal. Más allá de las grúas y los embarcaderos, el mar abierto estaba picado y parecía hacerles señas. Era un día frío, un día que se había disfrazado de noviembre con sus mejores galas.

Aparcaron en la caseta de la aduana y bajaron a estirar las piernas. Ulises le sugirió a Cress que dejara el maletín con el resto del equipaje, pero Cress insistió en conservarla consigo. Y acaso se debiera al atuendo inusual de Cressy, o a que ninguno de ellos tenía billete de regreso a Inglaterra, pero mientras que otros vehículos pasaban una inspección somera, el suyo sufrió un registro en toda regla. La niña lo encontró emocionante y se pegó como una sombra al arisco agente de aduanas, para irritación de este.

¿Ha mirado aquí?, le indicaba ella. ¿Y aquí? A lo mejor hay cosas escondidas en los neumáticos.

Un examen final a la maleta grande de Cressy no reveló nada más que un modesto surtido de ropa: dos camisas de cuello abierto, calzoncillos y camisetas de tirantes, un traje de franela, un lote de artículos para el afeitado, pasta y cepillo de dientes, agujas de tejer y lana, linimento, unas botas viejas y tres libros: la *Guía para viajeros por Italia* de Baedeker de 1899, un diccionario de italiano y una novela (una elección rara para un devorador de datos como Cress), *Una habitación con vistas*, de E. M. Forster. Una primera edición a la cual le faltaba la cubierta trasera.

Cress, llamó Ulises.

Pero Cress seguía contándole al agente cómo había conseguido alcanzar el coche a la carrera en el último minuto.

Cress, repitió Ulises. Ya ha terminado. Puedes guardar tus cosas, al tipo no le interesa.

El viejo bajó la tapa de la maleta grande y aseguró las correas. El doble fondo que contenía varios cientos de libras de la victoria de Fanny había pasado inadvertido. Y, lo que era aún más importante, no habían revisado el maletín que llevaba en la mano.

¿Por qué tienes esa cara de contento?, le preguntó Ulises.

Cress se encogió de hombros y caminó con aire zen hacia el vehículo. La niña se encaramó en el asiento de atrás y el viejo se acomodó con el maletín en el regazo. Las horas dedicadas a leer sobre magia psicofísica han valido la pena, pensó. Hacer invisible lo visible había supuesto uno de sus mayores logros.

Ulises montó en la furgoneta y giró el contacto. Calais, ¡allá vamos!, exclamó, y echó el sombrero atrás a la par que lanzaba una mirada a Cress. No podría asegurarlo, pero le dio la impresión de que Cress acunaba el maletín como si de un bebé se tratara.

En la cubierta, la bocina bramaba y el viento removía algo podrido. Agitaron la mano, despidiéndose de los blancos acantilados. ¡Adiós, Inglaterra! ¡Adiós para siempre! Ulises pensaba en Peg; Cress pensaba en Peg, y la niña pensaba en el almuerzo. Bajaron al calor del interior del casco y comieron bocadillos de jamón y patatas fritas mientras el agua gris lamía con fuerza el costado del barco. La niña no despegaba la vista de un hombre que vomitaba en un rincón y Cress aferraba su taza de té inglés como si fuera a ser la última.

Pisaron suelo francés a las cuatro de la tarde bajo un cielo oscuro y encapotado de nubes bajas que producían lluvia. Señales desconocidas pasaban a toda velocidad y los coches circulaban por el carril equivocado. Una vez que Betsy estuvo lejos de la terminal, Cress le pidió a Ulises que parara en cuanto pudiera y, suponiendo que tenía urgencia de evacuar, se detuvo a toda prisa en un arcén de hierba. Sin embargo, Cress no se movió. Otros coches los rebasaban y una ráfaga de lluvia azotó el parabrisas. ¿Te encuentras bien? Pero Cress permaneció en silencio y concentrado como un monje. Flexionó los dedos y respiró fuerte por la boca. Accionó los cierres del maletín y levantó la tapa. Encima de todo había un jersey Shetland naranja, el cual sacó con cuidado. Debajo, dormido o muerto, yacía un gran loro azul del Amazonas.

¡Claude!, exclamó la niña.

Caray, Cress, ¿cómo…?

¡Chitón!, lo interrumpió. Aún está a las puertas de la muerte; y Cress le buscó el pulso. Nada, anunció con gravedad. Levantó al loro y arrimó el oído. Es débil, pero respira; y empezó a masajear el pecho del pájaro. ¿Ves una pipeta de agua en el maletín, Temps?

Sí, la veo. Aquí tienes, dijo Ulises, y Cress la introdujo en el pico de Claude. Está bebiendo. Eso es una buena señal.

Pero ¿cómo diablos has…?

Leí en un libro de veterinaria cuál debía ser la dosis, explicó Cress. Era sobre todo para transportar pollos, pero me figuré que, proporcionalmente, tendría que tratar una estructura genética similar. Me arriesgué, Temps. No podía dejarlo solo con Col, ¿verdad? Ese pájaro no habría sobrevivido a otra muda. Conque, si yo venía, él también. Esa es la razón de que llegara tan tarde. No conseguía dormirlo.

¿Puedo sostenerlo, Cressy?, preguntó la niña.

Por supuesto; y Cress envolvió al pájaro en el jersey y traspasó el fardo al asiento de atrás.

Con cuidado, le indicó. Mantenlo derecho y dale agua. Eso es. Y frótale despacio el pecho de vez en cuando. Así, ya está.

Claude abrió los ojos y parpadeó, perplejo, al tomar lentamente conciencia de que se hallaba a unos doscientos kilómetros de la taberna sin haber alzado el vuelo. Y eso, para un loro, resultaba difícil de asimilar. ¿Falta mucho para llegar?, preguntó, y los otros tres se echaron a reír, y Ulises le guiñó un ojo por el espejo retrovisor. Claude se sintió embriagado por un deseo repentino de restregarse. Le vino un recuerdo fugaz de las semillas fermentadas que él y sus compinches solían ingerir en el Amazonas. *Buenos tiempos aquellos*, pensó. Volvió a dormirse, imaginándose cubierto de una pelusilla color rosa pálido.

Viajaron por espacio de tres horas a través de las llanuras de Picardía. Cerca de Laon, Ulises avisó a Cress y a la niña que estuvieran ojo avizor al pueblo de Soutigny, un sitio que Pete le había prometido que no lo defraudaría. Sin embargo, cuando llegaron a las afueras de aquella anodina villa francesa, la lluvia no había amainado, las calles desiertas estaban anegadas, y se hacía difícil imaginar que el lugar causara otra cosa que decepción. Ulises frenó y escudriñó a través del parabrisas mientras la rasqueta oscilaba de un lado a otro.

¿Qué dijo textualmente Pete?, preguntó Cress.

Que había pasado «muchas noches felices en una joya de sitio escondido en la plaza mayor».

Cress cerró los ojos y canalizó sus pensamientos. *Plaza mayor, plaza mayor, plaza mayor*. Sigue recto, indicó al cabo, abriendo los ojos. ¿Seguro? Totalmente.

Y cuando repicaron las campanadas de las ocho, la Jowett Bradford entró en la plaza mayor —la única plaza, se debería decir— y paró frente a un bistró con hileras de luces blancas y un rótulo de neón rojo en el que parpadeaba la palabra *Chambres*.

Hemos encontrado la joya, observó Ulises.

En la recepción, Claude dio unos picotazos al timbre y de detrás de una cortina polvorienta una patrona de cierta edad apareció, como si fuera la protagonista glamurosa de un truco de magia. *Bienvenue*, ¡bienvenidos!, saludó con un arrullo de voz. (No *willkommen*, pues aún era demasiado pronto para que los alemanes fueran bien acogidos en el pueblo). Les informó que solo le quedaba una habitación disponible, pero que se arreglaría para poner un catre para la niña y un periódico para el loro. Accionó un interruptor detrás del mostrador y se apagó el rótulo rojo con la palabra *Chambres*. Completo, dijo con orgullo.

Los guio al comedor, empañado por el humo y el parloteo de los vendedores ambulantes. Las fotografías que adornaban las paredes eran de sus muchos amantes y maridos, les explicó. O, al menos, eso les pareció entender mientras sus oídos trataban de cribar los fragmentos rotos de su inglés. ¿Ternera *bourguignon* con patatas?, sugirió la señora. Sí, por favor, convinieron ellos. Los sentó a una mesa presidida por el moribundo Denis, un campeón local de petanca que lucía un formidable mostacho y posaba con un trofeo impresionante.

Les llevó una jarra de vino tinto y pipas de girasol para el *perroquet* y flirteó con Cressy, haciéndole tales ojitos que el hombre se arrepintió de no haberse puesto unos pantalones largos.

Cuando los dejó solos, Cress sirvió el vino y la niña le alargó la copa. Lléname, le pidió.

Todavía eres muy joven, objetó él. Dale tiempo.

Y replicó la niña: ¿Es que esto va a ser igual?

¿Igual que qué?

Porque esto ya lo tenía en casa; y la niña se echó para atrás en la silla y puso cara de enfurruñada.

Y ahí está Peg, pensó Ulises.

Media hora más tarde, la niña se había quedado dormida sobre un plato de patatas fritas.

Fueron los últimos en abandonar el comedor. La patrona les ofreció un coñac a cuenta de la casa y Ulises le confesó a Cress que el hecho de que estuviera con ellos había conseguido que se sintieran completos. Cress no supo cómo reaccionar a tal declaración, toda aquella muestra de afecto. Ulises pagó la cuenta y alzó a la niña en brazos sin despertarla.

Al salir, se detuvo de repente frente a la fotografía que estaba más cerca de la puerta. Eh, Cress, dijo. Mira esto.

Cress entornó los ojos. ¡Válgame el cielo! ¿Ese es quien creo…?

Sí; sonrió Ulises.

Vivir para ver.

Era Pete ante un piano, cazado en un abrazo con la patrona. Llevaba puesta una boina de buen tamaño. Y poco más.

Nunca lo había visto con sombrero, comentó Cress.

Yo tampoco. Le quedaría aún mejor en la cabeza.

Acostaron a la niña y Ulises se sintió embargado por una fuerte emoción, una necesidad aún más intensa de velar por ella. Cress regresó del cuarto de baño con la parte delantera del pijama empapada. El agua del grifo caliente sale fría, y la del frío, caliente, y las tuberías tienen mucha presión. Pensé que sería mejor avisarte, susurró.

Gracias, Cress.

Me he asustado un poco…

Bueno, si no te lo esperabas…

Tantas cosas nuevas…

Expanden la mente.

Cress eligió el lado izquierdo de la cama y se acomodó. Cuando era niño, dijo, me quedaba tendido así y pensaba en el mundo que había ahí fuera. Y ahora estoy en él, Temps.

Sienta bien, ¿verdad?

No puede compararse con nada.

Mañana salimos temprano, Cress.

No te preocupes, allí estaré.

Ocho días, eso tardarían.

Ocho días para cruzar tres países e incontables paisajes. De tanto en tanto consultaban un mapa, pero las más de las veces se palpaba en el aire una sensación de asueto, de espontaneidad, y ello se debía a Cress. Su compañía lo había cambiado todo. Miraba fijo por la ventanilla, con una tácita comprensión de que su vida habría sido menos de haber muerto sin contemplar otro rincón del planeta. La niña solo levantaba la vista de su cuaderno de dibujo cuando el olor a estiércol de las tierras de labranza invadía, con fétida cadencia, el interior del vehículo.

Dormían enfundados en sus sacos, bajo las estrellas, en la dirección del viento, para que el humo de las fogatas ahuyentara los mosquitos. Las jornadas empezaban temprano, al salir el sol, y se lavaban en algún río de aguas frías. Luego daban un paseo hasta el pueblo más cercano para abastecerse de pan, mermelada y café; la niña se había acostumbrado a él y lo tomaba con leche. A la hora del almuerzo preferían comer caliente, pero las cenas eran de queso, pan y vino, y mucha fruta de hueso, porque era dulce y abundante. A Cress le entró cagalera y al día siguiente viajaron despacio. Perdían un poco de tiempo mientras Cress cavaba hoyos por el macizo del Jura. Bosques oscuros, arroyos plateados y burbujas de profundo silencio. Había peores sitios en donde limpiarse el culo.

Ese fue el día en que descubrieron la verdad sobre Davy.

La niña estaba pegando una postal en su cuaderno. Lugares en los que había estado, idea de su madre. Volvió las páginas y un dibujo captó la atención de Ulises, que dijo: Esa es Ginny, ¿verdad?

La niña asintió con la cabeza.

El dibujo mostraba a Ginny agarrada de la mano de un chico con gafas. Los dos con la misma sonrisa; los dos de la misma altura. El chico tenía la piel sombreada.

¿Y esta eres tú?, preguntó Ulises, señalando con el dedo una figura más pequeña.

Sí, y este es el… La niña se calló de golpe.

Es el novio de Ginny, ya lo sé, la tranquilizó Ulises. Cress también lo sabe.

¿Que sé qué?, preguntó el viejo, incorporándose a la conversación.

Que Ginny tiene novio, respondió Ulises.

Ah, sí. Davy, asintió Cress.

La niña puso los ojos en blanco. *Devy*, le corrigió.

¿Devy?, repitieron Cress y Ulises al unísono.

Devyan. Se parece a Ginny. Es mayor, pero un niño. Vive no sé dónde y la señora Kaur es su tía.

¿La señora Kaur? (Y en ese instante la última pieza del rompecabezas encajó en su sitio).

¿Qué pasa?, quiso saber la niña.

¿Puedo quedarme con el dibujo?, preguntó Ulises.

¿Por qué?

Quiero enviárselo a Peg.

¿Crees que le gustaría?

Estoy seguro. Lo meteremos en un sobre con una postal. Para que vea lo lejos que hemos llegado.

Todos escribieron algo. Todos escribieron: «Ojalá que estuvieras aquí». Y Ulises añadió una nota para poner un poco en contexto el dibujo. En Suiza, remitió la carta a Peg y obsequió a la niña con su primer par de anteojos oscuros como agradecimiento. Le quedaban demasiado grandes, pero ¿qué le importaba? Cress le prometió que se los ajustaría con una cuerda y la niña le pidió que fuera un cordel bonito. Y caminaron despreocupados por el paseo marítimo y contemplaron los barcos de vapor que surcaban el lago de orilla a orilla. Y el aire tenía un olor picante, a dinero. Las cumbres montañosas reflejaban esquirlas de luz y multitud de turistas ataviados a la moda se detenían a sacarles fotos.

(Clic). Dos hombres, uno de ellos en pantalón corto, una niña y un loro. Ah, esa sí que era una historia digna de contar.

Al noveno día, dejaron atrás la Emilia-Romaña y entraron en la Toscana. Los olivos estaban cargados de flores blancas; las golondrinas y los vencejos se adueñaban del cielo. La hierba desprendía un olor agostado y abundaban las amapolas. El aroma ocasional del romero y la lavanda que sembraban las cunetas era un acompañamiento embriagador. Para Ulises, cada olor encarnaba un fantasma.

Hacia el sur, se soltaron del velo oscuro de una arboleda de cipreses y, de repente, apareció Florencia en el valle del Arno, resplandeciente bajo la luz dorada de junio. Ulises detuvo el vehículo y se apeó. Se sacó el sombrero y, como había hecho en su día el capitán Darnley, hizo el saludo a la ciudad. Claude echó a volar y el azul de sus plumas intercalado sobre los tejados de terracota les brindó una visión electrizante.

Habían recorrido más de mil quinientos kilómetros, habían comido veinte platos de espaguetis, nueve estofados, diecisiete baguettes, una cosecha entera de albaricoques y una rueda de queso. Habían bebido cuarenta cafés, y ocho botellas de vino, y siete cervezas, y dos coñacs. Noches en cama: una. La primera. Habían divisado jabalíes y halcones, y estrellas fugaces cruzando los Alpes. Y habían aprendido a confiar en los demás, porque solo se tenían los unos a los otros.

El notario, o *notaio*, con el que habían convenido en reunirse tenía su despacho en el norte de la ciudad, un par de calles por detrás de la Piazza della Santissima Annunziata, según el mapa del Baedeker de Cressy. Ulises aparcó en la espléndida plaza, a los pies de una estatua ecuestre que el viejo identificó como Fernando I. ¿Quién es Fernando primero?, preguntó la niña, y Cressy le explicó que era un hombre que quería ser el perejil en demasiadas salsas. Dejaron a Claude al cuidado de la furgoneta.

Las calles estrechas eran un desfile bullicioso de bicicletas y peatones, y de buenas a primeras surgían de la nada carretas cargadas hasta los topes de cajas de vino o verduras. El aire transportaba una mezcla embriagadora de ajo, café y aguas residuales. ¡Había tanto que ver! ¡Que oler! ¡Que escuchar! Por aquí, indicaba a voz en grito Cress, que abría la marcha con el mapa en la mano. Y, a las cinco en punto, se hallaron frente a las oficinas de *il signor* Massimo Buontalenti. La niña pulsó el timbre en la placa de latón y la puerta del modesto edificio del siglo XVIII se abrió al instante.

El despacho estaba en el segundo piso y encontraron al *signor* Buontalenti esperándolos en lo alto de la escalera con una bandeja de café. Les cayó bien en el acto. Era un hombre menudo y estiloso, de unos cuarenta años quizá, que lucía una sonrisa afable y una mata alocada de cabellos oscuros que le confería el aspecto de alguien a quien acabaran de electrocutar. Su inglés, sin embargo, era bárbaro. ¡*Signor* Temper!, exclamó. ¡Por fin! ¡Le aguardaba! Hace ya dos días que espero.

Nos entretuvimos en los Alpes, *signore*… Una frase que ni en un millón de años Ulises habría imaginado decir.

Fue una transacción sencilla; en nada de tiempo estuvieron firmados los papeles y transferidas las escrituras de la propiedad. El *signor* Massimo prometió que en los próximos días acompañaría a Ulises al banco para que abriera una cuenta en la que depositar el resto de los fondos. Colocó el capuchón a su estilográfica —un clic audible que denotaba dinero— y se la guardó de nuevo en el bolsillo de la chaqueta. Sonrió y dijo: *Allora?*

Y Cress, pensando que ese era un momento tan bueno como cualquier otro para empezar a practicar el idioma, pronunció también: *Allora?*

¿Qué más necesita saber, *signor* Temper?

Y Ulises dijo: He hecho una lista, *signore*; y se la entregó a Massimo.

El notario ojeó el papel. *Lavanderia*… La colada, sí, sí. Le sugiero Manfredi. (Farfullando, farfullando). ¿Colegios?

¿Quién ha dicho nada de ir al colegio?, susurró la niña.

Chsss. Ya hablaremos después, dijo Ulises.

No he venido aquí para ir al colegio, protestó ella. Eso podía hacerlo en casa.

¿Te gustan los helados, *signorina*?

¿A quién no?, contestó la niña.

Aquí los helados son un estilo de vida.

Eso ya suena mejor, dijo ella.

Tengo dos sitios para ti: Perché no! y Vivoli.

La niña se volvió hacia Ulises. ¿Lo has entendido?

Entendido, confirmó él.

Massimo prosiguió: ¿El cementerio donde está enterrado Arturo? Creo que está en San Miniato al Monte —rebuscó entre algunos papeles—. Sí, sí, en efecto. En el panteón familiar del Cimitero delle

Porte Sante. ¿Y qué más? Ah, el teléfono. Fácil. Necesitarán fichas, *gettoni*, para usar los teléfonos públicos y desde la oficina de correos podrán poner una conferencia a Inglaterra. ¿Quieren hacerlo ahora?

¿Podríamos?

Sus deseos son órdenes para mí. Y, una vez dada buena cuenta del café, los condujo a una oficina donde una mujer joven marcó el número y estableció la conexión. *Un momento*, dijo antes de pasarle el auricular a Ulises.

Fue Col quien contestó. ¡Cómo que *un momento*!

¿Col? Soy yo.

Ya sé que eres tú. Y gracias a Dios. Cressy ha desaparecido. Le pedí a la policía que dragaran el canal. Pobre cabrón, el viejo.

Cressy está conmigo.

¿Qué? Pero ¿qué has hecho? ¿Secuestrarlo?

No, no lo he secuestrado.

Cress se inclinó sobre el auricular y dijo: He venido por mi propia voluntad, Col. Lo estoy pasando en grande.

Traidores. Los dos. ¿También te llevaste al dichoso loro?

(PAUSA).

¿Qué te hace pensar que me he traído al loro?, preguntó Ulises.

Nada. Era broma. Pete sospecha que se lo ha comido Tubby.

¿Y para qué querría nadie comerse a un loro?

Para enseñarme de lo que es capaz.

¿Y de qué es capaz? ¿De tener una dieta variada?

Seguramente sabrá a pollo, comentó Cress.

¿Qué está diciendo?, preguntó Col.

Cress dice que el loro seguramente sabrá a pollo.

Dios me libre de averigurarlo, dijo Col.

Las cobayas saben a pato, añadió Cress.

¿Qué ha dicho ahora?

Algo sobre las cobayas.

Joder, justo cuando ya empezaba a extrañar al viejo… Tubby tendría que habérselo comido primero a él. Pero bueno, Temps, ¿qué quieres? Porque dudo de que me hayas telefoneado para hablar del tiempo.

Caluroso y soleado.

Vete a la mierda.

Dile a Peg que ya estamos aquí.

Espera, que tomo nota. Decirle... Peg... Temps...

Muy gracioso, sí. Y cuida de ella por mí.

¿No lo hago siempre?

¿Ginny está bien?

(Ulises alcanzó a oír cómo desenvolvía un caramelo de menta).

Perfectamente, aseguró Col. Está donde la señora Kaur. No sé qué tendrá esa mujer, pero la pone contenta.

Col, tengo que irme. Cuídate, ¿vale? Y no te olvides de Peg.

Nunca me olvido de Peg.

Ulises colgó el auricular.

Massimo agitó en alto un manojo de llaves. ¿Vamos?, propuso, y sostuvo la puerta para que salieran. Podrán explicarme el asunto del loro y la cobaya en el coche, añadió.

Pese a la apariencia exterior de Massimo, en el fondo era un hombre nada convencional. Desde siempre. Y pocas cosas en la vida podían superar el hecho de ir en el asiento delantero de un vehículo inglés llamado Betsy con un loro al hombro. Los guiaba con instrucciones precisas hacia el sur de la ciudad. *Gire aquí a la izquierda. Cuidado con el tranvía, signor Temper. Gire aquí a la derecha. ¡El tranvía, signor Temper!* Y saludaba con la cabeza y sonreía a los peatones que se quedaban mirándolo, como para confirmar que sus ojos no los engañaban, que sí, que era él, el *signor* Massimo Buontalenti, popular notario y asesor jurídico polifacético, destapando su faceta bohemia oculta.

Cruzaron el Arno en el umbral del atardecer; el agua se incendiaba de color y los edificios rendían su reflejo a la aquietada superficie. Un remero solitario pasaba bajo el puente y la escena dejó a Cress sin aliento. ¡Mirad!, decía. ¡Mirad ahí!, decía. Qué maravilla.

Un laberinto de calles estrechas llevó a la Jowett Bradford hasta una iglesia en la esquina noreste de una plaza arbolada y allí estacionaron. Los últimos *contadini*, los campesinos, ya se habían marchado y lo únicos restos del mercado diario eran la paja y los excrementos de burro, además de las piezas de fruta estropeada que volvían locas a las moscas. Al otro lado, la gente estaba reunida en la terraza de un café, como lo había estado nueve años antes. Ulises abrió la puerta y se bajó del coche. Se apoyó en el capó y contempló la escena, teniendo cuidado con su memoria. Una bicicleta circulaba por el adoquinado, con un montón de marcos dorados apilados sobre el manillar.

Es aquel edificio de allí, indicó Massimo, con el dedo dirigido hacia la fachada marrón y crema que presidía la cara sur de la plaza.

¿Todo listo, muchacho?, preguntó Cressy.

Todo listo.

Entonces, ¿a qué esperamos?, dijo la niña mientras se ponía los anteojos oscuros. ¡Vamos!, les apremió, y sacó su maleta y el globo terráqueo.

Se apañaron entre ellos con cuanto equipaje pudieron y cruzaron la plaza, de forma no premeditada, en orden ascendente de altura. Las ancianas sentadas en los bancos de piedra levantaron la vista de sus labores de punto para observarlos. Junto a la fuente, unos chicos se reían, apuntando al loro, y decían *pappagallo*. Un grupo de hombres salió del café y Ulises oyó las palabras *soldato* y *arrivato*.

Por aquí, dijo Massimo mientras mantenía abierta con el pie la pesada puerta de madera. El vestíbulo era fresco y encerraba el olor persistente a piedra y aguas negras, que según comentó Massimo eran los dos santos patrones del hedor florentino. Detrás de ellos, se accedía a través de una elegante puerta de cristal a un *cortile* donde se entrecruzaban cuerdas de tender la ropa. Y este es su buzón, signor Temper; y señaló el único que aguardaba un nombre. Ahora hay que subir.

Los condujo escaleras arriba hasta un rellano luminoso de baldosas blancas y negras con una planta comatosa en una maceta. Esperó a que estuvieran juntos antes de apoyar la mano en la puerta y decir: Pues este es. Su nuevo hogar.

El comienzo de nuestra nueva vida, proclamó Cress.

Hubo un breve instante de reconocimiento —cejas arqueadas, en su mayor parte— antes de que Massimo insertara la llave y desapareciera en un vestíbulo oscuro y falto de ventilación.

Lo siguieron como los ciegos de la Gran Guerra. Y, cuando sus ojos empezaron a adaptarse, pudieron distinguir las sábanas blancas desperdigadas que cubrían los muebles; la claridad del día ya débil colándose cual serpientes a través de algún que otro listón roto. El *signor* Massimo batió palmas, accionó los interruptores y el vestíbulo y el salón se inundaron de luz. Cress dejó caer su equipaje.

¡Joder, Temps! Es enorme.

Ventanas y postigos se abrieron de par en par y los sonidos de la calle entraron a raudales. Ulises miró en torno. Tan poco había cambiado el lugar que la rueda del tiempo retrocedió y allí se encontró él, de nuevo joven e invencible, frente a una máquina de escribir a la que había ofrendado su nombre.

La niña chillaba de contenta y correteaba de un lado a otro con Claude, buscando su cuarto; y Cress, sin cesar de comentar el tamaño y la elegancia de la casa: ¡Mira cuántos libros y cuadros, Temps! Y Massimo sonriendo ante su deleite; Massimo, un dador de vida, que pronto se convertiría en un amigo. Había también un piano vertical, usado como una suerte de mesa auxiliar a juzgar por los adornos y candelabros esparcidos encima de él. ¿*Signor* Temper?, dijo entonces Massimo, y las palabras sacaron a Ulises de su estupor. ¿Empezamos? Y juntos quitaron las sábanas que protegían del polvo dos sofás de terciopelo, de un terso azul vivo que, en algún momento después de la guerra, había sustituido al naranja desteñido de antaño.

Baldosas de terracota bajo sus pies y frescos en el techo: tonos azules y rosados pálidos, hojas de acanto y aves en vuelo, un cielo tachonado de constelaciones que verdaderamente reproduciría la noche a la hora apropiada, con la luz apropiada. Cuatro dormitorios y no los tres que Ulises recordaba: los dos de delante daban a la plaza; los dos de atrás, al *cortile*. Un cuarto de baño, que volvió a desafiar la memoria de Ulises, porque era mucho más amplio, o quizá porque se había expandido en los años transcurridos desde que estuvo allí.

Y la cocina.

¡Una nevera!, gritó Cress. ¿Quién tiene una nevera? ¡Nosotros!, gritó la niña, que seguía revoloteando de acá para allá. Dos hornos, uno de gas y otro antiguo de carbón, sin uso, y la mente de Cressy que trataba de asimilar el funcionamiento de un sistema nuevo. Aquí está la caja de fusibles, dijo el *signor* Massimo. La caldera está en el sótano. Es todo muy sencillo, en realidad. Massimo giró la llave de paso y las cañerías y la cisterna del inodoro empezaron a rugir. Salía él cuando la niña entró a la carrera y anunció que había encontrado un telescopio. Ven a verlo, Cressy. Y Cressy fue a verlo.

Y luego, el silencio.

Ulises a solas. Permaneció en el umbral de la cocina y recordó haber abierto un libro de pinturas y haber esbozado una explicación titubeante sobre el dolor y una danza, cosas que Evelyn y Darnley tan elocuentemente —tan fácilmente— habían expresado. Si le hubieran preguntado entonces si todos saldrían ilesos, habría apostado su vida. Habría dejado su cuerpo y su alma sobre el tapete verde de la ruleta mientras la bola aún giraba.

Se agachó bajo la mesa y tanteó el suelo hasta dar con una baldosa ligeramente levantada. Las uñas se le llenaron de grumos arenosos mientras tiraba del canto, que al final cedió. Metió la mano en la cavidad y se preguntó si, con el transcurrir del tiempo, ratas o ratones habrían hecho de él su hogar. No obstante, tales pensamientos se disiparon cuando posó la mano sobre el cuerpo liso y frío de una botella de vino. La sacó a la luz. Adherida a un lado estaba la reproducción de *El descendimiento de la cruz* de Pontormo, arrancada del libro. *Sabías que vendría*, pensó.

Salió a la terraza. Él y un naranjo marchito, que aguardaban los cuidados de un anciano. Vencejos que chillaban en lo alto mientras las colinas de cipreses se difuminaban en la oscuridad. Los olores a comida que se elevaba desde las cocinas de abajo. La luz violeta que caía sobre la ciudad, arrojándola a la eternidad. Se encaramó a la barandilla y luego descendió por el tejado. Abajo, frente al café, un hombre corpulento con delantal lo observaba.

No era tan empinado como recordaba y, aun así, se detuvo a mitad de camino junto a una de las chimeneas, porque sabía que ya no era invencible.

¿Se encuentra bien, *signor* Temper?, gritó Massimo desde la terraza a su espalda.

Ulises asintió con la cabeza.

Entonces no permita que una de las mayores aventuras de mi vida termine aquí. Por favor, vuelva adentro. Sin demora.

Se reunieron en el pasillo mientras el sol se hundía por el oeste y las últimas sombras se recortaban en el suelo. Ulises tendió la mano y le agradeció a Massimo todas sus atenciones. Un placer, contestó el notario. Pero todavía nos quedan asuntos por concluir antes de despedirnos. Aún tenemos que ir abajo.

¿Abajo?

Sí. El piso de abajo, *signor* Temper. ¿No lo sabía? También es suyo.

Era tarde y la niña dormía, y Cress y Ulises se sentaron a la mesa de la cocina en el silencio que había dejado la marcha de Massimo. Los dos hombres estaban extenuados por tanta riqueza.

Si esto es lo que siente la gente rica, comentó Cress, no me extraña que sean desgraciados.

El apartamento de abajo tenía una distribución similar, pero una decoración más humilde que la del piso superior. Había estado alquilado hasta el año anterior y Massimo se había ofrecido a ayudar a Ulises en caso de que decidiera arrendarlo. O venderlo. No sé qué debería hacer, había contestado Ulises, y Massimo se rio y le dio una palmada en el hombro. Llámeme, oyó que le decía al despedirse; luego, el sonido de sus pasos alejándose escaleras abajo.

Ulises encendió un cigarrillo y se lo pasó a Cress.

Somos del mismo material del que se tejen los sueños, recitó Claude.

Los dos se volvieron a mirar al loro.

¡Pero de dónde sacará esas cosas!, dijo Ulises.

Cress se encogió de hombros. A mí que me registren.

Fumaron. Escucharon el correr del agua por las tuberías, el susurrar de la nevera. Ulises fue a comprobar si la niña estaba bien y a su vuelta preguntó: ¿Qué vamos a hacer, Cress?

¿Ahora? ¿O dentro de un mes? ¿O…?

Ahora.

Cress lo meditó un instante. Observar y aprender, me figuro. Pero antes que nada, abre tú el vino y yo traeré el queso y el embutido que guardaba para casos de emergencia.

Ulises se levantó a buscar un sacacorchos.

Dijo entonces Cress: Nos hemos embarcado en un viaje por un mundo con una lengua y unas costumbres nuevas. Un mundo de miradas, malentendidos y humillaciones, y sentiremos todas y cada una de ellas, muchacho. Pero no podemos dejar que nuestra incapacidad para saber cómo funcionan aquí las cosas nos empequeñezca. Porque lo intentará. Hemos de mantener viva nuestra curiosidad y tener una mente abierta. Te voy a decir dos palabras: líneas ley.

¿Líneas ley?

Alineaciones de energía electromagnética que se entrecruzan en sitios especiales del planeta, que, con su misteriosa pulsación, atraen a hombres y mujeres… y también a las ideas. Nosotros nos vimos atraídos aquí, Temps. No me cabe duda. Como muchos otros antes. Ese libro de Baedeker, ¿sabes qué dice?

No, cuéntame.

Que en Italia «incluso aquellos cuyas aficiones habituales son de naturaleza más prosaica se vuelven admiradores inconscientes de la poesía y el arte». ¿Sería eso tan malo? ¿Convertirse en admiradores de la poesía y el arte? Hasta que lo descifremos todo.

No estaría mal, Cress.

¿Imbuirnos de todo cuanto la ciudad tiene que ofrecer y ha ofrecido a lo largo de los siglos? Nuestro propósito se revela como el lento despliegue de una flor de lirio.

Ulises sonrió. Ya ha empezado, Cress.

¿El qué?

La poesía.

Cress se ruborizó y se puso en pie. Voy a por el queso, dijo.

A la mañana siguiente, la plaza bullía de dimes y diretes. ¿Habéis visto quién ha vuelto?, preguntaban todos al entrar en el café de

Michele. Clara, la panadera, se lo había contado al carnicero, que luego se lo contó al sacerdote en confesión. Gloria Cardinale, la que vendía artículos de mercería, estaba poniendo una vela en la iglesia y había escuchado cómo el carnicero se lo contaba al sacerdote. Le faltó tiempo para largárselo a su vecino el tripero, que se lo contó al *signor* Malfatti, el que vendía queso. Y, por supuesto, al *signor* Malfatti le faltó tiempo para contármelo a mí, concluyó la señora condesa, que mantenía una rencilla de dominio público con el hombre por haber cuestionado el peso de una única bola de ricota.

O sea, dijo ella, apoyada en la barra de Michele mientras sorbía el primer *espresso* del día, que tiene una hija, pero no una esposa.

¿Y qué quiere que le haga yo?, replicó Michele.

Solo era un comentario, se defendió la condesa mientras rebañaba los posos del café con una cucharilla. Y un loro, añadió. Y con esos pantalones cortos.

¿El loro llevaba puestos unos pantalones cortos?, se extrañó Giulia, la mujer de Michele.

La condesa la miró con el ceño fruncido.

Entró la *signora* Mimmi y, antes de que pudiera abrir la boca, Giulia dijo: Lo sabemos, *signora*, ¡ha vuelto!

Ya no parece un muchacho, ¿verdad?, comentó la *signora* Mimmi. Está un poco más demacrado por aquí; y se pasó la mano por las mejillas. Pero sigue teniendo esos hoyuelos suyos. ¿Y es su padre el que ha venido con él? Se da un cierto…

El sacerdote entró a toda prisa. ¿Han visto quién ha vuelto?

Madonna mia, rezongó Michele por lo bajo y corrió a hacerse su cuarto *espresso* de la mañana.

La señora condesa fue de hecho la primera persona con la que se encontró aquella mañana el grupo de somnolientos ingleses. Ellos bajaban las escaleras mientras ella subía. Claude soltó un graznido y la señora se detuvo, boquiabierta al ver a sus nuevos vecinos.

Buongiorno, saludó Cress con una inclinación leve de cabeza.

¿Verdad?, contestó la condesa, que se metió a toda prisa en su apartamento, en la primera planta.

Parece simpática, dijo Cress.

Y cuando las campanas daban las nueve, salieron a una plaza que, en cuanto a escenografía, los recibió de un modo harto teatral. El sol brillaba deslumbrante, irradiando el estuco crema pálido de la iglesia. El cielo era azul; los tejados, rojos; los árboles, verdes. Durante años habían transitado por una paleta de grises y privaciones. Y ahora esto…

El aire estaba saturado de los sonidos y olores del mercado, y la vaharada de vapor que provenía del puesto del tripero a la vuelta de la esquina los asaltó como propinándoles un puñetazo en el estómago. Claude voló hasta la estatua de mármol blanco de Cosme Ridolfi y se posó en la cabeza. Se quedaría allí y se cagaría en él toda la mañana.

Multitud de ojos siguieron sus pasos a través del adoquinado y Ulises volvió a oír la palabra *soldato*. La niña echó a correr hacia un burro y Cress prorrumpió en exclamaciones ante la abundancia de productos: la «cornucopia de las delicias», fueron sus palabras exactas, clásico Cressy. Ulises se encaminó directamente al café de Michele, donde se sentó a una mesa en la terraza. Encendió un cigarrillo y se preguntó cómo podría hacer suya la vida de otro hombre.

¡Aquí!, gritó cuando el café estaba en camino.

¡Ya voy!, respondió Cress, que acababa de adquirir una sandía tan grande como su cabeza.

Y desde aquella mesa en el café Michele aconteció que empezaron a amoldarse a la vida italiana. Popular entre lugareños y visitantes por igual, una gramola sonaba día y noche; también las fotografías de estrellas de cine y los anuncios de bíter Campari daban un toque de glamur a las paredes manchadas de nicotina. Platos de comida iban y venían bajo la mirada escrutadora de Giulia —un toque de glamur por derecho propio— y de forma gradual los nombres se hicieron reconocibles; cosas como *faraona* (gallina de Guinea o pintada, dijo Cress). Y *fiori di zucca fritti* (flores de calabacín fritas, dijo la niña).

Se enteraron de que el camión del estraperlo, como dotado del don de la ubicuidad, aparecía en el mercado después de que los *carabinieri* se hubieran marchado, y multitud de relicarios eclesiásticos y transistores de radio robados cambiaban de manos. Nada muy distinto a lo de casa. Y el cesto que se bajaba desde la ventana de un piso de arriba después de que cerrara el zapatero era para el calzado necesitado de un remiendo. En la galería de los Uffizi aprendieron a distinguir un Botticelli de un Leonardo. ¿Este de quién?, preguntaba Cress. De Botticelli, respondía Ulises. Mal, decía la niña. Y se enteraron de que las mujeres mayores se reunían todos los días en los bancos de piedra para hacer punto y tejer cotilleos.

La niña pronto atesoró 152 palabras de italiano, además de una pizca de jerga, y empezó a fruncir el ceño como un nativo. Probó los *coccoli* por primera vez, bolitas de pasta fritas, y declaró que era el segundo mejor día de su vida. El *citrus aurantium* —el naranjo ornamental que se marchitaba en la sombra— revivió con nada más que una maceta más grande y unas cuantas palabras amables. En la noche del veinticuatro, se lanzaron fuegos artificiales y ninguno supo por qué. La festividad de San Giovanni, le explicó el árbol a Cress.

Y, una tarde, Ulises encontró una bicicleta en el sótano y fue pedaleando desde San Niccolò, en el este, hasta San Frediano, en el oeste. Descubrió talleres de todo tipo: restauradores de muebles antiguos, talladores, doradores, carpinteros, pero nadie que fabricara globos terráqueos. Se percató de que los hombres italianos se ponían los zapatos sin calcetines y llevaban los pantalones por encima de los tobillos. Las mujeres eran guapas, pero no más que Peg. Y en todo momento las miradas lo seguían.

No miran con malicia, dijo Massimo, un mes después de que Ulises abriera una cuenta en un banco italiano.

Caminaban juntos por la Via dei Calzaiuoli y, para Massimo, andar con el loro al hombro añadía un toque de estilo a su cotidiano conformismo. Las cabezas se giraban allá por donde iba. A decir verdad, desde que Ulises había entrado en su vida, se sentía más vivo que nunca.

Explicó a Ulises que había empezado a pasar tiempo por la zona de Santo Spirito meramente para escuchar qué se comentaba y evaluar el impacto que la llegada de Ulises había causado en el barrio. Señaló que los baños públicos de Via Sant'Agostino eran una buena fuente de información; y, mientras decía esto, se tocaba el pelo.

Abandonaron la vía principal por una bocacalle y pararon en un pequeño café que contaba con terraza. El aire estaba enrarecido y el calor de julio multiplicaba las esporas. Recogieron sus *espressi* en la barra y se sentaron en un soberano rincón de sombra. Massimo prosiguió con la explicación.

Son los San Fredianini. Son como un clan, muy exclusivistas.

Tú no eres así, dijo Ulises.

No. Pero mi familia es de Emilia-Romaña. Cada *quartiere* de Florencia es distinto, y cada *quartiere* tiene sus costumbres. Santa Croce es completamente diferente de Santo Spirito, y Santo Spirito es completamente diferente de Santa Maria Novella, y etcétera, etcétera. Además (una pausa para darle un sorbo a su café), algunas personas están contrariadas por tu buena fortuna.

¿Cómo puedo cambiar eso?, preguntó Ulises.

No puedes. El tiempo se encargará de ello. Un día te despertarás y todo será distinto; y chasqueó los dedos, pero no hubo sonido alguno porque tenía las manos sudadas.

Encendió un cigarrillo y Claude graznó.

Además, tienes nevera, añadió aprisa.

¿Ese es entonces el problema?

Entiéndelo. En el bar de Michele hay una nevera que, a efectos prácticos, es comunitaria. La gente guarda la leche o la carne de los domingos allí, junto a los *gelati*. Y tú... tú llegas nuevo a la plaza y resulta que tiene una nevera.

Pero la nevera era de Arturo.

Ten paciencia, amigo mío; y Massimo se terminó el café y se levantó. ¿Vamos?

Regresaron a la Via dei Calzaiuoli.

¿Has pensado ya en lo que quieres hacer?, preguntó Massimo.

Todavía no, reconoció Ulises, que se detuvo frente al escaparate de un sastre. Me gustaría volver a hacer globos terráqueos, comentó, distraído por los mocasines y la moda moderna.

Ah, mappamondi! Bellissimi!, exclamó Massimo. ¿Te gustan esos pantalones?

Me gustan, sí. Y la camisa. Y esos zapatos, dijo Ulises. Se volvió hacia Massimo. Primero habría que buscar un taller. Para los globos, quiero decir. Y habría de proveerme del papel adecuado.

Coser y cantar, amigo mío.

Y alguien que estampe los gajos.

Encontraremos a alguien. ¿La Tierra o la Luna?

Hasta ahora solo he hecho globos de la Tierra.

El Palazzo Castellani, sugirió Massimo. El Instituto de Historia de la Ciencia. Allí encontrarás globos celestes y terrestres. De belleza *infinitesimale*. ¿Quieres ir a probarte pantalones?

¿Te importaría?

¿Importarme? Ir de compras es mi otra gran pasión.

¿Detrás de cuál?

Bailar.

Massimo acorraló a un pilluelo y mantuvo una vigorosa conversación sobre Claude. Se dieron la mano y Massimo se dirigió a Ulises: Le he dicho que si espera aquí con el *pappagallo* le pagaré bien. Si huye, le he dicho que lo perseguirás y lo matarás. *Bene*. Entremos.

Ulises siguió a Massimo por un tramo estrecho de escaleras que olían a cuero y sahumerio. En lo alto los esperaba Piccolo Nico, un sastre menudo (faltaría más) y arrugado, con una cinta métrica alrededor del cuello y un *sigaretto* en la comisura de los labios.

Massimo le explicó lo que buscaba Ulises y en un santiamén el sastre le había tomado las medidas para un traje, un segundo par de pantalones y dos camisas. Entonces Nico frunció el ceño y dijo: *Un momento*, antes de desaparecer en el interior del taller.

Volvió con unos pantalones de algodón color crema, descritos como «de verano, ligeros», que había confeccionado dos meses antes para un hombre joven que había muerto repentinamente. Tienen la misma talla, por lo visto, le aclaró Massimo. Si no eres supersticioso, te los dejará a precio de ganga.

Si me valen, no soy supersticioso, dijo Ulises, y se llevó los pantalones al probador.

Los pantalones le quedaban bien. Los combinó con unos mocasines de piel marrón; se los puso sin calcetines y se sintió transformado.

Por suerte para ti, el hombre tenía buen gusto y malos genes, comentó Massimo.

Una suerte, sí, dijo Ulises. Me los llevo, *signore*. Los pantalones y los zapatos.

Veinte minutos después, salió de la sastrería vestido como un italiano, con la ropa vieja bajo el brazo, envuelta en papel de estraza; el traje y las dos camisas estarían listos para que los recogiera en septiembre.

Mientras cruzaban el Ponte Vecchio, con Claude volando por delante de ellos, dijo Ulises: Estaba pensando, Massimo... ¿Y un teléfono?

Massimo se detuvo. ¿Un teléfono?

¿Y si hacemos que nos instalen uno?

Ah, no, no. Es demasiado pronto.

¿Demasiado pronto?

Confía en mí. Es demasiado pronto. Sobre todo después de lo de la nevera.

Llegaron a la plaza a tiempo para el *aperitivo* y Claude voló de árbol en árbol y le dedicó una improvisada exhibición aeronáutica a un grupo de turistas norteamericanos que volvían de la capilla Brancacci. Se sentaron a una mesa en el café Michele y Giulia salió a recibirlos. Siempre cordial, siempre elegante, ese día lucía un vestido de colores negro y verde, de los de andar por casa, que acentuaba unas caderas anchas de rumbera que, según Massimo, habían traído bailando dos niñas al mundo veintitrés años antes. Llevaba el pelo recogido con unas peinetas de ámbar que en otro tiempo habían pertenecido a su abuela favorita. ¿Cómo sabes todo esto?, le preguntó Ulises, pero antes de que Massimo pudiera responder, Giulia dijo algo que lo hizo reír. Anotó el pedido (dos refrescos Campari), dio media vuelta y se dirigió a la barra.

En cuanto se alejó, Massimo se inclinó sobre la mesa y dijo: Ella opina que estás muy guapo con esa ropa nueva.

Ulises se sonrojó y encendió un cigarrillo. Le ofreció el último a Massimo.

Gracias. Y sí, estás muy guapo.

Empezaba a llegar la gente del barrio. Las mujeres mayores ocuparon su sitio en los bancos de piedra y llamaron al joven camarero para que les llevara un vermut. Massimo dijo: ¿Ves a esa mujer de la izquierda? ¿La reconoces?

No.

Es la *signora* Mimmi. Ella te reconoció al instante. Ella y su marido te abrieron la puerta durante la guerra. Para llegar al tejado tuviste que pasar por su cocina.

¿Ah, sí?

Massimo asintió con la cabeza y se llevó el cigarrillo a los labios. Por lo visto, su marido murió poco después. A su lado está la señora condesa. Se encontraban todos aquí, ¿sabes? Cuando estabas ahí arriba —Massimo señaló el tejado—, Michele lideró el clamor para que Arturo soltara la pistola del canalón. Y aquel sacerdote de allí, él rezaba. Mira a esas personas, *Ulisse*. El cartero. La panadera y su marido. Todas ellas te conocieron antes de que tú las conocieras a ellas. Puede que no lo notes, pero aquí tienes un sitio. Deja que las cosas se calmen. Espera un poco más antes de instalar el teléfono.

Cuando te llamo, todo el mundo me escucha.

Massimo se rio. Así es como se transmite la información y la gente llega a conocerse. Es parte integral de esta sociedad, como le he explicado.

Alguien me preguntó sobre las piedras en el riñón que tenía tu madre.

¿Les has contado que ya las ha expulsado?

Esa no es la cuestión, Massimo. Y tengo que llamar a Inglaterra. Me gustaría un poco de privacidad.

Ven al despacho cuando quieras.

Giulia dejó las bebidas en de la mesa.

Grazie, signora, dijo Ulises. No se atrevió a mirarla.

Prego, signor Temper.

Ulises sonrió. Le gustaba la forma en que pronunciaba «Temper». La forma en que sonaba la erre final. ¿Qué?, preguntó Ulises. ¿Por qué me mira así?

La privacidad guárdatela para el confesionario, contestó Massimo.

Salute! Chocaron los vasos.

Bueno, continuó Massimo, eso me lleva al otro asunto por el que todos están preguntando. La iglesia.

¿La iglesia?, repitió Ulises, riendo. Ni hablar; y se levantó y fue hacia el café.

Dentro, él y Michele se saludaron. Ulises pidió un paquete de Camel y Michele se lo lanzó por encima de la barra de mármol. Ulises dejó un puñado de monedas y se dio la vuelta. Se sacó el sombrero para enjugarse la frente; el calor ya era intenso, el ventilador del techo otra vez en huelga. Se abrió paso a través del olor a ajo y humanidad, y el aire fresco lo golpeó como un puñetazo.

¡Soy un idiota, *Ulisse*!, exclamó Massimo al tiempo que se llevaba la mano al bolsillo de la chaqueta. ¡Cuánto lo siento! Una carta. Llegó al despacho esta mañana. Ten…

Ulises miró el sobre con la esperanza de que la hubiera enviado Peg. La letra no era la suya, sin embargo, y el papel desprendía un fuerte olor a cigarrillos.

Apreciado Temps:

Estoy viviendo en la taberna desde que mi vecino de arriba me inundó la casa. El pobre diablo murió. Tres veces, a falta de una. Col dijo que uno no puede morirse tres veces y yo le contesté que ahí tenía la prueba: el tipo tuvo un ataque al corazón cuando se estaba bañando, intentó agarrarse a algo, se electrocutó con la estufa, cayó de espaldas al agua y se ahogó. Si hay un Dios (y no estoy sugiriendo de ningún modo que lo haya), creo que se comportó con mano dura. El tipo solo se había mudado allí para empezar de cero. Pero tuvo un buen funeral y el trompetista le dio un toque agradable.

Ayer, Col me mandó subir a la escalera con una brocha y ahora el nombre de la taberna vuelve a ser El Armiño. Pero Gwyneth lo tiró mientras redecoraba y no se lo contó a Col. Compró unos cojines de colores chillones para el local, aunque ella dice que es «mobiliario blando». Col grita: ¿Cómo podemos llamarnos El Armiño si no tenemos un puñetero armiño? ¿Qué tal si lo llamamos La Cabeza de la Reina?, dice Gwyneth. Y Col: ¿Y por qué no El Coño de la Reina? Abierto a todas horas. Me das asco, Colin Formiloe, dice ella. ¡Fuera!, grita Col. Y llévate esos putos cojines. ¿Y sabes qué, Temps? Pues que es lo que hace. Se los carga en brazos uno por uno. Incluso sacó uno de debajo de la señora Belten, y todo el mundo sabe que tiene esa úlcera.

Y por si eso no bastara, esa noche se presentó Peg. Le noté en la cara que algo malo pasaba. Viene directa al piano y pensé: Oh, oh. Una palabra, dijo: Gershwin. Por Dios, Temps. No hay nadie como ella. Tres compases y ya no queda ni un ojo seco en la sala. Y entonces entra la mujer de Ted. Peg no deja de cantar y encima sube la apuesta. Se podría haber oído caer un alfiler en Luton. Y la mujer, atento a esto, la mujer se pone a llorar. Y entonces entra Ted. La mujer se vuelve hacia él, y esto es lo más extraordinario, pone una cara que dice: Tú ganas, se acabó. Y se marcha sin más. Peg termina la canción y saca pecho, como toda una estrella. Echa mano a su copa y Ted se acerca y ella le suelta: Ni se te ocurra. Entonces se vuelve hacia mí y me dice: Pete, ¿puedes llevarme ahora a casa? Y yo: Faltaría más.

Fue una de esas raras noches de verano en las que Inglaterra no está tan mal. Ella y yo junto al canal cantando «My Heart Cries for You». Pero mi corazón lloraba por ella. El tipo aquel, Eddie. Le hizo algo, Temps. Sé que para ti es un tema delicado, pero algo se rompió dentro de ella cuando él no regresó. Cuando se esfumó ese puente a la felicidad.

El árbol de Cressy conserva la dignidad del viejo. Hay una energía relajante que surge de las raíces, como si quisiera charlar. Una mañana me senté allí y escribí una nueva composición: «Sorry's Just a Word». Se escribió sola.

Y en cuanto a mi audición para la gira de Annie Get Your Gun, no les gustó mi versión de «There's No Business Like Show Business»;

supongo que aquel día me sentía un poco deprimido. «Amarga», esa
fue la palabra que usaron. Conque vuelvo a dar clases de claqué para
principiantes. Encontré el armiño, por cierto, en la parte de atrás,
con los cubos de basura. Le faltaban las patas traseras. Ahora es solo
un torso y una mandíbula vendada. Lo habrá agarrado una rata, me
figuro. Lo llevé al bar y lo calcé junto a una botella de Fernet-Branca.
Es difícil no verme reflejado a veces en esa vida anexa.

La vida no es la misma desde que os fuisteis, pero estáis mejor así.

Si no consigo la gala de Rosemary Clooney, ya sabes dónde
estaré en diciembre. Tómate una bicicletta o dos por mí.

Cuídate, Temps.

Tu amigo,

Pete

PD. Protégete la espalda. El calor de agosto tiene colmillos. Cuan-
do estuve en Palermo, casi me arrancó la piel de los hombros.

Llegó agosto y aún no había noticias de Peg. Las temperaturas
se dispararon, tal y como había advertido Pete, y acentuaron el penetrante olor de la falta de higiene. Aquellas noches asfixiantes hacían que dormir fuera imposible y arraigó en ellos una perpetua
sensación de somnolencia. Cesaron los ruidos del amor, porque nadie quería arrimarse tanto. Los helados se derretían antes de tocar la
boca y los turistas maldecían por no haber viajado en mayo. Massimo se refugió en la casa que su familia poseía en la isla de Giglio y se
le echó de menos. Claude parecía alicaído y desarrolló una especie
de asma debido a los repelentes de mosquitos que se quemaban día
y noche. Los hombres gritaban a las mujeres y las mujeres gritaban
a los niños, y los niños daban patadas a los perros por no más motivo que la sangre que les corría caliente por las venas. Luego, cada
pocos días, las nubes se hinchaban sobre las colinas y los brazos se
alzaban exultantes ante la fuerte tormenta que se desencadenaba. Y
durante un breve rato el calor daba tregua.

Conforme los días se arrastraban perezosos hacia el ecuador del
mes, en Ulises crecía la inquietud. El calor le hacía mella, tanto Cress
como la niña lo notaban, y cada mañana comprobaba si había llegado

alguna carta de Peg. Incluso le envió una postal que decía: «¿Te acuerdas de nosotros?». Cress opinaba que se había equivocado, y él lo sabía, y se arrepintió al momento, pero ¿qué iba a hacer? Cress culpó, si acaso, al poco fiable sistema italiano de correos. Ulises alegó que lo había hecho pensando en la niña y Cress le aseguró que la niña estaba bien. Si necesita algo, ya nos lo dirá. ¿Tú crees? Me consta, aseveró Cress.

Y, una tarde, en la terraza de Michele, a Ulises se le ocurrió decir: Me pregunto si en casa hace tanto calor como aquí. Y Cress cerró el Baedeker, pues no se le había escapado el sutil uso de la palabra «casa». Esa fue la primera hendidura en la maleable armadura del muchacho.

Venga, dijo Cress mientras se alisaba las perneras arrugadas de sus pantalones cortos. Vamos a dar un paseo. Dejó un puñado de liras en la mesa y Ulises llamó a la niña, que estaba hablando con un chico junto a la fuente.

¡Claro que el loro es mío!, contestaba ella en ese momento, y escupió al suelo. Claude voló hacia ella y se le posó en el brazo.

La niña estuvo parlanchina todo el camino hasta el Palacio Pitti. Dijo que la *signora* Giulia quería saber qué hacían por las noches.

¿Qué le contaste?, preguntó Ulises.

Que cantábamos canciones y nos jugábamos dinero a las cartas.

¿Le dijiste eso?

Y que a veces hablábamos de la vida, de los buenos tiempos y de los malos, y que bebíamos alcohol del fuerte.

¿Sabes decir todo eso en italiano?, preguntó Cress, con cierta envidia.

Sí.

La niña caminaba ahora en equilibrio sobre un parapeto. Le conté que eras limpio y estabas solo.

Cress y Ulises se detuvieron. ¿Cuál de los dos?

La niña apuntó con el dedo a Ulises. Estás muy solo, repitió.

¿Le dijiste eso?

Sí; y al quedarse sin parapeto bajó de un salto.

¿Por qué le dijiste eso?, preguntó Ulises.

Porque es la verdad.

Un turista que pasaba les echó unas monedas.

Grazie!, exclamó la niña, que se agachó a recoger las liras.

A través del patio del Palacio Pitti, en lo alto de la escalera de piedra, se encontraron con la brisa. Golondrinas, vencejos y campanas en el aire. Florentinos que salían en masa: es lo que acostumbraban en los meses de verano, aquí o en el parque Cascine. No había nada en ese momento como estar lejos de las calles, del polvo y de los olores, de las irritantes disputas. El tiempo se movía de forma diferente, como si también se hubiera combado por el calor, y el pasado y el presente se transfiguraban en una danza tórrida e indómita.

Subieron la cuesta hasta el punto más alto donde estaba el casino del Cavaliere mientras se amontonaban nubes que amenazaban una tormenta que no estallaba. ¡Y qué hermosura de luz! A su izquierda, las murallas del distrito viejo esculpían su paso entre olivares y el cielo era de un pesado gris violáceo. Por doquier, el aire y la vida se entrelazaban. Cress sostuvo en alto aquel ladrillo de libro suyo y pregonó «¡Baedeker!», como si hubiera fundado una nueva religión. Y, mientras sus miradas calcaban el paisaje urbano, comentó: Ahí abajo está nuestro hogar, Temps. ¿Quién lo habría creído?

Yo no, por ejemplo, dijo la niña. Pellízcame, que estoy soñando.

¿Ves?, dibujó Cress con los labios. Está bien.

Una luz dorada bordeaba las nubes grises y Cress empleó la expresión «belleza desorbitada» al describir el jardín. Cress se estaba volviendo poesía. En el camino de bajada, solicitó un momento para sí mismo en la *limonaia*, él solo, envuelto entre cítricos y sentimientos. Una bonita frase, una de las especiales de Cressy. Quedó en reunirse con ellos más tarde en la plaza.

Se sentó en una silla de madera y Claude bebió de un macetero cercano. Desde allí, las raíces de Cressy se hundieron a través de la oscuridad laberíntica, hasta la antigua piedra de cantera y los vestigios de vidas pasadas. Sintió el resurgir de quienes lo habían precedido. Los poetas Browning, Everly, Shelley. Confiaba en que, con el tiempo, perdería el miedo a la poesía, sobre todo a la que no rimaba. Cress era un hombre de hechos, y los hechos eran rocas. La poesía, sin embargo, era como arena. Siempre comparada con las estrellas en su infinidad granular. Siempre cambiante.

La niña arrastró a Ulises a jugar al escondite en la avenida de los cipreses y aguantó media hora escondida. Un miedo atávico, estruendoso, se apoderó de él y se dio cuenta de que ahora ese miedo se había instalado en el centro de su vida y allí perduraría para la eternidad. Miraba y remiraba, pero era incapaz de encontrarla. La tenía delante de sus ojos y no conseguía verla. Era su peor pesadilla y al final lo despertaron de ella las risitas de la niña, que se había encaramado a un arbusto como un pajarillo y se había quedado allí muy quieta. Tan ufana estaba que él la felicitó con efusividad exagerada tan solo para reprimir un sollozo.

Caminaron de la mano, con las palmas sudorosas, hasta el *isolotto* y se detuvieron frente a la escultura de Perseo a caballo, galopando por el agua.

Me gustaría hacer eso, dijo ella.

A mí también, dijo él.

Y pensó en lo poco preparados que los había sorprendido el verano y se juró que sería la última vez. Buscaré una piscina, decidió. ¿Me lo prometes?, preguntó la niña. Te lo prometo, dijo Ulises; y se sentaron a la sombra a observar a los patos y compartieron un chicle que encontró él en el bolsillo.

Creo que a tu madre le gustaría esto.

Yo no estoy tan segura.

(*Fría como el acero*, pensó Ulises).

¿Me parezco a ella?

No mucho. Pero cuando sonríes, sí.

¿A quién me parezco entonces?

A Eddie, supongo.

¿Lo conoces?

No.

Yo tampoco.

¿Seguro que estás bien?

Sí, asintió la niña. Hoy está siendo un buen día.

Quiero que todos los días sean buenos, dijo Ulises.

Pero eso es muy poco realista. No tienes que sustituir a Peg.

Él se rio. ¿Es eso lo que hago?

Te sugeriría que te relajaras un poco.

¿Algo más?

Tal vez que te echaras novia.

¿En serio?

Alguien como la *signora* Giulia. O la propia *signora* Giulia.

Pero ella está con Michele.

Ya, pero tiene la presión alta y una angina de pecho. Podría morirse en cualquier momento.

¿Cómo sabes esas cosas?

La niña se dio un golpecito en la nariz.

¿Algo más?

Lo estás haciendo bien, dijo ella.

Gracias.

Y no quiero estar en ningún otro sitio.

Me alegra saberlo.

Se marcharon cuando las puertas empezaban a cerrarse. La gente en las terrazas de los cafés olía a jabón y al frescor del atardecer. En la plaza, se detuvieron a escuchar a un hombre que tocaba la guitarra en los escalones de la iglesia. Algún día yo también voy a hacer eso, declaró la niña. No me cabe duda, dijo Ulises. Quieres crecer deprisa.

¿Es eso algo malo?

Solo para mí.

¡Ahí está Cressy!, exclamó ella, señalando hacia la terraza del piso. El viejo había estado mirando por el telescopio a la espera de su regreso. La niña agitó la mano.

Cress sabe un montón, ¿verdad, Ulises?

Cress lo sabe todo.

Él nunca fue al colegio.

Ya lo sé. Conque imagínate si hubiera ido.

Dos días después, el *postino* pasó por el café Michele y, sin bajarse de la bicicleta, le lanzó una postal. Aterrizó en la mesa cara arriba, mostrando una vista de una fortaleza y un pueblo amurallado de la Toscana. Ulises le dio la vuelta. La remitía Massimo.

La principal novedad era que se había cortado el pelo, lo cual le había restado siete u ocho centímetros de altura y lo había sumido en un pozo de cierta vergüenza. No le quedó más remedio después de que su sobrino le pegara los piojos. Decía que su madre volvía a tener piedras en el riñón. Pero ¿qué cabía esperar? No bebe agua. Decía que echaba de menos a sus nuevos amigos y le pedía a Ulises que lo llamara enseguida al número que había anotado al pie.

Giulia puso otra ronda de café y *biscotti* en la mesa. La niña le contó, en italiano, que la postal era de Massimo y le enseñó la foto. ¡Ah, Giglio!, dijo Giulia, y preguntó por la madre.

Las piedras en el riñón han vuelto, dijo la niña. Pero es que ella no bebe agua, conque ¿qué cabía esperar?; y se encogió de hombros con aire desdeñoso y le dio un sorbo al café.

Ulises tomó la postal y entró. El calor que escapaba de la cocina era ya intenso y el ventilador del techo estaba otra vez fuera de combate. Ulises se dirigió al teléfono y marcó el número. Massimo contestó al instante, como si hubiera estado toda la mañana esperando junto al aparato. De hecho, así había sido.

Hablaba rápido y conciso por si se cortaba la conexión. Le explicó que su madre había regresado al continente debido a las molestias en la parte baja del abdomen y que se había llevado a su hermana y a su sobrino, el que estaba infestado de piojos. Uno de sus hermanos había decidido ir a Elba y el otro llegaría al cabo de unos días. Por lo que —y este era realmente el quid de la cuestión— la casa se ha quedado vacía. ¡Venid de visita para el *Ferragosto*!

¿Qué? ¿Ir a…?

Giglio. Ve por carretera hasta Grosseto, luego hasta Porto…

Michele le entregó a Ulises un bolígrafo y un trozo de papel. ¿Porto?, dijo Ulises a la vez que le dedicaba con la cabeza un gesto de agradecimiento a Michele.

Porto Santo Stefano, continuó Massimo. Dejad el coche allí y por la mañana tomad el ferry a Isola del Giglio.

Ulises lo anotó todo.

Tendréis que salir mañana por el fin de semana del *Ferragosto*.

¿El *ferra* qué?, preguntó Ulises.

Son festivos. Si no llegáis a tiempo, os quedareis varados en…

La línea cortada, el ruido de las fichas siendo tragadas. Ulises colgó el auricular y se volvió hacia la sala. El bar había enmudecido. Todo el mundo lo miraba y no todos ellos parecían contentos. Alguien soltó: *¿Y ahora se va a Giglio?*

Obedeciendo las instrucciones, a la mañana siguiente partieron temprano. El sol apenas alcanzaba a iluminar el cielo en el este cuando salieron del edificio. Cruzaron la plaza cargados de mochilas y botellas de agua, y Claude voló por delante hasta Betsy.

Viajaron a través de la Toscana en dirección sur mientras el sol se elevaba y, al poco, el paisaje de pueblos que coronaban las colinas dio paso a bosques espesos de castaños y campos de girasoles, todo un espectáculo para la vista. Cress asomaba la cabeza por la ventanilla y la niña dijo: He sido la primera en ver el mar, pero el mar la había divisado a ella mucho antes. Iba vestida solo con su nuevo traje de baño, con la cara pegada al cristal, sin perder detalle.

Desde Orbetello cruzaron la laguna y subieron hasta el agreste monte Argentario, un promontorio rocoso rodeado por el mar Tirreno. Los bosques invadían los caminos, salado y herbáceo era el olor, y calas y playas alcanzaban a vislumbrarse en la base de los acantilados.

El dosel verde oscuro empezó a ralear conforme la carretera torcía hacia el puerto, aún evidentes las secuelas de los bombardeos durante la guerra. Ulises aparcó a cierta distancia de la carretera principal y, cargados con el equipaje, corrieron hacia el ferry. Fueron los últimos pasajeros en subir a bordo, y bramó la bocina, y el resoplido lento de las calderas echó nubes de humo oscuro a un cielo prístino. El agua era tan cristalina y turquesa como jamás habían contemplado. Claude volaba libre. Un viento suave de proa acompañaba a los rayos del sol, que les daban en la nariz y la frente, y la niña se puso los anteojos oscuros. La niña, que nunca había estado en una isla, se puso de pronto en pie y lanzó puñetazos de alegría al aire.

Cuando Giglio apareció ante sus ojos, la isla reflejaba el pergamino largo y caluroso del verano. Matorrales de *macchia mediterranea*, y poco más, salpicaban los peñones de granito. Al aproximarse al puerto, sonó la bocina y una medialuna de arena brillante apareció a la vista, así como cabañas de pescadores y burros aguardando a transportar los equipajes por las empinadas laderas de la isla. Era como retroceder en el tiempo, toda la escena envuelta en tonos sepia. Y cuando el ferry atracó, buscaron con la mirada a Massimo. No obstante, fue Claude el que primero lo divisó, de pie en una embarcación de pequeño tamaño y agitando frenéticamente la mano.

¡Habéis venido!, gritó. *Mio Dio!* Habéis venido.

Qué bien se te ve cómo lleváis el calor me gusta tu pelo ¿todavía tienes piojos? No no se han ido todos tengo un traje de baño nuevo Cressy no le quita ojo a las *signore* del banco de piedra.

¿Listos?, preguntó Massimo en cuanto recuperó el aliento. Listos, respondieron ellos al recobrar el suyo. Massimo tiró de la cuerda y cualquier paz que hubiera reinado en el puerto y cualquier conversación que hubiera quedado pendiente las engulló el horrible gemido del motor de dos tiempos.

El bote abrazó la curva de la isla, que enseñó un poco más de ella a los entusiasmados visitantes: viñedos en las laderas, y cactus cargados de fruta, y escalones de granito desde los que nadar. La niña, echada hacia adelante sobre la borda, jugaba a atrapar cada ola que abofeteaba el casco. Al cabo de un rato, el motor se estabilizó y la embarcación viró a la derecha, hacia una extensa playa de guijarros. Una casa se vislumbraba cerca del fondo, resguardada por eucaliptos y pinos autóctonos. Massimo inclinó el motor, y el bote, de poco calado, se deslizó sin esfuerzo hasta la orilla.

Cressy fue el primero en pisar la isla, lo único que le faltaba era una bandera que clavar. Contempló a su alrededor las dádivas de la existencia, de cuya profusión adquiría plena conciencia en la planta de los pies.

¡Por aquí!, gritó Massimo.

Sobre la playa rocosa, el rompimiento metronómico de las olas se solapaba con el arrullo de las palomas. Massimo lideraba la marcha, agitando los brazos de una forma de lo más peculiar. Se mostraba nervioso y tímido; nunca había recibido la visita de nadie —nunca había invitado a nadie, a decir verdad— y se sintió agradecido cuando los guijarros empezaron a escasear y la casa se irguió ante ellos en toda su encantadora incongruencia. En parte cabaña, en parte choza.

Pues esta es. Buscaos un dormitorio mientras yo preparo el almuerzo; y sostenía en la mano una bolsa de lona a rebosar de víveres.

Nada se interponía ahora entre ellos y tres días de vacaciones.

La niña echó a andar por la playa, con los pies descalzos pisando los guijarros calientes, con Ulises detrás a no mucha distancia. Ella no había nadado nunca en el mar ni, desde luego, en ningún sitio donde los peces llevaran tantas rayas como ella. Ya en el agua, metida hasta la cintura, su grito fue: ¡No está ni pizca de fría!

La niña se tapó la nariz, se zambulló y al cabo de unos momentos sacó la cabeza, resoplando. ¡Otra vez!, exclamó.

Yo contigo, dijo Ulises.

Bajo el agua que se sumergió ella.

Bajo el agua que se sumergió él.

Rompieron la superficie juntos de un salto. Y Massimo que pregonaba a voces que el almuerzo estaba listo.

Yo no quiero ir a comer, protestó la niña.

¡Cómo que no!, replicó Ulises. Andando; y vadearon la orilla de vuelta a las toallas.

¡Que todo el mundo mire a cámara!, gritó Massimo mientras fijaba el temporizador y volvía corriendo a su sitio.

(Clic). Capturados para la eternidad.

A la izquierda, el viejo Cress está plantado junto a Massimo, que tiene a la derecha a Ulises. Se rodean unos a otros con los brazos. La niña se ha puesto delante de Massimo, sujetando a Claude, que optó por posar en toda su envergadura. Detrás de ellos se entrevé la terraza. Macetas de geranios, una mesa de caballetes con las sobras de la comida: *spaghetti al pomodoro*, patatas y *baccalà*; y dos botellas de un refrescante vino blanco, autóctono de la isla, de la variedad ansonica, una de las cuales está dos tercios llena. Por encima, una parra proyecta buena sombra y de ella cuelgan racimos de uvas. La niña lleva puestos el traje de baño y los anteojos oscuros. Son las cosas más bonitas que ha poseído nunca. El bañador sigue húmedo del chapuzón y al caer la noche le rozará el trasero. Será incómodo, pero le merecerá la pena. Cress viste una camisa azul claro y pantalones cortos de explorador del desierto. Está descalzo y es consciente de la longitud de las uñas de sus pies. Más allá de eso, se siente íntegro y valiente. Sabe que está recuperando el tiempo perdido. Massimo luce un atuendo azul marino bien conjuntado: bermudas de un tejido mezcla de algodón y lino, del mismo tono de azul que su camisa de manga corta pulcramente planchada. Antes de que llegaran sus amigos, se sentía un poco cohibido por el pelo y la grasa que se le acumula alrededor de la cintura. No obstante, Ulises comentó que tenía un aspecto muy distinguido —«Eres un tipo apuesto, Mass», fueron las palabras que empleó— y, en ocasiones, eso es lo único que se necesita para recuperar un poco de altura. Massimo no volverá a dejarse crecer el pelo. Por su parte, Ulises viste unos pantalones cortos de color claro con el corte justo por encima de las rodillas, que son bonitas, y la caída del dobladillo no consigue sino resaltar este hecho. Se ha enfundado en una camiseta blanca muy al estilo de la que llevaba Marlon Brandon en *Un tranvía llamado deseo*, una película que Ulises no ha visto; si le queda tan ajustada es porque ha encogido. Su sonrisa, tan cautivadora como siempre, es capaz de desarmar a cualquiera. Tiene las cejas rasgadas a causa del sol y se le han puesto rojas las puntas de las orejas.

Sería la primera de innumerables fotografías que se sacarían en Giglio con el correr de los años. Colgaría en la pared del cuarto de estar, entre dos ventanas donde una brisa salada hace ondear las cortinas blancas. A través de las ventanas, los eucaliptos derraman un aroma embriagador.

Llevan en la isla aproximadamente veintiséis horas y treinta y siete minutos. No mucho, pero Cress lo habría desglosado y calculado un millar de momentos, porque Cress era así.

Acercándose ya el último día, aconteció una de las rarezas de Cress, y justo a tiempo.

Massimo había preparado una cafetera y le estaba preguntando a Ulises si ya tenía alguna idea de qué quería hacer con el piso de abajo, cuando Cress salió dando tumbos a la terraza y anunció: Ya sé qué vamos a hacer con el piso de abajo.

Extraordinario, dijo Massimo. ¿Esto pasa muchas veces?

Bastantes, afirmó la niña.

Cress bebió un sorbo de agua y fue a sentarse a trompicones a una silla. He tenido una visión, explicó, y procedió a describir con exactitud lo que le había ocurrido apenas unos momentos antes.

Me acababa de terminar el café —que, por cierto, Massimo, estaba delicioso, comentó, interrumpiendo su propio relato— y me había puesto cómodo en esa butaca tan preciosa que tienes para empezar la novela que me había traído de Inglaterra. La narrativa de ficción es un territorio inexplorado para mí, como todos sabéis. (Cress bebió otro sorbo de agua). Abrí el libro y me puse a leer. Y fue como si un enorme dedo índice celestial se estirara en el cielo y me apuntara directamente a mí, Alfred Cresswell. Como en la *Creación de Adán* de Miguel Ángel, cuando Dios con un gesto de la mano insufla de vida a, en este caso, una idea.

¿Y entonces?, dijo Ulises.

Cress sostenía en la mano su ejemplar de *Una habitación con vistas*. Hay un precedente sentado, Temps. (Pasó veloz las páginas). Y cito: «¡Y además es una *cockney*!».

(PAUSA).

¿Además de qué?, preguntó Ulises.

Una patrona *cockney* en el Bertolini.

¿Qué es el Bertolini?

Una *pensione*, explicó Cress. Una casa de huéspedes. Sobre todo para ingleses. Que eran personas horribles, eso sí. Y, para ser sincero, la comida tampoco es nada del otro mundo, pero aun así.

Ulises tomó el libro y hojeó las páginas.

Una patrona *cockney* regentaba una pensión en Florencia hace cincuenta y pico años, no necesitamos saber nada más. Nosotros también podríamos ser protagonistas de esa misma historia, sugirió Cress. Darles uso a esas habitaciones. Tener un propósito.

Y ganar dinero, añadió la niña.

¡Una *pensione*!, exclamó Massimo. ¡Qué idea tan maravillosa!

Yo voto a favor, dijo la niña.

¿Temps? ¿Qué piensas?

¿Qué hay que pensar? Adelante.

Massimo se comprometió a que, después del *Ferragosto*, se pondría en contacto con un colega para hablar de la licencia y el registro, y Cress actuó de canal para el dios de la hospitalidad. Las ideas se agolpaban y las escribía a toda prisa: cerraduras en las puertas, más ropa de cama, toallas, jabón, servicio de lavandería, ¿y comprar una lavadora? ¿Es demasiado pronto para comprar una lavadora, Massimo? Y este se ofreció a merodear por el barrio y aguzaría el oído para enterarse de qué se rumoreaba en la calle. ¡Yo voy contigo a la casa de baños!, soltó la niña, y Massimo se ruborizó e hizo ademán de mesarse un pelo que, por supuesto, ya no estaba allí.

Salieron aquella tarde a buscar higos, y albaricoques, y bayas de alcaparras, y Ulises comentó de pasada que siempre le habían parecido acogedores los cuencos de fruta en las zonas comunes.

Un bonito detalle, dijo Massimo.

Cress anotó «cuenco de fruta».

Y flores.

«Flores», escribió Cress.

¿Y qué tal un carrito de bebidas de esos de autoservicio?

¡Sírvase usted mismo!, se mofó Claude, que empezaba a sonar un poco como Col.

Tranquilo, Claude, dijo Ulises. Aquí no somos así; y Claude se disculpó y se sintió avergonzado.

¿Y la publicidad?, preguntó Massimo.

Cress silbó ante la enormidad de la palabra. ¿No podríamos plantarnos en la estación con un cartel y recibir a los pasajeros de trenes según vayan llegando? ¿Y luego llevarlos de vuelta en la Jowett?

Eso podría hacerlo yo, propuso la niña. ¿Quién va a decirle que no a una niñita guapa con un loro?

Nadie, dijo Massimo. Absolutamente nadie. ¿Y tenéis intención de dar de comer a vuestros huéspedes?

Cress pareció amedrentarse. ¿Y qué vamos a darles de comer?

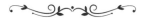

En la cocina, en medio de una nube de vapor. Massimo explicando: Si no fuera a enseñaros más que una cosa en la vida, que sea esto. Que sepáis cuál es la proporción correcta de agua hirviendo, sal y pasta; cuándo echar la sal… y cómo: a puñados; cuándo retirar la pasta del fuego. Si lo aprendéis bien, siempre comeréis como reyes.

Y si lo aprendemos mal, intervino la niña, nos tocará rancho, como esa *pappa al pomodoro*. ¿Verdad que sí, Cress?

Massimo prosiguió: Una pizca de ajo…, aceite de oliva… y chile… Tomad, probad esto. ¿Notáis la consistencia de los espaguetis? Ese es el objetivo.

Cress y Ulises se retiraron un poco y tomaron apuntes. La niña se limitó a comer.

¿Os veis capaces?, preguntó ella.

¿No podríamos entregar a los huéspedes cupones para que los gastasen donde Michele?, sugirió Cress.

Ya empiezas a usar la cabeza, apostilló Claude.

La noche se abatió sobre la terraza. A lo lejos, el ferry de pasajeros cortaba las aguas oscuras con un barrido constante de luz. Y nosotros mañana, señaló la niña, aún eufórica por haber buceado entre erizos de mar. Ulises se acercó una vela a la cara y encendió un cigarrillo. Encima de la mesa, un reguero de cáscaras de nuez y platos de ensalada vacíos. Massimo escanció el vino y Claude pensó en pronunciar unas palabras, pero pasó el momento.

La luna y los murciélagos, la cadencia de un mar dócil, la amistad, el comienzo de una nueva aventura. Nada cabía añadir.

Excepto…

Os falta el nombre, les recordó Claude mientras masticaba un trozo de sandía.

¿Qué tal Bertolini?, dijo la niña. ¿Para qué buscarle tres pies al gato?

Los hombres rieron y ella, pese al cansancio, se sintió a las mil maravillas.

Y de esta manera nació la Pensione Bertolini (versión dos). Con el tiempo, Cress contaría este relato a cualquier huésped que estuviera interesado. Para que se llevaran consigo un pedacito de historia. Un pedacito de él, en realidad.

Aquella noche se metió en la cama como electrizado. Tan radiante que podrían haberlo divisado desde el espacio.

Regresaron a la ciudad renovados. La isla había puesto todo de su parte. Los había educado e iniciado en un estilo de vida al que aspirarían y al que retornarían. Cress reparó el ventilador del techo de Michele y, cuando una fuerte corriente de aire empezó a circular a un ritmo constante por el bar, todos aplaudieron. Michele levantó al viejo del suelo y para quienes lo presenciaron pareció como si un oso asfixiara a un cabritillo. Ulises visitó el Palazzo Castellani, el Instituto de Historia de la Ciencia, y dedicó tiempo a admirar los globos de Coronelli. Eran más bonitos de lo que había imaginado, y pensó en los mundos que su padre había creado, esferas de colores brillantes, con el Imperio en rosa. Él pintaría el mundo de forma distinta, naturalmente: los bosques, de verde; el hielo, de blanco; la tierra, de marrón, y el mar, de azul. Reorganizaría las fronteras y devolvería a los países sus nombres.

Y entonces, ¡pum!, el día del cumpleaños de la niña llegaron tres cartas de Peg, nada menos. En la fechada en junio, les había anotado su nuevo número de teléfono al final, y Ulises y la niña corrieron al despacho de Massimo. *Un momento*, indicó la joven que conectó la llamada.

Ya tengo ocho años, dijo la niña al tiempo que se apartaba el flequillo. ¡Quién lo habría imaginado! Y le contó a Peg que Ulises y Cress le habían regalado una guitarra; Massimo, unas gafas de buceo, y la *signora* Giulia le había hecho *cannoli*. Ella es de Sicilia, especificó. En definitiva, un buen botín. Tapó el auricular y se volvió hacia Ulises. Peg dice que me ha enviado dinero. La niña parecía encantada.

Ulises oyó que Peg le cantaba «Cumpleaños feliz» y salió de la habitación para darle un poco de intimidad, pero el verdadero motivo era que se le partía el puto corazón. Esperó en el recibidor hasta que la niña lo llamó por su nombre.

Peg quiere hablar contigo; y, tras pasarle el auricular, se fue con la joven para que le enseñara a hacer un *espresso*.

Lo siento, se disculpó él.

¿Por qué?, quiso saber Peg.

¿Te acuerdas de nosotros?

Si eso es lo peor de ti, Temps, de buena me he librado.

¿El trabajo, bien?, preguntó él.

Ted quiere que lo deje.

No lo dejarás, ¿verdad?

Quiere que me case con él.

No lo hagas, le rogó Ulises.

¿Que no haga qué? ¿Dejar el trabajo o casarme?

Tú no lo hagas, Peg; y encendió un cigarrillo.

Alys parece contenta.

Es feliz aquí. Ven a verlo tú misma. ¿Te ha hablado de la *pensione*?

¿Qué coño es una *pensione*?

Ulises se rio. Como un hotel pequeño.

¿Tantas habitaciones tienes?

Ridículo, ¿eh? Oye, Peg, ¿tienes a mano algo para escribir? Apunta este número… Es de una cafetería. Siempre podrás dejarnos un mensaje… ¿Lo tienes?

Lo tengo, sí.

Eh, ¿qué pasó con Ginny?

¿No has leído la carta, Temps?

Vinimos directos aquí. No nos paramos a leer nada.

Le conté a la señora Kaur lo que había entre ella y Devy.

¿Sí?

No me quedó más remedio. Pero confío en ella. Me recuerda a tu madre. Es una buena persona, muy tranquila, y trata a Ginny como si fuera de la familia. De verdad que es una delicia verla cuando está con ellos. Y el chico también es un encanto. Se lo contaré a Col cuando esté dispuesto a escuchar.

Te queremos, Peg.

¿Qué has dicho?

He dicho…

¿Sigues ahí, Temps? ¿Temps?

Llegó septiembre, que trajo consigo noches más frescas y el largo adiós de las golondrinas. También desapareció Ulises, aunque solo por un día. Esta práctica se repetiría año tras año y, con el tiempo, Cress y la niña dejaron de preguntarle a dónde iba. La niña y Cress confeccionaron un farol de colores y se sumaron a la procesión de la *Festa della Rificolona*, la celebración del nacimiento de la Virgen María. La niña preguntó: No se puede ser virgen y dar a luz, ¿verdad, Cress? Y, cuando el viejo le confirmó que no, añadió: Vale, solo comprobaba que no me estaba perdiendo algo. En los viñedos de la Toscana comenzó la vendimia, y en las panaderías apareció el tradicional *schiacciata all'uva*, un tipo de pan dulce. Los restaurantes que habían cerrado en agosto reabrieron sus puertas ofreciendo nuevos menús con una fuerte presencia de *porcini*.

Y, por último, por más que la niña trató de eludir cualquier mención al tema, septiembre trajo el colegio.

La noche anterior, se mostraba nerviosa y no quería irse a la cama. Encontró a Cressy en la terraza, sentado con su árbol.

¿Qué haces, Cress?

Hablar con este pequeñín.

La niña se sentó a su lado y escuchó.

No dice mucho, ¿no?

Todo pasa en las raíces, explicó él. Las raíces les cuentan cosas a otros árboles.

¿Cosas como qué?

Como dónde encontrar agua. O dónde tomarse una buena taza de café.

La niña chasqueó la lengua, con cara de reproche.

También se avisan entre sí, añadió Cress.

¿Sobre qué?

Vida. Problemas. Peligro. Son un poco como nosotros: seres sociales. Sienten el abandono y el dolor.

¿Yo tengo raíces?

Y muy fuertes. Bueno, ¿estás preparada para ir mañana a la escuela?

¿Y si no hago amigos?

Nos tienes a nosotros, dijo Cress. Y a Massimo. Ya van tres. Y también a Giulia. Y a Claude. Fíjate, tienes un huerto.

Cress alcanzó la cerveza.

¿Puedo darle un sorbo?, le pidió ella.

Claro, asintió él, pero porque sabía que a ella no le gustaba.

Mira ahí fuera, continuó Cress. El sistema solar, que se formó hace cuatro mil seiscientos millones de años. Y aquí estamos. Entre los dos sumamos setenta y siete años. ¡Qué jóvenes somos! Y la Tierra gira sobre su eje a más de mil seiscientos kilómetros por hora y da una vuelta completa cada veinticuatro horas. Son las cosas que nos gobiernan, Alys. El espacio, el tiempo y el movimiento. Horas, días, estaciones. Nuestras vidas, segmentadas en una sucesión de momentos. ¿Ves allí esa mancha difusa de luz? Es la nebulosa de Andrómeda. Cuando la miramos, estamos mirando a un pasado de hace novecientos mil años.

Son números grandes, Cress.

Sí, son muy grandes, cariño. Por eso diez años de escuela se pasarán en un santiamén.

Lo he captado, no te creas, dijo ella.

Ya me lo figuraba.

Pero serán ocho años, matizó la niña. Ni uno más.

De acuerdo, convino Cress. Ocho años, ni uno más; y se dieron un apretón de manos luego de que él fingiera escupirse en la palma.

La mañana amaneció con nubes bajas y el ambiente fresco, y la niña se puso el delantal oscuro que llevaban todos los colegiales, con su lazo y su cuello extragrande, y se quejó de que parecía un payaso de circo. Es cierto, confirmó Ulises. En la plaza, tras despedirse de Cress y de Giulia, se montó en la bicicleta de Ulises sobre la barra. Todavía estás a tiempo de cambiar de opinión, ¿eh?, dijo ella. Sí, sí, dijo él; y pedaleando acompañó el tráfico en dirección oeste hacia San Frediano. En esta ocasión no iba esquivando carretones o motos a derecha e izquierda y se mantenía a una distancia segura de los tranvías. Dejaron atrás el puesto del tripero y las golondrinas que, posadas en los tendederos, aguardaban el momento de partir. ¡Adiós, pájaros! ¡Hasta el año que viene!, gritó la niña.

Más adelante, la chiquillería se apiñaba delante de la verja de la escuela. Ulises redujo la marcha y la niña se bajó de un salto. Él caminó a su lado con la bicicleta de la mano.

¿Estarás bien?, preguntó a la vez que le tendía la cartera.

Claro, le aseguró ella.

Salió una persona a tocar la campana y los niños empezaron a desfilar hacia la puerta.

Te espero aquí luego, dijo él, y se agachó para darle un beso, pero ella se apartó.

No hagas una escena, le reprochó.

Se alejó hasta un lugar desde donde observarla sin ser visto mientras entraba. Una retaquita con los hombros erguidos y poniendo ceño de «idos todos a la mierda». Los demás chicos charlaban unos con otros, pero ella no, ella era Peg hasta la médula. Ulises mataría por ella. Lo había comprendido hacía ya tiempo. Y estando allí ahora, acechando desde un portal, no se diferenciaba mucho de Col. Emprendió el camino de vuelta dando un rodeo, parando en tiendas de arte y antigüedades con la esperanza de encontrar un molde. Para un globo terráqueo.

En casa, se preparó un café y abrió un paquete de *biscotti*. Echó a un lado los sofás del cuarto de estar y encendió la radio. Luego entró en su dormitorio a buscar las planchas de cobre y las dispuso en el suelo unas junto a otras. Había seis, de unos 40 por 140 centímetros. Cientos de horas de exigente trabajo le habían supuesto a su padre.

Antes de marcharse a la guerra, Ulises las había limpiado, pulido y untado con un poco de aceite de vaselina para protegerlas. Después de envolverlas en papel y cartón, había pegado a cada una de ellas una hoja de papel impresa que mostraba los doce gajos grabados —los segmentos aplanados de la superficie curva de un globo— en el orden correspondiente. Por último, había atado unas mantas viejas alrededor, porque para Ulises las planchas no tenían precio.

Se arrodilló ante la que tenía más cerca, desató la tela y sacó el grabado. Deslizó el dedo por la línea del ecuador, de presencia ininterrumpida, que cortaba cada gajo por su parte más ancha, diseccionando los meridianos que discurrían de norte a sur. Los paralelos principales —el Círculo Polar Ártico, los trópicos de Cáncer y Capricornio y el Círculo Polar Antártico— se curvaban sobre cada segmento dibujando una trayectoria continua. Se inclinó para mirar más de cerca. Persia en vez de Irán. Constantinopla, no Estambul. Rusia, sin embargo, seguía siendo Rusia. Seguramente dataría de finales de la década de 1920.

Su padre Wilbur solía calcar un mapamundi y de ese modo empezaba. Nombres de ciudades, países, montañas, ríos, océanos, cualquier elemento por el que sintiera fascinación. Y el nombre de Nora siempre en cualquier sitio. Cuando terminaba el calco, Wilbur le daba la vuelta al papel, de modo que el mundo, y las letras en él, apareciera en una imagen especular. Trazaba luego una cuadrícula en el papel y, a partir de esta plantilla, transfería la información de cada sector a un gajo con una cuadrícula similar, trabajando escrupulosamente las doce secciones de la Tierra, con una comprensión instintiva y artística de la distorsión que se producía al pasar de una superficie plana a otra curva.

Todo el bullicio del hipódromo se acallaba en esos momentos, disipada la emoción del juego. Y la mano del viejo, con pulso firme mientras transfería aquella imagen especular del papel de calco a la plancha de cobre.

Ulises completó su primer calco y su primer grabado apenas unos meses antes de que su padre muriera. Países, y meridianos y paralelos, pero ningún nombre. Recordaba la satisfacción que había experimentado cuando salió la hoja estampada de la prensa. El gesto de aprobación de su padre. Recortar los gajos e indicar el orden. Pintar el mar y la masa terrestre. El olor a pegamento. Colocar el primer gajo: la línea del ecuador que coincidiera con la circunferencia que había trazado alrededor de la esfera. La desazón cuando estiraba demasiado el papel y se rasgaba.

Se incorporó y alcanzó la taza de café. Estaba frío, pero no le importó. Volvió a pensar en los moldes y en cómo conseguirlos. Los de su padre habían sido de baquelita, obras de arte por derecho propio. Encendió un cigarrillo y se reclinó. ¡Ay, mierda!, soltó de repente al percatarse de la hora.

La niña estaba esperando sola a la puerta del colegio cuando llegó y se detuvo bruscamente con un chirrido de frenos.

¿Qué horas dirías que son estas?, le recriminó ella, dándose golpecitos en la muñeca.

Lo siento, se disculpó él, y se agachó para darle un beso.

¿Ha sido por una mujer?

Unas planchas de impresión.

Típico.

¿Cómo te ha ido?, le preguntó él.

Supongo que me acostumbraré.

¿Tienes hambre?

¿Qué estás planeando?

Pararon en el puesto del tripero y se comieron un bocadillo relleno de *lampredotto*. La niña tomó un sorbo del vino de él. Después del día que he tenido, ¿quién podría culparme?, se justificó.

Al terminar, la subió al sillín y caminó empujando la bicicleta por el borde de la calzada.

Te hace falta un corte de pelo, comentó ella, dándole un capirotazo en la oreja.

Gracias, le contestó él.

La escuela aportó a la vida de la niña una organización que él no había previsto. Dormía a sus horas y se despertaba con el sol como nueva. La pusieron en un curso atrasado a cuenta del idioma, pero eso lo rectificarían al final del tercer trimestre. Redujo el consumo de café a solo uno por la mañana, que lo tomaba con leche mientras leía un libro o estudiaba la gramática italiana. Ser la mayor de su clase la llevó a preocuparse por quienes tenían menos capacidad o menos suerte, que eran multitud. Iba adelantada en aritmética, dibujo y poseía, y no le resultaba arduo escribir cuentos. No se aplicaba demasiado y lo sabía, pero ¿qué más le daba?

Su pelo oscuro la hacía invisible en una camarilla de cabellos oscuros. No quería que nadie se fijara en ella, en especial los chicos, pero a veces se metían con ella para llamar su atención, conque aprendió los tacos y el argot callejero para devolverles los golpes. En ocasiones la regañaban y en ocasiones la elogiaban. No podía quejarse, habría dicho ella.

El viernes de esa primera semana, Ulises, Cress y Massimo la recogieron del colegio y acto seguido la llevaron al cine a ver *Los inútiles*, de Fellini. Esta peli le dará fama mundial, manifestó ella durante el intermedio.

Entrado el otoño, Massimo les llevó una botella de aceite de oliva de nueva cosecha, que fue muy apreciada. Además, les informó que había concluido todos los trámites y que la *pensione* podía abrir sus puertas. Una semana después, engatusó a un sacerdote para que bendijera la empresa y Ulises se aseguró de tenerle preparado un buen Rosso di Montalcino. El sacerdote se quedó hasta que la botella estuvo vacía y los bendijo a todos ellos, Claude incluido. *Dos veces.*

El tiempo refrescó y Cress volvió a usar pantalón largo. Ulises localizó un taller en la Via Maggio. En las cartas que enviaba a Inglaterra describía esa época como una época mágica, una época estable. Creo que nuestra situación ha dado un giro, escribió.

Me entristeció enterarme de que la madre de Alys ha muerto, dijo la maestra.

Era finales de octubre. Ante las verjas del colegio. Lluvia incesante.

La maestra debió de confundir la sorpresa en el rostro de Ulises con una profunda pena, porque se le anegaron los ojos de lágrimas. Le expresó su gran admiración por estar criando a una niña él solo y le entregó una tarta de chocolate que había preparado la noche anterior. Aturullado, intentó rechazarla, pero ella no quiso ni escucharlo. Conque se dirigió tambaleante hacia la niña, que esperaba junto a la bicicleta, más viudo que el soltero joven y robusto que era. Tienes un aspecto horrible, comentó ella, y luego se montó en la barra y cargó la tarta con orgullo.

Volvió pedaleando con la niña directo al café Michele, los impermeables aleteando sobre la bicicleta, necesitado de un té. Dentro hacía calor y el agua formaba charcos bajo el perchero. Michele saludó a Ulises con un gesto de cabeza y dijo algo sobre el tiempo. Ulises coincidió; ya se defendía hablando en italiano. Siguió a la niña a la mesa del fondo y situó entre los dos la tarta fúnebre de chocolate. Ella pidió un plato de *ragù* de ternera con *pappardelle*, regado con un *chinotto*.

¿Entonces qué?, preguntó ella al cabo de un rato. Tienes cara de querer decir algo, majo.

Él no estaba seguro de cómo arrancar. Peg no está muerta, empezó por fin. (Con torpeza).

Ya lo sé, dijo la niña, y metió mano a la comida.

¿Pues entonces por qué vas contándole a la gente que sí? ¿Alys? Mírame, le ordenó. ¿Por qué dices que tu madre ha muerto?

La niña ahora con mirada desafiante. Peg hasta la médula.

¿Alys? Podemos quedarnos aquí toda la noche si...

Porque es mejor que la verdad.

¿Y cuál es la verdad?

Que ella me regaló.

Y de repente se le enrojeció el rostro, y estaba enfadada, y sentía vergüenza y pena, y rompió a llorar porque no sabía cómo explicarlo. Demasiado joven para entender la profundidad de sus sentimientos. No dejaba de pensar en la chica descalza que había visto en el recreo. De modo que Alys le dijo que ella no tenía madre. ¿Qué diferencia hay? Qué más da que sean unos zapatos o una madre, la cuestión es que falta algo, y duele.

No, por favor, no llores, le suplicó Ulises, y trató de abrazarla, pero ella corrió hacia Giulia. *Y eso es lo que yo no soy,* pensó él. *Una persona con tacto que sepa qué hacer.* Encendió un cigarrillo. ¿Cómo no se había dado cuenta? Joder, ¿cómo no se había dado cuenta de qué le rondaba por la cabeza, después de tanto tiempo? Atrajo la mirada de Giulia, que le sonrió como expresando que todo iba bien. *Bien es como no va,* pensó él.

Volvió la niña al cabo de un rato y se sentó a su lado. ¿Me he metido en un lío?, preguntó.

Jamás.

¿Puedo entonces comer un poco de tarta?

No. Nos la han dado por un engaño y habrá que devolverla mañana.

Será embarazoso.

Lo haré yo. (Lo hizo y lo fue).

La niña le preguntó si en su lugar podía pedir un *budino* y él, naturalmente, se lo consintió. Le dio una moneda para la gramola y ella se comió el flan mientras escuchaba a Al Martino cantar «Here in My Heart».

Aquella noche, Ulises se tumbó con ella en la cama hasta que se quedó dormida. Recorrió la habitación con la mirada. La había escogido por el papel rojo y verde de la pared, que tenía motivos de guacamayos y árboles, una auténtica selva. Ahí se reflejaban las decisiones que ella, a sus ocho años, tomaba. Los engranajes que movían su mente, las cosas que le interesaban. Allá, un gancho del cual colgaban el traje de baño y las gafas de buceo. La mesita donde guardaba los anteojos oscuros y el cuaderno de dibujo. El caparazón seco de un erizo de mar sobre el tocador. La guitarra a los pies de la cama. El cartel que confeccionaron juntos para anunciar la *pensione*. Estas cosas resumen ahora toda su existencia. *Y cuando crezca se marchará*, pensó. Y se labrará su camino y no volverá a dirigirle un pensamiento. La vida en toda su apoteosis y complejidad la devorará. Amará con toda su alma, excluyendo todo lo demás. Y Ulises anhela saberlo todo acerca de ella antes de que eso ocurra, pero duda de si alguna vez se consigue conocer a alguien de verdad.

Desde el pasillo le llega la pesada respiración de Cress y supone que está durmiendo.

Pero el viejo, en realidad, está llorando.

Cress ha terminado la novela de Forster y hay mucho que digerir. El intelecto frente al sentimiento, y Cress es todo sentimiento y amor. Significa también un adiós al Baedeker, que a través de la mirada de Forster ahora se le antoja ridículo. A la mañana siguiente, Cress lo abandonará en el suelo del cuarto de estar, donde servirá satisfactoriamente de tope de puerta, y así permanecerá durante años. Cress se planta frente al espejo, en camiseta y pantalón corto, y repite una y otra vez: Soy vital.

Al día siguiente, Cress bajó el telescopio y se enjugó la frente.

Bueno, viejo amigo, dijo el naranjo ornamental. ¿Qué vas a hacer? Es ahora o nunca.

¿Ah, sí?

Adelante, échate un poco de colonia en esas mejillas tan suaves que tienes y enséñales lo que se pierden. Yo no me moveré de aquí.

(PAUSA).

Por cierto, era un chiste.

Ya lo sé, le dijo Cress.

Fue a su habitación y siguió el consejo del árbol. Se puso su nuevo panamá en un ángulo desenfadado y se cambió de zapatos. A diferencia de Ulises, aún tenía afición a los calcetines.

Al bajar las escaleras, hecho un manojo de nervios, se cruzó con la señora condesa, que bregaba con la bolsa de la compra. Se ofreció a ayudarla, pero ella lo ahuyentó con un improperio; *idiota* no era una palabra que necesitara traducción.

Saludó con un *buongiorno* a los chicos que pasaban el rato junto a la estatua y estos, respondiéndole con la misma fórmula, añadieron al final «*signor* Cress».

Signor Cress, pensó. *Como un personaje de novela.*

Ulises lo llamó desde el café Michele, pero Cress estaba en pleno modo zen. Giulia se detuvo al lado de su mesa a contemplarlo e incluso el sacerdote interrumpió su paseo por la plaza para santiguarse.

Cress notaba cómo se le agolpaba la tensión en el pecho. Se acercó al banco de piedra y las ancianas señoras levantaron la vista y callaron. Se tocó el ala del sombrero y les dedicó un florido saludo que había ensayado bien y que las tomó por sorpresa. Se sentó en un extremo del banco, con una nalga colgando precariamente, y de su bolsa sacó la labor, un modesto dobladillo marrón oscuro de punto calado. Las señoras, dándose codazos, se pusieron a cuchichear.

Cress levantó las agujas y dijo: *Sto laborando a maglia un maglione senza maniche*; una frase que lo arrojó de cabeza a las muchas trampas de la pronunciación italiana, pues en vez de informar a las mujeres que estaba tejiendo un jersey sin mangas, lo que en realidad dijo fue «melón sin mangas». Pero funcionó. Una risita que se confundió con algo más, y ese algo más provocó que la *signora* Mimmi se moviera un poco para hacerle sitio. Un gesto impagable. Esa tarde pasó dos horas con ellas, escuchando sin más, disfrutando de sus aromas y de la efervescencia de sus relatos. Se atrevió incluso a contarles, en un italiano titubeante, que las tribus moken no poseían palabras para decir «quiero», «agarrar» o «mío». El dato fue recibido con silencio. Pero de asombro. Imagínense un mundo así, añadió. ¡Imagínese!, respondieron ellas, y la *signora* Mimmi levantó la mano y pidió una ronda de vermuts a Michele.

PENSIONE BERTOLINI

PRECIOSAS HABITACIONES

A BUEN PRECIO

UBICACIÓN INMEJORABLE

Ulises y la niña llevaban tres horas esperando en el vestíbulo de la estación y estaban a punto de dar por concluida la jornada cuando llegó el tren procedente de Venecia. Se apeó una pareja de Manchester (se enterarían más tarde), de cierta edad, muy a gusto por lo visto con el caos de Europa. Eran el señor y la señora Bambridge (Llamadnos Des y Poppy).

Des, que era hombre de negocios, jamás en la vida había dado la espalda a un buen precio. Se plantó frente al cartel y preguntó: ¿Un buen precio cuánto es?

Lo que usted quiera, dijo Ulises.

Esa no es forma de llevar un negocio, muchacho.

Es el primero que llevamos, puntualizó la niña.

Vamos, Poppy, estos dos necesitan nuestra ayuda. Llamaré por teléfono al Benito para cancelar.

Es una habitación con vistas, dijo Cress mientras abría con ceremonia la ventana.

Repicaban las campanas de Santo Spirito, y traía la brisa el olor divino a *bistecca* del café Michele, y la luz del atardecer era amarilla y suave. Des y Poppy estaban extasiados.

Hace que el Benito parezca un cuchitril, comentó Des.

¡Mira los frescos de *amorini* en el techo, Des!

¡Y qué calidad tiene el lino de las sábanas! Es impresionante.

Cress recitó punto por punto el discurso que había ensayado. Aquí tienen toallas, almohadas y mantas adicionales. El baño está al final del pasillo. Mucha agua caliente, etcétera, etcétera, etcétera. En el cuarto de estar hay bebidas de cortesía para cuando gusten. Les dejo las llaves aquí; e hizo una ligera reverencia al salir.

Des y Poppy se quedarían una semana.

Al final de la cual, empezó a verse el componente de serendipia que había tenido su encuentro.

Aconteció que, cuando Ulises subía las escaleras después de una jornada en el taller, Des asomó la cabeza por la puerta principal. ¿Le apetece una cerveza, muchacho?

Ulises se reunió con él en el cuarto de estar donde Cress, apenas unos momentos antes, había puesto varios botellines fríos en el carrito de bebidas.

Poppy está ahí acicalándose para nuestra última noche, empezó Des. Vamos a tomar embutido de jabalí en el café Michele. Una recomendación fantástica. Salud, muchacho.

Salud, Des. Y gracias por haberse quedado con nosotros.

Chocaron los botellines de cerveza.

El placer es todo nuestro.

Y entonces Des comentó: Un hombre joven que está criando a una niña él solo. ¿Fue la guerra?

Sí, más o menos, dijo Ulises. Aunque lo llevamos bien.

Se nota. Pero me gustaría ayudar. Lo que desconozco del mundo de los negocios cabría en el culo de un mosquito. Ya era millonario por méritos propios al cumplir los cuarenta.

Ulises silbó en señal de admiración.

Plásticos, continuó Des. Tres palabras: moldes de gelatina.

Ulises aguzó las orejas.

¿Puede hacer moldes de cualquier cosa, Des?

Cualquier cosa. Su cabeza... Mi zapato...

¿Y dos semiesferas que al unirse formen un todo perfecto?

Considérelo hecho. ¿Cuántas quiere? ¿Cincuenta? ¿Cien?

Una.

Un prototipo. Muy sensato.

De treinta y seis centímetros de diámetro.

En pulgadas, por favor, muchacho.

Catorce coma diecisiete.

Y preciso. Es usted mi tipo de hombre.

La mañana de su partida, Des y Poppy les entregaron un sobre lleno de dinero. Cress miró dentro y exclamó: ¡Santo cielo, Des!

Valió la pena cada penique, aseguró Des. Y les he elaborado un plan de negocio básico. Un desglose de cuánto deberían cobrar basándome en ese sitio de la esquina, el Bandini.

Des estuvo husmeando ayer, explicó Poppy. Fingió que quería comprarlo.

Tiene la ventaja añadida del comedor, por supuesto.

Aún no estamos preparados, Des.

Me doy cuenta, muchacho. Conque aquí tiene. Diferentes precios según la habitación, con ajustes estacionales. Estudien el mercado. El boca a boca es un instrumento poderoso y, por mi parte, voy a recomendarles a la menor oportunidad que tenga. Y el toque personal es como jamás he visto. No cambien nada. Pongan un teléfono lo antes posible y —echó a Ulises una mirada adusta— una máquina de café como Dios manda. Ya solo por el aroma merece la pena. Además, podrían ofrecer alojamiento y desayuno, lo que subiría su reputación. Y a Poppy y a mí nos encanta comenzar el día con un café y un bizcocho.

Cierto.

Aquí está mi número. Avisaré a Michele cuando tenga listo el molde para que sepa cuándo esperarlo. Y ahora veamos el libro de visitas. Tenemos un ensayo que escribir.

Después de Des y Poppy vinieron los Willoughby: una joven pareja de recién casados de Pensilvania. Cress se excedió con los pétalos de rosa. El año nuevo trajo a dos caballeros, el señor Rakeshaw y el señor Crew, que eran muy divertidos y cayeron bien a todo el mundo. Los Ashley fueron los siguientes. Luego Gwendolyn Fripworth y su sobrina, que viajaban específicamente por los espárragos y los guisantes de temporada.

Y esa sería la pauta, al menos durante cosa de un año, de cómo llegaron a recibir los primeros huéspedes. Una entrada gradual en el complejo mundo de la hostelería, así lo describió Cress. Hasta que se propagó el boca a boca, y entonces, de marzo a octubre, las habitaciones estaban casi siempre ocupadas, lo cual aportaba unos ingresos moderados, pero suficientes para cubrir sus necesidades. Cada año regresaba el sacerdote a bendecir la casa y la duración de su estancia se medía por la calidad del vino disponible. Cuatro horas con un Brunello especialmente bueno.

A la larga, Ulises esperaría con ansias el mes de noviembre, cuando la mayoría de los visitantes se marchaban y el tiempo era típicamente inglés durante tres meses: mucha lluvia, un poco de aguanieve y noches estrelladas que traían un manto de escarcha. Los únicos huéspedes en esa época eran personas solitarias o amantes del arte, que en esencia no suponían molestia alguna.

Pero nos estamos adelantando.

Estamos aún en 1953. Diciembre. Han caído debida y fielmente todas las hojas de los árboles y de vez en cuando la nieve llegada desde los Apeninos espolvorea las calles. Las mujeres florentinas lucen sus abrigos de pieles y el olor de las trufas blancas se funde con el de las castañas asadas. En la puerta de la iglesia se monta un *presepio*, un belén, y el guitarrista se lleva el blues a otra parte. Pasada la fiesta de la Inmaculada Concepción, la ciudad pone sus ojos en la Navidad y calienta motores.

En la Pensione Pappagallo, como se la conocía ya, la principal noticia fue que habían llegado los moldes de Des. Seis juegos, no uno, porque Des era de esa clase de hombres. (Nunca hace las cosas a medias, decía Poppy, que enseñaba sus dos anillos de compromiso). Y al cabo de unas horas Ulises estaba en su taller hundido hasta los codos en yeso mate y tiras de arpillera. Trabajaba rápido, echando el líquido por los lados del molde, añadiendo la arpillera como refuerzo, y luego más capas de yeso. Sus primeros intentos resultaron en esferas burdas, que utilizó para practicar con los gajos. Para ver qué pegamento aguantaba mejor con qué papel. Qué papel se estiraba demasiado, cuál resistía bien, cuál absorbía mejor la acuarela y el pegamento. Era un proceso lento y arduo. Su instinto estético se había aletargado tras una década de procrastinación y el suelo del taller se convirtió en un cementerio de planetas Tierra desechados. Sin embargo, un par de semanas más tarde, dos hemisferios dieron lugar a una esfera casi perfecta. Le llevó un día desprender las costras de las uniones y lijar la superficie: no podía dejar de mirarla. Aunque debería, porque volvía a llegar tarde.

¡Lo siento, Mass! ¡Lo siento, Cress! Ulises, que cruzaba la plaza a la carrera.

Giulia salió del bar cargada con una bandeja de cafés. Se abrigaba con una rebeca verde y tenía el pelo recogido en un moño alto y un pañuelo azul marino al cuello. Se situó delante de Ulises y dejó los cafés en la mesa. Luego, tras apartarse de la frente un mechón rebelde de pelo, le dijo: Seis meses lleva usted aquí, *signor* Temper.

¿Ya? (Aún se le hacía difícil mirarla).

Es cierto, confirmó Massimo. Casi exactos.

Seis meses, Cress. ¿Tú qué dices? ¿Nos quedamos otros seis?

Yo no me voy a ninguna parte, hijo. A mí enterradme aquí.

Al alejarse Giulia, y una vez que estuvo a una distancia prudencial, Ulises se inclinó y susurró: Massimo, ¿qué sabes sobre las anginas de pecho?

No mucho. Mi tío la tuvo.

¿Sigue vivo?

No. Lo mató un jabalí.

¿Un jabalí?, dijo Cress.

Es más común de lo que parece.

¿Entonces la angina no tuvo nada que ver?

Puede que lo volviera más lento. ¿Tienes una angina, *Ulisse*?

No, no. Es que…

Tranquilo, que solo te estaba tomando el pelo. Me consta que hablas de Michele.

¿Cómo sabes lo de Michele?, preguntó Ulises.

Me lo contó Alys.

También a mí.

A mí nadie me cuenta nada, se lamentó Cress.

Pasó en bicicleta el cartero, que lanzó una postal sobre la mesa, cara arriba. Una estampa del Big Ben.

Londres llamando, dijo Massimo.

Ulises le dio la vuelta.

¡Caray!, exclamó. Es Pete. Pues no ha ido Rosemary Clooney y ha cancelado, la condenada. Va a venir.

Al anuncio de Pete sucedió un frenesí de actividad. Cress acudió con la niña al mercado a comprar un árbol y volvió con dos, por la *pensione*. Descubrieron en el sótano una caja perteneciente a Arturo que contenía adornos y, aunque el efecto era escaso, había una cierta elegancia en las sencillas guirnaldas con cuentas de plata y oro que engalanaban los dos pisos. Coronaba el árbol de abajo una estrella, y el de arriba, un gran loro azul del Amazonas que de vez en cuando se pegaba un porrazo. Cress y la niña agregaron un toque de naturaleza —ramilletes de acebo y eucalipto— y el olor era celestial, opinaba el viejo compadre.

Celestial. La palabra sobresaltó a Ulises. Nunca se la había oído emplear a Cress, habiendo existido únicamente en el reino de Darnley. Ulises no pudo sacudirse de encima los recuerdos de aquel hombre en toda la tarde. ¿Te pasa algo, muchacho?, repetía Cress una y otra vez. Sabía que se había replegado en sí mismo, como si hubiera fijado su residencia al otro lado de un telescopio. Nada, estoy bien, aseguraba Ulises, pero la niña dijo: Si le pasara algo, tampoco nos lo iba a contar.

Cuando cayó la noche y se quedó solo, salió a la terraza. La fachada pálida, inacabada, de la iglesia resplandecía como un monolito gigante y se preguntó cómo habría interpretado Darnley todo aquello.

Eh, Temps, pudo oír. Las cosas no tenían que haber salido así.

Lo sé.

(Darnley aspira una calada de su cigarrillo).

Esta plaza, quiero decir. Brunelleschi no la concibió así. Debería haber sido construida en el otro lado, donde se extendería hasta el río. Se habría llegado a la iglesia en barca. ¿No habría sido celestial? Como en Venecia.

Nunca he estado, señor.

¿Nunca? Pues iremos. Ese sí que es un buen plan. Ah, y Temps... Llámame Alex.

Tres días antes de Navidad y aún sin noticias de Pete. El tiempo se había vuelto inclemente y Ulises dormitaba en el sofá después de haber pasado una jornada congelándose en el taller, con solo un par de pequeños braseros de barro para calentarse. Claude cantaba para sí en lo alto del árbol y el popurrí de villancicos y canciones marineras no era un sonido desagradable. No obstante, pronto irrumpió otro sonido, uno que Ulises pensaba, esperaba de hecho, que no volvería a oír en esa vida, ni en cualquier otra, dado el caso.

Pero ¡qué...!

Se levantó de un salto y se acercó a la ventana justo cuando la ambulancia inglesa verde de los años 30 entraba en la plaza, dando bandazos, chillando como cerdo en el matadero. Claude voló hacia él y se le posó en el hombro; parecía estar mudando las plumas.

Tranquilo, grandullón. Todavía no sabemos seguro si es él.

Sin embargo, para cuando Ulises consiguió bajar las escaleras, el cacharro de Col ya había atraído la atención de sus vecinos. La señora condesa se volvió hacia él y le espetó a gritos: ¿Tiene algo que ver con usted?

Quizá, contestó Ulises.

Típico, dijo ella y se dio media vuelta.

Pete salió a trompicones por el lado del copiloto. Se le veía un semblante más pálido que de costumbre. Trastabillando, se echó en brazos de Ulises y le dijo: Me até a una silla, Temps. No quiso soltarme hasta que accedí a que viniera conmigo. Pasé una semana con él en un cuartucho.

Hombre, Pete, un poco de gracia sí que tiene.

Los ruidos de Col, que gritaba y aporreaba el salpicadero.

¿Por qué está aquí?

Ginny no quería dejar sola a la señora Kaur. Peg se ha ido fuera con Ted, que ha reñido con su hermana. Y yo me venía aquí.

¿Y quién está ocupándose de la taberna?

Hayley Manners, su nueva amiga. Antes regentaba el Victory con puño de hierro.

Bonito abrigo, por cierto.

¿Este trapo viejo, Temps? Lo tengo desde hace años.

Enmudeció la sirena de pronto. Col se bajó por el lado del conductor y cerró con suavidad la puerta.

¿Qué haces aquí, Col?

Bienhallado tú también.

Ya entiendes lo que quiero decir.

Solo quería ver por mí mismo todo el asunto. ¿Acaso es un delito?

Claro que no.

Pero sí lo fue cuando atropellaste a ese hombre en Milán, dijo Pete.

¿Todavía sigues con eso? ¡Si apenas lo toqué!, repuso Col mientras se dirigía a la parte de atrás de la furgoneta. En la espalda, había un papel sujeto con cinta adhesiva que rezaba «Dame una colleja» en tres idiomas. Y Ulises se la dio.

Pero ¿qué cojones haces?

Ulises le arrancó el papel y se lo enseñó.

Col se volvió hacia Pete. Ten los ojos bien abiertos esta noche, le advirtió.

Llevo toda la semana sin pegar ojo, replicó Pete.

¿Tenéis equipaje?, preguntó Ulises.

Pete sostuvo en alto el bolso de viaje. Yo, unos calzones y calcetines, dijo.

Col abrió la portezuela de atrás de la ambulancia. Una maleta, tres cajas de cartón.

¿Qué tienes ahí dentro, Col?

Fiambre en lata, se quejó Pete. Lo come a todas horas. Ha sido como yacer con un muerto.

Ulises instaló a Col en el piso de abajo de la *pensione* y Pete se alojó con ellos arriba. Era para que estuviera cerca del piano, alegaron como excusa, pero lo cierto era que Pete no habría soportado pasar ni un minuto más confinado con aquel hombre. Y cuando entró en el cuarto de estar y vio a Claude, ahogó un grito de sorpresa y manifestó: Jamás pensé que volvería a verlo. ¿Cómo diantres...?

Yo no tuve ninguna implicación, Pete, aclaró Ulises. Fue gracias a la genialidad de Cress.

Lleva la firma de Cress por los cuatro costados, Temps.

¿Dónde está mi firma?, preguntó el viejo compadre, que entraba en la habitación en ese momento.

Choca esos cinco, Cressy, le dijo Pete, y los dos hombres se estrecharon la mano.

¡Pete!, chilló la niña.

Hola, cariño.

¡Mira lo que tengo!, exclamó, y le alargó la guitarra. Quiero tocar el blues, añadió, y Pete la ayudó a colocar los dedos en los trastes; aquel territorio clásico en tono de mi. Es un buen punto de partida, asintió él.

Claude se lanzó al aire y ejecutó un pequeño truco de magia aeronáutica. ¡Que se joda el Palladium!, salmodiaba como un disco rayado.

Fijaos en eso, se maravilló Pete.

Es una sorpresa constante, le dijo Ulises.

Cualquiera pensaría que pesa demasiado para hacer algo así, señaló Cress.

De repente, apareció Col. ¡Lo sabía!, gritó. ¡Ese condenado pajarraco! ¿Quién querría comerse a ese bicho?

Claude se asustó y voló directo a estamparse contra la ventana. Cayó al suelo como un saco de nueces.

¡Claude!, chilló la niña.

¿Por qué has hecho eso?, le interpeló Cress.

¿Hacer qué?, contestó Col.

Nadie podría sobrevivir a ese golpe, dijo Pete.

Pero Claude sí.

Y el desventurado socavón en los ánimos festivos quedó al instante reparado por la sugerencia de cenar en el café Michele. La niña encabezó la marcha.

Tiene una pinta estupenda, comentó Pete, abriendo la puerta a la calidez, los aromas y el *ambiente* italianos.

Todavía no lo entiendo, dijo Col, que miraba al loro postrado en los brazos de Ulises. ¿Cómo ha acabado aquí?

Nos siguió.

¿Os siguió?

Como una paloma mensajera, dijo Ulises.

¿Eso no significa que lleva mensajes de un sitio a otro?

No necesariamente, intervino Cress.

Ay, Dios, el doctor Dolittle ataca de nuevo.

Se refiere a la capacidad que tiene para regresar a su territorio, a su hogar. *Ergo*…

¿*Ergo*? Jo-der-go.

Ergo, repitió Cress, nosotros somos su territorio.

Giulia los guio a la mesa del fondo y Ulises le explicó que el pájaro acababa de sufrir una *concussione* (supuso que esa era la palabra). La mujer abrió la boca, y se llevó la mano al pecho. Ojalá le hubiera contado que la *concussione* la había tenido él. Le preguntó por los especiales del día y ella se le acercó al oído. *Tortellini in brodo*, ronroneó ella; un momento erótico como no había vivido en años. Se sintió mareado y tropezó con la silla.

¡El pájaro!, gritó Cress. ¡Atrapa al pájaro, Pete!

Pete se tiró a por él y lo salvó del desastre por escasos centímetros.

Tienes las manos más fiables que conozco, le dijo Cress.

Los *tortellini in brodo* de aquella primera noche se convirtieron en el plato del que hablarían durante años. ¡Ay, cómo los nutrió y los satisfizo, cómo los dotó de la resiliencia necesaria para afrontar todos los inesperados momentos que estaban por venir!

Sabe a pollo porcino salado, dijo Col en un raro momento de elocuencia epicúrea.

Y esos anillos, flotando en el caldo, de pasta rellena que ofrece una resistencia de lo más tierna, comentó Pete.

Al dente, precisó Cress.

¿A dónde?, preguntó Col.

Al diente, dijo Cress. *Al dente*. Significa que es firme al morder. *Al dente*.

Joder, para ya de repetir *al dente*, le espetó Col, que rebañaba el plato con un trozo de pan. Justo cuando empezabas a caerme bien otra vez.

Ulises le dio a la niña una moneda para la gramola. Va dedicada a Pete, anunció. Ella Fitzgerald cantando «My One and Only Love».

Pete encendió un cigarrillo y los instó a escuchar el acompañamiento de piano. ¿Oís eso?, les preguntó. Es Ellis Larkins; y tocó nota por nota, pulsando unas teclas imaginarias. Salió entonces Michele de detrás de la barra.

Signor Temper, dijo en voz baja. *Telefono*.

¿Para mí?, se extrañó Ulises, que se escabulló de la mesa y siguió a Michele hasta la barra.

Al cabo de unos momentos, estaba de vuelta.

¿Ha pasado algo?, preguntó Cress.

Era Peg.

¿Peg?, dijeron todos al unísono.

Va a venir, les informó Ulises.

¿Venir? ¿A dónde?

Aquí, claro.

¿Aquí?

Llega mañana. Están en Roma.

¿Están?

Ella y Ted.

Ah, no, ese condenado de Ted, no, dijo Col.

Pararán de camino a Venecia.

Vas a tener que mantener la cabeza fría, le aconsejó Pete.

Eso nunca se me ha dado bien, Pete.

Ya, a mí tampoco, Temps. No sé por qué lo he dicho. Voy a traer algo de beber. Y se levantó y pidió una ronda de *biciclette*.

La niña parecía preocupada. Se arrimó a Ulises y susurró: Uli, ¿por qué va a venir Peg?; y respondió él: ¡Pues para verte, claro! Y la niña sonrió radiante. ¿Se quedará con nosotros, Uli? No, chiquitina, esta vez no. (Intentaba tomárselo a la ligera, pero no pudo mirarla a los ojos).

¿Te quedas con nosotros, Peg?

No. Ted quiere quedarse en el sitio que hay en la esquina.

¿El Bandini?

Ese, sí. Un amigo de un amigo de un amigo estuvo allí.

Pedazo de recomendación, eh, Peg.

Ella se rio.

(PAUSA).

Ojalá te quedarás con nosotros, añadió él.

Sí, pero ya conoces a Ted.

En realidad no, repuso Ulises. Teníamos espacio para ti, Peg.

No lo sabía.

Tendrías que haber preguntado. La niña habría estado encantada.

¿Se alegrará de verme?

No te haces idea de cuánto.

La tarde del día siguiente, la temperatura se desplomó y el cielo, que se había teñido de amarillo, amenazaba nieve. Ulises se sopló las manos y se ajustó la bufanda; seguía esperando junto a la fuente, bajo una luz mortecina, como un pánfilo. Palabras de Col, naturalmente. Pera no podía evitarlo. Estaba impaciente por ver a Peg, la verdad sea dicha, y era esa excitación lo único que mantenía a raya el viciado aire de la resaca. Miró el reloj. No faltaba mucho, estaba seguro. Se abrió la puerta de la calle y salió corriendo la niña. He cambiado de idea, manifestó.

La música retumbaba en el café Michele y Ulises y la niña cantaron a coro «I Believe», de Frankie Lane. Apareció un vehículo en la plaza; el denso resoplido del caño de escape se había acentuado a causa del frío. Ulises apretó la mano de la niña, pero el coche no era un taxi y continuó por Via Mazzeta.

Creía que era ella, dijo la niña.

Yo también, asintió él.

Qué curioso que pensáramos lo mismo.

La niña se puso a bailar para entrar en calor. Deberías probar, lo animó ella. Vale, dijo él. Lo intentaré.

Peg y Ted hablaron poco en el taxi. ¿Cómo podían ir a Roma y a Venecia y no hacer una parada en Florencia? El jueguecito de Ted. Mira qué luz, señaló Peg mientras cruzaban el río. No es más que luz, replicó Ted sin dejar de releer un periódico de hacía tres días.

Diez minutos después, el taxi entraba en la plaza de Santo Spirito y se detenía frente al Palazzo Guadagni. Árboles desnudos, luces de Navidad, una iglesia resplandeciente, la simetría perfecta de los edificios. Y, en el centro, junto a una fuente, un hombre y una niña que bailaban bajo el rosa tibio del crepúsculo. El hombre y la niña estaban riéndose, su aliento caliente empañándose. Parecían felices, que era lo único que Peg necesitaba ver. Ahora podría dormir, quizás incluso perdonarse a sí misma. Debería haberse conformado con eso, debería haberle indicado al taxista que continuara, pero de pronto la niña y el hombre dejaron de bailar y se volvieron hacia ella. El hombre apuntó con el dedo y agitó la mano. Entretanto, Ted pagó al chófer y le dijo: Esta noche, nada de cenar con ellos. Peg abrió la puerta del coche. ¿Me has oído?, insistió Ted. Vale, que sí, contestó ella.

Sentía el aire cortándole las fosas nasales. Humo de leña, y ajo, y algo mugriento. Se alisó las medias y se bajó del coche, envolviéndose en el abrigo de piel. Agitó la mano, y la niña corrió hacia ella y la niña era la viva estampa de Eddie. Esos ojos, esa boca, ese pelo. Peg se arrodilló para recibirla, aunque en realidad lo que procuraba era no caerse.

Clac, clac, clac a través de la plaza. La melodía de Peggy. Venía hacía él. El contoneo de caderas, el balanceo del brazo, el pitillo entre sus labios pintados de rojo. La otra mano agarrando a la niña. Una familiar punzada en las entrañas de Ulises. Ted olvidado en la acera con las maletas, de mala hostia porque Peg se había alejado (sin pedirle permiso). Ulises avanzó hacia ella. Ella tiró el cigarrillo. Las campanas de la basílica empezaron a repicar.

¿Es por mí?, preguntó ella.

¿Por quién si no?, dijo él. Me ha costado un riñón organizarlo. Todavía ando convaleciente de la extirpación.

Peg se rio. Cruzaron la mirada, y fue íntima, y en ella había historia. Sentía Ulises el aliento cálido de ella, ligeramente viciado, pero no por ello menos atractivo.

Ven aquí, le dijo.

En los brazos uno del otro ahora. (Gente observando. La señora condesa arriba en una ventana. Michele y Giulia en la puerta del café).

Pareces italiano, comentó ella.

Será por los pantalones.

Tienes el pelo más oscuro.

¿Tú crees?

Ella enredó los dedos en los cabellos de la coronilla.

Te favorece, le dijo.

Tú sigues pareciendo tú.

Le sostuvo las manos y se apartó para apreciar el efecto completo. Dio un silbido.

¡Eh!, interrumpió la niña. Ese de ahí es nuestro edificio. Y esa es nuestra cafetería. Y esos son el señor Michele y la señora Giulia. ¡Saluda! Y esa es nuestra fuente.

Peg se reía. Ted estaba llamándola.

Debería ir…, empezó ella.

Y ese es nuestro Cressy.

Se volvió Peg y le dolió el corazón al verlo.

El viejo compadre le sonrió; tenía los ojos enrojecidos y un nudo en la garganta.

Que alguien llame a la policía, dijo él. *Qualcuno ha rubato tutta la bellezza.* Alguien ha robado toda la belleza.

¿Palabras como oro molido, Cress?

¿Qué si no? Toma, te regalo una naranja.

Le tendió una *tarocco* siciliana y ella la aceptó. Perforó la cáscara con la uña y se la acercó a la nariz. Vívidos recuerdos.

Vamos, la instó Cress. Hay un piano, una copa de champán y un loro inconsciente esperándote.

Suena bien.

Ted llamándola a voces. Peg exasperada.

Adelante, dijo Ulises. Subid vosotros tres. Yo iré a ayudar a Ted.

Una vez que desaparecieron, Ulises cruzó la plaza a la carrera. ¿Todo bien, Ted? Los dos hombres se estrecharon la mano, la cortesía de rigor. Explicó Ulises: La niña quería enseñarle su cuarto a Peg. Estaba seguro de que no te importaría; y dicho esto, agarró una de las maletas. ¿Habéis tenido un buen viaje?, preguntó. (Quejas de Ted). Ya, bueno, es lo que tiene esta época del año.

Peggy Temper subiendo la escalera de piedra como si estuviera en una película. Busca tu luz, Peg, busca tu luz. El eco de los tacones, un escalón tras otro, un tramo tras otro. El trazo hechizante de la costura de sus medias, como un número musical, da dada da dada da dada. En el primer piso, una mujer mayor fisgaba por una rendija de la puerta. Peg sonrió con esa sonrisa suya y joder si era contagiosa: cuatro años hacía que aquella vieja bruja no esbozaba un asomo de sonrisa. El encanto de niña por delante, parlanchina ella, que si esto, que si aquello, con locuacidad italiana; una criaturita inteligente, todo heredado de Eddie, habría dicho su madre. Nada de ti. La atmósfera poco ventilada, un poco como de museo. Peg fuera de su elemento, desubicada, pero ya no sabía cuándo pisaba terreno desconocido. ¿Qué?, preguntó ella, viendo que Cress se había detenido y la estaba mirando. La verdad, dijo él. ¿Bueno o malo? Supo a qué se refería. Así así, respondió; sentía fuertes los muslos por la subida, el corazón latiéndole encabritado. Voy a casarme con Ted. Cress sacudió la cabeza y continuó escaleras arriba.

Aquí es, dijo Alys. Mi casa. Dos palabras que no tendrían por qué haber afectado a Peg, pero que la afectaron de todos modos. Por aquí, indicó la niña. Peg se desabrochó el abrigo. Olores embriagadores a vino caliente, especias, naranjas, clavo. Humo y espejos en el pasillo, puertas que se abrían a lechos y bordados exquisitos. El tufillo a carbón de la cocina. Entró majestuosamente en el cuarto de estar y se despojó del abrigo de pieles cual si fuera primavera. Su sujetador nuevo consagraba un par de cúspides como monumento histórico. La Peg clásica. Cerca ahora del árbol, donde el perfume de ella se entremezclaba con el aroma embriagador del pino. Pete, en el piano, a la luz de las velas. Col que decía algo sobre el idiota de Milán al que había atropellado con el coche. Nada cambia. Y no obstante…

Hay cosas que sí. Se situó frente a la ventana. La miríada de luces amarillas que se derramaban por las rendijas de los postigos, y el campanario, y el belén, y el revoloteo oscuro de los pájaros en un cielo jaspeado de azul marino y magenta. Temps y la niña. Los había perdido a cuenta de esto. En sus oídos resonó un rugido como de olas. Cress le acercó una copa rebosante de burbujas. Se la bebió de un trago y el ruido desapareció. Música y risas otra vez. La niña le pasó al loro envuelto en una sábana. Pete que decía: Es como estar viendo al Niño Jesús y a la Virgen María. Y vosotros los tres magos, no te fastidia, replicó Peg. Mudito, Gruñón y Dormilón. Abrió entonces Claude los ojos. Peg, dijo en voz baja el pájaro. ¿Qué pasa, encanto?; e inclinó la cabeza. ¿Qué pasa? (El oído de ella ahora en el pico de él). ¿Qué?

No te cases con Ted.

¿Alguien ha visto a Peg?, preguntó Ulises.

Era Nochebuena y se habían reunido en lo de Michele a tomar *caffè corretto* de última hora antes de que el establecimiento cerrara durante los próximos dos días. ¡Allí está!, anunció Cress, apuntando con el dedo hacia un punto más allá de la ventana. Ulises se fijó en los anteojos oscuros que llevaba puestos. ¡Y sin Ted!, exclamó Col. Ted también viene ahí, dijo Ulises. ¡Su puta madre!, soltó el otro. Entretanto, la niña les dio un regalo a Giulia y a Michele: una fotografía firmada de Ingrid Bergman. Quedaron encantados. La he firmado yo, dijo.

Tenían planeado hacer una excursión a pie por la ciudad, pero Peg solo había traído tacones, de modo que Ulises propuso subir a

San Miniato al Monte en Betsy. Ted se excusó. Oh, qué pena, dijo Col.

Ulises los llevó por el *lungarno* en dirección este. Con el río a su izquierda, la niña y Cress iban señalando los sitios de interés. Los Uffizi, la biblioteca nacional, el Palazzo Vecchio, el Instituto de Historia de la Ciencia. Los primeros aparatos cronométricos están allí, dijo Cress. Los primeros telescopios, astrolabios e instrumentos marítimos. Las primeras representaciones portátiles del cielo nocturno; y por supuesto —Cress recuperando el aliento— Galileo. El padre de la física moderna.

Peg se volvió hacia Ulises y le guiñó un ojo. Echaba esto de menos, susurró.

Cress continuó: Galileo no inventó el telescopio, como la gente cree. Lo importante fue el uso que le dio. Él experimentaba. Observaba. Deducía. Su descubrimiento de los satélites de Júpiter demostró la visión copernicana de que la Tierra era en realidad un satélite del Sol.

El heliocentrismo, apostilló Pete.

Y todas las ampollas que eso levantó, añadió Cress.

Escribí una canción sobre el tema. «No todo gira ya a tu alrededor».

Pete tarareó el estribillo mientras Betsy recorría las ondulaciones de la Viale Michelangelo para desembocar —muy certeramente— en la Viale Galileo.

Desde la iglesia de San Miniato, el grupo contempló la ciudad en toda su extensión. Peg se quitó las gafas de sol para limpiarse una mota de rímel del ojo y Ulises se sintió aliviado al ver un leve enrojecimiento producto de las lágrimas y no un cardenal. Cress empezó a hablar de Arnolfo di Cambio. Arquitecto, escultor, diseñador, urbanista.

Pero ¿sabía hacer bocadillos de panceta?, preguntó Col.

Cállate, Col, dijo Peg.

Cress prestó oídos sordos y perseveró en su exposición: Fue la visión de Arnolfo en 1284 lo que encapsuló cuanto tenemos ante nuestros ojos. La silueta de su circuito de murallas por allá. (¿Lo veis? Lo vemos, asintieron ellos). Ese nuevo límite de la ciudad no solo puso de relieve la importancia del río y de los puentes, sino que, además, incluyó dentro las iglesias de las órdenes mendicantes. Los puntos cardinales de la brújula, o de la cruz, por así decir, son: Santissima Annunziata al norte, Santo Spirito al sur, Santa Maria Novella al oeste y Santa Croce al este. Y allí, en el centro, en toda su majestuosidad, lo que atrae todas las miradas: la catedral. *Il Duomo*, representando la gloria de la ciudad misma.

Peg encontró a Ulises en el cementerio.

¿Es él?, le preguntó.

Sí. Arturo Bernadini.

Ella se sentó al lado de Ulises. ¿Vienes mucho aquí?

No demasiado. Solo de vez en cuando, a buscar un poco de paz. Él me cambió la vida, Peg.

Tú salvaste la suya.

Yo no estoy tan seguro, la verdad.

Pero era a ti a quien más recordaba. A ti más que a nadie. Causas ese efecto en la gente, Tempy.

Uf, yo no sé…; y encendió un cigarrillo. Gracias por venir, añadió. Me consta que te ha salido caro.

Peg permaneció en silencio. Luego le arrebató el cigarrillo y manifestó: Me conoces mejor que nadie.

¿Y qué tal sienta?

Ella no respondió.

Mañana es Navidad, dijo él. Ojalá nieve.

Ted odia la nieve.

Se inclinó sobre la tumba. Haz que nieve, Arturo. Haz que nieve para este muchachote de aquí.

Le tocó a Cress llevar a Peg y a Col de vuelta a la *pensione*. A Pete le apetecía dar un paseo y la niña no quería separarse de él, de modo que Ulises los guio escaleras abajo hacia San Niccolò. La ciudad parecía clausurarse. Los tranvías circulaban abarrotados y los compradores rezagados corrían apresurados con paquetes o bolsas de comida. La niña, hablándole a Pete de la *Befana*: la señora mayor que reparte los regalos. Pero no el día de Navidad, Pete. Los trae en la

Epifanía, el seis de enero. Aunque yo tendré el mío en Navidad, ¿a que sí, Ulises? —Correcto—. Y si los niños han sido traviesos, reciben un trozo de carbón, añadió. Vaya, eso es un poco cruel, dijo Pete. Dolorosamente cercano a la verdad.

Se detuvieron a la orilla del río y se apoyaron sobre el muro de contención. El Ponte Vecchio más adelante. El lento discurrir del agua debajo. Había luces esparcidas en la oscuridad de las colinas que rodeaban la ciudad. En alguna parte, música. Ulises encendió un par de cigarrillos y uno se lo pasó a Pete. Le gustaba estar con él, disfrutando de esos momentos de silencio.

Torcieron luego hacia la Via Guicciardini y Pete dijo: ¿Te importa si entro ahí a encender unas velas, Temps? Es el único momento en el que la iglesia y yo nos hallamos en paz.

Claro que no, respondió Ulises, y se encaminaron hacia la puerta abierta, pasaron ante el árbol de Navidad que cual centinela montaba guardia y se adentraron en la penumbra. Se notaba la iglesia caldeada por los cuerpos y persistía un fuerte olor a incienso. Pete se mojó los dedos en la fuente de agua bendita y se tocó la frente. Un poco de protección divina nunca sobra, manifestó. Yo también quiero hacer eso, pidió la niña, y Ulises la aupó. Ella metió la mano en la pila y le tiró agua a Ulises, que trató de esquivarla y, en esas, advirtió una pintura situada detrás de la pequeña y el corazón le dio un vuelco. ¡Conque allí estaba! Después de tantos años. La niña se dejó resbalar al suelo y se fue con Pete. Ulises hurgó en el bolsillo hasta dar con una moneda y en cuestión de segundos la capilla, que estaba cerrada, se inundó de luz y de la luminosidad del color. Y la voz de Darnley diciendo:

Ulises Temper, señorita Evelyn Skinner, les presento El descendimiento de la cruz *de Pontormo.*

¿Cree usted, capitán Darnley, que permitirán que nos lo llevemos ahora? Así les ahorraremos la molestia.

Ulises se apoyó contra los barrotes. Hola, Evelyn. ¿Se acuerda de mí?

La niña, detrás de él: Me gusta ese cuadro.

A mí también, sonrió él. Me gusta la nube.

¿Quieres encender una vela?, preguntó la niña. Pete me ha enseñado qué hay que hacer. Tienes que pensar en una persona que te caiga bien. ¿Crees que podrás hacerlo?

Creo que sí.

Caminaron hasta un altar.

Pete ha encendido estas, señaló la niña.

(Debía de haber al menos cincuenta).

Caray, dijo Ulises.

Son todas sus mujeres, dijo la niña. ¿Qué significa «enmendar»?

Corregir algo que está mal, explicó Ulises, que eligió una vela y dejó caer una moneda en la hucha.

¿Se te ha ocurrido ya alguien?, preguntó ella.

Sí.

¿Es una mujer?

Sonrió él. Es una mujer, sí.

Bien, asintió la niña. Ahora enciéndela... Eso es. Y piensa en ellos con todas tus fuerzas. ¿Lo estás haciendo?

Sí.

¿Con todas tus fuerzas?

Ajá.

Pues ya puedes poner la vela en el lampadario. Esa de ahí es la mía. Déjala al lado si quieres.

¿Crees que saben que estaba pensando en ellos?, preguntó Ulises.

Pete dice que es como una llamada de teléfono especial y que la reciben aunque no estén en casa.

¿De verdad?

¿Quién soy yo para discutirlo?

Pronto cayó la noche. Pete y la niña continuaron hasta la *pensione*, en tanto que Ulises torcía a la derecha por la Via dello Sprone en dirección al taller. Cruzó la Piazza dei Sapiti mientras que, en algún lugar entre la cascada de luces navideñas, el sonido de un violín hablaba de soledad. Insertó la llave en la cerradura, empujó la pesada puerta de madera y encendió la luz. El polvo se arremolinó bajo el fulgor de la bombilla del techo. Tres esferas de yeso, como lunas, en el estante superior. El cuadro estaba tal cual lo había dejado. Un día, después de llevar a la niña al colegio, había encontrado una imprenta en San Frediano y mandó hacer un estampado de una de las planchas de cobre de su padre. Doce gajos. De principios de los años 20. La calidad del papel era inadecuada para un globo terráqueo, pero perfecta para un cuadro. Lo había mandado enmarcar en un taller de la zona, sin complicaciones. Pasó un paño limpio por el cristal, aplicó un poco de cera para realzar el marco. Lo envolvió en papel de estraza y lo ató con un cordel. *Para Massimo*, escribió.

Compró en el último momento una botella de espumoso en la Via Maggio antes de llegar a la plaza. Contemplaban su edificio una pareja de turistas. Las ventanas estaban abiertas y alcanzó a ver a Cress junto al árbol de Navidad, a Pete y a Peg regalando una canción a la noche. Y pensó: *Cualquiera que estuviera aquí abajo mirándolos querría estar arriba con ellos. Querría formar parte de ellos.*

Subió los escalones de dos en dos y se detuvo un momento en el rellano del primer piso. Dejó la botella de *spumante* a la puerta de la señora condesa y llamó al timbre, pero no se quedó a esperar.

Nadie lo oyó entrar. Permaneció en el umbral del cuarto de estar y se quitó la bufanda. Allí estaba Peg, cantando «That's All». Pete al piano, pitillo en boca, cabeza gacha, acariciando las teclas en otra dimensión. Col y Cress codo con codo en el sofá, coordinados sus movimientos —mano a la boca, calada al cigarrillo; vaso a la boca, sorbo de vino—, y la niña sentada en el suelo, mimando al loro. Ted de pie junto a la ventana siendo Ted. Mitad dentro, mitad fuera. Incómodo, rígido y rico. Personas peculiares donde las hubiera, pero, joder, les tenía afecto. Llevó el regalo para Massimo a su cuarto y arrojó el abrigo encima de la cama. La voz de Peggy lo seguía baldosa a baldosa. En la cocina, el olor a pescado al horno y salvia. Se sirvió una copa de vino y volvió a apostarse en el umbral. No podía apartar los ojos de ella. Jamás lo haría. Cress decía que amar en cuerpo y alma a una persona era una maldición a la par que una bendición, y quizá fuera cierto. Ulises se llevó la copa a los labios y bebió un sorbo. Había desistido hacía tiempo de intentar comprender qué veía Peg en otros hombres. Cerca ya del final de la canción, ella lo miró y le dedicó una sonrisa que era solo para él. Y pensó que nadie tenía lo que tenían ellos. No, la verdad. Alzó la copa hacia ella. Los últimos compases le pertenecían a Pete. Una floritura delicada. El nudo en la garganta.

Repicaron a medianoche las campanas, que resonaron en las columnas oscuras y solemnes. Desde la terraza observaron cómo salían los feligreses de la basílica y se congregaban en la plaza. Y Cress que explicaba: Las celebraciones empiezan ahora, después de la misa. Luego vienen los festines, la apertura de regalos, la…

Es todo un acontecimiento, la Navidad, ¿no?, lo interrumpió Pete.

Y he aquí el anuncio del siglo, dijo Col.

Aquí en Italia, me refiero.

Florencia, dijo Ted, que al punto hizo una pausa para beber de su copa.

¿Florencia qué?, preguntó Col.

Nada. Que estamos en Florencia.

Col se apretó el estómago y desenvolvió su último caramelo de menta.

Ulises salió con otra botella de *spumante* y porciones de *panforte*.

¿Alguien quiere turrón?

Uf, yo no puedo comer ni un bocado más, dijo Pete.

¿Cómo está la niña?, preguntó Peg.

Duerme como un lirón, dijo Ulises. ¿Quieres ir a verla?

Ted, por su parte: Claro que Florencia no es Roma.

¿Ah, no?, dijo Col.

Incluso Peg no pudo menos que sonreír antes de seguir a Ulises hasta la cocina, donde puso un par de cafeteras en los fogones.

Por aquí, le indicó luego. Por la cocina y el pasillo; el murmullo en la terraza que cada vez se oía más amortiguado.

Contemplaron a la niña mientras dormía. A los pies de la cama, una funda de almohada colmada de regalos. Ulises la arropó bien con la manta.

Vamos a tu habitación, dijo Peg.

Echó silenciosamente el pestillo de la puerta tras de sí. Peg se subió la falda; era una de esas noches de las de no llevar bragas. Follaron contra la pared y todo se hubo consumado para cuando empezaron a borbotear las cafeteras.

Peg le sujetó el rostro entre las manos.

¿Qué?, dijo Ulises.

¡Café!, gritó Cress.

Ve tú primero, sugirió él, que respiraba sofocado. Pero esa noche ya no volvió a salir. Dejó a los otros en la terraza con las campanas y el alcohol, y las bravatas de Col y Ted. Se metió bajo las sábanas y cerró los ojos. Oyó marcharse a Peg y a Ted; el tono cortante en la voz de este; el silencio de aquella, una novedad en su trato con los hombres. Una vez que todos dormían, se levantó al baño a lavarse. Sabía que temprano tendría a la niña saltando encima de él.

El día de Navidad encontró a Cress bebiendo café en la terraza.

¡Y aquí estás!, exclamó Massimo, que aparecía por la puerta.

¿Te has zafado de tu madre, Mass?, dijo Cress.

Creerá que sigo en el cuarto de baño. *Buon Natale*, amigo mío.

¡Feliz Navidad, Mass!

Ten, dijo Massimo, y le tendió un paquete no muy grande.

¿Qué es esto?

Otro territorio inexplorado para un hombre de hechos.

Cress lo desenvolvió. ¡Vaya, jamás me lo hubiera imaginado!

Poesía. Acerca de una aventura amorosa en esta ciudad.

En el lomo, el título rezaba *Todo*. Constance Everly, dijo Cress. Hojeó las páginas hasta que en un momento dado se detuvo y recitó:

Un buen rincón de soledad encontraron
En la ribera arañado, a la sombra de un puente viejo.
Manos en las mejillas; en los labios, dedos,
Y luego, todo son besos,

Pues los ojos de la ciudad quedaban allí velados.
Campanas a lo lejos, pronunciando la hora,
Mas ¿qué hora? El tiempo ha cesado.
Y en algún lugar, lanzado mudamente al aire, un anzuelo
Propagó ondas en el agua que a sus pies murieron.

Pete, lleno de emoción y resaca, se obligó a moverse despacio desde el sofá hasta el piano. Ajustó el taburete y tomó un sorbo de *grappa*. Al despertar, le había ido a visitar la musa, a la que acunó con respeto. Se inclinó sobre las teclas y con la mano izquierda hilvanó una dulce melodía, una sucesión repetitiva de acordes que al cabo de un rato era como si se tocaran solos. Con la mano derecha, una delicada improvisación, a ver a dónde conducía. Una oda a la belleza, que destapaba el alma, tal fue el obsequio de Pete aquel día. La tituló «La canción de Cressy», porque dejó al viejo compadre paralizado.

La música lo transportó hasta su madre. Seis hijos, el monedero vacío y solo la vista que le ofrecía el fregadero. La Navidad, un día como cualquier otro. Y el momento en que descubrió que ella también tenía sueños… Cuesta reconciliarse con ese dolor. Le ha llevado toda una vida y aún no lo ha conseguido.

Peg en la terraza con su hija, embebiéndose de su parecido con Eddie. *Hace nueve años*, pensó Peg. Y ella es la prueba de que aquellos meses fueron reales.

La niña mirando a Peg. Demasiadas cosas que desentrañar. Me gusta cuando cantas, le dijo. Peg sonrió. La niña siempre buscaría esa sonrisa en las mujeres.

Y Pete continuó tocando.

Col en la ventana que daba a la plaza. Ginny se habría enamorado del lugar, pero Ginny estaba con la señora Kaur y su sobrino. Col ya estaba enterado de todo. (Se le contrajo el estómago). Pero si la dejara ir, ¿qué me quedaría entonces?

Massimo desenvolviendo un mundo dividido en doce segmentos. Ulises inclinándose para enseñarle el nombre de su madre oculto en Rusia. Es precioso, dijo Massimo. No quería perder nunca a este amigo y no obstante aún había cosas que discutir. Pero podían esperar un día más. Un año más, incluso.

Y Pete continuó tocando.

Ulises que camina por el pasillo. Ve a Col en el cuarto de estar junto a la ventana. Cress en la puerta mirando a Pete. Ted que pasa a su lado en dirección al baño. Abre la nevera y saca una botella de *spumante*. Llena una copa y sale a la terraza. Peg y la niña, Claude volando libre. Le tiende una copa a Peg y le susurra: Te ayudaré a encontrar a Eddie. Massimo me encontró a mí y estoy convencido de que…

No se llamaba así, Temps. No era su verdadero nombre. Ya lo intenté, dijo ella.

Y Pete dejó de tocar.

El atardecer oscureció la habitación y las constelaciones del techo, casi invisibles durante las horas del día, cobraron vida bajo la luz mortecina. Pete se levantó y encendió las lámparas.

Eh, está nevando, anunció, y se apiñaron en la ventana.

¡Que me aspen!, dijo Ulises.

Odio la nieve, gruñó Ted.

Bueno, tú tampoco le gustas mucho a ella, le contestó Col, y Peg esbozó una sonrisa.

Abajo, en la plaza, la *signora* Mimmi aguardaba.

¡Si es la *signora* Mimmi!, dijo Cress. ¿A quién estará esperando?

¡A ti!, respondieron los otros al unísono.

Pero no tengo nada que regalarle, repuso él.

¡A ti!, le repitieron.

Echó mano a la pelliza más cercana, que resultó ser el abrigo de pieles de Peg, y se disponía a salir corriendo, cuando…

¿Dónde está mi libro de poesía?, preguntó.

Desde la ventana de arriba, Ulises y Peg, hombro contra hombro, contemplaron cómo el viejo compadre entraba en la plaza vacía y se ponía a hacer manitas con la *signora* Mimmi. Caminaron de la mano hasta un banco, y Cress limpió la nieve y se sentaron, las caras vueltas una hacia la otra. Después, abrió el libro de poesía y sus palabras se evaporaron en niebla.

La Navidad de 1953 quedaría inscrita para la posteridad en el libro de visitas. Todos escribieron «¡Volveremos!», cada uno a su estilo, pero no lo harían; no de la misma forma, al menos.

Se marcharon al día siguiente, Peg y Ted a una hora temprana, dentro de los límites que dictaba la decencia, aunque los márgenes eran estrechos. Peg abrazó con torpeza a la niña, y Ulises tuvo que apartar la mirada. Ted bajó a cargar el taxi. Recuerda mis palabras, dijo Claude. Y Peg las recordaría, pero no se regiría por ellas. Ted y Peg se casarían en junio, a partir de cuando pasarían a ser señor y señora Holloway. Viajarían de luna de miel a París. (Una ciudad sin parangón, diría Ted).

Luego le tocó el turno a Col. Puedes quedarte todo el tiempo que quieras, le dijo Ulises. Tengo que irme, dijo el otro. Extrañaba a Ginny, siendo sincero. Y también Inglaterra.

No me hallo fuera de mi rinconcito de Londres, añadió Col. Soy de esos fulanos que necesitan saber cuántas son cinco. Magro de cerdo los martes, pescado los viernes.

Eso también lo tenemos aquí, repuso Ulises. No somos tan distintos.

Col le alargó la mano. Adiós, Temps. No te olvides de nosotros.

Hasta más ver, Col.

Cress, compadre.

Gracias por venir.

¿Seguro que no cambiarás de idea?, preguntó Col, dirigiéndose a Pete.

Gracias, pero no, Col. Esta vez necesito ir por mi cuenta.

Col se montó al volante y, no bien la llave hizo contacto, el berrido de la ambulancia inundó la plaza. Sacó la cabeza por la ventanilla. ¡Por cierto, os he dejado las latas de fiambre en el sótano!

¡Ah, vale! Y entonces se fue.

¿Cómo volverás a casa, Pete?, dijo Ulises.

A dedo, Temps. Necesito tiempo para pensar. La libertad de la carretera y todo eso. Como poco, saldrá una canción de esta experiencia.

(«La libertad de la carretera» haría furor en los circuitos de clubes un año después).

Aquí siempre tendrás un hogar, Pete. Te necesitamos.

El hombre se derrumbó en los brazos de Ulises y dijo: Algún día, Temps. Eres como el hermano que nunca tuve. Bueno, sí que tuve uno, pero en verdad nunca llegamos a…

Ya te entiendo.

Pete se echó el macuto al hombro y sacó el pulgar, y apenas un minuto después lo recogió un comerciante de vinos que hacía viaje a Bolonia.

Y entonces se quedaron solos: dos hombres, una niña y un loro.

Escuchad, dijo Cress.

Y escucharon.

Esta paz. ¿No es agradable?

Nos va bien, ¿no?, reflexionó Ulises. Estando nosotros solos.

Cruzaron en dirección a las luces del café Michele, que acababan de encenderse.

Y así un nuevo año que se aproxima, suspiró Cress.

Me pregunto qué traerá, dijo el otro.

Más de lo mismo, manifestó la niña. ¿Quién invita?

Y entonces, ¿1954, qué? ¿Más de lo mismo? Pues en realidad, no.

Cress se hizo propietario de una moto Guzzi Falcone de color rojo, con sidecar y todo. Su confianza en Betsy flaqueaba y necesitaba no solo algo práctico para llevar a lavar a Manfredi aquella ropa que era más pesada, sino también algo ágil y vistoso. Se la había comprado con parte de las ganancias de Fanny a un hombre que hacía poco que había perdido un brazo. Le había salido a buen precio.

La tarde en que Cressy apareció en la plaza montado en su máquina, se formó una pequeña multitud. Lucía bajo el casco una sonrisa radiante mientras se le acercaban a charlar. Raras veces tenía idea de lo que parloteaba la gente, pero, por ventura de los dioses, entendía la mayor parte. Tenía un poco de oráculo, el viejo compadre.

¿La niña? Echó raíces fuertes, con una furia con la que podría prender fuego. Practicaba con la guitarra y, dándole por cantar, la voz que brotaba era la de Peg. Hizo amistades en la escuela, pero de puertas afuera se mostraba retraída. Escribía a su madre una vez al mes, aunque a veces cambiaba las cartas por dibujos. Peg le envió una foto de Eddie, pidiéndole que, como era la única que tenía, la guardara bien. La niña se la escondió a Ulises porque no quería hacerle daño.

Y Ulises adquirió mucho más vocabulario en italiano, pero aún hablaba con un dejo típico del este de Londres. Esas erres se le resistían y nunca sería capaz de pronunciarlas correctamente. Para algunos seguía siendo el *soldato* y, si bien hubiera preferido que no lo llamaran así, se mostraba magnánimo.

En marzo, dos hechos destacados. Por fin, habiendo pegado el último gajo a una esfera, completó un globo terráqueo; enseguida se lanzó a buscar carpinteros que pudieran construir los montantes. Además, se acostó con una turista yanqui en un hotel de la Piazza dei Ciompi. La experiencia, largamente hecha de rogar, resultó maravillosa. Se despidió de ella siendo de madrugada y vagó por una ciudad desierta. En algún sitio una florista instalaba su puesto y el crepúsculo matutino se inundó de fragancias, difíciles de batir. Y encontrándose en la amplia explanada de la Piazza Santa Croce, brotaron las primeras luces de un café, los primeros sonidos de los burros y los carromatos que circulaban por las calles cargados de frutas y verduras frescas. El alba que rompía en algún lugar más allá del Casentino, y la Luna, ese hermoso satélite, resplandecía, llena, blanca y hechizada. Y tuvo conciencia del universo, ese dosel infinito de azares y milagros. Apoyado en la estatua de Dante Alighieri, encendió un cigarrillo y dijo: Debería haber venido mucho antes a darte recuerdos de parte de una persona, así que aprovecho ahora. Evelyn, se llama. Evelyn Skinner.

Una pareja de lo más inverosímil

1954 – 1959

Evelyn Skinner, vista por última vez en 1944 en el exterior de un modesto *albergo*, estaba viva y coleando, con una salud envidiable. Algo que ella atribuiría a la natación en aguas frías y una dosis diaria de aceite de hígado de bacalao. En 1954 hacía ya un tiempo que había retornado a la enseñanza, impartiendo clases a media jornada en la Escuela Slade de Bellas Artes, y había cambiado felizmente los días de entre semana en Kent por un estudio en Bloomsbury (aunque el condado la obligaba a volver casi todos los fines de semana). Contaba setenta y tres años y aparentaba diez menos. Conservaba la mente ágil y su curiosidad era tan apasionada como siempre. Estimada entre el profesorado, sus alumnos la adoraban, pues los acercaba al arte con un estilo que hasta entonces nadie...

No, señor Fitzgibbon, eso no es enteramente correcto. Goya toma las obras de Velázquez y las reproduce, pero no las calca.

Señor Gunnerslake, Roma es la capital de estos encuentros del siglo XVIII. Y en Roma, Rubens lo cambió todo.

Me gustaría añadir, señorita Shaw, que el arte encierra cierto sentido de inmediatez. Uno se descubre abruptamente frente a un momento de éxtasis. Ahí es donde el arte se muestra efectivo. El arte captura de forma permanente...

Al final de cada trimestre, se llevaba a comer a sus alumnos al café de Beppe, a un corto paseo de distancia. Once de ellos ocupaban las cuatro mesas dispuestas en el fondo, con Evelyn situada lo más en el centro posible. Pedían el especial del día —normalmente un plato de pasta, cocinada por la madre de Beppe—, que regaban con buenas dosis de té fuerte.

Miren esto, decía Evelyn tras limpiarse los labios con una servilleta de papel. Miren a su alrededor. Es tan armonioso que podría inspirar un cuadro. Madera y franjas en colores crema y carmesí. Todos vestidos con atuendos monocromáticos. Buenas maneras y alegría a raudales. Una comida entre amigos. La perfección, lo llamo yo. Y alzaba su taza de té.

Incipit vita nuova, proclamaba. Así comienza una nueva vida.

No obstante, después de que Evelyn regresara de la guerra, la vida distó mucho de ser armoniosa. Se había apoderado de ella una sensación sobrecogedora de soledad que la impulsó a acudir al refugio para perros de Battersea, donde adoptó a un viejo basset con sobrepeso llamado Barry. O más bien la adoptó él a ella, ¿no era así como funcionaba? Sin embargo, le gustaba contar la historia como si fuera una especie de quintilla jocosa (*Había una vez un basset en Battersea / Que conoció a un ángel de Bloomsbury...*). Durante cinco años había sido un maravilloso compañero. Por una desvergonzada pereza, requería poco ejercicio para mantener su naturaleza cínica. Su *modus operandi* consistía en sentarse frente al fuego y beber leche condensada, aderezada con whisky. Solía llevarlo a alguna que otra velada de atribución y le gustaba ventosearse para anunciar que tenía ganas de irse, un hábito que Evelyn confesaba a sus amistades que seguro que también adquiriría ella tarde o temprano. Eran buenos el uno para el otro. Eran años felices. En su aula en Slade, se echaba a dormir en una manta bajo la mesa mientras encima se sucedían diapositivas del Alto Renacimiento. Murió pacíficamente durante un disertación larga y tediosa sobre Giorgio Vasari. A Evelyn le extrañaba que nadie más hubiera sucumbido. No fue una de mis mejores clases, reconocía. Hacia la mitad del sermón, incluso ella se había buscado el pulso.

Una tarde de finales de marzo contempló a Evelyn al frente a la clase, vestida con unos pantalones de lino azul claro y una blusa blanca que esculpían una figura elegante.

No, no, no, decía ella. Miguel Ángel fue un auténtico terremoto. Se introdujo en el manierismo con sus poses. Muy afeminadas, en verdad. Y es sumamente irritante por lo mucho que sabemos acerca de su personalidad. Aún maniobramos en la arquitectura de *Las vidas*, de Vasari, que habría estado encantado, desde luego. Era de esa clase de hombres.

Sus alumnos la miraban arrobados, los rostros iluminados por la diapositiva que se proyectaba en la pantalla detrás de ella.

Bueno —estirando las vocales—, ¿dónde estábamos?

De nuevo yéndose por las ramas. Se había desviado tan espectacularmente del tema de la clase, *El bautismo de Cristo*, de Piero della Francesca, que echó un vistazo a la puerta para cerciorarse de que Bill Coldstream no estuviera rondando en el pasillo. Miró el reloj. Segada, una vez más, por la guadaña del tiempo.

Debo ya liberarles, mis queridas damas y caballeros. Pero recapitulando: los fundamentos matemáticos de la belleza y la armonía; el amor de Piero por la geometría; su estilo único dentro del Renacimiento temprano; el momento del sacramento es también el momento de la tentación. Les deseo un buen final de trimestre. ¡Adelante, vayan a aprender, encuentren el amor!

Las luces se encendieron y Jesucristo se desvaneció, y en el aula se elevó un bullicio de risas y voces entusiasmadas. Los alumnos echaban los libros a las carteras y arrastraban las sillas en su camino hacia la puerta.

¡Adiós, señorita Skinner!, resonaba el eco en el pasillo. Adiós, les correspondía Evelyn. Usted también, querida. Le sugiero a Roberto Longhi. O a Carlo Ludovico Ragghianti. Ah, sí, sí, eso espero, respondía a unos y otros. Gracias, señor Cornwallis, lo probaré, sin duda. Adiós.

Y entonces se hizo el silencio. Y era exquisito. Cerró los ojos y saludó el final del trimestre con respiraciones yóguicas. Al cabo de unos buenos cinco minutos, se difundió en el aire la presencia de otro. Abrió los ojos, contenta de ver aún sentado a su pupitre a Jem Gunnerslake; aquel de cabellos rebeldes y modales cortesanos.

Jem, dijo ella. (Llamaba por los nombres de pila a las personas que le caían bien).

Señorita Skinner.

¿Se encuentra bien?

Bien, sí, asintió él, que se levantó. Le he traído algo. Lo encontré en una tienda de Charing Cross Road y sé cuánto significaba ella para usted.

Evelyn le tomó la bolsa de estraza de la mano. En su interior había un libro encuadernado en tela color burdeos, con las palabras *Niente/Nada* escritas en letras doradas en el lomo.

Una primera edición, añadió el muchacho.

¡Ay, Dios! Qué maravilla, dijo ella, y hojeó las páginas hasta que se detuvo en cierto poema —uno sobre los tranvías, las luces en el Arno y los cavadores de arena— y volvió a tener veintiún años, a punto de embarcarse en una aventura amorosa con una ciudad, que duraría una vida entera. Deslizó los dedos por el nombre deslucido de Constance Everly y dijo: Grande fue su influencia sobre mí, Jem.

Como la suya sobre nosotros, señorita Skinner. Jem la miró y sonrió, un gesto no muy frecuente en él por motivo de su mala dentadura.

Vaya, lo guardaré como un tesoro, dijo Evelyn, y estrechó el libro contra el pecho. Perdí mi ejemplar en un tren de camino a Roma. Un hallazgo suntuoso para algún compañero de viaje, pensé entonces.

¿Y ahora?

Descuidada y distraída por el primer amor. Ya sabe cómo son esas cosas.

Pero Jem Gunnerslake lo ignoraba. El primer amor habría de esperar.

Juntos abandonaron el aula y en la escalera de piedra se toparon con una rara visión del artista *du jour* y tutor ocasional.

Buenas noches, Lucian, le saludó Evelyn. ¿Se encuentra bien?

¡Ah, sí, señorita Skinner! Y pasó disparado a su lado, como presa de un fervor.

Cuando se hubo alejado una distancia prudencial, Evelyn susurró: He oído que está hecho un donjuán. ¡Todo un diablillo!

¿Ha leído *La interpretación de los sueños*?, preguntó Jem.

Pues de hecho, sí, dijo ella. Durante aquel primer viaje a Florencia, mi amigo el señor Collins me recomendó que lo leyera. Estábamos sentados en la Piazza della Signoria, me acuerdo muy bien, tomando vermut, que era lo que bebía yo en esa época, hablando sobre *El rapto de la sabina* de Giambologna, y recuerdo con absoluta claridad cómo decía que el libro marcaba el camino a seguir.

Evelyn se detuvo ante la puerta principal y prosiguió: La Iglesia carece de un lenguaje para referirse a las diferentes variaciones de la naturaleza humana. Para ello hemos de acudir a Freud. El psicoanálisis es el futuro. Eso decía él, Jem. Y creo que tenía razón. Leí la primera traducción al inglés.

Dejaron atrás el reconfortante olor a aceite de linaza y salieron del edificio. Había un rastro a hierba en el aire primaveral, el lento retumbar de un cortacésped recorriendo metódicamente el patio. Era la estación de las flores, del crecimiento del follaje, y las ramas desnudas parecían apabulladas por la vitalidad de su librea emergente.

Un silbido de adulación perforó el aire.

No va por mí, señor Gunnerslake. Esa es la llamada de la juventud.

Jem miró en derredor. Pero entonces, de detrás de un árbol, surgió una mujer de mediana edad, muy apuesta, que motivó que Evelyn agitara la mano.

Dios santo, dijo Jem. ¿Es quien yo creo que es?

Sí, confirmó Evelyn. Es ella.

Dorothy «Dotty» Cunningham, la renombrada artista abstracta.

Los círculos del arte tienden a solaparse, así como los literarios, y las dos mujeres se habían conocido más de treinta años antes a través del padre de Evelyn, el pintor H. W. Skinner, y su amante musa de por entonces, Gabriela Cortez. Evelyn, que tenía edad para ser la madre de Dotty, había guiado a su joven protegida a través de los turbulentos afluentes de la vida lésbica. Nunca amantes, aunque siempre amigas. En aquel primer encuentro se dijeron: Siento como si te conociera desde siempre. Y toda una vida más tarde, cabía afirmarlo.

Dotty estaba recostada contra el árbol, con los brazos cruzados, la cabeza ladeada en un gesto pícaro, una pose que significaba «Cuéntame más cosas» o «Quítate la ropa», dependiendo de las circunstancias y la hora del día. Era tan famosa por su atuendo masculino y su pelo corto como por sus pinturas. Esa tarde lucía unos pantalones de pana desgastados, una holgada camisa de lino y un pañuelo de lunares atado de forma desenfadada al cuello, de esos que suelen asociarse con los granjeros en temporada de cosecha. Dotty, irónicamente, aborrecía el campo. Para ella, Hampstead Heath se hallaba en mitad de ninguna parte.

¿Lista para un baño, querida?, llamó a Evelyn.

Como siempre, dijo la otra.

Se abrazaron sin ceremonia y, cuando se separaron, Jem Gunnerslake apareció entre ellas como brotando del suelo, expresándole a Dotty cuánto admiraba su obra. A continuación, pronunció una crítica rápida y harto competente de tres de las piezas más famosas de Dotty: *Jornalera*, *María* y *Tiempo detenido*.

Dotty le dio las gracias y se deslizó los dedos por el pelo, las uñas coloreadas por los restos de su último trabajo. Espero volver a verla pronto, dijo él al final, con la confianza de un hombre de mediana edad a punto de embarcarse en su primer *affaire*.

Que pase unas buenas vacaciones, señorita Skinner.

Igualmente, Jem. Y gracias, añadió ella a la vez que levantaba la bolsa de estraza que contenía el libro.

Lo vieron desaparecer por la verja hacia la estación subterránea, hacia un tren a Northumberland, donde ocuparía la semana en podar el laurel de su madre.

Dotty lanzó a su amiga una mirada socarrona, inquisitiva.

Jem Gunnerslake, explicó Evelyn. Un alma perdida, pero increíblemente amable. Uno de esos hombres que son los últimos en subirse al bote salvavidas. Me cae muy bien. No me cuesta imaginármelo apartándose de las bellas artes para estudiar medicina.

Es un gran salto. Aunque Leonardo estaba a medio camino.

Además, disfruta con mis historias del pasado.

Como todos, cariño, dijo Dotty, y le asió el brazo. Venga, vamos a remojarnos.

Encontraron un taxi en Gower Street y, una vez calmada la efusividad del saludo inicial, pasaron a sintetizarse las semanas transcurridas desde su último encuentro.

¿Gunnerslake?, dijo Dotty. No estará relacionado con esa crítica de teatro de Estados Unidos, ¿verdad?

¿Quién?

Jem. Ella no será su madre, ¿no?

¿Quién no será su madre?

Penélope. Tienen un aire.

No tengo ni idea de quién hablas.

Claro que sí. Penélope Gunnerslake. Fuimos a ver aquella obra.

¿Qué obra?

En el West End. Hace unos cuatro años. Nos llevó Charlie.

¿Wetherall?

El mismo. Charlie Wetherall nos llevó a ver aquella obra, en la que salía un pianista del Lejano Oeste con problemas de alcoholismo que al final se llevó todos los aplausos.

¡Ah, sí, es verdad! Caramba, tenía un papel muy secundario, pero notable. Estuvo maravilloso. Muy natural.

Bueno, pues Penélope Gunnerslake era la mujer que estaba sentada a nuestro lado, dijo Dotty.

¿La pelirroja de las perlas?

La pelirroja de las perlas, confirmó Dotty.

El aire se enfrió al adentrarse en el reducto sombreado del distrito postal NW3.

Ya casi estamos, dijo Evelyn.

Las llevaba puestas en la cama, ¿sabes? Las perlas.

¿La crítica de teatro entendía?

Te lo conté en su momento.

Estoy casi segura de que no, replicó Evelyn, que abrió el bolso y sacó el monedero. Se volvió hacia Dotty. ¿Te pasó revista, querida?

Pues lo cierto es que me llenó de elogios.

El taxi se detuvo al llegar a Highgate West Hill. Evelyn pagó la carrera y cerró la puerta.

¿Y no dijo que la gloriosa floritura del final poco podía compensar un inicio tan deslucido?, preguntó Evelyn.

Ah, esa es buena, rio Dotty.

¿Perdió fuelle en el segundo acto?

Me alegra ver que te diviertes.

Oh, sí, dijo Evelyn. ¿Se abrió el telón dos veces de más?

Atajaron campo a través y enfilaron hacia la verja por el sendero de tierra endurecida, con el olor acre de la vegetación a su lado, flotando en el calor balsámico de la tarde.

Anoche estuve en el Colony, comentó Dotty. Muriel te manda saludos.

Ah, Muriel, dijo Evelyn con cariño.

Dispusieron sus pertenencias en el prado adyacente al estanque y fueron a cambiarse a la caseta. Salió Evelyn con su fiel traje de baño negro, de pernera corta, reajustándose los tirantes sobre los hombros. Su cuerpo había cambiado poco con los años, salvo por esa banda acolchada que le rodeaba la cintura, donde parecía acumulársele el cóctel de las seis, un ritual preciso que marcaba la hora como el Big Ben. En comparación, el bañador de Dotty parecía un poco, bueno, como sacado de un circo. Cumple con su cometido, ¿no?, se defendía ella.

Cruzaron la pasarela, pisando con prudencia las tablas mojadas, y tiraron las toallas junto a la escalerilla. Dotty ejercitó los músculos antes de meterse en el estanque, como era su costumbre. Estiró los brazos, cruzándolos por delante del pecho, y propinó una buena cachetada a sus muslos para calentarlos. En esas, con un leve codazo, animó a Evelyn a que le siguiera la mirada. Una mujer estaba a la orilla del agua mostrando signos evidentes de indecisión. Dotty creía desde hacía tiempo que existía una correlación directa entre cómo una entraba al agua y cómo se comportaba en la cama.

Eso es una soberana tontería, dijo Evelyn. Yo me tapo la nariz y me dejo caer.

Un buen ejemplo, repuso Dotty, antes de zambullirse con un elegante salto del ángel que apenas llegó a salpicar.

Evelyn se vio golpeada por el familiar latigazo de frío. Trece grados frente a los veintitantos del aire, el aliento contenido para finalmente soltarse. Empezó a nadar, con los ojos a ras del agua, con la brisa que importunaba a las nubes y las ondículas coronadas por la luz del sol.

Aquellos eran los días preferidos de Evelyn, su despertar primaveral. (Otra pasada ante los nenúfares y los juncos más allá). La luz veteada en los troncos colgantes sobre la superficie transmitía movimiento a esos monstruos estáticos y las cortinas drapeadas de los sauces caían hasta encontrarse con su vívido reflejo. Respiraba regularmente por la nariz y los patos acompasaban la lenta fluidez de su brazada. Una garza alzó majestuosa el vuelo desde la orilla y se cruzó en su trayectoria. Evelyn se hallaba en la gloria.

Un grupo de veinteañeras con anteojos oscuros y los labios rojos se había reunido en el pontón, con pinta, quizá, de ser un equipo de natación sincronizada. Y cuánto júbilo aportaba su presencia. Cuando Dotty las avistó, Evelyn supo que volvería sobre sus brazadas y se derretiría ante su entrada, como así sucedió. Que todas ellas se tiraran de cabeza al unísono motivó que Dotty le echara una mirada a Evelyn, arqueando las cejas. Ay, Dotty, *plus ça change*.

Evelyn salió del agua, agradecida de que los músculos de los brazos aún conservaran fuerza para asir la escalerilla. Recogió su toalla, que se la echó por los hombros, y luego, pisando con cuidado, cruzó por el trecho de tierra hasta la hierba y dejó que la secara el sol.

Se tumbó acompañada del canto de los mirlos, y del arrullo de las palomas torcaces, y de las abejas en los tréboles. Se le ocurrió que cuanto existía en este trance bucólico componía un poema. Atemporal, atrevido, universal. La imagen se repetiría a lo largo de las décadas: mujeres buscando consuelo, un lugar seguro, cuerpos desvestidos y abrazados por la naturaleza. Todas las mujeres que le habían importado habían acudido aquí con ella en algún momento u otro. Aunque no Livia, por supuesto: ese hermoso bejín llevado por el viento, que había sembrado las semillas del primer amor en su vida.

Vino aquí por primera vez con Constance tras la apertura oficial de los estanques. Ella estaba en los cuarenta y cinco; Constance, bien entrada en la setentena; probablemente la misma edad, calculaba Evelyn, que contaba ella ahora. A la sazón Constance había logrado un moderado éxito con un poemario titulado *Todo*, la continuación de *Nada*. Su tercera colección de poemas, *Algo*, jamás se publicaría. Sufrió un ataque al corazón en el ferrocarril de San Gotardo durante lo que habría sido su último viaje a Florencia. Se mencionaba a menudo que cruzar el viaducto de Kerstelenbach quitaba la respiración, y eso hizo exactamente. La encontraron con una pluma en la mano. Una reflexión final sobre el amor, a la postre: «Nunca dejaré de asombrarme».

Tenía toda una legión de seguidoras combativas que querían ponerlo como epitafio en su lápida una vez que les hubieran concedido el permiso para enterrarla en el Cementerio Inglés de Florencia, lo más cerca de Barrett Browning que hubieran podido conseguir. Por supuesto, nunca sucedió. Solo Evelyn conocía sus últimos deseos. Cremación. Un paseo en barca por el Arno, a primera hora de la mañana, con uno de los *renaioli*, los cavadores de arena. La luz del sol, la bruma, los recuerdos. La esparcieron sobre el reflejo somnoliento de un *palazzo*. Ni una ondulación en el agua. En armonía. En paz. En casa.

Evelyn levantó la vista y se protegió los ojos del sol. Dotty agitaba la mano mientras caminaba hacia ella. Parecía un tanto pensativa. ¿Vamos a tomar una copa, querida?, preguntó.

¿Ya es hora?, dijo Evelyn, que echó mano al reloj.

El tiempo se va rápido.

Vale. Iré a cambiarme.

Los dioses enviaron una carroza a Highgate West Hill, un Austin FX3 negro que aligeró la marcha hasta que, al sur, los espacios verdes

dieron paso a la periferia blanca de Bloomsbury y a los bloques de mansiones de ladrillo rojo de Fitzrovia.

Evelyn llevaba toda la tarde observando que algo turbaba a Dotty. Le tomó la mano y se la besó. ¿Qué te preocupa, cariño?

Dotty suspiró. Mi pintura se ha vuelto otra vez contra mí. Soy alérgica.

¿Cuál?

El blanco titanio. Siempre problemático. Me siento muy frustrada, Lynny.

Ay, no, Dotty.

Cruzaron Oxford Street hacia Soho Square, donde las saludaron las campanas de la iglesia de San Patricio. Se veían actores yendo en dirección a Shaftesbury Avenue y prostitutas dando un paseo vespertino antes de que su oficio las mantuviera amortajadas hasta la mañana. El olor a café se colaba por la ventanilla del coche, así como también el traqueteo de los carritos de comida que se precipitaban hacia las puertas de las cocinas llenas de vapor. Italianos y malteses fumaban en el exterior de las cafeterías mientras la música que brotaba de las gramolas daba vida a las punteras de sus zapatos. Se escondían, en las sombras de esas calles oscuras, identidades sexuales diversas, y las dos mujeres habían dejado, en uno u otro momento, la huella de su cuerpo sobre alguna cama desconocida; con una adenda de promesas, hechas para toda la vida, pero olvidadas tras solo una noche.

El taxi dobló hacia Dean Street y se detuvo frente al Leoni's Quo Vadis. Faltaban aún treinta minutos para la hora de apertura, pero el encargado, reconociendo las anchas sonrisas de esas sus clientes habituales, abrió la puerta y les dio la bienvenida. Las sentó en la mejor mesa, junto a una pared cubierta de cuadros desde donde gozarían de libertad para observar quién entraba. Cinco minutos después, una bandeja provista de negronis y un cuenco de aceitunas se dirigía hacia ellas. Evelyn se levantó y exclamó: ¡Qué gusto verle, mi queridísimo amigo!

Esto hace que crezca pelo en el pecho, bromeó el camarero, con un ligero dejo celta en la voz.

Esperemos que sí, dijo Dotty, echando mano al cóctel como si su talento dependiera de ello.

Las mujeres brindaron la una por la otra y, antes de volver a sentarse, Dotty sacó las gafas y escudriñó uno de los cuadros de encima de su mesa. Y le dijo a Evelyn: Conseguí capturar tu esencia, ¿verdad? Quien eras entonces. Quien llegarías a ser. Considero este retrato como mi único éxito verdadero.

¿No ha habido otros?

No como este, respondió Dotty, que lo descolgó de la pared. No como este.

Lo había pintado el verano siguiente a conocerse, ¿en 1924, quizá?: un estudio desolado de Evelyn naufragando sobre una almohada romana. El corazón desgarrado, la cara vuelta hacia el espectador. Vestido blanco, sábanas blancas, rostro bronceado y reluciente. La mano ensombreciendo los ojos frente al resplandor cegador. Dotty había pintado la luz del sol directamente del tubo.

¿Por qué estaba tan triste?, preguntó Evelyn. ¿Te acuerdas?

¿Por Livia?

Ay, no. Livia se había marchado hacía tiempo. Qué extraño es el corazón.

Escucha esto, le dijo Dotty.

En el reverso del lienzo, había anotado una descripción del día, la cual leyó en voz alta: «Paisaje sonoro: campanas, el chillido de los vencejos, la tía María recitando el rosario. Hora: media mañana. Tiempo: sol abrasador, sin tregua, ni una nube. Sofocante».

Por entonces se quedaban con la tía italiana de Evelyn, cuya mala salud crónica, celibato y riqueza garantizaban una conexión ininterrumpida con la Iglesia católica. Tenía día y noche el oído de Dios. Poseía también una hermosa villa de muros altos, apartada de las miradas de la ciudad, de ahí que la tía María hubiera sido durante mucho tiempo uno de los destinos predilectos de ambas mujeres hasta que aquella, habiéndose debilitado poco a poco, finalmente murió en el invierno de 1943. Había sido Evelyn quien le había cerrado los ojos a la anciana. La villa fue legada, como era de esperarse, a una secta de monjas de clausura, lo cual Dotty encontraba de un erotismo sublime. La colección infravalorada, y erróneamente atribuida, de bodegones fue a parar a Evelyn.

Al menos te has quedado con los frutos de la familia, le había escrito Dotty en su momento.

Cuéntame otra vez por qué pasaste la guerra en Italia, la instó ahora mientras apuraba su negroni. Le gustaba pincharla por haberse ausentado de Londres durante el conflicto.

Estaba cuidando de mi tía, contestó Evelyn. Te lo he contado infinidad de veces, desvergonzada. Voy donde se me necesita. Desde siempre. Es la consecuencia de que me haya criado una madre enfermiza y crítica.

A ti te crio tu padre.

Sí, pero vivía a un cordón umbilical de distancia.

Espía, dijo Dotty, sonriendo.

Bobadas.

Espía, espía, espía, repitió ella, que, satisfecha consigo misma, pidió otra ronda de cócteles. Espía, dibujó con los labios mientras transformaba la mano en una pistola y disparaba contra la cesta del pan.

Las dos mujeres, que no estaban arregladas para la cena y despedían un ligero olorcillo a estanque, se disponían a marcharse, pero desbarató sus intenciones Peppino, el propietario del restaurante, que, insistiendo en que se quedaran, descorchó una botella tentadora de Bardolino a la par que les susurraba apetitosas sugerencias de la cocina.

Una vez que estuvieron solas, Evelyn dijo: ¿Se me nota achispada o solo me lo parece a mí?

Es inútil que me preguntes, querida, contestó Dotty. Llevo una hora hablando con dos tús. ¡Salud, cielín!

Naturalmente, los comensales que cenaban antes de la función de teatro las escrutaban con gesto hosco, pero solo hasta que se corrió la voz de quién era Dotty. Su mala reputación eclipsó cualquier interés en las especialidades del chef, y las mujeres, con su elegancia y sus perlas, eran las que más ansiaban atraer la mirada de Dotty. Presentándose como la próxima musa, el próximo tema de un lienzo, la próxima conquista. Dotty inhalaba toda aquella atención, máxime ahora que había un hueco en su vida.

La he dejado, comentó ella, y se echó una aceituna a la boca.

Ay, me lo estaba figurando, dijo Evelyn, espirando ruidosamente.

La mujer en cuestión era Caroline Beevor-Candy. No era su nombre real, lógicamente, pues Dotty era demasiado discreta para desvelar las identidades de todas sus amantes. No obstante, la historia obedecía a un patrón conocido: la afición de Dotty por mujeres casadas y jóvenes. El subterfugio suponía una inyección de energía, muy necesaria, para los páramos posmenopáusicos de la repetición creativa. Poco importaban los reparos que Dotty pudiera tener sobre la diferencia de edad (a menudo significativa), al final se rendía invariablemente al amor y la inspiración que este le brindaba. Contemplar debajo de ella a una mujer hermosa estremeciéndose de placer al alcanzar el clímax la dotaba de una productividad extraordinaria y, en esos primeros días de lujuria, volaba un lienzo tras otro hacia las arcas de Cork Street. Evelyn se preguntaba a menudo si la propia galería no le procuraría posibles amantes a su amiga, un remedio garantizado para el equivalente artístico del bloqueo del escritor.

Seis meses era el tiempo que por lo general transcurría hasta que se imponían las necesidades de los maridos y los cólicos de los críos, una realidad inevitable, como la caída de la primera hoja en el bostezo bochornoso de septiembre. Los tonos rosados cedían paso al verde de Prusia o al negro azulado, y pintaba inmensos paisajes marinos de fatalidad encima de extremidades bañadas en el sudor del verano.

Dotty volvió a mirar el retrato de su amiga. Nunca he pintado tan bien, manifestó antes de volver a colgar el cuadro en la pared. Se bebió un vaso de *grappa* cual si fuera agua y procedió a desinflarse como un pulmón perforado.

Evelyn sabía lo que necesitaba. Y sabía que ella era la única que podía dárselo. Alargó los brazos por encima de la mesa, asió las manos de Dotty y dijo: ¿Y Florencia?

Y con los ojos vidriosos, un poco borracha, Dotty contestó: ¿Y ella me gustará?

Al día siguiente acudieron a la agencia de viajes Cook, en Mayfair.

Vamos, mi querida Dotty, complace a esta vieja. Un cambio de aires te vendrá bien.

Dotty encendió un cigarrillo contra la resaca y se puso a toser. Y de este modo, quedaron selladas sus minivacaciones: tren desde Calais, transbordo al Gotthard Bahn y un viaje por los Alpes. Tres días en Florencia, tres en Roma y un vuelo de regreso al aeropuerto de Londres. ¿Qué podría haber mejor? Cantó la caja registradora.

Esa noche, una llamada telefónica. Evelyn saltó de la cama.

Me llevo el caballete, anunció Dotty.

Va recuperándose, pensó Evelyn. Qué emocionante, le dijo.

Solo carboncillos y lápices. De vuelta a lo básico. ¿Qué opinas?

Es una idea maravillosa.

¿No te importa?

Yo misma te lo habría sugerido si hubiera creído que me escucharías…

(Risa gutural al otro lado de la línea).

Dotty, sigue ahí, lo sabes, ¿no? La persona que eras cuando me pintaste.

Gracias, querida.

Y ahora ve a dormir.

Evelyn colgó el auricular. Ya desvelada por completo, volvió a meterse en la cama, bebió un vaso de agua y tomó el libro de Eleanor Clark *Rome and a Ville*. Se puso a leer mientras escuchaba la lluvia azotar la ventana.

Cinco días después, Evelyn y Dotty partieron hacia Europa. Una pareja de lo más inverosímil: una luciendo la ropa de faena de un pescador de arrastre; la otra, una capa blanca y un turbante. Tomaron el ferry en Folkestone y disfrutaron de una travesía tranquila, con cielos y aguas azules, y gaviotas coronando de blanco las olas.

En París, cambiaron de la Gare du Nord a la Gare du Lyon, abordando un taxi a causa del caballete, y luego fueron andando hasta un *bistró* de barrio que Evelyn había conocido en tiempo de guerra, el café Jules, que estaba situado a una distancia razonable de la estación y gozaba de popularidad ente las familias adineradas que viajaban al sur. Una sólida carta de vinos formaba su columna vertebral y nadie subía del todo despierto al coche cama Pullman.

La escala de tres horas pasó rápido. La luz tardía del sol se convirtió en ocaso, y finalmente en noche, mientras devoraban con avidez bandejas de *coquilles Saint Jacques* y ostras, acompañadas de un vino refrescante de la casa que Dotty porfiaba con que era Pouilly-Fumé. Cuando Dotty estaba tragando el último de los bivalvos, dijo: Margaret nosecuánto.

Y Evelyn: Ay, Señor. ¿Qué pasa con ella?

¿La ves alguna vez?

No, nunca, gracias a Dios, respondió Evelyn. No desde la debacle de Florencia. ¿A qué diablos viene pensar en ella ahora?

No te gires, pero detrás de ti hay una mujer que se le parece extraordinariamente. ¡He dicho que no te girases!

¡Ay, madre mía santísima! Pero ¡mira quién está aquí!, chilló Margaret nosecuánto desde el otro lado de la terraza, un sonido que propició que los franceses odiaran un poco más a los ingleses.

La sonrisa de Evelyn se tornó en rictus.

Parece como si te hubiera dado una apoplejía, observó Dotty.

Quizás esté sufriendo una ahora mismo, murmuró Evelyn.

Margaret retiró una silla y se inclinó sobre la mesa, con una torpeza tal que puso en peligro la jarra de vino. (En momentos como este, los reflejos de Dotty eran afiladísimos).

Evelyn Skinner, dijo Margaret. ¿Cuánto tiempo ha pasado? ¿Diez años? No has envejecido ni un día.

Ya conoces a Dotty, ¿verdad?, dijo Evelyn como si acabara de aprender a hablar.

Ah, sí. ¿Sigues con tus mañas de siempre?

Bueno, ya sabes lo que dicen de los perros viejos.

Muy mal por tu parte no haberte puesto en contacto conmigo después de lo de Florencia, reprochó Margaret, volviéndose hacia Evelyn. Pero no soy de las que guardan rencor. No estaréis de camino hacia allí, ¿verdad?

Ah, no, dijeron Evelyn y Dotty al unísono. No, no, no.

Bueno, yo regreso de una corta visita, contó Margaret. Lo pasé divinamente en la exposición de Verrochio, ¿sabéis? He estado viajando con una nueva (pausa) *amiga*.

Y se giró para señalar su mesa y sonrió a una mujer rubia adorable, recatada, como un corderito. La palabra «matadero» acudió a la mente de Evelyn.

¿Qué?, dijo Margaret.

¿Qué?, dijo Evelyn.

Has dicho «matadero», repuso Margaret.

¿Sí?

Eso has dicho, sí.

Ah, me habrás entendido mal. Quería decir que si no será Meredith Matterdon, ¿verdad?

No, no. Myrtle Forbright. Compartimos la misma pasión por la ornitología. ¿Quién es Meredith Matterdon?

No lo sé, dijo Evelyn.

Pero acabas de mencionarla.

Evelyn cree que está teniendo una apoplejía, intervino Dotty, dándole un codazo por debajo de la mesa.

¿De veras?

Asintió Evelyn con la cabeza.

¿Y eso no es grave?

Si es pequeña, no, aseveró Dotty, que apuró la copa de vino y encendió un cigarrillo.

¿No deberíamos hacer algo?, continuó preguntando Margaret.

Es posible, dijo Dotty, soltando un largo penacho de humo. Se giró hacia Evelyn y sostuvo tentadoramente el cigarrillo a su alcance. ¿Podrías...?, le indicó.

Y Evelyn alargó la mano, tomó el cigarrillo y aspiró una calada.

Se pondrá bien, dijo Dotty.

Uf, respiró aliviada Margaret. Bien, ¿dónde estábamos?

Bueno, no estoy muy segura de dónde estabais, contestó Dotty, mirando el reloj. Pero tenemos que tomar un tren. ¡Chao, Margaret! Buen viaje a casa.

A las nueve en punto, el tren echó a rodar a través de la oscuridad y dejó atrás las luces de París, rumbo a Suiza.

En el coche cama, Dotty se ayudó de la escalerilla para ocupar la litera de arriba y se enfundó en un pijama de seda. Evelyn revisó su cama en busca de pulgas y se alegró de no encontrar ningún ser vivo con más de dos patas. Se sirvió dos medidas de brandy antes de apagar las luces.

Esa Margaret nosecuánto…, ¿en qué demonios pensabas?, la interpeló Dotty, retomando el tema de Evelyn y su poca fortuna en el amor, para variar.

No pensaba, dijo Evelyn. Nos conocimos no mucho después de la muerte de Gabriela. En una aburrida velada de Muscadet y atribución. Esa noche me sentía increíblemente falta de fuerzas, como coja, y Margaret era…, ella era…, bueno, fue…

¿Una muleta?, completó Dotty.

Sí. Sí, esa es la palabra. Era muy impetuosa haciendo el amor. En cierto modo, eso me despertó.

¿Literal o metafóricamente?

Un poco las dos cosas, creo. Yo aún estaba en duelo.

Lo sé.

Cuánto tiempo ha pasado ya. Solía comprarme flores de las que tardan en marchitarse.

¿Claveles?

Sí.

Bueno, debería servirte de lección. Buenas noches, cariño. Nos vemos en Suiza.

El sueño hizo presa rápido de ella y acompañándolo acudió a su almohada no una escena de fantasía, sino un recuerdo vívido: una cena con su padre en Quo Vadis. El ambiente era tan cordial como siempre a pesar de que las relaciones entre padre e hija habían experimentado un cambio radical después de que la amante y musa de él, Gabriela Cortez, hubiera entablado un apasionado vínculo con Evelyn, que se mostraba con ella complaciente y entusiasmada como nunca. Jamás había sido tan feliz. Padre e hija brindaron el uno por la otra y la otra por el uno, y al final de la cena, Evelyn le entregó una carta que había escrito en Florencia, veinticinco años antes. No supo explicar por qué no la había recibido hasta entonces. La había extraviado, del mismo modo que ellos se habían perdido mutuamente en incontables ocasiones a lo largo de los años. La carta trataba sobre el amor y él la leyó, allí mismo, en ese momento. Se quedó callado y pensativo. Luego asió la mano de su hija y le dio un beso, y nada más se dijo.

Al día siguiente, la llevó en coche, junto con sus maletas, al pequeño piso de Gabriela.

Tienes mi bendición, manifestó H. W. Pero con dos condiciones, por favor.

¿La primera?, preguntó ella.

Que, cuando hables de mí, no hables del hombre; solo del pintor.

Ella puso los ojos en blanco y rio. ¿Y la segunda?

Que me permitas pintaros a las dos.

No *in fraganti*, dijo ella, muy seria.

¿Y *post delictum*?, insistió él.

Se satisficieron las condiciones, y el cuadro recibió grandes elogios y se hizo célebre, y lo adquirió la Galería Nacional tras el legado generoso de un difunto lord fulano o mengano.

Las dos mujeres estuvieron diez años juntas. Vivían en un nidito bien amueblado en los límites de Bloomsbury, donde Evelyn aún residía. En 1937, Gabriela Cortez murió combatiendo a Franco. Ella sería el último gran amor de Evelyn. No mucho después del funeral, un fin de semana de mayo, Evelyn se plantó delante del cuadro en una concurrida Galería Nacional y lloró. Dotty estaba a su lado.

Se despertó en mitad de la noche, consciente de que el tren estaba parado. Se asomó por una rendija de la persiana y siguió con la mirada una linterna que se movía por el andén, hasta que se encontraron dos hombres. Supuso que serían los vigilantes. No supo identificar en qué ciudad estaban —por la noche, todas las estaciones pequeñas eran tres cuartos de lo mismo—, pero ahí radicaba parte de la emoción. Notando de pronto el compartimento más frío, se tapó con la manta hasta la barbilla y se envolvió la cabeza con el jersey de Dotty. Se arrellanó en los sonidos reconfortantes que emergían desde las profundidades del sueño de su amiga. Sabía que la próxima vez que se despertara, Suiza estaría agolpándose contra la ventana.

El tren se atuvo al horario previsto y cruzó la frontera a la seis de la mañana. El aire fresco de la montaña se combinó con el olor a café, a huevos y a...

¿Eso son salchichas?, preguntó Evelyn desde la litera inferior.

De cerdo, no cabe duda, dijo Dotty.

Y así, impelidas por años de carestía, las dos mujeres estuvieron levantadas, aseadas y vestidas para cuando la siguiente ronda de carne tocó la superficie crepitante de una sartén ennegrecida.

El paisaje siempre cambiante de montañas, barrancos y praderas las dejó atónitas, las arrastró a un mundo interior que más tarde compartirían; en Florencia, quizá, o en Roma. Enmudecida por la magnificencia de los Alpes, por la proeza de ingeniería que atravesaba el paso de San Gotardo, Dotty se retiró a un rincón vacío del vagón con un cuaderno de bocetos y unos carboncillos, y las horas se esfumaron en una sucesión de líneas y sombreados esculpidos con esmero, de versiones abstractas de formaciones rocosas o caídas a plomo, con un dominio del oficio en el que a menudo los detalles microscópicos aparecían como rostros o como caracolas.

Evelyn dejó que su mente vagara, efervescente, como era antes, entre la realidad y la ficción, pues conocía el trayecto al dedillo. Podía anticipar cada pendiente y variación de velocidad antes de que ocurriera. El tren traqueteó y se internó en el túnel de San Gotardo. Evelyn cerró los ojos y se enfrentó a la oscuridad con oscuridad. En donde ella se figuró que era el punto medio de aquel pasadizo bajo la montaña, le vino a la cabeza el nombre de Louis Favre, el hombre cuya empresa había iniciado las obras del túnel, de quince kilómetros de longitud, en 1872, ocho años antes de que ella naciera. Dos cuadrillas, cada una desde vertientes opuestas, habían perforado y dinamitado la roca con la intención de encontrarse tras avanzar bajo tierra siete kilómetros y medio y, cuando finalmente cubrieron esa distancia, descubrieron que apenas los separaban treinta y tres centímetros. Para entonces, Favre llevaba cuatro meses muerto. El estrés y la bancarrota lo habían matado. No obstante, a través del hueco abierto en el punto donde ambas excavaciones se conectaban, hicieron pasar un cilindro metálico que contenía su retrato. Se cumplió así la promesa de que sería la primera persona que atravesaría el túnel.

Evelyn continuaba subsumida por la aguda brillantez de todo aquello cuando la sacudieron los tumbos y el traqueteo del tren, y la luz del sol incidió de nuevo sobre sus párpados. Estaban en el otro lado del túnel. Se limpió el polvillo de hollín de su jersey oscuro y se volvió para saludar a Dotty. Abrió una botella de agua Evian y bebió. Qué eufórica se sentía, qué vigorizada. La aventura, la mejor medicina.

A eso de las cinco de la tarde, el tren llegó a la estación de Santa Maria Novella. Evelyn fue de las primeras en pisar el andén y, como siempre hacía, exclamó: *Firenze! Amore mio!* Y la ciudad, naturalmente, le respondió con campanas.

A las cinco y cuarto, las dos mujeres iban en un taxi rumbo a los encantos recatados de la Pensione Picci, una casa pequeña de huéspedes en el *lungarno* Corsini, y a las seis menos cuarto estaban registradas y en su habitación doble con vistas, que contaba con un baño privado recién instalado (Fíjate qué lujo, dijo Dotty).

A las seis y media habían deshecho el equipaje, y a las siete habían aproximado un par de sillones de mimbre algo incómodos y observaban pasar las nubes con aire despreocupado sobre la cúpula de San Frediano de Cestello, mientras escuchaban el rodar de los tranvías y el gañido de las Vespas en la calle.

Estaban cansadas del viaje y, en tanto que el sol proseguía su camino hacia el oeste, dibujando sombras y extrayendo colores del agua, bebieron a sorbos el *spumante*, enfriado a una temperatura perfecta, que se ofrecía *gratis* a los huéspedes que repetían estancia.

Porque sabemos que tienen dónde elegir, explicó Enzo, el propietario, con su áspero acento florentino.

No a este precio, manifestó Evelyn.

Al día siguiente, Evelyn se despertó temprano, abrió los postigos de par en par y alabó la luz. Dotty levantó la cabeza de la almohada y exclamó: ¡Dios santo, qué es eso!

La mañana, dijo Evelyn.

Arrancaron sin prisas, pero cuando llegaron a la planta baja, y tras un altercado en la mesa del buffet que giró en torno al último huevo cocido, se vieron obligadas a buscar el desayuno en otra parte. Evelyn sabía de una cafetería de barrio en las inmediaciones de la Pensione Simi, aunque el hotel en sí había cerrado sus puertas hacía tiempo. Y con el café como faro, partieron a la vera del río hacia los Uffizi y el primer día de dibujos. Dotty llevaba el caballete al hombro, casi en horizontal, espoleando el panamá maltrecho que había encontrado durante una visita a la Alhambra, mientras que Evelyn portaba, apoyado en el pecho, el taburete de pescador plegable, del que no cesaba de quejarse de que olía a carpa.

En la columnata de los Uffizi, Dotty dispuso sus trastos en un rincón, bajo las estatuas de Galileo y Pier Antonio Michele, en tanto que Evelyn buscaba a un *carabiniere* al que sobornar a fin de que el día de Dotty transcurriera sin trastornos.

Para cuando regresó, ya estaba el caballete erguido y el cuaderno grande de bocetos descansando sobre él, y Dotty, con el panamá encasquetado, parecía ir totalmente de incógnito. Su intención era la de regalar retratos; el arte por el arte, había manifestado: un acto de alegría, oficio y generosidad.

Aunque, eso sí, sin firmar, puntualizó ella.

Lógico, dijo Evelyn, que garabateó una explicación de cómo proceder, en italiano y en inglés, para animar a los primeros modelos antes de que se corriera la voz.

Evelyn dejó a Dotty con su primer retrato, el de un matrimonio de mediana edad de Connecticut (Hank y Gwen) que el día anterior había sufrido de lo lindo a manos de un caricaturista.

Salió al sol, de repente indecisa sobre en qué emplear las horas que tenía por delante. Hubo una pausa de un momento antes de girar a la izquierda. De haber ido a la derecha, sin embargo, se habría topado con el hombre que le había venido a la mente en ese mismo instante. Pues Ulises Temper estaba en un café próximo al Ponte Vecchio, tomando un *espresso* mientras esperaba a que apareciera Cressy en su moto Guzzi Falcone.

Evelyn cruzó la Piazza dei Giudici, donde antaño se levantaba un *tiratoio*, una suerte de nave industrial en donde la lana húmeda se estiraba y se ponía a secar. Evelyn no llegó a ver esta cápsula perdida de los tiempos del Renacimiento, pero Constance sí lo había visto de niña —había escrito un poema sobre él—, antes de que el edificio fuera destruido a mediados del siglo XIX y ocupara su lugar la Cámara de Comercio. No obstante, perduraban aún las escaleras que conducían del *tiratoio* hasta el río, donde se lavaba la lana y se llevaba a cabo el proceso de aclarado y teñido. La industria lanera había traído riqueza a la ciudad y, en el pináculo de su fama, trabajaba en ella una cuarta parte de la población. Los lavanderos, los cardadores y peinadores, los tejedores, los tintoreros, los hilanderos. Todos ellos recibían una miseria, por supuesto, hasta la gran revuelta de 1378.

Evelyn giró a la izquierda por la Via dei Benci.

Se hacinaban en una barriada de mala fama en lo que antaño fue un terreno sórdido y pantanoso. Justo aquí, pensó Evelyn. Justo por donde ahora voy caminando. Como cabía esperar, los franciscanos —una de las órdenes mendicantes recién fundadas— eligieron establecerse allí y erigir una iglesia para socorrer a los pobres. Y así, sin más, cual si estuviera encabezando una visita guiada a pie, la Basílica de la Santa Cruz se alzó a su derecha. *Qué sincronización*, se dijo. Se desvió hacia la plaza, sorteando los vehículos estacionados, y cruzó en diagonal hasta la estatua de Dante. A ella siempre le producía la sensación de que él se alegraba de verla.

Al encontrar la herboristería de San Simone que vendía salvia seca a granel, compró una fanega tirando a pequeñita para Dotty, porque a ella le gustaba quemarla en su estudio para despejar la senda de las musas.

En la Piazza Sant'Ambrogio, de haber tenido algo más de apetito, se habría tomado a modo de tentempié de media mañana un *panino de lampredotto* (las colas largas daban fe de la calidad), pero optó en su lugar por un puñado de manzanas Francesca, una variedad ancestral, diminuta, aunque con un aroma deliciosísimo. Se comió una sin tardanza en la puerta de un taller, desde donde contempló cómo un hombre tallaba el cuerpo de un violín. Y, abandonando ya la zona, le adquirió a una mendiga un botón para su rebeca. No hacía juego con los otros cuatro, que eran verdes, pero llamaba la atención por lo inusual.

Dotty estaba recogiendo su caballete cuando Evelyn dobló la esquina.

Parece que alguien está contenta, comentó.

¡Menuda mañana!, dijo Dotty. ¡Siete bocetos, como lo oyes! Y un par de ellos eran bastante buenos. ¿Qué has hecho tú?

Deambular, sobre todo. Me sorprende gratamente lo rápido que ha avanzado la reconstrucción; la ciudad mantiene intacto su esplendor. He comprado algunas postales. Escoge las que quieras. Ah, y esto…; y Evelyn le tendió el atado de salvia.

¡Oh, querida!, exclamó Dotty, que dejó lo que estaba haciendo.

Evelyn paseó la mirada por las estatuas que ocupaban los nichos. Las *tre corone fiorentine*, señaló. Las tres coronas florentinas. Los poetas, naturalmente. Ahí, Dante; por allá, Petrarca y Boccaccio. ¿Qué tiene de raro Dante?

¿Es una pregunta con trampa, Lynny?

En absoluto.

Pues adelante, cuéntame.

Tiene el nombre mal escrito.

Qué negligencia, suspiró Dotty.

Y los laureles en la cabeza.

¿Nunca fue un poeta laureado?

No. Boccaccio lo habría considerado como tal. Pero Petrarca no.

Bastardo, murmuró Dotty, pasándole la banqueta a su amiga.

Se encaminaban hacia la Piazza della Signoria cuando Dotty dijo: Nunca adivinarás a quién he visto.

¿A quién?, preguntó Evelyn.

A Hartley Ramsden y Margot Eates.

Virgen santa. ¿Te reconocieron?

No, gracias a Dios. Ah, y con ellos estaba Vi Trefusis, añadió.

¿Vi? ¿Con Hartley y Margot?

Dotty hizo un gesto afirmativo.

Ay, vivir para ver. Todo un giro de los acontecimientos.

Decían no sé qué paparruchas sobre el *Crucifijo* de Cimabue. Si no hubiera estado concentrada en el perfil magnífico de esa muchacha de Norwich, creo que me habría tirado al río.

El almuerzo, que tomaron en una mesa con vistas a la Loggia dei Lanzi y al Palazzo Vecchio, consistió en unos *spaghetti ai carciofi* de primera calidad, seguidos de unos callos con patatas acompañados de una jarra de vino tinto, y luego *gelati* —de chocolate y crema—, rematado con el preceptivo *espresso*.

Evelyn centró su atención en la mesa; en cómo el sol había derramado su luz y empujado las sombras hacia los escombros del almuerzo. La jarra de vino, el cenicero, las colillas de cigarrillos con su anillo desvaído de carmín. El jarrón de racimos de glicinas, el cerco pegajoso que circundaba las tazas de café, la imagen silenciada por la neblina de polvo que caía del enrejado provisional. Un relato de la comida, sí; pero también un relato de ellas.

Fueron las últimas en irse. Evelyn depositó unos cuantos billetes en el platillo y se levantó. *Andiamo, cara!*

Ay, no, no nos vayamos, imploró la otra. Pronto será la hora del cóctel.

Razón de más, dijo Evelyn. Venga, Dotty. Arriba.

Dotty recogió el caballete y, al marcharse, derribó un par de arreglos florales.

Sigue andando, indicó Evelyn. He dejado una buena propina.

No habían llegado muy lejos cuando un niño pequeño, plantándose delante de Evelyn, gritó: *Pinocchio!*

Ay, Virgen santa, ¿dónde?, dijo Evelyn, horrorizada.

Está detrás de ti, señaló Dotty, a modo de pantomima.

Evelyn se dio la vuelta. Había una tienda cuyo escaparate exhibía al niño marioneta con diversos disfraces.

¿Nunca te gustó?, preguntó Dotty cuando ya se alejaban.

De niña, no, eso por descontado, explicó Evelyn. Me parecía que era un maníaco. Y quedé bastante afectada cuando asesinó al grillo parlante. Para mí, representaba el silenciamiento de la verdad. Políticamente hablando, naturalmente.

Naturalmente, asintió Dotty.

Y ya sabemos en qué deriva eso.

¿Qué edad tenías, querida?

Nueve años. Más o menos

Tú no tuviste infancia, ¿verdad, Lynny?

No, en verdad no, Dotty. Por aquel entonces estaba leyendo *Las vidas* de Vasari.

El río apareció ante su vista.

Pero la película era bonita, ¿no?, insistió Dotty. Y cuando la otra se detuvo, añadió: ¿Tampoco te gustó?

No, no me gustó, contestó Evelyn. Pinocho no es más que un pobre niño provinciano de la Toscana que se ve obligado a despojarse de las ropas de su identidad para enfundarse los mismos guantes blancos que Mickey Mouse. Guantes blancos, Dotty. A veces pienso que soy la única que repara en estas cosas.

Es que eres la única, dijo Dotty, que, asiendo del brazo a su amiga, echó a andar en dirección oeste hacia la *pensione*.

¿Te fijaste en cómo me miraba esa mujer de ahí atrás?, preguntó Dotty.

Lo vi, sí.

Sigo teniendo imán.

Nunca lo perdiste.

Yo creo que sí. Un poquito.

Aunque no por mucho tiempo.

No. No por mucho tiempo.

Medianoche, y acababan de apagar la luz. El sonido de una cerilla raspada, y el rostro de Dotty se iluminó de amarillo en la oscuridad. Se incorporó, alcanzó un cenicero y dijo: Quería preguntarte una cosa, Lynny. Antes, cuando estaba esperándote, fui a la Logia a dibujar las estatuas. En concreto, la de Juan de Bolonia.

¿Cuál? ¿*Hércules* o *El rapto*?

El rapto...

Una de las grandes...

¿Verdad que sí? Me sentí excitada.

Tal como se supone.

Me maravilló. Pero también me perturbó.

Explicó Evelyn: Juan de Bolonia sabía exactamente lo que hacía, Dotty. Comprendía el erotismo de la danza tanto como comprendía la reacción. La lucha entre el hombre idealizado y el mortal. Es como si nos observara mirándolo. Un ejercicio brillante de virtuosismo, verdaderamente. Pero el contexto lo es todo, y la dura mano de la religión llegaba a todas partes. Esta estatua, más que cualquier otra cosa, simboliza la libertad artística del Renacimiento. La libertad para pensar y sentir al margen de la Iglesia. Fue solo con la recuperación de la gran tradición clásica, los temas de la antigüedad clásica, cuando los artistas pudieron liberarse de la represión del cristianismo y ofrecer así narrativas del Bien y del Mal. Sangrientas y exaltadas, apasionantes y, sí, también excitantes.

Dotty le pasó el cigarrillo en la oscuridad. La punta brilló con un resplandor anaranjado y Evelyn añadió: Creo que en este momento también merece la pena señalar que sin Juan de Bolonia, Bernini no habría sido Bernini.

¿Ah, no?

No. Y entonces, ¿dónde nos habría llevado eso?

Claro, ¿dónde?, dijo Dotty. ¿Hay algo que tú no sepas, Lynny?

Uf, muchísimas cosas, reconoció ella, aplastando el cigarrillo. No sé mucho sobre carreras de coches.

No supone una gran pérdida, comentó Dotty. Buenas noches, corazón.

A la mañana siguiente las dos mujeres se levantaron temprano. Dotty descartó el caballete ese día, pues disfrutaría de una mayor movilidad si solo se llevaba la banqueta y un bloc de dibujo grande. Al salir, se guardaron en el bolsillo los dos últimos huevos cocidos y se tomaron un café en la Via dei Neri, en un local bullicioso abarrotado de hombres y mujeres jóvenes elegantes, vestidos a la moda. Evelyn se debatía entre ir o no a la Piazza del Carmine a contemplar los frescos de Masaccio, pero al final se decantó por no hacerlo. De haber atendido a ese impulso silencioso en su interior, esa espuela que la incitaba a dirigirse al sur, habría cruzado la Piazza Santo Spirito al mismo tiempo que Ulises, que se encaminaba a su taller. Se habrían detenido, se habrían mirado, y ella habría dicho: Es usted, ¿verdad?; y él habría asentido: Sí, soy yo. Ella habría ido junto a él y lo habría abrazado. Se habrían quedado por unos instantes sin palabras por la forma en que el destino los había vuelto a convocar. Habrían echado a andar, tomados del brazo, hacia el café Michele, donde se habrían sentado y pedido café, y Ulises, en un italiano titubeante, le habría explicado al hombretón quién era Evelyn, cómo se habían conocido en el pasado, que nunca había estado tan contento de ver a alguien en su vida. Ella habría comentado su destreza con el idioma. Y, por fin, habría dicho: Bueno, cuénteme, Ulises…, ¿cómo está el buen capitán?

Tal habría sido la versión de los acontecimientos… si Evelyn se hubiera dirigido al sur.

Sin embargo, lo que hizo esa mañana fue ir a comprar un periódico, *la Repubblica*, en un quiosco cercano. Después tomó el autobús hasta Fiesole. Los almendros estaban en flor mientras ascendía la cuesta al convento de San Francesco. Las rosas en los setos eran de pétalos rosados y fragantes; las vistas sobre el valle del Mugnone, estimulantes. Se sentó a leer el periódico mirando hacia un olivar, pero le roía la sensación tenaz de que debería haber estado en alguna otra parte, viendo a alguna otra persona.

Cuando regresó a la columnata, Dotty pergeñaba el retrato de dos hombres apuestos, entrados en años, que eran pareja veterana, a todas luces. Era un trabajo impresionante, cuatro tonos de grafito sobre papel tintado. No solicitaron que lo firmara y, sin embargo, cuando ella les entregó el dibujo enrollado, uno de ellos, inclinando el cuerpo, susurró: Sabemos quién es usted, gracias.

Evelyn llevó a Dotty a almorzar por la zona del Palacio Pitti, a una pequeña *trattoria* cercana a la Casa Guidi, antiguo hogar de los poetas Browning, donde compartieron una *bistecca*. Un paseo vespertino por los jardines Boboli demostró ser una alternativa más sensata que otra redoma de vino tinto.

Caminaban despacio, atravesando el anfiteatro, cantera que otrora había suministrado la piedra para el extraordinario palacio del señor Pitti. Pasaron después por la Fuente de Neptuno y las terrazas, hasta lo alto de la cuesta. Y desde esa cima, Florencia se revelaba en todo su esplendor. La luz dorada, precursora del anochecer, las coronaba, y parecían exaltadas, felices. Evelyn se sentó, apoyada en una pared, cerrados los ojos, y Dotty la capturó allí, en ese momento, en un retrato dotado de una ternura y un alma parejas a las del que colgaba en el restaurante donde había sido concebido inicialmente el plan de visitar Italia.

A su regreso a la *pensione*, se bañaron y durmieron. Por espacio de una hora, permaneció Evelyn contemplando cómo se hinchaban y se hundían las cortinas de lino, y acompasó su respiración a la pulsación de la tela. El ruido de los tranvías en el exterior, los pájaros, un estallido de carcajadas provenientes de la calle, y sus pensamientos giraban en torno a personas que ya no vivían, y no era un acto de nostalgia, sino de apego a los recuerdos, a las personas que habían hecho de ella *ella*. El privilegio y la libertad que le habían aportado.

Belleza y gratitud entrelazadas por siempre en un tapiz tejido de nombres comprensivos: Constance, Dotty, Thaddeus Collins, H. W., Gabriela, Livia y, naturalmente, su madre. Su madre, que era el nudo que impidió que se deshilachara. Eso lo aprendió más tarde, lo aprendió por las malas, demasiado tarde para dar gracias sinceras. Una mujer cuyo linaje italiano ofrecía un contrapunto deslumbrante a la sociedad pálida, moralista y crítica, que encontró al principio. Hasta la noche en que conoció a H. W. Skinner, un hombre tan poco convencional como ninguno que hubiera conocido jamás, que había entregado su corazón a innumerables mujeres; chismorreos que en verdad debería haberse tomado en serio, porque terminó con un marido cuya sensibilidad artística ella nunca podría poseer; tampoco sería nunca la musa. Quedó atrapada en una forma de amor cortés, impuesto por la iglesia, mientras que su cuerpo pedía alas a gritos. Y él le hacía una ofrenda diaria de plumas y cera, pero ella era incapaz de hacerlo, no podía saltar. Pues tan solo veía todo cuanto ella no era.

Su aceptación, al final, se la proporcionó el dinero. Concedió a otros la libertad que nunca pudo conseguir para sí misma. Le compró a su hija aquel primer billete de tren, la puerta de entrada a su apasionante vigésimo segundo año.

Recordó el trayecto desde la estación de ferrocarril hasta la Pensione Simi, por calles oscuras que hervían de animación, impregnadas de olores, y a través de plazas del *trecento* donde contempló estatuas que cobraban vida y donde las campanas llamaban a levantarse a los muertos del medievo. Una conspiración de belleza por doquier. La ciudad se desprendió de su capa y se presentó a ella, que la recibió con los ojos como platos, el corazón palpitándole, boquiabierta. Se bajó del taxi con torpeza y a trompicones entró en el vestíbulo del hotel. Era incapaz de hablar. Había enmudecido no tanto por la belleza en sí como por la comprensión de que, si existía una belleza así, también debía existir su antítesis. Y, en ese breve instante, había sentido lo contrario.

Salió de la cama y Dotty, removiéndose, balbució: Buenos días, cariño; y le informó la otra: Todavía no es ni de noche, Dotty.

241

Evelyn abrió el armario y se puso un vestido largo negro, de hechura holgada y manga de tres cuartos, y se agachó a buscar sus sandalias de estilo griego. Después, se recogió el pelo con horquillas y se pintó los labios de un vivo color naranja. Se asomó a la ventana a observar cómo fluía la ciudad con una elegancia crepuscular. El cielo semejaba un océano; las nubes, olas, y se había instalado una quietud que todo lo permeaba, con el declive del sol siendo un reflejo del despunte del alba.

Detrás de ella, menos elegante, Dotty estaba en ropa interior con las piernas levantadas, apoyadas contra la pared. Mira esto, señaló la mujer, dándose palmadas en los muslos. ¿Quién podría negarse?

Y Evelyn: Se acerca la hora «cuando la mosca cede al mosquito». *Come la mosca cede a la zanzara*; y atrancó los postigos, con lo que sumió la habitación en sombra y frescor.

Es harto elocuente, comentó Dotty.

Ciertamente. El *Infierno* de Dante.

Dotty echó un vistazo al reloj y dijo: En realidad se acerca la hora cuando el agua cede al cóctel. *Come l'acqua cede a la cocktaila*; y al darse la vuelta y apartarse de la pared, de improviso se encontró cara a cara con la gravedad y se cayó de la cama con un golpe seco.

El Harry's Bar estaba escondido detrás del Palazzo Corsini. No guardaba relación alguna con el famoso establecimiento homónimo de Venecia, lo había abierto el año anterior un hombre llamado Enrico, conocido como Harry o Henry entre sus amistades angloparlantes. Había atendido el bar del Hotel Excelsior durante la guerra y era el hombre que había visto a Evelyn atravesar su peor bache. Y allí, de pie en la puerta, escudriñando el interior en penumbra, se puso nerviosa ante la perspectiva de reencontrarse con su pasado.

Mas su angustia era infundada. Enrico reparó en ella al instante, alabó que no hubiera cambiado un ápice, le tendió la mano y besó la de ella con ceremonia. La de veces que me he preguntado qué habría sido de mi señorita Skinner favorita, dijo el hombre, que las guio hasta una mesa del rincón desde la que gozarían tanto de intimidad como de una vista de la sala. Les llevó el cóctel que siempre le había llevado a Evelyn: *biciclettas!*

¡Qué callado te lo tenías, Linny!

¡Chinchín! Tintineo de vasos.

Evelyn le contó a Dotty que en el 44 había tenido que esperar un mes para poder entrar en la ciudad con el Gobierno Militar Aliado y que, cuando por fin lo consiguió, rompió a llorar. Las casas que antes colgaban sobre el río habían desaparecido. El casco antiguo, las torres medievales, todo arrasado. Desde la otra orilla era capaz de divisar la iglesia de Orsanmichele y el Duomo, un corredor ininterrumpido que nunca consideró posible. Lo que encarnaba el corazón de la Florencia de Dante había quedado reducido de la noche a la mañana a un montículo tras otro de escombros humeantes. Un acto de destrucción con el mero propósito de frenar el avance aliado, una maniobra que naturalmente fracasó. Nada de aquello tenía justificación militar, aseveró Evelyn. Recordaba a la gente que deambulaba a trompicones, incrédula y aturdida por la violencia infligida a su noble ciudad.

Se había puesto a trabajar de inmediato en los cuarteles de la Superintendencia, que se habían trasladado al Palacio Pitti. En un principio habían supervisado la evacuación de las obras de arte, y ella tomaba nota de las piezas halladas, las piezas saqueadas, las piezas dañadas. Acometió la repatriación de estatuas y pinturas a sus respectivos lugares sagrados. En ocasiones colaboraba con el historiador de arte Berenson y su contubernio, pero la mayoría de las veces evitaba relacionarse con nadie. Para entonces, algo había hecho mella en ella, en su alma. La guerra la había erosionado. Un cansancio que la consumía por completo y del que no encontraba escapatoria. Las noches las pasaba bebiendo calladamente en el Hotel Excelsior, bajo la atenta mirada de Enrico, que sabía cuándo servirle otra copa mucho antes de que ella misma supiera que la necesitaba.

Dotty encendió sendos cigarrillos y dijo: Ese soldado que conociste…

¿Ulises?

Sí. ¿Qué fue de él?

Evelyn se quedó pensando un momento.

No lo sé. Yo también me lo he preguntado a menudo. Su amabilidad. La cicatriz en el labio. Sus cejas, su sonrisa.

Ni que estuvieras enamorada, querida.

Aguarda un poco, repuso Evelyn, que levantó el vaso y bebió un sorbo. Continuó luego: Dos años después de la muerte de Gabriela, yo estaba en Roma cuidando de la tía María. Cuando murió, fue como si Gaby hubiera vuelto a morir. El entusiasmo de Ulises por la vida era una panacea. Su optimismo, esa certeza suya de que sobreviviría. Como si todo cuanto le importaba, de algún modo, lo hubiera protegido de la guerra. ¿Cómo era posible? Era invencible, Dotty. Milagrosamente invencible. Yo no. Me había zafado de Margaret y estaba esperando al borde de la carretera, ¿qué? La muerte, supongo. Una salida, por permanente y definitiva que fuera. Y entonces la vida hizo acto de presencia. Aquel momento impagable, aquel canto a la vida con una obra maestra del Renacimiento, no habría significado nada sin él y el buen capitán. Fue todo el momento en su conjunto. ¿Estaba enamorada de él? Un poquito, quizá. Cuando cayeron las bombas sobre nuestras cabezas, él me sujetó de las manos y gritó por encima del tumulto: «¡Hoy no, Evelyn! Hoy no nos toca a nosotros». Tenía una fe que era irresistible, Dotty. Volví a ser joven. Volví a sentirme joven. Le estaré eternamente agradecida.

Podrías buscarlo, sugirió Dotty.

¿Cómo diablos va a acordarse de una anciana como yo?

Porque eres inolvidable, Evelyn Skinner.

El día siguiente trajo consigo la partida. Dotty dedicó la mañana a dibujar y a las doce estaba completamente agotada, por lo que regresó a la *pensione* a echar una siesta. Evelyn dejó a Dotty dormida en la habitación y una nota en el tocador con una manzana encima a modo de pisapapeles. Ya tenía preparadas las maletas y quería hacer una última visita a la ciudad antes de emprender el viaje en tren hacia la expansión descontrolada de Roma y su ruidoso corazón.

Salió a la luz y, cegada por su destello, se puso las gafas de sol. No alcanzó rápido su destino, distraída, como de costumbre, por las cascadas de glicina que cubrían los muros de las villas privadas o por el esplendor tímido de un magnolio a punto de florecer. El arte y la vida entrelazados. El predominio de flores azul malva en la ciudad y en sus alrededores no cesaba de asombrarla, una corriente irresistible de febrero a mayo. Violetas, glicinas, iris…, sin olvidar el aciano, que a menudo había servido de lecho amable para ella y ella, en algún prado aislado, en alguna década aislada. El azul recortado contra una pared ocre o del color del ámbar quemado, el azul recortado contra la hierba lozana, contra una blusa de lino desabotonada y abierta, un azul de una intensidad tan pasmosa que el recuerdo es demasiado fácil de encontrar en la opacidad del pasado. La carne y el amor, siempre ligados al azul.

Una muestra precoz de la primavera.

Evelyn sabía a dónde se dirigía. Había sabido dónde terminaría desde el mismo instante en que planearon el viaje; los dos soldados nunca estuvieron lejos de sus pensamientos. Se preguntaba a veces si estarían vivos o muertos, pero siempre los vinculaba firmemente a la vida. No concebía la alternativa.

En la oscuridad fría de la iglesia, el incienso le pellizcó la nariz y la piel reaccionó al descenso de la temperatura. A su derecha, la capilla Capponi y la pintura que deshacía los años. Los rostros de dos hombres a su lado. Darnley que decía: «Ulises Temper, señorita Evelyn Skinner, les presento *El descendimiento de la cruz…*».

¿Quiere usted entrar?

Evelyn se giró, sorprendida por la pregunta que le habían formulado en su idioma. Detrás de ella había una chiquilla que lucía una gorra de ferroviario. De unos nueve años. Diez, quizá. Cabello oscuro, flequillo corto y un rostro dulce, vehemente, inquisitivo.

Llevaba unos anteojos oscuros enganchados al cuello de la camiseta y sostenía en la mano un papel tintado enrollado que a Evelyn le resultaba muy familiar.

¿Cómo sabías que era inglesa?, preguntó Evelyn.

Porque no se santiguó al entrar, explicó la chica.

Ah, ¡bien visto!

Entonces, ¿qué me dice? Tengo una llave.

Qué afortunada casualidad, dijo Evelyn. ¿Y también tienes un nombre?

A veces «niña», a veces Alys. ¿Y usted?

Siempre Evelyn.

Alys miró a su alrededor antes de abrir la reja. Adelante, invitó la niña. Acérquese; y Evelyn siguió sus indicaciones. Fue hacia la pintura y cerró los ojos.

Ni siquiera lo está mirando, observó Alys.

No, pero lo estoy oliendo, repuso Evelyn. El bulbo olfativo transmite los aromas a la amígdala y el hipocampo, áreas del cerebro que están asociadas a las emociones y la memoria.

Eso no lo sabía, dijo Alys.

Evelyn se apartó unos pasos del cuadro. ¿Vienes aquí a menudo, Guardiana de la Puerta?, preguntó.

A veces. ¿Y usted?

No, no mucho. La última vez que vi este cuadro fue durante la guerra.

¿En cuál?

Touché, niña, dijo Evelyn.

Yo nací al final de la guerra.

Pues fue en esa misma guerra cuando lo vi. Aunque no aquí, añadió.

Entonces no hace tanto tiempo.

No. No hace tanto tiempo. ¿Y qué tienes ahí?, señaló Evelyn, sabiendo de sobra lo que revelaría la lámina enrollada de papel.

Un dibujo. Me lo han hecho esta mañana; y Alys desenrolló el retrato y lo sostuvo en alto al lado de su cara. Soy yo.

Oh, de eso no cabe duda.

Y entonces Evelyn lo advirtió. En la esquina derecha. Una firma. La verdadera firma de Dotty. Le había dado a la niña un regalo de valor incalculable.

Le pedí que lo firmara, dijo Alys. Al principio no quería, pero al final lo hizo. Aunque a lo mejor no es su nombre auténtico.

Oh, estoy segura de que lo es.

¿Cree que tiene algún valor?

Oh, desde luego.

¿Mucho?

Te convendría conservarlo bien.

Entonces lo enmarcaré.

Así me gusta, asintió Evelyn, y miró su reloj.

¿Tiene que ir a algún sitio, Evelyn?

En efecto. Tengo una cita con Roma.

¿Ahora?

Dentro de un rato.

Entonces cerraré, dijo Alys, que tiró de la verja y echó el cerrojo. Después dejó la llave en el borde de la fuente de agua bendita. Me encanta la nube, comentó luego.

Evelyn se quedó parada.

Esa nube de allí; y la niña apuntó con el dedo al cuadro.

¿Ah, sí?, dijo Evelyn. Una vez conocí a alguien al que también le gustaba esa nube. Y miró a la niña buscando algún parecido con el soldado de su pasado, pero desechó la idea. No podía ser. Y, abriendo la pesada puerta de madera, salió a la luz y se puso las gafas de sol, y la niña hizo lo propio. Caminaron hacia el Ponte Vecchio, marcando el mismo paso, y Evelyn comentó lo mucho que le gustaba la gorra.

La conseguí después de ver *Los inútiles* de Fellini.

¿Y disfrutaste la película?

Sí, la verdad. Supone una evolución del neorrealismo, y eso está bien.

¿Acaso empieza a aburrirte?

Ya hizo lo que había que hacer.

¿Y qué era?

Cambiar las reglas del cine para siempre. Creo que *Ladrón de bicicletas* será recordada como una de las grandes películas de la historia, manifestó Alys.

Puede que tengas razón, dijo Evelyn.

Esa secuencia final en *Los inútiles*..., cuando Moraldo está en el tren y la cámara se desplaza por los dormitorios de sus amigos... Es lo que significa decir adiós, ¿no? Las personas que dejas atrás.

¿Alguna vez has tenido que despedirte de alguien?

Solo una vez.

Se separaron por unos instantes a causa de un grupo de turistas que avanzaban como tortugas por el puente y Alys tuvo que sortearlos a la carrera para alcanzar a la mujer.

¿Sabe usted mucho, Evelyn?

Bastante.

Es la impresión que da.

Será por el turbante blanco.

¿Por qué todas las estatuas son de hombres?

Evelyn se rio. Ay, sí, eso es problemático. ¿Respuesta corta o larga?

¿Cuándo sale su tren?

Bien visto. La corta, entonces. Porque eran los hombres quienes esculpían, fundían, forjaban. La Italia del Renacimiento era un mundo de hombres y un mundo para hombres. Un mundo que propugnaba la inferioridad de las mujeres.

Caray.

Y tanto que sí. Evelyn se detuvo en el centro del puente. Ven aquí, le indicó a la niña, que se acercó y contempló las colinas oscuras del otro lado del río. Evelyn señaló con el dedo.

Allí, la Biblioteca. Un escaparate para el lucimiento de los hombres. Allí, el Palazzo Vecchio, un escaparate para los hombres. Allí, el Instituto de Historia de la Ciencia, un escaparate para los hombres. Allí, la Galería de los Uffizi, un escaparate para los hombres. La historia borra lo que no se ve, explicó Evelyn. Y nunca sabremos la contribución que hicieron las mujeres a esa época única.

¿Dónde estaban ellas entonces?, preguntó la niña.

Evelyn miró a su joven pupila. ¿Cuántos años tienes?

Casi nueve. Pero dicen que soy madura para mi edad.

¿Ah, sí? Bueno, de mí dicen todo lo contrario.

La niña se rio. Es usted muy divertida, le dijo.

¿Que dónde estaban las mujeres? Bueno, eso dependía de la clase social. En la casa, si eran ricas y estaban casadas. Y en la sala de partos, donde pasaban un tiempo considerable, esperando que produjeran herederos varones. Era una sucesión constante de embarazos desde la adolescencia hasta la cuarentena. Naturalmente, también se esperaba que se ocuparan de las tareas domésticas. Organizar a los sirvientes. Coser. Hornear pan. Preparar la lumbre. Así era la vida de las mujeres, niña. O, si no, el convento, la única carrera disponible para una mujer. Esas eran las alternativas.

No me está usted vendiendo esa vida muy bien, Evelyn.

No, ¿verdad? Claro que no. Y se rio.

¿Las mujeres tampoco pintaban?

No lo tenían permitido. Se les prohibía categóricamente participar en las artes o las ciencias. A menos, por supuesto, que el padre de una fuera pintor; en ese caso, tendría acceso a los materiales y a un taller. Pero, en realidad, solo los conventos proporcionaban un espacio para la expresión personal. A menudo, las mujeres creativas procedentes de buenas familias florentinas se refugiaban allí con ese propósito. He aquí un nombre para ti, niña: Plautilla Nelli. Fue la primera mujer pintora del Renacimiento y tuvo mucho éxito. De hecho, regentó una escuela para mujeres artistas. No podía vender su propia obra, pero el convento sí. Tenía ideas radicales y desafió las convenciones de su época. Y nadie la conoce.

Pero yo ahora sí.

Sí, tú ahora sí. ¿Sabes el puente que antes estaba allí?, preguntó Evelyn, apuntando con el dedo.

¿El Ponte alle Grazie?

Pues bien, antaño contaba con viviendas y capillas de cara al río, que descansaban sobre puntales. Eran ermitas dedicadas al aislamiento y la oración. Unas monjas devotas, conocidas como *le*

Murate, o las amuralladas, pasaban toda su vida en las celdas diminutas de estos edificios, sin salir nunca al exterior.

¿Nunca?, dijo la niña.

Nunca. Y rezaban por la ciudad. Les entregaban la comida a través de unos ventanucos a los que solo podía accederse mediante unas escalerillas que se asentaban en el lecho del río. Los domingos recibían la sagrada comunión del mismo modo. Encarceladas toda su vida, o enclaustradas, dependiendo del punto de vista. Al final, se reconstruyó el puente y *le Murate* se trasladaron a un convento en el año 1424.

Hay mucho que digerir.

¿Verdad?, asintió Evelyn. Y después el convento se transformó en una cárcel, que sigue existiendo. Resulta simbólico, y ligeramente irónico.

La niña permaneció en silencio, cavilando.

Evelyn continuó: Nunca conoceremos la vida interior que se cultivaba entre esos muros. Lo que podría haber sido. Gozamos de mucha más libertad que quienes nos precedieron. Y tú gozarás de mucha más que yo.

Evelyn miró una vez más su reloj. Mi querida criatura, he de tomar un taxi. Mi tren sale a las cinco.

¿Nos damos entonces la mano y nos despedimos?, sugirió la niña.

Venga. Y Evelyn le tendió la mano. Ah, tengo otro nombre para ti: Artemisia Gentileschi. Te gustaría, le aseguró ella. Estaba llena de ira. Gracias, amable Guardiana de la Puerta. Ha sido muy divertido. ¡Hasta que volvamos a encontrarnos!; y dándose media vuelta, empezó a alejarse.

¡Evelyn!, gritó la niña. La mujer se detuvo. ¿Convento o matrimonio?

¡Ah, yo convento!, respondió Evelyn.

¡Yo también!

Hasta más ver, niña, se despidió Evelyn, que agitó la mano una última vez antes de dirigirse a un taxi estacionado en la acera.

Hasta más ver, Evelyn, dijo la niña, que se llevó el tubo de papel a los ojos y observó cómo el taxi desaparecía de la vista.

Ulises levantó la mirada de su periódico inglés, que era de una semana antes, al oír el plas, plas, plas sobre las piedras de Alys, que venía corriendo como desmandada. La vio abrirse paso entre un grupo de turistas que apuntaban con el dedo al loro en lo alto de la estatua de Cosme R. Llegó sin aliento y él la atrajo hacia sí y le dio un beso en la cabeza. El pelo le olía a sudor y a sol.

¿Estás bien?, le preguntó, y ella hizo un gesto afirmativo y se sentó. La sombra reptaba centímetro a centímetro sobre la terraza y él le cedió su jersey. La niña se lo acercó a la nariz, como siempre. Un día dejaría de hacerlo, pero por ahora, él era de ella, y ella era de él. Michele salió y, poniendo dos cervezas encima de la mesa, preguntó por Cressy. Ulises le dijo que bajaría en un minuto.

La niña agarró la cerveza de Ulises y se la llevó a los labios. Seguía sin gustarle, tan solo quería crecer rápido. Partió un trozo de pan en dos y se puso a comer con voracidad. Quería abandonar la escuela y darles una paliza a los chicos que se reían de ella. Quería hablar italiano con fluidez y conseguir un trabajo y viajar en tren como Evelyn y echar la vista atrás y rememorar incontables kilómetros de aventuras y noches que se alargaban hasta el amanecer. No podía imaginarse como una señora mayor, pero fantaseaba con no ser joven.

Dejó el vaso y se enjugó los labios. Ulises la miraba como si pudiera verle los pensamientos.

¿Qué tienes ahí?, señaló él.

Ella levantó el tubo de papel y dijo: Voy a esperar a Cressy para enseñároslo. Ya verás como merece la pena, añadió.

El viejo compadre los llamaba mientras cruzaba la plaza. Ulises le acercó una silla y Cressy alcanzó la cerveza antes de sentarse. Arreglada, anunció.

Ay, Cressy…

Me ha llevado toda la tarde, pero…

La niña le dio un suave cabezazo. Fue ella quien encontró la vieja cafetera exprés en el mercadillo.

¿Y qué es esto?, preguntó Cressy, dando golpecitos al tubo de papel que descansaba en el regazo de Alys.

No ha querido enseñármelo hasta que bajaras, dijo Ulises.

Esto… empezó ella, haciendo una pausa para desatar el cordel y desenrollarlo, soy yo. Y no tuve que pagar.

Cressy silbó. Vaya, es una preciosidad.

Ulises frunció el ceño. ¿D. Cunningham?

Tendremos que enmarcarlo, dijo Cressy, que tomó el retrato y volvió a enrollarlo con cuidado.

¿Esa Dorothy Cunningham?, preguntó Ulises.

No sé si es «esa», pero la firma es auténtica, dijo la niña. Me contó una señora que…

¿Dorothy Cunningham ha estado aquí?

Allí en la columnata…

¿Qué señora?, dijo Ulises.

Cuando estaba en la iglesia.

¿Qué iglesia?

Estáis haciendo un montón de preguntas al mismo tiempo, los interrumpió la niña, que fingió beber de la cerveza de Cressy. Se enjugó los labios y añadió: La iglesia donde está el cuadro rosa y azul. En la que entramos con Pete. Seguí a una señora mayor adentro porque parecía interesante. Vestía de blanco de arriba abajo.

A lo mejor era una monja, aventuró Cress.

Llevaba un turbante en la cabeza.

Entonces a lo mejor no, rectificó el otro.

Y le enseñé mi dibujo. Y luego ella dijo que tenía que irse porque tenía una cita con Roma.

¿Una cita con Roma?, repitió Cressy. ¡Fíjate tú!

El tren de las cinco. Le conté que me gustaba la nube. Y entonces Evelyn, que se llamaba así, dijo…

Ulises se levantó de la silla antes de que ella pudiera terminar la frase. ¡Comed sin mí!, gritó él cuando ya corría por la plaza en dirección al río. A lo largo del *lungarno* Guicciardini la gente se paraba a mirarlo. Esquivó coches y ciclistas y en el Ponte alla Carraia estuvo peligrosamente cerca de ser atropellado por un tranvía. Notaba los pulmones como si le fueran a reventar y le ardían las piernas; *Scusi, scusi*, decía a voz en cuello. Atravesó la Piazza Goldoni, enfiló la Via dei Fossi, entró en la plaza de Santa Maria Novella; saltando sobre las vías del tranvía, sorteando a los obreros y a los curiosos, gritando.

Ya voy, Evelyn, sé que eres tú.

Corrió hasta la estación de ferrocarril, subiendo escalones de tres en tres, y se encorvó sobre el tablero de salidas, con la lengua fuera como un perro viejo. Localizó el número del andén y se abalanzó hacia allí, y la gente le increpaba y gesticulaba, porque es un peligro en las aglomeraciones. En la puerta de acceso al andén, vio que los vagones empezaban despacio a moverse, y suplicó que le permitieran pasar, y el tren aceleró y allá se lanzó de nuevo, y tenía muy cansadas las piernas, pero de algún modo sacó fuerzas para un último esprint, y creyó que podría alcanzarlo, que podría…

Pero se quedó sin andén.

Y el tren se fue.

Se sentó en el suelo, tratando de recobrar el aliento, mientras que un policía lo vigilaba.

A bordo del tren, Dotty había estado observando lo acontecido por la ventanilla y, cuando Evelyn regresó al vagón, le contó: Acabo de presenciar algo extraordinario. Un joven corría hacia el tren como si le fuera la vida en ello.

Ay, el amor, comentó Evelyn.

¿Qué si no?

Evelyn se apoyó sobre su amiga para mirar. No veo nada, dijo.

Demasiado tarde, señaló Dotty, que se sentó y desenvolvió un bocadillo de mortadela. ¿Te apetece un bocado?

No, gracias.

Pareces algo desolada.

Tengo la sensación de que me he dejado algo atrás, reconoció Evelyn. Me siento como incompleta.

Ya volverás.

Sí, supongo que sí.

Aun así, el hecho de saber que regresaría en el futuro no disipó la sensación de desasosiego.

Quizá pruebe un bocado, decidió al final, extendiendo la mano.

Adelante, come, le dijo Dotty. Lleva alcachofa.

Delicioso, alabó Evelyn. Te levanta el ánimo, ¿verdad? Ah, quería contarte, añadió cuando terminó de masticar, que he conocido a la muchachita que dibujaste.

Dotty se rio. ¿Gorra y flequillo oscuro?

Todo un personaje, dijo Evelyn.

Me conquistó.

Pero si no te gustan los niños, Dotty.

No, ya sé que no. Pero ella era más bien un adulto con ropa pequeña. Decía que regentaba una casa de huéspedes.

¿Una casa de huéspedes?

Y tras darle otro mordisco al bocadillo: Se lo firmaste, Dotty.

Ya. No tuve más remedio. Para los gastos. Porque, oye, mantener una casa de huéspedes no sale barato.

Poco menos de un año después, en enero de 1955, Evelyn planeó otro viaje a Florencia, pero tuvo que cancelarlo a causa de un episodio de gripe bastante feo. Perdió varios días en la cama y estaba cascarrabias y frustrada.

Jem Gunnerslake fue a visitarla. Le llevó flores, y Evelyn se alegró de verlo. Le confirmó que su madre era Penélope, la crítica de teatro. ¿Por qué?, preguntó él.

No, por nada, dijo ella, impaciente ya por contárselo a Dotty.

Estaba el muchacho plantado delante de una fotografía: una reunión poco frecuente de las Tres Vi (Virginia, Violeta y Vita). Tenían un aspecto una tanto abatido, pero también interesante. Dotty estaba allí aquel día; se la ve al fondo, empuñando una escopeta. Borrosa, pero en una pose inconfundible.

Mencionó Jem entonces: Me gustaría volver a ver a la señorita Cunningham.

Y, sonriendo, pensó Evelyn: *Seguramente lo hagas cuando descubra quién es tu madre.*

Esa misma noche, se pasó por allí Dotty a hacerle una sopa.

Este virus de la gripe no me habría tocado de haber tenido cuarenta y cinco, se lamentó Evelyn.

Solo si hubiera sido la cepa masculina, apostilló su amiga, y Dotty se echó a reír y luego tosió.

Dotty le llevó la sopa y confesó que se le había olvidado agregar los huesos.

Aun así está muy rica, dijo Evelyn.

Debes de estar enferma. Quería enseñarte esto, comentó Dotty, que abrió la cremallera de su portafolio y empezó a sacar una pintura tras otra.

La luz, apreció Evelyn.

Y tú.

Tu percepción de la ciudad.

Y tú, reiteró Dotty.

Que después dijo: ¿Cómo podrían no haber tenido éxito los hombres en aquella época? La ciudad se lo ofrecía todo, ¿verdad? La ciudad lo era todo.

Oh, desde luego, la ciudad lo era todo. Si Miguel Ángel hubiera nacido en Bolonia, todo habría sido diferente, declaró Evelyn, que pareció de pronto recuperada.

En 1956, Evelyn efectivamente regresó a Florencia, pero en esta ocasión sin Dotty. Tomó el tren desde Venecia, un breve respiro de la Bienal, donde su amiga exponía la obra florentina. Pasó una mañana observando la reconstrucción del puente de Santa Trìnita, y desde allí su deambular la llevó por una calle estrecha que desembocaba en la plaza de Santo Spirito. La actividad no había decaído en el mercado, ruidoso y a la vez lleno de encanto. Entró por la cara norte, junto a la iglesia. No podía saber que Ulises salía por el extremo sur con la niña, aunque la visión de una furgoneta Jowett Bradford se le quedó en cierto modo grabada. Se dirigía a entregar un globo terráqueo a una villa cerca de San Gimignano. No le habían regateado el precio, de modo que, pese a ser alto, no tuvo que rebajarlo; y es que era uno de sus mejores trabajos. Evelyn almorzó temprano en el café Michele y desde su mesa llegó a reparar en un hombre mayor con un loro, sentado en los bancos de piedra con unas señoras de cierta edad, compartiendo un vermut. No se forjó ningún juicio de valor sobre tal escena, ya que Santo Spirito siempre había sido un barrio más excéntrico que el resto. *¿Por qué diantres nunca se alojaba en esta orilla del río?*, se preguntó. Otros colegas se hospedaban en el Bandini, encima del Instituto Alemán de Arte, en el Palazzo Guadagni, pero siempre le había parecido demasiado masculino para ella. *¿Y qué?*, objetó para sí misma. Cuando regresara, quizá probaría. Un hombre corpulento con delantal le llevó en ese momento su *espresso* y conversaron sin reservas sobre los cambios económicos de la zona, que eran considerables. Ojalá se le hubiera ocurrido pedirle que le recomendara una *pensione* cercana y asequible. Sin embargo, no lo pensó. Le llevó la cuenta y volvió, paseando sin prisa, a la estación. Tomó el último tren a Venecia y asistió con Dotty a una fiesta en la mansión de Peggy Guggenheim. La mecenas tenía buen ojo. Hablaron de Jackson Pollock. Luego Evelyn le indicó cuáles eran las mejores sardinas enlatadas que podía comprar y la otra quedó encantada. Siempre eres bienvenida aquí, manifestó Peggy.

En 1958, Evelyn y Ulises llegaron realmente a cruzarse en el Ponte Vecchio. (Se reirían de ello en el futuro). Los dos estaban enfrascados en sendas conversaciones; Evelyn, con un joven restaurador de arte, y Ulises, con Massimo. La mirada de Evelyn estaba puesta río abajo, en el Ponte de Santa Trìnita, que había sido concluido el año anterior. Ay, qué día tan feliz, había expresado ella, con esas u otras palabras a tal efecto, a pesar de que la cabeza de la Primavera permanecería desaparecida durante otros tres años. Se rumoreaba que había sido robada / secuestrada / vendida a un multimillonario americano. La compañía Parker Pen ofreció incluso una recompensa de 3000 dólares a quien la encontrara. ¡Y vaya follón! Al final, un equipo de dragado la extrajo del lecho del río.

En cuanto a Ulises y a Massimo, se habían detenido a medio camino y miraban hacia el Casentino, río arriba. Massimo estaba revelando que la persona de la que recientemente se había enamorado era en realidad un hombre. Hundía las manos en el bolsillo, esperando ser compadecido, o bien perder una preciada amistad, porque esas habían sido, por regla general, las consecuencias de sus confesiones pasadas. Más le vale que te trate bien, fue lo único que dijo Ulises. Abandonaron el puente hacia una velada de negronis e insensatez. De alivio, en verdad. Conmigo nunca tendrás que preocuparte de esas cosas, lo tranquilizó Ulises, que conoció al novio dos meses después. Un académico estadounidense, mayor que él, llamado Phil. Callado, formal, interesante. Todo cuanto podría desearse en un hombre.

Así danzaban Evelyn y Ulises y así danzarían durante años. Solo sus pensamientos marcaban el ritmo. Un baile elegante de doble paso, creado a partir de una giga al borde de una carretera de la Toscana. Él visitaba una galería y pensaba en ella. Ella veía un globo terráqueo y pensaba en él. Fue con Dotty a un club de jazz, donde escucharon a un pianista que creyeron que era el mismo que el de aquella obra del West End. Pero no podía ser, ¿verdad? Interpretó un tema que, por lo que apuntó, tocaba en contadas ocasiones. «La canción de Cressy», lo llamó.

Y en diciembre de 1959, sentada en su piso de Bloomsbury, miraba pensativa el cuaderno ante ella. Intentaba pergeñar una introducción a las pinturas de naturaleza muerta que incluyera la idea del espacio femenino cuando sintió un frío repentino. Se acercó a la chimenea y echó otro tronco al fuego. Se ciñó la rebeca alrededor de los hombros y entonces el botón naranja que había adquirido cinco años antes en Sant'Ambrogio captó su atención. Destacaba por su otredad. Igual que el recuerdo de una niña de nueve años a la que a veces llamaban Alys y a veces «niña». Evelyn alcanzó la copa de clarete y permaneció delante del fuego. Ciertas actividades se ensalzan, otras se desprecian, tachándolas de inferiores, o humildes, o triviales, reflexionó. ¿Y quién es quien decide? Los privilegiados y, en última instancia, la mirada masculina.

Rellenó la copa y volvió a sentarse.

La vida espiritual frente a la física, escribió. Lo sagrado frente a lo profano. Lo culto frente a lo inculto. Un mundo en el cual lo externo y lo interno se hallan en permanente oposición.

El mundo de la cocina en el hogar es un mundo femenino (esto lo subraya). Es un mundo de rutinas, de cuerpos y de funciones corporales. Un mundo de sangre, cadáveres, vísceras y servidumbre. Donde acaso entren los hombres, pero no a trabajar; y sin embargo, trabajo es lo único que las mujeres hacen allí. En ocasiones, ocurre que en los bodegones aparecen sobre la mesa objetos másculos —pipas, relojes, mapas—, a menudo dispuestos en una composición ridícula y, aun así, consiguen lo que pretenden: anular el espacio femenino. El triunfo del hombre sobre la trivialidad de la escena.

Bebió un sorbo de vino. Continuó escribiendo.

La fuerza de la naturaleza muerta radica precisamente en esta trivialidad. Pues se trata de un mundo fiable. De reciprocidad entre los objetos que están presentes y las personas que no. El tiempo congelado en torno a una ausencia fantasmal. ¿Quién preparó la comida? ¿Quién destripó el pescado? ¿Quién fregó la cocina? Son estas las acciones que sustentan la vida. Residen en este espacio los objetos que representan la vida cotidiana: platos, cuencos, jarrones, cántaros, cuchillos para ostras. La forma de estos objetos ha permanecido inalterada, así como su función. Se han convertido en utensilios fijos y ordinarios en este mundo de costumbres, utensilios que damos por garantizados. Y no obstante, estas formas conservan en su interior algo poderoso: continuidad. Memoria. Familia.

Soltó la pluma. La niña ya no tendría nueve años, ¿verdad? Catorce, al menos. Catorce a las puertas de una nueva década. Qué maravilla.

La dolce vita

1960

El cambio de década fue recibido con los brazos abiertos. Id con Dios, años cincuenta. ¿Qué habéis hecho por nosotros? Pues bastante, en realidad, alegó Massimo, que encendió un cigarrillo y pareció prepararse para pronunciar un discurso informado. Dejadme que os explique. El país está experimentando un milagro económico debido, en no pequeña medida, al Plan Marshall (o Programa de Recuperación Europea, para llamarlo con propiedad) y se respira una gran sensación de alivio y optimismo tras la guerra y el fascismo.

Es algo que noto, dijo Pete.

Yo también, asintió Cress.

La reconstrucción está en su máximo apogeo y las migraciones masivas han desplazado a un sector demográfico desde las regiones desfavorecidas del sur rural hacia las zonas urbanas más ricas del norte. Por consiguiente, la prosperidad empieza a alcanzar a las clases trabajadoras y está floreciendo una nueva sociedad de consumo. Fiat, Pirelli, Alfa Romeo, Vespa...

Gucci, apuntó Ulises.

Gucci, repitió Massimo. Nombres que han dado protagonismo a Italia en el escenario mundial. Las masas tienen ahora acceso a la moda —y exhibió en un visto y no visto la etiqueta de su flamante chaqueta de confección—, y las lavadoras, las neveras y, lo que es más importante, las latas de tomate han transformado como nunca la vida de las mujeres. Los automóviles han sustituido a los burros y las carretas; y las motos, a las bicicletas. ¿Qué más?

Los televisores, añadió Cress.

Ah, sí, los televisores. ¡Televisores por doquier! Y la Pensione Bertolini tiene hasta un teléfono y a nadie le importa. Conque, sí, son buenos tiempos, concluyó Massimo, exhalando un largo penacho de humo.

Estaban sentados en la terraza del café Michele, bajo un inmenso toldo, obsequio del Grupo Campari por sus elevadas ventas de bíter prolongadas en el tiempo. El local estaba abarrotado. Ulises observó cómo Giulia servía platos de lentejas con *cotechino*; para atraer la buena suerte, según la tradición.

Un brindis, propuso Claude, deseoso de dejar su impronta en la velada. ¡Hola, años sesenta! ¡Más de lo mismo, por favor!

Los hombres alzaron sus vasos. ¡Hola, años sesenta, más de lo mismo, por favor!

La niña estaba en los escalones de la iglesia, rasgando una guitarra. Ya no la llamaban «niña», naturalmente; ahora era Alys. Bohemia toda ella, a sus catorce años y cuatro meses; beatnik aun antes de saber qué significaba, con su gorra de ferroviario, jersey de pescador y vaqueros por encima de los tobillos. Saludó con la mano a Cress y a Pete cuando estos cruzaban la plaza, con Ulises y Massimo a la zaga, absortos en su conversación. Ahora se mantenía distante con Ulises y no sabía cómo enderezar la situación.

Las cosas habían cambiado de la noche a la mañana. La sensación de que era el centro de las miradas, de que se reían de ella…, bueno, ahora la tenía todo el tiempo, ahora que quería besar a las chicas. Y un poco le parecía que estuviera mal, pero la iglesia no ayudaba, ni tampoco los chicos de la escuela, con sus chismes y pullas. Había dejado que Guido le tocara los pechos incipientes solo para acallar los rumores. Esa noche, cuando llegó a casa, no pudo mirar a Ulises y se metió en la cama sin cenar. ¿Acaso empezó ahí? El distanciamiento, quería decir. Una acción bochornosa no podía paliar otra, pero cómo iba a saberlo ella, que tenía catorce años y cuatro meses, y estaba llena de hormonas y preguntas, y aún no había ni rastro del período.

El público congregado aguardaba, calmado, y Alys sonrió, y gorjearon los zorzales.

Y ahí tenemos a Peg, dijo Cress.

La primera canción se titulaba «La torre de Rotherhithe» y la había compuesto la propia Alys. Pete había ayudado con la música, pero la letra era de ella. Narraba la historia de una mujer que intentaba que su balada trajera a un hombre de la guerra, remontando el Támesis en palabras de amor. *Mi dulce niño nuestro río*, era el estribillo. *Mi dulce niño nuestro río, acércate más, ven conmigo, sigue las palabras que en el viento oyes, te guiarán, te curarán, por siempre te alimentarán, solo vuelve a mi lado y dame la huella de tu mano*. El soldado nunca regresó y la torre cayó en ruinas en tiempos de paz.

Tiene una cierta sensibilidad irlandesa, susurró Pete.

Ulises sabía que la canción trataba sobre Peg, que para entonces había dejado su empleo y se había mudado con Ted a una zona residencial en el este de Londres, cerca del final de la línea Central de metro. Tenían una casa grande con un aire gótico y un camino particular que invitaba a los intrusos a irse a tomar por culo. Todo muy burgués, secretos incluidos, pero era típico de Ted. No entendían por qué ella lo había hecho. Y Cress menos que nadie. El viejo compadre, que sospechaba que era un acto de autosabotaje y desesperación, quería que Ulises volviera a Londres y la trajera a casa. ¿Y dónde está su casa, Cress? Con nosotros, respondió él. No estoy muy seguro de que ella lo vea de la misma forma, objetó Ulises. Fue su primera discusión y Alys manifestó: ¿Veis? Al final ella se interpone entre todos. Y con eso poco menos que les cerró la boca. No en el buen sentido.

No había bares con piano cerca de Peg, de modo que dejó de cantar y aquel salvavidas desgastado se le escapó de las manos. Cada día, al llegar la hora del cóctel, el bueno de Ted —el señor Agente de Seguros, el señor Averso al Riesgo—, a la coctelera le daba ritmo y le daba cariño. Los preparaba secos y con aceituna, cómo no, porque Peg prefería el limón. No seas tan cabrón, le recriminaba ella, y luego se besaban, y ella le mordía el labio como a él le gustaba, hasta que sangrara. Revisaba las facturas telefónicas y se enteraba si llamaba a Italia. Tenemos que economizar, insinuó él. ¿Economizar?

¿Desde cuándo? Desde que dejaste de trabajar. Pero si tú no querías que yo trabajara. Eso nunca lo dije. Ay, Peg, se lamentó Claude en algún lugar en el tiempo.

Ahora era Ulises quien llamaba, tal era el motivo de que hubiera instalado el teléfono en la *pensione*. Siempre que Peg decía «No quedan asientos», era el código para que Ulises le devolviera la llamada otro día. No había hablado con ella desde hacía meses y las cartas que enviaba eran una descripción tibia de sus días. ¡He hecho una tarta! Pero, coño, ¿cuándo había hecho Peg una tarta antes? Incluso a Pete, que era la última persona en proferir reniegos, eso lo sacó del proverbial quicio.

Peg prometió que volvería a visitar Florencia después de aquella primera Navidad, pero no llegó a cumplirlo. Hablaban de ello, cómo no, pero Peg hablaba de un montón de cosas por entonces. Sin embargo, Alys regresaba a Inglaterra casi todos los años, aunque incluso eso parecía una puta condena. Llegaba a casa huraña y deprimida, y al final confesó que Ted no le caía bien. ¿Por qué no?, quiso saber Ulises. Porque no y punto, replicó ella. Tendrás que contarme más, insistió él. ¿Te ha hecho algo? No, no es eso, le aseguró. Es por las cosas que dice. ¿Qué cosas?, preguntó Ulises. Le dice a Peg que yo soy mejor que ella.

Cress le sugirió que tenía que ponerse creativo, salirse del molde, y se le ocurrió algo. Lo organizó para que Peg y Alys pasaran cada verano un período de dos semanas donde Col, sin Ted. Sabía que este no presionaría a Col, porque Col lo mataría. Basta con una palabra, decía.

El primer verano, Col volvió a ser el Col de antaño y se ponía mandón cuando sus mujeres estaban cerca. Ginny y Alys se hicieron inseparables y bajaban a nadar al canal cuando la temperatura superaba los 25 grados, y les gruñían a los chicos que se sacaban el pito empalmado delante de ellas. Sin embargo, el cambio más evidente se produjo en Peg. La presencia de Ginny aplacó su ira maternal y su mandíbula roma se relajó. Pete tocaba el piano y Peg cantaba a pleno pulmón. Como en los viejos tiempos, comentó la señora Lovell mientras cenaba su carne asada. Peg incluso mencionó a Eddie al principio de una canción, porque es lo que ocurre cuando una mujer se siente a salvo. Lo que Peg ama, Peg lo guardará cerca del corazón, dijo Col, por lo cual Alys se sintió confusa, ya que no se sentía tan cerca de ella. Estaba previsto que la chica volviera en julio, pero había perdido la foto de Eddie y tenía miedo de cómo reaccionaría Peg. ¿Tenías una foto de Eddie?, preguntó Ulises. ¿Desde cuándo? Desde que era una niña, le reveló.

Los aplausos del público devolvieron a Ulises al presente. Pete se giró hacia él y le dijo: Lo ha hecho bien, Temps. Nunca pasará hambre. Yo sí, pero ella no. Y luego le arrebató el cigarrillo y aspiró una honda calada.

Alys recorrió la multitud con mirada ansiosa, escudriñando cada uno de los rostros hasta que sus ojos se prendieron a la rubia Romy Peller, quince años de belleza lozana y tan estadounidense como ella sola. Era la chica a la que Alys había besado una hora antes en un portal oscuro que olía a meados. Luz de luna y bocas conectadas por hebras plateadas de saliva. Alys quería decir «te quiero» en ese momento y lugar, pero la noche era joven, y tenía toda la vida por delante.

Se habían conocido dos meses antes en el cine. Sentadas una al lado de la otra, apenas se movían, apenas respiraban. Romy tenía una Vespa, y Alys montaba atrás y se agarraba con fuerza a la cintura de la chica, inclinada sobre ella, arrimándose solo para oler el aroma del champú en su pelo. El padre de ella se había tomado un año sabático de la universidad para escribir un libro sobre Henry James, y lo único que tenía que hacer Romy era aprender italiano y besarse con chicas, y se le daban bien las dos cosas. La gente las consideraba solo buenas amigas, pero esa noche Cress se percató de la situación y siguió la mirada radiante de Alys hasta un muchacho, que se hizo a un lado y dejó ver a una chica.

Vaya, vaya, pensó. *Alguien se ha enamorado.*

Pero ¿no lo estaba todo el mundo a finales de los cincuenta? ¿Incluso tú, Cress?

Los últimos seis años habían sido los más felices de su vida. Su ritual de cortejo a la *signora* Mimmi había dado un giro íntimo cuando ella le reveló que se llamaba Paola. Cenaban juntos una vez por semana, en casa de uno o de otra, y cocinaban las recetas recogidas en *La ciencia en la cocina y el arte de comer bien*, de Pellegrino Artusi. Paola le había regalado un ejemplar la pasada Navidad, y cada mancha y cada salpicadura de aceite en una página eran el equivalente a las huellas de pisadas en la arena de una playa. A veces se subían a la moto Guzzi, salían de la ciudad y comían en la terraza de un modesto *albergo* en las colinas. Cress le dijo a Paola que parecía una estrella de cine, con sus anteojos oscuros y su pañuelo de seda, y Massimo le sacó una fotografía que terminó en el bar de Michele, y la gente creía que era Anna Magnani. A veces Paola hablaba sobre su marido, pero a Cressy no le importaba. Al fin y al cabo, ella había vivido toda una vida antes de que trastocara su mundo. Me pregunto si también habrá espacio para mí en tu corazón, le dijo.

A solas por la noche, no podía creer que una persona tan hermosa quisiera pasar tiempo con él. Cress había empezado a liberarse de su madre. ¿O era su madre quien había empezado a liberarlo? Quizá fuera porque por fin estaba en buenas manos.

Gritó entonces Alys: ¡La próxima canción la escribió nuestro amigo Pete!; y apuntó al hombre con el dedo, y las cabezas se giraron a mirarlo. Para el pianista, fue como retroceder a 1956 y estar de vuelta en el Haughty Hen. Aquel verano había sido una celebridad menor, tuvo incluso una admiradora un tanto fanática que lo seguía desde la estación de metro. Sin embargo, los últimos años de la década habían resultado tan impredecibles y variopintos como siempre. Había conseguido un papel para interpretar un grito en una obra de suspense en el West End, un papel que Col opinaba que estaba hecho a su medida, y en muchos aspectos era cierto. Además, el contrato del sindicato de actores le aseguraba un salario decente. Lo único que Pete tenía que hacer era gritar desde los bastidores después de cada asesinato, cuando el escenario se oscurecía. Todo fue bien el primer mes, hasta que Pete perdió la concentración y entró en pánico. De pronto, empezó a soltar alaridos sin ton ni son, y la actriz principal se desmayó y terminó en la platea con un brazo roto. Al punto lo pusieron de patitas en la calle. Col lo encontró tocando en

Piccadilly Circus. Finge que no me conoces, le pidió Pete. Ya lo hago siempre, le contestó Col, que luego le comentaría a Ulises que nadie le ofrecería trabajo. Su reputación no solo lo precedía, sino que también iba acompañada de una camiseta con las palabras «Tonto de los cojones» escritas por delante.

La canción se titula «La libertad de la carretera», anunció Alys.

Ahí está, bajo el cielo nublado
El futuro es incierto, pero no desvía el rumbo.
Porque…
Ahora sabes cómo suena la música
Del auge y caída del imperio,
Está tocando a su fin.
Jamás contabas ni un poquito.
Y pregunté pero decías: es un mito.
Jamás contabas ni un poquito.
Y decías: la dicha es cosa de ricos.
Pero yo la vi allí.
Vaya si la vi.
En la carretera sin destino fijo.
Mira, ¡conozco el camino!
¡Oh, sí, conozco el camino!
Nunca dudes de mi bagaje.
La libertad me la da la carretera.
Jódete, que el momento equivocaste.
No tenía justificación tu espera,
¿Cómo pudiste?

(Yo nunca dije «Jódete», susurró Pete.
Ulises esbozó una sonrisa. Sé que no, Pete).

Y la caída del poderoso se usó para acallar
Un corazón que late,
La virtud de un mundo aparte.
Si no lo intentas no fracaso.

Y el puto Santo Grial del tirano
Mantiene al pueblo en su reclamo
A salvo contra un muro medio derrumbado
Para poder pegarte un tiro.
¡Porque la vi allí!
¡Vaya si la vi!

El público coreó el estribillo. Cien voces, ¿doscientas?, embriagadas con las palabras de Pete, hilvanadas en una nueva década de paz y revolución, de «haz el amor y no la guerra». Massimo se volvió hacia Pete y, por encima del bullicio, gritó: ¡Qué poder tienen tus palabras, Pete!

Tienes talento, dijo Ulises. No dejes que nadie te convenza de lo contrario. Ni Col ni nadie. ¿Me oyes?

Te oigo, Temps; y poniéndose la mano al pecho, añadió: Namasté. Y con esa reverencia a lo divino, los tres hombres se alejaron del escenario eclesiástico y dejaron a Alys entre las evocaciones de juventud y optimismo.

A Ulises le habría gustado quedarse más tiempo, pero el trato era de dos canciones y nada más. Se mostraba cohibida y tímida en compañía de él, que no sabía cuándo se había producido ese cambio, pero calaba en él la sensación de que estaba perdiéndola. Ella le contaba cada vez menos de su vida, por lo que, siempre que ella se ponía a cantar y a tocar la guitarra con otros jóvenes en la plaza, aprovechaba la oportunidad. A veces se precipitaba hacia la ventana y abría los postigos de par en par solo para enterarse de sus cosas: de lo que le interesaba, de lo que la emocionaba, de lo que la enfurecía. Últimamente surgía mucho el tema del amor. Había mucho que abarcar, pero él solo quería que terminara la escuela.

Padres e hijas, dijo Cress, como leyendo los pensamientos de Ulises. Hay tanto que…

¿Tanto qué, Cress?, preguntó Ulises.

Ayúdame, Pete.

¿Ayudarte con qué?

Una palabra. Una palabra que describa la incomodidad entre padres e hijas.

Pete lo meditó durante unos momentos. «Incomodidad» está bien, Cress.

Sí, pero no es esa *la* palabra, ¿no crees, Pete?

¿Reticencia?, sugirió Massimo.

«Reticencia» es mejor. Pero tampoco es esa la palabra.

Lo que ocurre es que no quiere que sepas de sus cosas, explicó Pete. Encuentra placer en su intimidad. La adolescencia es así. Hay mucho que descifrar.

Ya, pero eso no es una palabra, ¿no crees, Pete?, objetó Cress.

¿Placer en su intimidad?, inquirió Ulises.

Creo que yo nunca tuve de eso, dijo Massimo.

Aparte, tiene miedo de defraudarte, agregó Pete. Entre la mierda de Peg y todo eso…

No olvidéis que aún estoy buscando la palabra apropiada, insistió Cress, pero no lograron dar con ella y los hombres se separaron junto al banco de piedra. Cress se quedó esperando a Paola y Massimo se encaminó hacia su despacho para llamar por teléfono a Phil, que seguía en Estados Unidos. Estallaron petardos, que perturbaron la noche.

Ulises dijo: ¿Qué te parece una retirada temprana, Pete?

Creí que nunca lo propondrías, Temps.

La puerta de la calle se cerró tras ellos. Sus pasos, lastrados por el cansancio, que resonaban en el hueco de la escalera.

Por cierto, me gusta muchísimo esa chaqueta, comentó Ulises.

¿Este trapo viejo, Temps? Lo compré en Varsovia.

Un rostro asomó por la puerta a su izquierda y los miró de arriba abajo. Feliz año nuevo, les deseó la señora condesa, que en realidad nunca había sido tan anciana como parecía, solo gruñona y punto.

Para usted también, condesa, respondieron ellos.

¿Y Alys? Su noche terminó donde había comenzado. En el mismo portal húmedo, pero con el pulgar de Romy en la boca. Saboreó la sal de las patatas fritas que habían comido poco antes. Sintió el borde rugoso de la uña. Chupa, le pidió Romy, y Alys la complació, y se apretaron una contra la otra cuando pasó una patrulla de *carabinieri*. Alys miró el reloj. Le habían dado un tiempo generoso, pero ya era hora de irse. Se separaron junto al río. Una se dirigió al norte; la otra, al sur.

A la dos de la madrugada, entró en el *palazzo* y suavemente cerró la puerta al mundo exterior. Se quitó los zapatos, cuidando de no despertar a Cressy, que había dejado entornada la puerta de su dormitorio. De camino a la cocina, captó una luz en el cuarto de estar.

No hacía falta que me esperaras despierto.

Tenía que hacerlo, dijo Ulises, levantando la mirada del libro. Y siempre lo haré.

¿También cuando tenga veinte años?

Ajá.

¿Y cincuenta?

Siempre.

Ella se rio. No tienes remedio.

Se te ve contenta.

Debería irme a la cama.

Vale.

Se volvió cuando llegó a la puerta. ¿Qué has dicho?

He dicho que nunca podrías decepcionarme, Alys. Estoy orgulloso de ti de los pies a la cabeza. De cada fibra minúscula de tu ser. De tus pensamientos, de tu alegría, de tu rabia. De tu forma de cantar y de labrarte tu camino por este mundo a veces dejado…

Quiero a una chica.

(PAUSA).

Una chica con suerte…, de la mano de Dios, decía.

Se quedaron mirándose y la distancia entre ellos se redujo a la mitad. Habló Ulises al cabo: Un nuevo año, Alys. Espero que sea digno de ti.

Buenas noches, Uli.

Buenas noches, niña.

Enero transcurrió despacio y la revolución pasó a un segundo plano. El viento soplaba desde las colinas portando aguanieve y el aire cortaba con un pellizco gélido. Las nubes encapotaban el cielo y los ánimos decayeron. Las naranjas sanguinas eran un alimento básico después de cada comida y Alys se saltaba las clases para dar calor a Romy. Cress aprendió a hacer *gnocchi*; en realidad es sencillo, explicó: patatas, harina y un uso diestro de los dedos. Pete cayó preso de un ataque de taciturnidad después de que Ulises volviera a pedirle que se fuera a vivir con ellos. Se encerró en su habitación un día entero, mientras Claude esperaba en el pasillo, afanado con una bolsa de semillas de girasol. Ulises empezó a trazar el mapa para un nuevo conjunto de gajos. Un globo de 50 centímetros de diámetro, el más ambicioso hasta el momento. Y el ocho de enero, a las cuatro de la tarde, sonó el teléfono. Descolgó y allí estaba la operadora. *Sì, sì*, dijo él. Otra pausa y…

¿Peg? ¿Eres tú?

Dejó el café y sacó un cigarrillo del paquete.

¿Temps? No esperaba localizarte.

(PAUSA).

¡1960, Peg! ¿Dónde has estado?

Ya, bueno. ¿Cress está bien?

Pasando el mejor momento de su vida.

Peg encendió un pitillo. ¿Y Alys?

Enamorada.

No me jodas, Tempy. No podrías haberme dado una noticia peor.

Cálmate, Peg…

Joder, que no se quede preñada, por favor…

Es imposible que pase.

¿Cómo lo sabes?

Lo sé.

Ahora no te hagas el ingenuo conmigo. Todos nos figurábamos que…

Peg, para ya. Es una chica. (PAUSA). Está enamorada de una chica.

Ella se echó a reír. Es la mejor noticia que he oído en años, coño.

Relájate, Peg. Y no seas cruel.

Lo sé, tranquilo. (El sonido de Peg aspirando el cigarrillo). Vaya, quién lo habría imaginado. Es una novedad en nuestra familia.

¿Dónde está Ted?, preguntó Ulises.

Fuera de combate. Anoche se acostó muy tarde. Voy a por algo de beber. No colgarás, ¿no?

Claro que no.

El sonido de pasos que se alejaban. La puerta de la nevera que se abría y se cerraba. La cháchara del hielo. Peg que regresaba junto al teléfono.

¿Sigues ahí?, preguntó ella.

Aquí sigo.

Conque una chica, ¿eh?

Sí. Acercó el cigarrillo al cenicero y le dio un golpecito con el dedo. Feliz año nuevo, Peg.

¿Crees que lo será?

Te mereces alguno, ¿no?

No me quejo.

¿Qué tal en Essex?

Tenemos un jardín grande.

No sabía que querías uno.

Y no lo quería.

Peg se rio. (Era insuperable oírla reír).

Sí, sí, claro, dijo Ulises. Ah, mira quién está aquí. Acaba de llegar nuestro buen amigo.

Pete entró en la habitación, Claude a la zaga. Ulises tapó el micrófono con la mano. ¿Estás bien, Pete?

Mucho mejor, gracias, Temps.

Es Peg, le informó Ulises, levantando el teléfono.

¡Hola, Peg!, saludó el otro a gritos. Se acercó al piano y empezó a tocar. Dile que esta va dedicada a ella.

Dice Pete que esta te la dedica; y Ulises sostuvo el auricular cerca del teclado. Al otro lado de la línea, Peg empezó a cantar: «I'm a Fool to Want You».

Pete, a pleno pulmón: Siempre has sido una estrella, una dama celestial.

Peg aguantó en la línea toda la canción. Quizá le hubiera costado una fortuna, pero valió la pena cada penique solo para que Peg fuera Peg otra vez. La canción terminó con una floritura de Pete. Y el tintineo del hielo en un vaso puesto vertical. Ulises se acercó de nuevo el auricular al oído. La respiración de él, la respiración de ella, ese aliento ahumado.

No hay nadie como tú, Peg.

Tengo que irme, anunció ella, y colgaron los dos.

Pronto llegó la última noche de Pete en el *palazzo*, que se pasó volando. Ya era tarde y todos se habían atiborrado de *gnocchi*, que Cress había servido con salvia, mantequilla y queso, con una capa espolvoreada de parmesano por encima. Alys había ido a casa de Romy, y Pete, sentado al piano, ponía música a sus pensamientos. Decenas de velas añadían una dimensión introspectiva a la velada, que habían comenzado coreando canciones de Johnny Mathis.

¿Alguna vez has tenido la sensación de haber estado aquí antes, Temps?, preguntó entonces Pete.

Ulises levantó la cabeza del sofá. Cuando dices «aquí», ¿te refieres a la vida o…?

Esta ciudad. Florencia.

Yo he estado aquí antes, dijo Cress, que se había espatarrado en el suelo como un animal atropellado. Era un fraile.

¿Un fraile?

Estoy bastante seguro, muchacho.

Nunca me lo habías contado, Cress.

No me convencí hasta el otro día. En San Marco, tuve una fuerte sensación de *déjà vu*. En una de las celdas donde Fra Angelico pintó *La Anunciación*. Era como si lo estuviera viendo mientras lo hacía.

¿Y no lo ayudaste, Cress?

No, Pete, no lo ayudé. Me limité a mirar. La luz que entraba a raudales. La santidad de su corazón. Fue un momento trascendente.

Bonita palabra, Cress.

Más allá de la dimensión de la experiencia humana física. Inexplicable, pero sereno.

Ulises rellenó las copas de vino.

¿Has hecho alguna vez el truco ese del espejo, Temps?

¿Qué truco del espejo, Pete?

Te quedas mirando y mirando fijamente a tus propios ojos hasta que todo deja de tener sentido y tu mente se desprende de la realidad, o del poco dominio que ejercieras sobre ella, en cualquier caso, y lo que se revela eres tú en una vida anterior.

Ulises se quedó mirándolo fijo. No, Pete, nunca he hecho eso.

Yo sí. Una vez.

¿Y qué?, preguntó Cress.

Era una mujer.

Qué maravilla.

Como las que se ven en los retratos de los Uffizi. Con perlas alrededor del cuello. Maquillaje blanquecino. Frente amplia. Muy digna, solemne. Un vestido rojo recargado que me resbalaba por los hombros. Tenía unos hombros bonitos. El pelo con una raya así; y Pete hizo una demostración.

Por lo visto, eras rica, comentó Cress.

Sería una novedad.

Solo las personas adineradas se hacían retratar. Las perlas seguramente te las habría regalado tu hombre después de haberle dado un hijo. Simbolizan la fertilidad, explicó Cress. Seguramente tuviste montones de hijos, Pete.

Me dio esa impresión, sí.

No te quedaba otra opción. Por motivo de la alta tasa de mortalidad infantil. Y los que parías, te los arrebataban y se los entregaban a una nodriza.

No parece justo.

Desde luego que no. Pero la menstruación volvía más rápido si no se amamantaba al bebé.

¿Cómo sabes todo esto, Cress?, preguntó Ulises.

Lo he leído. La presión para procrear era inmensa. Máxime después de la peste negra que asoló las ciudades en 1348. Aniquiló a la mitad de la población.

Tenía cara de estresada, para ser sincero, dijo Pete. No creo que fuera una buena vida.

No lo era. No para una mujer, afirmó Cress.

Pero te hizo la persona que eres ahora, dijo Ulises. Sensible. Intuitiva. Profunda.

Gracias, Temps. En su momento compuse una canción al respecto: «El amor no debería venir con una dote». La melodía sonaba más o menos así; y deslizó los dedos con gracilidad sobre las teclas, mientras el humo de los cigarrillos le irritaba los ojos inyectados en sangre.

Ulises se levantó y descorchó otra botella de vino. Se inclinó sobre Pete y le dio un beso en la coronilla. Dios te lo pague, musitó Pete. Y entonces Claude profirió un graznido y recitó: El mundo es un escenario. Y los hombres y mujeres, meros actores. Tienen sus salidas y sus entradas; y un hombre en su vida interpreta muchos papeles.

Ulises, Pete y Cress contemplaron al pájaro.

¿Dé dónde sacará esas cosas?, susurró Cress.

A mí que me registren, dijo Ulises.

Quizá sea Shakespeare, conjeturó Pete.

¿Qué has dicho?

Quizá. Sea. Shakespeare, recalcó despacio el pianista, al tiempo que señalaba a Claude.

¿El loro?, preguntó Cress. ¿El más grande dramaturgo que haya existido jamás?

Pete se encogió de hombros. No digo que lo sea, pero…

Llevadme en brazos, exigió Claude.

Se volvieron hacia el pájaro. Claude estaba tirado de forma indecorosa en un cojín, apuntando con una pluma larga del ala —como una timonera— en su dirección. Llevadme en brazos, repitió, con aire de tener todo el derecho a ello.

Pete se marchó al día siguiente. El cielo estaba azul, en su mayor parte, con un sol que disparaba balas de fogueo. Había decidido regresar a Londres a dedo, y Cress le había metido en el macuto pan y queso, además de un tarro sorpresa de bayas de alcaparras, que le levantarían el ánimo en las noches solitarias venideras. Pete llevaba la intención de dormir en albergues juveniles. Explicó que el número de hospedajes se había duplicado a lo largo de la década en aras de animar a los jóvenes a viajar y entrar en contacto con otras naciones. Para curar el cisma que la guerra había causado, manifestó. No somos tan distintos.

Cruzaron la plaza; gritos de despedida resonaron en el aire. Cressy, Alys, Ulises y Pete; Claude en brazos de Ulises, satisfechas así sus exigencias.

Pasaron por delante de las incorporaciones recientes al barrio, una *trattoria* y un *tabacchi* que nadie recordaba que hubiera habido allí nunca. Pasaron por delante de Betsy —dedicándole una mirada afectuosa— y, dejando atrás la iglesia, enfilaron hacia el *lungarno*. Pete sacó allí un letrero que tan solo rezaba «Norte / Nord». Encendió un cigarrillo y, un minuto después, se detuvo un Fiat Millecento: un anticuario de camino a Milán, un tipo de esos alegres y risueños.

Pete se echó el macuto al hombro.

Ven aquí, dijo Ulises. Los dos hombres se abrazaron.

¡Adiós, Pete! Adiós, cariño.

Vuelve pronto, hijo. Cuídate, Cress.

Pete que se planta en dos zancadas en el coche, con el macuto en alto. La manga que le resbala por un brazo delgado y la consabida estela de humo. Pete que monta en el asiento del copiloto. El coche que se aleja, en dirección norte. Y luego, la ausencia, esa burbuja sin aire.

Febrero trajo el susurro de la primavera. Cress preparó la *pensione* para la nueva temporada. Unos remiendos aquí y allá, una mano de pintura a las puertas —nada demasiado agotador— y un par de incorporaciones al menú semanal. Tres años hacía ya que habían abierto el comedor. Alrededor de la mesa comunal rara vez coincidían más de seis comensales, por lo que resultaba llevadero. Así aconteció que, en el 57, Des y Poppy conocieron a Ray y Jane, una pareja australiana. Lo que fructificaría en una amistad de por vida se forjó con un plato de *ribollita* de por medio. A ver, que yo me entere, ¿qué es exactamente la *ribollita*?, preguntó Jane. Pan añejo y duro, dijo Des. Jamás lo hubiera imaginado, repuso la otra.

Ulises enganchó una noche a Alys y se la llevó al cine antes de que Romy se la robara. *La dolce vita* de Fellini acababa de estrenarse en la ciudad, y Massimo los acompañó, y fue como en los viejos tiempos. Nadie se atrevió a moverse ni siquiera después de los créditos, y Alys la declaró obra maestra. Terminaron en una mesa del café Michele. Cress comentó algo sobre la escena de Anita Ekberg retozando en la Fontana di Trevi, y todos se rieron, porque «retozar» no era un verbo que Cress usara normalmente. Giulia dijo que quería ver la película, pero Michele no, y Ulises —embriagado con la velada— se ofreció a llevarla, y los dos se ruborizaron, porque jamás habían estado tan cerca de tener una cita. Nunca ocurriría, naturalmente, pero sentaba bien fantasear con ello. El final perfecto para una vieja noche de luna.

Alys vio la película una segunda vez con Romy. Le contó que esta era la trayectoria que siempre había imaginado que seguiría Fellini, después de haber visto *Los inútiles*. No era que Romy estuviera demasiado interesada. Un pequeño resquicio en la armadura brillante del amor. Alys selló la grieta y una tarde, después del colegio, dibujó a Romy desnuda. Usando carboncillo y tiza blanca sobre papel negro, logró conferirle la apariencia de una estatua.

En marzo, retornaron las golondrinas.

Alys fue la primera en divisarlas alrededor del campanario. Este año se han adelantado, señaló Cress; a lo que Alys respondió: Es lo que me figuraba. Marzo también presenció el retorno de los huéspedes a la *pensione*. La primera que entró por la puerta fue la señora Shields, de Sunderland, que era una entusiasta de Miguel Ángel y pasaba horas contemplando el encanto del David. También tenía debilidad por el carrito de las bebidas y, llegada la noche, dejaba tiritando la mermada botella de Campari. Un grupo de alumnos de una clase de apreciación artística de Boston ocuparon tres habitaciones durante dos semanas y lo apreciaron todo, cosa que no siempre ocurre. Sea como fuere, supuso iniciar la temporada turística con buen pie, además de ser una forma cómoda de reforzar las arcas. Incluso se presentó por allí Des. Solo para pasar una noche, pero aun así. Volvía de Milán tras haber asistido a un seminario industrial sobre el futuro de los plásticos.

Lo estás viendo delante de ti. Eso mismo les dije, presumió Des.

Entonces, ¿los negocios bien?

Una palabra: teléfonos. El dinero me sale por las orejas, Temps. ¿Quieres uno rojo?

No, gracias, Des.

Fiel al clásico negro, ¿eh? Me gusta. Un hombre con estilo.

Los dos hombres estaban sentados en un banco de la Piazza dei Sapiti, tomando café. Conque aquí es donde vienes a estar solo, ¿eh?, dijo Des. ¿Te has buscado ya una mujer?

La verdad es que no.

¿No hay nadie especial?

Todas son especiales, Des. Visitantes, sobre todo.

¿Te conviene así?

Pienso que sí. Entre la niña y Peg…, bueno, ya sabes…

Tienes derecho a ser feliz, muchacho. Estoy seguro de que habrá una mujer, o un hombre, seamos modernos, que querría tenerte a su lado. Yo aprendí de mi mujer a abrazar mi verdadera masculinidad.

¿Se lo has dicho a ella?

No con tantas palabras. En su lugar le compro cosas. ¿Necesitas dinero?

No, estamos bien. Cress ganó una fortuna durante los Juegos Olímpicos de Londres. Aún nos apañamos con eso.

¿Y cuál era la apuesta?

Apostó por Fanny Blankers-Koen.

¡No me digas que por los cuatro oros!

Ulises asintió con un gesto de cabeza.

Un hombre con visión, ponderó Des.

El empresario sorbió ruidosamente el *capuccino*. Pasó una paloma volando y lanzó una descarga de excrementos.

Bueno, enséñame esos globos.

Ulises abrió la puerta y el olor a humedad, pintura y pegamento halló la entrada a sus fosas nasales. El suelo estaba cubierto de papel desechado y trozos de yeso. Y secándose en cuerdas que cruzaban el taller, los gajos pintados.

Conque es aquí, ¿eh?, dijo Des. Donde se produce la magia.

Aquí atrás, indicó Ulises, que se adelantó a encender unas cuantas velas apiñadas para crear un escenario propicio.

Seis globos terráqueos de 36 cm de diámetro, que giraban parsimoniosos sobre un eje, cada uno de ellos montado en un soporte de nogal y latón. Cada uno pintado a su manera. Algunos portando el semblante antiguo de la edad. Ulises había dotado de profundidad a los océanos, de claridad a los bajíos; y a la tierra, de un abanico de tonos ocres y marrones.

Impresionante, dijo Des. ¿Y esto ha salido de mis moldes?

No habría sido posible sin ti, reconoció Ulises.

De un compuesto artificial de resina altamente tóxica surge la belleza. ¿Quién lo hubiera creído? Me llevaré cuatro.

Des, no tienes que…

Cuatro. Uno para cada uno de mis chicos y otro para mí. Te dejo que elijas.

Echa un vistazo a lo que tengo ahora entre manos, invitó Ulises, y guio a Des hasta su escritorio, junto a la ventana de delante, donde un globo terráqueo aún en proceso de pintado descansaba sobre una pila de trapos manchados.

Hasta el momento he estado trabajando con las viejas planchas de cobre de mi padre. Todas del año treinta y seis, todas obsoletas.

Este, sin embargo, proviene de un grabado de mi creación. El primero que hice. Solo con los contornos de los países, además de meridianos y paralelos.

No están los nombres.

Todavía no. Pero mira: los añado a mano. A pluma y tinta. Y con algún dibujo aquí y allá.

Un monstruo marino, se rio Des. Y montañas. Un canguro. Me gusta.

Sí. De esta forma, los globos terráqueos siempre estarán actualizados, Des. Con los nombres correctos de los países, las fronteras correctas.

Me llevaré dos.

Des…

Los venderé por ti. Te los expondré en galerías. No querrás que acaben en un colegio para que te los destroce algún crío cabroncete. Esto es arte, muchacho. Será preciso tasarlos. Yo me ocupo.

En estos momentos estoy trazando el calco para un globo de cincuenta centímetros…, diecinueve pulgadas. Es esto de aquí. Y este es el mapa que estoy utilizando.

¿Así es como lo haces? ¿Con una retícula?

Sí.

¿Y luego lo de atrás para adelante?

Ya casi lo he completado. Crearé dos versiones. Una con nombres y otra sin ellos. Después transfiero el calco a la plancha.

Eso es dedicación. Y requiere tiempo. ¿No hay nada más rápido?

La litografía, quizás en el futuro. Pero, por ahora, se encarga un amigo artista, en San Niccolò…, un maestro del *intaglio*. Dispone de una tina de ácido lo bastante grande para grabar la plancha, y una prensa que puede imprimir a ese tamaño.

¿Necesitas los moldes?

Los necesitaría, sí.

Considéralo hecho. ¿Puedes hacerlos más grandes de cincuenta?

Quizá hasta sesenta y cinco.

Incluiré un par de ellos también. Por si te aburres. Bueno, ¿y qué hay en el menú esta noche?

Bistecca, alubias *cannellini* y espinacas.

Des se detuvo. ¿*Bistecca*? No puedes servir una manduca como esa, muchacho. No diseñé un plan de negocios para que la comida diera unos márgenes tan estrechos. Dales de comer barato, eso acordamos. *Brodo*, *brodo* y más *brodo*, me cago en la leche. Y no escatimes en tomates. Los bistecs déjaselos al Excelsior.

Ulises se rio. Es para ti, Des. Eres nuestro único invitado en esta noche.

¿Ah, sí?

Vamos a cenar juntos. Cress, la niña, tú y yo.

¿Y Massimo?

Vendrá más tarde con Phil.

¿Les va bien?

Así así. Entre la distancia y que…

¿Quieren cosas distintas?

Exacto.

Durante una temporada Poppy y yo también nos vimos en esas. Yo quería un Bentley y ella un Jaguar.

¿Y qué pasó?

Llegamos a un acuerdo. Nos compramos uno cada uno. ¿Necesitamos queso para esta noche?

Y sin darle a Ulises la oportunidad de responder, Des desapareció en el interior del *pizzicagnolo*, saludando a la dueña como si se tratara de una vieja amiga a la que llevaba largo tiempo sin ver.

Se marchó Des y llegó abril. Trajo consigo el sol, la floración de las glicinas y los pantalones cortos de Cressy. El día en que esas piernas torneadas se mostraron al mundo marcó el inicio oficial de la primavera. Las *signore* del banco de piedra le tiraban silbidos cada vez que pasaba, y él fingía timidez, pero en realidad le gustaba. Tenía un poco la impresión de ser un buen partido, algo que a la edad de setenta y seis años nunca hubiera esperado. Y luego aquella mirada de admiración que Paola le echaba de reojo cuando él cruzaba ufano el adoquinado para llenar su bolsa de lona con limones y alcachofas. ¿Acaso era eso un pasito de baile, Cressy? ¡Seguro!

Cress se acomodó en la terraza junto a su *citrus aurantium*. Los racimos de flores blancas perfumaban de azahar el aire, que desde la otra orilla del río transportaba tenues los fuegos artificiales de Pascua lanzados en el Duomo.

¿Qué estás leyendo?, preguntó el árbol.

Cress sostuvo en alto el libro. Elizabeth Barrett Browning. *Aurora Leigh*.

¿Y es bueno?

No llego a captar todas las asociaciones, aunque algunos tramos son magníficos. No me resulta tan asequible como Constance Everly...

Pero recurres a ella, ¿no?

Sí. Mira, escucha esto... —Cress hojeando las páginas—. Aquí: «Sentí una carencia materna en el mundo, y seguí buscando, como un cordero que bala...». Una carencia materna, repitió. Es evocador.

¿Es así como te sientes, compadre?

No, yo no, repuso Cress. Aunque me preocupa que sea Alys.

Una tarde, de aire cálido y saturado de polen, Alys y Romy se encontraban en el dormitorio de esta, escuchando un disco. Se habían quedado en ropa interior, rodeando cada una con los brazos el cuello de la otra, moviéndose lentas al compás de la música. Tenían los postigos abiertos, y las vistas eran del río, donde un pescador estaba luchando con un siluro del tamaño de un jabato. Habían echado el pestillo por dentro a la puerta y la música estaba alta, aunque no tanto como para provocar que el padre de Romy se quejara del somero progreso de su libro. El hombre encendió un cigarrillo y contempló por la ventana el río de aguas verdes. La ubicación era lo que lo había convencido de entregar un cuantioso depósito hacía ya tantos meses. En un principio había tenido la intención de viajar solo, pero, de algún modo, se había visto obligado a cargar con su mujer y su hija. Retiró la hoja de papel de la máquina de escribir y profirió un grito para sus adentros. Empezó de nuevo. Tac, tacatac, tac. «Odio a mi mujer». La mirada se clavó en las palabras. Pretendía escribir «Odio mi vida».

Su mujer, Patty, estaba bebiendo en la terraza. Oía el sonido apagado de la música, pero no le molestaba; supuso que las chicas estarían probablemente fumando y hablando de chicos, como hacía ella a su edad. Se arrellanó en la tumbona y pensó en Marcello Mastroianni. De haberse hallado sola, se habría pasado un cubito de hielo por la cara interior del muslo y se lo habría metido dentro.

El disco llegó a su fin y Romy colocó otra vez la aguja al principio. Mientras, Alys esperaba algo incómoda en el centro de la habitación.

Levanta, le indicó Romy, y Alys alzó los brazos y dejó que le quitara la camiseta. Sintió la brisa acariciándole la piel. No necesitaba ponerse sujetador, pero ojalá tuviera uno. Romy la llevó hasta la cama, y Alys ardía en deseos de decirle «te quiero», pero los acontecimientos se sucedían a un ritmo vertiginoso. Romy deslizó la mano dentro de las bragas de Alys, que, con una excitación a flor de piel, se corrió rápido y fue increíble. Alys se disponía a corresponder, pero la madre de Romy, medio borracha y necesitada de compañía, llamó a la puerta y preguntó si les gustaría comer algo.

¿Qué hay?, gritó Romy.

Ricotta. Ah, y jamón.

Por lo tanto, comieron *ricotta* y jamón con la madre de Romy en la terraza mientras el atardecer presumía de colores. La mujer habló sin parar durante aquel despliegue de esplendor, y Alys pensó que probablemente Peg habría hecho lo mismo.

Alys se marchó poco después. Ella y Romy se morrearon en el ascensor, viejo y destartalado, y estando abajo fue cuando Alys susurró un «te quiero». Romy esbozó una sonrisa. Alys volvió caminando junto al muro de contención, con la entrepierna húmeda y un poco maloliente por la actividad física de antes. Deseó de pronto que Romy le hubiera devuelto el «te quiero» y se preguntó por qué se lo habría callado.

Claude fue el primero en verla entrar en la plaza. Salió volando de la estatua de Cosme R. y se posó en su brazo. Te quiero, Claude, dijo ella. Yo también te quiero, dijo él. ¿Ves?, pensó. No es tan difícil.

Tuvo el período dos días después y escondió su introversión tras los paquetes de compresas. Su cuerpo parecía poseer vida propia y lo único que ella podía hacer era abrocharse el cinturón y disfrutar del viaje. Ulises le preguntó si quería una bolsa de agua caliente, pero ella solo deseaba tener a alguien con quien hablar.

Una semana más tarde, urdieron el plan para hacer una escapada a Fiesole. Estaban tomándose un helado en Vivoli y Romy había estado hablando de una villa que era propiedad de unos amigos de su padre, y él tenía la llave porque le habían encargado que le echara un vistazo de vez en cuando, pero nunca lo hacía.

Bueno, ¿qué opinas?, preguntó Romy.

¿Qué opino de qué?

Qué tonta puedes ser a veces.

¿Ah, sí?

La llave. Es nuestra si la queremos, aseguró Romy. Yo diré que estoy contigo y tú dirás que estás conmigo, y nos iremos en la Vespa. Dos noches lejos de ese manicomio en el que vivo. Tú y yo, chiquilla. ¿Qué te parece? El sueño brillante del amor.

Era lo más poético que Romy había llegado a expresar nunca.

El viernes, después del colegio, se despidió de Cress y Ulises. Llevaba una mochila pequeña con un traje de baño, un top limpio y una botella de vino que había sacado del sótano. Se colgó la guitarra al hombro y se ató un jersey a la cintura. Luego les dejó el número de teléfono de los padres de Romy. ¡Nos vemos el domingo!, gritó.

Se encontró con Romy en el *lungarno*, junto al puente. Un cosquilleo de excitación al verla en la Vespa. Alys se montó detrás y olió la luz del sol en sus cabellos.

No tardaron en llegar a Fiesole, donde el aire era fresco en comparación con la ciudad. Romy hizo un alto en la plaza para aprovisionarse en un puesto del mercado. No sabía si la villa dispondría de gas, así que compraron pan, rosquillas y queso, porque después de besarse era normal que les entrara hambre. Y, saliendo de la plaza mayor, los caminos serpenteantes de tierra las arrancaron de la civilización y las arrojaron entre antiguos olivares y hierbas altas. Al final, Romy se detuvo y miró un mapa dibujado a mano. Apagó el motor. Aquí es, anunció. Recogieron sus cosas y se encaminaron hacia una villa de piedra rodeada de cipreses.

El interior era frío y lúgubre; el mobiliario, modesto y florentino. Había pesadas sillas de madera desperdigadas por el perímetro del salón, demasiado incómodas para sentarse en ellas a pasar el rato. De camino hacia la cocina del fondo, abrieron puertas, postigos y ventanas, y a su través penetraron sables de luz, brumosos y deslumbrantes.

Alys salió al jardín y cruzó el césped hasta los límites de la propiedad. Se figuraba que las vistas serían de Florencia, pero no, contempló una campiña —colinas de pendientes onduladas, viñedos, pinos piñoneros y alguna que otra villa privada— que se extendía hasta el infinito. *Mira cuánto espacio*, pensó. Se respiraba libertad, allí tan por encima de la ciudad, disipada la claustrofobia de las calles. Sintiéndose envalentonada, se desprendió de los tenis, y bajo sus pies la hierba estaba cubierta de rocío. Se quitó los vaqueros, y el sol dio calor a sus piernas. Romy voceó su nombre. Se giró. Una terraza en el piso superior. Romy que agitaba la mano. Aquí arriba, gritó. Ya voy, dijo Alys.

Se tumbaron desnudas sobre las piedras calientes de la terraza, y comieron naranjas y bebieron agua. Y sus cuerpos se arrimaban cada vez más. Alys se colocó encima, su pierna entre las de Romy, y la piedra le raspaba el codo, pero era un pequeño precio a pagar. El aroma dulce de su boca envolvió el pezón de Romy, y con la mano la acarició entre las piernas. Allí, en medio de la naturaleza, no había por qué ser silenciosas. Y se rieron de los sonidos que proferían y fingieron aullar como lobos.

La noche cayó fría. La villa estaba a oscuras. Habían cortado la electricidad y Romy no encontraba una linterna. Tenían dos velas entre ellas y racionaban la luz. Se calentaban bebiendo vino y fumando cigarrillos, y fuera, las estrellas se contaban por miles de millones, y alfileres de luz perforaban las colinas negras. Unas manchitas oscuras sobrevolaban como dardos su campo de visión periférica, y Alys explicó que eran *pipistrelle*, murciélagos.

Qué asco, replicó Romy.

Alys se rio. Son un encanto. Se comen a los insectos que quieren comernos a nosotros.

Tú sabes mucho, ¿no?

Alys se encogió de hombros. Voy aprendiendo cosas sobre la marcha.

Seguro que podrías hacer una fogata desde cero.

¿Quieres que haga una?

No. Pero lo sabía. Pareces un chico.

Yo no soy un chico.

Después de eso, las dos chicas apenas mediaron palabra. Alys agarró la guitarra y se puso a tocar. Había empezado a adaptar los versos de un poema a una melodía que Pete calificaba de fetén. De repente, Romy se inclinó sobre ella y le dio un beso. Alys intuía que podría ser una disculpa, pero ignoraba por qué.

Se acostaron cuando se consumió la vela. Las camas estaban húmedas, y se echaron con la ropa puesta. Durmieron largo y tendido, y Alys se despertó con el brillo del alba. Salió a la terraza y contempló un cielo en llamas. Nada más importaba y finalizó su canción.

Se acercaron a Fiesole para disfrutar de un almuerzo temprano y aparcaron en la *piazza* mayor. Romy se había emperifollado y aparentaba al menos veintiún años. Alys, por el contrario, vestía la misma ropa que el día anterior, pero ahora llevaba los labios pintados de rojo. Le había pedido ayuda a Romy, que le aplicó el carmín y luego le expresó que estaba guapísima. Alys quiso saber a dónde iban y la otra le informó que a uno de los restaurantes favoritos de su madre. Por aquí, indicó. Los escalones desembocaban en una terraza salpicada de árboles y un camarero las sentó a una mesa con vistas a Florencia. ¿Tenemos suficiente dinero para esto?, preguntó Alys. No estaríamos aquí si no, replicó Romy. Probaremos de todo. Pasta, pescado, ensalada, postre y café. Romy tomó vino, pero Alys no.

En cierto momento, la chica se puso a charlar con la familia americana que estaba detrás de ellas. El hijo, que se llamaba Chad, iba a la universidad, y Romy no paraba de decir «ah, sí, sí», mientras jugueteaba con el pelo. Alys se sintió incómoda, pero lo atribuyó al precio de la comida.

De pronto, se abrió un hueco por el que colarse en la conversación, y no lo desaprovechó. Monte Ceceri, terció ella.

Todas las cabezas se giraron para mirarla.

¿Estás segura?, preguntó Chad.

Bastante, sí. Es por allí, señaló Alys con el dedo. Donde Leonardo da Vinci puso a prueba la teoría del vuelo. Hacía los esbozos de sus ideas en cuadernos, aunque en vida de él no se llegó a construir ninguna de las máquinas. De todas formas, no habrían funcionado. La mayoría de los modelos estaban inspirados en la anatomía de las aves, y tenían poleas y vástagos para imitar el movimiento de las alas...

¡Sabe de todo!, la atajó Romy, riéndose.

De todo no, repuso Alys, que, sintiéndose torpe, se pasó la mano por la boca y se llevó el poco carmín que le pudiera quedar.

Romy pagó la cuenta, y Alys anunció que se iba al anfiteatro a dibujar. ¿Quieres venir?

Nos vemos luego allí, respondió aquella, que no se movió.

Alys disponía de todo el lugar para ella sola. Se sentó en la gradería y sacó una libreta y un lápiz del bolsillo de atrás de los vaqueros. A sus pies, la hierba en flor se abría paso entre las piedras romanas. Apoyó la punta del lápiz en la página y dejó que el trazo se transformara en una compleja y elaborada inflorescencia. Le parecía extraño no congeniar con Romy. Le gustaba lo que hacían juntas, pero Alys era más feliz cuando estaban en la cama que cuando se sentaban a una mesa a hablar. O cuando iban a una galería. O incluso al cine, en los últimos tiempos. Se preguntó si mucha gente se sentiría igual con respecto a la persona con la que estaban. Peg sí, no cabía duda. La relación entre ella y Ted era esencialmente física, pero sus palabras a veces podían ser hasta crueles. Por tales derroteros vagaban los pensamientos de Alys cuando apareció Romy, que se agachó y le dio un beso; joder si era confusa. Subieron juntas las gradas de piedra hasta la Vespa aparcada en la plaza y Romy le indicó que se agarrara fuerte.

Esa noche, yacían en la cama oliendo una a la otra cuando Romy se giró hacia Alys y le espetó: ¿Te parece mono?

¿Quién?, preguntó Alys.

Chad.

No lo sé.

¿De veras? ¿No te parece que, o sea, como que es el hombre perfecto?

Y Alys se encogió de hombros porque ignoraba a qué se refería con eso de «el hombre perfecto».

Yo me casaré con alguien como él, manifestó Romy.

Siete palabras que cambiaron la vida de Alys.

Y allá en Florencia, entretanto, la vida de otra persona también estaba a punto de cambiar, con consecuencias inevitables para las jóvenes amantes. El padre de Romy acababa de insertar una hoja de papel en blanco en la máquina de escribir cuando la araña del techo le cayó encima. No hubo tiempo ni para que se le escapara un grito. Era una sencilla fórmula matemática: vigas podridas más gravedad igual a accidente inminente.

Patty Peller se encontraba en la terraza, bebiendo. Oyó un estruendo y dedujo que se habría producido algún incidente abajo en el *lungarno*; hasta se asomó por la barandilla para verificarlo. Solo entró en el estudio de su marido para ver si quería un bocadillo, y para cuando acudieron la policía y la ambulancia, Reade Peller llevaba al menos una hora inmovilizado bajo la recargada lámpara. Hicieron falta tres hombres para despegársela de la espalda. Y luego, cuando por fin le separaron la cara de la Empire Aristocrat portátil, las varillas se le habían hundido tanto en la piel que la mejilla era un amasijo incoherente de letras y números. Su mujer se disponía a seguir a la camilla en la ambulancia cuando de repente se acordó de que tenía una hija. Salió como pudo y pasó la siguiente media hora buscando el papel donde Romy había garabateado el número de teléfono. Encendió un cigarrillo y marcó.

¡¿Qué?!, profirió Ulises. Creía que estaban con usted, señora Peller. Y yo creía que estaban con usted, señor Temper.

La conversación, como podrás imaginarte, fue breve.

Era la primera vez en su vida que Ulises no sabía dónde se encontraba Alys. Era como volver a estar jugando al escondite en la avenida de los cipreses una y otra vez, y le entraban ganas de ponerse a soltar alaridos.

Cress intentó calmarlo. Que no puedas verla no significa que no esté cerca o a salvo.

Luego lo obligó a sentarse en el sofá. Tenemos que sopesar bien las cosas, reflexionó. Está enamorada. Se ha ido por voluntad propia. Encuentra placer en su intimidad, ¿recuerdas lo que dijo Pete? Habrán hecho una escapadita a un hotel…

¿Un hotel?

Eso me figuro.

¿Y el dinero?

Probablemente me habrá sisado algo del cajón.

Pero Cress, ella…

¿Tú qué querías hacer a esa edad, eh? Estar a solas. Con Peg. Te las ingeniabas como fuera.

Ulises se levantó. Voy a ir a mirar.

¿A dónde?

Adonde sea, Cress.

Ve tú. Yo me quedaré a dar de comer a los huéspedes.

Ulises se marchó y Cress continuó con la cena. No se hallaba tan tranquilo como se imaginaba, porque la pasta le había salido pasada de cocción, y la *salsa al pomodoro*, desabrida.

Cayó la noche.

Patty Peller se encontraba sentada en el pasillo del apartamento con una copa generosa en una mano y el teléfono en la otra. Dio las gracias al médico y colgó el auricular. El pronóstico era bueno, porque su marido poseía un cráneo excepcionalmente duro. Eso podría habérselo dicho ella misma. Permaneció con la mirada fija en el teléfono y aquella consola horrorosa, repleta de fotografías, resguardos de entradas de museo, y llaves para esto, para lo otro y para lo de más allá. Su hija había desaparecido y la embargaba la sensación de que se le estaba escapando algo obvio, algo que tenía ante sus ojos; una sensación que, naturalmente, era atinada. Necesitaría otro negroni para percatarse.

Alys no podía dormir. Nunca se había acostado junto a alguien y lloró en silencio. Una hora entera había pasado así. Abochornada por pensar que Romy querría pasar la vida con ella cuando en realidad lo que quería era un chico como Chad.

Se levantó de la cama y se vistió. Recogió la mochila y la guitarra y bajó despacio y sigilosa la escalera. Se procuró una caja de cerillas y el mapa dibujado a mano por Romy. Apenas un chasquido suave al cerrarse la puerta tras ella.

El aire transportaba el olor hiriente de la noche y el ulular de los búhos. No sabía qué dirección seguir y una oleada turbulenta de pánico la hizo marear. Sin embargo, una vez que sus ojos se adaptaron, advirtió las estrellas que tachonaban la noche y el brillo apagado del camino de tierra, un reguero pálido de migas de pan entre los árboles. Guitarra en ristre, a modo de garrote, echó a andar.

En la oscuridad, el miedo se atenuó y solo hubo el derrame silencioso de la tristeza. No entendía cómo podría su amada irse al final con un chico. ¿Acaso sería siempre así? Sintiéndose otra vez confusa, se había equivocado en algún recodo del camino y terminó ante una verja. Encendió una cerilla y la acercó al mapa. Fue entonces cuando Peg se alzó en su interior, desafiante y clara. Vuelve atrás y que se joda quien diga lo contrario. Peg gobernó el timón el resto de la noche, con la cabeza alta y aguda como un estilete. Y que se joda esa puta de Romy Peller. Vales más que diez como ella. Quédate ahora a la izquierda. Eso es. Ya casi has llegado.

Cinco minutos más tarde, la plaza se abría ante ella. Las farolas seguían encendidas, y el hotel Villa Aurora, iluminado. Alys entró y se las apañó para llamar por teléfono. Resultaba difícil mantener la calma ahora que sabía que estaba a salvo.

En la *pensione*, sonó el teléfono. Contestó Cress.

Más despacio, señora Peller, le rogó. ¿Que faltan unas llaves? ¿Dónde? ¿Una villa en Fiesole? Cress garabateó las indicaciones en un bloc de notas.

No, no, iré yo. Usted mantenga los fuegos del hogar encendidos. No, señora Peller, no lo digo en sentido literal; y colgó.

Escribió una nota para Ulises y buscó el casco. Y dijo Claude: Yo también voy, viejo. A lo que Cress respondió: Te lo agradezco.

No bien había alcanzado la puerta cuando el teléfono sonó de nuevo. Volvió corriendo. Señora Peller, soy... ¿Alys? ¿Eres tú, corazón? Cress escuchó. Quédate donde estás y no te muevas. Ya voy.

Montó en la moto y arrancó el motor. Se ajustó las gafas y Claude se metió de un brinco en el sidecar. Cress salió disparado por la Via Mazzetta, dio un brusco viraje a la izquierda en Via Maggio y otro hacia el *lungarno* Guicciardini. Se saltó un semáforo en rojo y aceleró en el puente. Al enfilar por Borgo Ognissanti, se inclinó sobre el manillar, el cuerpo en postura aerodinámica, los pantalones cortos hinchados por el viento, hombre y máquina moviéndose como uno. De repente, el ulular de una sirena de policía se acopló a su espalda. Claude sacó la cabeza del sidecar para ver qué ocurría. ¡Oh, mierda!, profirió Cress, que no estaba de humor para intromisiones, y le aconsejó a Claude que se sujetara fuerte mientras él intentaba zafarse de la policía. Exprimiendo ahora la moto al máximo, con unas cuantas plumas azules a rebufo. Cress consiguió llegar a la Via il Prato antes de verse obligado a aminorar la velocidad hasta finalmente detenerse. Cress, un poco mareado por la persecución, observó al agente por el retrovisor. El destello de las luces palpitaba sobre la calzada. ¿Qué hacemos?, dijo Claude. Deja que hable yo, indicó el viejo.

El agente se plantó ante Cress y le pidió la documentación, y cuando se quitó las gafas y el casco, aquel no era el hombre que el policía esperaba ver a los mandos de una moto Guzzi Falcone. Y menos aún con un loro azul en el sidecar.

Antes de que el policía pudiera añadir nada más, Cress levantó impaciente la mano y explicó en italiano que, si iba a ponerle una multa, que por favor la extendiera rápido, porque tenía prisa.

¿Por qué tanta prisa?, preguntó el agente.

Una *emergenza*.

¿Qué clase de *emergenza*?

Cress guardó silencio.

Signore?

¡Cuéntaselo!, gritó Claude.

Mi nieta. Se ha escapado para experimentar las incipientes convulsiones del amor (*le nascenti agitazioni dell'amore*, Cress recordaba las palabras de un poema) y ahora el amor ha huido de ella. Está en algún lugar allá arriba —y apuntó hacia las colinas oscuras—, acunando un corazón roto, intentando comprender la complejidad de las emociones humanas. Por qué la han dejado tan empequeñecida cuando no hace mucho se sentía una conquistadora. Y aquí estoy yo pensando qué palabras pueden otorgar valor a esa experiencia. Cómo explicarle que la luz del amor, que ella cree apagada para siempre, volverá a brillar algún día, por improbable que le parezca ahora. ¿Qué palabras de consuelo le puedo ofrecer? ¿Qué palabras de aliento pueden expresar que una vida vivida sin el objeto de su amor sigue mereciendo la pena si lo desea?

¿Y bien?, lo interpeló el policía.

Claude se volvió hacia Cress, expectante.

No valen las palabras, agente. Solo ir a su lado y contarle que hay personas que la quieren. Y que no sabe cuánto. Y que siempre la querrán.

El policía se sonó la nariz. ¿A dónde vamos?, preguntó.

¿Vamos?

Hizo aquel un gesto afirmativo con la cabeza.

Piazza Mino. Fiesole, indicó Cress.

Sígame, ordenó el agente.

Cuando Cress entró en la plaza, Alys pensó que la escolta policial era un toque exagerado, pero a partir de entonces los acontecimientos se sucedieron con rapidez. Se levantó de la acera y corrió hacia Cress, y el policía, que había bajado del coche patrulla dando un traspiés, corrió a su vez hacia ella. Le habló de su primer amor, Giulietta, y durante un rato todo giró en torno a él. Habiéndose desahogado, se marchó con un «¡*Ciao*, Cressy!» mientras agitaba la mano.

Cressy le cedió su pañuelo a Alys y le dijo: Ahora estás a salvo, cariño. Pero tenemos que ir a buscar a Romy, ya lo sabes. Hay que contarle lo de su padre.

No pienso hablar con ella, objetó Alys mientras se subía al sidecar. No tienes por qué hacerlo, admitió Cress, y terció Claude: El curso del amor verdadero nunca fue tranquilo. Cállate, Claude, le espetó Alys.

Romy estaba despierta cuando Cressy llamó a la puerta. Le explicó lo que le había ocurrido a su padre y ella replicó: Supongo que será entonces el final del libro. El mundo no llorará esa pérdida.

En el viaje de regreso, la chica se mantuvo cerca de la moto Guzzi, y Cress la dejó en el Ospedale Santa Maria Nuova, donde la esperaba su madre. Romy se despidió con la mano, pero Alys no le correspondió. No sé qué vería en ella, renegó Alys.

Hubiera o no hubiera visto algo en Romy Peller, lo cierto fue que Alys aún estuvo horas llorando en su habitación. Medianoche. La una. Las dos. El reloj marcaba las horas al ralentí y, justo cuando Cress y Ulises pensaban que habían cesado las lágrimas, una nueva marejada la arrastró a un océano de desesperación. Ulises entró con un plato de *brodo di pollo* y Alys le preguntó si podía tomar un vasito de vino para acompañarlo. No, contestó él. Cress entró después con un chocolate caliente y Alys le preguntó si podía fumar un cigarrillo para acompañarlo. No, contestó Cress. Al final, Alys se rindió al sueño, completamente vestida, y Cress la tapó con una manta.

Ulises permaneció allí, mirándola dormir. Trató de reprimir sus emociones, pero resultó en vano, aun dando todo de sí, y se dio media vuelta. Es por el alivio, nada más, aseguró. Lo sé, lo sé, asintió Cress. Sin embargo, los dos sabían que era algo más. Esa mañana contemplaron juntos el amanecer. El cansancio en ellos se había evaporado mientras el día cobraba color. En la terraza, manifestó Ulises: No podría haber hecho nada de esto sin ti, Cress.

Era uno de esos momentos para los que estoy hecho, alegó él.

No, Cress, me refiero a todo *esto* —y con un gesto del brazo abarcó el entorno a su alrededor— y a Alys.

Cress no supo qué decir. Esa gran muestra de afecto, de nuevo. Paola salió a su terraza y agitó la mano, y él le devolvió el saludo.

Hoy me encargaré yo del café, dijo Ulises. Y de la cena. Tú ve a alegrarles la vida a otros.

Repercusiones iba a haber, y llegaron rápido. La *pensione* le robaba el tiempo libre a la niña; pasaba las tardes y las noches fregando cacharros, o limpiando las habitaciones, o mudando las camas.

Romy hizo una visita una semana después, cuando sabía que Alys estaba en la escuela.

Señor Temper, ¿podría darle esta carta, por favor?

Faltaría más, dijo Ulises. Y Romy, ¿cómo va tu padre?

Bien, supongo, dadas las circunstancias. Nos iremos en cuanto se acostumbre al armatoste ortopédico. Da bastante la lata en el avión, por lo visto.

Esa noche, Alys leyó la carta.

Era tierna y elocuente, pero, más que nada, era una carta de agradecimiento, lo que sorprendió a Alys. Las cosas que Romy había recordado. La brillantez de Alys jugando al billar en el sótano del Gambrinus. La tienda de animales detrás del Palazzo Vecchio, el plan para comprar los pájaros cantores y liberarlos. Los comentarios de Alys sobre la estatua del *David*: que, por encima de todo, era una estatua que representaba el carácter, no las proporciones físicas ideales, al contrario que la de Donatello. *Tengo el boceto que dibujaste en la servilleta de papel*, escribía ella. *Lo conservaré porque creo que algún día tendrá algún valor.*

No sé por qué te fuiste en mitad de la noche, añadía luego. *No te culpo. Estoy segura de que tuvo algo que ver conmigo. El lado positivo es que mis padres se divorcian. Puede que a lo mejor me vaya a vivir a una comuna. Hasta pronto, Alys.* Y se despedía con cariño.

Romy y sus padres se fueron a Estados Unidos uno o dos días después de que la chica entregara la carta.

Mientras hablaba con Ulises, vaticinó Cress: No creo que esta sea la última vez que sepamos de Romy Peller; y aquel replicó: Por Dios, Cress, no digas eso, coño, que estoy hecho polvo.

Lo sé, hijo, lo sé.

El verano se presentó con una fanfarria de trompetas que anunciaba calor. Los turistas sufrían con las temperaturas sofocantes y la *pensione* era puro trajinar. La foto de Eddie que Alys había perdido apareció en la jaula de Claude junto al espejo. A Ulises le pareció atractivo, pero Claude declaró que tampoco era para tanto. Ulises recibió los moldes de Des y empezó a trabajar en los globos de mayor diámetro. Alys viajó a Londres y, cuando volvió, lo único que contó acerca de Peg fue que parecía haber empequeñecido. Col se alegró de volver a tener a Peg, Alys y Ginny bajo el mismo techo. Andaba un poco estresado en los últimos tiempos, desde que se había dictado un mandamiento de expropiación forzosa que afectaba a la zona que incluía la taberna. El ayuntamiento quería demolerla para hacer sitio a una urbanización. Hasta Nichols Square, había escrito Col. Ingrid, su nueva amiga, tenía una carlino llamada Lesley, y un día, al aparcar marcha atrás, Col no la vio, y entonces se desataron todas las furias del infierno. Ingrid no creía que pudiera superarlo nunca, así que se marchó. No le importaba estar soltero, máxime ahora que había recuperado a sus mujeres. Le encantaba tener a Peg por allí. Todo ese desdén, todo el escarnio. A Peg también le gustaba estar con Col, a decir verdad (y no era que lo hubiera admitido). Por otro lado, Pete tuvo un inesperado golpe de suerte cuando consiguió un papel en un nuevo musical del West End titulado *¡Oliver!*, que estaba basado en una novela de Charles Dickens, había especificado Pete, y Col había replicado: Nunca se pondrá de moda. Pete llevó las partituras a la taberna y esa precisa noche se presentó Ted allí. Se sentó junto a la puerta, con una pinta que ni siquiera tocó, y observó a Peg ir y venir. Como un puñetero agente de la Stasi, señaló Pete. Nadie vio salir a Ted, por supuesto. Más tarde, Peg cantó «As Long As He Needs Me» y no quedó ni un ojo seco en la sala. Normalmente, Peg se controlaba con la bebida siempre que Alys andaba cerca, pero esa noche aflojó las riendas. Afiló sus puñales, que lanzó a diestra y siniestra, sin que nada ni nadie estuviera vedado. Le soltó a Alys: Relájate, niña, y búscate un chico. Esa noche, Alys se fue a la cama avergonzada. Pero de sí misma, no de Peg.

A la mañana siguiente, temprano, Alys encontró a su madre despatarrada en el salón de la taberna. Y encontró también las bragas en las que se había meado, algo que Alys jamás revelaría a nadie.

¿Alys? ¿Algo más?, inquirió Ulises.

Ah, sí, recordó de repente. Ha muerto la señora Lovell.

¿Ha muerto la señora Lovell?, dijo Cress. ¿Cómo?

De vieja. Con la cara metida en su asado.

Pero si es más joven que yo, repuso Cress. Y permaneció el resto del día en silencio.

Ulises insistió: Cuando has dicho que Peg parecía haber empequeñecido...

Bueno, ya sabes. Solo más vieja.

Mediados de agosto, y no hallaban la hora de llegar a Giglio.

Salieron temprano, como era costumbre, y cruzaron la plaza hasta donde estaba aparcada Betsy, con Claude volando delante, aunque al pájaro le costaba ganar altura a causa de la panza. (Hay que dejar de llevarlo en brazos, dijo Cress). Betsy arrancó al punto, y Ulises agachó la cabeza y besó el volante. ¡A Porto Santo Stefano, Betsy!

Atisbos de girasoles y de un mar turquesa, y el aire mordido por la sal y aquel penetrante olor a hierba. Llevaban las ventanillas abiertas y el cabello de Alys volaba suelto. De vez en cuando se lo recogía con la mano y lucía una sonrisa tan amplia como la de Peg. Ulises la observaba por el espejo retrovisor. En ningún otro sitio se percibía el paso del tiempo con tanta claridad como en su rostro. Siete años que se habían ido en un soplo. De niña a mujercita. Tienes que dejarla ir, el persistente estribillo.

Fueron los últimos en subir a bordo del ferry. Bramó la bocina y el barco se adentró en aguas abiertas, en la suave y fresca brisa de proa. Claude alzó el vuelo y los turistas levantaron sus cámaras. ¡Clic! ¡Clic! ¡Clic! Cressy se ajustó los pantalones cortos y dejó que el sol le alcanzara la parte superior de los muslos. Alys bebía de una botella de agua y dejaba que le goteara por la barbilla. Ulises, callado y sintiéndose en paz, ya rojas las puntas de las orejas.

Ulises se encontraba solo en el *salotto*. Oía a Massimo en los fogones de la cocina mientras preparaba café. La luz de la tarde era brumosa, los insectos se cernían en el aire con las esporas de las plantas en un trance soporífero. Las cortinas de lino ondeaban y se deshinchaban, ondeaban y se deshinchaban, un ritmo pausado, sincronizado con el mar. Notaba las baldosas frescas bajo sus pies y granos de arena entre los dedos. A través de las ventanas, el susurro familiar de los eucaliptos y el canto de las cigarras.

En las paredes, las fotografías tejían un relato de su vida como jamás hubo. Siete años de sal, vino y amistad. De risas y rabietas. De posibilidades y dolor. Lo acumulado a lo largo de cada año, sí, hasta que estaban en ese ferry y entonces…

Ulises se volvió. Massimo le pasó una taza de *espresso*. Había roto con Phil y, aunque la decisión la había tomado él, se había encerrado un poco en sí mismo, según Cress. El hombre apoyó la barbilla en el hombro de Ulises y señaló: Mira qué delgado estaba, *Ulisse*. Hace solo un año.

Pero llevas rayas, Massimo.

Muy amable por tu parte.

¿Sabes qué me contó Cress?

No, dime.

Que pesamos menos en el ecuador que en cualquiera de los polos.

¿Entonces me mudo a Ecuador?

Es una opción.

Massimo se rio. ¿Cómo está Alys?

Dolida, un poco. ¿Y tú?

Igual. Pero mejor ahora que estáis aquí; y le dio un beso en la espalda.

¿Podrías hablar con ella, Mass?

Alys estaba a días de cumplir quince años. Parecería lógico que se quedara durmiendo hasta tarde o deprimiéndose y, sin embargo, el sol la sacó de esa cama dócilmente y la envió a un sitio apartado a que contemplara cómo se elevaba ardiente desde el horizonte. Descendió por rocas de granito y nadó mientras se arraigaba un nuevo día.

En el trayecto de ida en el ferry, Ulises le había dicho: Tenemos que descubrir de qué es capaz el corazón, Alys.

¿Tú sabes de qué es capaz?

Creo que sí.

¿Por qué no estás con nadie, Uli?, le había preguntado ella.

No sabría responder. Ni para mí mismo.

¿Es por Peg?

Ya no. Tuvimos nuestro momento y los momentos pasan. Aprende a aprovecharlos, Alys.

Nunca le había hablado así. Como si conociera sus sentimientos, y los silencios de él, su barniz de serenidad, no denotaban pasividad en lo más mínimo, sino una muda reflexión interna, el dolor oculto de algo innombrable.

Alys contuvo la respiración y sumergió la cabeza bajo el agua. Bajo ella, las oscuras salpicaduras de los erizos de mar. Las piernas que se distorsionaban al patalear para mantenerla a flote. Se veían muy pálidas bajo la lucerna del amanecer.

¡Eh, Alys! (Era Massimo) ¿Cómo está el agua?

Deliciosa, Massi.

(Un hombre de mediana edad en un vuelo fugaz).

Massimo emergió a la superficie. Hay un mundo ahí fuera, Alys. De personas como nosotros. Sal de este país y encuéntralas.

Almuerzo de mediados de agosto. Veintiocho grados Celsius a la sombra y una lenta economización de movimientos.

¡Que todo el mundo mire a cámara!, gritó Massimo mientras fijaba el temporizador y volvía corriendo a su sitio.

(Clic). Capturados para la eternidad.

Desde la izquierda, Alys al lado de Massimo, con Ulises a la derecha. Se rodean con los brazos unos a otros con una natural familiaridad. Cress está delante de Ulises, sosteniendo a Claude, que se ha tendido en decúbito prono, la cara seductoramente vuelta hacia la cámara. Detrás de ellos, la terraza es un arrebol de color. Geranios, por supuesto, pero también lavanda, y dalias de colores intensos, naranja y rojo. El atisbo de una mesa de caballetes con sobras de anchoas frescas fritas, tomates en abundancia y *fagioli* con almejas, el menú ideado y cocinado por Ulises. Por encima del hombro de Massimo se distinguen dos botellas del vino blanco ácido de la variedad ansonica, autóctono de la isla; una está medio llena. Sobre sus cabezas, la parra se ve frondosa, bien establecida, y las uvas cuelgan bajas. Es el lugar de descanso favorito de Claude. Ya no sueña con el Amazonas, solo con Giglio. Quiere vivir aquí para siempre, pero aún no ha verbalizado la perspectiva. Un lagarto corretea buscando un primer plano. Alys lleva unos shorts cortados, una camiseta vieja de Ulises y gafas de sol, luce una tez bronceada, y parece mayor de lo que marca su edad. Solo un año o dos más, pero suficiente para facilitar los primeros pasos titubeantes hacia la adultez. Nadando en aquellas aguas cristalinas, se ha plantado una semilla en su mente: se irá de casa en el plazo de dos años. Asistirá a una escuela de bellas artes. Vivirá en Londres. Volverá a amar muchas veces. Y cada vez será tan excitante como la anterior, y cada persona será la única porque amará y será amada en cuerpo y alma. Su sonrisa se ensancha porque presiente que algo está germinando. Solo ha pensado en Romy once veces desde que está en la isla. Cress lleva los pantalones cortos de explorador del desierto que le confeccionó Paola para resaltar la figura torneada de sus piernas. Su polo es de aertex, un tejido versátil de algodón al que era un fiel adepto. Tiene los pies descalzos y las uñas cortadas. Cada día es un nuevo comienzo, y Paola declaró que con él comenzaba de nuevo, y Cress caminaba aquel día henchido de orgullo; con la cabeza tan alta que recogía higos sin necesidad de subirse a una caja. Massimo, en compañía de sus amigos, se siente atractivo, divertido, interesante, y viste en consecuencia: una camisa hawaiana roja y unos shorts de tenis blancos muy parecidos a los que usaba el gran Nicola Pietrangeli. Desde la ruptura con Phil, sus muslos han perdido el relleno de los comodones y se han vuelto musculosos y delgados. *El desamor me sienta bien*, piensa. Incluso podría servirle como medio para controlar su peso. La ocurrencia le arranca una carcajada. Una risa que da gusto, gutural y espontánea, que sonaba rara a sus oídos. Es lo que motiva que Ulises gire la cabeza en el momento en que el obturador hace clic. Ulises lleva unos pantalones cortos blancos, por encima de las rodillas, y se ha puesto una camisa blanca sobre la camiseta de tirantes porque se le han quemado los hombros durante una salida de pesca. Está descalzo y tiene los pies morenos. Captado de perfil, se le marca el hoyuelo de la mejilla y el pelo le cruza la frente. ¡Y, oh, de qué forma mira a Massimo! Una gran historia encierra esa mirada. La risa, ¿entiendes? A Ulises le recuerda a Darnley.

Eh, Temps, lo oye decir. Estaba pensando… Después de la guerra, podríamos…

¿Podríamos qué, señor?

(Darnley enciende un cigarrillo).

Podríamos simplemente venir a sentarnos aquí. Y contemplar el mar. Bastaría con eso, ¿cierto?

De sobra, señor.

En octubre, Ulises cumplió cuarenta años. Peg le envió un telegrama que rezaba: JODER. CUARENTA. VIEJO. Ulises se compró unas pesadas gafas con montura de carey, ahora que las necesitaba para leer y para trabajar los detalles de los globos. Sería justo destacar que se estaba convirtiendo en un hombre de mediana edad razonablemente guapo.

Esa noche, la pandilla fue a ver *Ben Hur* al cine Odeón. Salieron todos ellos entusiasmados por el espectáculo en cinemascope. Nunca habían visto nada parecido. ¡Y el vestuario! A mí normalmente no me gusta Charlton Heston. ¿Era Charlton Heston? ¡Vamos, déjate de guasas, Cressy! Pero esa carrera de cuadrigas. Yo no me atrevía a mirar, comentó Massimo.

Después cenaron en el café Michele. Un paseo nocturno desde la Piazza della Repubblica, cruzando el río, y luego Giulia los trató a cuerpo de rey. Les sirvió *penne* con conejo, y *braciolina* con salsa de judías verdes, y un vino de Sangiovese. La tarta de cumpleaños de Ulises era un *castagnaccio*, su tarta de castañas favorita. Incluso Michele salió de detrás de la barra para estrecharle la mano. Lo que aconteció un poco más tarde podría haber resultado embarazoso y, no obstante, ni él ni Giulia sabrían explicar cómo ocurrió en realidad, simplemente que en un momento dado se abrió alrededor de ellos una burbuja privada en la penumbra, donde nadie más había, y se besaron. Sin sentirse culpables. Sin lamentar ese momento de locura, simplemente con un gozo que se reflejó en sus caras. Y se quedaría en lo que fue —un beso— y nada más. Pero a partir de entonces, y después de un acto de intimidad tan tierno, el mero hecho de verse añadía cierto rubor a las mejillas. Y cuando ella le susurraba los especiales del día, notaba que los calzoncillos se tensaban como no lo habían hecho en años.

Y, así como así, 1960 alcanzó su justo final. Ulises estaba en la terraza con Massimo, esperando el inicio de un nuevo año. Pete tuvo que permanecer en Londres a causa de *¡Oliver!*, pero no le importaba, porque el buen dinero que ganaba lo estaba ahorrando. Alys, con sus quince años y cuatro meses, estaba cantando en los escalones de la iglesia, rodeada de una multitud de gente joven. Esta vez se había provisto de un micrófono; con un acople que perforaba los tímpanos, pero servía a su propósito. ¿Y Cress y Paola? Estaban sentados en el banco, tomados del brazo, con un vaso de algo caliente. Solo ellos, su mundo, su amor.

Alys rasgueó los primeros acordes y el público se calló. Se acercó al micrófono y anunció: Esta canción se titula «Gracia y Furia».

Así son las cosas

1962 – 1966

En 1962, el verano en que cumplió diecisiete años, Alys abandonó Florencia. Puso «Love Letters», de Kitty Lester, en la gramola, tomó la guitarra, una mochila, y dijo *adieu*. Ulises la acompañó en el tren hasta Milán. Le metió a escondidas en la bolsa un sobre con dinero y un paquete de comida que había preparado Giulia. No resultaba tan difícil dejarla ir.

Se fue a vivir donde Col. Trabajaba en la taberna a pesar de que no le estaba permitido, pero todo el mundo la conocía, incluidos los policías que haraganeaban en la sala. Empezó a armar un portafolio y ahorraba para la escuela de bellas artes, su único punto fijo en el horizonte. Algunas noches cantaba con Pete y entonces ocurrió una circunstancia nueva, algo que nunca había tenido que afrontar: las comparaciones con su madre. La gente comentaba que no tenía la belleza de Peg, pero sí su voz. Aquello provocó algo en ella, algo hizo. Una pizca de rabia, una pizca de fealdad.

Alys estaba presente cuando dio comienzo la primera fase del derribo. De pie junto a Col y a Gin Gin viendo oscilar la bola de demolición. Las villas góticas de la plaza cayeron las primeras. *Lo llaman limpieza de barrios bajos, pero nosotros nunca fuimos un barrio bajo, ¿verdad?*, escribió a Ulises y a Cress en la primera carta que envió. *Col dice que no piensa vender la taberna y que tendrán que sacarlo en un ataúd. Ginny llora cuando ve cómo se derrumban las paredes, porque no entiende lo que pasa y cree que es otra vez la guerra. Devy vino a visitarla ayer y Col no dijo nada. Bastantes agobios tiene ya como para librar esa batalla también. Devy trajo una tarta y le puso unas velas para alegrar a Col. No era su cumpleaños, pero le gustó el detalle. Os echo de menos a los dos. Os quiero, como siempre.*

En el trimestre de enero de 1963, Alys ingresó en la Escuela de Arte de Wimbledon. Residía en parte en la taberna y en parte en un sofá cercano. Vivía en un estado de incertidumbre, pero llegó a comprender que posiblemente siempre había sido así. Encontraba al principio dificultades por la forma en que veía las cosas y en cómo las plasmaba en el papel. Pero acudía a clase todos los días y practicaba su oficio, y eso era significativo. Hasta que veía a otra gente lograr lo que ella esperaba lograr, y aunque quería ser generosa, a veces temía que el éxito de los demás se tradujera en el fracaso de ella. Estaba impaciente por ver reconocido su trabajo. Había entrado en la escuela de bellas artes con la esperanza de ser descubierta como la NUEVA GRAN PROMESA, pero vivía en las sombras del desprecio. Su carencia materna se convirtió en un deseo de complacencia materna, y los encaprichamientos con las profesoras se tornaron sesiones nocturnas de tutorías entre carboncillos y perfumes. Y leía palabras sabias una y otra vez y, sin embargo, cuando cerraba el libro continuaba siendo ella misma, sin haber experimentado ningún cambio, y la decepción podía mandarla a la cama durante días.

Pero aconteció que, una noche de primavera, unos amigos la invitaron a una conferencia en Holborn. La hierba y un autobús equivocado la retrasaron y al llegar flanqueó aparatosamente las puertas y subió las escaleras a la carrera. Y de repente se detuvo en seco al oír la voz inconfundible de Evelyn Skinner que procedía del aula magna. Se echó a reír.

Oh, no, no, disiento totalmente, decía Evelyn. Si las vidas de las mujeres no se documentan, entonces ¿cómo diantres podemos asegurar que poseemos una visión completa del cuadro? Hemos enmarcado el relato. O debería precisar que han sido usted y sus predecesores, señor Dixon. Y siempre que se enmarca algo, se excluye algo.

Las mujeres del auditorio aplaudieron. Alys se apresuró hasta el gallinero, desde donde contempló a la magnífica Evelyn Skinner en la tarima. Ochenta y dos años y en plenitud de vida, por lo que se veía. Aparentando diez años menos gracias al aceite de hígado de bacalao, la natación en aguas frías y las cenas frecuentes con Dotty Cunningham en el Quo Vadis. No era que Alys lo supiera entonces. Lo único que Alys veía era la mujer que había dejado una huella tan duradera en ella.

El gallinero estaba atestado de humo y de estudiantes de arte. Alys buscó con la mirada a sus amigos y vio a Marta en la primera fila, apoyada en la barandilla, sin pestañear. Alys bajó hacia ella. Lo siento, lo siento, se disculpaba mientras se abría paso por la fila. Al sentarse, ella y Martha se saludaron con dos besos al estilo francés.

(Alys se lo contaría por carta a Cress y a Ulises. Qué aspecto tenía Evelyn: elegante e imponente. Pantalones y blusa de lino, y un pañuelo al cuello de colores brillantes. *Ay, estaba maravillosa*).

Evelyn continuó: Tomemos como ejemplo *Susana y los viejos*, de Gentileschi. Se muestra ahora en la pantalla detrás de mí. Fíjense bien. Es la historia bíblica de una joven que, mientras se baña, está siendo observada por dos viejos verdes que intentan sin éxito chantajearla para que mantenga relaciones sexuales con ellos. Un tema popular en la pintura del Renacimiento y del Barroco, principalmente porque brindaba la oportunidad de pintar la carne femenina desnuda.

El auditorio rio.

Bien pueden reírse, repuso Evelyn. Y sin embargo, estas son las opciones de las hablamos. Aquí, detrás de mí, la versión de Gentileschi nos muestra el punto de vista de una mujer. Y es una visión incómoda. Susana ocupa el centro del cuadro, y su ansiedad y su angustia son elementos clave de la pieza. No se trata de un flirteo inocente. Estos hombres son lascivos, maquinadores e intimidantes, mientras que ella es vulnerable y está desnuda. Retuerce el cuerpo. Están abusando de ella. Y la pintora sabe esto porque esto es *su propia* experiencia.

En el exterior de Conway Hall, la noche se había vuelto fría y una niebla ligera flotaba en torno a los faros y las farolas, incluso en el resplandor de una cerilla. Alys permanecía parada en la acera, fumando un cigarrillo. Sus amigos se arremolinaban alrededor de los escúteres, montaban y ponían dirección al Soho. ¿Vienes? En un rato, respondió Alys.

Pasó una hora, el frío se le había colado dentro, y Evelyn se había escabullido por otra salida. Alys se dio media vuelta y se encaminó hacia el Soho. Andando por New Oxford Street, le sobrevino un raro momento de auténtica carencia materna, y encontró una cabina telefónica en una bocacalle y le echó monedas.

¿Ted? Soy Alys. ¿Está Peg? No, solo…, eh, quería hablar con Peg, por favor. (*Joder, tú pásamela, ¿quieres?*). ¿Peg? Sí, sí, estoy bien. ¿Y tú? (Peg que arrastra un poco las palabras, pero son melodiosas).

Alys se apoyó en el cristal y le contó a Peg su noche. La charla, y Evelyn, y que se había quedado esperando. Peg conocía bien el tema de la espera, Peg le dio tranquilidad. Le aconsejó que comprara unas patatas fritas y que buscara a sus amigos. Peg se mostró cariñosa antes de que se agotara el dinero.

Ulises dobló la carta y manifestó: Vaya, vaya, vaya. Evelyn Skinner había regresado a sus vidas. Hoy es un buen día, Cress; y guardó la carta en su sobre. Iré yo a por los cafés, dijo el otro.

En mayo, aconteció un suceso importante. Un suceso imprevisto. Un suceso que sacudió los cimientos de aquel pequeño mundo florentino.

El Jardín de Lirios, cerca de la Piazzale Michelangelo, no hacía mucho que llevaba abierto al público esta temporada, y el día en cuestión Cress y Paola fueron los primeros en cruzar sus puertas. Una rara variedad de color crema y melocotón atrajo la atención de Paola, que se arrodilló para contemplarla mejor. Cuando Cress se dio la vuelta, vio que se había congregado un grupo de personas en el lugar donde había estado ella unos momentos antes, y que miraban al suelo.

Fue Cressy quien telefoneó a Michele, que telefoneó a su mejor amiga en la región del Lacio, que avisó a la hermana y al hermano, y después de eso la muerte de Paola le fue arrebatada. Enterraron su cuerpo junto a la tumba de su marido en las afueras de Prato, como sabía que ocurriría. Pero él se sentaba todos los días en un banco de piedra, y Giulia le llevaba café, y Michele le llevaba para leer *La Nazione*, y la gente se le acercaba, le ofrecía palabras de consuelo porque lo sabían. Cressy y Paola, había algo entre ellos, ¿verdad? Que los paisanos de la plaza lo entendieran era suficiente para Cress. Y le quedaba el Jardín de Lirios, naturalmente. Que solo abriera al público cuatro semanas al año lo convertía en el lugar de descanso perfecto, lo hacía más íntimo y privado.

Aquel verano, Cress envejeció rápido, pero así es el duelo; eso expresó Ulises durante una llamada a Col, Pete y Peg. Los tres se apiñaban alrededor del teléfono de la taberna a altas horas de una noche de julio. ¿Qué podemos hacer por el viejo Romeo?, preguntó Col, a lo que Ulises replicó: Ser delicados. Y eso hizo callar de golpe a Col, que incluso se disculpó por si se había pasado de la raya.

Os mantendré al tanto, prometió Ulises. Y nosotros pensaremos también en algo, agregó Peg. Dile que él es mi roca. Dile que..., bueno, ya sabes...

¿Que las palabras son oro molido, Peg?

Exacto.

¿Ella dijo eso?, preguntó Cress.

Textualmente.

Esa mañana Cress se bebió el café; incluso se comió un panecillo. Las palabras de Peg, entiéndelo: el viejo compadre sencillamente la amaba. Sería un error insinuar que Cress no volvería a ser el mismo, porque se recuperaría, pero necesitaba tiempo. De modo que Ulises se encargó de las tareas de la *pensione*. El café que caía gota a gota en las tazas de *espresso* cuando las campanas daban las ocho. Piezas de repostería en los platos y una bandeja delante de cada habitación. Un toquecito y se alejaba, la puerta se abría, la exclamación de agrado. Ulises también se ocupaba de cambiar las sábanas y llevaba los pesados fardos de ropa a Manfredi. Alys llegó a poner un telegrama para ver si Ulises quería que volviera a casa. *No te muevas, cariño, y florece.* Él no había escrito nada tan poético en su vida. Ella guardaría ese telegrama por el resto de sus días.

Cress se quedaba en la terraza con su cítrico, rodeado de aromas y flores. El árbol decía pocas palabras y juntos contemplaban la llama punzante del amanecer, la furia retórica del mediodía, la deriva del crepúsculo. Cress dormía mucho. Cress no dejaba de soñar con mariposas.

La escena: finales de agosto. Un sopor de día, extraño y sobrecogedor. El calor se instala en la ciudad como en un puto horno; palabras de Col. Los postigos firmemente cerrados que hacían frente a la bruma abrasadora, y la plaza sin vida salvo por un par de palomas desnutridas y algún que otro turista en el café Michele enrollando espaguetis en el tenedor para llevárselos a la boca reseca, arrepintiéndose de no haber pedido una ensalada. Cuando de repente:

La sirena de una ambulancia, gimiendo y aullando como una posesa. Un ruido que Ulises no oía desde hacía diez años.

Pero ¡¿qué…?!, profirió, despertando de una siesta. Se levantó del sofá y abrió los postigos. ¡Ostras, jamás lo hubiera imaginado!, le dijo a Claude. El pájaro voló hasta la ventana y dejó un reguero de excrementos.

Ulises se echó una camisa por encima y bajó corriendo la escalera, a cuyos pies lo esperaba la señora condesa.

Tiene que buscarse nuevos amigos, lo sermoneó.

Sì, sì, ya lo sé, condesa, ya lo sé.

Ya fuera de la puerta y al sol, metiéndose los faldones de la camisa por dentro del pantalón y protegiéndose los ojos de la luz cegadora. Observó cómo la ambulancia verde aparecía a un costado de la basílica. Col que gritaba, blasfemaba y aporreaba el salpicadero, y Pete que se aferraba a duras penas a la única puerta de atrás que quedaba mientras daban tumbos sobre el adoquinado irregular. Por toda la plaza se abrieron de golpe los postigos para presenciar el escándalo. El vehículo se detuvo de pronto y Pete salió despedido de cabeza. Cesaron los lamentos y el espeso silencio solo era roto por el ruido de dos tapacubos que rodaban amenazadoramente hacia la alcantarilla.

Pete se arrastró hacia Ulises y manifestó: Nunca más.

¿Qué ha pasado, Pete?

Perdimos una de las puertas de atrás al otro lado de Parma. Provocó un choque en cadena en una carretera principal. Col se largó pitando y solo la rapidez de reflejos de Peg me salvó de acabar debajo de un Alfa Romeo.

¿Peg?

Sí, afirmó Pete. Me sujetó de las piernas hasta que Col pudo parar en el arcén y ayudar a meterme a rastras.

¿Peg está aquí?

Sí. ¡Eh, Peg!

No era precisamente la presentación que esperaba, pero fue tal cual. Peg bajó de la ambulancia como a hurtadillas, primero las piernas desnudas y los tacones, seguidos de un vestido a media pierna de manga corta, en color verde esmeralda, con cinturón. Los anteojos oscuros ocultaban que era diez años mayor y el sol resaltaba que era diez años más rubia. Ay, mi madre, balbuceó Ulises.

Clac, clac, clac sobre el adoquinado. Contoneando las caderas, balanceando los brazos. La melodía de Peg, ¿cierto? Y ahí estaba de nuevo, el viejo compinche que aguijoneaba las entrañas de Ulises.

¿Peg? ¿Qué…?

Joder, han sido los peores días de mi vida, Temps. No preguntes. Nunca, *jamás*, preguntes.

Ulises abrió los brazos y la estrechó entre ellos. Te he echado de menos, susurró él.

¡Qué! ¿Es que nadie se interesa por mí?, protestó Col. ¿Qué soy, una mierda pinchada en un palo?

A Pete le dieron arcadas.

Cierra el pico, Col, le espetó Peg.

Ah, muy bonito.

El pico; y Peg le apuntó a la boca con el dedo.

Col se sopló las manos y retrocedió. ¿Alguien tiene un caramelo de menta?, preguntó. Ven aquí, dijo Ulises, que tiró de él y le dio un fuerte apretón. Eso está mejor, asintió Col.

Al oír el sonido de un cerrojo se giraron. Era Cressy. Un poco somnoliento y aturdido. Pascó la mirada de uno a otro y entonces dijo: Peg, Col, Pete.

Vale, no ha perdido la memoria entonces, bromeó Col.

Cállate, Col, insistió Peg.

¿Qué hacéis todos aquí?, preguntó Cress.

Estamos aquí por ti, Cress, respondió Pete. Para asegurarnos de que estés bien.

Claro que estoy bien. (Ahora con la voz ahogada. Ay, esos ojos llorosos). Claro que sí.

Ven aquí, le ordenó Peg.

Y Cress obedeció, porque los brazos de Peg eran un buen sitio en el que cobijarse. El hombre se había encogido. No pasa nada, lo consoló ella. No pasa nada.

Subieron ruidosamente las escaleras y continuaron con las viejas charlas y burlas de siempre, como si nunca se hubieran interrumpido. Pasaron ante la entrada de la *pensione*, que había sido invadida por un grupo de aficionados a la historia del arte de Leamington Spa, y Cress comentó que eran dados a perder los estribos debido a la discrepancia de opiniones sobre Leonardo y Rafael. Para cuando Cress metió la llave en la cerradura y los condujo al vestíbulo, ya se habían repartido las habitaciones, y se decidió que Peg se quedaría en la de Alys; Pete, en la de Ulysses, y nadie quiso compartir cuarto con Col. Ah, pues eso está muy bien, sí, señor, manifestó.

A Peg se le hacía raro estar en la habitación de su hija después de tantos años. Había por todo mobiliario una cama en un rincón, un caballete y una mesa de dibujo. Latas de tomate llenas de lápices, una botella de vino vacía con una vela y un suelo de terracota salpicado de pintura que ahora parecía más bien de estilo terrazo. La foto de Eddie estaba pegada a la pared con cinta adhesiva. Y ese anhelo aún entre las piernas de Peg, pero, ay, ¿dónde coño se había ido el tiempo? Que tuviera ahora edad para ser su madre distorsionaba en cierto sentido la historia de amor entre ambos, la transformaba en algo extraño. Veinte años de amor y esperanza la habían quebrado y habían brindado a Ted la oportunidad de colarse entre las grietas, y ya no había vuelta atrás. Vendí mi alma, Eddie, y siento ese vacío cada día. Y mira ahora nuestra hija, lo que ha crecido. ¡Y en la escuela de bellas artes! Ha sacado todo tu talento, qué orgulloso estarías, y también se parece a ti, Eddie. Tiene mi sonrisa, eso dicen, pero yo solo te veo a ti. Y a veces me duele mirarla, ver su piel tersa y los años que le quedan por delante, y me entran ganas de abofetearla, Eddie, y por eso me obligo a guardar las distancias, porque a veces ella consigue que me vuelva una amargada y no quiero estar resentida, porque eso desplaza al amor y no sé qué hacer. Conque esta soy yo, Eddie. Mira en quién me he convertido. En mi madre, después de todo.

Se apartó de la foto y se detuvo frente a un retrato de Alys, un dibujo con todas las de la ley, un lápiz blanco que capturaba la luz de sus ojos, tan fieros e intensos, y Peg de repente se dio cuenta de lo pequeña que era la niña cuando la dejó ir. Notó un dolor en las entrañas, pero no había comido, así que quizá fuera esa la causa. Bajó la cara hacia las pocas prendas de ropa que colgaban de una barra. No conocía el olor de su hija, pero jamás se había sentido tan cerca de ella.

Peg se sentó en la cama y miró por el vano de la puerta. Había alboroto. Col estaba intentando contener una hemorragia nasal; Pete, protegiendo a Claude en brazos; Cress, diciéndole a Col: Bueno, ¿y qué esperabas? ¿A quién se le ocurre menospreciar así a un loro?

El viejo Cressy. Cuánto lo había añorado. Y qué bien la conocía él, que sabía tranquilizarla como nadie. El viaje había sido idea de ella. Dejaba que Col se atribuyera el mérito, pero lo había sugerido ella, porque sabía bien qué ocurría cuando batían las olas: el bandazo, y el lastre que se desliza hacia el espacio vacío, y te escoras tanto que crees que zozobrarás, crees que te ahogarás.

Temps ha entrado en la habitación. Esa sonrisa suya, la misma que cuando era un muchacho. En parte forzada, en parte dulce. Se sienta en la cama a su lado. Le toma la mano y ella no se retira. Podría decirle cualquier cosa, que él la perdonaría y jamás la juzgaría. Y ¿qué piensas decirle, Peg? ¿Eh, Peg? ¿Que estás cansada de la vida y te sientes perdida? Pero no dirás ni pío. Seguirás con tu contoneo arrogante y preñada de bravatas, y el bla, bla, bla, ¿quién tiene ganas de otra?

Sé que la idea ha sido tuya, dice él.

Aquí el héroe es Col.

Sé que has sido tú.

¿Qué está pasando ahí fuera?

Col estuvo grosero con Claude, así que Claude le saltó a la cara.

¿Cómo está?

¿Quién, Col o Cress?

Cress.

Mejor ahora que estáis aquí. ¿Cuánto tiempo os quedaréis, Peg?

Hasta que pueda valerse solo.

Gracias.

Tienes buen aspecto. (Le acaricia la mejilla y el mentón). Eres quien querías ser, ¿verdad? ¿Qué? Me miras como si quisieras saber algo.

¿Cómo te has escapado de él?

No, por favor, Temps.

Me preocupo por ti.

Y yo por ti. Pero ese es nuestro trabajo, ¿no?

¿Te pega?

Cuida esa boca. Cambia ya el puñetero disco y no estropees lo que debería ser un día feliz.

Mira esto; y echa mano al bolsillo y se calza tímidamente las gafas. Ahora tengo que ponérmelas para trabajar o para leer.

Te quedan bien.

¿Tú crees?

¿Las llevas en la cama?

Él se ruboriza y se las quita. Ella le apoya la mano en la pierna.

Aquí no, Peg. Es el cuarto de…

Ya lo sé, ya lo sé.

Aquella noche, Peg acompañó a Ulises en la cocina y ayudó a preparar la cena para los huéspedes, mientras que Col, Pete y Cress se fueron yendo al café Michele. Peg alcanzaba a oír sus voces en el hueco de la escalera. Col contaba que había atropellado a Lesley, y Cress dijo: ¿Lesley Greenaway? A lo que Col contestó: No, Lesley la perrita. La perrita de Ingrid. ¿Qué perrita?, quiso saber Cress. Por Dios bendito, replicó Col. Justo cuando empezabas a darme lástima.

Peg se reía ahora. ¿Qué?, preguntó Ulises. Nada, es por ellos, dijo ella.

Como si nunca se hubieran separado.

Peg seguía las instrucciones al pie de la letra. Era la primera vez que utilizaba un mortero, la primera vez también que hacía una salsa pesto, y manifestó que le resultaba relajante. Después, se ocupó de servir los platos el resto de la noche y provocó que algunas cabezas se giraran cuando interrumpió una conversación sobre el mármol de Carrara. Incluso le dedicaron un comentario en el libro de visitas, aunque hubo que arrancar la página. Pero ¿qué le pasa a la gente?, diría Cress. ¿Cómo se les ocurre escribir algo así para que lo vea todo el mundo?

Momentos antes de las diez, Ulises sopló las velas y apagó las luces. Pensaba que iban a ir al café Michele, pero Peg le tomó la mano y lo guio escaleras arriba hasta su habitación.

¿Peg?

Ella lo empujó sobre la cama.

Al otro lado de la ventana, un cielo jaspeado de negro y azul; la luna y las estrellas enfrascadas en un «ahora me ves, ahora no me ves», y las luces hogareñas, y las risas de Col que se elevaban desde la terraza del café.

Ponte esto, le pidió ella, que le hurgó en el bolsillo del pantalón y sacó las gafas. Le abrió la bragueta, se subió el vestido y se sentó a horcajadas sobre él. Durante un rato permanecieron sin moverse. Y, luego, un lento balanceo pélvico hasta que ya no pudo aguantar más. Ella le apretó la boca con las dos manos para sofocar sus gemidos.

A las diez y media bajaron a la plaza. Peg llamó a Cress y el rostro del viejo compadre se iluminó al verla. Se sentó a su lado y le sostuvo la mano, mientras que Ulises agarró un taburete de la mesa contigua y se hizo un hueco junto a Pete. Sirvió el resto del vino y preguntó: ¿Qué hemos interrumpido, Cress?

Bueno, estaba a punto de contarles mi última visión, dijo este.

Y Col: ¿Qué es esta vez?

Que Inglaterra va a ganar el Mundial de Fútbol en 1966, vaticinó.

Tú sueñas, replicó el otro. No valen para una mierda. Siempre han sido unos inútiles y siempre lo serán.

Espera, que hay más, indicó Ulises, y levantó su copa. Y esa es la genialidad.

Col se giró hacia Cress. ¿Y bien, señor Genio?

Tres goles de Geoff Hurst.

¿El hombre de los dos pies izquierdos? ¿El señor Geoff Hurst, que nunca ha jugado con Inglaterra?

Lo hará en febrero, aseguró Cress. Y luego lo seleccionarán para el Mundial. Es la visión que me vino y esa será mi apuesta. Ganará Inglaterra con un triplete de Geoff Hurst. Todo al negro.

Me apunto, dijo Pete.

Tendrás que hacer la apuesta en mi nombre en Londres, Pete, porque aquí no les gustan este tipo de cosas. Te dejaré una maleta de doble fondo especialmente adaptada para que lleves el dinero.

Pete se dio unos toquecitos en la nariz. Gracias, Cress.

Confío en que no te acercarás a Tubs, ¿no?, dijo Col.

Estaba pensando en Soho Sid.

¿Soho Sid?, se mofó Col. Pero ¿todavía controla algún territorio?

Sí, y bastante grande, puntualizó Pete. Tiene su madriguera cerca del Hotel Mandrake.

Me cae bien Sid, comentó Peg.

Quiero conseguir por lo menos diez a uno, dijo Cress.

¡Diez a uno!, exclamó Col. Debe de pensar que va a repetirse la historia de Blankers-Koen. ¡Un rayo no cae dos veces en el mismo sitio, señor Cresswell!

Aunque a veces ocurre, ¿no?, objetó Pete. Alan Beantree.

¿Alan qué?

Beantree, recalcó el otro. Tienes que acordarte de él. Estaba paseando al perro y lo alcanzó un rayo. Ocurrió en agosto de 1939. Cuando finalmente se recuperó, le enseñaba el pie a todo el mundo.

¿El pie?

Por donde le salió el rayo. Al año siguiente, sacó a pasear al perro y le volvió a pasar.

¿Y murió?

Eso espero, dijo Ulises. Porque lo enterraron al lado de mis padres.

Pero ¿de qué estamos hablando?, dijo Col.

De que un rayo no cae dos veces en el mismo lugar. Y yo digo que sí. Porque ha pasado.

Pero seamos justos, Pete, intervino Cress. Los dos impactos fueron distintos.

Me cago en la hostia, protestó Col.

El primer impacto que afectó a Alan Beantree fue un destello lateral. Es cuando la corriente salta de un objeto alto, en este caso un árbol, a la víctima. Alan Beantree actuó como un cortocircuito para una parte de la energía que descargó el relámpago.

¿Y el perro?, preguntó Peg.

Cenizas.

¿Murió?

No, digo que el perro se llamaba Cenizas.

Maldita sea, Temps, ayúdame, suplicó Col.

Se escapó, dijo Pete. Encontró una nueva familia en Bow.

Y el segundo impacto, continuó Cress, fue uno directo. Al aire libre. Alan Beantree ni siquiera estaba cerca de un árbol. Cayó fulminado en la flor de la vida.

¡Cress, pero si tenía setenta años!, replicó Peg.

Los impactos directos son los más letales, añadió él. De los cuales no hay vuelta atrás. ¿A quién le apetece otra jarra de tinto?

A mí, dijeron todos.

Peg le guiñó un ojo a Ulises. Cress se pondrá bien, expresaba ese gesto. Por debajo de la mesa, él presionó la pierna contra la de ella, su propia descarga de energía. Giulia la notó al llevarles el vino; tanta electricidad estática que las peinetas con las que se sujetaba el pelo casi levitaron. Alguien está contento, expresó en dialecto antes de marcharse.

Con el transcurrir de los días, el espíritu de Cressy volvió a asomar la cabeza por encima de su muralla y resultó un espectáculo glorioso de contemplar. Ulises le sugirió que se llevara a todo el mundo para que él pudiera encargarse de la limpieza, y Peg quería quedarse a ayudarlo, pero Cress, naturalmente, ansiaba su compañía. Pete, por su parte, quería deambular por su cuenta y componer una o dos canciones. Siento la presencia de las musas aquí y ahora, manifestó.

Eso es que alguien está caminando sobre tu tumba, dijo Col.

De modo que Cress, con Col de paquete detrás de él y Peg en el sidecar, echó el resto. Y con todas las experiencias que había vivido con Paola, ya no aletargadas, sino vivas. Salió dando gas hacia la Piazzale Donatello y el Cementerio Inglés: una colina verde que parecía ahogarse en medio del tráfico congestionado, pese a lo cual Cress calificó el lugar como un espejismo.

Bajo el sol de septiembre, los cipreses imponentes arrojaban sombras geométricas sobre los muertos, y los apretados puños rojos de las rosas destacaban sobre los monumentos de mármol blanco. Con la mano apoyada en la tumba de Elizabeth Barrett Browning, Cress recitó el poema «¿De qué modo te amo?». Con un nudo en la garganta, la voz entrecortada por el final sabido al dedillo. Clásico Cressy. Esperaba que Col lo ridiculizara, pero no ocurrió tal cosa, sino que, en su lugar, declaró que había sido una interpretación profundamente conmovedora. Col casi nunca empleaba palabras así, lo cual le valió que hasta las cejas de Peg se arquearan como por decisión propia.

Caminando por un sendero sombreado, Col reconoció que estaba preocupado por la demolición que asolaba las casas allá en el barrio. Todo el mundo sabía que Col era su taberna, y sin la taberna…, bueno, no valía la pena darle vueltas. Y en esas Cress dijo: ¿Qué le ocurrirá a mi cerezo? Y Col: Me ataré a él si hace falta, compadre. Puedo ser de esa clase de hombres.

Y bien, Cress había planeado para el día siguiente un viaje a Chianti, pero se le olvidó contárselo a alguien. Confiaba en que Ulises los llevara en Betsy hasta los viñedos; sin embargo, al llegar la mañana, Ulises se había ido. Y Peg, que tomaba el sol en la terraza, le preguntó a Col: ¿Ves algo?

Aquel barría la plaza con el telescopio. Nada. Se ha largado.

¿Y tú lo has visto?; se dirigía ahora a Pete, que acababa de regresar de su paseo.

No, Peg, no lo he visto. Aunque Betsy no está.

¿No está Betsy?, dijo Cress. Pues aclarado queda. Se repite todos los años, más o menos en esta época. Estará fuera el resto del día.

¿A dónde ha ido?, preguntó Col.

Cress se encogió de hombros. Desaparece, a veces durante la noche.

¡Toma castaña! Tiene una mujer en alguna parte. Ya iba siendo hora, coño; y encendió un cigarrillo.

Peg permaneció en silencio.

Yo no estoy tan seguro de que sea una mujer, replicó Cress.

Yo quisiera creer que sí, dijo Pete. ¿Todos los años, dices?

Asintió Cress con la cabeza.

No creo haber visto jamás tal grado de compromiso, comentó Pete, que incluso compuso una canción sobre ello ese mismo día. Se titulaba «364 días y contando». La escribió rápido y la tenía terminada para cuando Ulises apareció por la puerta esa noche.

Oye, Temps, ¡escucha esto!

Ulises colgó el sombrero en el perchero y entró en la sala de estar. Una melodía suave, con un estribillo suave que relataba una vida vivida en un día. Pete descartó la obvia referencia a una cachipolla.

¿Y dónde has ido, majo?, preguntó Peg, con un aire de codazo, codazo, guiño, guiño, pero Ulises no se hallaba de humor y aquella noche se acostó temprano. «Meditabundo», fue la palabra que empleó Cressy para describirlo.

Peg llamó a Pete a la cocina y le pidió que le cambiara la habitación, y el hombre, todo disposición, accedió. Faltaría más. No hallarás tipo más encantador con el que dormir.

Se coló de puntillas en la habitación de Ulises, se quitó el vestido y se metió en la cama con él. En serio, Peg, solo quiero estar tranquilo. Y, abrazados, escucharon cómo las voces cedían paso a las campanas, y las campanas cedían paso al olvido. Y en cierto momento dijo Peg: ¿Tienes una mujer, Temps?, y Ulises: No, no tengo ninguna mujer. Se dieron mutuamente la espalda para dormir, pero las plantas de los pies se tocaron toda la noche.

Peg, Col y Pete partieron al día siguiente. A pesar de las protestas, todos ocuparon los asientos que tenían asignados. Cress había fijado atrás una sólida plancha de madera a modo de puerta de repuesto y Col había prometido a Pete que pararían en Soutigny en el camino de vuelta. ¿Qué cojones hay en Soutigny?, preguntó. Claude descendió volando de la estatua y se cagó en el parabrisas, y Pete sostuvo en alto la maleta de doble fondo y la golpeteó. Nadie soportaba ver cómo se despedían Ulises y Peg.

¿Todo listo?, vociferó Col.

Adelante, en marcha, dijo Peg.

La ambulancia volvió a la vida con un espasmo y empezó a gemir.

¡Adiós, Temps!

¡Adiós, Peg!

¡Con Dios!, gritó la condesa.

Y así, sin más, se fueron.

Mientras viviera, Cress jamás olvidaría que habían acudido por él. Otra nueva muestra de cariño. Temía haber recibido más de las que le correspondían, lo cual era para él tan malo como no haber recibido ninguna. Pero le dijo el árbol: Imposible. El amor es el camino. Y sus hojas se estremecieron con la brisa que soplaba desde las colinas del sur. En algún lugar está empezando la vendimia, anunció.

¿De veras?

Y las golondrinas se aprestan a partir.

Las echaré de menos, suspiró Cress.

Así son las cosas.

Sergio Leone irrumpió al galope en el Odeón en 1964. Era el inicio de la *Trilogia del dollaro*. Al salir de la proyección de *Por un puñado de dólares*, Massimo comentó: «Para mí, Ennio Morricone ha redefinido por completo las bandas sonoras cinematográficas».

Y Cress y Ulises se mostraron plenamente de acuerdo.

Massimo comentó lo mismo al año siguiente, después de ver *La muerte tenía un precio*.

Col los mantenía al tanto de todo lo relacionado con Geoff Hurst, lo espiaba incluso en los entrenamientos. Adquirió una cierta reputación, y no precisamente buena, y Peg le aconsejó que se deshiciera de los prismáticos. Col sostenía que Hurst no era rival para Jimmy Greaves y volvía a sufrir de ardor de estómago. Le echaba la culpa de todo a Cress y a sus apuestas. En octubre, arrestaron a Alys y a Pete en los exteriores de la embajada de Estados Unidos en Grosvenor Square durante las manifestaciones de protesta contra la guerra de Vietnam. Alys confeccionó las pancartas que rezaban: EL MILITARISMO ES LO MISMO QUE EL RACISMO. Esa noche los dejaron en libertad sin cargos porque Col conocía al sargento de la comisaría. Los estaba esperando en la puerta y dijo: Ay, Pete, y yo que creía que ya no podías caer más bajo. Y Pete: Dios te lo pague.

Geoff Hurst entró en la selección para la Copa del Mundo de Inglaterra, aunque Col sostenía que chuparía banquillo a menos que le ocurriera una desgracia a Greavesy.

Una desgracia le ocurrió a Greavesy: una lesión en la pierna lo dejó fuera de los cuartos de final.

¿Por qué sigues dudando?, le preguntó Cress.

Me siento mal, como mareado, dijo Col.

Pues vete a la cama.

¿Hasta cuándo?

Hasta la final; y Cress colgó.

El 30 de julio de 1966 fue la final y el día que se hizo historia.

En el exterior del café Michele, un sol de justicia inflamaba el toldo de Campari, ya desteñido a un atractivo tono rosa. Un buen número de personas se había congregado frente a una pequeña pantalla en blanco y negro que habían instalado de forma precaria en la terraza. El ambiente estaba cargado de electricidad. Y no en sentido metafórico. Una sola bebida derramada los separaba del desastre.

Desde esta posición privilegiada, Cress, Massimo y Ulises vieron con calma cómo Inglaterra ganaba el Mundial y, aún más importante, cómo Geoff Hurst marcaba sus tres goles. Esa noche lo celebraron tranquilos y sin demasiados alardes en la terraza, aunque sí se remojaron el gaznate con un vino de una calidad ligeramente superior.

¡Geoff Hurst, Geoff Hurst, Geoff Hurst es cojonudo!, cantaba un hombre envejecido y entrado en carnes, todo despechugado, en una taberna de alguna parte del este de Londres. ¡Como Geoff Hurst no hay ninguno!

Soho Sid aflojó la mosca de buen talante. ¿Qué le importaba, si había ganado un dinero? Más tarde se enteraron de que había quedado tan intrigado que acudió a Tubby Folgate, casualmente, y jugó la misma apuesta, de modo que Sid se forró y Tubby volvió a las andadas.

Esa noche, Col tardó una hora en poner una conferencia telefónica con Italia.

¿Cuánto hemos ganado?, preguntó Ulises.

Una puñetera fortuna, dijo Col mientras desenvolvía un caramelo de menta.

La pandilla había hecho un fondo común y tres días después Pete repartió las ganancias en proporción, y todos recibieron una buena tajada, muchas gracias. Col guardó la parte de Peg a causa de Ted. Por fin tenía ella su billete para huir de allí, solo le faltaba saber qué destino tomar.

Alys regresó a Florencia ese verano. El verano de su veintiún cumpleaños. Quizá no tuviera la belleza de Peg, pero tenía otras cualidades. Leía obras esotéricas y comulgaba con la naturaleza de la misma manera que hacía Cress desde años atrás. Había consumido LSD en una ocasión, pero una y no más. Había visto a Bob Dylan tocar en el Royal Albert Hall y pensó que el tipo era otro rollo. Había tenido múltiples amantes, hombres incluidos, aunque siempre preferiría a las mujeres, porque besar a una mujer remendaba su alma. Su carrera en la escuela de bellas artes resultó un fiasco, pero le había proporcionado tiempo para indagar y experimentar. Renunció a la pintura y se decantó por el dibujo, y su técnica era brillante, solo que no sabía qué cosas quería expresar.

Caminaba por el vestíbulo de Santa Maria Novella, seguida de un mozo de estación que cargaba con su equipaje. Llevaba el flequillo corto y el cabello recogido, pantalones vaqueros y una camisa blanca de estopilla, y lucía alrededor del cuello los abalorios de rigor, y en el cuello, la marca dejada por los mordisquitos de la mujer con la que había compartido litera. Una guitarra en la mano izquierda y la maleta de doble fondo llena de dinero en la derecha. Vio a Ulises más adelante y el corazón se le desbocó. ¡Uli!, gritó, y él se dio la vuelta. ¡Cuánto lo había echado de menos!

Los ángeles del barro

1966 – 1968

Retornó el otoño, que trajo consigo días más cortos y noches tempranas, además de seis semanas de lluvias ininterrumpidas debidas a una borrasca sobre el Mediterráneo. El norte de Italia estaba inundado.

Principios de noviembre, y Ulises miraba desde su taller el diluvio. Notaba la humedad que brotaba del suelo. Caía el atardecer y la plaza se veía lóbrega y desgarrada de vida. El día siguiente era festivo, pues la ciudad conmemoraba la victoria del país sobre Austria en la Primera Guerra Mundial. La gente ya se había marchado de fin de semana y Alys había llevado a Cress a Roma con motivo del interés entusiasta del viejo compadre en los poetas románticos. No había huéspedes en la *pensione*, de modo que Ulises estaba solo por primera vez en años; una propuesta que le producía vértigo. Había acordado verse con Massimo esa misma noche, en un encuentro con empresarios británicos, algo relacionado con Londres y los acelerados años 60. La lluvia restaba atractivo a la perspectiva de una salida nocturna.

El globo de 50 centímetros de diámetro frente a él era su mejor creación. Lo había vendido ya a una familia cuyo linaje se remontaba a varios siglos atrás, una circunstancia no poco frecuente en una ciudad como esta. Estaba dándole los últimos retoques, detalles menores; pincel en una mano, trapo en la otra. Pintar y repasar, pintar y repasar, procurando no excederse. Un carpintero de cerca de allí estaba construyendo el soporte, una base independiente fabricada en roble, con un meridiano de latón. Le rompería el corazón desprenderse de él.

Aplastó la colilla del cigarrillo y decidió dar por concluida la jornada. Abrió la puerta y vació las brasas del *scaldini* en la alcantarilla; luego se caló el sombrero, se enfundó el impermeable y apagó las luces. El único sonido era el de la lluvia.

Al salir a Via Maggio, se vio atraído por los olores y el lustre de los *alimentari*. Salió cargado de queso, carne y pasta, además de dos botellas especiales de vino, y para cuando llegó a la plaza, estaba empapado.

Se dio una larga ducha. Se tumbó en la cama y escuchó el tamborileo de la lluvia contra los postigos. El letrero de neón rojo del café Michele palpitaba en la oscuridad y los Beach Boys cantaban «Don't Worry Baby» en la gramola. De haber sido otra persona en vez de Massimo, habría cancelado la cita. Era la clase de noche que invitaba a acomodarse en el sofá en compañía de una *grappa* y un loro amazónico enorme.

Se puso un traje, se anudó sin apretar demasiado una corbata oscura y se calzó unas botas de agua tras descartar los zapatos. Agarró un paraguas y se adentró en la noche castigada por la tormenta. A lo largo del *lungarno* Guicciardini, se oían los truenos retumbar sobre las colinas. Las calles estaban anegadas, y los autobuses abarrotados y los taxis arrojaban cascadas de agua a su paso. Los paraguas negros obstruían las aceras estrechas, y los banderines verdes, blancos y rojos, izados con prisa para la festividad del día siguiente, chorreaban.

No obstante, era en el río donde se apreciaba la transformación más sobrecogedora. Las márgenes llanas cubiertas por la hierba y en donde se apostaban los pescadores habían sido engullidas por la crecida. Al cruzar el puente de Santa Trìnita, el agua rugía embravecida a través de los arcos de piedra apenas un metro más abajo. ¿Cómo era posible que una corriente verde de voz tan suave hubiera sufrido tal metamorfosis?

Massimo lo esperaba en el exterior del Palazzo Strozzi y, tras hacer una observación sobre su aliño indumentario —¿y por qué no unas botas de agua, verdad, *Ulisse*?—, le contó que ya se había pasado por la reunión y que se había aburrido soberanamente, aunque el vino, como cabía imaginar, era bueno. Así que propongo que vayamos a cenar.

La sugerencia se llamaba Zia Chiara, un restaurante diminuto escondido por detrás de la Piazza Santa Croce que en realidad era un salón doméstico; solo contaba con tres mesas para dos personas y carecía de menú. Se servía lo que la tía Chiara hubiera preparado esa noche para su familia, que vivía en el piso de arriba. Le constaba a Ulises que la comida era soberbia. La noche, por fin, parecía mejorar.

El viento había amainado y emprendieron el trayecto hacia el este a paso ligero. Llegaron a la puerta de Zia Chiara relativamente secos y de buen humor. En las paredes colgaban fotografías, algunas en sepia, otras descoloridas, estampas de una vida de granja, de antes de que la familia se trasladara al norte urbano. También un crucifijo, que no podía faltar, y una fotografía firmada de una adorada estrella de cine: *Zia Chiara. Nadie lo hace mejor. Besos, Sophia Loren.*

Se sentaron junto a un gato que, indiferente por lo visto a la invasión nocturna de su hogar, se acicaló a conciencia antes de enroscarse en el regazo de Massimo. Chiara llevó a la mesa una jarra de vino tinto y una cesta de *pane casalingo* y por espacio de una hora se olvidó de ellos.

La conversación viró enseguida hacia la peregrinación de Alys y Cressy a Roma. Ulises explicó que Cress quería visitar el lugar donde había muerto el poeta Keats, alegando que eso lo ayudaría a formarse una idea de la ciudad a través de los ojos de un joven de veinticinco años.

Yo estuve prometido a los veinticinco, dijo Massimo.

¿Ah, sí?

Con Annunziata Berlingo. Cuando anulé el compromiso, ella se casó con un Frescobaldi.

No está mal como premio de consolación.

No pertenecía a la rama principal de la familia, era una simple ramita. ¿Crees que conseguirán llegar a los estudios Cinecittà?

Si Alys se sale con la suya, sí.

Apreciaré cualquier recuerdo que me traiga.

Ulises se rio. Eso ya lo sabe.

Massimo escanció el vino. Mi madre tiene un admirador, por cierto.

¿Tu madre?

Ya, ya, lo sé. La ingresamos en la residencia por su seguridad. Es como una adolescente, muy enamoradiza. Pero qué se le va a hacer.

Para cuando salió la ternera, los dos hombres habían despachado buena parte del vino y el mal tiempo en el exterior era cosa del pasado. ¿Lluvia? ¿Qué lluvia?, dijo Massimo. En cierto momento, a Ulises se le ocurrió mencionar la altura y la fuerza del río.

Massimo supuso que probablemente se debiera a la nieve derretida del monte Falterona. O quizás hubieran abierto las compuertas de los diques para aliviar la presión. Hablando de aliviar la presión, Massimo se levantó y la *signora* señaló al fondo.

Pagaron la cuenta, se desearon una feliz *festa* y los dos hombres dejaron a la anciana en una silla descansando los ojos, mientras que el hermano mayor bajaba las escaleras, llevando a rastras los pies, en busca de una tajada de queso.

En la Piazza Santa Croce reinaba la calma, unos pocos vehículos estacionados, pero no había ni un alma vagando. En la esquina de la Via de' Benci, se despidieron con un abrazo y quedaron el sábado para ir a ver una reposición de *Fellini, ocho y medio* en el Rex. Massimo fue hacia el norte; Ulises, hacia el sur, oyendo el ruido cada vez más fuerte del río a medida que se aproximaba.

Ulises cruzó por el Ponte Vecchio. La estructura temblaba bajo sus pies, el Arno restregando las antiguas piedras que Taddeo Gaddi había colocado en 1345, arrojando agua contra el parapeto. La luna en cuarto menguante, oculta por un manto de nubes en medio de una noche sin estrellas.

Cerca del Palazzo Pitti, la ciudad se antojaba desierta. Ulises cortó camino por la Via dello Sprone hasta la Piazza dei Sapiti y advirtió que el agua brotaba a borbotones por las rendijas de las alcantarillas. Lanzó una mirada a su taller, al globo suspendido en la oscuridad, vulnerable y puro. Cress decía que había capturado la esencia misma del planeta.

En la Piazza Santo Spirito, todo estaba tranquilo; los postigos, cerrados a cal y canto, como cabía esperar; alguna que otra luz, pero él sabía quiénes eran los insomnes. Aquí también manaba agua por las alcantarillas. Entró en su edificio, pero no subió en el momento. Una sensación fastidiosa que le mordisqueaba las entrañas lo indujo a dirigirse al sótano.

Descendió las escaleras de piedra hasta verse con el agua por los tobillos y asaltado por un intenso hedor a cloaca que no le sorprendió. En el techo, la luz empezó a parpadear, pero no se apagó.

Los sacos de carbón situados en los estantes superiores permanecían secos y fueron lo primero que llevó arriba. También las cajas que la señora condesa le había pedido que guardara. A continuación, cajas de queso y vino para la *pensione*; y luego tarros de *passata* casera, botellas de aceite, botellas de agua mineral San Pellegrino, cualquier cosa no deteriorada, cualquier cosa que pudiera limpiarse con un paño, todo transportado a la planta de la calle. Y cada vez que bajaba, le daba la impresión de que el agua había subido. Sacó la bicicleta en último lugar, con las ruedas goteando. Se hallaba tenso y exhausto, y su mejor traje estaba chorreando. Y a las dos de la madrugada se acercó hasta donde Michele.

El hombretón, asomado a la ventana del piso superior: ¡Eh, *soldato*! ¿Qué horas te crees que son estas?

Son los sótanos, Michele.

¡Siempre son los sótanos de los cojones! No obstante, bajó. Iba a ser para él una noche larga.

Ulises puso una cafetera y se cambió de ropa. Andaba de acá para allá embargado por una sensación de pavor y, en un primer momento, lo achacaba a la preocupación por Alys y Cressy. Salió a la terraza a respirar aire fresco. La lluvia era más débil, convertida ahora en llovizna, y la ciudad había quedado atrapada bajo una bruma letárgica y fantasmagórica. Aún restaban cinco horas para el amanecer. *¿Qué es?*, se preguntaba. La inquietud que sentía evocaba tiempos de guerra, el enemigo invisible al acecho. No podría dormir, eso lo sabía. Apuró el último café y decidió ponerse a la tarea de subir el carbón y los cajones y sacos; parecía lo más sensato. Buscó una linterna y salió al hueco de la escalera.

A las cuatro treinta de la madrugada la señora condesa abrió su puerta. ¿Ahora se dedica a robarme mis cosas, *signor* Temper?

El sótano se ha inundado, condesa, y depositó la última de las cajas a sus pies. Tómelas o déjelas. (No estaba de humor para aguantar la inquina de la señora).

Grazie, graz...; pero él ya se había ido.

Cerró sigilosamente la puerta de madera al salir y se internó en la noche. En el café Michele, las luces estaban encendidas y alcanzó a divisar al hombretón en la barra, tomando un *espresso*. Dobló a la izquierda en la Via Maggio, en dirección al río, guiado por el haz de la linterna.

Lo oyó antes de hallarse cerca siquiera: el ruido era ensordecedor. Un torrente negro terrorífico, casi al nivel del borde superior de los parapetos, bullía agitado contra la piedra, bramaba y escupía espumarajos al viento. De pronto, un roble imponente, arrastrado desde el Casentino, se estrelló contra la pared delante de él, levantando nubes de espuma. Ulises trastabilló y cayó el suelo, el corazón martilleándole en el pecho ante esa delirante confrontación con la naturaleza. La linterna se apagó.

Se puso en pie. El río se derramaba ahora en cascada por encima del muro de contención y las olas negras formaban remolinos y se revolvían sobre sí mismas. Golpeó la linterna contra su pierna y un rayo de luz salió disparado contra los ladrillos. Empezaban a aparecer pequeñas grietas, de las cuales manaba agua.

Se dio media vuelta y echó a correr; el Borgo San Jacopo ya inundado al pasar. A lo lejos, el lamento de una sirena ominosa.

Michele estaba en el bar, hablando con un grupo de hombres, y antes de que Ulises tuviera oportunidad de contarles lo que había visto, Michele lo llamó a voces. ¡Está todo viniéndose abajo, *soldato*! La electricidad, los teléfonos... Tienes que almacenar tanta agua como puedas antes de que se quede sin presión.

Ulises entró en el vestíbulo del edificio y corrió escaleras arriba, de dos en dos escalones. Llamó a la puerta de la condesa.

Otra vez usted, dijo ella.

Condesa. Llene de agua todos los recipientes que tenga. La bañera. Palanganas. Cualquier cosa.

Me está asustando, *signor* Temper.

No se asuste. Usted hágame caso, condesa.

¿Qué está ocurriendo?

No lo sé.

De vuelta en casa, descolgó el teléfono para avisar a Massimo, pero la línea estaba cortada. Bañera, tarros, cacerolas…, llenó todo aquello que pudiera contener agua y luego bajó a la *pensione* a repetir la operación.

De nuevo escaleras abajo, pero ahora para salir por la puerta principal. Un helicóptero lo sobrevoló a baja altura. El haz de la linterna trazaba una senda a través de las calles anegadas. Para cuando llegó a la Piazza dei Sapiti, ya se hallaba cubierta por más de medio metro de agua. Un cono de luz a través de la ventana dejó ver hojas de papel y moldes de plástico que centelleaban en la ondulante superficie negra. La puerta de madera se había hinchado y hubo de valerse del hombro para abrirla. En el interior, olor a pintura y cloaca, y agua, aumentando por momentos. La lluvia había cesado, pero tenía que llevarse ya el globo. Se guardó la linterna en el bolsillo, levantó la esfera gigante y empezó a retroceder hacia la puerta. Solo entonces reparó en los tres fardos situados en un estante superior, las planchas de cobre de su padre. Joder. Sencillamente, era demasiado tarde.

Oscuridad a su alrededor. Un susurro aislado de luna. Tenía las botas encharcadas, pesadas como piedras; las piernas luchaban contra la corriente, con el agua ahora por la cintura. Sostuvo el globo aún más arriba, agradecido por la tregua concedida por la lluvia, la cual de otro modo lo habría destrozado. Ya en la Via Maggio y el agua tiraba de él cual si fuera fango.

¡Flash!

Se volvió. (Clic). Capturado para la eternidad.

El fotógrafo alzó la mano y se alejó vadeando hacia el Palazzo Pitti.

Ulises torció a la derecha. Las calles extraían color de la claridad que anunciaba el amanecer; la ondulación del terreno hacía menos profundas las aguas y sus pasos parecieron afianzarse. Estaba en la plaza, le faltaba ya poco, y le ardían los brazos de cargar con el globo, pero tenía su casa allí mismo, delante de él. Y el globo, de una belleza dolorosa a la luz violácea del alba.

Michele gritándole desde una ventana. Ulises levantó la mirada y asintió con la cabeza. Y de repente, a su espalda, una furiosa ola de color parduzco se abalanzó sobre él, y el diluvio lo arrolló. Notó el momento en que le era arrancado el globo de las manos, el impacto al estrellarse él contra la fuente, el rugido en los oídos. Sacando fuerzas de flaqueza, se aferró al saliente de piedra mientras el agua le pasaba por encima en su curso hacia la Via San'Agostino. Pero era demasiada y al final tuvo que soltarse. Se vio arrastrado por la plaza hasta la estatua, donde encontró apoyo y se detuvo. Cuando se asentaron las aguas y decreció el nivel, se puso en pie. Miró a su alrededor, pero el globo había desaparecido. Tuvo el tiempo justo para meterse en su edificio y cerrar la puerta antes de que otra turbulenta ola barriera la plaza. Se sentó en las escaleras, aturdido, sin aliento, tiritando. Más arriba, la condesa voceaba su nombre. Y luego, el lánguido ascenso.

A mediodía, el alcalde Bargellini consiguió acceder a un micrófono de radio para informar a la ciudad de que la riada había anegado la Piazza del Duomo. Y en algunos barrios, el agua había subido hasta el segundo piso de los edificios. Instó a todo el mundo a mantener la calma y solicitó a quienes poseyeran botes y canoas que los llevaran al Palazzo Vecchio.

Al poco de que Ulises se hubiera cambiado de ropa, llamaron a la puerta. La señora condesa debía de haber escuchado también las declaraciones por la radio, porque permaneció plantada en la puerta y manifestó: No hay electricidad, *signor* Temper, y estoy sin luz. No tengo gas. Estoy helada y no tengo agua, y ahora ese *idiota* habla de inundaciones. ¿Por qué no hizo nada para impedirlo?

Ulises la invitó a entrar y la sentó junto a la estufa de carbón.

Antes tenía carbón, dijo ella, pero me obligaron a poner gas y ahora no tengo nada.

Preparó el almuerzo, unos simples espaguetis y *passata*, mientras ella vigilaba cada movimiento suyo por la cocina. Ulises agregó un par de salchichas que habían sobrado y un puñado de aceitunas negras, una pizca de guindilla. Descorchó una botella de vino de las buenas. Muy rico, la verdad, comentó ella. Por la radio emitieron un boletín en el que se avisaba de que el agua municipal estaba contaminada. ¿Y ahora por cuánto tiempo?, bufó la condesa. Ulises escurrió la pasta, pero guardó el agua salada para el inodoro.

¿El inodoro, por qué?, preguntó la anciana.

Porque no se puede tirar de la cadena, explicó él.

O mio Dio. Otra vez como en la guerra.

Comieron sin mediar apenas palabra después de eso. Al terminar, la condesa lo felicitó por su maña en la cocina. Quizá le faltaba un poquito de sal, añadió no obstante.

Quizá, dijo él.

Puso a hervir la cafetera y la señora señaló: Ese es el mejor tipo de cafetera. Nunca decepciona. No como el alcalde.

Ulises salió a la terraza a tomarse el café con Claude. La fuente se había convertido en su propia isla y ahora se necesitaba un bote para llegar a la iglesia. En tanto que la luz se desvanecía, el agua corría putrefacta, con una capa de espuma amarilla centelleante, y había un intenso hedor a petróleo. En la superficie cabeceaban bidones rojos de gasolina, en una discordante intrusión de color. Un coche llevado por la corriente surcó la plaza y se estampó contra la persiana metálica del *tabacchi*.

En todo su alrededor, las calles estrechas estaban anegadas; el *cortile* de abajo, sumergido. Todos aquellos talleres, todos aquellos medios de vida, todos aquellos magos a pie de calle que confeccionaban zapatos, y empajaban sillas, y tallaban prodigios, y fabricaban marcos de oro. Empezaban a aparecer cuadros flotando en esa marea; una tienda de antigüedades o una galería saqueada por la crecida.

A las cinco de la tarde, la ciudad estaba sumida en un apagón total. Ulises y la condesa se sentaron junto a la estufa y escucharon los boletines informativos italianos a la luz de las velas. Toda la Toscana había sufrido inundaciones. Florencia había quedado incomunicada por carretera, ferrocarril y teléfono, desde Roma al sur hasta Bolonia al norte.

Alguien tendría que ir a revisar el lugar, insinuó la condesa. Pero no llevo el calzado apropiado.

Ulises encendió la linterna y bajó las escaleras. Entró en la *pensione* y abrió el aparador donde Cress guardaba paquetes de velas. No volvió a subir enseguida, continuó descendiendo hasta la cota del agua. Un metro, quizá un metro veinte; muy por debajo del rellano de la condesa, al menos podría proporcionarle esa tranquilidad. Se sentó en los escalones de piedra. El asfixiante olor a petróleo y aguas negras, el ruido de los escombros golpeteando las puertas de la calle, como el repiqueteo metálico de un barco que se hunde lentamente. Se acordó de Massimo, pero sabía que vivía en un piso alto. Se preguntó cuándo conseguirían Cress y Alys volver a casa. Necesitaba saber que todos se encontraban a salvo, porque sin ellos él no era nada. La linterna empezó a parpadear. Le dio unos golpes contra la mano y un haz tenue de luz raspó la superficie. Una carpa salió huyendo, molesta por la intromisión. Y el agua subió.

La noche permanecía envuelta en negrura. No había estrellas, solo vagas volutas de humo. Los helicópteros alumbraban los tejados oscuros, el resoplido rítmico de las palas del rotor en el aire. Ulises sujetaba el paraguas mientras la condesa miraba por el telescopio. Ella dijo que había pasado asustada toda la guerra. Asustada como lo estaba ahora. Dijo que no a mucha gente le caía bien Arturo Bernadini, pero que a ella sí. Dijo que era un hombre que merecía ser salvado. Dijo que había visto cómo Ulises trepaba al tejado hacía ya tantos años. Le había parecido un hombre valiente. Raro, pero valiente. Y era usted tan joven… Creo que los helicópteros están rescatando a la gente de los tejados, añadió. Quizá le necesiten también allí.

Acamparon en el *salotto*. Un candelabro, una botella de *grappa* cerca de la mano de la anciana y un loro cantando piezas de musicales.

¿Suele hacerlo mucho?

Ulises se encogió de hombros.

¿Qué es ese ruido?, preguntó la condesa.

¿Dónde?

Ahí fuera, indicó ella, apuntando con el dedo.

Ulises se puso en pie y abrió los postigos. Michele en su ventana con una vela. Gritos que transportaban nombres a través de la plaza. *Signor, signora Bruni?*, voceaba. *Signor Carrai?*

En la oscuridad, empezaron a aflorar luces trémulas. *Sì. Qui!*

¿Está usted bien, signora Buonarroti? Sì, sì.

Signor Conti? Qui! Otra vela.

Signora Moretti?

Una a una, fueron apareciendo velas en las ventanas, estrellas humanas en una noche aguada.

Entonces Ulises lo oyó. Esta vez no lo llamó *soldato*, ni *signor Temper*, sino *Ulisse*. ¡Estoy aquí, sí, estoy bien!, contestó, con la vela en alto. Y añadió que la condesa estaba con él. Que también ella estaba bien.

Una voz repentina al otro lado de la plaza: ¡Soy el *signor* Lami y no tengo velas! ¿Dónde está usted, *signore*? En la cara oeste. Último piso. A cinco puertas de Michele».

Agite algo blanco, gritó Ulises, y esperó. ¡Le veo! Abra la ventana del todo, *signore*, y no deje de hacer señas!

Se volvió hacia el loro. Ven aquí, Claude, y lo levantó en brazos. Allí. ¿Ves aquello blanco en la ventana? Sigue mi dedo, Claude. Justo ahí.

Claude soltó una especie de graznido. Buen chico.

Ulises extrajo una vela de la caja y la sostuvo delante del pájaro. Hay que llevar esto allí, le indicó. ¿Crees que podrás hacerlo, Claude?

A esas alturas la condesa seguía con avidez los acontecimientos. *Che straordinario!*, repetía sin cesar. *Che straordinario!*

¿Crees que podrás, Claude?

Otro graznido.

Ulises encajó con cuidado la vela en el pico del loro y luego lo asomó a la ventana, posándolo sobre el alféizar, orientándolo en la dirección correcta. Allí delante, susurró. Todo recto.

¡No deje de hacer señas, *signor* Lami!, gritó. ¡Y échese atrás cuando vea al loro!

¡Vamos, Claude, vamos!

¡Fiuuu!

Un destello azul y amarillo en la penumbra, ¡y qué visión tan extraordinaria! Mas el peso de la vela provocó de súbito que perdiera altura y la condesa dio una inspiración brusca cuando las plumas del pecho de Claude rozaron la superficie del lago negro, y entonces remontó el vuelo. ¡Y, oh, de qué manera tan magnífica se elevó! Por dos veces sobrevoló en círculo la plaza hasta que hubo calculado la trayectoria y fijado la zona de aterrizaje: tres metros…, dos y medio… Endereza, endereza… Aminora velocidad.

Puedes hacerlo, susurró Ulises.

Puedes hacerlo, susurró la condesa.

Ulises le gritó al *signor* Lami que se apartara y, de pronto, Claude desapareció a través de la ventana abierta. Se oyó un ruido de cristales rotos. Pasaron con ansiedad los segundos.

¿Está seguro de que el hombre ha abierto la ventana?, preguntó la condesa.

(La había abierto. Ocurrió sencillamente que le sorprendió tanto la aparición de un loro de semejante tamaño que dejó caer una botella de vino).

¡Mire!, señaló la anciana. ¡Lo ha conseguido!

Y así era. Donde antes reinaba la oscuridad, ahora se hacía la luz.

Claude se lanzó de nuevo al cielo. Voló alto, tan alto como el campanario, y planeó sobre el punto inmóvil del mundo que giraba, en una ráfaga de viento que era un sonido quedo y antiguo, oído por vez primera dentro del huevo. La llamada a liberarse. A astillar la cáscara. Y aquella indescriptible bocanada inicial de aire. ¡Oh, qué maravilloso era volar! Se posó en la cabeza de Cosme R., perdida en el mar del Arno, donde permanecería como testigo de la noche, un centinela cuidando de su gente hasta que la tierra resurgiera del vórtice primigenio que antaño engendrara la vida misma. Quizás hasta erigieran una estatua en su honor. ¿No sería extraordinario?

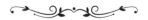

El boletín informativo de las diez de la noche:

Florencia es un lago. Tres metros de agua en la Piazza del Duomo. Familias gritando desde las ventanas de los segundos pisos. Los helicópteros han estado toda la tarde rescatando de los tejados a personas desamparadas. Solo mujeres y niños. Los hombres no han sido evacuados. Pisa ha sufrido lo peor del diluvio en su llanura y ha solicitado ayuda a Florencia, pero Florencia ni siquiera puede ayudarse a sí misma.

Ulises apagó la radio, y dijo la condesa: Nos espera una noche muy larga.

(En este momento Ulises comprendió que la mujer no tenía intención de irse a su casa).

Puede quedarse aquí si lo desea, condesa.

Me gustaría, *signor* Temper. En el cuarto de invitados, naturalmente.

Y antes de dormirse, insinuó que alguien tendría que permanecer despierto por si acaso. Ulises prometió que haría guardia hasta que llegara el día.

A medianoche, salió a la escalera, sin echar el pestillo de la puerta. La luz de la linterna le mostró que el nivel del agua descendía y dedujo que habían salido bien parados. En la plaza del Duomo, tres metros.

Ya en su habitación, abrió los postigos. La lluvia había cesado. Se acostó y el sueño lo venció al instante.

Las siete de la mañana trajo consigo un flamante amanecer; el bello silbido de neumáticos. Se levantó y contempló la devastación. Había una Virgen en medio de la plaza, llena de barro. Su mano rota apuntaba al cielo.

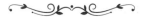

Una por una, en la mañana del 5 de noviembre, la gente salía de los portales aturdida por el horror que les aguardaba. Las aguas se habían retirado, pero habían dejado atrás lo inimaginable: una gruesa capa de barro negro y maloliente que lo cubría todo. Una mezcla pringosa de fueloil de calefacción, tierra y aguas residuales, que formaba una costra en los edificios marcando el punto más alto que había alcanzado el río desbordado en cada uno de ellos, y trazando una línea desigual que subía y bajaba a lo largo de las calles de la ciudad. Las persianas metálicas de las tiendas y los restaurantes estaban combadas, o habían sido arrancadas de cuajo, y los interiores, destruidos. Había dos coches volcados cerca de la fuente y la moto Guzzi Falcone de Cressy estaba tirada sobre un costado a las puertas de la basílica. Los bancos de piedra, depositarios de la memoria, se habían convertido en depositarios de fango. El pavimento estaba levantado; las ventanas, hechas añicos, y el lodo había absorbido lo íntimo y lo cotidiano. Los zapatos del remendón sembraban el negro paisaje, dando la impresión de que no muy lejos yacerían desparramados los cadáveres. No parecía que la vida pudiera volver jamás a la normalidad.

En la plaza se empezó a acumular todo aquello que no pudo salvarse de los bajos de las casas, las tiendas o los cafés: un cochecito de bebé, un acordeón, cojines, un coche de juguete, latas de comida, sillas, ropa, aparatos de radio, un televisor, maletas, cuadros, cartas. Te rompía el corazón, pero había que hacerlo, había que ponerlo en la pila con el resto de las cosas. Aunque fuera una gramola.

Michele bregaba con la máquina de discos, tratando infructuosamente de sacarla del bar. Levantó la mirada al aproximarse Ulises. *Che disastro*, se lamentó el hombretón. Ulises agarró por una esquina y lo ayudó a trasladarla a la plaza. En el interior del local, la marca del agua estaba a poco más de un metro. Las botellas de licor situadas en los estantes más altos, el teléfono público y la cafetera antigua que había traído desde el sur eran las únicas cosas que el barro no había tocado.

Ulises recogió las sillas, las llevó afuera y las incorporó al montón de enseres desechados. Giulia rondaba por la cocina. Solo haré esto una vez, *Ulisse*, dijo ella, con lágrimas derramándose por las mejillas. La siguió dentro, donde el agua había alcanzado mayor altura. Todo cubierto de mierda, con un olor nocivo.

¿Por dónde empezamos?, sollozó ella. Dime, ¿por dónde? No tenemos ni agua para limpiar… —y Ulises quiso abrazarla, pero en ese momento apareció Michele, que después de hacer un comentario duro sobre las lágrimas de la mujer, dijo: *Ulisse*, échame una mano. Vamos a sacar todo esto. La nevera lo primero.

Massimo encontró a Ulises en la plaza. Los dos hombres se abrazaron hasta que un centenar de palabras no expresadas hubo pasado entre ellos.

¿Cómo están las cosas por tu lado?, preguntó Ulises.

Muy mal. Y Massimo relató lo que había visto y oído:

La riada había arrasado los muros de contención. La Biblioteca Nazionale continuaba anegada y aislada por el agua. En Santa Croce nadie puede entrar. Calle tras calle de coches volcados y ganado muerto. Las puertas del Baptisterio se han desprendido de los marcos —el alcalde y un equipo de filmación están allí ahora— y faltan paneles de la Puerta del Paraíso.

Madonna mia, musitó Giulia, y luego regresó al interior del bar.

Nadie sabe cuánta gente ha muerto, agregó Massimo.

Los hombres levantaron la mirada hacia un helicóptero.

¿Os habéis enterado de que han puesto en libertad a todos los prisioneros de la *Murate*?, dijo Michele. ¡Y ahora vendrán los saqueos!

Ulises se acercó a ayudar a Giulia a sacar una mesa.

¿Has ido ya al taller, *Ulisse*?

Todavía no.

Michele se volvió. ¿Estás aquí haciendo esto sin haber ido allí? Lléveselo ahora mismo, *signor* Buontalenti.

Las aceras estaban resbaladizas por aquel barro apestoso —el *fango*—, y caminaban despacio, cada paso un riesgo. La gente se echaba a las calles y se ponía a limpiar. Peor que la guerra, decían.

Los rostros endurecidos, el frufrú de las escobas, el raspar de los rastrillos de madera, una tarea imposible sin detergentes ni agua, pero tenemos que hacer algo, dicen. La tienda de quesos, la pescadería, la carnicería…, todas desaparecidas. El género pudriéndose en la calzada. La mercería, la juguetería, la tienda de bicicletas…: desaparecida, desaparecida, desaparecida.

Al llegar a la Piazza dei Sapiti, las calles estrechas habían canalizado el agua a tal velocidad que la placita había recibido todo el impacto de la riada. La puerta del taller de Ulises estaba entreabierta, y dentro, las paredes ennegrecidas. Los globos, antes la joya de los estantes superiores, habían sido succionados por el remolino; viejos atlas que había coleccionado desde que llegó a la ciudad, los moldes de Des, las herramientas, las planchas de su padre…

Fuera, una mujer que plañía: Lo he perdido todo. Lo he perdido todo.

Ulises se sintió mareado. El lugar apestaba. La voz de la mujer se elevaba llena de pánico.

¿*Ulisse*? Notó la mano de Massimo en la espalda. Buscó cigarrillos en su chaqueta.

Aquí no, dijo Massimo con suavidad. Todo esto es combustible, *Ulisse*.

Ulises salió tambaleándose y vomitó.

A orillas del río, caminaron entre grupos de florentinos silenciosos. El agua había descendido más de cuatro metros, pero la corriente seguía fluyendo desbocada hacia el mar. En el Ponte Vecchio sobresalían troncos de árboles en todas las direcciones, con grandes manojos de hojas y ramas aferrados como nidos gigantes. Los talleres de orfebres y joyeros parecían como si hubieran sido saqueados y los propietarios hurgaban en el barro en busca del destello metálico de cualquier pieza que poseyera algún valor. La crecida se había llevado por delante parte del parapeto frente a la Biblioteca y enormes bancos de barro bloqueaban la entrada.

En la ribera norte se avistaban ya las primeras barcas y canoas impulsadas con pértigas; de las ventanas de los pisos superiores se descolgaban cubos para recolectar comida, agua, cualquier cosa que hiciera soportables las horas por delante. Los dos hombres se vieron obligados a retroceder. En otra calle se descubrían colchones ennegrecidos y ropa secándose y endureciéndose al sol y al viento. Una pajarería llena de pájaros cantores ahogados en sus jaulas. *La fine del mondo*, dijo un hombre. El fin del mundo.

En la plaza de Santa Croce, donde habían estado apenas dos noches antes, los coches se amontonaban unos encima de otros, parte en el agua, parte en el barro; la marca de la crecida visible en la estatua de Dante. Seis metros, ¿cierto? Inconcebible. Aquí se alojaban sobre todo personas pobres y ancianas, en sótanos o bajos. Vamos, indicó Massimo, y trataron de abrirse paso por el apestoso erial, salvando obstáculos medio a gatas, resbalando y sujetándose el uno al otro para mantener el equilibrio, pero cada intento de aproximarse al restaurante de Zia Chiara fracasaba. Anegadas una calle tras otra, los *carabinieri* los obligaban a dar media vuelta, alegando que los cimientos eran inseguros y que las paredes corrían riesgo de derrumbarse. Massimo preguntó a voces a un hombre si sabía a dónde habían ido la tía Chiara y sus hermanos, pero el hombre se encogió de hombros. Nadie parecía saber nada. Nadie sabía siquiera cómo harían para comer ese día.

A eso de las cuatro la falta de luz impidió continuar con la limpieza. Ulises y Massimo tiraron las botas y la ropa llena de barro en el rellano del último piso. Se lavaron en la terraza con una palangana de agua de lluvia, que dejaron luego junto a la cisterna del inodoro. Poco después de las seis, llamaron a la puerta. No llego demasiado temprano, ¿verdad?, saludó la señora condesa.

Cenaron lo que quedaba de embutido y espaguetis con aceite, ajo y guindilla. La condesa felicitó a Massimo por el equilibrio de sabores que había conseguido. «Quizá le faltaba un poco más de *pepperoncino*.

Quizá, dijo aquel.

Ulises se levantó y puso a hervir la cafetera.

El aire de la noche soplaba helado y transportaba los lamentos de los equipos de bomberos y las ambulancias de la *Misericordia*. La condesa criticó que Roma se hubiera desentendido de la ciudad y, dando un extraordinario viraje de ciento ochenta grados, manifestó que el alcalde Bargellini era el único que se preocupaba.

Y la Casa del Popolo, apuntó Ulises.

¿Qué sabe de esos comunistas?, preguntó ella.

Sé que están repartiendo comida y medicinas.

Y no se olvide de los panaderos de Fiesole, terció Massimo. Han estado llevando pan a los pobres.

Sí, bueno, los panaderos son buena gente, admitió ella. A un panadero le confiaría un riñón. Pero ¿dónde están las excavadoras? ¿Dónde está el ejército? Roma se creerá que podemos limpiar un alud de tierra con cucharas.

La condesa se terminó el café y declaró que estaba cansada. Se tomó del brazo de Ulises, que la acompañó hasta su apartamento y en el poco tiempo que tardó en regresar, Massimo se había quedado dormido en el sofá. La fatiga parecía obstinada en impregnarlo todo. Tapó a Massimo con una manta y cerró los postigos.

Ulises yació despierto en la cama. Se le había pasado ya el cansancio. Horas lentas por delante, escuchando la desesperación de una ciudad fría, desolada, sepultada en el barro. *Puede que la gente no lo sepa*, pensó. *Puede que nadie sepa realmente cuánta ayuda necesitamos.*

Pero lo sabían. El mundo estaba escuchando, sí, y mucho antes de que hubieran cuajado sus pensamientos, voluntarios de todo el planeta ya habían empezado a movilizarse. Expertos en restauración de arte y cientos de estudiantes con la creencia intrínseca de que podrían cambiar el mundo. Incluso un hombre de Manchester cuyos recuerdos de hacer el amor en un *palazzo* renacentista aún le producían cosquilleos.

Des se inclinó sobre la mesa y apagó la radio. Tengo que hacer algo, Poppy.

Ya lo sé, Des. Eres de esa clase de hombres.

He pensado en hacer el viaje hasta la Toscana en un Land Rover. Quiero llevar algunos productos esenciales. Demostrar mi compromiso. ¿Vienes?

Esta vez no, Des. (Estaban esperando su primer nieto). Pero ¿por qué no pasas por Londres y te llevas a Piano Pete? Hace tiempo que deseas conocerlo.

Buena idea, convino Des. Calculo que podría salir en un par de días.

Necesitas un Land Rover, Des.

Me compraré uno.

Y en Bristol, Jem Gunnerslake, que ya contaba treinta años y estudiaba medicina, como en cierta ocasión predijera Evelyn Skinner, dejó a un lado el ejemplar del *Observer* que estaba leyendo y telefoneó a su universidad para comunicar que necesitaba diez días libres, pues debía ocuparse de una crisis familiar. Se subió al tren con unas botas de agua, un chubasquero K-Way y una muda de ropa. Contempló desde el ferry cómo se alejaba Inglaterra. Se dirigía a Florencia a salvar el arte. Era un hombre de los 60 hasta la médula, y el «paz y amor» palpitaba en sus válvulas aórticas y pulmonares. Y en el rostro se le dibujaba una sonrisa, amplia ahora que se había arreglado la dentadura.

Ulises amaneció con un día de primicias: los primeros camiones transportaron agua a la ciudad, para limpiar en vez de para beber, pero algo era. Y la primera oleada de jóvenes se congregó fuera de la Biblioteca y formaron una cadena humana para despejar de barro la entrada. Y los primeros telegramas empezaron a llegar a su destino, y Ulises recibió uno desde Roma. Lo habían enviado el día anterior y se lo entregaron mientras retiraba barro del *cortile* a paladas.

CARRETERAS INTRANSITABLES. PROBAREMOS OTRA VEZ MAÑANA. PRONTO EN CASA. TE QUIERO.

Se le saltaron entonces las lágrimas. Se dio la vuelta, apartándose del grupo, porque no podía contenerlas.

Aquella tarde, Betsy, que se había mantenido detrás de un autobús fletado por los monjes de Grottaferrata, entró en la plaza de Santo Spirito, llena de barro y castigada por el trote. Alys, pegada al parabrisas, trataba de asimilar las vidas rotas que tenía delante. Ulises los vio primero y, oh, cómo le cambió la cara… y cómo le cambió a ella. (Clic). Capturados para la eternidad. Se encontraba en ese momento a la puerta del café con Michele, Giulia y la señora condesa, que manifestó: Ya era hora. Espero que hayan traído comida.

Y la habían traído, desde luego. También vino y agua, y sería la primera vez en días que alguien comería huevos o pan, o que bebería leche. Alys se bajó de la furgoneta y Ulises corrió hacia ella, que, echándole los brazos alrededor, le dijo: Si te hubiera pasado algo…

¿Qué hace esa gramola allí, Michele?, señaló Cress. Sácala de ahí y la tendré limpia y arreglada en un santiamén. Y suplicó Giulia: ¿Puede repararme también el corazón, *signor* Cress?

Alys esperaba en la estación de ferrocarril. Estaba embadurnada de barro de la cabeza a los pies. Llevaba vaqueros, suéter y blusón de artista. El pelo recogido, gafas de sol y un cigarrillo en la boca. Massimo la describió como el epítome de lo fetén. Alargando las vocales, naturalmente.

Era la tercera vez en otros tantos días que acudía allí y, a pesar del frío de la tarde, le gustaba. La conexión directa con el mundo exterior, entre trenes que iban y venían, y periódicos, y una oportunidad de surtirse de cigarrillos. Por encima de la cota de la inundación, el lugar conservaba un aire de normalidad. Es decir, si no se prestaba atención a los suelos veteados de barro ni a los carteles que exhortaban a la gente a HERVIR TODA EL AGUA por el peligro latente de contraer cólera y fiebre tifoidea. Emanaba un olor apestoso a gasoil del generador que mantenía encendida la oficina del telégrafo.

Alys encendió un cigarrillo y observó cómo un tren hacía su entrada en la estación.

Llegaban a diario cientos de estudiantes a la ciudad y resultaba difícil proporcionarles alojamiento a todos. Los albergues juveniles y los colegios mayores estaban desbordados y se habían requisado los vagones y los coches cama vacíos de la estación de clasificación. Cress y Ulises habían acordado abrir la *pensione* para quien necesitara un sitio donde quedarse y por el momento parecía funcionar. Algunos de esos chicos incluso se habían arrogado la responsabilidad de ayudar a Michele y a Giulia con la limpieza del bar.

Alys se quedó mirando a una mujer joven que pasaba por delante de ella, sin disimular que no le quitaba los ojos de encima. Era fácil coquetear cuando se tenían habitaciones que ofrecer. Sin embargo, la mujer continuó andando y rodeó con el brazo a un hombre. Bueno, unas veces se ganaba y otras se perdía, y Alys aspiró el cigarrillo. Y entonces se fijó en él. Un poco perdido, un poco mayor que el resto. Una sonrisa bonita.

¡Disculpa!, gritó mientras se acercaba corriendo.

Él se detuvo. ¿Es a mí?

¿Has venido a limpiar?

Pues, de hecho, sí.

¿Necesitas un sitio para quedarte?

Sí. Supongo que sí, la verdad.

Soy Alys, y le tendió la mano.

Jem. Jem Gunnerslake.

Sígueme, Jem.

Y salieron del vestíbulo de la estación, descendiendo los escalones hacia la plaza cubierta de barro. Coches negros como alquitrán y montañas de detritos se acumulaban en el exterior. La marca de la crecida a metro ochenta.

Madre mía, dijo Jem.

Ten cuidado donde pisas, le previno Alys. No se ven, pero muchos de los adoquines están levantados.

¿No están mejorando las cosas?

No sabría decirte. Al lado del río están peor que nunca. En Santa Croce. Gavinana, San Niccolò. Los sótanos siguen inundados porque no hay suficientes bombas, y verás miles de coches así. Tienen al ejército quitando esta mierda con palas, pero, aparte de eso, ahora mismo no hay mucho más que se pueda hacer.

Jem se frotó la nariz.

Es el cloro. Yo aún me estoy acostumbrando. Lo han rociado por toda la ciudad.

He visto los carteles.

Han abierto centros de vacunación. ¿Tienes que vacunarte, Jem?

Ya no; y se dio una palmadita en el brazo.

Al cruzar la plaza de Santa Maria Novella, Alys apuntó con el dedo hacia la iglesia. Si necesitas velas, allí puedes comprárselas a un cura por 100 liras cada una.

¿Me van a hacer falta?

Por ahora no, tenemos de sobra. Pero siempre vienen bien.

¿Y si quiero llamar por teléfono?

Nada, olvídate. El telégrafo funciona. Los telegramas internacionales pasan por la central de correos. Pero prepárate para hacer cola varias horas. Por el momento no tenemos luz, ni calefacción ni agua. Usamos un cubo para tirar de la cadena. Dos veces al día: cuando nos vamos a trabajar y cuando nos vamos a dormir. O si es estrictamente necesario. Ya me entiendes.

De acuerdo.

Para lavarte tienes una toalla y una palangana con agua fría, por la mañana y por la noche. Las botas y la ropa manchada de barro se dejan fuera, en el rellano. Pan y mermelada para desayunar. Y normalmente té; a veces café, si podemos conseguirlo. Leche a veces…

Si podéis conseguirla.

Ella esbozó una sonrisa. Un plato de pasta por la noche. También hay una cantina en la Accademia si prefieres comer allí. Pero avísanos por la mañana. Puede que tengas una habitación para ti solo alguna noche, o puede que tengas que dormir con otras personas. ¿Eso te desagrada?

Me desagradan las autopsias.

Alys se rio. Por aquí a la izquierda, indicó. Te voy a hacer el recorrido turístico.

¿Cuánto cuesta?, preguntó Jem.

¿El recorrido?

La habitación, especificó él.

Nada, Jem Gunnerslake. Es un regalo de la ciudad. Por los cientos de horas que vas a estar deslomándote.

¿Cómo funciona?, preguntó él —que se resbalaba al intentar seguir su ritmo—. Quiero decir, ¿cómo empiezo a trabajar? ¿Me presento donde sea y ya?

Es una opción. Pero hay una oficina en los Uffizi que te manda a donde más falta hagas.

¿Y dónde suele ser?

Depende. Puede ser a un hospital (¡Ahí delante está el Duomo, Jem Gunnerslake!). O a llevar comida a la gente mayor. Aunque ahora mismo casi siempre es a la Biblioteca. Es horripilante cómo está por dentro. Seis metros de barro en los pisos inferiores y agua hasta la cintura. Ahí es donde están los libros. No hay generadores, trabajamos con linternas y velas. Somos cientos allí, Jem. Nos vamos pasando cubos llenos de barro o libros. El barro se va afuera, los libros a los pisos de arriba, para enjuagarlos y secarlos.

¿Y luego qué?

Luego los llevan al Forte Belvedere. Para iniciar la restauración.

Vale.

Las esculturas se envían al Palazzo Davanzati; los lienzos a la Accademia, y las pinturas sobre tabla a la *limonaia* del Palazzo Pitti. Hasta la fecha, hay dieciocho iglesias y quince museos devastados.

Cuánto sabes.

Se llega a aprender mucho. Todo el mundo con el que trabajas ha estado en otro sitio. De hecho, yo pasé mi primer día en los Uffizi.

¿Limpiando obras maestras?

No. A esas ya las habían trasladado, gracias a Dios. Nos confiaron solo las que consideraban de poca importancia.

¿Como cuáles?

La mujer que estaba a mi lado desenterró un Velázquez.

¡Anda ya!

La galería ni siquiera sabía que estaba en el sótano. Ese es el problema de esta ciudad, Jem. Nadie sabe dónde están las cosas.

Aquella noche, en la *pensione*, había botas y ropa con costras de lodo esparcidas por los rellanos y las barandillas. En el interior, el recibidor y el pasillo eran un revoltijo de abrigos, jerséis y bufandas; las habitaciones, como dormitorios estudiantiles; las camas de matrimonio se habían transformado en dos individuales, y se habían añadido catres. El suelo del cuarto de baño estaba manchado de barro y alguien se había dejado la radio encendida, en la que sonaba el crepitar de la estática y, de vez en cuando, alguna canción.

En el piso de arriba, la estufa de carbón producía calor y vapor a destajo, y la mesa del comedor estaba dispuesta.

¡Gente, este es Jem! Y ellos son Alicia, Tom, Aldo, James, Carole… Y Jem saludando con inclinaciones de cabeza: Hola, hola; aunque nunca recordaría sus nombres. (Demasiados nervios). Siéntate a mi lado, Jem, indicó Alys. Gracias, dijo él.

A las siete, Ulises y Cress sirvieron platos de pasta, pan y ensalada. Siempre los recibían con una ovación, ¡tendrías que haber visto la cara de Cressy! Y vaya escándalo con él todas las veces.

Cinco minutos más tarde llamaron a la puerta: No llego demasiado pronto, ¿verdad? La señora condesa entró y añadió: Ah, seguís todos aquí, entonces.

Bonito visón, comentó una joven llamada Niamh.

Lo maté yo misma, replicó la condesa.

A las diez, las velas casi se habían consumido entre los restos de la cena. Los estudiantes, cansados y con las mejillas sonrojadas, se arrellanaban en las sillas y en los sofás, o se tiraban al suelo, enrollándose al cuello las bufandas. Los cigarrillos humeaban en los ceniceros o se los llevaban a los labios mientras se contaban sus historias. Se bebió hasta la última gota de vino.

En la terraza, parpadeaba una lámpara de queroseno; toallas, trapos y andrajos varios colgaban de un tendedero, y Ulises, Cress y la señora condesa se acurrucaban helados de frío. La conversación del interior se difundía en el aire diáfano de la noche. Los jóvenes han traído algo intrínseco a la ciudad, comentó Cress. Ladillas, replicó la señora condesa. Yo pensaba más bien en energía y esperanza, repuso el otro.

(Oído):

¿A qué te dedicas, Jem? Estudio. Medicina. ¿Me miras el pie? (Risas). ¿Qué? ¡Lleva doliéndome desde hace días! Seguro que siempre te están pidiendo cosas así, ¿no, Jem? No, no siempre, y te miraré el pie encantado. Aunque me estoy especializando en ginecología. (Risas). Alys rasgueó las cuerdas de la guitarra y la conversación se interrumpió. Los familiares compases iniciales de lo que llegaría a ser el himno de esa época. «God Only Knows» cantada una y otra vez, voces desfilando a través de una noche colmada de estrellas. Y no me negarás que no se les hizo un nudo en la garganta a todos quienes lo escucharon. Los soldados que patrullaban las calles, los insomnes y los corazones inquietos que elevaban plegarias al aire. Una melodía pura animada por el brillo fantasmal de una lámpara de queroseno. Pete habría dicho que la vida no podría ser mucho mejor.

La mañana siguiente amaneció con un frío glacial. Los muchachos salieron temprano hacia las riberas del río, y Ulises y Cress se pusieron a trabajar con los bancos de piedra. Hasta aquí, todo normal. Y entonces, de repente, irrumpió en esta rutina un flamante Land Rover cargado hasta los topes.

¡Bueno, pero qué…!, empezó Cress. Y hasta Claude descendió de la estatua de Cosme R. para echar una ojeada.

El Land Rover patinó y finalmente se detuvo. Des salió de detrás del volante y se ajustó sus guantes para conducir.

¡Des!, exclamaron Ulises y Cress.

Hola, muchacho. Hola, Cress, amigo mío. Debo de haber hecho cien todo el camino.

¡Y Pete! Vosotros dos, ¿cómo narices...?

Es una larga historia, dijo Des.

Pete se derrumbó en los brazos de Ulises. Ay, ha sido un viaje estupendo, Temps. Sin dramas de ningún tipo.

¿Qué estáis haciendo los dos aquí?, preguntó Ulises.

Somos la unidad de asistencia coordinada en caso de catástrofe, dijo Des. No se puede confiar en ese presidente en Roma...

Des lo conoció en un congreso una vez, lo interrumpió Pete.

Un auténtico gilipollas. Conque aquí estamos.

Y acto seguido se dirigió a la parte de atrás del vehículo y abrió la portezuela.

Tengo bombas de achique manuales, máscaras de gas, equipo para lluvia, botas de agua, pantalones de pesca impermeables, lámparas de queroseno, velas, mantas, calcetines de lana, transistores, pilas, crema hidratante para las mujeres, leche en polvo, pomadas para las infecciones de pie, lejía, esponjas, palas, escobas..., ¿qué más, Pete?

Triclorofenol.

Litros y litros de triclorofenol, continuó Des. Botiquines de primeros auxilios, y toda la comida y agua embotellada a la que hemos podido echar mano. ¿Verdad, Pete?

Pete extendió el pulgar hacia arriba. Pete nunca había parecido más feliz.

Aunque me siento mal por no haber podido conseguir las vacunas, añadió Des en voz baja.

¿Qué vacunas?, preguntó Ulises.

De la fiebre tifoidea y del tétanos, susurró Des. Arrestaron a mi contacto en la frontera.

Lo siento, Des.

Bueno, Ulises, pues eso, muchacho. ¿Habría posibilidad de tomar...?

¿Un café con un chorrito de *grappa*?

Este es mi tipo de hombre, manifestó Des. Guíanos, camarada.

Pete se instaló con Ulises y Des se quedó con el cuarto de invitados para él solo. Me gustan los nuevos retoques, le dijo a Cress. La cerámica es el futuro, no hay duda.

Más tarde, se turnaron para achicar el agua del sótano —Estos pantalones de pesca ya están amortizados, dijo Des— y Cress se puso manos a la obra con la gramola, ahora que disponía de un producto de limpieza industrial.

Y al otro lado del río, Alys y Jem descendieron las escaleras de la Biblioteca hacia el cenagoso inframundo donde el aire tóxico obligaba a llevar máscaras de gas. Ya no había agua, pero el barro a su alrededor aún les cubría más arriba de las botas y estaba helado. Se situaron en las posiciones asignadas y Alys le hizo un gesto de aprobación a Jem con el pulgar levantado. Llegó el primer cubo, y luego el siguiente, y el siguiente, a un ritmo endemoniado. Ahora un libro ennegrecido por el lodo. Libro tras libro tras libro, el patrimonio escrito de la civilización occidental. Y a veces, entre el fango, un destello de oro o un destello de azul les acallaba la respiración. Los volvía humildes, ese tímido atisbo de lo antiguo y lo sagrado.

¡Hostia puta!, profirió Des.

Madre mía, Temps, dijo Pete. Habían pasado dos días y los hombres estaban en la Piazza dei Sapiti, donde se pudrían los despojos de la inundación. Una masa apestosa de metro y medio de altura, oleaginosa, compuesta de muebles, esferas rotas, libros, prendas de ropa.

Conseguí salvar un par de moldes, dijo Ulises.

Así es el plástico, señaló Des. Indestructible.

Qué calamidad», se lamentó Pete. Quitan el barro y vuelve a aparecer más.

El mito de Sísifo, repuso el otro. Pero la gente es tenaz. Si algo nos ha enseñado la evolución…

Ya hay miles de personas sin hogar. Muchas de ellas ancianas.

Los guardianes de la historia, apostilló Pete.

Todos esos artesanos que han desaparecido.

Cambia las cosas, ¿no?, dijo Des. Se va el alma de la comunidad. ¿Necesitáis dinero, muchachos?

No, nos apañamos bien, gracias, Des. Cress tuvo otro de sus momentos.

¿Qué fue esta vez?

El Mundial, dijo Pete. No solo ganar, también…

¿Los tres goles de Geoff Hurst?

Los otros dos hombres asintieron con la cabeza.

Un hombre con visión, manifestó Des.

Y en ese momento, apareció el hombre con visión en persona. Pantalones de pesca recién estrenados, subidos hasta las axilas. Ojos brillantes, labios temblorosos de impaciencia. Saltaba a la vista que Cress tenía algo importante que decir.

Tengo algo importante que decir, anunció. Ya se puede tirar de la cadena.

Bueno, menos mal, dijo Pete.

Y además…, añadió Cress, que les indicó con un gesto que lo siguieran.

Se detuvieron a la orilla del río, que ya discurría por su cauce normal, aunque lleno de mierda: era un auténtico depósito de chatarra en donde la gente había arrojado vehículos destrozados y colchones. No obstante, era otra cosa lo que Cress quería enseñarles. Mirad, indicó. ¡Por allí!

Una larga procesión de camiones pesados entrando en la ciudad, cada uno cargado con una grúa, o un tractor, o un generador, y los vítores estallaron a su alrededor. Y se oyó el ruido estrepitoso y metálico de los vehículos al empezar a ser remolcados.

Cayó la noche, fría y cortante. Cress, sentado a la mesa del comedor, rodeado de velas y una corte de estudiantes, recibía toda la atención.

En verdad, lo llamaría un pequeño *miracolo*, estaba diciendo. La moto Guzzi salió despedida del tumulto por la primera oleada de agua y aterrizó en los escalones, *ergo* la protegió del aluvión de fueloil y fango que vendría después. Vosotros me diréis por qué.

¿Porque Dios es un entusiasta de las motocicletas?, sugirió Ulises, que recogía los platos.

Massimo estaba junto a la ventana, observando a Cress y a los estudiantes. Alys, ¿quién es el chico del jersey verde?

Es Jem. Llegó hace unos días. Es un encanto. Viene conmigo a trabajar en la Biblioteca. ¿Quieres que os presente?

No. Bueno, vale. Sí. No, Alys, no. Creo…

¿Jem?

El chico levantó la vista de la mesa y sonrió. Alys le hizo señas con la mano para que se acercara. Este es Massimo. Massimo, Jem.

En el sofá, la señora condesa miraba fijamente a Claude, y Claude la miraba fijamente a ella. A ver quién parpadeaba primero.

En la puerta, Pete y Des. El empresario se marchaba al día siguiente para asistir a un congreso sobre la sostenibilidad del plástico y pensaba llevarse uno de los moldes empapados de alquitrán. Pete, sin embargo, había decidido quedarse.

¿Te importa, Des?, le preguntó.

¿Que si me importa? Claro que no. Si no fuera el ponente principal, yo también me quedaría. Pero echaré de menos tu compañía en la cabina, eso te lo puedo asegurar.

¡Temps!

Ulises salió de la cocina. ¿Estás bien, Pete?

He estado pensando, Temps, que no volveré a casa. Ni con Des ni nunca. ¿Qué te parece?

Pues me parece genial, Pete. ¿Y qué te parece a ti?

Una chifladura, si te soy totalmente sincero. No tengo ni idea de qué voy a hacer.

Lo que siempre has hecho, dijo Ulises al tiempo que echaba una mirada al piano.

Pete se sentó, encorvado, los dedos diestros sobre las teclas, el humo del pitillo irritándole los ojos inyectados en sangre. Esta canción se titula «Angeli del fango», anunció. Los ángeles del barro.

Era una balada, que trataba acerca de aquellos hombres y mujeres jóvenes que habían acudido a la ciudad. Acerca del bien que surge de la necesidad, acerca del amor en todas sus formas, acerca de la bondad y el cuidar unos de otros, y solo el tercer verso trataba sobre arte, pero incluso eso encerraba la paradoja del significado. Era clásico de Pete. Te conducía por un camino, te devolvía al principio y luego te asestaba el puñetazo. Se apartó del teclado, inclinándose hacia atrás, y se crujió los nudillos. Una vaharada de hachís llegó flotando desde la terraza. Eh, hola. Es como volver a Marrakech, recordó él.

Y eso fue todo. A la cama temprano. Los estudiantes encendieron las linternas y bajaron a la *pensione* a dormir. Des, que también dio por concluida la velada, le tendió un sobre a Ulises y le pidió que se lo entregara a Michele y a Giulia. ¿Esto es lo que creo que es?, preguntó Ulises. Crees bien, dijo Des. Dinero para una cocina nueva y para cualquier otra cosa que necesiten. Dentro hay una nota que lo explica todo. Si no puedo hacer esto por la gente necesitada, ¿qué sentido tiene ser rico? Buenas noches, muchacho.

Hasta mañana, Des.

Eso dejó solo a Jem junto a la estantería, gacha la cabeza, leyendo. En sus manos, un libro encuadernado en tela color burdeos. Levantó la mirada y recitó:

Encienden los pórticos las ancianas
Las puertas a conciencia atrancan
Y con esa misma luz maternal
Cierran a la noche la ciudad
Mas cual niño que en cama no aguanta
La ciudad de las profundidades se alza...

Massimo aplaudió... quizá con demasiado entusiasmo.

Todo, de Constance Everly, dijo Cress.

Sí, asintió Jem, que sostuvo en alto el poemario. Le regalé otro libro suyo, *Nada*, a mi antigua profesora de arte, Evelyn Skinner. Ella y Constance eran grandes amigas. Esa es una de las razones por la que estoy aquí, supongo. Por Evelyn... Bueno, se hace tarde. Y estoy hablando...

Ah, no, dijo Alys. Quédate donde estás, Jem Gunnerslake.

¿Constance Everly?, preguntó Cress.

¿Evelyn Skinner?, preguntó Ulises.

Sí, les respondió Jem.

Creo que deberías sentarte y contarnos todo lo que sepas, dijo Cress.

Massimo fue a buscar una botella de *amaro* y Jem cumplió debidamente.

Y ahora…

A mil quinientos kilómetros de distancia, Evelyn Skinner estaba sentada en su piso de Bloomsbury, la pierna derecha apoyada sobre un taburete, con el tobillo envuelto en hielo. Le ardían los oídos desde hacía veinticuatro horas, aunque no creía que ambas dolencias guardaran relación. Había seguido con avidez las noticias de la inundación, quizá con demasiada avidez, porque se distraía, y unos días atrás, al salir del estanque de Kenwood reservado a mujeres, en Hampstead, se había resbalado. Fue un esguince tonto, nada más, y en el momento le había causado una inmensa alegría, debido a que de repente había descubierto que, a los ochenta y seis años, era capaz de hacer el espagat abriéndose de piernas. Le recetaron reposo y seguir las indicaciones del médico.

Domingo por la tarde, y Dotty le llevó un generoso gin tonic. Para tragar el analgésico, le dijo. Ah, y toma, añadió, al acordarse de pronto del periódico. La inundación de Florencia viene en la página cinco; y le pasó el *Observer*.

Evelyn leyó en voz alta. «Florencia lucha por salvar su pasado». Bueno, así ha sido siempre. ¡Ay, Dios, no! El *Crucifijo* de Cimabue, irrecuperable, eso dicen.

¿Es importante?

Sí, caramba. En serio, Dotty. Un beneficioso vínculo entre el estilo bizantino y el Renacimiento. Sin Cimabue no habría existido Giotto.

¿Y sin Giotto?

Pues apaga y vámonos. Evelyn bajó la mirada y continuó leyendo: El ejército está usando lanzallamas para incinerar los cadáveres de los caballos; *La última cena* de Del Sarto, en San Salvi, ha sucumbido. Se ordenó la puesta en libertad temporal de los presos de la *Murate*, y ahora se han fugado.

Bueno, ¿y a quién le extraña?, comentó Dotty. Eso no es noticia.

Y han entrado hombres rana en las alcantarillas para desatascarlas.

Se merecen el rescate de un rey, declaró Dotty.

El profesor Carlo Ragghianti, y cito —indicó Evelyn—, «cree que la ayuda que la castigada Florencia recibe del extranjero hará más que ninguna otra cosa por reanimar el espíritu de sus ciudadanos ante la larga lucha que se avecina».

Dotty se puso en pie y preguntó: ¿Te apetecen unas aceitunas?

¿Por qué no?, convino Evelyn, y pasó la página. Y en el mismo instante, profirió el nombre de Dotty.

La otra mujer volvió corriendo. ¿Qué ocurre, querida?

Evelyn le enseñó el periódico: una fotografía de un hombre, hundido hasta la cintura en las aguas que anegaban Florencia, sosteniendo en alto un enorme globo terráqueo. La leyenda rezaba: *Atlas emergiendo de la inundación.*

No es Atlas, musitó Evelyn, temblorosa. Es…

Tu soldado, ¿verdad?

Evelyn hizo un gesto con la cabeza. Lo he encontrado, Dotty.

Cinco días más tarde, marchaban por el aeropuerto de Roma. La encantadora mujer de la agencia de viajes Cook les había sugerido que tomaran un avión, debido a los daños que la inundación había causado a la red ferroviaria, y luego un autobús hasta Florencia. ¿Un autobús?, preguntó Dotty, como si jamás hubiera pisado uno. Nunca lo había hecho, en efecto.

Por su ropa, parecía que fuera a pasar un mes en el mar, pero no cabía duda de que Evelyn estaba mejor ataviada para el barro.

Llevaba puesto unos chanclos y unos pantalones de montar que habían visto días mejores, aunque nunca un caballo. Dotty comentó que olía fuertemente a goma. Lo cual no era del todo desagradable, añadió.

Un taxi las dejó en la terminal de autobuses, donde un amable y servicial mozo de estación las guio hasta una cantina llamada Giuseppe Verdi's, la versión italiana de un bar de carretera. Estaba abarrotada, lo cual era buena señal, y solo había una mesa libre.

En cuanto Evelyn abrió la boca, se volvió italiana. Desplegó su encanto para derribar las defensas de un camarero hosco, que ocultaban una serie de especialidades caseras, ninguna de las cuales aparecía escrita en la pizarra. Al final, Evelyn y Dotty acordaron pedir *spaghetti alla carbonara*, acompañados de pan y una jarra de vino de la casa, blanco.

Evelyn paseó la mirada alrededor y dejó escapar un suspiro.

Estás en casa, dijo Dotty.

Las dos estamos en casa. ¿Y todos aquellos años que vivimos con la tía María?

Fuimos muy traviesas. ¿Crees que lo sabía?

¡Naturalmente! Ella misma me lo contó… *Ah, grazie* —expresó cuando llegó el vino—, me lo contó antes de morir. «Rezo por que encuentres a la adecuada», me dijo. Y puso énfasis en el artículo femenino.

Ay, María, qué clase. Dotty escanció el vino. Toma…

Y las mujeres alzaron las copas. Por que encontremos a Ulises, brindaron.

El vino era refrescante y les infundió ánimos; la *carbonara* estaba deliciosa. Observó Evelyn que era totalmente auténtica. ¿En qué sentido?, preguntó Dotty. No lleva nada de nata. ¿No lleva nata? ¡Con lo cremosa que está! La cremosidad, explicó Evelyn, se consigue simplemente con yema de huevo y una pizquita de clara. Y se le añade queso, parmesano y peco…

¡Creía que era pecorino!, dijo Dotty. ¿Y el beicon es beicon o es otro ejercicio de prestidigitación?

No es beicon, querida, sino *guanciale*. Papada de cerdo.

Guanciale, repitió Dotty. ¡Cuánto echaba de menos Italia! Un delicado crujido y entonces la boca se llena de un sabor salado, muy jugoso…

El único condimento, continuó Evelyn, es, quizás, un poco de pimienta molida. Y todo el conjunto se cohesiona con el propio caldo de la pasta.

Jamás se me hubiera ocurrido.

Se pelearon con el equipaje mientras atravesaban la terminal hasta que una joven estadounidense acudió en su ayuda.

En la cola para subir a bordo, exclamó Dotty: ¡Vaya, es toda una aventura! ¿No ha estado antes en Florencia, señorita Cunningham?, preguntó la joven. A lo que Evelyn replicó: Está hablando de viajar en autobús.

Un cuarto de hora después, Dotty sentenció: Nunca más.

El autobús ni siquiera había salido de Roma.

Entraron en la estación de Santa Maria Novella justo antes de que sonaran las campanas de las cinco, mientras el anochecer actuaba de sólido acompañamiento. Evelyn y Dotty se apearon y recogieron su equipaje. Hendía el aire un olor a gasóleo y aguas residuales que confería un tono sombrío a este encuentro.

Ay, Dios, suspiró Evelyn. ¿Qué te ha ocurrido, *Firenze, amore mio*?

Se percibe en el ambiente cierta sensación medieval, señaló Dotty. Brutal, violenta y, sí, sospechosa.

Descendieron con movimientos precavidos la pendiente hasta la plaza inhóspita, iluminada furiosamente por lámparas de arco. Se despidieron de la joven estadounidense y vieron cómo a punto estuvo de darse un porrazo contra el lodo aceitoso.

No confío en nuestras opciones contra ese pringue, manifestó Dotty.

Y por un golpe de suerte, en ese preciso instante circulaba por allí uno de los únicos taxis que quedaban y que gozaban de un permiso especial para entrar en la ciudad. Dotty levantó la mano.

Oh, ¡qué buen ojo!, expresó Evelyn. Indicó la dirección y montaron al vehículo.

El taxi tomó el camino largo hacia el río debido a la naturaleza intransitable de muchas carreteras. Ni las farolas, ni los anuncios de neón, solo el barrido de los faros captaba la ondulante oleada de destrucción. Aquí y allá, braseros encendidos en torno a los cuales se calentaban los soldados y las personas sin hogar.

A las cinco y media de la tarde, Evelyn y Dotty llegaron a la puerta de la Pensione Picci y solo entonces se dieron cuenta de que la casa de huéspedes había sido construida en una parte ligeramente elevada del *lungarno*, lo que a la postre supuso su salvación. Enzo las esperaba fuera, con una lámpara de queroseno en la mano.

¡Mi querido Enzo! ¡Recibiste el telegrama!, dijo Evelyn, y el patrón lo definió como el momento cumbre de la semana. Son mis únicas huéspedes, les informó con su áspero acento florentino. Recogió el equipaje y las hizo pasar. Mientras subían las escaleras, les explicó los pequeños milagros que habían acontecido cada día, los progresos que había hecho la ciudad. El suministro de electricidad y agua corriente se había restablecido; y aunque la cena será un poco básica, no dejaré que se mueran de hambre, prometió.

¿Y cómo lo sobrelleva la gente?, preguntó Evelyn.

(Un último tramo más de escaleras).

¡Ay, la gente! (Un suspiro hondo). Resistimos, pero sufriendo. Miles de negocios en la ruina. Miles de familias viviendo en barracones. Veinte mil personas en espera de ayudas. Pero seguimos adelante, como hemos hecho siempre. Seguimos limpiando y, cuando nos acordamos, seguimos cantando. Y un día triunfaremos, una vez más. Aquí esta, su habitación, *signore*. Tal y como la dejaron.

Dentro, un pequeño calefactor eléctrico irradiaba un brillo anaranjado. Enzo colocó el equipaje en las banquetas. Una última cosa, dijo antes de desaparecer. Y al cabo de cinco minutos, llamó a la puerta y les entregó una botella de *spumante*, enfriado a la temperatura perfecta. Porque sé que tienen dónde elegir.

En cuanto hubo cerrado la puerta, Dotty se derrumbó en la cama, inconsolable. Esta pobre gente, Linny.

Lo sé, querida mía.

A la mañana siguiente, las dos mujeres emprendieron precavidamente la exploración bajo un encapotado cielo gris. Aunque lo grueso de los escombros ya había sido retirado —arrastrados hacia el río, por lo que se ve, señaló Dotty, se había producido un nuevo aluvión de lodo y fueloil después de que las bombas vaciaran los sótanos. La ciudad, una vez más, reposaba bajo un espeso manto marrón de podredumbre maloliente y peligrosa.

En las plazas habían brotado tiendas de la Cruz Roja, así como mesas de caballete y bancos. Los braseros y el gemido de las sirenas se sumaban sin solución de continuidad al panorama.

A lo largo del Arno, estaban reconstruyéndose los parapetos y muros de contención, y la tierra temblaba bajo el retumbar de los tractores y las excavadoras. A cierta distancia del río, habían empezado a reaparecer las tiendas, si bien tímidamente y poco abastecidas. Un *fruttivendolo* les vendió clementinas y peras.

Pararon en un café que había reabierto esa misma mañana, y el propietario les enseñó la marca de la crecida: casi dos metros. Las sentó ominosamente debajo de ella y les sirvió capuchinos y panecillos dulces, mientras Evelyn daba un repaso a *La Nazione*. Trece mil obras de arte dañadas o perdidas. Ninguna esperanza para el *Crucifijo* de Cimabue. Millones de libros aún bajo el barro. Y mi querida iglesia de San Firenze ha sufrido una barbaridad.

¿Es que no hay ninguna noticia buena?, preguntó Dotty.

Evelyn ojeó las páginas. Ah, sí, aquí hay algo. Los frescos de Masaccio en la Cappela Brancacci han salido indemnes. Los frescos de Giotto en Santa Croce también están a salvo, por ahora, aunque el agua se filtra por las paredes y la sal amenaza con desprender la pintura. Dotty, ¿crees que podremos ir andando hasta allí?

Si vamos con calma, creo que tal vez tendremos una oportunidad, replicó la otra.

Tardaron dos horas en llegar a Santa Croce. Procurando en gran medida caminar sobre las huellas dejadas por los vehículos o las pisadas de otras personas, Evelyn acusó sobremanera el esfuerzo. Ver las calles estrechas aún anegadas de agua y las fachadas inestables de los edificios apuntaladas por andamios de madera asestó otro duro golpe a su corazón. Al entrar en la plaza, quitando los vehículos que ya se habían retirado, no parecía que se hubiera avanzado mucho en catorce días. La plaza era aún una ciénaga putrefacta.

Solo la inundación de 1333 podría compararse con esta tragedia, manifestó.

Se apartó para dejar paso a un bulldozer. Apoyada en la pared, se preguntó qué diablos estaba haciendo. ¿De qué valía esta mujer de ochenta y seis años en una ciudad que necesitaba energía y brazos fuertes, y sí, buen equilibrio? Tonta, más que tonta.

Arriba ese ánimo, Lynny, la alentó Dotty, como si le leyera la mente. Aún es pronto.

Y se dieron la vuelta, con Dotty en cabeza, guiando la marcha hacia los Uffizi. Fuera, en la plaza, tirados en el suelo, había docenas de jóvenes embadurnados de barro. Algunos llevaban abalorios, todos tenían los ojos cansados y vidriosos, y el rostro surcado de mugre. El semblante de Evelyn se iluminó al contemplarlos. Jóvenes con melena o con el pelo corto, muchachos con barba, hippies, mujeres en falda, o en shorts, o en pantalón, un aire de agotamiento soporífero y una dosis de amor, al calor de un brasero, botellas de vino donadas por un florentino agradecido circulando y las canciones de los Beatles, los Beach Boys, Bob y Baez brotando de un transistor frágil que había visto días mejores y más limpios. Casi todos los hombres tienen la pinta de Allen Ginsberg, dijo Dotty.

Son el futuro, declaró Evelyn.

Que Dios nos asista, replicó la otra.

Sin embargo, aquellos que estudiaban arte reconocieron a Dotty en el acto y les hicieron un hueco en una mesa que habían improvisado para comer. Las mujeres compartieron sus peras y clementinas, y los estudiantes compartieron su vino. Una muchacha preguntó si habían ido a ayudar en la restauración. Ah, claro, dijo

Dotty. Y también por esto…, y le dio un leve codazo a Evelyn para que enseñara el recorte del periódico con la foto de Ulises. Hubo muchos comentarios acerca de la fuerza del agua, y del esfuerzo que denotaba la cara del hombre, y de la belleza del globo terráqueo, pero no. Nadie lo conocía ni lo había visto por la zona.

Merecía la pena intentarlo, susurró Dotty.

Ojalá hubieran sabido que apenas a seiscientos metros, bajo el suelo, estaba Jem Gunnerslake, pasándole libros a una chica a la que antes llamaban «niña» y ahora llamaban Alys. Pero estas revelaciones tendrían que esperar. Por el momento, un aire de satisfacción flotaba sobre la escena.

Transcurrieron los días. Escarcha, niebla, penumbra, cielo azul, sol.

Evelyn enseñaba la fotografía de Ulises a los tenderos, a los estudiantes que pasaban, se la enseñó incluso a un grupo de *caribinieri* apostados en el exterior del Duomo. Un hombre creía haber oído hablar de un fabricante de globos terráqueos en San Frediano, y Evelyn se dirigió allí, aunque en vano. El trayecto la dejó exhausta y el tobillo se le resintió por el sobreesfuerzo. Tuvo que permanecer dos días en la *pensione* con el pie en alto. Estamos muy cerca, lo presiento, decía Dotty para infundirle ánimos.

Pero Evelyn no estaba tan segura. Dormía mucho, lo cual no era propio de ella para nada.

A la ciudad empezaban a afluir los fondos internacionales de ayuda para rescatar las piezas de arte dañadas, y Dotty, contagiada del espíritu solidario, hizo una donación a la iniciativa Artistas por Florencia. Cursó un telegrama a la galerista Joyce para averiguar si seguía disponible un lienzo de gran tamaño titulado SOLO ES EL PRINCIPIO. (El telegrama de respuesta le confirmó que sí). Evelyn persuadió a Dotty para que hiciera lo que a ella misma le hubiera gustado hacer, que era volver a Santa Croce y arrimar el hombro.

Dotty se unió a la legión de estudiantes que hacían cola para entrar en la basílica y allí reconoció al señor Hempel, del museo Victoria y Alberto, al mismo tiempo que él la reconocía a ella. Se habían conocido en una recaudación de fondos para tal o cual cosa. Era restaurador de esculturas y la puso a trabajar de inmediato en los monumentos de mármol. Capas de disolvente seguidas de capas de polvos de talco para absorber el fueloil de la piedra. Una labor tediosa hasta la saciedad, y los días se antojaban meses, pero a Dotty no solo le habían encomendado la limpieza del monumento a Dante —¡se moría de impaciencia por contárselo a Evelyn!—, sino que, además, trabajaba codo con codo con una encantadora jovencita de Estocolmo.

Dotty, ¿podrías aguantarme esto, por favor?

Claro, Inga. Faltaría más.

Y entonces…

Una mañana, con diciembre al alcance de la mano, con un cielo crudamente azul y una gelidez quebradiza que despejaba la mente, Evelyn se apoyó en la pared de la habitación, se irguió sobre una sola pierna y cargó todo el peso en el tobillo. Un saltito, ningún dolor, y pareció renacer. ¡Adelante, querida!

Al rato se encontraba de vuelta en el café recién reabierto, sentada bajo la marca de la crecida con un *espresso* doble. La cafeína le martilleaba el pecho como un pájaro carpintero. Encima de la mesa, estaba la foto de Ulises. Se sentía como si allí mismo, delante de sus narices, algo estuviera burlándose de ella, algo que le era brutalmente familiar y que, sin embargo, se le seguía escurriendo de entre los dedos; no lograba dar en el clavo. Una sombra cayó entonces sobre la imagen y ella levantó la mirada y vio al propietario.

Chi é?, preguntó el hombre.

Un amigo. Pero ignoro dónde está. Me consta que está aquí, en Florencia. En alguna parte. Pero ¿dónde? Esas es la cuestión.

El hombre tomó el recorte de periódico. *Il Palazzo di Bianca Cappello*, dijo al punto.

¿Qué?

Via Maggio. ¿Ve usted?, señaló. Mire justo aquí…, en esta esquina. El diseño es muy característico.

¡Oh, Dios mío, eso es! ¡Por eso lo reconocía! Gracias, gracias, buen hombre.

Y Evelyn volvió a anudarse la bufanda, engulló el café de un trago y se marchó.

Al cruzar el puente de Santa Trìnita, permaneció un momento contemplando cómo los ingenieros despejaban de escombros el lecho del río. La triste visión de un piano destripado que era izado por los aires, la canción fúnebre de sus cuerdas plañideras.

Ya en la otra orilla, cuidando de mirar a izquierda y derecha. Cruzó el Borgo San Jacopo, enfiló la Via Maggio. Aminoró el paso. Se tomó su tiempo para observar las caras, para escudriñar los callejones, porque sabía que se hallaba cerca. Se detuvo delante del Palazzo de Bianca Cappello y miró la fotografía; sin lugar a dudas, había sido tomada justo allí, aquella hora fatídica.

Una mujer que limpiaba su quesería se le arrima, señala la foto y dice: *Signor Temper*.

Sì, signor Temper, confirma Evelyn. *Dove?*

La mujer apunta con el dedo. *Santo Spirito*, indica.

¡Santo Spirito, pues claro!, piensa Evelyn.

Y hacia allá echa a andar. Tuerce a la derecha, deja a un lado la basílica y camina con precaución por el adoquinado, parándose a cada paso, buscando a cada paso. Se halla tan cerca ahora que puede sentirlo. Ve a un hombre mayor fregando una gramola, un loro azul enorme en lo alto de una estatua. Y luego…

A él. Limpiando un banco de piedra.

Se acerca. ¿Ulises?

Él levanta la vista. Sonríe.

Es usted, ¿verdad?, dice ella.

Hola, Evelyn.

Veintidós años. ¿Por dónde empiezas?

Hay quienes dirían que por donde lo dejaste.

Bueno, cuénteme, Ulises, ¿cómo está el buen capitán? Y el silencio que se hizo la alertó. Esa inspiración honda, larga, continuada.

Y en torno a la mesa de la cocina de un viejo *palazzo*, Ulises narró su historia. Era la primera vez que Cress la oía completa y se le formó un pequeño nudo en la garganta, la verdad sea dicha. Darnley, Arturo, Peg, la niña llamada Alys, la herencia, la mudanza a Italia, la *pensione*, el retrato de Alys que le dibujó Dotty, una carrera desenfrenada hacia un tren. ¡Así que eras tú!, se maravilló Evelyn. Sí. Pero ¿cómo es que sabes que era yo? Evelyn se rio. Dotty Cunningham te vio desde el tren. ¿Dotty Cunningham?, preguntó Ulises. Es mi amiga más antigua, dijo Evelyn. Está aquí ahora conmigo. Y ninguno podía creer cuántos caminos la habían conducido a él o lo habían conducido a ella. Y en cuanto a Evelyn, sintió tristeza y alegría a partes iguales al enterarse de cuán cerca habían llegado a estar una del otro y otra del uno, cuán palpables, si tan solo…, en fin, la preciosidad del tiempo, entiéndase.

Oyeron abrirse la puerta del piso. ¡Ven, Alys!, llamó Ulises. ¡Ahí va!, exclamó ella. Hola, niña, saludó Evelyn. ¿Señorita Skinner?, dijo Jem. ¿Jem Gunnerslake?, dijo Evelyn. Sería justo decir que el reencuentro tuvo ciertos tintes de comedia.

Dos días más tarde, Evelyn y Dotty se trasladaron a la habitación de invitados. Era la mejor pieza de la casa y aún conservaba el olor de Des. Ámbar, ¿no?, apreció Evelyn. Con un toque de cítricos, destacó Dotty. Y caro, coincidieron ambas.

La primera noche de las dos mujeres se convirtió en una doble celebración debido a que, por fin, se había declarado potable el agua del grifo de la ciudad. Lo cual se traducía en duchas y baños ilimitados, si bien con agua fría. Los estudiantes relucían y Pete comentó que olían de maravilla, frescos como el lino de verano. Estaba sentado al piano, con la cabeza gacha, en su postura habitual, amenizando la velada con un popurrí de melodías de musicales. Jem, Alys y Massimo cantaban a coro, y Claude revoloteaba en órbitas asimétricas.

Dotty se dirigió a Evelyn. Quizá me equivoque, pero ¿no te parece que Pete es el hombre que interpretaba hace años al pianista del Oeste con problemas de alcoholismo en aquella obra del West End? Un papel muy secundario, pero notable.

Me parece que tienes razón, asintió Evelyn.

Me siento como si hubiera ingerido un alucinógeno, Lynny.

Qué bonito.

De repente, un golpeteo en la puerta. ¡Ya voy yo!, gritó Ulises.

No llego demasiado temprano, ¿verdad?, dijo la señora condesa, que entró como en tromba. Ulises le había comprado una estufa eléctrica, pero ella le había sacado todos los defectos imaginables y al final la rechazó en favor de la comida y la compañía en la *pensione*. Aunque ¿quién podría culparla?

Le hemos reservado su sitio habitual, condesa, dijo Ulises. Y tenemos dos invitadas más.

¿Dos más? ¿Qué pretende, hacerle la competencia a San Francisco?

Dieciséis personas se sentaron a cenar aquella noche. Fluía el vino; fluían los cuencos de *tagliatelle al tartufo*; fluían el pan y la conversación. Pete poniendo al día a Cress sobre la nueva novia de Col, June. ¿No será June Woeful? La misma. No durará, vaticinó Cress. Necesita a alguien mayor, dijo Ulises. ¿Mayor que Woeful? Mayor que él, matizó. Yo las prefiero mayores, dijo Pete. ¿Qué ha dicho?, preguntó la señora condesa. Pete dice que le gustan las mujeres mayores, le tradujo Alys. Pues yo no estoy en el mercado, replicó la anciana. Massimo hablando con Jem acerca de Ernest Hemingway y Dotty les contó que se lo había encontrado una vez en un bar. No paraba de fanfarronear con que había escrito una historia en seis palabras. Qué pelmazo. Qué masculino. Jem comentó que su madre aún recordaba con cariño el fin de semana en que Dotty le había enseñado a pintar. Ah, la divina Penélope, suspiró Dotty. ¿Crees que le gustaría una segunda sesión? Eres incorregible, susurró Evelyn.

Se oyó el entrechocar de un cuchillo contra una cuchara. Se acallaron las conversaciones y Ulises se puso en pie. Pronunció en su mayor parte una invocación de gratitud. Por estar todos allí reunidos en ese momento del tiempo. Que eso significaba algo, que seguiría significando algo en el transcurrir de los años. Es lo que de verdad tiene valor.

Conque allí estaban, jóvenes unos, viejos otros, algunos entre medias; penumbras y luces de velas, congelados en una imagen, alzadas las copas.

Por este momento, expresó, mirando a Evelyn. La mujer sonrió.

Por este momento, repitieron todos ellos.

En vísperas de la Navidad, los estudiantes empezaron a marcharse. Jem iba de camino a la estación con Alys cuando divisó a Massimo en el vestíbulo, que no había ido a despedirse, sino a convencerlo de que se quedara. Hasta que se reanudara el curso, nada más. No hubo que insistir mucho. Massimo le parecía guapo y el hombre más accesible del mundo, con el que daba gusto hablar. (¿Ha dicho eso de verdad? De verdad, confirmó Alys).

Los tres regresaron caminando hasta la plaza.

Bueno, que me aspen…, expresó Cress, que miraba por el telescopio desde la terraza. Jem ha vuelto.

No me sorprende, dijo Evelyn. Todos hemos vuelto.

¿Te quedas con nosotros en Navidad, Dotty?, preguntó Ulises.

Aquí estaré, Temps. Fregando a Dante al lado de mi musa sueca.

La música se dispersaba desde la otra habitación. Era Pete y su «Lamento por Vietnam». Todos se callaron para escucharlo.

La Nochebuena contempló al papa oficiar la misa del gallo en el Duomo, pero la banda de la *pensione* no estuvo allí. Salían del cine. El último episodio de la *Trilogia del dollaro*. *El bueno, el feo y el malo*.

Qué grande Ennio Morricone, manifestó Massimo.

Creo que ha redefinido por completo las bandas sonoras cinematográficas, dijo Jem.

Ulises y Pete se rieron. Son tal para cual, susurró Cress.

Un lento paseo nocturno a la otra orilla del río. El agua negra y mansa, y las luces de la ciudad palpitando serenas en la superficie vítrea.

¿Feliz, Lynny?

Evelyn asintió con la cabeza. ¿Y tú?

No querría estar en ningún otro sitio.

Una cena tardía en el recién reabierto café Michele. Nina Simone en la gramola y una fotografía de Des en la pared, ocupando el lugar de honor sobre la cafetera. *Biciclette* para todos y ocho de *spaghetti alle vongole*, por favor. La basílica se vació y una multitud se congregó en la plaza para recibir la Navidad. Alys cruzando el adoquinado con la guitarra al hombro. Como en los viejos tiempos, dijo Giulia, y su mano rozó la de Ulises. Débil, pero aún persistía la chispa.

El primer aniversario de la inundación volvió a reunir a la pandilla, conforme a lo prometido. Incluso regresó Des, esta vez acompañado de Poppy. Aquí he pasado algunos de los mejores días de mi vida, declaró él. ¿Y no expresarían todos lo mismo con el tiempo? La pérdida compartida forjaba un vínculo compartido. Miles de personas caminaron en procesión a la luz de las velas desde la iglesia de San Miniato al Monte hasta el Ponte alle Grazie. Fue algo especial, más que especial. Para entonces, se sabía que, en Florencia, treinta y tres personas habían perdido la vida, 50 000 familias sus hogares, 15 000 vehículos habían quedado destrozados, 6000 talleres arruinados, y se iniciaba una profunda transición en la clase obrera artesanal. La riada había viajado a velocidades superiores a los sesenta kilómetros por hora y había dejado a su paso 600 000 toneladas de barro, una por cada ciudadano. Mil quinientas obras de arte resultaron destruidas o degradadas sin posibilidad de reparación, y un tercio de la colección de la Biblioteca Nacional había sufrido daños. Se tardarían veinte años en completar los trabajos de restauración de muchas de estas piezas. Para algunas se necesitaría más tiempo incluso. ¿Y la causa?

Las investigaciones llevadas a cabo en relación con la liberación masiva de agua en las presas de Levane y La Penna derivaron en un intercambio de acusaciones y serían la manzana de la discordia durante años. Y un sinfín de teorías conspirativas brotaron en ese cisma inexplicable.

Para entonces, no obstante, todo el mundo se lo cuestionaba todo. Estallaron huelgas y protestas de una punta a otra del país y los estudiantes ocuparon las universidades. Adiós, autoritarismo; hola, derechos civiles. Una nueva ideología estaba germinando y los jóvenes no dejaban piedra sobre piedra: familia, iglesia, comunismo, fascismo. Desafiaban todo lo habido y por haber. El divorcio y el aborto volvieron a estar en la palestra y la derecha católica se levantó en armas.

Cambiando de tema, Michele adquirió un piano, con lo que terminaron de exprimir el dinero de Des. Era el piano o una mesa de billar, pero Giulia se puso firme, máxime cuando se enteró de que Pete se quedaba para siempre.

Nada hay en el mundo que ame tanto como a ti

1968 – 1979

Pete emprendió su nueva andadura laboral en el café Michele a principios de 1968. Massimo se encargó de hacerle una foto publicitaria y aquellos primeros carteles reflejaban el espíritu melancólico de un genio. Ligeramente desenfocada debido al humo de los pitillos, pero surtió efecto. Conseguía bolos en clubes ocultos en sótanos y en algún que otro hotel, y no faltaban mujeres mayores que hacían cola para colgarse de su brazo. Son el futuro, decía él.

Massimo se tomó un año sabático para irse a Londres con Jem, que ahora era médico residente en el hospital del University College. Aún le preocupaba la diferencia de edad, pero la señora condesa trató de tranquilizarlo, diciendo: Mientras haya hierba en el campo... Col permanecía pendiente de los equipos de demolición y llegó a conocer al cerezo de Cressy, que le dijo: ¿Por qué has tardado tanto?; lo mismo que le diría una mujer en un futuro no muy lejano. Ted se hizo con un coche nuevo, Ted se hizo con una amante y Peg aprendió a conducir cuando él estaba fuera. Pero dejemos esa historia para otro día. Alys se inició en el oficio de la fabricación de globos terráqueos y estaba dotada de un talento natural. Ulises estaba la mar de ilusionado. Tomaban café juntos en la Piazza dei Sapiti y la vida no podía ser más bella. En marzo, Cress volvió a ponerse sus pantalones cortos, lo cual fue recibido con el mismo entusiasmo que el regreso de las golondrinas; algo con lo que uno podía contar en un mundo siempre tempestuoso. Estaba preparándose para la primera órbita del *Apolo* alrededor de la Luna y soñaba grandes sueños el día que asesinaron a Martin Luther King. Cress se puso a gritar y los pájaros huyeron del campanario.

Mientras el mundo ardía, se enfurecía y lloraba la pérdida, en la terminal marítima de Folkestone se vivía un momento de calma.

Era un día cálido, de tiempo estable, cielo azul celeste, bastante atípico para el mes de abril. Las gaviotas se lanzaban en picado y el aire estaba cargado de sal y buenos augurios. Dotty cerró el maletero de su Sunbeam Alpine y Evelyn alzó la maleta, tanteando su peso.

¿No pesa demasiado?, preguntó Dotty.

Para nada, dijo Evelyn. Creo que podría arreglármelas yo sola en caso de que hubiera escasez de mozos.

¿Y lo llevas todo?

Sí, lo llevo todo.

Cualquier cosa que necesites, puedo enviártela.

Gracias, Dotty.

¿Un cigarrito rápido?

Venga, pues, asintió Evelyn, y las dos mujeres se apoyaron en el capó del coche. Dotty encendió el mechero.

La decisión de mudarse a Florencia le resultó a Evelyn menos desgarradora de lo que había imaginado. Sus visitas a la ciudad eran cada vez más frecuentes, y su estancia más larga. Dotty, que se había embarcado en una relación real con una lesbiana (más o menos) mayor (más o menos) soltera (más o menos), parecía feliz. Su alergia a ciertas pinturas había remitido como de milagro y se había reconciliado con el blanco de titanio. De hecho, había sido Dotty quien convenció a Evelyn de dejar Londres. Dotty quien percibía el tirón de Florencia, de la familia ya formada, del cariño profesado, de los recuerdos.

Voy a extrañarte, dijo Dotty.

De eso nada, objetó Evelyn. Ven a visitarnos. Tráete a Hannah.

Helena.

Ay, por Dios. Eso. Helena. No puedo seguirte el ritmo.

Es otra vez como en la guerra. De vuelta a tu vida de espionaje e intrigas.

Paparruchas, dijo Evelyn.

Ojalá hubieras ido en avión. Es un viaje tan largo.

Lo sé. Pero seguramente esta será la última vez que me suba a ese tren, Dotty…

El hechizo del ferrocarril…

Hay tanto sobre lo que reflexionar. Tanto que recordar.

La única forma de viajar, en realidad.

Exacto. ¡Dotty, las llaves!, exclamó de pronto.

Aquí las tengo; y las agitó delante de ella.

Le dije a Jem que se pusiera en contacto si alguna vez él y Massimo necesitaban casa en Londres. Y en cuanto al piso de Kent, no tendrás que preocuparte de nada por los Badley, son un pedazo de pan. Seguirán alquilándolo hasta que caigan. Conque está todo bajo control. No tienes otra cosa que hacer más que pintar. Y ser brillante.

Sí, vale, dijo Dotty.

Y no te mueras antes que yo, añadió Evelyn. No estoy segura de si podría soportarlo.

Entonces no me moriré, declaró Dotty. Y sabes que te quiero más que nadie. De todos ellos. Siempre lo he hecho y siempre lo haré.

Lo sé.

Dotty echó un vistazo al reloj.

¿Ya es la hora?, preguntó Evelyn.

Eso me temo.

¿Nos despedimos aquí?

Quizá sea lo mejor, admitió Dotty.

Y luego seguiré a esa gente hasta allí. Y no miraré atrás…

No, no mires atrás.

Dotty se derrumbó de repente en sus brazos.

No llores, dijo Evelyn.

No llores tú, dijo Dotty.

Lo dije yo primero.

Y así comenzó el último capítulo de la variopinta vida de Evelyn Skinner. A sus ochenta y siete años, pero aparentando ser al menos diez años más joven, permaneció en cubierta y contempló cómo Inglaterra se perdía en la distancia. Sin tirones, sin remordimientos, solo una tabula rasa. Abrió los brazos de par en par y gritó: *Incipit vita nuova!*

Se había concedido tiempo más que suficiente para hacer el transbordo entre la Gare du Nord y la Gare de Lyon, de modo que pidió al taxi que la dejara en el bistró Jules, donde disponía de dos horas. Una mesa perfecta bajo el toldo y una comida tardía consistente en *coquilles Saint Jacques*, pan, ensalada y un chorrito de vino era exactamente lo que necesitaba para afrontar la larga noche por delante. Escribió una postal para Dotty mientras el sutil movimiento de la luz del sol se refractaba en la copa de vino. Hizo un dibujo de lo que había comido. Un bonito boceto que Dotty colocaría en la cocina junto a la cafetera.

Anocheció sin incidentes y Evelyn durmió a pierna suelta, como dormía siempre en los trenes, vagamente consciente de su compañera de litera, que daba vueltas agitada en la cama de arriba y se quejaba de un hombre llamado Antoine. Se despertó solo cuando el amanecer rompió a través de la persiana. Un rápido atisbo a las montañas y los años retrocedieron.

Una cosa era volar y otra muy distinta atravesar la inexpugnable majestuosidad de los Alpes. Al captar su reflejo en la ventanilla, se le ocurrió que ya era mayor que su madre cuando esta murió; y también que su padre. Los había superado en edad a todos. Qué extraño se le antojaba ese fenómeno. Como si solo hubiera existido ella, Evelyn Skinner, nacida de una caracola.

Se apeó del tren en la estación de Santa Maria Novella, ataviada con un traje pantalón de color óxido pálido, un pañuelo de seda de colores vivos (un Hermès de los primeros tiempos) y unas gafas anchas de sol con montura de carey. Se detuvo bajo un rayo de luz tan nebulosa como soporífera. El tipo de imagen que habría impulsado a Dotty a por el caballete. Y allí, fiel a su costumbre, exclamó: *Firenze! Amore mio!*

¡Evelyn!, gritó Ulises, que se acercaba corriendo por el vestíbulo.

Mi querido muchacho.

Ya estás en casa, dijo él.

Enseguida se unió Evelyn a Cressy en la cocina de la *pensione* y lo que en otro tiempo habría considerado una amistad inusual se transformó en un tesoro. Cress decía que estar con Evelyn era como estar con Pellegrino Artusi en persona. Como si los raviolis salieran directamente de las páginas del libro. Cress hablaba sobre Paola, y Evelyn decía que parecía una mujer formidable. Sí, era extraordinaria, respondía Cress. Por una temporada había sido el hombre más feliz sobre la faz de la Tierra.

Estaban los dos juntos en el banco de piedra el día que se enteraron de que Bobby Kennedy había sido asesinado. Cress manifestó que temía por la humanidad y, tomados de la mano, caminaron en silencio de vuelta a casa.

Cress se metió en la cama y Evelyn se acomodó en el sofá y empezó a escribirle una carta a Dotty acerca del fin de la bondad. Qué violencia para junio. Tuvimos lo mejor y no estoy segura de que volvamos a ver algo parecido. Qué cruel es ese atisbo de lo que podría haber sido, escribió.

Se abrió la puerta de la calle. ¡Evelyn! ¡Evelyn!

Era Alys. En su rostro, la misma expresión dulce e intensa que el día en que se conocieron.

¿Te has enterado?, preguntó ella.

Me he enterado, dijo Evelyn. Ven aquí; y levantó el brazo, y Alys se sentó debajo de él.

Pete entró a continuación. No soy de los que dicen palabrotas, Evelyn, pero a la mierda todo, joder.

Ven aquí, dijo Evelyn, que levantó el otro brazo.

A los ochenta y siete años, Evelyn Skinner se convirtió en una madre inesperada. Un papel para el que demostraba muchas más aptitudes de las que habría imaginado.

Las turbulencias y el desconsuelo lo eclipsaron todo aquel año y la primera órbita lunar tripulada no consiguió elevar el espíritu de Cressy a las vertiginosas alturas a las que la ciencia y las grandes hazañas a menudo lo transportaban.

No obstante, a pesar de la cadencia lúgubre que resonaba en el ambiente, celebraron la Nochebuena en el café Michele como habían planeado. Una fiesta de unión, nada más, nada menos; así la describió Ulises. Se asomó al ventanal que dominaba la plaza y Giulia se le acercó. ¿Cuánto tiempo se va a quedar Cressy ahí fuera, *Ulisse*? Y este se encogió de hombros. Hasta que encuentre lo que busca.

Un anciano apostado en un banco con un telescopio que apuntaba a la Luna. En el propio además desafiante de su postura inmóvil acogía una plegaria por el mundo.

Y en tanto que él miraba hacia arriba, un hombre miraba hacia abajo.

Desde una pequeña ventana del *Apolo 8*, a casi 400 000 kilómetros de la Tierra, William Anders cargó su cámara Hasselblad con una película en color y sacó una foto.

(Clic).

He aquí donde radica la esperanza, Cressy.

(Clic).

He aquí donde radica la respuesta a tu plegaria. En una simple imagen de lo que la Luna contempla:

Nosotros.

Una canica azul, magnificada por el horizonte lunar, preciada, hermosa y vulnerable, flotando en la eterna oscuridad que todos habremos de afrontar. Así la describió Evelyn al mirar la portada de la revista *Life*. Cress pensaba que había algo de poetisa en la mujer, pero ¿acaso aquel año no podría decirse lo mismo de cualquiera, Cress? Amor y pérdida. Los únicos ingredientes necesarios.

Así pues, 1969 iniciaba su curso. El último año de la década. Mejor que guardes algo bueno en la manga o si no... Sí, sí, vale.

En Londres, una noche de un mes de enero que vomitaba aguanieve, el timbre del teléfono despertó a Col. Se levantó de la cama rezongando.

¿Quién cojones...?

Era del hospital. El estómago le entró en erupción, lanzando ácido al esófago como si fuera el Vesubio.

Llamó a la señora Kaur y se plantó en la puerta de su tienda en menos de media hora, para dejar a Ginny con ella. Gracias, le dijo. Muchísimas gracias.

La señora Kaur tenía una presencia tranquilizadora. La llevaré a casa mañana, dijo ella. Y rezaré por Peg. Conduzca con cuidado, señor Formiloe.

Estacionó frente al Hospital Whipps Cross, con la sirena aullando, aporreando el salpicadero y generando confusión entre los conductores de ambulancias auténticas que esperaban fuera, fumando.

Mientras recorría los pasillos, sentía agitarse sus emociones. Se mezclaban, todo su miedo y su dolor, el niño y el hombre. Peg le había dicho al médico que él era su pariente más cercano. Nadie había hecho eso por él jamás, ni siquiera Agnes en los primeros tiempos.

En el mostrador preguntó por Peggy Temper. Peggy Holloway, quiero decir.

(No había llegado a acostumbrarse al cambio de apellido como tampoco había llegado a acostumbrarse al matrimonio).

Por aquí, le indicó la enfermera jefa.

Las piernas ahora como gelatina.

La segunda a la izquierda, señaló la mujer. Adelante, señor Formiloe. Entre sin miedo.

Col respiró hondo y descorrió la cortina. Oh, Peg, susurró, y se sentó. Le tomó la mano, pero ella no se despertó. Le echó con delicadeza el cabello hacia atrás. Con moretones y una conmoción cerebral, pero de una sola pieza, gracias a Dios. La enfermera dijo que era un milagro que viviera. Cuénteme algo que no sepa, replicó él.

¿Señor Holloway? Un policía se asomó tras la cortina.

No. Soy el señor Formiloe. Un amigo. Un viejo amigo. De mucho antes de que apareciera el cabrón ese con el que se casó.

El policía procuró no sonreír.

¿Qué ha sido, el alcohol?, preguntó Col.

No.

¿No? (Cuán desgraciado se sintió Col en ese instante. Con qué facilidad la había desdeñado a ella y a su alegre modo de vida).

No se ha detectado rastro de alcohol, informó el policía. Ha sido el hielo en la carretera y la mala suerte. El coche se ha declarado siniestro total.

¿Dónde está el coche?

En Leyton. Se dirigía hacia el oeste.

Se dirigía hacia mí, pensó Col.

Todo apunta a que intentaba fugarse, aventuró el policía. Llevaba varias maletas atrás.

¿Las tiene aquí?

En el coche patrulla.

Bajaré ahora mismo a por ellas, dijo Col.

Momentos después, Col metía la última maleta en la parte de atrás de la ambulancia y cerraba la puerta. Le estrechó la mano al policía y le dio sus datos. Las sirenas hendieron el aire y un aluvión de vehículos frenaron de golpe. Col encendió un cigarrillo, el rostro bañado por el destello de las luces azules. Por fin lo hiciste, Peg. Te largaste de una puñetera vez. Te llevaré a donde quieras ir. Tiró el cigarrillo y volvió al ala del hospital. No estuvo rápido, sin embargo, para interpretar la mirada que le dirigió la joven enfermera cuando descorrió la cortina y...

¿Todo bien, Col?

Era Ted.

Col pudo sentir la agitación del ácido y se llevó la mano a la barriga.

Te noto un poco pálido, Col. Debería verte un médico (Ted se rio). Fíjate tú que casualidad, ¿eh? Que un tipo que conozco viniera a visitar a su madre. De hecho, salía al mismo tiempo que Peg entraba.

Conque, bueno, ¿qué iba a hacer? Pues llamar al marido, ¿no? Al menos para enterarse de qué había pasado. Y el marido no sabía qué había pasado, pero esa llamada le hizo entender que Dios estaba de su lado.

A Col empezaba a nublársele la mente.

De todas formas, como puedes ver —y Ted se sentó en la cama—, ya estoy yo aquí. No necesitamos tu ayuda.

Col sintiendo un cosquilleo en la mano. La respiración entrecortada, la sangre hirviéndole. Y arremetiendo veloz, como jamás lo había hecho en su vida, inmovilizó a Ted con una llave de cabeza y le presionó un objeto afilado contra la garganta. Te juro por Dios que lo único que me impide clavarte estas tijeras aquí mismo es que recibirías atención médica inmediata, le espetó. Así que ya te puedes ir a tomar por culo. (Un mordisquito en la oreja de Ted antes de soltarlo).

¡Ay!, aulló Ted, que al llevarse la mano a la sien vio sangre. No sabes con quién te metes. Conozco a gente.

Conque conoces a gente, ¿eh, Ted? ¿Gente que necesita gente? Lárgate cagando leches, le ordenó Col. Y ni te acerques por aquí.

Veló Col el resto de la noche. Y cuando la enfermera jefa lo echó, se marchó a velar a otra parte. Transcurrieron así las horas. Velando en un sitio, velando en otro. Con cigarrillos y té. Oyó a una enfermera decirle a otra que él era el novio. Risitas a continuación. En otro tiempo le habría gustado oír eso. Ahora se trataba de otra cosa.

De madrugada, una enfermera fue a buscarlo para informarle que Peg estaba despierta.

Col miró desde detrás de la cortina. ¿Estás bien, cariño?, preguntó.

Peg le dio la espalda.

En la ambulancia, permaneció callada todo el trayecto de vuelta a casa. Se reclinó contra la ventanilla con una expresión ausente en aquellos ojos azul Peggy. No reaccionó cuando Col le apretó la mano. Ya estamos llegando, le dijo.

La guio al interior de la taberna. Pasó de largo ante los dispensadores, sin darse cuenta siquiera. En la habitación de arriba, se sacó los zapatos y se sentó en la cama.

¿Quieres un chocolate caliente?

Y Col que esperaba su sarcasmo. ¿Qué te crees, Col, que tengo nueve años? Pero no llegó. Peg necesitó ayuda para quitarse la rebeca. Luego dejó caer la falda a los pies y se metió bajo las mantas. No pronunció palabra alguna y miró hacia otro lado.

Col oyó que abajo se abría la puerta de atrás. La voz de la señora Kaur y de Ginny subiendo las escaleras. Col se lanzó rápido hacia la puerta para impedir que Gin entrara.

Peg se ha hecho pupa en la cara, cariño. Está triste.

Puedo hacer que se ponga mejor, replicó Ginny. Claude se puso mejor. Yo hago que la gente se ponga mejor.

Entró de puntillas en la habitación. Se sentó en la cama y le frotó la espalda. Te quiero, Peggy. Te quiero un montón, Peggy. Y te voy a querer siempre, Peggy.

A ella se le descompuso el rostro. Se tapó la cabeza con una almohada y rompió en sollozos, y él salió de la habitación.

La cocina olía a curry. La señora Kaur se afanaba en los fogones, con un delantal que había traído de casa. Me figuré que necesitaría comer algo después de una noche tan larga, señor Formiloe.

Nunca había probado el curry, pero se lo había olido a Ginny en el aliento multitud de veces.

Sarson ka saag, dijo la señora Kaur. *Dal makhana*. Y esto es *roti*.

Col repitió las palabras.

Mientras comía, comentó algo sobre la profusión de sabores. ¿Y no lleva carne?

Nada de carne, señor Formiloe.

Vaya, parece mentira. ¿Tiene eso algo que ver con…, bueno, ya sabe, su…?

¿Mi religión?

Col hizo un gesto afirmativo con la cabeza.

No. Como sij, tengo elección, pero yo he decidido no comerla.

Cuando terminaron, Col le ofreció un cigarrillo. También le ofreció un whisky.

No fumo ni bebo, señor Formiloe.

¿Por qué?

Eso la hizo reír, y él también se rio, aunque lo preguntaba en serio.

¿Le importa si...?

No, no. Adelante, dijo ella.

Se dio cuenta de que se sentía muy cómodo en su compañía y le contó lo que le había hecho a Ted en el hospital.

La no violencia es el único camino, expresó la señora Kaur.

Entonces me queda un largo trecho por recorrer, dijo él. Mi mujer me tenía miedo.

¿Le dio motivos para ello?

Jamás le pegué.

Eso no es lo que he preguntado.

Sí, tenía motivos para estar asustada.

Yo no le tengo miedo, señor Formiloe. Eso ya es un progreso, al menos.

Col se bebió su whisky. Tengo que llevar a Peg con Cress y Temps una temporada. ¿Cree que podría cuidar de Ginny, señora Kaur?

Será un placer...

Y buscaré a alguien para que se encargue de la taberna.

Puedo ocuparme también de la taberna, dijo la señora Kaur.

¿Usted?

Sí, de la taberna y de Ginny.

¿Podrá apañarse?

La señora Kaur lo miró con fijeza y al final dijo: Enviudé hace veinticinco años, señor Formiloe. Mi hogar está lejos. Soy propietaria de una tienda de conveniencia próspera. Tengo otra también en Leeds y quiero abrir una tercera en Southall. Mantengo a mi familia en el Punyab. Rezo. Doy cobijo a personas como yo que han venido a este país a ayudar a personas como usted. Siguiendo la tradición del *langar*, a menudo doy de comer a treinta personas por noche. No bebo alcohol, pero tampoco juzgo a quienes lo hacen. Una taberna, señor Formiloe, podré regentarla.

A Col le pareció una mujer magnífica. Le entregó el juego de llaves de repuesto y fue hasta el teléfono.

Dios sabe cómo lo consiguió, pero Col llegó a Italia en cuestión de días. Con el acelerador pisado a fondo todo el camino, la ambulancia era una auténtica carraca, forzando la máquina a 100 kilómetros por hora. Peg permaneció la mayor parte del tiempo en silencio, con la cabeza apoyada en una almohada contra la ventanilla, contemplando el paisaje. El movimiento del sol, de las nubes y de los pájaros la dejaba paralizada, y a veces suspiraba hondo y Col preguntaba: ¿Estás bien, Peg? Y Peg respondía: Sí, estoy bien, Col.

Y a eso de las cuatro de la tarde, la ambulancia de los años 30 entró renqueante en la plaza por última vez, aullando y gimiendo, con el capó echando humo. Col apagó el motor y el vehículo siguió rodando hasta que, herido de muerte, se detuvo. Hemos llegado, dijo Col.

A través del parabrisas, Peg vio a Cress y a Temps, que la esperaban con pose ceremoniosa, las manos unidas delante y la cabeza ligeramente ladeada. Como si estuvieran esperando un coche fúnebre. Y allí, detrás de ellos, Alys. Un breve choque de miradas antes de que Peg apartara la vista.

¿Lista?, preguntó Col. Dame un momento, le rogó Peg.

Claro. Bajó de la ambulancia y se estiró. Peg oyó decir a Ulises: ¿Cómo va todo, Col?, y vio a los dos hombres darse un abrazo.

Podría haber permanecido en esa furgoneta el resto del día, solo ella observando el mundo pasar. Sin tener que participar, ni hacer comentarios, ni mostrar interés, al margen de todo. Cress siempre había dicho que tarde o temprano acabaría viviendo con ellos. Cress y sus líneas ley. Peg sacó su polvera y se miró al espejo. Empezó a empolvarse los moratones, a prepararse para subir el telón de la función de Peggy, pero de repente advirtió que Alys había vuelto adentro y guardó la polvera. Función cancelada debido a circunstancias imprevistas. Abrió la puerta y bajó con paso vacilante.

Se quedó parpadeando a la luz quebradiza de una tarde de febrero. Ulises extendió los brazos para recibirla, con ojos de carnero degollado, y no hubo el clac, clac, clac de la melodía de Peggy, solo unos zapatos de tacón en la mano, los pies descalzos sobre el adoquinado y el contoneo de sus caderas, porque ciertas cosas no cambiaban. Y qué bien olía él, qué dulzura. Cress parecía ahogado por la emoción y avanzó hacia ella, pero Peg le cortó el paso. No te atrevas a ablandarte conmigo, viejo, le dijo. Ahora mismo no tengo fuerzas para tirar de los dos.

Eso inyectó a Cress una dosis de coraje.

Apóyate en mí, Peg, y yo te guiaré, le dijo él.

Mientras, Col y Ulises fueron a buscar las maletas.

Se te ve bien, Col. Lo último que oyó Peg mientras subía las escaleras.

Se fue directa a su habitación. Se tumbó en la cama y los escuchaba a todos fuera, los pasos de puntillas y los cuchicheos cuando pasaban ante su puerta. Las horas se regían por las campanas y el cambio de luz; entretanto, ella dormía.

En cierto momento, se percató brevemente de que Alys estaba de pie en la puerta. Pero no se movió, demasiado avergonzada para agradecer su presencia. Ese tirón en las entrañas que nunca los dejaría libres. Y los hombres se mantenían a distancia, la eludían, y se preguntó qué brillante chispa habría desencadenado esa reacción. Temps, por supuesto. Casi pudo oírle: Peg necesita ahora estar con mujeres, no con nosotros. Ni siquiera contigo, Pete, habría añadido.

Se fundía en un estado de semiinconsciencia y lo que ella buscaba era desvanecerse. No más pastillas y, sin embargo, el dolor tenía raíces profundas. Ted representaba el juego del que ella creía dominar las reglas. Ella se cansó y él se volvió mezquino. Ella empequeñeció y él se enriqueció. Miró un día a su alrededor y no encontró a nadie más que a Ted. Duerme, Peg, duerme.

Alys se sentaba en el suelo del cuarto de su madre con un cuaderno de bocetos en el regazo. Su escrutinio no era ruidoso y el sonido del lápiz deslizándose sobre el papel era suave. Peg no habría accedido a ello en estado de vigilia, pero era lo que Alys necesitaba, no Peg, porque en el espacio entre la artista y la modelo podría hallarse la comprensión, y el perdón, y quizás el amor.

Peg oyó abrirse la puerta. Era la anciana. Imponente y práctica. Un carácter amable y reconfortante. Le llevaba comida, se sentaba con ella, incluso la lavaba. Solo los brazos, la cara y los pies, y le causaba una impresión tan pura y generosa que se le saltaban las lágrimas, y la anciana le susurraba bonitas palabras, tan afinadas como el tañido de esas antiguas campanas.

El quinto día, Peg salió a la calle. Temprano, antes de que abriera el mercado. Bajó corriendo las escaleras y deambuló por la ciudad como un fantasma. Tomó como punto de referencia el río, siguiendo su costumbre, y caminó hacia el este.

El paseo reveló el dolor de la soledad que no solo yacía en el corazón de su vida, sino también en el de su madre y en el de la madre de su madre. Sin educación, sin dinero, solo hombres. Un bucle tan ridículo que solo faltaba la música de un organillo y unos cuantos caballos de plástico para que fuera esa previsible atracción de feria.

La belleza había constituido su moneda de cambio. Desde siempre. Nadie hablaba de cuando se le agotara el crédito, como era inevitable que ocurriera. Todos esos libros que nunca había leído. Todos esos museos que había tachado de aburridos, lugares para cerebritos. Cress insistía en que se requería esfuerzo para pasar página. Se necesita paciencia y esmero, Peg. Se necesita valentía para decir «no sé».

El sexo, sin embargo, se le daba de miedo. Conseguía que un chico de veinte años se hiciera un hombre y que un hombre de mediana edad echara dos polvos seguidos. Su madre era una borracha que no podía parar. Su madre tenía novios que no podían parar. Creía que su padre era Bill, pero descubrió demasiado tarde que era George. Aquella era una vergüenza difícil de superar. La calle la encontró junto al canal, con la mirada fría, la boca bravucona y un pitillo entre los labios, que le había gorroneado a un barquero decente. Llévame lejos de aquí, le había pedido. Cuando seas mayor, había respondido él. ¿Ves? Decente. Un hombre que sabía esperar.

¿Y Eddie? Mientras las nubes se acumulaban sobre su cabeza y la mañana se oscurecía, se dio cuenta de que el Londres de la guerra había sido la estrella de aquella función fatídica. El amor y el sexo aparecieron rápido y danzaron con la proximidad de la muerte, y por Dios, vaya si eso no hizo que su vida fuera dorada. Vertiginosa e inmediata. Se aferraron el uno al otro porque la esencia de la vida misma se les había revelado, y era tan simple como un naranjal californiano, con el zumbido de las abejas, y los árboles en flor, y un calor tan embriagador como la existencia misma. Eddie siempre la miraba como si el futuro estuviera maduro. Ted la miraba como si la fruta ya hubiera caído.

Peg se sentó y se quitó los zapatos. Tenía los pies teñidos de malva. Se los frotó y ya no parecían los suyos. Y en el barro de la ribera, mientras la lluvia empezaba a caer, se lamentó por todo. Por su madre, por Ted, por Eddie, por Alys. La inflexible fatalidad de todo. Ese billete de ida a esta otra vida. Y cómo lloró.

Fue Evelyn quien la localizó. Con el pelo pegado a la frente y la boca abierta en silencioso dolor. Encontraremos tu alma, Peg, y te la devolveremos, le dijo. Y la envolvió en un impermeable que olía a goma, en cuyos bolsillos había clementinas.

La última noche de Col la pasaron en el café Michele, y nadie esperaba que Peg apareciera. Pero de pronto entró por la puerta, agarrada al brazo de Evelyn. Con los labios pintados y un ligero aire de arrogancia, y todos estallaron en un rugido a modo de saludo. Peg se retrotrajo un poco y pareció más que sorprendida, pero también actuó como una infusión de sangre directa al corazón. Toda esa muestra de cariño, habría dicho Cress, no se puede fingir, Peg. Alys organizó la maniobra para hacerle sitio y Peg se sentó entre Cress y Ulises, que la tomaron cada uno de una mano y le dieron sendos besos. No hubo mención a nada más, y a partir de ese momento la trataron como a la Peg de antaño y la velada se desarrolló con la vista puesta en el futuro.

Col le lanzó un pitillo a Peg, Ulises escanció el vino y Pete fue a sentarse al piano, porque sintió avecinarse una interpretación improvisada de «Bewitched, Bothered and Bewildered». Se hizo el silencio en el restaurante, tanto mérito tuvo, y al llegar a la última estrofa todo el mundo estaba tarareando. Una de esas noches, le escribió Evelyn a Dotty. El evocador aspecto de la devoción. Difícil de describir.

Hora de pedir. Giulia se plantó delante de Ulises, lápiz en ristre y sonriendo.

¿*Polpettone* para todos?, propuso Ulises.

¡Sí!, convinieron todos.

¿Qué es el *polpettone*?, preguntó Col.

Pastel de carne, explicó Cress.

Yo no como carne, declaró Col, y todos se rieron.

No, hablo en serio. Nada de carne.

¿Estás enfermo?, preguntó Pete.

¿Es que tengo que estar enfermo para dejar de comer carne?

Es que tú solo comes carne, replicó Ulises.

Y a veces directamente del envoltorio, dijo Cress.

Una vez. Eso fue solo una vez. Pero bueno, da igual, he visto la luz.

¿Cómo se llama ella?

No digas tonterías, Temps.

Conocí a un hombre que dejó de comer carne, recordó Cress.

Uf, ya empezamos, refunfuñó Col.

Benny Fedora, dijo Cress.

¿No era aquel silbador del mercado?

El mismo, pero aguarda un momento, Pete. Benny Fedora era un gran carnívoro. Benny Fedora…

¡Joder, Cress, que ya sabemos cómo se llamaba!, espetó Col. Benny Fedora, Benny Fedora…

Bueno, dejó de comer carne después de un sueño que tuvo, continuó Cress.

¿Qué soñó?, preguntó Alys.

Que se devoraba su propia pierna. Decía que había sido tan real que se despertó y vomitó.

¡Que estamos a punto de cenar!, protestó Col. ¿Quién quiere oír hablar de vómitos y de un tipo que se comió su propia pierna?

Solo digo lo que me contó.

Col se terminó el vino y se sirvió otra copa. Ulises se volvió hacia Peg y le guiñó un ojo. Qué bueno era verla reír.

Conque dejó la carne, dijo Pete. ¿Y luego?

Se le cayeron los dientes.

Hostia, dijo Col.

Porque ya no los necesitaba.

Y por eso podía silbar, ¿no?, dedujo Pete.

Cuando tenía dientes, no daba ni una nota, dijo Cress. Después, cantaba como un jilguero.

Su puta madre, soltó Col.

Le preguntó Giulia en un inglés chapurreado: ¿Prefiere el *sformato ai carciofi*, *signor* Formiloe?

Me encantaría. Parece delicioso, dijo él. *Grazie, signora*.

Ni siquiera sabes lo que es, señaló Cress.

Mientras no sea una pierna, me doy por satisfecho.

A la mañana siguiente, Col contempló como se llevaban remolcada la ambulancia a un desguace de las afueras de Prato.

Hay sitios peores en los que terminar, comentó Ulises.

Fuera todos esos recuerdos, ¿eh?, dijo Col. La no violencia es el único camino, Temps.

Estoy de acuerdo.

Vamos, mataría por un café.

Peg le había pagado el vuelo de regreso a casa. Naturalmente, todos disponían de su parte del dinero de Geoff Hurst, pero quiso tener ese detalle. Para demostrarle lo importante que él era para ella. Por cómo había estado a su lado cuando lo había necesitado. Había intentado decirle algo, pero él la cortó. No hace falta, le dijo. Que lo considerara su pariente más cercano lo había significado todo para Col.

Ulises lo llevó a Roma en Betsy. Por el camino, le echó una mirada y le preguntó: ¿La señora Kaur?

¿Quién más lo sabe?

Solo Peg y yo.

Que siga así, le pidió Col. Esto es importante. Como si mi vida dependiera de ello.

La primavera supuso el regreso de los huéspedes a la *pensione*. La capacidad se había reducido a dos habitaciones debido a la presencia de Pete y de Peg, pero a Cress le gustaba así, lo encontraba razonable, más llevadero. Se presentó una señorita Banderhorn con su amiga la señorita Coleridge —eran de Kansas— y desde Exeter llegó un dúo de padre e hijo, los Sweephill. Las dos parejas solicitaron que las cenas no llevaran picante.

Se hallaba Alys sola en el taller de Ulises, pluma en mano, la radio encendida. Estaba dando los retoques finales a un globo terráqueo en el cual solo aparecían ciudades que contaban más de mil años: nombres antiguos que conformaban las antiguas rutas comerciales. Sus globos eran piezas de arte exclusivas y Dotty ya había alertado a la galerista Joyce. El anterior había sido luminoso, surcado de rutas de peregrinación, y del estudio preliminar habían surgido intrincados bocetos de un puente, visto desde todos los ángulos. Y en ese puente, sustentadas por puntales que daban al río, las ermitas solitarias dedicadas al culto: el mundo que Evelyn había descrito tiempo atrás. Listones de madera. Contrafuertes. Una escalera. Un encuadre de una ventana y la mujer en el interior de la celda. Y Alys llegó a comprender por qué las mujeres buscaban refugio en un puente y dibujó su juventud, su dolor, su envejecimiento. Su existencia y su valía definidas por una virgen que dio a luz a un niño. Plasmó las vidas a las que habían renunciado en estudios microscópicos sobre una flor, un jarrón, una taza, un plato, un trozo de tela —encaje finamente trabajado—, sábanas zurcidas en una cama, un cuaderno de bocetos en un rincón, un fino mechón de pelo de bebé escondido entre dos páginas. Y así, incansable, dibujaba los detalles de vidas no detalladas. De mujeres olvidadas que en otro tiempo quizá quisieron aspirar a mucho más.

Soltó la pluma, estiró el cuello y se sorprendió al descubrir a Peg mirándola por la ventana. Fue a abrir la puerta.

Parecías tan relajada que no quise molestarte, dijo Peg. Venía a ver si te apetecía tomar un café y Temps me ha dicho que por aquí los hacen muy ricos. (Peg nerviosa y hablando demasiado). Debe de ser raro tenerme cerca. Y no quiero entrometerme en tus cosas. Eso es lo que quería decirte sobre todo.

He pasado veinte años deseando que te entrometieras en mis cosas, dijo Alys.

Peg no supo cómo responder. Peg no supo si tenía intención de herirla o no, de modo que asintió con la cabeza y se marchó, pero Ulises le aseguró que Alys lo había dicho con buena intención. Volvió al taller y se disculpó. Tomaron café juntas, y hubo silencios incómodos, pero era un comienzo.

El mes de julio trajo consigo calor, y mucho. Las antorchas antimosquitos ardían sin cesar y el grupo inglés buscó alivio en una piscina de Poggetto. (Te hace falta un bañador nuevo, Pete. Gracias, Peg, pica bastante). Julio también contempló al hombre andar sobre la Luna. Las veintisiete horas de cobertura televisiva ininterrumpida en el café Michelle volvieron locos a Pete y a Cress. Se quedaron dormidos bajo la parpadeante luz en blanco y negro, y Claude hizo guardia. Cress intentó caminar como si estuviera en gravedad cero y Peg comentó que parecía que le hubieran estrujado los huevos.

Al llegar la noche, no había ni un sitio libre en el café. Multitud de estadounidenses en la ciudad bebían con fervor patriótico. Pete se convirtió en el comandante supremo de aquel rincón de la atmósfera, se trasladó al taburete de terciopelo y sacó toda la artillería musical.

«Fly Me to the Moon», «Old Devil Moon», «Blue Moon», «It's Only a Paper Moon», y luego, naturalmente…

«Moon River».

Tocó una larga introducción, sin apartar la mirada de Peg, como diciendo: «Venga, Peg, aunque solo sea por los viejos tiempos». Al final ella se levantó. Un poco tímida, un poco indecisa. Hacía mucho tiempo que no se ponía al lado de un piano, y se le notaba en el rostro; quienes la conocían pudieron percibirlo. Y lo sintieron por ella y en ese momento la amaron como nunca hasta entonces. Pete la miraba con los ojos entrecerrados, una sonrisa que sujetaba un cigarrillo, su admiración a la vista de todos. Peg le guiñó un ojo y allí estaba. Se notaba. Peg la Intérprete, así sin más. Lo lleva en su ADN, es lo que afirmó Cress.

Y allá en Londres, mientras el pie de Neil Armstrong tocaba la superficie lunar por primera vez, Col dio su gran salto cuando le pidió a la señora Kamya Kaur una cita formal. ¿Por qué has tardado tanto?, le preguntó ella.

Otoño en Italia, y el norte del país se vio convulsionado por nuevas huelgas en las fábricas y centros industriales. Los estudiantes seguían manifestándose y los enfrentamientos con la policía eran frecuentes. El comunismo, el marxismo, el fascismo, todos luchaban por un lugar en el tablero político, y Massimo escribió que algo oscuro se cocía, que esa alianza nefasta de desánimo y malestar civil no auguraba nada bueno. Ulises echaba de menos a su amigo y no dudó en transmitírselo. Le escribió hablándole de la vida en la plaza. *El aroma de las castañas, las trufas, el hígado de pollo y las frutas en sazón flotan en el cálido aliento de la estación. Ha empezado la vendimia y la* schiacciata all'uva *ha vuelto a las panaderías. Gracias a Dios, hay cosas que nunca cambian.*

La segunda semana de septiembre, Ulises desapareció durante un día, como era costumbre. Peg sugirió que deberían seguirlo, pero Evelyn no estaba muy segura de que fuera una buena idea, a lo cual la otra replicó: ¡Que era broma, joder! Era la primera vez que Evelyn vislumbraba el afilado aguijón de Peg.

A mediados de octubre las golondrinas aún no habían partido. Pero ¿por qué querría nadie irse?, expresó Cress.

Pasta alla Genovese usando *trenette*. Era una de las especialidades de Cress. Peg preparaba el pesto y observaba todos los pasos de

Cressy. Las ventanas estaban abiertas, y la radio encendida, porque le gustaba a Peg, aunque la ponía a bajo volumen. Cantaba palabras en inglés sobre letras en italiano —se las inventaba, claro— y bailoteaba entre los fogones y el fregadero, con el vestido de andar por casa desabotonado y los pies descalzos. ¿Qué?, preguntó ella. Nada, solo estoy mirando, contestó Cress. Pues tienes cara de querer decirme algo, viejo.

Estás preciosa, dijo Cress.

No empieces; y Peg se puso a cortar el pan.

Nos hemos divertido, ¿verdad, Peg? Y ahora te sientes bien, ¿no? Por dentro. Y estando aquí.

Estoy bien, Cress. Y Peg le sostuvo la cara entre las manos y le dio un beso en la nariz. Tú eres mi roca. Siempre lo has sido y siempre lo serás.

Y más tarde, cuando los huéspedes se hubieron retirado, cuando hubieron fregado y guardado la loza, Peg y Cress se comieron un helado en la terraza, solo ellos dos, mientras el sol se teñía de oro y rojo, y Gianni Morandi cantaba «Scende la pioggia» en la radio. Bailaron y, cuando la noche se tornó negra y una a una se extinguieron las luces de las colinas, Peg se fue a la cama. Cress le regaló el libro de poemas de Constance Everly para que le hiciera compañía. Nunca he leído poesía, dijo ella. ¿Y si no la entiendo? Ya verás como sí, le aseguró él.

Toc, toc.

Alys levantó la mirada de su mesa de trabajo. ¿Vas a salir a dar un paseo, Cressy? ¿Quieres compañía?

Esta noche no, cariño. Solo venía a darte las buenas noches por si ya estás dormida cuando vuelva.

Alys se puso de pie y le dio un beso. ¿Qué pasa?

Toma —y le entregó la portada arrancada de la revista *Life*, que mostraba el retrato de la Tierra que había hecho William Anders—. Casi todos los problemas pueden resolverse mirando esto, añadió Cress.

Alys sonrió. ¿Tú crees?

Tú espera.

Luego, deteniéndose en la puerta del *salotto*, dijo: Estaba pensando, Evelyn. ¿Qué te parece si vamos a Asís?

Ay, sí, vayamos. El mes que viene. Asís es un espectáculo inolvidable.

Tú y yo en la moto Guzzi...

¡Anda que no le daremos envidia a Dotty!

Buenas noches, Evelyn.

Buenas noches, mi querido Cressy. No estés fuera hasta muy tarde.

En el vestíbulo, se puso el sombrero, ladeado, y se miró al espejo para corregir el ángulo. Hasta luego, graznó Claude.

El sonido suave de la puerta cerrándose tras él. Cress fuera, en el aire de la noche, acompañado de la cadencia del agua corriendo por las alcantarillas. ¡Cuánto había llegado a gustarle ese olor! Caminó hacia los bancos de piedra, el neón del café Michele en el campo de su visión periférica, la melodía de Pete al piano, el murmullo gentil de los últimos comensales, el tintineo de los cubiertos, los oídos aguzados para captarlo todo.

¡Cressy! Ulises que cruzaba la plaza a la carrera. ¿A dónde vas?, le preguntó, tomando aire.

A ninguna parte y a todas, dijo Cress.

¿Te apetece compañía?

Esta noche no, hijo. Ah, por cierto: Peg está en la cama con Constance Everly.

Ya nada me sorprendería, Cress.

Estaba oscuro bajo los árboles y los fantasmas galopaban por la plaza; una ceja sardónica se arqueó en las facciones suaves y tolerantes de Cressy. Una cierta cualidad felliniana saturaba el retablo nocturno: a su izquierda, un borracho cargando con un pez de gran tamaño; a su derecha, una monja con un hábito de aspecto raro, y delante, una iglesia resplandeciente de proporciones perfectas.

Cress ya no se sentía cansado. Viajaba por la autopista de la memoria. ¿Qué te parece si lo aderezamos con una pizca de éxtasis para rematar, Cress? ¡Qué vida!

A las tres de la madrugada, Ulises se despertó con el corazón martilleándole el pecho y una sensación ominosa, como si oliera a humo. Se echó encima la primera camiseta que encontró, se enfundó unos pantalones y recorrió descalzo el apartamento. Un destello de azul en la penumbra. Chsss, le dijo a Claude, que se le posó en el hombro. Miró en la cocina, en el *salotto*, y todo parecía en orden. Escuchó tras la puerta de Alys y alcanzó a oír su respiración regular. Se movió hacia la puerta de Evelyn y aguzó el oído hasta percibir el mismo murmullo pausado y somnoliento. La puerta de Cressy estaba entornada. Un ligero empujón le permitió ver que la habitación se encontraba vacía y la cama sin deshacer.

En la plaza, la moto Guzzi estaba donde Cress la había aparcado. Ulises habría deseado que al viejo le hubiera entrado el capricho de irse a algún sitio. Lanzó a Claude a la noche. Ve a buscar a Cress, le dijo, y el pájaro echó a volar.

Ulises bajó por la Via Maggio y giró hacia la Piazza dei Sapiti. Dejó atrás el Palacio Pitti, continuó hasta el Ponte Vecchio y se dirigió al este siguiendo el río. Casi podía distinguir las huellas del viejo compadre brillando en la oscuridad. Voceó el nombre de Cressy, alumbró con la linterna los rincones oscuros, pero la ciudad parecía desierta, salvo por los ladridos de un perro y los achuchones clandestinos de los amantes, nada inusual. El río estaba en calma, iluminado por las farolas y el borde borroso del cielo que empezaba a clarear. Echó a correr.

Durante todo el camino hasta San Niccolò, pudo sentirlo, y le flaquearon las piernas, y su respiración se tornó superficial, pero necesitaba recomponerse, recuperar el control por cuanto estaba por acontecer. Encendió un cigarrillo y regresó sobre sus pasos.

Voceó de nuevo el nombre de Cress, que sonó más como un lamento, y en el *lungarno* Torrigiani, de repente lo oyó: un graznido débil, más adelante. Se detuvo. ¿Claude? Se aproximó a la iglesia luterana, el haz de la linterna abriéndose frente a él. Sombras y arbustos, y allí, contra la pared junto al pórtico, la forma arrugada de un cuerpo con un loro como centinela. Ulises corrió hacia Cress y le tomó el pulso. Pero estaba frío y su semblante denotaba paz. Ulises se sentó a su lado y se apoyó en él por última vez. Levantó a Claude, se lo puso en el regazo y percibió en el acto que algo iba mal.

Eh, muchachote, ¿qué pasa?

Claude respirando con dificultad.

¿Qué pasa?, repitió Ulises.

La voz de Clause era débil. Apágate, fugaz vela, apágate, susurró.

¿Quieres irte con Cress?

Claude parpadeó.

La vida no es sino una sombra que camina, Ulises.

Lo sé, dijo él, estrechándolo contra su pecho. Lo sé, lo sé.

Y nada hay en el mundo que ame… tanto… como a ti.

Ulises vio salir el sol, y el río teñirse de oro, y después no recordó mucho más. Pero Pete lo encontró. También él había tenido un presentimiento. Y regresó a notificar lo que necesitaba ser notificado.

Las mujeres se unieron, una marea continua de saberes sobre qué hacer exactamente en cada momento. Una despedida a la inglesa, eso tuvo Cress. No hubo oficio religioso, ni ataúd abierto; solo una cremación y la posterior reunión conmemorativa en el café Michele. Una esquela pegada en el edificio informaba a los residentes de la plaza de los pormenores, pero en su mayor parte fue la señora condesa quien difundió la noticia. Con delicadeza, porque sentía algo por el vivaz anciano que siempre había ocultado. Fue la señora condesa quien llevó a Ulises al mercado a comprar crisantemos. Lo vio decorar la puerta de la *pensione*, lo vio llenar el sidecar de la moto Guzzi de flores naranjas. Bonito detalle, le dijo. Y luego añadió en inglés: Clásico Cressy.

Massimo regresó a toda prisa, naturalmente. Tomó el primer avión y se sorprendió al encontrar a Ulises esperándolo en el aeropuerto. Estoy bien, estoy bien, le aseguró, a lo que Massimo replicó: No, no estás nada bien, *Ulisse*, párate. Y eso en cierta forma dejó roto a Ulises, más que roto, y tuvo que detenerse en el arcén y cederle el volante a Massimo.

Des y Poppy también acudieron. Creía que el viejo Cress viviría para siempre, dijo Des. Parecía hecho de plástico. Y Pete tocó «La canción de Cressy» y no volvió a tocarla nunca más. Después desapareció con una botella de whisky y Alys lo encontró en el sótano. Aquí abajo me siento seguro, declaró.

Col no regresó, porque no podía afrontarlo. Celebraron un servicio conmemorativo en la taberna y asistió una multitud de personas, que desbordaban la acera a pesar de la lluvia. Col se aprendió de memoria el poema que Cress había recitado en el Cementerio Inglés; luego se emborrachó y acabó hecho una piltrafa, llorando a moco tendido. Si no es ahora, entonces ¿cuándo?, dijo la señora Kaur.

¿Y Peg?

No bebió nada. Cantó «Someone to Watch Over Me» y luego se sentó en la plaza a escribir una carta. Idea de Evelyn. *Querido Cress*, comenzaba. Todos esos recuerdos, todos esos agradecimientos. Cuando terminó, volvió a entrar en el café Michele y, valiéndose de la guía de conversación de Cressy, pidió una copa de champán y un plato de jamón. Se sentó a solas y bebió y comió. Miró las frases que él había subrayado en el libro. Aquellos primeros días de lo que había sido importante para él. *Un sello para una carta a Inglaterra, por favor.*

Entró el invierno, que trajo consigo el vacío.

Ulises apenas podía despegar la cabeza de la almohada, tal era el peso de la pérdida. Se encerró en sí mismo y tiró la llave. Llegó 1970 y el cambio de década. ¡Adiós a los años 60! ¿Qué habéis hecho por nosotros?

¿Hola? ¿Hay alguien ahí?

Yacía inmóvil en la cama y se dejaba naufragar. Evelyn se sentaba a su lado y le leía en voz alta hasta que se quedaba dormido.

Y entonces irrumpió el mes de marzo. El calor encrestó el aire, y la metamorfosis de la naturaleza se sintió en el viento y levantó los ánimos, era un hecho innegable. Las habitaciones se inundaron de amarillo y llegaron los primeros huéspedes al piso de abajo. La voz de Alys los recibía: Hola, hola, bienvenidos.

Ulises se hallaba tumbado en la cama, con la mente a la deriva, cuando de repente un batir de unas alas y un gorjeo agudo captaron su atención. Abrió los ojos y se tomó un momento para enfocar la vista. Dos golondrinas volaban hacia y desde los postigos, llevando barro y ramitas en el pico. En un rincón de la habitación estaba el inicio de un nido. Las observó como hipnotizado, oyendo a Cressy decir: Y aquí finaliza un viaje épico lleno de tribulaciones, de las cuales nada sabemos. Estas dos vienen desde el valle del Nilo, me figuro. ¿Seguro, Cress? Eso creo, sí. No es más que una sensación, y puede que me equivoque, pero… Han cubierto trescientos kilómetros al día, Temps. Una navegación fantástica. Volando a treinta o treinta y cinco kilómetros por hora, aunque velocidades de más de cincuenta y cinco kilómetros por hora no son insólitas. Han sobrevivido al hambre, a las tormentas y al puro agotamiento con el único propósito de estar aquí. Y formar un hogar. Te suena familiar, ¿eh?

Ulises voceó el nombre de Peg, que se quedó en la puerta, sonriendo como una niña. Era raro verla así. Se sacó los zapatos y se tumbó en la cama, apretándose contra su espalda. Y juntos contemplaron las golondrinas.

Cuando Ulises retornó a los globos, lo cual sucedió a principios de abril, situó a Cressy en el corazón de Italia. Cambió la «y» griega del final de su nombre por una «i» latina y ese sería el sello de identidad de las ediciones posteriores a 1970. Había algo que destacaba notablemente en estos globos. Cómo la pena se vertía en la belleza. Encerraban cierta majestuosidad, una cualidad delicada, preciosa y sobrecogedora. Como la foto que William Anders sacó desde el espacio. Serían las piezas más exquisitas de Ulises.

Salieron una bonita tarde de junio, tras un animado debate sobre qué calzado ponerse: algo cómodo y práctico, y con buen agarre, sugirió Pete. Massimo y Ulises cargaban con las mochilas, y Pete —«el par de manos más seguro»— transportaba la urna. Peg y Alys llevaban las mantas, y Evelyn se concentraba únicamente en no morir de sobreesfuerzo. Si no lo consigo, declaró ella, no intentéis reanimarme, despeñadme por un barranco.

Y en un convoy formado por Betsy y la moto Guzzi, se dirigieron a Settignano, donde aparcaron en la plaza mayor. Conforme la tarde escoraba hacia la noche, bajaron hacia el *cimetero*, entre olivos que aleteaban sus ramas, y desde allí enfilaron el antiguo camino de los canteros. Evelyn se había encargado de buscar el lugar adecuado para un hombre de hechos como Cress, lo cual habría sido motivo de orgullo para él. Cada paso que daban era historia. Cada paso era para él. Siguiendo las huellas de quienes habían cincelado la *pietra serena* en tiempos del Renacimiento. ¡Cómo le habría encantado eso! Y, naturalmente, la caminata entre los árboles los llevó hasta el monte Ceceri, donde Leonardo da Vinci había soñado y había cavilado sobre la idea de volar.

Aquí es, indicó Ulises.

El bosque se había convertido en una catedral. Bajo columnas de luz solar, Evelyn, Peg y Alys se tendieron sobre la manta, cabeza con cabeza, formando una estrella de tres puntas. Pete se buscó el pulso y declaró que no tenía. ¿Es eso posible, Temps? No lo creo, Pete.

Massimo y Ulises se sentaron hombro con hombro, descorcharon una botella y repartieron las copas. El vino, que aún estaba fresco, deliciosamente fresco, los reanimó. Pete abrió la urna y, mientras Evelyn recitaba a Constance Everly, se turnaron para, uno por uno, esparcir las cenizas de Cressy por el suelo del bosque.

Bebieron el vino y se sintieron agradecidos de que hubiera caminado entre ellos. ¡Qué suerte tuvimos!, expresó Ulises. Alys y él volvieron a contar la historia de Fanny Blankers-Koen y cómo Cress había metido a escondidas a Claude en el ferry, además del dinero, allá en el 53. Y a continuación Evelyn rindió un improvisado homenaje a Claude, un pequeño guiño a él y su inclinación por Shakespeare:

Mas tu eterno verano jamás se desvanece,
ni perderá su instinto de tener la hermosura,
ni la Muerte jactarse, de haberte dado sombra,
creciendo con el tiempo en mis versos eternos.
Mientras el hombre (y la mujer, añadió ella) *respire*
y tengan luz los ojos,
vivirán mis poemas y a ti te darán vida.

Evelyn alzó su copa al bosque y los demás la imitaron. Pete juró que las hojas habían callado en un gesto de aprecio, y Ulises dijo que también lo había oído.

Cubrieron el camino de vuelta con ritmo pausado, sin sobresaltos, y por un breve momento todos se tomaron de la mano. La idea se le ocurrió a Alys, que asió la de Peg.

Y allí dejaron que Cress se convirtiera en un árbol.

Los años de 1971 a 1974 tuvieron sus cosas buenas y malas, en términos generales, y la ausencia de Cressy se dejó sentir intensamente. Los extremistas políticos de derecha e izquierda trataban de transformar el país según su propia visión utópica, y los atentados y asesinatos ocupaban la primera plana. La gente de la *pensione*, dado su carácter amable, se mostraba calladamente afectada, Ulises en especial. Aún estamos experimentando el impacto de la Revolución Francesa, de Hitler y Mussolini, señaló Evelyn. Rasca la superficie del barniz y volverá a levantar la cabeza. El mal fue derrotado, pero nunca desapareció. Es algo con lo que hemos de vivir, Ulises.

En este contexto de insurrección, Peg inició su carrera profesional como cantante. A nadie le pasó inadvertido que coincidiera con su divorcio de Ted. Formó dúo con Pete, actuando en hoteles y clubes nocturnos, y causaban furor con un repertorio perfeccionado a lo largo de las décadas. Eran dos profesionales con un instinto musical a la par. Se hacían llamar Temper Fine, que no era más que la suma de sus apellidos; Pete, encorvado sobre el micrófono, anunciaba: Damas y caballeros, con ustedes, Peggy Temper. Dotty y Evelyn, situadas al fondo, aplaudían ruidosamente. Y el primer número se iniciaba tras una transición lenta, mientras el sol anaranjado se reflejaba en un Arno en llamas. Dotty, inclinándose sobre Evelyn, le susurró: En otra vida, Lynni, ella y yo… Oh, no te engañes, replicó Evelyn. Te comería para desayunar. Ojalá, suspiró Dotty.

El año 1972 vio llegar a Florencia la *Roma* de Fellini. Evelyn quedó extasiada por el homenaje del director a una ciudad que conocía tan bien, y Pete declaró que daría el pie izquierdo y una oreja por salir en una película de Fellini. Lo has rumiado mucho, ¿verdad, Pete?, preguntó Massimo, a lo que el otro afirmó que sí. Y en un giro de los acontecimientos de lo más peculiar que parecía llevar la firma de Cressy, una foto de primer plano de Pete acabó en la mesa de casting para *Amarcord*, tras lo cual lo enviaron al Estudio 5 de Cinecittà. Massimo le rogó a Pete que lo llevara con él, pero no le permitían invitar a ningún amigo; aunque lo preguntó, bendito sea. Pete tenía un papel muy, muy secundario, pero notable, y la experiencia cinematográfica en su totalidad lo transformó. Lo trataron como a una estrella por un día. A veces es lo único que se necesita.

Me gusta tu chaqueta, le comentó Ulises.

Es de Marcello Mastroianni, dijo Pete.

Pues te queda muy bien.

Gracias, Temps.

Ese también fue el año en que Massimo se mudó a la *pensione* tras la muerte de su madre. Disponía de dinero para un piso, pero no deseaba soportar miradas escrutadoras cuando viniera Jem, conque…

¿Es lo que quieres de verdad?, preguntó Ulises. ¿Vivir aquí con nosotros?

¿Te importa? ¿Que si me importa? ¿Hablas en serio? ¿Y tú? (La conversación continuó así durante un rato). Massimo se hizo cargo del servicio de cena en varias ocasiones, y hasta mencionaron en el libro de visitas su arte en la cocina: *Esos tomates rellenos de arroz eran un regalo de Dios.*

Y en Londres, Col se ató al cerezo cuando aparecieron los bull-dozers. La *Hackney Gazette* se hizo eco del suceso y reprodujo las palabras de Col: «La no violencia es el único camino». El equipo de demolición cortó las cuerdas, el cerezo acabó en el fondo de un con-tenedor y Col pasó una noche en el calabozo después de haberle atizado un puñetazo a un policía. La señora Kaur, acompañada de Ginny, lo estaba esperando cuando lo soltaron. Le dijo que estaba orgullosa de él, y ese día Col se paseó como un rey.

Conque allí estaban: una fría tarde en la plaza de Santo Spirito a principios de 1973.

Ulises, Massimo y Evelyn, en la terraza del café Michele, to-mando café y *grappa*. Los puestos del mercado habían recogido temprano y Evelyn estaba contándoles a los hombres la historia del verano que había conocido a Katharine Hepburn en el estanque de Hampstead, cuando en esta ensoñación irrumpió Pete a la carrera. Había participado junto con Peg y con Alys en una manifestación a favor del aborto, y llevaba una camiseta pintada a mano, que exalta-ba el derecho a decidir de las mujeres, ceñida sobre su abrigo de piel de oveja.

Se plantó delante de ellos, tratando de recuperar el aliento.

No os vais a creer a quién acabamos de ver, dijo jadeando.

Venga, continúa, dijo Ulises.

A Romy Peller.

¡No!

Pete les contó que él, Peg y Alys volvían caminando por el Piazza-le degli Uffizi cuando fueron testigos de un accidente.

¿Qué tipo de accidente?, inquirió Massimo.

Una Vespa se ha llevado por delante a una estatua viviente. ¿Cuántas probabilidades hay de que eso ocurra?

Muchas, si no te gustan los mimos, comentó Evelyn.

Y Ulises rio.

La estatua ni siquiera gritó, puntualizó Pete. Tal era su concentración y dedicación al oficio.

¿Y Romy conducía la Vespa?, preguntó Ulises.

No, Temps. Romy es la estatua viviente.

¿Romy es una estatua viviente? No me lo creo.

Alys tampoco podía creérselo. Allí estaba, agachándose para administrarle los primeros auxilios a esta doble de Jean Seberg, toda pálida, cuando de repente le suelta «Hola, Alys, soy Romy». Alys casi se caga encima. Perdona, Evelyn.

Todos lo hemos hecho, Pete.

Ha estudiado en Lecoq.

¿Cómo lo sabes?

Nos lo ha contado ella.

¿No la habían atropellado?, preguntó Evelyn.

Sí, pero no ha sido grave. Más bien un shock. El conductor de la Vespa salió peor parado. Al parecer, tuvo que elegir entre arrollar a un grupo de turistas o una estatua. Así que se cargó la estatua. Bueno, es lo que habría hecho cualquiera, ¿no? Y menuda sorpresa se llevó cuando la estatua habló. Se cayó hacia atrás y se golpeó la cabeza contra la acera. Ay, qué dolor.

Y aquí vienen, señaló Massimo.

Alys y Peg aparecieron por un costado de la iglesia, abrazadas a una sábana pálida que andaba cojeando.

Evelyn no veía la hora de explicarle toda la historia a Dotty.

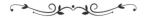

Desde el momento en que Romy se sentó en el *salotto*, mostró su faceta más animada y encantadora. Si bien ya no era una adolescente sino una mujer de veintitantos años, igual que Alys. Peg comentó que, para ser mimo, le parecía que hablaba demasiado.

¿Cómo están tus padres, Romy?, preguntó Ulises.

Ay, señor Temper. No sabe cómo cambiaron sus vidas después de Florencia. Mi padre no llegó a escribir aquel libro sobre Henry James, pero sí un superventas bajo el seudónimo de Dante Pelloni. Un thriller romántico sobre un hombre que viaja a Italia en busca del amor, pero su mujer intenta asesinarlo con la ayuda de un constructor local.

Lo he leído, dijo Evelyn. ¡Lo que me reí cuando se le cayó encima la lámpara de araña!

Van a hacer la película, añadió Romy. Ali MacGraw se perfila para interpretar a mi madre.

¿Y cómo está tu madre?, preguntó Ulises.

Muy bien. Es directora de marketing de una empresa de bebidas. Sale con un amigo de Onassis.

Romy Peller fue el soplo de *aria fresca* que todos necesitaban: un contrapunto alegre y ligeramente alocado a la pena que había asolado los dos años anteriores. Le enseñó a Pete el número del mimo encerrado en una caja de cristal y él se pasó la semana siguiente tratando de escapar de algo que no podía ver, lo que, según Col, representaba la historia de su vida, conque ¿dónde estaba la novedad?

Y en un delicioso giro de los acontecimientos, Romy Peller se enamoró perdidamente de Alys. Tenían alquilada una habitación en una casa de huéspedes cerca de la Accademia. Había una historia entre ellas, se sentían cómodas y el sexo era genial.

Entonces, ¿qué te parece?, preguntó Romy. (Acababa de proponerle a Alys que deberían darse otra oportunidad).

Tú y yo, chiquilla. ¿El sueño brillante del amor?, mencionó Alys.

Ay, mi madre. Por favor, no me digas que te dije eso.

Pues sí, eso dijiste.

Romy se retorció de vergüenza y encendió un cigarrillo. Exhaló una larga bocanada de humo. ¿Y en respuesta a mi pregunta?

Vale, sí, asintió Alys. Pero vamos a tomárnoslo con calma.

Romy se rio, porque desconocía el significado de la palabra «calma». Pero alentó a Alys a que esa noche empuñara la guitarra y cantara desde los escalones de la iglesia.

Alys interpretó «La libertad de la carretera», y Massimo señaló a Pete, y todo el mundo aplaudió. También cantó «La torre de Rotherhithe», una canción que Peg no había oído nunca. Y mientras cruzaban la plaza, Peg le preguntó a Ulises cuándo la había compuesto y él le dijo que cuando tenía catorce años. Eso la dejó desconcertada. Que la chica hubiera comprendido la profundidad de su dolor tantos años atrás. Peg pensó que era la canción más bonita que había escuchado jamás. Lo escribió en una nota que deslizó por debajo de la puerta de Alys. Ninguna de las dos hablaría de ello en años.

Alrededor de una semana después, Ulises sugirió que Romy se mudara a la *pensione*, que sería más que bienvenida, pero Alys replicó que ni de coña.

Ah, bueno, dijo Ulises. Le caía muy bien Romy.

Es decir, todavía no, matizó ella. Uli, por primera vez en mi vida, todo va bien y tengo estabilidad. Quiero que las cosas sigan así.

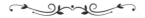

Cuando *Amarcord* se estrenó por fin en el viejo Rex a finales de 1973, el áspero filo del dolor se había suavizado y todo el mundo estaba preparado para la ocasión. Peg no solo se había vestido de punta en blanco, sino que estaba impactante. Pete mantenía la cabeza erguida, lo cual era una rara ocurrencia anatómica, y cuando apareció en pantalla, ese breve momento, con el rostro asomando en la oscuridad, lleno de intención, lleno de anhelo… ¡Caray, qué orgullosos se sintieron! Comentó que tenía una frase, pero que la habían cortado, y Alys dijo: ¿Qué vale una frase cuando eres capaz de transmitirlo todo con una mirada? Pregúntale a Romy. Y Pete se volvió hacia Romy y Romy asintió con la cabeza, y Pete pareció satisfecho. Empezó a recibir de nuevo cartas de admiradoras. Dios sabe cómo se enteraron de dónde vivía, pero así es el mundo del espectáculo. Nada es sagrado.

Junio de 1975 y el sol de la tarde se derramaba en la habitación. En el tocadiscos sonaba a pleno volumen Van McCoy y la Soul City Symphony, haciendo «The Hustle», mientras Ulises y Peg follaban —por los viejos tiempos— contra la pared. El plas plas de la carne sudorosa acompasaba el ritmo de la música disco mientras la explosiva trompeta elevaba la melodía a proporciones épicas de euforia. Peg se corrió a gritos, Ulises pisándole los talones. La llevó hasta la cama y se dejaron caer sobre el colchón.

Joder, Temps, eres bueno, dijo Peg, con la respiración entrecortada.

Saltó entonces el despertador. Y además puntual, añadió ella. Gracias por el polvo. (Tan romántica como de costumbre).

Un taxi los llevó a ella y a Pete al bar del Hotel Excelsior. Siempre con un público decente, disfrutaban de sus veladas allí. Caftanes de Gucci, pintalabios naranjas, chaquetas deportivas, sandalias de hombre y el tintineo del dinero en la caja. El repertorio principal de esa noche comprendería:

«Someone to Watch Over Me» / «But Not For Me» / «Stormy Weather» / «I've Never Been in Love Before» / «You Don't Know What Love Is» / «Time After Time» / «That's All» / «Everything Must Change» / «Always on My Mind» / «Being Alive».

El pan y la sal de la música, como lo describiría Pete. Serían capaces de interpretarlo con los ojos cerrados, cosa que él hacía a menudo. Peg impuso la norma de que no apareciera en el escenario ninguna bebida que les ofrecieran hasta la segunda parte de la actuación, la cual solía estar integrada por canciones de musicales; era entonces cuando Pete subía el nivel, su historial teatral salía a relucir y, tema tras tema, levantaba al público de sus asientos.

Pues bien, aquella noche estaban a mitad de la actuación y Peg nunca había estado mejor. Una de esas veladas que la gente recuerda. Se había fijado en un tipo sentado en la barra que no apartaba la mirada de ella, pero aquello en sí mismo no era inusual. Sin embargo, este no tenía ojos de cervatillo, ni escondía su alianza, ni le colgaba una fantasía de juventud, como tan a menudo ocurría. Parecía interesado en su talento, interesado sinceramente, y había una intensidad en el hombre que podría haber resultado perturbadora.

Tampoco mandó que le llevaran una copa de su parte, lo cual la sorprendió. ¿Ves a aquel tipo de la barra, Pete?, señaló en una pausa entre dos números. ¿El del aura melancólica?, dijo él. El mismo, asintió Peg. ¿Lo conoces?, preguntó Pete. No lo he visto en mi vida, dijo ella. Bueno, parece que él sí te conoce a ti.

(Última canción).

Muchas gracias a todos y buenas noches.

Peg y Pete se despidieron con una reverencia al unísono y el hombre tan solo se levantó y abandonó el local. *Qué extraño*, pensó Peg.

Estaban los dos tomándose un trago tranquilamente después de recoger, con la ciudad iluminada a sus espaldas. De vez en cuando comentaban el repertorio y lo que podrían haber hecho mejor y de vez en cuando contemplaban la otra orilla del río y comentaban lo lejos que habían llegado.

¿Peg?

Peggy se volvió. Era el hombre de la barra.

Pete despachó la copa y se puso en pie. Me iré, dijo.

No, quédate, le rogó Peg.

Y él se sentó, deseando no haberse bebido la copa tan rápido.

¿Peggy Temper? El hombre era a todas luces americano. Sí, soy yo. Peg apreció en el hombre un asombroso parecido con Eddie. Claro que él tenía el pelo gris, pero joder, ella también escondía canas bajo los cabellos rubios; y no obstante, había algo en él…

¿Nos hemos visto antes?, preguntó ella.

Hace treinta años.

(Lo soltó como si tal cosa).

En aquel entonces Peg era una adolescente, dijo Pete.

Cállate, Pete. (Peg riendo).

Yo soy Glen. Glen Mollan.

Ella le tendió la mano. Encantado de conocerte, Glen.

Y entonces el hombre hizo una pausa, como si no supiera cómo proceder. Por fin dijo: Eddie era mi mejor amigo.

Fue como si un vórtice succionara el aire de la habitación y los transportara hasta agosto de 1944. La noche que Peg y Eddie se habían conocido en el club de baile del Soho, Glen Mollan también había estado allí. Y no carecía de encantos; desde luego, esa noche no se había ido solo a casa. Había sido él quien se fijó primero en Peg. Le dio un codazo a Eddie y dijo: «Mira a esa chica», y los dos hombres silbaron por lo bajo. Sin embargo, Glen ya había invitado a una copa a una jovencita que estaba en la barra. ¿Qué iba a hacer pues? Toda tuya, Eddie. Y Eddie se cubrió la boca con las manos ahuecadas y se olió el aliento.

Las miradas de Eddie y de Peg se encontraron. Estrellas colisionando por los siglos de los siglos.

Peg se metió en el cuarto de baño.

Y Pete llamando a la puerta del cubículo. ¿Peggy? ¿Todo bien ahí dentro?

Estoy bien, Pete. Es el estómago, nada más.

Te espero aquí. No pienso perderte de vista.

Que tengo cagalera, Pete. Un poco de privacidad, cariño.

Ah, vale. Lo siento, Peg.

El ruido de la descarga del inodoro.

Abrió la puerta Peg, y Pete se abalanzó sobre ella y le echó los brazos alrededor.

Glen, que los esperaba en la mesa, se levantó cuando entraron, y Pete se sintió aliviado al ver que había tres copas. Se sentó lejos del americano.

¿Cuánto quieres saber?, preguntó Glen.

Todo, dijo Peg.

Eddie Clayton, el Chico Americano de Peg, murió en Francia seis meses después de conocerse. Su nombre oficial no era Eddie Clayton, sino Henry Edward Claydon. Alias Eddie. Y estaba infelizmente casado desde muy joven. Tenía planeado divorciarse, casarse con Peg y llevarla a los Estados Unidos, eso era cierto. Incluso había comunicado a sus padres sus intenciones. Eran una familia noble, que apoyaría cualquier cosa que su hijo necesitara hacer. Peg no era un secreto, Peg era real.

Entonces sí que me quería. Esas fueron las primeras palabras que brotaron de la boca de Peg. Glen respondió. Estaba loco por ti.

¿Cómo murió?, preguntó Peg.

En una persecución. El jeep de Eddie chocó con el tocón de un árbol y volcó.

Peg se sintió mareada. Tantos años. Tantos años de espera. Tantos años esperando a ser liberada. Pete le agarró la mano y ella no la retiró.

Lo siento si…, empezó Glen.

No, es que…

Pero las palabras se disolvieron. El tintineo del hielo. El trago audible. La llama de una cerilla. Pete ofreció sus cigarrillos. Y los tres permanecieron sentados en silencio.

Yo no tendría que estar aquí, dijo Glen. Debería haber tomado ayer el vuelo de vuelta desde Milán. Pero me cambiaron las reuniones y no quería quedarme allí el fin de semana, por eso vine…

Eddie tiene una hija, lo interrumpió Peg. Se llama Alys y se parece a él. Y es inteligente, talentosa y brava. Cuéntaselo.

Se lo contaré.

Toma, le dijo ella al tiempo que abría el bolso. Pitillo en la boca, guiñados los ojos, hurgando hasta encontrar la cartera. Con manos temblorosas, extrajo la foto de su hija y se la entregó.

Dales esto, le pidió.

Glen asintió con la cabeza y miró la foto.

Caray. Es el vivo retrato de Eddie.

Peg y Pete volvían a casa andando por el *lungarno*; ella, con los zapatos en la mano, apretándose contra Pete, que se mantenía sólido como una roca. Las farolas mitigaban el tono alquitranado de la noche y Peg guio el camino, enfilando el puente de Santa Trìnita. Se apoyaron en el parapeto y contemplaron el río. Un farol llamó su atención. Había todo un mundo aparte en la ribera de hierba, donde un hombre vertía líquido de un termo y revisaba los sedales de pesca.

No sé qué decir, Peg. Y Pete se echó a llorar.

Eh, oye, dijo ella, que lo atrajo hacia sí. Eh, no pasa nada. Estoy bien, Pete. Mírame.

Pete la miró.

Venga, no seas idiota. Sécate esas lágrimas.

Pete se sopló la nariz y se enjugó el rostro.

Iba a volver a por mí, Pete. Creo que es lo único que siempre he querido saber.

La una de la madrugada. Pete abrió la puerta de la *pensione* y Peg entró. Voy a buscar a Temps, dijo él. Vale, contestó ella. Luego se sentó en el sofá y se miró las manos. Deslizando el pulgar por los pliegues de la palma, inspeccionando esa pequeña falla en la línea de la vida...

¿Peg?

Ulises de pie en la puerta, con cara adormilada y el pelo alborotado. Ella alargó la mano y él fue a sentarse a su lado. La rodeó con el brazo. ¿Estás bien?, le preguntó, y ella hizo un gesto afirmativo con la cabeza. La verdad es que sí, dijo ella, y él la atrajo hacia sí.

Evelyn ayudó a Pete a llevar las tazas de chocolate, y Massimo apareció con unas mantas, y aquellas viejas paredes susurraron: «Aquí está tu familia, Peg». Ulises despertó a Alys, y ella acudió y se tumbó en el suelo mientras Peg le relataba todo lo que había contado Glen. Alys, estoica como siempre, lo digirió como si de un pronóstico meteorológico se tratara. Peg lloraba, pero no por ella misma. Si le hubieras preguntado por quién, no habría sabido responder. Quizá, sencillamente, por un hombre joven que nunca se había hecho viejo, el mismo cuento de guerra de siempre. Alys fue hasta su madre y la abrazó. Era la primera vez. Bien podría decirse que eso fue lo que Eddie les regaló aquella noche.

Y allí, mientras el sol rompía a través de los postigos, finalmente enterraron el fantasma de Eddie Clayton.

El aire tenía la calidez de septiembre y Evelyn había ocupado su puesto vespertino en el banco de piedra. Llevaba una blusa blanca de manga corta, pantalones de lino azul marino y las preceptivas gafas de sol. Su agua de colonia desprendía un fresco aroma a cítricos y con frecuencia era objeto de un sinfín de cumplidos. Ojalá no necesitara usar bastón, pero le había encontrado utilidad como puntero para señalar cosas interesantes. Como esa flor que crecía a sus pies.

¿Evelyn?

Levantó la vista. Era Ulises.

Siéntate, invitó ella al tiempo que daba palmaditas en el banco a su lado. Fíjate, le indicó, apuntando hacia la florecita amarilla junto a su zapato. Imagínate el esfuerzo que implica abrirse paso entre estas piedras del siglo xv y gritar ¡aquí estoy, miradme! Cuando todo el mundo prefiere mirar la iglesia o el *palazzo* de allá o la estatua. La naturaleza es un regalo, Ulises. Con el arte, mi mente interactúa de un modo muy distinto. A menudo se ve hipotecada por la historia o por el análisis. Y sin embargo, aquí, esta flor diminuta no pide más que se la aprecie.

(¡Cuánto la adoraba Ulises!).

Clac, clac, clac. Cruzando el adoquinado llegaba ella. Blusa gris pálido y pantalones campana de color púrpura, gafas de sol, pintalabios naranja y un cigarrillo sin encender columpiándose en la mano.

Peg se sentó de golpe.

Estás absolutamente divina, dijo Evelyn.

Gracias, Evelyn, expresó Peg, y encendió el cigarrillo. Míralos a todos mirándonos, Temps.

Ulises se giró.

Atisbando desde el café Michele estaban la señora condesa, Giulia, el sacerdote, Clara la panadera, Gloria Cardinale la de la mercería y, naturalmente, el *signor* Malfatti, con un queso en la mano. Todos se preguntaban si Peg y Ulises volverían a ser pareja ahora que había quedado un vacío.

No obstante, Peg y Ulises sabían que su momento había pasado. Lo sabían desde la muerte de Cressy, desde que se habían tumbado juntos en la cama a observar las golondrinas. Todo había cambiado entonces. Que hubieran tirado el uno del otro para escapar del abismo lo era todo y era eterno.

No se puede culpar a la gente por desear un final feliz, comentó Evelyn.

El nuestro es un final feliz, dijo Ulises. ¿No es cierto, Peg?

Es cierto, Tempy.

El bocinazo del claxon de un taxi, y Pete que agitaba la mano y llamaba desde el otro lado de la plaza.

Peg se levantó y se sacudió la ceniza de los pantalones. Tengo que irme. ¿Vendréis los dos luego al Excelsior?

Jamás me lo perdería, dijo Evelyn.

¿A qué hora has quedado con Glen Mollan?, preguntó Ulises.

Dentro de una hora. Para tomar un café rápido antes de la actuación.

¿Nerviosa?

Un poquito.

Todo irá bien, aseguró Ulises. Y estás preciosa, Peg.

Y recuerda, añadió Evelyn. Solo es un café. No tienes que enamorarte de ese hombre.

Ja, ja, dijo Peg. Qué chistosa.

Un año después, ella y Glen Mollan se habían enamorado.

Entonces, a ver si me aclaro, dijo Des. Eddie llevaba muerto todo este tiempo. Su mejor amigo, Glen, en un giro fortuito de los acontecimientos, conoció a Peg en el Excelsior y ahora los dos son pareja.

Eso más o menos lo resume, dijo Ulises.

Des sacudió la cabeza con incredulidad. Nunca podrías escribir algo así en una novela, ¿eh?

Era el Día de Todos los Santos y los dos hombres estaban en el monte Ceceri, sentados junto a un árbol joven espléndido, en cuyo tronco habían dejado apoyado un ramo de flores.

Ulises sonrió. Decía Pete que huele a Cress por los cuatro costados.

Puede que Pete no ande desencaminado, dijo Des. ¿Y cómo es ese tal Glen, entonces?

Es muy buena gente. Lo he visto un par de veces. Es uno de los nuestros, Des.

(Glen Mollan era, literalmente, uno de los suyos. Una curiosa mezcla de Col, Pete y Ulises, había dicho la señora condesa, PERO con la traza de un ídolo de matiné, añadió en tono despreciativo).

Es lo único que necesito saber, muchacho. Que nuestra Peg está en buenas manos, seguras y respetuosas.

Es lo que todos queremos, Des.

El hombre sacó una bolsa de papel del bolsillo y empezó a tirar semillas de girasol al suelo.

Claude no está aquí, le informó Ulises.

¿Ah, no?

No. Está en Giglio.

Me imaginaba que estaría con Cress.

Los esparcimos debajo de la parra en la que se posaba siempre. Decía Pete que había visto más cenizas después de fumarse un paquete de tabaco. Pero estuvimos todos. Dotty también volvió.

¿Con Helena?

No. Con Penélope.

¿La madre de Jem?

La misma.

¡Anda, la leche!, exclamó Des. La gente ha estado ocupada.

Ulises encendió un cigarrillo. ¿Te gusta ser abuelo, Des?

Lo odio. Cuando tus hijos se casan, se destapa todo un nuevo acervo genético. Son unos soplagaitas. Escucha, tengo una nueva palabra para ti: *hipoalergénico*. Mi plástico está revolucionando el mundo de la medicina. ¿Quién podía saber que Inglaterra estaba tan enferma? ¿Ya necesitas dinero?

No, me apaño bien, pero gracias.

Bueno, tú avísame.

Y cuando el atardecer susurraba sus intenciones, los dos hombres se levantaron y Des se sacudió las hojas de sus nuevos pantalones rojos de pana.

¿Evelyn ya ha cumplido los cien años, muchacho?

Le faltan tres. Pero calcula que se retirará a los noventa y nueve, con una última reverencia. Le montaremos un fiestón para ese día. Además, no quiere recibir ningún telegrama de la reina. Está empecinada en ello, la verdad, conque cortará por lo sano.

¿No es monárquica, entonces?

Creo que piensa que una botella de champán desentonaría menos. O un título de caballera.

Qué apreciación tan lúcida de la vida, manifestó Des. ¡Qué mujer! Cuando llegue mi día, me subiré al Land Rover con Poppy a mi lado y me despeñaré por un acantilado.

¿Y eso lo sabe Poppy?

Todavía no, dijo Des.

Será mejor que se lo cuentes.

Puede que tengas razón.

Año 1978 y finalmente el aborto se legalizó en Italia. Un hito en la libertad de las mujeres para decidir sobre sus cuerpos. Alys, más circunspecta, lo llamó «un comienzo». En Londres, Col, al frente de una numerosa multitud, acompañado de Ginny y la señora Kaur, presenció la destrucción de su taberna. La señora Kaur lo había ayudado a claudicar ante una situación sobre la que ejercía poco control. Como consecuencia, no hubo reflujo de ácido con el primer impacto de la bola de demolición. Pero sí grandes carcajadas cuando el rótulo de la taberna salió volando y derribó a un concejal. ¡Gilipollas!, gritó Col. Compró una taberna al otro lado de Kingsland Road, que para él era como Tombuctú. La señora Kaur opinaba que estaba pasándose de melodramático, Ginny pensaba lo mismo y Devy coincidía con ella. Col se compró una autocaravana VW y se sumergió en la práctica del *Seva*, que definió como un servicio desinteresado con fines puramente altruistas para mejorar la comunidad. ¿Entonces das bebidas gratis, Col?, le preguntó Ulises en una carta. ¡Ja, ja, los cojones!, le contestó él. Y tras una reunión de negocios en Milán, Glen Mollan viajó a Florencia y le propuso matrimonio a Peg.

¿Qué le has respondido?, preguntó Alys.

Que todavía no. Peg escanció el vino. La tarde era templada, el aire humeaba y aún faltaban unas horas para la noche. Estaban en la terraza de Michele, rodeada de turistas. Pete estaba dentro, sentado al piano, y en una mesa cercana Ulises, Massimo y la señora condesa debatían sobre cuál era la mejor edad del *parmigiano reggiano*. En el banco de piedra, Evelyn le escribía una carta a Dotty, y más allá, cerca de la estatua, estaba Romy... haciendo de estatua.

No estoy segura de si quiero irme a otra parte, confesó Peg. No estoy segura de si quiero que mi vida cambie más de lo que ya lo ha hecho. Y no estoy segura de si quiero abandonarte; y encendió un cigarrillo.

Ya no soy una niña, dijo Alys.

Pero lo fuiste. Y yo no estuve allí. Conque por ahora no me moveré de aquí. Y Glen siempre podrá venir de visita.

Eso mantendrá viva la llama.

Justo lo que pensaba, asintió Peg.

Alys esbozó una amplia sonrisa. Y en ella transmitía un millar de palabras.

Ah, y antes de que se me olvide, añadió Peg. Creía que lo había perdido. Toma. Y le entregó el broche de camafeo que Eddie le había regalado hacía tantos años. El que le había costado a ella una habitación de hotel y la había llevado hasta debajo de un puente ferroviario donde Alys pudo o no haber sido concebida. Es extraño cómo se conectan las cosas.

Alys se echó a reír. ¿En serio? ¿Fue así como ocurrió?

Sí. Joder, menudo legado de mierda que te he dejado. Trata bien a Romy, Alys. Me doy cuenta de cómo te mira. Son fuertes, ese tipo de cosas. Ten cuidado con cómo las usas.

Era octubre de 1979. Evelyn Skinner miraba por la ventana, contemplando el tiempo en la transición de luces y sombras. La luz del día embellece y la luz de la luna mistifica; era el día uno para una nueva hornada de estudiantes. Había cumplido, momentos antes, noventa y nueve años, pero aparentaba diez menos, un hecho que ella atribuía al aceite de hígado de bacalao, la natación en aguas frías y el amor. A pesar de que la edad le había restado centímetros a su altura, al sentarse aún mantenía una postura firme y erguida. Oyó a Ulises llamar a la puerta y entrar en su habitación, y el rostro se le iluminó al verlo. Le ofreció una de las copas de *frizzantino* que llevaba en la mano.

Esto habría sido suficiente, ya lo sabes, ¿no?, dijo ella.

Lo sé.

Tú, yo, esto… E indicó con un gesto la plaza, que se empapaba del ocaso. *Qué hermosa es la puesta de sol, cuando el brillo de los cielos desciende sobre una tierra como la vuestra, oh, Italia, paraíso de exiliados.*

¿Dante?

Shelley, repuso ella, y entrechocaron las copas.

Feliz cumpleaños, Evelyn. Por tu larga y extraordinaria vida.

Ella tomó un sorbo. Después de todo, hiciste honor a tu nombre, dijo luego. Te llevó largo tiempo regresar de la guerra, pero lo conseguiste, Ulises. Ah, y te he dejado el piso de Bloomsbury, por cierto.

Eso no era necesario.

Pudiera ser que en algún momento te atraiga la idea de volver a Londres. O si no, dáselo a Alys. Dotty se quedará con la casa de Kent. Odia la campiña, pero captará la ironía. Y al final le gustará. Todo lo demás es anecdótico. Y quiero que esparzan mis cenizas en el Arno, como Constance.

Vale, asintió él. ¿Algo más?

Creo que eso es todo cuanto necesitas saber.

Bueno.

Tienes cara de querer preguntarme algo.

Es una cosa que Dotty…

¡Ay, no, no le hagas caso!

¿De verdad eras una espía?

Por supuesto que sí. Lo descubrirá cuando el gobierno desclasifique los archivos. Con suerte en ese momento no estará conduciendo ni operando maquinaria pesada.

Ulises miró el reloj.

Vas a decirme que están todos arriba esperando, señaló Evelyn.

Todos no, rio él. Jem viene de camino. Y Des, Poppy y Col llegaron hace una hora. Ellos son la sorpresa.

¿Y Dotty y Penélope?, preguntó Evelyn.

Pero antes de que Ulises tuviera oportunidad de responder, un silbido de adulación perforó el aire. Evelyn se giró y allí se encontraba Dotty, apoyada en el marco de la puerta, de brazos cruzados, la cabeza ladeada con descaro.

Evelyn soltó un chillido de alegría.

Hola, mi querida Lynny; y Dotty corrió a besarla. Le arrebató la copa de la mano a Ulises. Lo siento, Temps. No te importa, ¿verdad?

Adelante, indicó él. Dotty se la bebió de un trago y le devolvió la copa vacía.

Pen y yo acabamos de tener nuestra primera discusión en el taxi.

¡Dios bendito! ¿Sobre qué?, preguntó Evelyn.

Nunca lo adivinarías… Y Dotty se giró de repente hacia Ulises.

Vale, vale, dijo el hombre. Ya me voy.

¡Sorpresa!, exclamaron todos.

En el *salotto*, Evelyn ahogó teatralmente un grito de asombro. Des. Poppy. ¡Col! ¿Qué estáis haciendo todos aquí?, preguntó ella.

Se lo has dicho, reprochó Col.

Pues claro, dijo Ulises, y todos rieron.

Massimo y Jem llegaron con platos de *crostini* —hígados de pollo, anchoa, tomate— y los colocaron en el centro de la mesa entre las velas. Se sirvieron copas de espumoso y Ulises descorchó el vino para quienes preferían tinto. Le enseñó la botella a Evelyn, que leyó la etiqueta: *Carruades de Lafite. Pauillac.*

¿No era el que el capitán Darnley…?

Sí, confirmó Ulises. Des se agenció una caja. Pero no de la cosecha de 1902, porque la del 29 resultó aún mejor. ¿No es cierto, Des?

¿El qué, muchacho?

El vino. Que el del 29 es mejor que el de 1902.

Mucho mejor. Quinientas libras la botella.

Todos interrumpieron lo que estaban haciendo.

Des, lo has vuelto a hacer, dijo Poppy.

¿El qué, cariño?, preguntó Des.

Lo del dinero.

Dos palabras, declaró el otro. Jeringuillas desechables.

Ah, dijeron todos, y Pete le pidió a Massimo que apartara una botella para venderla más tarde.

Sonó el timbre de la puerta y Alys salió a abrir. Instantes después entró arrastrando los pies la señora condesa, que anunció: Me he encontrado a este hombre deambulando ahí fuera.

Momento en el cual...

¡Glen Mollan!, exclamaron todos cuando apareció él.

¿Qué coño estás haciendo aquí?, preguntó Peg (tan romántica como de costumbre).

¡Nunca he conocido a nadie de noventa y nueve años, Peg! ¿Cómo iba a perdérmelo?

Bonita chaqueta, Glen, dijo Ulises, a lo que Glen replicó: ¿Este trapo viejo, Temps? Lo compré en Nueva Orleans.

Y allí se sentaron. Por espacio de horas. Entre raviolis rellenos de castaña y *ricotta*. Entre *peposo* para los carnívoros y los famosos tomates rellenos de arroz de Massimo para Col.

¿Eres vegetariano, Col?, preguntó Des.

Ya van diez años, y sumando.

¿Qué te llevó a cambiar de dieta?, quiso saber Penélope.

¿Las tripas?, insinuó Des.

Una mujer increíble, dijo Ulises.

Y los sabores exóticos de la cocina india, dijo Col. No hay nada como unas cebollas caramelizadas con *ghee*, guindillas verdes, jengibre, ajo y cúrcuma para que se me hagan agua la boca y los ojos.

Massimo se le acercó por detrás y le dio un beso en la coronilla. Mañana por la noche cocinarás para nosotros, amigo mío.

Dentro de poco lo veremos haciendo yoga, comentó Romy.

Ya lo hago, declaró Col.

Yo también, dijo Pete. Me ayuda a mejorar mi estado de ánimo.

Y eso le dio el pie para que se levantara a tocar su última canción, titulada «Los noventa y nueve son los nuevos cien». Se trataba de un tema alegre y optimista, raro para lo que era Pete, y tenía más que un aire a lo Beach Boys.

De repente, Romy se agachó y metió la mano en su bolso. Sacó el ejemplar de Cressy de *Una habitación con vistas* y dijo: Estoy leyendo esto, Evelyn.

¡Ay, por Dios!, exclamó Dotty. ¿Qué le verá la gente a ese puñetero libro?

Es una novela estupenda, dijo Jem.

Pero los personajes son odiosos, replicó Dotty. Pregúntale a ella —apuntando con el dedo a Evelyn—, que estuvo allí.

¿Eras...?, empezó Glen Mollan, pero Dotty lo cortó.

Eran unos esnobs de miras estrechas. Es una cualidad endémica inglesa creer que solo la burguesía culta conoce los secretos del arte.

Pero al final triunfa el amor, argumentó Jem.

¿Y acaso eso es suficiente?

¡Sí!, exclamaron los demás.

Venga, Lynny, dijo Dotty. Cuéntaselo todo.

¡Sí, cuenta!, le rogaron.

¿Tenemos tiempo?, preguntó Evelyn.

Tenemos todo el tiempo del mundo, afirmó Ulises mientras daba la vuelta a la mesa rellenando las copas.

Evelyn se recostó en la butaca y tomó un sorbo de vino. Cerró los ojos y el peso atronador de la edad cedió paso a la ligereza de la juventud. Bien, dijo ella...

Todo sobre Evelyn

Era octubre. Y el año, 1901.

Faltaban escasos días para que Evelyn cumpliera veintiún años la primera vez que salió de la estación de Santa Maria Novella y exclamó: *Firenze! Amore mio!*

El lento viaje hacia el sur desde el lago de Como había discurrido bajo un cielo nublado impenitente, pero aquí el sol era excepcionalmente brillante. Había un fuerte olor a caballo en el aire. Varios ómnibus esperaban para transportar a los turistas a los hoteles y… ¡ahora repicaban las campanas!

Al mirarla, su vestimenta bien podría ser la que llevaría cualquier joven inglesa moderna de la época. Había renunciado al corsé en favor de una silueta naturalista. Una falda larga de lino oscuro complementaba una blusa de un tono a juego. Se cubría la cabeza con un sombrero estilo capota. Había desarrollado un andar desgarbado debido a que había dado un estirón repentino, pero desaparecería al cabo de tres años. Por el lado positivo, sin embargo, sus aires de buena crianza (proveniente de la rama materna) y su talante bohemio (proveniente de la rama paterna) le servían para disculpar cualesquiera indiscreciones en que pudiera incurrir a lo largo de su vida. Las cuales serían numerosas.

Miró hacia atrás para comprobar que el mozo de estación aún portaba su baúl. Detrás de ella apuraban el paso la pareja de recién casados que había conocido en el tren. Eran los Lugg, Hugh y Miranda, que visitaban Italia por primera vez. Hugh, que iba trepando en el escalafón de un banco privado, encarnaba el prototipo de una cierta clase de ingleses en el extranjero que odiaban todo lo que no fuera inglés. Llevaba a rastras a su flamante esposa como si se tratara de una manta mojada. El semblante pálido de ella y sus grandes ojos angustiados eran sintomáticos de un temperamento linfático que no se adecuaba a una dieta europea. Sumaban ya diez días de viaje y los callos habían sido la gota que colmó el vaso. La misma palabra impelió a Miranda Lugg hacia una ventana abierta. Entre los brazos estrechaba un botiquín portátil, preparado y surtido de medicamentos de tabloide, suministrados por los señores Burroughs, Wellcome & Co, viaducto de Holborn, Londres. Su aliento despedía un olorcillo mezcla de alcanfor e indigestión.

Un tranvía pasó traqueteando y Evelyn se volvió para observarlo. Los niños chillaban alborozados y se encaramaban al balconcillo de atrás.

No habrá podido oírme, señorita Skinner, dijo el señor Lugg. ¿Le parece que vayamos juntos al Simi?

Ay, sí, buena idea, asintió Evelyn, que le entregó una propina generosa al mozo (demasiado, comentó Hugh Lugg) y se dirigió a zancadas hacia un aburrido cochero. En un italiano inseguro, si bien encantador, dijo:

Nos gustaría ir a la Pensione Simi, en el número dos del Lungarno delle Grazie, si es tan amable.

Serpentearon por calles estrechas en las que resonaban los gritos de hombres que pregonaban sus mercancías. Las carretillas estaban cargadas de sacos y desde las ventanas les descolgaban cestas a los vendedores ambulantes. Vino, hortalizas y verduras, frutas, aves de corral vivas (¡miren, un pollo!). No obstante, la señora Lugg no sentía deseo alguno de ver graznar a un pájaro, estaba hecha un ovillo, con un pañuelo en la cara, indispuesta a causa del olor. Un olor tanto a civilización humana como a la carencia de ella. *Qué diferente a Kent*, pensó Evelyn.

El caballo giró a la izquierda y, de repente, el Arno y los puentes aparecieron a la vista. Ay, qué maravilla, expresó Evelyn mientras traqueteaban a la orilla del agua verde. Un muchacho en bicicleta iba pedaleando a su vera, zigzagueando y riendo.

Échalo de aquí, exigió la señora Lugg.

Zape, zape, *niente*, *niente*, dijo el señor Lugg, habiendo traído a la memoria los consejos de Baedeker sobre cómo tratar a los mendigos importunos.

No es un pordiosero, señor Lugg, le recriminó Evelyn.

¿Y qué es pues, señorita Skinner?

Evelyn se volvió a mirar al ciclista y sonrió. Es una persona *viva*.

Cuando el coche se detuvo finalmente delante del Simi, el caballo evacuó un torrente humeante de excrementos, que incitó al señor y la señora Lugg a correr hacia el portal del edificio. El cochero descargó los baúles y Evelyn alcanzó a oír el tañido impaciente de la campanilla de recepción. Entró con paso rápido detrás del equipaje, ansiosa por conocer lo que sería su hogar durante los próximos veintiocho días.

Evelyn se desvió hacia el salón, donde su mirada quedó presa en el mobiliario estilo imperio de caoba y una horrenda lámpara de araña. La reina Victoria aún presidía la pared, custodiada por dos grabados hogarthianos cubiertos de manchas. Un par de calladas ancianas y un clérigo de bigote blanco, sentados en un sofá Chesterfield, levantaron la vista sin dedicarle ni un gesto. Le pareció una habitación melancólica. Más una funeraria que la genuina casa de huéspedes italiana llena de *conversazione* que ella había esperado. El piano en el rincón había adquirido una capa gruesa de polvo a modo de aislante.

Evelyn se acercó al mostrador de recepción justo cuando la patrona bajaba afanosamente las escaleras.

Scusi, *scusi*, se disculpó. Mi Enery, que se ha quedado atascado en el respaldo de una silla.

(¡Y además es una *cockney*!).

Bienvenida, querida, dijo la patrona.

Evelyn, que por alguna razón había entendido «tétrica», dijo: Sí, un poco.

Su habitación era mucho más agradable —mucho más italiana, pensándolo bien— que las estancias de abajo y, tras deslizar la mano por el cubrecama, de exquisita factura, se acercó a la ventana y abrió los postigos. La luz vespertina recorrió el suelo de baldosas rojas y se posó cálidamente a sus pies. En la calle, los tranvías traqueteaban a lo largo del *lungarno* y el río cacheteaba los muros de piedra. Los cipreses eran siluetas negras que se destacaban contra la bruma dorada del cielo. Tengo una *panorámica* sobre el Arno, suspiró ella.

Esa misma noche, cuando Evelyn entró en el salón, no se sorprendió al descubrir que la bebida *du soir* era jerez y no un vermut de quina ni ese licor amargo rojo vivo que se asocia con la hora del aperitivo.

Las mujeres taciturnas en las que había reparado a su llegada estaban sentadas hombro a hombro en el mismo sofá, *tête-à-tête* con el mismo clérigo. Al examinarlas más de cerca, Evelyn se dio cuenta de que eran gemelas, bastante mayores y con idéntica expresión facial de desconcierto.

Son las hermanas Brown, dijo una mujer robusta de mediana edad que apareció de repente a su lado. En su guardarropa predominan los tonos marrones, haciendo honor a su nombre, como para que nadie las olvide. La señora de la izquierda es Bernadette. La otra es Blythe. Es de suponer que alguien en su familia tenía sentido del humor. El clérigo es el reverendo Hyndesight. Interprétalo como guste. El hombre que discute acaloradamente con el ruso es el señor Collins. Luchará por cualquier causa. Es un socialista. Y yo soy la señorita Constance Everly. Me fijé en usted la primera vez que entró y me dije: «Esta jovencita bien podría ser nuestra salvadora». Como observará —y se giró hacia la sala— no son el grupo más animado y alegre que se haya encontrado jamás en el Simi. La muerte se cierne sobre la cretona, señorita…

Ah. Skinner. Evelyn Skinner.

Se estrecharon la mano.

Sea bienvenida, señorita Skinner. Es un placer tenerla a bordo.

Y así, sin más, la primera regla de la vida en una *pensione* —la de escudriñar a un huésped durante un día o dos antes de entablar conversación— se quebró rápidamente.

En esas, un olor a verdura recocida los acorraló a todos, empujándolos hacia la cena. La Matanza de los Inocentes, entonó la señorita Everly, mientras alzaba el brazo y, mano en alto, dirigía a las tropas hacia el campo de batalla de la sala contigua.

En la mesa del comedor, Evelyn pudo ver que se habían cavado trincheras invisibles y se alegró de encontrarse enfrente de la señorita Everly y al lado del socialista. El pastor tomó ubicación a la cabecera (cómo no) y Evelyn agradeció que cualquier bendición que echara, la echara en silencio. Las hermanas Brown hicieron un drama por tener que sentarse enfrente de los Lugg, quienes se contentaban simplemente con estar acompañados solo de ingleses. Evelyn miró hacia la otra mesa y no supo dilucidar si las cuatro personas que aún esperaban su sopa estaban dormidas o muertas.

El pastor hizo los honores escanciando el vino y, después de que hubieran dado buena cuenta de la sopa, Evelyn se limpió delicadamente los labios con la servilleta y respondió a la cuestión que les ocupaba.

Yo tengo vistas, expresó con gran énfasis.

Pues yo no, dijo el señor Collins. Me ha tocado el *cortile*.

También yo tengo vistas, dijo la señorita Everly. Como corresponde a mi condición.

La señorita Everly es poetisa, explicó el señor Collins.

¿De verdad?, preguntó Evelyn.

Por mis pecados.

Que son incontables…

¡Señor Collins!

De acuerdo con sus versos, claro está, señorita Everly.

¿Ha leído usted mi obra, señor Collins?

¿Cómo no iba a hacerlo?

Señorita Skinner, dijo la señorita Everly. Concédame el honor de relatar lo que vio cuando miró por su ventana la primera vez. Sea vehemente y atrevida. No se guarde nada.

Y la señorita Everly cerró los ojos, dispuesta a recibir la bendición descriptiva (en sus palabras).

El señor Collins se inclinó hacia Everly. Les pide lo mismo a todas las personas que llegan, le susurró. Esmérese.

Evelyn se aclaró la garganta y empezó a hablar. Vi a un remero solitario surcando el Arno. Las estribaciones se cubrían de sombras y una neblina fantasmagórica arropaba los cipreses en torno a San Miniato. Los muros ocres se doraban a medida que se suavizaba el sol. Las luces se encendían por toda la ciudad y ocupaban sus posiciones en la superficie del río. El remero se deslizaba a través de este espectáculo de luz. El agua se escurría de las palas de los remos y, por un momento, yo misma me encontré en esas gotas, cayendo en el verde abismo crepuscular de la historia.

Ha conseguido usted enmudecer la sala, dijo el sacerdote.

Las ancianas gemelas aplaudieron.

La poetisa rio. ¡Ya está enamorada! Se ha contagiado de la fiebre de Florencia. Ay, mi querida señorita Skinner, ya no hay vuelta atrás. Habrá de morir con esas luces en los ojos. La señorita Skinner ha convertido una mirada en amor. La primera regla del arte. ¡De la mirada al amor! ¡Bienvenida, querida! ¡Bienvenida!

El señor Collins se levantó y rellenó las copas de vino. Reverendo Hyndesight, ¿qué delicias le aguardan al otro lado de las contraventanas? ¿Vistas o *cortile*?

Cortile, respondió el pastor, deseoso de abandonar el tema.

Nosotros solo veremos cuerdas de tender y ropa interior chorreando, ¿eh, reverendo?, dijo el señor Collins.

¡Pero bueno, señor Collins!, exclamaron las ancianas gemelas al unísono.

Lo hace a propósito, indicó la señorita Everly. Le gusta escandalizar a la gente.

Me gusta remover el avispero.

Bravo, dijo la señorita Everly.

¿Y qué diantres significa eso?, preguntó el pastor.

El mundo está cambiando, se limitó a decir el señor Collins, a quien Evelyn sorprendió mirando el cuadro de la reina Victoria. Fuera lo viejo, articuló él con los labios y arqueando las cejas.

El señor Collins es un filósofo, proclamó la señorita Everly.

Soi-disant, murmuró el pastor a la pareja de recién casados, a quienes pretendía acoger bajo su ala virginal.

Un humanista, dijo el señor Collins.

Un humorista, dijo la poetisa.

Evelyn miraba de un lado a otro, siguiendo las conversaciones y consignando en su memoria quién decía qué y cómo lo decía. Eran ingleses hasta la médula y denotaban un exceso de bonhomía, como personas sin salvavidas a bordo de un barco que se hunde.

La señorita Everly le caía la mar de bien, y también el señor Collins, pues le recordaba a su padre; de joven, naturalmente. Y sin embargo, se sentía intrigada por la criada que esperaba en un rincón de la sala, con los ojos clavados en ella. No sabía cuál era el motivo de que el corazón le palpitara a un ritmo frenético y sospechó en un principio que se debía a la sopa.

Señorita Skinner, ¡se ha puesto coloradísima!, señaló sin discreción alguna la señorita Everly. ¿Tiene calor?

No, estoy…

Es el vino…

Quizá tenga algo de fiebre.

El viaje tan largo…

No, no, dijo Evelyn, estoy… Me siento sin duda muy feliz, nada más. Feliz de haberles conocido. Y de encontrarme aquí en este preciso instante de tiempo.

Sentimientos recíprocos se esparcieron de un lado a otro de la mesa como cuentas de azúcar y, en medio de ese intercambio, el reverendo Hyndesight hizo un anuncio a destiempo. Este domingo daré un sermón en la iglesia anglicana de San Marcos, por si alguien está interesado. ¿Nadie?, insistió. Por suerte, en ese momento la criada trajo el estofado, lo cual les ahorró tener que responder.

Otra vez estofado de ternera, dijo el señor Collins.

Suponemos que es ternera, reflexionó la señorita Everly. Pero, por mi parte, llevo un tiempo sin ver al viejo conserje.

¡Señorita Everly, por favor!, exclamó el reverendo.

Una vez más en la brecha, queridos amigos, dijo el señor Collins, empuñando la cuchara; pero ¿no necesitaba tenedor? ¿O un cuchillo, quizá? Cundió el ejemplo entre los demás huéspedes. Todos menos la recién desposada que Evelyn había conocido en el tren. La patrona *cockney* le había preparado una cena a la medida, consistente en huevos cocidos y panecillos de levadura tostados. Una comida reconocible y, aún más importante, astringente.

La mañana siguiente, Evelyn durmió hasta tarde y se perdió las ciruelas del desayuno.

Ya en la calle, la recibió un cóctel de sol y nubes, si bien la temperatura aún era cálida. No tenía prisa por unirse al reverendo y su banda de alegres seguidores, de modo que se mantuvo alejada y observó la vida pasar. El cascabeleo de las campanillas en los arneses de los caballos que tiraban de las carretas que llevaban a lavar la ropa sucia de los hoteles. En la que salía del Simi, había un muchacho en precario equilibrio sobre una montaña de sacas. Agitó una mano y ella le devolvió el saludo.

Ese es Matteo, dijo el señor Collins a su espalda.

Evelyn se giró con una sonrisa. Qué alegría que conociera el nombre del joven. Aunque, naturalmente, él era un socialista.

¿Y qué planes tiene usted para hoy, señor Collins?

Voy a afeitarme. Los barberos italianos no tienen rival, señorita Skinner. ¡La veré en la cena!

Y lo observó echar a correr tras la carreta de la lavandería.

Cruzó la carretera y se apoyó en el muro de contención. El río estaba bajo y los *renaioli* se habían tomado un descanso. Desde el ocaso hasta el alba, los hombres paleaban sedimentos del lecho del río a carromatos o botes. Cuatro de ellos estaban ahora fumando, echados hacia atrás los sombreros, remangadas las camisas. La señorita Everly explicó que la grava se originaba en épocas de inundaciones por la erosión de la piedra de los edificios junto a la orilla y que se reutilizaría en construcciones futuras. Nunca se desperdicia nada, añadió. El Arno era como el Ganges, la fuente de la vida. Daba y tomaba. Era alcantarilla y pescadero. La señorita Everly lo sabía todo sobre la ciudad.

A mitad del Ponte Vecchio, los ojos de Everlyn se vieron atraídos por la masa oscura del valle de Casentino, parcialmente envuelto en niebla. Era un terreno frondoso de árboles negros, cerdos, mitos y ermitaños escondidos, que había albergado otrora el hogar de un Dante exiliado. Tenía su pico más alto en el monte Falterona, donde borboteaba la cuna del río Arno. Evelyn pensó en el lugar sagrado de La Verna, el monte inhóspito concedido a San Francisco de Asís, donde había recibido los estigmas y la gracia de Dios. Había cosas en las que no creía y cosas en las que sí. En los santos creía.

Continuó en dirección norte hacia la Piazza del Duomo y, cuando llegó, el sol quebró las nubes oscuras y las campanas tañeron en el campanario de mármol de Giotto. Se sujetó el sombrero y alzó la mirada hacia la cúpula, ese punto de referencia infalible, vislumbrado perpetuamente desde cualquier rincón de la ciudad. Ya desde que contaba seis años y hojeó por primera vez las páginas del cuaderno de bocetos de su padre, ella…

De pronto, una pequeña yegua castaña, con la cabeza enterrada en un saco de avena, empezó a evacuar estrepitosamente y la mierda salpicó sin miramientos a dos damas inglesas que pasaban por allí en ese instante. Sus gritos desgarraron el aire y el momento homenaje de Evelyn quedó arruinado.

Imperturbable, paseó por las inmediaciones y se topó con una librería de viejo encantadora, donde escogió un ejemplar de *Las ventanas de Casa Guidi*, de Elizabeth Barrett Browning. La señorita Everly se ofreció a llevarla la semana siguiente a visitar la Casa Guidi. Y justo cuando Evelyn estaba pagando, reparó en un volumen fino, encuadernado en tela color burdeos, de una Constance Everly. En el lomo, en letras doradas desvaídas, su título en italiano: *Niente* (Nada). ¡Todos los caminos conducen a la poesía!

Evelyn se sentó en la terraza de un café en la Piazza Vittorio Emanuele y, siendo incapaz de decidir qué libro abrir primero, se dedicó al europeo pasatiempo de observar a la gente. Principalmente a las mujeres, todo sea dicho. Y afloraron las comparaciones obvias —mejor cabello, mejor figura, mejor sonrisa—, pero había también algo más, algo relacionado con la doncella que se infiltraba sin cesar en su día. No había sido una intrusión incómoda y, en verdad, esperaba con impaciencia la hora de la cena.

Esa noche, el sacerdote estaba quejándose de haber pagado media lira por ver una cantidad desmedida de arte malo en un *palazzo* de cuyo nombre no se acordaba. ¡Barroco!, refunfuñó, chasqueando audiblemente la lengua. El arte del mal gusto.

El pastor opina que el arte florentino se estancó a finales del siglo XVI, subrayó el señor Collins.

¿Qué está usted diciendo?

Que usted piensa que no se produjo arte bueno después del siglo XVI, repitió el otro, elevando el tono de voz.

Había ya alcanzado su cénit, es lo único que digo. La ciudad había cambiado.

Conque no tiene en cuenta a Rubens, ni a Velázquez, ni a Artemisia…

No está escuchándome, señor Collins.

Mi padre es el pintor H. W. Skinner, terció Evelyn.

¡Ah, lo sabía!, dijo la señorita Everly. Noté el parecido. Vi su reciente exposición en la Royal Academy.

Yo también, afirmó el señor Collins.

¿Es posible que conozca su obra?, preguntó el clérigo.

Lo dudo, reverendo. Muchos desnudos. Y no todos púdicos.

También ha hecho paisajes, dijo Evelyn.

Y desnudos en paisajes.

¿Cuál era ese?

Después de Tiziano.

He leído que estaba fuertemente influenciado por los posimpresionistas, comentó el señor Lugg con orgullo.

Sí, asintió Evelyn. En especial por Cézanne. Yo lo conocí.

La Venus durmiente. Era esa, dijo la señorita Everly.

¿De veras?, preguntó la señora Lugg.

¿Y cómo era?, preguntó el señor Collins.

¿A Tiziano?, preguntó el pastor, confundido.

A Cézanne, aclaró el señor Collins.

Es francés, dijo Evelyn, y todos reaccionaron con un «Ah», como si holgara cualquier otra explicación.

Evelyn se reclinó en la silla y pensó: *Qué mesa tan animada y alegre formamos.*

Miró a los otros huéspedes, que estaban callados y aún batallando con la sopa. Se preguntó cómo se las apañarían de haber tenido que masticar.

Cuando la cena llegó a su conclusión natural, la doncella empezó a despejar la mesa. Maniobraba detrás de Evelyn, que percibía la presión de su cuerpo contra ella y un tímido olor a sudor cada vez que se inclinaba sobre su hombro. Evelyn no podía apartar la vista de ella. Y cuando la joven alargó la mano para recoger los platos más alejados, el halo de una vela iluminó el vello oscuro de su brazo y Evelyn sintió que se le iba la cabeza. En esas se volcó un vaso vacío y Evelyn hizo un ademán instintivo de agarrarlo a la par que la doncella, y sus manos se rozaron por un instante, y se miraron la una a la otra. *Vi chiedo scusa*, dijo la doncella, y le dirigió a Evelyn un guiño furtivo. La otra intentó ocultar una sonrisa, sin conseguirlo.

Háganos partícipes de sus pensamientos, señorita Skinner, la interpeló el reverendo.

Esto…, bueno…, titubeó Evelyn, que solo buscaba ganar tiempo. La próxima semana es mi cumpleaños. ¿Se me permite anunciarlo o era…?

Desde luego que sí, dijo la señorita Everly.

Cumplo veintiuno.

¡Veintiuno!

Quizá la *signora* pueda preparar un asado, sugirió el reverendo.

¿Un asado? Esperaba algo un poco más auténtico, objetó Evelyn. Quizá una visita a una *trattoria* repleta de lugareños.

El rugido de un delicado estómago, nostálgico de los condados cercanos a Londres, pregonaba su protesta.

Conozco el sitio perfecto, dijo el señor Collins. En Tornabuoni. Cocina abierta, un horno de carbón que se aviva a mano. Chispas volando por doquier.

El señor Lugg alegó que él y su esposa no podrían acompañarlos en caso de que los dudosos encantos de un menú italiano ininteligible prevalecieran sobre la seguridad de una comida inglesa.

No hemos de alejarnos del hotel a causa del estado de mi esposa.

Evelyn respondió que lo comprendía.

(La frase, no obstante, se propagó por la sala con la celeridad de un brote de cólera y el estado de la señora Lugg se entendió, naturalmente, como un embarazo).

En los días venideros se sucedieron los comentarios, susurrados con discreción.

¿Cómo se encuentra, señora Lugg? ¿Siente náuseas?

Un poco, decía la recién desposada, ajena a todo.

Pero debe de estar muy contenta…

(Un comentario que la desconcertaba).

¿La primera vez?

No, ya sufrí un episodio en Venecia.

Más tarde, en la cama de su habitación, Evelyn yacía embelesada y sin aliento por los acontecimientos de la noche. La atracción que sentía por la doncella, la atracción que la doncella sentía por ella. La vida transcurría a un ritmo extraordinario. Aún alcanzaba a oír voces en el salón de abajo. Un murmullo apagado y un estallido de carcajadas. Sabía que en algún momento de la velada, después de que ella se hubiera excusado de la mesa, la conversación habría girado inevitablemente en torno a las amantes de su padre y el «arreglo», así llamado, de su matrimonio. Y, como cabía esperar, oyó pasos en el rellano, la palabra «amante» y «el dinero proviene de la familia de la madre». Se dio media vuelta y trató de dormir.

El día siguiente. Lluvia. El olor a humo de leña se coló por debajo de la puerta de su habitación cuando se encendió el fuego en la chimenea del salón.

Escribió Evelyn en una carta a su padre:

Queridísimo padre:
Anoche me despertó una tormenta espectacular. Los relámpagos astillaron el cielo y al amanecer el Arno era un torrente embravecido.

*Me temo que los cavadores de arena no podrán trabajar esta ma-
ñana. Los echaré de menos. Mis pensamientos se dirigen hacia la
gran inundación de 1333...*

Evelyn soltó el lápiz. Poco tenía que decir sobre la gran inundación de 1333. Se levantó del escritorio. El cielo era de un gris violáceo jaspeado, aunque el sol se afanaba en quebrar las nubes. Abrió la
ventana y sacó la mano. La lluvia había cesado y no había ni un
momento que perder. Se encasquetó el sombrero, se arremangó la
falda y se lanzó a tumba abierta escaleras abajo, directa a los brazos
de la doncella. La ropa de cama frenó su caída, y la risa, su vergüenza. Estaban tan cerca, habría sido una descortesía no besarse, pero...

Perdonatemi... No, no, he sido yo. Soy yo quien lo lamenta...

¿Qué está pasando aquí?, inquirió la patrona *cockney* mientras
cruzaba con paso firme el rellano.

Ha sido todo culpa mía, *signora*, dijo Evelyn. No miraba por
dónde iba...

Tenga una pizca de decoro, querida, dijo la patrona, que se movió rápidamente a un lado, hacia el armario de las sábanas.

Las dos jóvenes permanecieron en silencio. Vieron marcharse a
la patrona y acogieron su ausencia con elegancia. Estaban tomadas
de la mano, un gesto que agradecieron dándose un ligero apretón.
Se intercambiaron los nombres (Livia, Evelyn) y se despidieron.
Evelyn se detuvo junto a la puerta y miró hacia atrás. Se despidió de
nuevo y salió apresuradamente. Se sentía mareada y aturdida, em-
briagada de la más intensa felicidad que había experimentado en su
vida. Dobló la esquina en dirección a los Uffizi, sabedora de que se
encontraba en el umbral de la aventura más emocionante que había
vivido jamás.

¡Señorita Skinner!

(Era la señorita Everly).

Ah, hola, saludó Evelyn.

Está usted absolutamente radiante. La ciudad nos infunde toda
clase de...

Uf, qué espanto, la interrumpió Evelyn, tapándose la nariz.

Ay, sí. El olor de Florencia. A residuos y deterioro. Son los *pozzi neri*, que la lluvia ha agitado. Depósitos de aguas negras que derraman su contenido debajo de nosotras. Y de repente su presencia se hace notar en la superficie. Pero una no viene a Italia porque sea agradable. Una viene por la vida. Por la pasión. ¿Y a dónde se dirige usted, señorita Skinner, en este buen día?

Aquí. A los Uffizi.

¡Caramba, yo también! ¿Le gustaría tener compañía? ¿Y una guía fervorosa?

Me encantaría, dijo Evelyn.

Al aproximarse a la entrada de la galería, la brisa levantó la esquina de un taparrabos húmedo, alertándolas de la presencia de una estatua viviente en paños menores.

Creía que era una estatua de verdad, susurró Evelyn. ¿Quién se supone que es?

Miguel Ángel.

¿Cómo lo reconoce?

Por la pose. Muy afeminada. Y por el adorno que tiene a sus pies. Una pobre imitación de la Sagrada Familia. En mi opinión, una taza de peltre habría sido más apropiada para recolectar unas monedas.

¿Le parece que le eche una lira, señorita Everly?

¡Ni pensarlo! Dos o tres *centesimi* a lo sumo, señorita Skinner. No es como si estuviera haciendo algo.

Y lo dejaron atrás, avivando el paso hacia el edificio.

A los pies de la escalinata, la señorita Everly dijo: Verá un montón de Anunciaciones, señorita Skinner. Y un montón de Adoraciones de los Reyes Magos, y de Descendimientos de la Cruz y, ah, sí, no nos olvidemos de las Flagelaciones de Cristo. Hoy también presenciaremos muchas muestras de éxtasis, y no todo espiritual. Pero veo que es usted una mujer de mundo.

Lo soy, lo soy, afirmó Evelyn.

Bien, asintió la otra, que se arremangó la falda y añadió: Confío en que tenga buenas rodillas, señorita Skinner.

Oh, seguro, dijo Evelyn, quitándose la capota. Tengo las rodillas de mi madre, italianas y robustas. Las suyas conocían a todos los santos.

Maravilloso. ¡*Avanti*, pues! Procedamos a subir.

Hubo poca conversación hasta que llegaron a la última planta, donde la señorita Everly sugirió ir directamente a la Tribuna.

A lo largo del corredor, cruzaron ante un sinfín de Apolos, Ceres, Tiberios y varios otros augustos romanos, lo cual proporcionó a la señorita Everly la oportunidad de señalar una expresión o anomalía facial —«Llena de indecisión, esa cara. No podría ni pedir una *bistecca*, mucho menos comandar un ejército»— y, al toparse con *Hércules matando al centauro Neso*, aseveró que la escultura de Juan de Bolonia en la Logia dei Lanzi era muy pero que muy superior.

¡Por aquí!, indicó la señorita Everly. Ah, *La Virgen con el Niño* de Masaccio. Qué delicadeza. Qué… ¡Oooh! Filippo Lippi. *La Virgen con el Niño* de nuevo, aunque esta con una variación, los dos ángeles. Botticelli fue alumno suyo, señorita Skinner. ¿Ve la influencia?

Pues…

(Pero era una pregunta retórica).

¡Vamos entonces! Hay unos cabellos preciosos en la sala de Botticelli.

Y a la sala de Botticelli se encaminaron. Una vez allí, se quedaron escudriñando un cuadro desde cierta distancia.

¿Y bien?

Parece aburrida, comentó Evelyn. Debe de ser difícil ser una madona.

De lo más ingrato, dijo la poetisa. Y sin embargo, es el prototipo de todas las mujeres italianas. Y ahora respóndame, señorita Skinner, ¿la granada es el símbolo de…?

¿La vida eterna? ¿La resurrección?

Correcto. Es una fruta a la que rodean muchas leyendas. La señorita Everly miró alrededor y, bajando la voz, añadió: Según la mitología griega, la granada brotó de la sangre de Agdistis, por una herida en…

Evelyn se arrimó más a ella. ¿Una herida dónde, señorita Everly?

La otra volvió a mirar alrededor. En el pene, señorita Skinner.

(Expresiones sofocadas de sorpresa en un grupo de turistas cerca de ellas).

Agdistis era un dios joven y lujurioso. Violento y odioso a más no poder. Pero el bueno de Baco le ató los genitales y entonces apareció una ninfa hambrienta, que se comió la fruta y, como resultado, quedó preñada. Ergo, es el símbolo de la fertilidad. Y eso no lo aprenderás en un Baedecker. ¡Por aquí, querida! Y echó a andar por delante. No voy demasiado rápido para usted, ¿verdad?

Oh, no, en absoluto.

¡Otra *Annunciazione*!, exclamó la señorita Everly. Hola, Gabriel; hola, María. Ah, y aquí estamos. La Tribuna. *Scusate, Americani, scusate*. (De algún modo se las apañan para acaparar todo el espacio). Las joyas más importantes de la colección Medici, señorita Skinner. Una cúpula de maravillas, con miles de preciosas caracolas incrustadas que susurran ecos de costas lejanas, de trueques y comercio. Un suelo de mármol, el manto de terciopelo rojo de las paredes. ¿Cuántos poemas, cuántas declaraciones de amor, cuántas promesas de mejorar el alma propia habrá suscitado tal estancia? Donde la belleza y la gratitud van de la mano. Así es como nos enriquecemos, señorita Skinner.

El confinamiento de la sala las envió en direcciones opuestas y Evelyn se alegró de gozar de un momento para sí misma. La visión de tanta carne femenina surtía un efecto positivo en su cuerpo y vertiginoso en su mente. Aquí había dos Venus que le inflamaban el corazón: la espalda recostada de la *Venus* de Carracci, las dos nalgas respingonas que asomaban de una túnica caída. No obstante, el sátiro que sacaba la lengua la hizo sentirse un tanto cohibida y se apartó.

La señorita Everly regresó a su lado para contemplar la *Venus de Urbino* de Tiziano. Le explicó que antes la cubrían con un panel deslizante para ocultar su desnudez. Qué desperdicio.

Evelyn se alegró de que ya no fuera así.

En el corredor oriental, se encontraron con una clase de pintura. Aquí no hay nada más que ver que el entusiasmo infantil, dijo la señorita Everly mientras hacía señas a Evelyn, que caminó con paso brioso ante un Rubens sin prestarle atención. Adelantaron a un grupo de estadounidenses parsimoniosos que murmuraban algo acerca de *Cara-vag-eio*, y la poetisa susurró «Pro-nun-cia-ción» al escurrirse entre ellos. Desde Henry James, se creen los amos del lugar, comentó. Y luego guio a Evelyn hasta una sala y, con un gesto grandilocuente, anunció: «Caravaggio». Como si hubiera descubierto ella misma al artista.

¿Qué siente, señorita Skinner?

Evelyn se preguntó si existiría una respuesta acertada.

Horror. Belleza, contestó al fin.

En efecto. Y aquí, mire... Siga la narrativa de la luz a esta escena de más allá. Ah, no, no, nada de eso, objetó de repente la señorita Everly, interrumpida por un americano a su izquierda. Lo que está diciendo ese hombre no es en absoluto atinado. Caravaggio emergió del manierismo y volvió a un clasicismo reformado, lleno de furia y tragedia. Fue como una bofetada en la cara a sus coetáneos. Vea aquí...

Sombras, dolor, oscuridad, luz. Repita, señorita Skinner.

Sombras, dolor, oscuridad, luz.

Correcto, asintió la otra, y marcharon a la siguiente sala, sobresaltando con el mantra a un turista que andaba cerca y que buscó la referencia en su sobado Baedeker.

Cuando la fatiga y la hora del almuerzo las alcanzaron, tomaron un descanso junto a una ventana abierta y dejaron que sus ojos vagaran sin sentido crítico por la ciudad.

Solo podía ser Florencia, ¿verdad?, dijo la señorita Everly. Ámbar tostado, tonos ocres, crema, marrones. El gris de los postigos. El Arno siempre verde. Tal es la paleta de colores de Florencia.

Es mi primera vez en esta ciudad, señorita Everly. Hay tanto que ver que me pregunto si dispondré de tiempo suficiente y...

La interrumpió la otra, levantando la mano. Volverás, querida. Todos volvemos.

¿Recuerda su primera vez?

¡Desde luego! Como Saulo cuando cayó del caballo y se convirtió en Pablo, me transformó. La ciudad me hablaba en un idioma que no comprendía y, sin embargo, aquí dentro —se apretó el pecho— sabía exactamente lo que me decía.

¿Y qué era?

La señorita Everly extendió tres dedos. Te. Dejaré. Asombrada. (Y le presionó con suavidad en el corazón). Ábrase. Aquí ocurren cosas, si se lo permite. Cosas maravillosas, señorita Skinner. Cuando menos se lo espere. ¿Está preparada, querida, para que le ocurran cosas?

Oh, sí, dijo Evelyn. Jamás he estado más preparada.

«Valora el cuerpo, y el alma le seguirá».

¿Escribió usted eso?

Por desgracia, no. Serían los griegos, seguramente. Me suena a ellos.

Su última escala era una sala de esculturas. No hay nadie de calidad aquí, declaró la señorita Everly.

Cierto, era una sala que daba a la salida, pero fue allí donde Evelyn se sintió abrumada. La voz de la señorita Skinner de fondo. Quizá Cleopatra, decía. ¿Ariadna, tal vez? Podría ser incluso Safo… Tiene raro el brazo, sin embargo.

Pero a Evelyn no le importaba el brazo, ni quién la esculpió, ni a quién representaba. Era una mujer bellísima, postrada y desnuda; no necesitaba ser nada más. El bramido del mar retumbaba en sus oídos. Los pechos que asomaban de entre los pliegues de mármol —tan reales los pezones— tenían el seductor efecto de hacer que Evelyn se sintiera viva. Despierta. Vital. Y auténtica.

¡Señorita Skinner! Se ha puesto muy pálida. ¡Dejen paso, dejen paso! *Scusate, Americano*, por favor, *scusate*! Quítense de en medio inmediatamente, si son tan amables. Venga, agárrese a mi brazo, señorita Skinner. Sígame. Es la belleza. Es toda esta belleza. Nosotras las inglesas estamos a merced de la musa. Me pasé días en la cama la primera vez que vi el Del Sarto.

Y condujo a Evelyn afuera, hasta un asiento y un reconstituyente vaso de agua. Ninguna de las dos habló. El momento era demasiado transcendental.

Esa noche, Evelyn rehusó la cena. La señorita Everly le pasaba notitas por debajo de la puerta y ella disfrutó leyendo las divertidas pifias de los Lugg a cuenta de la pronunciación de un conde alemán.

Y entonces, cuando estaba a punto de dormirse, hubo una llamada a su puerta; cuando respondió, se encontró cara a cara con Livia, la doncella. En sus manos, una jofaina de agua fresca. Livia pasó adentro y la dejó en el tocador. Luego, volviéndose, le dedicó a Evelyn una sonrisa. Pronto es su cumpleaños, le dijo.

(Una voz quebrada con un inesperado acento *cockney*).

Sí, asintió Evelyn. Muy pronto.

Era la noche del cumpleaños de Evelyn, y la bebida *du soir*, vermut. ¡Vermut! ¡Figúrate! La señorita Everly ofreció un brindis por los veintiún años —en verso, naturalmente— antes de conducir a Evelyn al comedor, a un decorado exquisito de velas y fragancias. Había ramitas de romero, ligeramente prensadas, colgadas sobre los marcos de los cuadros y entrelazadas en los respaldos de las sillas, las inflorescencias azules un complemento perfecto de las macetas de violetas alineadas a lo largo en el centro de la mesa. El aroma era embriagador y majestuoso.

Evelyn se sentó y Livia le dedicó una sonrisa cuando salió de la cocina. Se situó detrás de Evelyn, desdobló la servilleta y se la extendió sobre el regazo, con cierta lentitud y sensualidad. Hizo lo mismo con la señorita Everly, pero sin aquel placentero contacto. Otros huéspedes, al entrar, expresaron su asombro ante la *bellezza* de esa auténtica velada italiana. El reverendo Hyndesight se sintió abrumado y bendijo la mesa antes de sentarse, y el señor Collins bramó: «¡Bueno, esto ya es otra cosa!», y ocupó su sitio frente a Evelyn. Alzó la botella de vino y llenó las copas a su alrededor.

Para cuando estuvieron servidos los platos de conejo, judías blancas y verduras amargas, se desarrollaban sendas conversaciones a izquierda y derecha de Evelyn, a quien le costaba seguir siquiera una de ellas.

A su izquierda, la señorita Everly disfrutaba de una acalorada discusión con un estadounidense que estudiaba a Henry James: el efecto que tuvo en la ciudad de Florencia y el efecto que la ciudad de Florencia tuvo en él. La poetisa lo encontró insufrible desde el primer momento.

¡Ah, no!, decía ella. Disiento totalmente. El faccionalismo entre güelfos y gibelinos era, en el fondo, una lucha entre el papa y el emperador. Y en Florencia, una guerra intrafamiliar por el poder. Totalmente innecesaria y que condenó al exilio a mi queridísimo Dante. Nunca lo superó. Y francamente, yo tampoco.

Y a su derecha, el pastor acababa de hacerle una pregunta.

Señorita Skinner, ¿se le ocurre algún elemento de transformación?

Evelyn reflexionó durante unos instantes. Livia la rozó al pasar, lo que prendió chispas en sus rutas neuronales y causó un parpadeo momentáneo de las velas. *Il calore è un elemento di trasformazione*, contestó Evelyn sin apartar la mirada de Livia, que había empezado a despejar la mesa. El calor es un elemento de transformación.

¿El calor? Qué interesante. Lo dice como si fuera algo positivo, replicó el señor Lugg. A mí más bien me deja hecho una piltrafa. Por eso viajamos en los meses de otoño e invierno. Tuve que rechazar un puesto en la India por culpa del calor.

No solo por el calor, querido, insinuó la señora Lugg.

No, no, desde luego. No solo por el calor.

Y miraron con ansia a sus compañeros de mesa, buscando un reflejo de sus propios prejuicios e intolerancia.

Caramba, es fascinante, dijo de pronto la señorita Everly, que, prestando oídos sordos al nuevo huésped, se sumó al debate. En pocas palabras, señorita Skinner, ¿defiende usted la necesidad de llevar menos ropa?

Por supuesto, asintió Evelyn. Cuanta menos, mejor. ¿Qué le aportaría al cuerpo? Una redistribución del peso. La ligereza en el alma, podría decirse…, la facilidad de movimiento. Desembarazarse de un estorbo: eso, para mí, es transformador.

Nosotras nos acordamos de los corsés rígidos, dijeron las hermanas Brown. Cuando dejamos de llevarlos, no teníamos fuerza en la columna vertebral y no aguantábamos de pie.

Huesos convertidos en gelatina, dijo el señor Collins.

Es sorprendente, dijo la señorita Everly, cómo el calor del sol europeo anima a los viajeros como nosotros a desprendernos del tweed inglés y adoptar el lino, propio de los climas templados. Cuanto más ligera sea la ropa, más ligero será el impulso, más ligero el cuerpo, más ligera la mente. Y aquí, además, me urge la necesidad de llevar pantalones.

¡Cielo santo!, exclamaron las gemelas idénticas. ¿Pantalones?

Sí, en efecto, señoritas Brown. Pantalones. Sentir que la parte más íntima de mi anatomía está encerrada por una tela resistente me brindaría una libertad enorme.

Evelyn se dio cuenta de que la otra mesa había dejado de sorber la sopa y estaba mirándolos.

¿Por qué querría llevar pantalones, señorita Everly?, preguntó el señor Lugg.

Tengo la necesidad de andar a zancadas, señor Lugg. De caminar como caminaría un hombre. Con todos sus privilegios. No tengo por qué ser una mujer aquí. Deseo repeler las miradas masculinas. Moverme por la ciudad con la facilidad de un hombre. Quiero ver la ciudad a través de los ojos de un hombre. Verá usted, un poeta es un cambiaformas.

¿Un qué?, dijo Blythe Brown.

Una *selkie*. Foca en ciertos momentos, humana en otros. Estoy para explorar las profundidades ocultas del océano, las mareas embravecidas de las emociones, y luego salir a la superficie con toda mi humanidad, con toda mi humildad, para relatar en un puñado de versos la miríada de historias que he encontrado, los mundos por los que he viajado, las batallas libradas como Odiseo.

¿No había dicho que era una foca?, preguntó una de las gemelas Brown.

No una foca de verdad, le aclaró Evelyn.

Entonces, ¿por qué lo ha dicho?

Por suerte, la conversación llegó a un abrupto final cuando, en la mesa contigua, un caballero orondo se atragantó con un trozo de conejo. El señor Collins estuvo en pie el primero.

Dejen paso, dejen paso.

Abrazó por detrás al caballero —que ya estaba azul—, se agarró las manos por debajo de su esternón y presionó con fuerza el diafragma. El agresor trozo de carne salió disparado de su boca y golpeó a la reina Victoria entre los ojos.

En el comedor se hizo el silencio. Un silencio morboso. Evelyn se preguntó si su cumpleaños terminaría ahí. Miranda Lugg, malinterpretando el incidente como en tantas ocasiones, le increpó al caballero a voces: Me repugna usted.

Sería justo señalar que la cercanía de la muerte menoscabó en cierto sentido lo que, hasta entonces, había sido una velada harto entretenida. Pero en la pequeña fisura que se había abierto, las hermanas Brown aprovecharon la oportunidad para sugerir un interludio musical. Se ofrecieron a interpretar un dueto que habían compuesto cuando la Primera Guerra del Opio estaba en su apogeo.

Qué alborozo, dijo el señor Collins.

Conozco a las gemelas Brown desde hace muchos años, señor Collins, y le puedo asegurar con absoluta certeza que no hay dúo más elegante que el suyo, alegó el pastor. Somos increíblemente afortunados. ¿Señorita Everly? Después de usted.

La mujer refunfuñó y vació de un trago una copa entera de vino.

¿No viene usted, señorita Skinner?, preguntó el señor Collins.

Dentro de un minuto. Me...

No diga más, señorita Skinner; y esbozando esa sonrisa que adoptaba desde no hacía mucho cuando estaba cerca de ella, abandonó la sala.

Se quedó Evelyn torpemente junto a la mesa, un poco acalorada, un poco achispada, una ramita de romero enrollada en torno a sus dedos. Acababa de decidir ir a la cocina y presentarse cuando apareció Livia. Permanecieron inmóviles, la mirada de la una clavada en los ojos de la otra. Se percibía una nota innegable de lujuria. Evelyn vaciló por un instante. Yo..., empezó. *Io...*, empezó de nuevo en italiano. Nunca había recibido un regalo igual. Gracias, Livia. (¡Ay, qué bien sentaba pronunciar su nombre!). Por todo esto. Nunca lo olvidaré. Y hablaré de ello hasta que sea vieja y decrépita.

Livia se rio.

Es cierto, ¿sabes? Lo recordaré siempre, dijo Evelyn. Porque cuando algo me gusta, me gusta de verdad y no quiero que desaparezca nunca. No quiero que esto termine, añadió, y se acercó unos pasos. Y luego unos pasos más.

Livia se rio. Y dijo: Nada tiene que terminar; y se inclinó sobre la mesa, tomó una violeta y se la entregó a Evelyn. Para usted.

Se apuró Evelyn a entrar en el salón y vio que le habían reservado un sitio entre el señor Collins y la señorita Everly.

Está usted radiante, señaló ella.

Tengo un poco de calor, repuso Evelyn.

Pero el calor es un elemento de transformación, ¿no era así?, dijo el señor Collins, arqueadas las dos cejas.

Medianoche. Evelyn cuenta veintiún años y un minuto. Las luces de un tranvía alumbraron por un instante su habitación. Desdobló el pañuelo y allí, en el centro del cuadrado blanco de lino, estaba la violeta. Abrió su Baedeker y la prensó entre las páginas. Se inclinó y la besó. No podía ni intuir que en apenas dos días ese beso progresaría desde el Baedeker a los labios.

Era por la tarde. Evelyn, en su habitación, aletargada por el almuerzo. Atraída hacia la ventana por el sonido de un violín. Y allí fuera iba andando Livia. Evelyn corrió escaleras abajo. La capota sin atar, los botones desabrochados, el cabello revuelto.

¡No puedo pararme, señorita Everly!

¡Vuela libre, dulzura mía!

Ahora ya en la calle, corriendo a la vera del Arno, arremangándose la falda, sorteando carretillas, y mozos de colada, y chicas de la calle, y perros, y curas, y lavanderas, y en todo momento voceando su nombre…

Livia se detuvo. Se giró. Y sonrió.

Caminaron hacia el este siguiendo el río y dejaron atrás a los cavadores de arena hasta que encontraron un buen rincón de soledad. Se descolgaron, arañando la ribera, hasta la margen intermareal, a la sombra de un puente viejo, y se miraron tímidamente a la cara, tímidas. Se tocaron, las manos en las mejillas, y en los labios, dedos, y luego todo fueron besos, pues los ojos de la ciudad quedaban allí velados. Era la primera vez que se besaban. Evelyn se sujetó el sombrero cuando la brisa trató de robárselo. Las campanas repicaron a lo lejos, pronunciando la hora. Mas ¿qué hora? El tiempo había cesado. Y en algún lugar, lanzado mudamente al aire, azotó el agua un anzuelo y las ondas se propagaron hasta que a sus pies murieron.

En el tiempo que tardaron en regresar a la *pensione*, se había producido entre esas paredes cansadas y sentenciosas un cambio de lo más extraordinario: el del amor que las precedía. Se había adelantado a hurtadillas, esparciendo bondad y alegría. Los pesados muebles de caoba adquirieron una cualidad italiana y hasta el acento de la patrona *cockney* se suavizó, lo cual era tan raro como una aparición mariana. El estofado fue retirado del menú de la noche, y el reverendo Hyndesight, en un ejercicio de compasión, invitó al señor Collins a acompañarlos a la ópera. ¿Y la señorita Evelyn? En pocas palabras: escribió su mejor poema en años. El tiempo también se vio afectado por la ternura de ese dulce abrazo. El sol recuperó su energía y el calor de su largo brazo cercenó el agarre endeble del otoño; las estrellas brillaban más intensas e incluso una luna llena se proclamó de miel.

Ese día resplandecía el amor. Y cuando la luz sesgada del atardecer caía sobre la Piazza Santa Croce, casi se podía creer que Dante sonreía al oír a una joven llamada Evelyn susurrar a otra llamada Livia: «Tú eres mi mentora y mi creadora».

Los besos derivaron rápido en algo más, lo cual aconteció la noche en que el pastor organizó una visita al Teatro Verdi para ver una producción de *La vestale* de Spontini.

He oído que es tan bueno como el Covent Garden, declaró una mañana durante el desayuno.

Evelyn se enteró de que la salida coincidiría con la noche libre de Livia, de modo que las dos mujeres convinieron en que Evelyn se marcharía al final del segundo acto y Livia estaría esperándola en algún lugar cercano. En la oscuridad. El subterfugio ya era de por sí bastante teatral. ¿Quién necesitaba una ópera?

Afinaba la orquesta sus instrumentos mientras Evelyn se abría paso por la tercera fila del anfiteatro hacia la mano que la señorita Everly agitaba con entusiasmo. El señor Collins aún no había llegado y su asiento vacío inflamaba la ira del reverendo. Estaba dos filas más adelante, junto con los Lugg, las Brown y una pareja de estadounidenses a los que había salvado en San Lorenzo, después de que los hubiera acorralado una manada de gatos asilvestrados. El público era harto bullicioso, en nada parecido al del Covent Garden. Y aquí apareció el señor Collins, todo azorado y con un atractivo sorprendente. Lo siento, lo siento, se disculpaba mientras intentaba alcanzar su asiento. Llega usted tarde, le reprochó el reverendo Hyndesight. La dureza de la última palabra dio el pie a que las lámparas de gas se atenuaran y comenzara la obertura. La señorita Everly le apretó la mano a Evelyn y las dos mujeres sucumbieron a la música.

Tras el primer acto, siguieron a los asistentes hasta el bar y le aceptaron sendas copas de champán a un alemán corpulento que dominaba el inglés. Hablaba la señorita Everly de la soprano, que consideraba buenísima, cuando Evelyn, que coincidía en la apreciación, se inclinó sobre ella y le susurró al oído:

Voy a fingir que me duele la cabeza y me iré al final del segundo acto, señorita Everly.

¡Qué maravilla!, dijo esta. ¿Va en misión romántica?

Y Evelyn esbozó una sonrisa.

No se preocupe, añadió la poetisa. Ya me encargo yo.

Conque, cuando el segundo acto tocó a su fin y Evelyn se levantó para marcharse, se oyó a la señorita Everly decir:

Tiene un dolor de cabeza terrible. Una migraña de las buenas. Puede que no la veamos hasta pasados unos días, reverendo.

El aire de la noche era fresco, y Evelyn, con la cabeza gacha, hizo a un lado a los cocheros que esperaban fuera y sus comentarios lascivos, y echó a correr hacia su cita. No llegó muy lejos antes de que la cita saliera a su encuentro y la arrastrara a un callejón oscuro.

Una boca cálida sobre la suya, una pared amplia a su espalda. El sonido de unos pasos, en algún lugar, las empujó a adentrarse aún más en las sombras. Un perro ladrando; un hombre cantando tras una ventana más arriba. Un aliento cálido en su cuello, en su oído. La temeridad de la situación la envalentonó. Deslizó la mano por debajo de la blusa de Livia y le acarició los senos, y Livia le agarró la falda por el dobladillo, se la subió, y le deslizó la mano por debajo de las bragas, y pronto Evelyn sintió el roce suave de unos dedos dentro de ella. Se oyó pasar una carreta tirada por un caballo. Y entonces solo hubo la sensación de placer, mientras una mano sobre la boca la sofocaba y se le derretía el cuerpo.

Sin dejarse amedrentar ante la Iglesia o los convencionalismos sociales, el sexo entre las jóvenes amantes prevaleció para su fortuna. Decidieron que necesitarían un manto protector bajo el cual ocultar su amor, y enseguida encontraron uno: lo llamaron «lecciones de italiano».

Cada mañana o cada tarde que Livia tenía libre constituiría el marco de este estudio. Aparte de ello, los hombros rozados y las miradas de deseo eran la chispa que encendía este lecho temporal de pasión. Evelyn se convirtió en toda una lingüista.

¿No es una criatura deliciosa?, preguntó la señorita Everly una mañana al pasar Livia con una brazada de ropa blanca.

Evelyn se ruborizó. Una hora antes, habían estado masturbándose una a otra en el armario.

Es muy buena maestra, dijo Evelyn. Ya me ha enseñado los verbos modales. «Podría». «Debería».

Y no se olvide del «querría».

Entre besos silenciosos, a menudo se oía conjugar verbos en la habitación de Evelyn. A veces la patrona *cockney* se detenía a escuchar en la puerta, recordando sus propios años intrépidos de aprendizaje.

El sacerdote pasaba ante su puerta lleno de admiración por «el entusiasmo y la diligencia de la señorita Skinner». ¿Y el señor Collins? Se limitaba a menear la cabeza y a sonreír. Como si fuera partícipe de una broma privada que no tenía intención de desvelar.

De vuelta a la habitación. El cuaderno de Evelyn estaba echado a un lado, junto a las blusas, las medias y la ropa interior. Las dos jóvenes estaban tumbadas en la cama, frente a frente, desnudas de cintura para arriba, besándose; una brisa suave se colaba a través de las contraventanas, dándole textura a su piel. Y Evelyn, en todo momento, recordando decir en voz alta: «El ómnibus se espera a las diez. El ómnibus se espera a las diez. El ómnibus se espera a las diez…».

Unos días más tarde, Evelyn compró postales en el estudio de los hermanos Alinari, con la intención de regresar a la *pensione* a escribirlas. Sin embargo, la mañana se despojó súbitamente de su manto opaco y todo un entramado radiante de maravillas quedó al descubierto. Infundida de energía, se aventuró en la ciudad, con la que estaba cada día más familiarizada. Se detenía a oler una naranja o un ramo de albahaca, o a conversar con quien atendiera la caja. En la Piazza della Signoria, un grupo de turistas se había congregado en un bar al aire libre y decidió imitarlos. Un recorrido rápido por las estatuas y luego de vuelta a una mesa a escribir las postales. La adelantó un caballo tirando de una carreta y tuvo buen cuidado de no caminar demasiado cerca.

La luz era hermosa. Las sombras tenues susurraban. El sol atrapaba los tréboles más arriba: fortaleza, templanza, justicia y prudencia. Las cuatro virtudes cardinales.

La brisa la siguió hasta la Loggia dei Lanzi como una presencia espectral y la guio hasta *El rapto de la sabina*, de Juan de Bolonia. La estatua la sobrecogió. La hechizó. Le arrancó sentimientos de vergüenza y euforia a partes iguales.

Su mirada se posó en el pie, la curva, el tacón redondeado, la mano apretando la nalga de la mujer, la carne cediendo. Pero no era carne, ¿verdad? Era mármol. Sacó su cuaderno y pergeñó un sencillo boceto. Sin sombreado, solo trazos que bosquejaban la fluidez del movimiento, la asociación entre lo erótico y el horror. La ejecución del genio.

En el bar, le indicaron una mesa, donde pidió un vermut quinado. Sentada en la terraza, disfrutó de una gran sensación de libertad. Se subió las mangas de la blusa, la piel aceitunada como la de su madre. Estaba a punto de empezar una postal para su padre, pero recapacitó y decidió que sería mejor practicar en la libreta antes de plasmar las palabras en el reverso del Duomo. Dirigió una nueva mirada a la estatua de la sabina.

¿Señorita Skinner?

Evelyn se volvió. El destello del sol le dio en los ojos y se los cubrió con la mano.

Ah, señor Collins.

¿Me permite?

Por favor.

El hombre se sentó y pidió con un gesto al camarero que le sirviera lo mismo que estaba bebiendo Evelyn.

Acabo de estar en los Uffizi con la señorita Everly. Es una guía de lo más peculiar. Jamás volveré a mirar una granada de la misma manera.

Evelyn se rio.

Me dijo que casi sufrió usted un desmayo en una de las salas de escultura.

¿Se lo ha contado a todo el mundo?

No, solo a mí… Ah, *grazie, signore*, expresó cuando le pusieron la bebida delante.

¿Estaba preocupada la señorita Everly?, preguntó Evelyn.

En absoluto. Creo que intuyó que le había ocurrido algo maravilloso.

¿Como qué?

No lo mencionó. Ya sabe cómo es. Pone esa cara como si… bueno, ya me entiende. Como si hubiera desentrañado un secreto, dijo el señor Collins, que la miró de hito en hito. ¿Es que le ha ocurrido algo, señorita Skinner?

No estoy segura.

¡Dios bendito! ¿No será amor, verdad?

Claro que no, contestó airada Evelyn. Lo bastante airada como para que el señor Collins echara mano a su bebida y, sonriendo, cambiara de tema.

Un brindis, propuso.

Alzaron sus vasos.

Incipit vita nuova, proclamó él.

Así comienza una nueva vida, dijo Evelyn.

Chin, chin.

¿La gente considera a la señorita Everly buena poetisa?, preguntó Evelyn.

Una arruga se formó entre las cejas del señor Collins. Creo que la gente del Simi la considera un tanto ridícula.

A mí me parece muy inteligente.

También a mí. Y la encuentro reflexiva y estimulante. Además de divertida. ¿Que si es buena poetisa? Sí. Su obra destila humanidad. E inconformismo. Pero no alcanzará la gloria.

¿Por qué?

Porque el mundo no sabe dónde encajarla.

Pero ¡yo quiero que el mundo la conozca!

Es usted una romántica, señorita Skinner.

¡Gritaré su nombre desde las más altas cumbres!

El señor Collins dio un sorbo a su bebida. (El tintineo del hielo entrechocando con las paredes del vaso). Y recitó: *Los más dignos poetas se quedaron sin corona / hasta que la muerte les blanqueó la frente hasta el hueso*. No todos pueden ser Elizabeth Barrett Browning. Constance lo sabe. Pero ese hecho no le resta mérito a su trabajo. Y de aquí a cuarenta o cincuenta años, puede que la cubran de guirnaldas. Aunque, por mi parte, me limitaré a disfrutar de su mente.

Evelyn observó cómo se le suavizaba el rostro mientras hablaba. El ingenio, el cinismo del que hacía gala en el comedor, habían sido sustituidos por la admiración. Le gustaba más este hombre que su versión nocturna.

El señor Collins dirigió la vista a las postales.

¿H. W.?

Mi pa…

Ah, claro. Su padre, por supuesto.

Prefiere que le llame «H. W.» en lugar de «Padre», porque «Padre» le hace sentir viejo. Tiene ahora una amante jovencísima, pero no lo divulgue, señor Collins, por favor. Somos una familia poco convencional; y Evelyn echó mano a su vaso.

David. Ponte Vecchio. Il Duomo. Y aparte de su padre, ¿quiénes serán los afortunados destinatarios?

Aún no estoy segura. Lo que quiero contar no cabe en una postal.

¿Y qué quiere contar?

Uf, muchísimas cosas. ¿Está mal admirar la belleza cuando es objeto de semejante horror?

¿Se refiere a la sabina?

Sí.

El señor Collins lo meditó unos instantes. Es calculado y erótico en igual medida, manifestó al fin. El hombre está disfrutando del terror de ella. El artista, de nuestro malestar. (El tintineo del hielo mientras agitaba el vaso). Imagine, señorita Skinner, imagine que Juan de Bolonia se encuentra aquí con nosotros, en esta mesa. ¿Qué cree que haría?

¿Beber?

¿Y qué más?

Escucharnos. Encantado de ser el centro de atención.

Ciertamente. ¿Y qué más?

Dígamelo usted, señor Collins.

Sonreiría, diría yo. Porque entiende la reacción. A esta estatua la ve todo el mundo, señorita Skinner. El carnicero, el panadero, el candelero y Cosme primero. Quizá habría resultado menos ofensivo, más tolerable, de haber estado expuesta en un museo. Pero se la habían comisionado para una plaza municipal. Este hombre sabía lo que hacía. Una escultura sin un punto de vista fijo, para que podamos rodearla, ser parte del horror, parte de la acción, parte de la danza. Es consciente del gran dilema que plantea, señorita Skinner. Y nos muestra lo que albergamos en nuestro interior.

El señor Collins encendió un cigarrillo y le hizo señas al camarero para que sirviera otra ronda. Evelyn no puso objeciones.

La Iglesia carece de un lenguaje para referirse a las diferentes variaciones de la naturaleza humana. Para ello hemos de acudir a Freud. El psicoanálisis es el futuro, señorita Skinner. ¿Ha leído usted *La interpretación de los sueños*?

No, no lo he leído, señor Collins.

Creo que lo encontraría fascinante. Un día, la Iglesia perderá su influencia sobre la sociedad y verá entonces qué sociedad construimos. Miró a Evelyn y ladeó la cabeza. Es posible que usted y yo seamos bastante parecidos, señorita Skinner.

Evelyn bebió de su vermut y se preguntó si se refería a que era un socialista.

¿Puedo?, preguntó al tiempo que echaba mano a un cigarrillo.

Faltaría más; y el hombre encendió una cerilla.

Era su primer cigarrillo y sintió que la cabeza le daba vueltas y se le llenaba de clarividencias.

¡Hoy un cigarrillo y mañana el voto!, exclamó ella.

Cuán atrevida es usted, dijo el señor Collins, que alzó el vaso. ¿Y qué le deparará la vida a la señorita Skinner a su regreso a Inglaterra?

Continuará trabajando para su tía en la galería de Cork Street.

Me parece, dijo el hombre, mirando el boceto de la estatua, que su padre le transmitió mucho talento. ¿No existirá acaso otra vía que explorar?

Soy mediocre, señor Collins. Mi padre ha sido y continúa siendo mi mayor apoyo, pero me falta el talento, la perseverancia. Y esa pérdida no me aflige, porque me ha liberado. He visto a mi padre esquivar golpes…

Pero ¡su padre es un pintor de éxito!

No a sus ojos. No es Cézanne. Todos los artistas se sienten torturados por lo que no son y por el arte que no han creado ellos. Es un oficio solitario, señor Collins. Pero creo que yo podría ser una profesora memorable.

¡Memorable! Se vende usted barata.

¿Quién no quiere ser recordado?

Yo, por ejemplo.

Evelyn apuró su bebida. No me lo creo, declaró.

Se dirigieron luego hacia la fuente de Neptuno y se detuvieron a la espalda del dios blanco.

Unas *chiappe* estupendas, comentó el señor Collins.

Enarcó Evelyn las cejas en gesto de interrogación.

Las posaderas, señorita Skinner.

¡Menudo par de motores!

Rio el señor Collins y Evelyn se puso colorada. El vermut la había vuelto ocurrente.

Al otro lado de la plaza, los coches maniobraban de acá para allá. Los caballos en reposo comían, despojados de las mantas de color rojo vivo que les cubrían el lomo. El desfile habitual de turistas ingleses, ajenos a la vida que los rodeaba, buscando respuestas en sus guías de viaje.

Volvieron a la *pensione* dando un paseo por la Piazzale degli Uffizi y el *lungarno*. La luz tenía una tonalidad amarilla —un estallido de finales de verano— y coronaba el ambiente una suerte de vigilia somnolienta. El señor Collins le ofreció el brazo y Evelyn lo aceptó.

Parece usted muy segura de su vida, dijo él.

Lo estoy.

¿No piensa en el matrimonio? ¿O en tener hijos?

Solo porque pueda, no significa que deba, señor Collins.

Asintió él con la cabeza.

Jamás había hecho una afirmación más cierta en su vida. Era como si se hubiera enfundado los pantalones metafóricos de la señorita Everly.

Apareció la *pensione* a la vista y se detuvieron.

¿No deberíamos entrar estratégicamente en el Simi?, preguntó el señor Collins. ¿Primero yo y luego usted? Para evitar cotilleos.

Entremos juntos y démosles un poco de qué hablar, ¿de acuerdo?, dijo Evelyn, y enfilaron las escaleras y pasaron la recepción de largo, dejando atrás las cabezas que se giraron a mirarlos.

Un par de noches más tarde, el estofado inglés regresó al menú de la cena, para deleite de los Lugg.

Dios nos ha reunido a todos en esta mesa, proclamó el reverendo Hyndesight, ensayando su voz de púlpito.

Y el ferrocarril de San Gotardo, añadió por lo bajo el señor Collins, que en ese momento atacaba un trozo de carne gris que sospechaba que era de caballo.

¿Dominicos o franciscanos, señorita Skinner?, inquirió el pastor.

Oh, franciscanos, sin ninguna duda, contestó Evelyn. San Francisco era un alma noble. Llena de angustia, sincera. Los franciscanos combatieron la herejía con amor y, personalmente, soy admiradora del amor.

(Livia había penetrado en su campo de visión).

Bien dicho, convino el pastor.

Y de todos los santos católicos de la Edad Media, él fue el único que sugirió la idea de que a Dios se lo reconocía en la naturaleza. *La Creazione*, añadió ella. Bebió un sorbo de vino. *Domini canes* también significa «sabuesos del Señor». Es de ahí de donde proviene el nombre. Siempre lo he considerado inquietante.

¿Sí? ¡Virgen santa!, exclamó una de las hermanas Brown. Esta noche no pegaré ojo.

Solo de pensarlo me entran escalofríos, dijo la otra.

Siempre fueron un grupo belicoso, apuntó el señor Collins. A la caza de herejes con antorchas encendidas. Yo habría sido el primero en acabar en la hoguera.

Ojalá, masculló por lo bajo el reverendo.

Y tuvieron que tomarle ojeriza precisamente a Dante, dijo la señorita Everly. Establecieron los requisitos que debía cumplir la literatura autorizada; rechazaron los textos vernáculos. Y luego ese Savonarola, instigando la quema de desnudos y retratos femeninos por las tentaciones que suscitaban. ¿Es que los hombres no saben controlarse, reverendo?

A mí no me mire, replicó el pastor.

Una vez tuvimos un jardinero que nos perseguía con unas tijeras de podar, dijo una de las hermanas Brown.

¡Santo cielo!, dijo la señorita Everly.

¿Y qué iglesia pertenece a los sabuesos?, preguntó la señora Lugg.

Santa Maria Novella es una, indicó Evelyn. Tiene una atmósfera solemne. Oí a alguien sugerir que, si fuera una persona, la describirían como de expresión pétrea.

Habrá que evitarla entonces, dijeron las hermanas.

Pero ¡no deben evitarla!, dijo la señorita Everly. ¡Tienen que ir! ¡Tienen que ver las capillas de Rucellai, Gondy y Strozzi!

En efecto, tienen que ir, dijo el señor Collins.

Pues iremos, convino Blythe.

Pero no bostecen.

¿Bostezar?

Y el señor Collins, como si fuera un mimo, hizo una tonta imitación de un perro fantasma entrando en una boca abierta.

¡Señor Collins!, dijo el pastor, con una sonrisa que derrumbaba su admonición.

Vamos a visitar Santa Croce mañana por la mañana, dijo Blythe.

Ah, la gracia y la humanidad de Giotto... empezó la dama poeta.

El mejor momento para ver los frescos es con la luz de la mañana, la cortó el pastor. Les aconsejaría que se llevasen sus binoculares de teatro. A la derecha del altar mayor está la capilla Bardi y allí descubrirán el ciclo de frescos sobre la vida de San Francisco.

«A menos que se comprendan las relaciones que unen a Giotto con San Francisco y a San Francisco con la humanidad, presenta poco interés», terció el señor Lug, leyendo de *Mañanas en Florencia*, de Ruskin. ¿Podría aclararnos esas relaciones, reverendo?

Sin duda, señor Lugg. Y puedo hacerlo con una sola palabra: devoción.

Las hermanas Brown exhalaron un suspiro.

Ese santo delicioso predicaba el trabajar sin remuneración y abrazar la pobreza. Trabajar sin placer y abrazar la castidad. Trabajar de acuerdo con las instrucciones y abrazar la obediencia.

Es espantoso, comentó el señor Collins, que en ese momento renunciaba a la carne. ¿Y a usted, señorita Skinner, qué le deparará el día de mañana?

Mi día girará en torno a una lección de italiano, dijo Evelyn.

Se la ve impaciente.

Tocan los pronombres posesivos, añadió ella.

¿Lo que es mío es suyo y lo que es suyo es mío?, preguntó el señor Collins.

Algo parecido.

Sin embargo, cuando a la mañana siguiente empezó la clase, fue más bien: «Yo soy tuya y tú eres mía».

Las dos mujeres yacían en la cama, completamente vestidas, mirándose a los ojos. Disponían de poco tiempo, porque Livia tenía una caja de pollos que desplumar, y Evelyn, entre suspiros, oía caer cada grano de arena en aquel condenado reloj. Cuando Livia se levantó para irse, Evelyn se sintió atormentada y poco después abandonó la habitación.

De haberla buscado, la habrías encontrado al otro lado del Ponte Vecchio, sentada en la terraza de un café cerca de la iglesia de Santa Felicità. La orilla sur del río era otro mundo, tal como había mencionado la señorita Everly. Un barrio medieval de calles angostas y torres elevadas, la arquitectura defensiva de la época para los ricos y poderosos. *Aquí podría estar a solas*, pensó. *Anónima entre ebanistas, guarnicioneros y sombrereros.*

Llegó su bebida y el tintineo del hielo la arrancó de sus cavilaciones. Empuñó el lápiz y empezó a escribir.

Querido H.W… ¿Puedo llamarle hoy Padre? ¿Le importa? En estos momentos me hallo necesitada de un oído paterno.

Una vez me habló de una aflicción. Yo era pequeña, recuerdo, pero me sentí como una adulta por el hecho de que hubiera depositado su confianza en mí, esbozando las complejidades y paradojas

del corazón humano, antes de explicarme la separación inminente
entre Madre y usted. Al mirar atrás, me doy cuenta de lo precoz
que era para contar solo nueve años.

Evelyn se llevó el vaso a los labios y bebió un sorbo de vermut,
entrecerrados los ojos a causa del sol.

También yo me he afligido (continuó escribiendo).
   Cuando la veo cruzar el umbral de la puerta, o doblar una
esquina, o aparecer en el hueco de la escalera, los músculos de mis
piernas se vuelven propensos a una forma de atrofia, y necesito
toda mi fuerza de voluntad para mantenerme erguida. Quizá pa-
rezca que estoy enferma, pero no; nunca me he sentido mejor.
   El mundo es nítido. Está tan nítidamente definido que mis
ojos lo ven todo; de hecho, ven más allá de todo, si uno puede sus-
pender la lógica de esa frase. Si me enseña un cuadro de un cuenco
con cidras, higos, ciruelas y peras, puedo describir a la mujer que
recogió esas frutas del árbol, y puedo describirla con tanta ternura
que me veo reflejada en su iris, como una vela, la única fuente de
luz. Enséñeme un cuadro de un pez raya, con el mar derramándose
por la mesa de una cocina, que le hablaré del hombre que lo pescó.
   ¿Ese par de faisanes? Puedo narrarle el trayecto del granjero
desde la cama al campo, escopeta en puño, lista para disparar.
¿Una valva de vieira? La mano que la abrió.
   ¿Es esto la imaginación? ¿Es esto lo que le incita a pintar? ¿Es
esto lo que he heredado de usted?
   Cuesta siempre saber (precisar, digamos) dónde empieza en
realidad la historia personal de cada uno. ¿Empieza en verdad en
el momento de nacer, o con quienes nos preceden? Difundiendo,
destilando, en nuestras venas la vida vivida, la vida no vivida, los
remordimientos, las alegrías, con tanta facilidad, con tanta incer-
tidumbre podría decirse, como transmiten una cierta manera de
andar (usted a mí), o un ceño (usted a mí) o un cabello lacio, de un
desvaído castaño (Madre a mí). Si tal es el caso, entonces mi histo-
ria empieza con usted.

Lo que quiero decir es que usted me ha legado su aflicción y el poder que la acompaña. De lo que hablo, naturalmente, es del...

Amor, concluyó la señorita Everly.

Una sombra cayó sobre la página.

¿Qué?, preguntó Evelyn, al tiempo que tapaba lo que había escrito y levantaba la mirada.

Solo la experiencia del amor nos permite saber qué significa ser humano. Pensaba en esa frase mientras paseaba hoy por San Frediano, dijo la señorita Everly. La pobreza es aguda. Una vida de penurias, en su mayor parte, y sin embargo... ¿Puedo?

Por favor, señorita Everly. Me alegro de verla.

Evelyn cerró su cuaderno. La poetisa se sentó frente a ella, sacó su pitillera y se puso un cigarrillo entre los labios.

Venía por la Piazza Santo Spirito cuando se me ocurrió entrar en la basílica. Saetas de luz dividían la nave. Presencié cómo una joven mujer se arrojaba ante el altar. La escena era tan trágica como la de cualquier Caravaggio. ¿Qué pudo haber causado tamaña desesperación? ¿Qué hacemos sin amor?

Esperar, dijo Evelyn.

La señorita Everly sonrió. Apoyó la barbilla en la mano y clavó fijamente unos ojos escrutadores en el rostro de Evelyn. Esperar, repitió ella. ¿Y está usted esperando, querida?

No. Ya no.

La señorita Everly sugirió dar un paseo hacia el este y subir a San Miniato al Monte, la mejor atalaya de la ciudad. Alegó que un cambio de perspectiva —físico, naturalmente— aportaría cierto sentido de la proporción a la avalancha de percepciones y afectos apasionados que las dos mujeres experimentaban. Añadió que también podrían pasar por un maravilloso *forno* y proveerse de algunos pasteles.

Los cipreses se alzaban a ambos lados del camino y el aire fresco y húmedo compensaba el calor opresivo de la ascensión. La señorita Everly, que tenía el rostro rojo y brillante, se apoyó en la pared cubierta de musgo y respiró hondo a la sombra de los pinos.

Conocí a alguien que hizo esto de rodillas, y ni siquiera era católico.

Caray, dijo Evelyn.

En realidad, estamos cerca del lugar donde murió. Sigamos.

Sortearon la Piazzale Michelangelo y la concentración de turistas y continuaron la subida hacia el monasterio y la iglesia. Esta experiencia nos cambiará, manifestó la señorita Everly. Es la providencia en su máxima expresión. Con pe minúscula, por supuesto.

Por supuesto, sonrió Evelyn, que ya se sentía cambiada.

La vista era tan hermosa como la señorita Everly había asegurado que sería. Evelyn suponía que la poetisa aún trataba de recobrar el aliento, pero el timbre de sus inhalaciones denotaba una emoción más profunda; era posible que estuviera llorando. Apartó discretamente la mirada.

En esas, de forma imprevista y con suma ternura, la señorita Everly se prendió del brazo de Evelyn y dijo:

Aún se distingue. El trazado. El último circuito de murallas que diseñó Arnolfo di Cambio para encerrar la ciudad. Siga mi dedo, señorita Skinner. Allí, allí, más bajo... Una ciudad cerrada era su sueño. Su *insieme*. Lo que los italianos llaman «unión». Era, por supuesto, una obra maestra de defensa, pero supuso mucho más. Moldeó la ciudad. La transformó en una descendiente directa de Roma y ello propició que la gente creyera que su destino era dorado. Creó una ciudad conocible, señorita Skinner. Y conocible se conserva. Así es como se convierte en parte de nosotros para siempre. No nos deja ir nunca. Nos arrastra a volver una y otra vez.

Y luego el silencio. El viento en los cipreses. El canto de los pájaros. Evelyn desenvolviendo las exquisiteces de la panadería.

¿Le apetece ahora una *sfoglia*?, le preguntó a la señorita Everly, ofreciéndole uno de los pasteles de hojaldre rellenos de crema que habían comprado expresamente para la ascensión.

Una idea estupenda. Vayamos al cementerio a endulzar un poco la muerte.

Pasaron de largo la iglesia, y tras cruzarse con un fraile que se dirigía al campanario, entraron en el cementerio.

Venga, indicó la señorita Everly, vamos a sentarnos junto a esos *amorini* de allí. Parecen necesitados de compañía mortal y unos cuantos cotilleos.

Se sentaron en un muro bajo al final de una cripta ornamentada.

¿Le gustaría también que adornaran su tumba con una fotografía suya, señorita Everly?

¿A mí? Ay, no. Mis cenizas, que las esparzan en el Arno, por favor. Comida para peces. Y llámeme Constante, se lo ruego.

La otra accedió, pero solo si Constance la llamaba Evelyn. Se limpió la boca con un pañuelo y dijo:

La otra noche te oí hablar con la señora Lugg sobre una monja que era artista.

Ah, sí. Sor Plautilla.

La misma, sí.

Vasari escribió sobre ella. Debió de haber sido importante para él.

La señora Lugg parecía menospreciarla, comentó Evelyn.

Bueno, sigue el río hasta su nacimiento y encontrarás al marido.

Evelyn sonrió. Decías que sor Plautilla fue muy prolífica.

Lo fue, sí, pero cayó en el olvido a cuenta de su género. Me temo, querida, que es esa una historia muy trillada. Soy de las pocas personas que han visto su mural de la Última Cena, que era algo novedoso. Para una mujer, quiero decir. La obra más grande del mundo creada por una de las primeras artistas femeninas conocidas. Casi tan grande como la de Leonardo. En la esquina superior izquierda aparece su firma y también las palabras: *Orate pro pictura.* Reza por la pintora. Una simple confirmación de su identidad.

¿Dónde puedo verla, Constance?

No puedes. Se rumorea que sigue en algún lugar del monasterio de Santa Maria Novella. ¿En el refectorio, quizá? Aparte de eso, no sé nada más.

Es terrible.

¿Verdad? Si desconocemos dónde están todas sus obras, ¿qué esperanza queda para las demás?

¿Había otras?

Oh, sí. Las descarnadas alternativas para las mujeres cultas estaban bien definidas. El matrimonio, y renunciar a la expresión creativa. O el convento y la expresión creativa. Por lo tanto, las mujeres ingresaban en los conventos para poder pintar. Tal era el sacrificio. Pero ¿cuándo no se han sacrificado las mujeres para vivir como les place? No todas nos someteremos a los hombres ni abrazaremos el matrimonio, la maternidad. Ni tenemos por qué. Disponemos de una sola vida, mi querida Evelyn, una sola, y debemos aprovecharla bien.

Noche en el Simi, la última vez que el grupo inglés al completo compartía mesa. Era, como le gustaba llamarla a la señorita Everly, «nuestra *Ultima Cena*».

Como de costumbre, se mantenían dos conversaciones simultáneas y, cuando la velada navegaba por las seguras placas tectónicas de los quesos, la señorita Everly se inclinó hacia la señora Lugg y le preguntó: ¿Se siente mejor, querida?

Ciertamente, señorita Everly.

La cocina europea no es del agrado de todo el mundo. Una debe aprestarse a la aventura.

Eso me han contado.

Pensaba en usted cuando pergeñé esta pequeña oda.

Permítame oírla a mí también, señorita Everly, rogó Evelyn, que se arrimó a ella.

Recitó entonces la poetisa:

Comerse partes que serían desechos
Requiere fe y coraje inmensos.
Para unos manitas de cerdo,
Para otros un zampone.
Un festín con cualquier otro nombre.
Mas ni yo aguanto los sesos.

La señora Lugg notó que algo le trepaba por la garganta. Se sujetó el estómago.

¡Bravo, señorita Everly!, exclamó Evelyn. Qué divertido.

Una rimita tonta que se me ocurrió… ¡Ah, cabra!, dijo entonces la señorita Everly, al tiempo que sostenía en alto un plato apestoso de *formaggio di capra* azul. ¿Les apetece queso de cabra?

Cultura y decencia, dijo el pastor, que rellenó las copas de vino.

La cultura y la decencia no empiezan y terminan en los blancos acantilados de Dover, objetó el señor Collins.

Está claro que no es usted un patriota.

No tiene nada que ver con el patriotismo. Creo en la unidad del mundo. Creo en el poder de las personas que trabajan hombro con hombro.

Paparruchas, espetó el pastor. Socialista, les murmuró a las señoras gemelas, que parecían transformarse la una en la otra ante los ojos de Evelyn.

Algún día entraremos en guerra con sus hermanos europeos, como usted los llama, señor Collins. Es inevitable, dijo el señor Lugg. No son como nosotros. Pero quieren lo que nosotros tenemos.

¿Y acaso nosotros no queremos lo que ellos tienen, señor Lugg? ¿Miguel Ángel? ¿Dante? ¿Sus maravillas? ¿Un vino en una terraza bañada por el sol? ¿Villas enclavadas en las colinas a precios de saldo?

El señor Lugg no hizo caso al señor Collins y echó mano a un plato de queso de cabra apestoso.

Sí, pero ¿estará usted dispuesto a combatir?, inquirió el pastor, devolviendo la conversación al terreno del imperialismo británico. Es una pregunta sencilla.

¿Por qué causa?

La causa es irrelevante.

La causa no es irrelevante.

Pues para enseñarle una lección a otra nación, dijo el pastor.

Una nación no es una persona. Por lo tanto, la respuesta es no.

Hummm…

El sonido de una cucharilla contra una copa y el señor Lugg se levantó de la mesa.

Es nuestra última noche con todos ustedes, anunció. Han sido todos tan amables con nosotros…

¡Tonterías!

Sobre todo con mi esposa. Gracias a todos y cada uno de ustedes (Alzó su copa). Y sin embargo, hemos visto poquísimo de la ciudad durante este tiempo tan complicado. Reverendo, ¿qué nos recomendaría para mañana, nuestro último día?

El pastor meditó la pregunta, exprimiendo al máximo el silencio y la atención.

Creo que debería llevar a su esposa al Duomo, sugirió por fin.

Evelyn echó mano a la servilleta y se tapó la boca. El señor Collins empezó a reír por lo bajo. La señorita Everly eligió ese momento para ocuparse del queso.

¿Cree que le gustaría subir al Duomo?, preguntó el pastor.

A todo el mundo le gusta el Duomo, intervino el señor Collins. En mi experiencia.

Por fin algo en lo que concordamos. ¡Magnífico!

Evelyn se puso en pie. Discúlpenme, se excusó, y abandonó el comedor.

¿Sabía usted que cada vez que Ghirlandaio se marchaba de Florencia se quejaba del síndrome del Duomo?, le dijo el pastor al señor Lugg.

¿Ah, sí? Qué conmovedor.

Evelyn entró en el salón y se desplomó sobre un sofá Chesterfield. Se levantó una nube de polvo. En la pared opuesta, observó que había aparecido furtivamente un cuadro del rey Eduardo en confrontación con la antigua reina. De pronto, una tos fuerte. Miró hacia la puerta. Y allí estaba el señor Collins, con sendas copas de vino en las manos y una sonrisa.

¿Señorita Skinner?

No diga nada, señor Collins.

Le…

No.

Le he traído el vino. ¿Me permite?, y se sentó al lado de ella.

Deje de mirarme, señor Collins, por favor.

¿Cómo se ha dado cuenta?

Lo noto.

De repente ella se giró hacia el hombre. Tengo algo importante que decirle.

El señor Collins se acercó un poco. Dígame.

Perdone mi atrevimiento, pero —y Evelyn cambió de posición— me gusta usted, señor Collins.

Y usted a mí también.

Pero no estoy enamorada.

Me consta.

¿De verdad?

Está enamorada de Livia, la doncella.

¿Disculpe?

No se preocupe, señorita Skinner, no lo sabe nadie más.

Pero ¿cómo…?

Porque yo estoy enamorado de Matteo, el mozo de lavandería. Verá, señorita Skinner, mientras usted estaba ocupada mirando pechos, yo estaba ocupado mirando *chiappe*.

¡Oh, señor Collins!

Thaddeus, por favor. Y le besó la mano. Escríbame, Evelyn. De lo contrario, no se lo perdonaré jamás.

¡Aquí están!, bramó la señorita Everly, que conducía al grupo hacia el salón. Ah, no, señora Lugg. Todo versa en torno al tiempo. La semilla efímera del tiempo. El golpe seco de un péndulo, el dogal del tiempo. Mmm… el dogal del tiempo.

Metió la mano en el bolsillo, sacó una libreta y garabateó como poseída por un frenesí.

Hubo un intenso debate sobre qué debería suceder a continuación y el señor Collins se dio maña para atajar cualquier sugerencia de otro dueto de las señoras gemelas. En su lugar, propuso que la señorita Everly leyera un poco de poesía. De la suya, a ser posible.

¡Ay, no, señor Collins, de verdad!, protestó la señorita Everly, que, naturalmente, estaba encantada.

No obstante…

La inseguridad que acecha al artista nunca permanecía lejos y, con una veloz embestida, robó a la señorita Everly toda confianza y elogio. De modo que, en vez de leer su propia obra, decidió culminar su estancia recitando *Las ventanas de Casa Guidi*, de Elizabeth Barrett Browning. (Una vez mantuvimos una amistad superficial. ¿Cuán superficial? Yo tenía diez años).

¿Los mil novecientos noventa y nueve versos, señorita Everly?

¿Supondría eso un problema, reverendo?

Estaba pensando en las hermanas Brown.

¿No aguantarán hasta el final?

La señorita Everly no se arriesgó. Leyó por espacio de una hora, tiempo más que de sobra para que le tributaran un caluroso aplauso. El reloj de pie dio la medianoche con once campanadas y la gente se despidió, adiós, buenas noches y *bon voyage*, y subió a acostarse. Evelyn miró a su alrededor y pensó que los añoraría a todos. Incluso al reverendo Hyndesight, en retrospectiva.

Revoloteó el polvo en la estela de la separación. Ahora solo quedaban la señorita Everly y ella, cara a cara y tomadas de la mano.

Constance.

Mi querida Evelyn.

Te echaré de menos.

Yo también a ti.

Tengo ganas de llorar, suspiró Evelyn.

Pues llora, querida. Este salón necesita el desahogo de las emociones. La compostura viene entretejida en la ropa de caballeros.

Nunca me he divertido tanto con nadie, dijo Evelyn, momento en el cual la entrada de Livia atrajo sus miradas.

Excepto…, insinuó la señorita Everly.

Evelyn se ruborizó y las dos mujeres rieron.

Atesóralo. Yo lo hacía a tu edad. El amor es el descubrimiento más prodigioso en el panteón de la existencia humana.

Al día siguiente, el reverendo partió con las señoras gemelas hacia Arezzo, los Lugg fueron a visitar el Duomo temprano para evitar a los mendigos y todos se marcharon en una caravana de coches de caballos.

La señorita Everly se dirigía al sur, a Nápoles, en busca de miseria e inspiración. Y el señor Collins, hacia el norte, a Venecia, en busca de romance y un gondolero. (Encontraría las dos cosas y viviría una vida corta pero dichosa con vistas al Gran Canal).

Evelyn los despidió a gritos desde los escalones de la entrada, agitando la mano.

¡Buena suerte, Thaddeus!

¡Buena suerte para ti también!, le respondió el hombre a voz en cuello.

¡Escribe mucho, Constance!

¡Lo haré! Y no te olvides de escribirme a mí también, querida, gritó la señorita Everly desde el coche.

El ruido de los cascos de los caballos sobre las piedras, el rodar de las ruedas. ¡Adiós, adiós!

Y sin más se marcharon. Y ella se quedó sola.

Y el Simi retornó a lo que era: un refugio lóbrego para esos burgueses ingleses que se quejaban de todo lo extranjero. Observó la llegada de la siguiente remesa. Un viajante de comercio americano, un alemán corpulento con gota y un quesero italiano sobón. *Parecemos el principio de un chiste*, pensó ella.

Cuando el joven y su madre recalaron en la recepción, Evelyn llevaba catorce días en Florencia. Toda una vida si eras una mosca de la fruta. Se había fijado en ellos al bajar las escaleras, porque la madre lo vocalizaba enfáticamente a la patrona *cockney*. Alice Clara Forster e hijo. *Forster*. Sí, dijo ella. Una habitación con vistas. El joven se sonrojó al pasar Evelyn. Era larguirucho y desgarbado, y vestía un traje de tweed mal entallado. Tenía un rostro amable, con facciones que recordaban un poco a las de un topo.

Dos días después, Evelyn se encontraba en el salón escribiendo a su padre.

Mi queridísimo H. W.:

Los italianos saben hacer muchas cosas bien, pero el té no se cuenta entre ellas. Es la única bebida que tomo en la pensione. Define de algún modo mi nacionalidad. Porque cuando bebo vino, o vermut, o angostura roja, se retira el manto de mi «inglesidad» y se revela una joven con un sorprendente temperamento europeo. Gesticulo, discuto, batallo sin reservas, mi apetito es voraz. Examino las obras de arte con un ojo pulido por el despertar corpóreo, en vez de con un ojo empañado por las palabras densas de la crítica masculina. Me gustaría volver a ver al señor Paul Cézanne, Padre. Creo que podría hablar mucho más con él después de mi estancia en el Simi…

(Una tos).

Evelyn levantó la vista y sonrió al joven.

¿Viaja usted sola, señorita Skinner?

Así es. ¿Acaso andan chismorreando sobre mí?

Un poco.

Ay, qué bien.

Se rio el hombre. ¿Me permite?

Por favor, asintió ella, y él se sentó en la silla de enfrente y cruzó las piernas con torpeza, propinándole un puntapié en el proceso.

Le ruego que me perdone, balbució el joven.

Di niente, dijo Evelyn.

¿Se ha zafado de su madre?, preguntó ella.

Por el momento. Tenía una de sus jaquecas. Ojalá fuera yo el tipo de hombre capaz de animarla. Ella me considera un completo inútil.

¿Y es cierto?

Sí. He extraviado infinidad de mapas y he perdido trenes. Nunca encuentro las cosas.

Evelyn intuía que lo único que le faltaba por encontrar era un hombre al que besar.

Estoy tratando de aprender el idioma, continuó él, y sacó una guía de bolsillo de italiano.

¿Y va ganando?

En absoluto. Es muy frustrante, se lamentó él, que jugueteaba con el calcetín.

Un joven inglés normal de clase media, pensó Evelyn. Inteligente, sin duda. Pero con una cabeza y un cuerpo que aún tenían que conocerse.

Forster levantó la vista. Creo que es usted muy valiente, dijo.

¿Yo?

Por viajar sin carabina.

No soy valiente, objetó Evelyn, solo quiero vivir una aventura. El valiente es usted.

¿Yo? Uy, no, no…

Por viajar con su madre.

Se ruborizó él y esbozó una sonrisa. Sí, dijo con voz un tanto distraída.

¿Cuánto tiempo llevan ya?, preguntó Evelyn.

Bueno, unas tres semanas. Ya solo quedan otras cincuenta.

Caray.

Venimos del lago de Como. Se suponía que pasaríamos solo una noche en Cadenabbia, pero se prolongaron a diez. Madre pensó que el aire de la montaña me sentaría bien. Era un lugar de gran atractivo, señorita Skinner. Hubo muy pocos incidentes. Un bolso que se perdió y luego apareció; y una pulga y un ciempiés que encontramos. Pero yo estaba preparado para las pulgas. Mi amigo Dent me habló del amoníaco. Eso las pone en su sitio. No es que les entusiasme demasiado. O sea, ¿a quién le gusta su olor? Porque a mí no.

Un tranvía eléctrico pasó traqueteando.

Forster señaló con un gesto de cabeza hacia la ventana. Ese ruido me tiene toda la noche desvelado. ¿Y a usted?

No. No es eso lo que no me deja dormir, dijo Evelyn, que de pronto había atisbado a Livia en la puerta. Parece que no está disfrutando usted mucho, señor Forster.

Hasta ahora, Italia está siendo un viaje bastante tímido, señorita Skinner. Un poco anticlimático. Subí a la catedral de Monza y hubo personas que me escupieron desde el chapitel. No fue muy agradable.

Madre dice que tengo «una suerte lamentable». Está segura de que, si fuéramos a Pisa, tendría la desgracia de que la Torre Inclinada se me cayera encima.

Evelyn se rio.

Madre y yo hemos estado rodeados exclusivamente de ingleses, casi todos de mediana edad. Nos han escudriñado de arriba abajo, la mayoría poco convencidos de que mi madre y yo encajemos aquí.

Encajarán aquí, señor Forster, ¡diez veces más!

Gracias, señorita Skinner. Se lo agradezco. En un hotel, la mitad de los huéspedes jugaban al póker solitario y el resto dormía.

Evelyn recorrió el salón con la vista.

Hay cosas que nunca cambian, dijo.

Bien podríamos estar en Inglaterra, indicó él, mirando la alfombra estampada, los cuadros de la reina Victoria y el nuevo rey aún no ungido, y la acuarela burda y deprimente del río Támesis.

He desayunado ciruelas pasas, añadió Forster. ¡Ciruelas pasas!

Evelyn se rio.

¡Morgan! ¡Morgan!

Mi madre, musitó el joven.

Parece que le han descubierto.

Eso parece. Será mejor que me vaya, dijo él, desplegando sus extremidades para ponerse en pie.

Espero que encuentre lo que está buscando.

Gracias, señorita Skinner. El conocimiento conlleva una gran liberación. Le deseo un buen día.

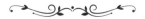

El día siguiente a su encuentro, Evelyn lo observó en el salón mientras tomaba una taza de té. Era en muchos aspectos un inocentón, un hombre desventurado y sumamente ingenuo. Tenía las manos largas y esbeltas de un pianista, y varios huéspedes habían ensalzado lo bien que tocaba. Y ahí estaba, perdido en Beethoven. Al final de su interpretación, Evelyn aplaudió (bueno, golpeó la porcelana con la cucharilla) y él pareció profundamente incómodo a cuenta de sus alabanzas.

Si algún día vive igual que toca…, comentó ella.

Forster se levantó del piano y le flaqueó el cuerpo.

He perdido mi Baedeker, dijo.

Quédese con el mío, le ofreció ella.

Ojalá consiguiera perder a mi madre.

Andiamo, indicó Evelyn, y él la siguió hasta el comedor, donde el Baedeker reposaba junto a una tetera y un plato de galletas de mantequilla.

Fue en ese instante —cuán maravillosamente perfecto— cuando Livia entró desde la cocina y quedó súbitamente paralizada por un flechazo directo al corazón. (Y Evelyn bajó su arco).

¿No lo necesitará?, preguntó Forster mientras hojeaba el Baedeker.

No, tengo aquí todo cuanto necesito, dijo Evelyn, mirando con adoración a su amante.

De pronto, Forster encontró la violeta prensada entre las páginas. ¿Qué es esto? preguntó, alzándola a contraluz.

Una violeta / *Una viola*, dijeron Evelyn y Livia al unísono.

La mirada del joven transitó de una mujer a la otra. Las dos habían adoptado la misma postura, una mano en la cadera, la otra apoyada en la frente.

Hay en ocasiones cierta magia que surge de la similitud de posturas, declaró él. Volvió a colocar la flor entre las páginas y se perdió el momento en que las dos mujeres se apretaron la mano al pasar una delante de la otra.

¿Y está segura, señorita Skinner, de que hoy no tendrá problemas sin su libro?, insistió él.

Ah, no, descuide, dijo Evelyn. Dentro de un rato me retiraré a mi lección de italiano, que me tendrá ocupada la mayor parte de la tarde —y le deseó un buen día y, cuando él quiso despedirse con una reverencia, dejó caer el Baedeker sobre el plato de galletas, que quedaron esparcidas por el suelo.

¡Morgan! ¡Morgan!

Abandonó el salón y enfiló el pasillo. Se detuvo unos instantes al pie de la escalera, donde aún rondaba un vestigio del perfume de Evelyn, y dirigió una mirada inquisitiva hacia arriba. Sacudió la cabeza de lado a lado, descartando cualesquiera ideas que pudieran estar formulándose en ella, y trotó con paso derrotado hacia la voz exigente de su madre, que mencionaba algo sobre una tela impermeable.

En una habitación situada dos plantas por encima de la recepción se encontraba Livia desnuda, abierta de brazos y piernas, acostada en la cama de Evelyn, quien disfrutaba de una clase de pronunciación italiana entre sus piernas.

Evelyn le besó el tobillo.

Caviglia, dijo Livia.

La pantorrilla.

Polpaccio.

Le besó la rodilla.

Ginocchio. (Risitas porque le hacía cosquillas).

Evelyn le lamió el muslo.

Coscia.

Y para acabar..., pensó Evelyn, y progresó hacia la unión de sus piernas. Livia susurró un gemido.

La mia passera.

Mi piace la tua passera fueron las últimas palabras que pronunció Evelyn antes de emplear la boca y la lengua en menesteres mucho más placenteros que hablar.

Un par de noches más tarde.

He de decir que su italiano mejora por momentos, señorita Skinner, comentó Forster mientras seguía a Evelyn al comedor.

Tengo buen oído, señor Forster. Y practico mucho.

¿Por su cuenta?

Sí, de vez en cuando. Livia la doncella me ha ayudado muchísimo con el vocabulario básico. Me parece que hablo bastante mejor cuando practico con ella.

Creo que es lo que yo necesitaría. Alguien con quien practicar.

Ah, sí, yo también. Es mucho más divertido. Y verá Italia bajo un prisma muy distinto. Le abrirá las puertas a un mundo completamente nuevo.

Quizá hasta tiraría a la basura mi Baedeker.

¿No sería fantástico?

Cuando llegaron a la mesa, se encontraron con que alguien había metido una hoja de papel doblada debajo del cubierto de Evelyn.

¿Cree que podría ser una misiva de amor?, preguntó Forster.

No sabría decir, la verdad, repuso Evelyn mientras la desdoblaba.

¿De qué se trata?, dijo el hombre en tono de impaciencia.

Es un signo de interrogación, señaló Evelyn, que sostuvo la nota para que la viera.

¿Qué cree que significa?

No tengo ni idea.

¿No cree que sea siniestro?

No, no lo creo. Lo considero más bien como un augurio de la gran pregunta.

¿La de por qué estamos aquí?

Exacto.

Obviamente no me refiero a la Pensione Simi...

No, claro.

Sino al destino.

Evelyn sonrió. Creo que lleva razón.

¡Morgan! ¡Morgan!

¡Vaya por Dios! Mi madre, musitó, y salió del comedor hacia el salón.

Evelyn contempló el signo de interrogación. ¿Qué me estás preguntando? ¿Algo acerca del amor?

El viajante americano tosió. ¿Señorita Skinner? Parece usted estar en su propio mundo. Y me he dicho: «¿No querría la señorita Skinner compartir un vino *rosso*?».

Sí, me encantaría, dijo Evelyn en respuesta a la pregunta del hombre. Echó una mirada al rincón, pero la belleza había desaparecido dentro de la cocina.

A falta de tres días para la partida de Evelyn, con el temor a la ausencia y el futuro al acecho, los silencios se habían vuelto pesarosos. Pasaban cada vez más tiempo abrazadas, aprovechando cualquier momento, cansadas por el sexo y de recitar conjugaciones verbales. La imposibilidad de un amor más duradero condensaba los minutos y las horas de una forma que la libertad nunca habría logrado. No se pronunciaron promesas. No habló Evelyn de retornos. En verdad, de poco hablaban salvo de la hermosa mundanidad del presente.

Evelyn se disponía a salir cuando vislumbró a Forster en el salón, escribiendo en un cuaderno que apoyaba en la rodilla. No dijo nada, se limitó a observar; el pobre hombre gozaba de tan poco tiempo para sí mismo que no quiso molestarlo. Al verle las mejillas sonrojadas, esperó que estuviera escribiendo algo picante. Entonces él levantó la vista por un momento y esbozó una sonrisa.

Señorita Skinner.

Señor Forster.

Mi madre tiene un ataque de lumbago, conque se me ha concedido un aplazamiento de la condena.

¿Le gustaría acompañarme? Estaba…

El hombre se había levantado de la silla antes de que ella pudiera terminar la frase. Empezó a darse palmadas por todo el cuerpo como desaforado.

¿Ha perdido algo, señor Forster?

Probablemente, pero aún no sé el qué. ¿Con Baedeker o sin Baedeker?, añadió luego.

Sin Baedeker, contestó ella en tono pomposo, y se encaminaron hacia la puerta.

Los recibió fuera un bautismo de sol. Forster respiró hondo —parecía feliz en grado sumo— y cruzó la calle sin mirar, y solo los rápidos reflejos de un ciclista lo salvaron de una tarde en el *ospedale*.

¡Uf!, profirió él. ¿Ve lo que quiero decir? Miró a Evelyn, que lo asió del brazo y tiró de él hacia la pequeña capilla de la Madonna delle Grazie.

Vamos a encender una vela, señor Forster.

¿Me protegerá?

Millones de personas han probado suerte. ¿Por qué no nosotros?

La fe funciona como una especie de lotería, ¿no?, dijo mientras prendía una candela. ¿Qué debería pedir?, preguntó.

¿Qué le parece una vida larga?

Ah, pues sí, claro. Y también para mi madre. ¿Necesitará una vela para ella sola, qué cree usted?

No soy una experta, señor Forster, pero diría que bastará con una.

La iglesia resonó con el tintineo de las monedas que caían en la hucha.

Mi madre insiste en que los ingleses tenemos defectos y que no debemos mencionarlos cuando viajamos a otros países para que no se enteren los extranjeros.

Evelyn se rio. Me parece que nuestro secreto ha sido traicionado. Los extranjeros ya saben cómo somos. Bastante antipáticos, diría yo. Hemos de intentar ser diferentes.

Podría intentar dejar mejores propinas. Los mozos de estación siempre refunfuñan por lo que les doy. Estoy seguro de que esa es la razón de que pierda el equipaje.

Sería un buen punto de partida, dijo Evelyn, y acto seguido desapareció como por arte de magia en una panadería a su izquierda.

Cuando salió, Forster dijo:

¡Pensaba que la había perdido de por vida! Como si entre *il fornaio* y la calle hubieran hecho un truco de prestidigitación. Pero ¡aquí está de nuevo! ¡Y cuánto me alegro!

Evelyn le entregó una rosquilla envuelta en papel. *Bombolone alla crema*, señor Forster. Una poetisa amiga mía me los dio a conocer. Decía que son el verdadero elixir de la vida. Un curalotodo.

Se llevó Forster la rosquilla a la boca. Cerró los ojos y un hilillo de crema se acumuló en la comisura de los labios.

Señorita Skinner, su amiga tiene razón. No me cabe duda de que este bollito cremoso podría alargar la vida indefinidamente.

Él dejó de hablar, con los brazos abiertos de par en par. No hay dolor, señorita Skinner. No hay dolor. Y tengo la impresión de que mi italiano ha mejorado.

Junto al Palazzo Strozzi, Evelyn convenció a Forster de que se afeitara. (Esa noche él pregonaría el genio innato de los barberos italianos y el rubor se extendería por sus bien exfoliadas mejillas).

Retrocedieron sobre sus pasos y cruzaron el Ponte Vecchio hasta la Chiesa di Santa Felicità, en cuyas inmediaciones hicieron un alto para tomar un aperitivo en un café. Se cobijaron bajo una sombrilla antes de que sobreviniera la lluvia y desde allí vieron pasar los coches de caballos que transportaban a los turistas.

Dos vermuts chinato, pidió Evelyn al camarero.

Y luego preguntó:

¿Cómo es posible que la gente no adore Italia?

Forster lo meditó unos instantes. Digamos que Italia y yo hemos tardado en fundirnos en un abrazo amoroso, señorita Skinner, pero al menos ya nos hemos trasladado al sofá.

Creo que es un país donde ocurren cosas.

¿Cosas, señorita Skinner?

¡El amor!, quiso gritar ella. *Donde ocurre el amor.*

Sí, se limitó a decir. *Cosas.*

Es usted misteriosa.

¿Acaso no lo es la vida?

El hombre reflexionó sobre ello y al cabo respondió: A decir verdad, solo en Cambridge me siento como en casa. La vida universitaria me hace sentir seguro.

Salió el camarero y depositó las bebidas delante de ellos.

Cin, cin, expresaron ambos, y entrechocaron los vasos.

¿Conoce a Hobart Cust, el estudioso del arte?, preguntó Forster. ¿Autor de *Los maestros del pavimento de Siena*, publicado a principios de año?

Evelyn sacudió la cabeza. No, no lo conozco.

Posee un piso en la Vía de' Bardi y le gusta llenar sus habitaciones de jóvenes visionarios y ostentosos para oírlos hablar de arte. Lo visité hace dos días.

¿Y cómo fue?

El té era bueno; la charla sobre arte, aburrida, y los hombres, horribles.

Vaya por Dios, dijo Evelyn.

Pero Cust me ha encontrado por fin un profesor de italiano. Un sacerdote, nada menos. Lo vi ayer. *L'ho visto ieri.* Hablamos de vinos, de aceites y, a veces, de las vistas. Ah, y de huevos.

Suena… ¿prometedor?

Supongo que si yo regentara un restaurante en los Apeninos, pensaría lo mismo. Madre decía que tenía pinta de estar infestado de pulgas. Me revisó a mi regreso.

¿Y?

Ninguna, me alegra comunicar. ¿Y qué hizo usted ayer?

Vi *La primavera* de Botticelli en la Accademia.

Forster dio un sorbo a su bebida y comentó que al pintor Roger Fry le gustaba lamer el polvo de ese cuadro cuando el custodio no miraba.

¿En serio?, preguntó Evelyn. Le picaba la curiosidad de saber por qué lo hacía. Mas, no queriendo parecer poco refinada, dijo en cambio: Ah, entonces por eso Flora parecía tan limpia.

Forster se rio. ¡Oh, buenísimo!

En esas observaron una procesión de cuadros desfilar desde el taller de un restaurador de arte hacia el Palazzo Pitti.

A menudo me pregunto, señor Forster, cuando veo como transportan cuadros de un lado a otro de esa manera, si en esos brazos llevarán un Leonardo, o un Artemisia Gentileschi, o quizás un Rubens por casualidad.

Ay, Dios, un Rubens no. No lo soporto.

¿Ah, no?

Demasiado mojigato para mi gusto. Sus desnudos parecen despistados, como si hubieran perdido la ropa por descuido y ahora tuvieran que ir a buscarla.

Evelyn sonrió. Pero tener una obra maestra en mis brazos… La acunaría como a un bebé.

A mí me preocuparía que se me cayera.

Sí, ¿verdad?

Sin duda. Cuatrocientos años de genialidad destruidos por unos dedos de mantequilla.

Se estremeció, como si estuviera reviviendo una humillación en lugar de imaginando lo peor. Y a continuación dijo:

Madre ya se habrá despertado de su siesta y estará preparándose para la cena. Probablemente ingiriendo carbón vegetal.

La comida es realmente malísima, ¿verdad?, comentó Evelyn. Fuera del Simi, la comida es un estilo de vida. Es una celebración. Pero dentro es…

¡El tercer círculo del infierno de Dante! ¡Nuestro castigo por el pecado de la gula!, concluyó Forster. *A la mitad del viaje de nuestra vida, me encontré en la Pensione Simi, por haber extraviado el camino recto.*

Es usted divertido, señor Forster.

¿De veras?

Sí. Una compañía maravillosa.

He de confesar que nunca me he visto de esa forma.

Pagaron la cuenta, se levantaron y echaron a andar hacia el puente.

Pero, señaló Evelyn, ¿se ha fijado usted en que incluso los más pobres parecen comer bien? Entienden mucho de verduras. Debería verlos en los mercados.

Procuramos permanecer lejos de los mercados, señorita Skinner, a causa de los mendigos. Cuando trato de ahuyentarlos, se ríen de mí. Madre piensa que soy poco resolutivo. Afuera de la Santissima Annunziata, una pobre alma desdichada se arrojó al suelo delante de mí y se postró encima de mis zapatos. Tuve que vaciarme los bolsillos para que me soltara.

¿Qué le gusta comer, señor Forster?

El hombre rumió la pregunta larga y detenidamente. Remolacha, dijo al fin. Me encanta de veras la remolacha. Sonrió, y se le iluminó el rostro, le brillaron los ojos, y empezaron a repicar las campanas, surcando el inminente anochecer. Surcando los tejados de terracota, dejando atrás los postigos verdes y grises, y las fachadas color ocre, y los orfebres del puente, hacia la penumbra a lo lejos, las colinas oscuras y el espacio más allá.

¿La veré mañana, señorita Skinner?

Me temo que no, señor Forster. Tengo mi última clase de italiano.

Ah, bueno. Pues *buona fortuna*.

Hicieron en silencio el camino de regreso a la *pensione*, Forster mirando a los hombres, Evelyn a las mujeres. Su respetabilidad y su inglesidad burguesa ofreciendo el contrapunto ideal a sus deseos ocultos.

Ven a la mía…

Livia solo había necesitado decirlo una vez para que el velero de Evelyn virara su rumbo. Corrían un riesgo, pero eran jóvenes, y estaban enamoradas y a punto de separarse, y si no era ahora, entonces ¿cuándo? La puerta se abría a un tramo empinado de escaleras, impregnado de los olores de la cocina y los residuos. El ascenso sosegado al segundo piso, remangadas las faldas, la coartada de un diccionario de italiano acunado en el codo de Evelyn.

Ese instante embarazoso al entrar en la habitación de Livia, espartana pero limpia, como Evelyn sabía que sería, aunque había en la estancia un trasfondo sofocante, una existencia claustrofóbica de escasas oportunidades. Livia le sirvió un vaso de agua y se lo ofreció. Se sonrieron, sin que hubieran mentado palabra alguna hasta el momento. Evelyn se acercó a la ventana y, a través de los postigos, divisó Santa Croce y la estatua de Dante. La falta de aire que antes había notado, de repente se percató de que era suya. La disparidad de sus vidas jamás había sido tan manifiesta. Se asomó a la ventana para centrar su respiración. Cuando se dio la vuelta, Livia se había desnudado y tendido en la cama estrecha. En eso sí había igualdad. En desembarazarse de la ropa. Evelyn dejó el vaso a un lado. Y la amó más que nunca.

Se despertó ella primero. Haces de luz vespertina traspasaban los postigos y tardó unos instantes en darse cuenta de que aquella no era su habitación en el Simi. En el suelo reposaban vestidos, camisolas y calzones. Una jofaina de agua sucia que había acumulado una capa escarchada de polvo, los trapos con los que se habían lavado la una a la otra, el rastro sedoso del deseo desechado. Volutas de piel de naranja. Un diccionario de italiano. Un trozo de pan, duro como una piedra. Lo vio todo como si estuviera enmarcado. La luz que caía sobre la jofaina relataba la mejor historia.

Contempló el alargado contorno pálido de la mujer que yacía a su lado desnuda y se perdió en ese momento. La vida no tenía sentido sin ella, sin la vida que ella representaba. Jamás lograría ser capaz de expresar su gratitud sin que sonara condescendiente y superficial. Livia se revolvió y Evelyn le besó la sonrisa. Te quiero, te quiero, te quiero, una y otra vez, hasta que se convirtió en una singular canción monofónica.

Aquella última tarde se despegaron de las sábanas y abordaron un tranvía abarrotado de San Marcos a Fiesole. Se situaron en la parte de atrás, en la plataforma barrida por el viento, sujetándose las capotas y riéndose con la chiquillería a lo largo del trayecto mientras las ruedas chirriaban y el tranvía se zarandeaba, se paraba, ascendía a duras penas la colina.

En Fiesole el tiempo era cálido y agradable, pero se ciñeron el chal alrededor de los hombros, pues el otoño se deslizaba desde los Apeninos en ráfagas inesperadas de viento. Caminaron agarradas del brazo hasta un mirador que ofrecía unas vistas arrebatadoras de Florencia y la llanura del Arno. La luz de la tarde doraba el valle y los tejados ardían con un brillo rojo intenso. Y luego, naturalmente, esa cúpula.

Caminaron entre olivares e higueras, entre hierbas altas, donde se tomaron de la mano, y recogieron erizos de castañas al atravesar un inesperado tramo de castaños. Compraron *gelato* en un carrito ambulante y bajaron por un sendero hasta el anfiteatro romano, donde se sentaron y cada una le dio de comer de su helado de chocolate a la otra, y puesto que el lugar estaba tranquilo y no las molestaba nadie, se besaron cálidamente en los labios, con los bolsillos llenos de castañas. En el aire flotaba un aroma a romero y tomillo. Evelyn se levantó y se dirigió al centro del escenario, y allí recitó uno de los poemas de Constance, que trataba sobre el hallazgo, el asombro y el perdón. Y Livia en ningún momento dejó de mirar, de sonreír, de aplaudir. Y entonces llovió —pero el sol siguió luciendo— y las dos mujeres buscaron con anhelo un arcoíris, pero eso habría sido demasiado perfecto, demasiado irreal para un último día de amor. Hablaron con toda libertad. ¿Acerca de qué? El sabor de un pastel, esta mujer, aquel hombre; las cosas triviales y anodinas de la vida cotidiana.

En el trayecto de vuelta, el tranvía estaba abarrotado y la gente bufaba, mientras que Evelyn y Livia se apretujaban una contra otra, cabeza con cabeza, pecho con pecho, con resignada felicidad. Chirriaban las ruedas, temblaban los vagones y los hombres se encaramaban de un salto por fuera, agarrándose con una mano, la otra en el sombrero, pues el viento y la velocidad se llevaban volando todo lo que no estuviera amarrado.

Se apeó la gente en San Marcos, sin aliento y alterada, como si hubiera soportado la ira de Dios. Evelyn sugirió tomar una copa en alguna plaza y caminaron del brazo, con los ojos vidriosos por el sol y la pena.

Poco a poco fueron quedándose calladas al empezar la cuenta atrás hacia el anochecer. Evelyn miraba cómo Livia encendía un cigarrillo. Cómo arrugaba los ojos cuando el viento cambiaba de dirección y le devolvía el humo. ¿Qué?, preguntó Livia. Estoy contando tus pecas. ¿Por qué? Porque nadie más lo hará, dijo Evelyn.

Acordaron que se despedirían en un puente. Las acompañaba el ocaso, finalmente. Las acompañaban las luces reflejadas en el Arno. La cúpula de San Frediano observaba. En un mar de miembros desnudos entrelazados se habían despedido antes.

Pero aquí se estrecharon la mano.

Y sonrieron.

En gesto de agradecimiento.

Habían convenido que Livia se marchara primero, y esta, dándose media vuelta, se alejó.

No miró atrás.

Esa noche, Evelyn acudió al Teatro Verdi. No se había llenado ni una cuarte parte del aforo y tenía la impresión de que su pena se veía expuesta. El público encontró muy divertido el primer acto de *Boccaccio* y pidió tres bises al trío de cómicos. A Evelyn, sin embargo, no le pareció nada gracioso. Sentada en la oscuridad, se preguntó qué hacía allí.

Regresó al Simi poco antes de la hora de cierre y advirtió que Forster estaba en el salón, escribiendo una carta.

Señor Forster. ¿Cómo está usted?

No muy bien. No quería irme a dormir todavía, por si me ahogaba.

Evelyn se sentó frente a él.

Le deben de haber pitado los oídos, señorita Skinner. Estaba hablándole de usted a mi querido amigo Dent.*

¿Todo cosas buenas?, preguntó Evelyn.

¡No, en absoluto! Más bien, que el otro día me llevó usted por el mal camino. Mi primera rosquilla de la Toscana. Mi primer barbero italiano. ¿Qué más podría aprender de usted, señorita Skinner, si el tiempo fuera nuestro?

¿Qué más?, pensó Evelyn.

Por un momento se volvieron tímidos. O mudos. O quizás ambas cosas.

¿Cómo le ha ido su lección esta tarde?, preguntó él.

Ay, suspiró Evelyn. Revisamos los tiempos verbales narrativos. Y tocamos el futuro brevemente.

¿Y cómo es el futuro?

Complicado. Espero que nos quedemos en el pasado.

Tiene cara triste.

Sí, admitió ella. Esta noche he venido andando desde el Teatro Verdi.

¿Sola?

¿Sí?

¿No le dio miedo?

---

* Edward Joseph Dent nunca recibiría la carta en la que se refería al tiempo que Forster pasó con la señorita Evelyn Skinner. Por el descuido del servicio postal italiano, este ferviente relato de la vida en la Pensione Simi ha sido erradicado.

No. Estaba hechizada. Había ancianas con velas encendiendo las puertas cochera y cerrando las verjas. Como si estuvieran clausurando la ciudad durante la noche. Metiéndola en la cama como a un niño. Me pareció muy dulce. Creo que usted pensaría lo mismo. Hay paz. Hay fantasmas…

Forster se estremeció.

Y algo atávico y eterno, que intuyo que siempre estará aquí. Algo a lo que retornar una y otra vez.

¿Y retornará usted?

Ya lo creo. Nada me detendrá. Aquí me he hallado a mí misma, señor Forster. Cuesta desprenderse de una cosa así.

Madre y yo vamos a la campiña mañana, dijo Forster.

Y yo voy a Roma, a casa de mi tía María.

Este es entonces nuestro adiós; y Forster se puso en pie. Evelyn también. Se estrecharon la mano.

Buena suerte, señor Forster. Veo cosas buenas en su futuro.

¿De veras?

Cosas maravillosas. Y recuerde: valore el cuerpo, y el alma lo seguirá.

¿Quién dijo eso?

Los griegos, seguramente.

Bien, entonces buenas noches, señorita Skinner. Ha sido un verdadero placer. Le deseo una feliz estancia con su tía. Piense en mí. Con mi madre. Ah, y tenga cuidado en el Panteón. He oído que se pone muy resbaladizo tras un aguacero.*

Al día siguiente, debajo de unas nubes bajas de lluvia, hizo un solitario trayecto en un coche de caballos hasta la estación de tren, sin ningún ciclista que serpenteara entre el tráfico. Evelyn especulaba con que quizá Livia saliera a verla partir, pero no lo hizo. Perdió su libro de poesía en el viaje en tren hasta Roma, y le costó poner cara de alegría cuando la tía María fue a recogerla.

---

* En enero de 1902, durante una estancia en Roma, Morgan Forster se resbaló y se torció el tobillo, y luego se rompió el brazo en las escaleras de la basílica de San Pedro. No en el Panteón.

Pareces distinta, le dijo. Qué crecida estás. ¡Y tu italiano! Qué fluido.

Evelyn rompió a llorar.

Dos veranos después, Evelyn regresó a Florencia, con la esperanza de retomar la relación donde Livia y ella la habían dejado.

La pasión se haría más profunda, imaginaba. Como si fueran marido y mujer —¿o mujer y mujer?—, pero implicaría un hogar, un trabajo, una vida compartida de compromiso. Lo conseguirían, otras lo habían hecho. Una vida secreta, pero no por ello menos realizada.

Se habían enviado cartas de amor. En código, naturalmente. Con el paso de los meses, habían empezado a fluctuar, hasta que habían cesado por completo. Incluso entonces, Evelyn confiaba en que el amor lo conquistaría todo.

Llegó al Simi y descubrió con resignación que Livia no estaba allí. No le había dejado ninguna carta, aunque con los años germinó en ella la sospecha de que probablemente había existido una. Livia había desaparecido meses atrás y nadie sabía especificar a dónde había ido. La patrona *cockney* era todo discreción. Quizá regresó al norte, o entró a trabajar para una familia rica, quizá se casó, tuvo un hijo... Quizá, quizá, quizá. Evelyn se quedó una semana antes de seguir adelante. Rara vez abandonaba su habitación.

Decidió no regresar a Florencia durante unos años. Pensó que el mundo se acabaría, pero no ocurrió. Pensó que su capacidad para amar quedaría mermada, pero no ocurrió. Trasladó su lealtad a Roma y se confinó en la cama, varios días, como Keats. No murió (tenía un apetito voraz), sino que se hizo más fuerte, más atractiva, hasta que el dolor de su corazón empezó a remitir. Livia se convirtió en un recuerdo; Livia se convirtió en una pieza de arte.

Hubo otras para Evelyn, naturalmente. Hubo una sufragista del este de Londres que le enseñó que romper ventanas era un maravilloso divertimento antes del sexo. Hubo también un breve interludio con una de las Tres Vis, que se tradujo en un moretón y un poema mediocre.

Y luego, por supuesto, estaba Gabriela. La hermosa y adorada Gaby Cortez.

¿Y Forster? No volverían a encontrarse. Orbitaban en un universo similar, girando alrededor del sol que era Virginia Woolf. Pero los cielos conspiraron para mantenerlos separados y conservar intacto lo que habían sido: un capítulo inmaculado de la juventud.

En realidad, Evelyn sí llegó a verlo unos diez años después, en los lagos italianos. Para entonces se había dejado bigote, una pequeña criatura que hibernaba bajo su nariz. Estaba conversando con un hombre apuesto de tez morena que lucía un bigote idéntico. Creyó que eran amantes —equivocadamente, como descubriría—, por lo que no se acercó y se cruzaron a distancia. Ella se sentó en un banco que ofrecía unas vistas inigualables del lago de Como. Y desde allí lo vio desaparecer.

En fin, que el tiempo cicatriza las heridas. La mayor parte. A veces de forma descuidada. Y en los momentos más insospechados, el dolor nos atrapa y nos recuerda todo cuanto nos ha faltado. Lo que podría haber sido. Mas luego pasa. El invierno se muda a la primavera y regresan las golondrinas. Y la cercanía de una piel nueva entre las sábanas. La belleza cumple con su cometido. El trabajo nos colma y las conversaciones nos inspiran. La soledad queda relegada a un simple domingo. Ropa desparramada. Cuencos vacíos. Fruta podrida. El tiempo que transcurre. Naturaleza muerta, el bodegón de la vida en toda su hermosura y complejidad.

Evelyn y Ulises salieron a la plaza aún oscura mientras las primeras luces se encendían en el café Michele. El hombretón, detrás de la barra, tomando su primer *espresso* del día.

Se asió Evelyn al brazo de Ulises y cruzaron el adoquinado en dirección a Betsy, dejando atrás una *pensione* en paz y serena.

Massimo en el quinto sueño, con una carta de Jem apoyada en el pecho.

Pete dando vueltas y soñando con su antigua vida en los escenarios.

Alys y Romy entrelazadas de una forma en la que rara vez podían estar a la luz del día.

Peg a salvo en cuerpo y alma.

Ni Ulises ni Evelyn repararon en la señora condesa, de pie junto a la ventana, ni el espectral destello azul que revoloteaba alrededor de la estatua de Cosme R.

Se dirigieron hacia el este y se encontraron con el sol. El amanecer flamante obligó a Ulises a detenerse, y obligaron a los vendimiadores a interrumpir su faena, mientras el cielo prendía los ojos llenos de asombro con tonos rosados, violetas y dorados.

Al cabo de cinco horas llegaron al cementerio de guerra Coriano Ridge, ubicado en un valle verde entre Rimini y San Martino. No supuso sorpresa alguna para Evelyn, que sospechaba desde tiempo atrás dónde desaparecía Ulises cada año. Permanecieron sentados unos momentos. El único sonido era el del motor enfriándose y a través de la verja alcanzaban a ver hileras de lápidas blancas. Ulises apretó la mano de Evelyn. ¿Vamos?

Caminaron por la hierba. El cementerio estaba mantenido con primor, los arbustos de lavanda atraían a las abejas y esas labores disipaban el murmullo de la tristeza. Los vencejos, aún por partir, volaban alegremente en lo alto.

Ulises sabía dónde encontrar al capitán Darnley, naturalmente, y no tardó un santiamén en indicar: Por aquí, Evelyn. Aquí está.

Se situaron uno al lado del otro. Musitando, pero no oraciones.

Ulises dijo que, para él, el tiempo corría hacia atrás cada vez que venía. Así fue como lo describió, al menos. Desde el momento en que Darnley cayó. Llevándolo hacia un hospital de campaña en Ancona, con otros dos heridos detrás, conduciendo con una mano, presionando el orificio de bala con la otra. El tiempo se arremolina,

Evelyn. Iglesias, frescos. Sicilia. Ese primer apretón de manos en el desierto. Todos aquellos momentos, todos aquellos años le pertenecían ahora. Podía recordarlos o podía olvidarlos. Es lo que Ulises dijo. Así que he elegido recordar. Un hombre bueno como jamás hubo. Y todo en él está lleno de vitalidad. Y es joven. Y está riendo.

AGRADECIMIENTOS

Quisiera dar las gracias a mi editora, Helen Garnons-Williams, por su magia silenciosa y por su brillantez. Ha sido un auténtico placer elaborar este libro contigo.

Mi enorme agradecimiento al fantástico equipo de 4th Estate por su entrega y dedicación a la hora de presentar *Naturaleza muerta* al mundo: Kishani Widyaratna, Olivia Marsden, Naomi Mantin, Jordan Mulligan, Katy Archer.

Amber Burlinson, gracias por obligarme a pensar las cosas dos veces. O tres.

Sally Kim, sabes lo mucho que adoro trabajar contigo y con tu equipo en G.P. Putnam's. Gracias por tu buen ojo y tu apasionada respuesta.

Robert Caskie. Eres todo cuanto podría desear en un agente y en un amigo. Me viene a la mente la palabra «soñador».

Mi inmensa gratitud al Consejo de las Artes de Inglaterra, que me brindó la oportunidad de pasar una temporada en Florencia. La experiencia me ayudó a forjar esta historia y me cambió como escritora.

Gracias a la Biblioteca Británica, como siempre.

Gracias a Peter Bellerby, extraordinario fabricante de globos terráqueos, por enseñarme el proceso.

Gracias a los libreros independientes por su increíble apoyo y por todo su empeño en hacer de este mundo un lugar mejor.

Gracias a Jagir, Suresh y Lohri Ji. Y gracias a Cristina Betto.

Mi más sincero agradecimiento al rector y a los académicos del King's College, en Cambridge, y a la Sociedad de Autores, que me concedieron permiso para usar las memorables palabras de E.M. Forster.

A mis amigos y colegas residentes en Italia, que han desempeñado un papel importantísimo en la realización de este libro. Gracias a todo el personal del Palazzo Guadagni, mi segundo hogar. Tara Riey, gracias por tu amistad y por la alegre bienvenida que me aguardaba cada vez que bajaba del avión. Gracias, Janc Ireland, por la comida que me llevó a conocer a Eve Borsook. Gracias, Monica Capuani, por encontrar las respuestas que aplacaron mis temores. Gracias, Emiko Davies, por guiarme con tanto rigor a través de las muchas trampas de la gastronomía italiana. Y también por enseñarme a cocinar. Stella Rudolph: gracias por regalarme a Evelyn. Estaré eternamente agradecida por el tiempo que pasamos juntas. *Alla prossima puntata, Stella*.

Mi amor y gratitud a Sharon, David, Mel y Stix, Andrew, Madeleine, Joy, Rachel, Elvira, Ola, Urtema, Vanessa y Andrew, Dan y Clare, Lewis y Debbie, Sarit e Itamar, Fred, Leila, Sarah T y mamá. Todos habéis formado parte de este libro y me habéis ayudado a superar un año que ninguno de nosotros olvidará jamás.

Y, por supuesto, a Patsy. Siempre.